KB177577

루쉰(1881~1936) 상하이. 1930.

탄생지 입구 샤오싱(紹興)

생가 거실 샤오싱

루쉰 동상 상하이 루쉰 기념관

루쉰이 어린 시절을 보낸 옛집 샤오싱

루쉰 기념관 상하이

루쉰 기념관 유품 전시실 상하이

▲루쉰 박물관 전시실 베이징

◀루쉰의 무덤 상하이

1881 – 1936

루쉰동상 상하이 루쉰 공원

▲《아Q정전》(1921)

◀《아침꽃을 저녁에 줍다》(1927)

▼《광인일기》(1918)

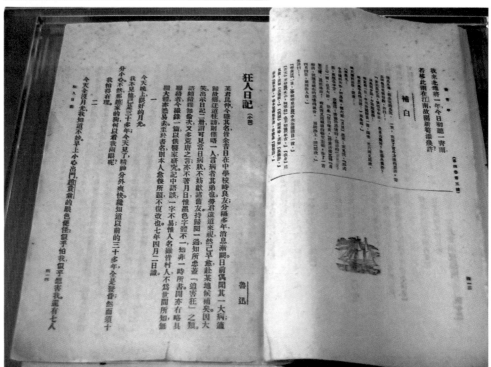

세계문학전집039
魯迅
阿Q正傳/朝花夕拾

아Q정전/아침 꽃을 저녁에 줍다

루쉰/이가원 옮김

동서문화사

아Q정전/아침 꽃을 저녁에 줍다
차례

들풀

吶喊
눌함

머리글

　나도 젊은 시절에는 꿈이 많았다. 나중에는 대개 잊고 말았지만 별로 애석하게 생각되진 않는다. 추억이란 사람을 즐겁게 하면서도 때론 쓸쓸하게 하는 것. 지나가 버린 쓸쓸한 때를 생각의 실로 매어 둔들 무슨 소용이 있겠는가. 오히려 그것을 완전히 잊지 못하는 게 괴롭다. 그 잊혀지지 않는 부분이 이제와서는 '눌함(吶喊 : 고통스럽게 신음하듯 외침)'이 되어 버렸다.

　일찍이 나는 4년 남짓한 동안, 거의 매일같이 전당포와 약방엘 다녔다. 몇 살 때인가는 잊었지만, 아무튼 약방 계산대가 내 키만큼 높았고, 전당포 계산대는 내 키의 곱이나 되었다. 나는 내 키의 곱이나 되는 계산대에 옷이며 머리 장식품 따위를 내밀고 경멸 섞인 눈초리를 받으며 돈을 받아 든 다음, 내 키만큼 높은 약방의 계산대로 가서는 병석에 오래 누워 있는 아버지를 위해 약을 지었다. 집에 오면 오는 대로 또 산더미 같은 일이 기다리고 있었다. 병을 보아 주는 의원이 아주 유명한 사람이라 그런지 그가 권하는 약들도 색다른 것뿐이었다. 한겨울의 갈대 뿌리, 3년간 서리를 맞은 사탕수수, 교미 중인 귀뚜라미, 열매 맺은 평지목(平地木) 등 모두 구하기 힘든 것들뿐이었다. 그러나 애쓴 보람도 없이 아버지는 병이 날로 더해만 가서 끝내는 돌아가시고 말았다.

　남부럽지 않은 생활에서 갑자기 밑바닥 생활로 떨어진 사람이라면, 틀림없이 그 과정에서 세상 사람들의 숨김 없는 모습을 볼 수 있으리라. 내가 N으로 가서 K학당에 들어가려고 결심한 것도 다른 길, 다른 지방으로 달아나 색다른 사람들과 사귀어 보고 싶었기 때문인 듯하다. 어머니는 하는 수 없이 8원의 여비를 마련해 주시면서, 너 하고 싶은 대로 하라고 말씀하셨다. 그러면서도 어머니는 우셨다. 이것은 인정상 당연한 일이었다. 왜냐하면 그 무렵은 경서(經書)를 배워 과거를 치르는 것이 올바른 길이었고, 양학을 공부하는 것은 갈 곳 없는 사람이 결국 서양 오랑캐에게 혼을 팔아 넘기는 것으로 간주되어 사람들에게 지나친 수치와 천대를 받아야 했기 때문이다. 또한 어머니로서는 자기 아들을 만날 수 없지 않은가. 그러나 나는 그런 것에 구애받지 않고 결국 N으로 가서 K학당에 입학했다. 그 학교에서 이 세상에는 물리니, 수학이니, 지리니, 역사니, 그림이니, 체조니 하는 학문들이 있다는 사실을 처음으로 알았다. 생리학은 배우지 못했지만 목판본인 《전체신론(全體新論)》이니 《화학위생론(化學衛生論)》이니 하는 것들을 구경할 수가 있었다. 나는 옛날 의원들의 이론이나 처방을 새로 배운 것과 비교해 보고, 한방의는 결국 의식적이든 무의식적이든 속임수에 지나지 않음을 차차 깨닫게 되었던 것을 지금도 기억한다. 그와 더불어 속은 환자와 그 가족에게 깊은 동정심을 품게 되었다. 또한 번역된 역사책을 통해, 일본의 메이지유신은 그 태반이 서양 의학에서 비롯되었다는 사실도 알게 되었다.

이런 유치한 지식 덕분에 나는 학적을 일본 어느 소도시의 의학전문학교에 두게 되었다. 내 꿈은 컸다. 졸업하고 귀국하면 우리 아버지처럼 그릇된 치료를 받는 환자들의 고통을 덜어 주리라. 전쟁 때는 군의(軍醫)를 지원하리라. 그리고 한편으로는 국민들의 유신에 대한 의식을 촉진시키리라. 이것이 나의 희망이었다.

미생물학을 가르치는 방법이 지금은 어떻게 달라졌는지 모르지만 아무튼 그 무렵엔 환등(幻燈)을 써서 미생물의 형태를 비춰 보였다. 강의가 끝나고도 아직 시간이 남았을 적엔 교사가 풍경이나 뉴스 같은 필름을 보여 주며 나머지 시간을 메우는 일도 있었다. 그때는 마침 러일전쟁 중이었으므로, 자연 전쟁에 관한 필름이 비교적 많았다. 나는 이 교실에서 언제나 동급생들의 박수 갈채에 장단을 맞추어야 했다. 그러던 언젠가, 갑자기 화면에서 헤어진 지 오래된 많은 중국인의 모습을 보았다. 한 사람이 가운데 묶여 있고 그 주위에 많은 사람이 둘러서 있었다. 모두 튼튼한 체격들이었으나 표정만은 멍청했다. 묶여 있는 사람은 러시아 군대의 첩자 노릇을 하던 자로 본보기를 보이기 위해 일본군이 목을 자르려는 참이었고, 둘러선 사람들은 그 모습을 구경하러 온 것이라는 설명이었다.

그 학년을 다 마치기 전에, 나는 도쿄로 나오고 말았다. 그 필름을 본 뒤부터 의학 따위는 조금도 소중한 것이 아니게 되었으므로. 어리석고 약한 국민은 아무리 체격이 튼튼하고 오래 산다 해도 고작 보잘것없는 본보기나 그 구경꾼이 될 뿐이 아닌가. 병들거나 죽거나 하는 사람이 아무리 많더라도 그것을 불행하다고까지는 말할 수 없다. 그렇다면 우리가 맨 먼저 해야 할 일은 저들의 정신을 뜯어 고치는 데 있다. 그리고 정신을 뜯어 고치는 데 도움이 되는 것으로는 문예(文藝)가 가장 적합하리라는 것이 그때의 내 심정이었다. 그래서 문예 운동을 제창하리라 작정하였다. 도쿄 유학생들 중에는 법학이나 정치, 물리나 화학, 경찰이나 공업 등을 배우는 사람은 많았지만, 문학이나 미술을 공부하는 사람은 없었다. 나는 이런 냉담한 분위기 속에서도 몇 명의 동지들을 찾아 낼 수 있었다. 그 밖에도 필요한 사람을 몇몇 그러모아 상의한 결과, 어쨌든 잡지를 내기로 했다. 잡지 이름은 '새로운 생명'이란 의미를 택하기로 하고, 그 무렵을 풍미하던 복고적인 경향을 감안해서 이것을 줄여 그저 〈신생(新生)〉이라 부르기로 했다.

〈신생〉의 출판일이 박두했다. 그러나 맨 먼저 원고를 책임지던 몇 사람이 자취를 감추었다. 뒤이어 다시 돈 댈 사람이 달아나 버렸다. 끝내는 한 푼 없는 세 사람만이 남게 되었다. 시작할 때부터 시세(時勢)에 맞지 않는 계획이었으니 실패했다고 해서 새삼 할 말도 없었다. 게다가 남아 있던 세 사람마저 각자의 운명에 쫓기어 함께 모여 미래의 꿈을 이야기할 수조차도 없게 되었다. 이리하여 우리의 〈신생〉은 태어나지도 못했던 것이다.

내가 난생 처음으로 무력함을 느끼게 된 것은 그 이후의 일이었다. 처음에는 왜 그런지 알지 못했다. 얼마 뒤에야 이렇게 생각하게 되었다. 한 사람이 어떤 주장을 했을 때 남이 찬성해 주면 전진을 재촉할 것이고, 남이 반대하면 분발하게 될 것이다. 그런데 사람들 속에서 외쳤는데도 전혀 반응이 없어 찬성도 반대도 없는 경우에는, 마치 자신이 끝없이 거친 벌판에 버려져 있는 듯 어찌 해야 좋을지 모르게 되는 법이라고. 이 얼마나 서글픈 일인가. 나는 이러한 느낌에 적막이라는 이름을 붙였다.

이 적막감은 하루하루 자라나서 커다란 독사와도 같이 내 혼을 휘감아 떨어지지 않았다.

이렇듯 깊은 비애에 빠져 있었지만 화낼 생각은 조금도 없었다. 왜냐하면 이 경험이 나를 반성하게 하고 나 자신을 응시하게 만들었기 때문이다. 즉 내가 팔을 들고 한번 외치면 응답하는 사람이 구름같이 모여드는 영웅은 아니라는 점이었다.

그 적막감을 없애야 했다. 그것은 나에게 너무나 큰 고통이었기 때문이다. 그래서 여러 방법으로 정신을 마취시켜 나를 대중 속에 파묻고 옛날로 돌아가려 했다. 그 뒤로도 보다 큰 적막, 보다 큰 슬픔을 몇 번이나 직접 체험하기도 하고, 옆에서 바라보기도 했다. 모두가 나에게는 생각하기조차 싫은 것들이어서 내 뼈와 함께 진흙 속에 묻고 싶을 뿐이었다. 그러나 내 마취법이 효과가 있었던 모양으로 청년 시절의 비분강개하던 기분은 다시 일어나지 않게 되었다.

S회관(북경에 있는 사오싱회관)엔 넓이 세 간 되는 작은 방이 있었는데, 그 앞마당에 있는 홰나무에서 여자가 목매달았다는 이야기가 전해 내려왔다. 지금은 홰나무가 올라갈 수 없을 정도로 높게 자랐지만 그 방은 아직 비어 있었다. 몇 년 동안 나는 그 방에 틀어박혀 옛날 비문(碑文)을 베꼈다. 임시로 세든 집이라 찾아오는 손님도 없었고 옛날 비문 속에선 문제될 일이나 주의 사상과도 부닥치는 일 없이 지낼 수 있었다. 그리고 내 생명은 이대로 캄캄한 어둠 속으로 사라져 가고 있었다. 그것이야말로 나의 유일한 소원이기도 했다. 여름 밤엔 모기가 많았다. 나는 종려나무 부채로 부채질을 하면서 홰나무 밑에 앉아 무성한 나뭇잎 사이로 멀리 반짝이는 푸른 하늘을 바라보곤 했는데, 늦게 간 배추벌레가 섬뜩하게 목덜미로 떨어지기도 했다.

그때 가끔 놀러 온 사람은 옛날 친구인 김심이(金心異)였다. 그는 손에 든 큰 가방을 낡은 책상 위에 내던지고 웃옷을 벗고는 마주보며 앉았다. 개가 무서워 계속 두방망이질 치는 가슴을 안고……

"자네는 이런 걸 베껴서 무엇에 쓰려나?"

어느 날 밤, 그는 내가 베낀 옛 비문의 사본을 뒤적거리면서 궁금한 듯이 물어 왔다.

"아무 쓸모도 없어."

"그럼 자네는 무슨 생각으로 베끼고 있나?"

"아무 생각도 없어."

"어째. 자네 혹시 글이라도 써서……"

나는 그가 말하는 뜻을 알았다. 그들은 〈신청년(新青年)〉이라는 잡지를 내고 있었다. 그런데 그 무렵은 아직 찬성하는 사람도 없었고, 그렇다고 반대하는 사람도 없는 것 같았다. 그들도 적막에 빠진 것은 아닐까 생각했다.

하지만 나는 이렇게 말했다.

"가령 말일세, 쇠로 된 방이 있다고 하세. 창문은 하나도 없고 절대로 부술 수도 없는 거야. 안에는 깊이 잠들어 있는 사람이 많아. 오래잖아 숨이 막혀 죽고 말 거야. 그러나 혼수상태에서 그대로 죽음으로 옮겨 가기 때문에 빈사(瀕死)의 괴로움 따위는 느끼지 않아. 지금 자네가 큰 소리를 질러 다소 의식이 또렷한 몇 사람을 깨운다면, 이 불행한 몇 사람에게 결국 살아날 가망도 없이 임종의 괴로움만 주게 되지. 그래도 자네는 그들에게 미안하다고 생각하지 않는가?"

"그러나 몇 사람이 깬다면 그 쇠로 된 방을 부술 희망이 전혀 없다고는 말 못하지 않는가?"

그렇다. 물론 내 나름대로의 확신은 있었지만, 그러나 희망을 내세울 때 그것을 말살할 수는 없었다. 왜냐하면 희망은 미래에 있는 것이므로 절대로 없다고 하는 내 부정을 가지고, 있을 수 있다는 그의 주장을 깨뜨릴 수는 없는 노릇이기 때문이다. 그래서 결국 나는 글을 쓰겠다고 승낙했다. 이것이 바로 처녀작 《광인일기(狂人日記)》였다. 그 뒤로는 이왕 내디딘 이상 되돌아설 수도 없는 일이고 해서 친구들의 부탁이 있을 때마다 소설 비슷한 글을 써서 어물어물 넘겨 온 것이 쌓이고 쌓여서 여남은 편이 되었다.

생각해 보면 내 자신이 이제는 안타까움이 치밀어올라도 이미 소리조차 지를 수 없게 된 그런 인간임을 알고 있다. 그러나 그 무렵 내가 빠졌던 적막의 슬픔이 잊혀지지 않아서인지 때로는 나도 모르게 눌함(吶喊)이 입에서 새어 나오는 수가 있다. 아쉬운 대로 이것이 적막의 한복판에서 돌진하고 있는 용사들에게, 마음 편히 앞장 설 수 있게끔 약간의 위로라도 줄 수 있었으면 한다. 내 눌함 소리가 용감한 것인지 슬픈 것인지, 얄미운 것인지 우스운 것인지 돌아볼 겨를은 없다. 다만 눌함인 이상 지휘관의 명령을 들어야 했다. 그래서 나는 이따금씩 내 멋대로 곡필(曲筆)을 놀려 《약》에 나오는 유아(瑜兒)의 무덤에 까닭모를 꽃다발을 놓았고, 《내일》에도 선사(單四) 부인이 끝내 아들을 만나는 꿈을 꾸지 못했다고 쓰지는 않았던 것이다. 이것은 그 무렵의 주장이 소극적인 것을 싫어했기 때문이지만, 또 내가 젊었을 때처럼 단꿈을 꿀 청년들에게 나를 괴롭혀 온 적막을 전염시키고 싶지 않았기 때문이기도 했다.

이렇게 보면 내 소설이 예술에서 멀리 떨어져 있다는 점은 말할 필요가 없으리라. 그런데 오늘날 여전히 소설이라고 불릴 뿐만 아니라, 한 권으로 정리할 기회마저 얻게 되고 보니, 어쨌든 참으로 요행이라고밖에 할 수 없다. 뜻밖의 행운이란 점에서는 걱정이 되기도 하지만, 머잖아 이 세상에 독자들이 뒤를 잇게 될 것을 생각하면 정말 기쁜 마음을 감출 수 없다.

그러므로 여기에 내 단편소설을 모아 인쇄에 붙이고, 위에 말한 인연을 좇아 이것을 《눌함》이라 이름 붙인다.

1922년 12월 3일
북경에서
루쉰

광인일기

지금은 그 이름을 숨기지만, 모(某)씨 형제는 내 지난날 중학 시절의 좋은 친구들이었다. 떨어져 산 지가 여러 해 되고 보니, 자연 소식도 뜸하게 되었다. 얼마 전에 우연히 그 중 한 사람이 중병을 앓고 있다는 소식을 들었다. 마침 고향에 가던 참이라 길을 돌아서 찾아가 한 사람만을 만나게 되었는데 병을 앓은 이는 동생이었다고 했다. 먼 길을 오느라고 수고했으나 동생은 벌써 병이 다 나아 어느 곳에 후임 자리를 채우러 가고 없다며 크게 웃었다. 그는 일기장 두 권을 꺼내 내게 보여 주며 말했다.

"이걸 보게, 그때의 병상을 알 수 있을 걸세. 옛 친구에게 주어도 상관없겠지."

일기장을 가지고 돌아와 한 번 읽어 보니 대충 그 병이 '피해망상증(被害妄想症)'의 한 종류임을 알았다. 내용이 아주 난삽한데다 줄거리와 순서가 없었으며 황당한 소리도 많았다. 달과 날은 적히지 않았으나 먹물 빛깔과 글자 모양이 같지 않은 것으로 보아 그것이 한 번에 된 것이 아님은 분명했다. 이따금 어느 정도 맥락을 갖춘 곳이 있기에 지금 이것을 뽑아 한 편으로 만들어 의학도의 연구 재료로 제공하려 한다. 일기 가운데 틀린 말이 있어도 한 글자도 고치지 않았다. 다만 사람 이름만은, 모두 마을 사람 이름으로 바꾸었다. 또 책 이름은 본인이 완쾌한 뒤에 붙인 것이니만큼 구태여 고치려 하지 않았다.

민국(民國 : 중화민국의 연호) 7년 4월 2일 적음

1

오늘 밤은 달이 좋다.

달을 보지 못한 지 30년도 더 된다. 오늘은 보았기 때문에 기분이 정말 좋다. 그러고 보면 지금까지 30년 넘게 전혀 제정신이 아니었던 것이다. 하지만 그래도 조심해야 한다. 그렇지 않다면, 저 조(趙)의 집 개가 왜 나를 뚫어져라 쳐다볼까?

내가 겁 먹고 그러는 건 아니다.

2

오늘은 전혀 달이 없다. 나는 재미없다고 생각했다. 아침에 조심하여 집을 나오니 조귀(趙貴) 노인의 눈초리가 이상하다. 나를 무서워하는 것도 같고, 나를 없애 버리려고 하는 것도 같다. 그 밖에도 소곤소곤 귀엣말로 내 험담을 하고 있는 놈이 7, 8명 있다. 그런 주제에 내게 들킬까 봐 무서운 것이다. 거리에서 만난 놈들이 다 그렇다. 그중에서도 가장 험상궂게 생긴 놈이 큰 입을 쩍 벌리고 날 보며 웃어 댔다. 나는 정수리에서 발끝까지 소름이 끼쳤다. 놈들이 완전히 준비를 갖추었구나 생각했다.

그러나 나는 무섭지 않았다. 그들은 태연히 걸어왔다. 저쪽에는 아이들이 모여 있었는데 그놈들도 내 욕을 하고 있었다. 조귀 노인과 같은 눈초리에 얼굴빛도 거무칙칙하다. 나는 무슨 원한이 있어 아이들까지도 이런 흉내를 내는가 생각하니 참을 수가 없었다. 그래서 "뭐가 어째!" 호통을 치니 달아나고 말았다.

나는 생각했다. 조귀 노인은 내게 무슨 원한이 있는 것일까. 있다고 한다면 20년 전에 고구(古久) 선생의 헌 장부를 꽉 밟아서 그의 얼굴을 찌푸리게 한 것뿐이잖은가.

조귀 노인이 고구 선생의 친구는 아니지만 틀림없이 그 소문을 듣고 내가 한 짓에 분개하는 것이리라. 그리고 지나가는 사람들을 부추겨 나를 미워하게끔 만든 것이리라.

한데 아이놈들로 말하자면 그때 생겨나지도 않았잖은가. 그런데 어째서 오늘은 나를 무서워하는 듯, 나를 없애 버리려는 듯 이상한 눈초리로 노려보는가. 이거야말로 무서운 일이다. 이상한 일이요, 슬픈 일이다.

그렇다, 알았다. 어미 아비가 가르친 게로구나.

3

밤, 아무리 해도 잠이 오지 않는다. 사물은 모두 연구해 봐야만 아는 법이다.

놈들—그 중에는, 현지사(縣知事)에게 걸려서 칼을 쓴 놈도 있다. 지주에게 두들겨 맞은 놈도 있다. 관리에게 계집을 빼앗긴 놈도 있다. 어미 아비가 빚쟁이에게 시달려 죽은 놈도 있다. 그러나 그때 놈들의 얼굴 표정도 어제처럼 무섭고 처참하지는 않았다.

그 중에서도 이상한 것은 어제 거리에서 만난 그 여자다. 자기 자식을 두들겨 패면서 "빌어먹을 새끼! 네놈을 물어 뜯어야 속이 풀리겠다!" 하는 것이다. 그러면서도 눈은 내게로 향하고 있었다. 나는 깜짝 놀라 당황하고 말았다. 그러자 그 퍼런 얼굴에 이빨을 드러낸 녀석들이 '와아' 웃어 대는 것이다. 진노오(陣老五)가 급히 달려와서 억지로 나를 끌고 집으로 데리고 갔다.

끌려서 집으로 돌아오자 집안 사람들이 모두 서먹서먹한 눈치를 보였다. 그들의 눈초리도 다른 녀석들과 마찬가지다. 내가 서재로 들어가자 밖에서 자물쇠를 걸어 버렸다. 마치 닭이나 오리라도 몰고 들어온 것처럼. 이 일로 나는 그들이 하는 짓을 더욱 알 수 없게 되었다.

이삼 일 전에 낭자촌(狼子村)에서 소작인이 와서 흉년이라고 불평을 늘어 놓다가 형에게 이런 얘기를 했다. 그들 마을에 아주 못된 놈이 있었는데, 사람들이 그놈을 때려 죽이고는 그 내장을 꺼내서 기름에 볶아 먹었다는 것이다. 그렇게 하면 간이 커진다는 이야기다. 내가 옆에서 좀 말참견을 했더니 소작인과 형이 유심히 내 쪽을 노려보았다. 오늘에야 겨우 알았다. 놈들의 눈초리는 마을에 있는 녀석들의 눈초리와 똑같았다. 생각만 해도 머리 꼭대기에서 발끝까지 오싹해진다.

놈들은 사람을 먹어 치운다. 그러고 보면 나를 먹지 않는다는 보장도 없다. 그렇다, 그 여자가 "네놈을 물어 뜯겠다" 말한 것과, 퍼런 얼굴에 이빨을 드러낸 녀석들이 웃은 것과 얼마 전에 그 소작인이 지껄인 것은 틀림없이 암호인 것이다. 그렇다, 알았다. 놈들이 하는 말은 모두가 독(毒)이다. 웃음 속에는 칼이 있다. 놈들의 이빨은 모두 희고 번쩍번쩍하다. 그것이 사람들을 잡아먹는 연장인 것이다.

나는 나 자신을 못된 놈이라고 생각지 않지만 고(古)의 집 장부를 밟고 난 뒤로는 조금 이상해졌다. 놈들은 뭔가 생각하고 있는 모양이지만, 나로서는 알 수가 없다. 더구나 놈들은 사이가 나빠지면 금세 사람을 못된 놈이라고 욕하곤 하는 것이다. 나는 아직도 기억하고 있다. 형이 내게 논문 쓰는 법을 가르쳐 주었을 때, 아무리 착한 사람이라도 조금 헐뜯어 주면 동그라미를 많이 쳐 주었고, 나쁜 사람을 변호해 주면 '기상천외'라든가 '독창적'이라든가 하면서 칭찬해 주었다. 놈들이 무슨 생각을 하는지 내가 알 턱이 없다. 더구나 잡아먹으려고 생각하는 참이니까.

사물은 모두 연구해 봐야만 아는 법이다. 옛날부터 줄곧 사람을 잡아먹었다는 걸 알고 있지만 그리 확실하지는 않다. 나는 역사를 들추어 조사해 보았다. 이 역사에는 연대가 없고, 어느 페이지에나 '인의 도덕' 같은 글자들이 꾸불꾸불 적혀 있다. 나는 이왕 못 자게 되었으므로 밤중까지 열심히 조사해 보았다. 그러자 글자와 글자 사이에서 겨우 글자를 찾아 냈다. 책에는 온통 '식인(食人)'이란 두 글자가 적혀 있었다.

책장마다 이토록 많이 적혀 있다니. 소작인은 그렇게 많이 지껄였다. 주제에 희죽희죽 웃으면서 이상한 눈으로 나를 흘겨보지 않았는가.

나도 사람이다.

놈들은 내가 먹고 싶어진 것이다.

4

아침에 잠시 정좌(靜坐)를 했다. 진노오가 밥상을 들고 왔다. 채소 한 접시, 생선 조림 한 접시. 그 생선의 눈이 희고 뻣뻣하며 입을 쩍 벌리고 있는 것이 사람을 먹고 싶어하는 저 인간들과 똑같았다. 젓가락을 조금 대 보았으나 미끈미끈해서 생선인지 사람인지 알 수가 없었다. 배 속의 것을 모조리 토해 내고 말았다.

"노오, 형한테 말해 줘. 나는 갑갑해서 견딜 수 없으니까 뜰을 거닐어야겠다고."

이렇게 말하자, 노오란 놈은 대답도 않고 가 버린다. 그러나 이내 와서 문을 열어 주었다.

나는 움직이지 않았다. 놈들이 나를 어떻게 처치할는지 두고 보리란 생각에서였다. 아무튼 나를 풀어 줄 생각이 없는 것은 알고 있다. 그러면 그렇지! 형이 한 노인을 안내해서 천천히 들어왔다. 기분 나쁜 눈빛을 한 놈이다. 그 눈빛을 내가 눈치채지 못하도록 아래만 보지 않겠는가. 그리고 안경 너머로 흘끔흘끔 내 태도를 살핀다. 형이 "오늘은 하(何) 선생에게 진찰을 받기로 했다" 하기에 "그렇습니까" 대답은 해주었지만, 이 노인이 망나니의 화신이라는 것쯤은 다 알고 있다. 맥을 본다는 구실로 살집이 어떤가를 보는 것이다. 그 공으로 고기 한 점쯤 얻어먹을 작정이겠지. 나는 조금도 무섭지 않다. 사람은 먹지 않았어도 간만은 놈들보다 크다. 두 주먹을 내밀고 놈이 무엇을 하는가 보고 있었다. 놈은 의자에 앉아 눈을 감고 한참이나 꿈지럭거리더니 한동안 멍하니 있었다. 그러고 나서 그 기분 나쁜 눈을 뜨고 말했다.

"너무 걱정할 것 없어요. 조용히 몸조리를 하면 곧 좋아질 겁니다."

걱정하지 말고 조용히 몸조리를 해라! 물론 몸조리를 해서 살이 찌면 놈들은 그만큼 더 먹게 되겠지. 하지만 내게 무슨 좋을 일이 있는가. 뭐가 "좋아질 겁니다"인가. 놈들은 사람을 잡아먹고 싶으면서도 이상하게 주저주저하며 체통을 차리느라 과감히 손을 내밀지 못하고 있으니 우습기 짝이 없는 노릇이다. 나는 견딜 수가 없어 큰 소리로 웃어 주었더니, 완전히 기분이 좋아졌다. 이 웃음에는 용기와 정기(正氣)가 넘치고 있음을 나도 느낄 수 있었다. 노인과 형은 얼굴빛이 변하며 내 용기와 정기에 압도되고 말았다.

그러나 내게 용기가 있으니까 놈들은 더욱 나를 먹고 싶어한다. 그 용기를 얻어 갖고 싶은 것이다. 노인은 방을 나가자 이내 작은 소리로 형에게 속삭였다.

"빨리 먹어 치우도록 하세요."

형은 끄덕였다. 아니 형도 그랬던가 하고 나는 생각했다. 이 대 발견은 의외인 듯했지만 실은 의외가 아니었다. 한패가 되어 나를 잡아먹으려는 사람이 내 형인 것이다. 사람을 잡아먹는 자가 내 형이다.

나는 사람을 잡아먹는 자의 동생이다.

내가 잡아먹히더라도 여전히 나는 사람을 잡아먹는 자의 동생이다.

5

나는 한 걸음 물러나서 생각해 보았다. 설령 그 노인이 망나니의 화신이 아니고 올바른 의사라 하더라도 사람을 잡아먹는 사람임에는 변함이 없다. 놈들의 선생인 이시진(李時珍)이 지은 《본초(本草)》인가 하는 책에도 사람

고기를 삶아 먹는다고 분명히 씌어 있지 않은가. 이래도 놈은 "나는 사람을 먹지 않습니다" 말한 것인가.

내 형 역시 그렇다. 뚜렷한 증거가 있다. 내게 글을 가르칠 때, 분명히 '자식을 바꿔 잡아먹는' 일은 있을 수 있다고 자기 입으로 말했던 것이다. 그리고 또 한번은 우연히 어느 나쁜 사람 얘기가 나왔을 때, 그놈은 죽여 마땅할 뿐만 아니라, '살을 먹고 가죽을 깔고 자야 한다'고 말한 일이 있다. 그 무렵 나는 아직 어렸기 때문에 종일토록 심장이 두근거렸던 것이다. 이것으로 보더라도 그의 마음이 예나 지금이나 잔인함을 알 수 있다. '자식을 바꿔서 잡아먹는' 일이 있을 수 있으면 무엇이든 바꿀 수 있을 것이다. 누구라도 잡아먹을 수 있을 것이다. 전날 소작인이 내장을 기름에 볶아 먹었다는 말을 했을 때도 형은 기괴하게 여기지 않고 연방 옳다고 고개를 끄덕였다. 옛날엔 형의 설교를 그저 멍청히 흘려 들었는데, 지금 생각해 보니 설교할 때는 틀림없이 입가에 사람의 기름을 처바르고 있었을 뿐만 아니라 가슴 속에는 온통 사람을 먹고 싶은 욕망이 가득 차 있었음을 알 수 있다.

6

캄캄하다. 낮인지 밤인지 도무지 알 수 없다. 조의 집 개가 또 짖기 시작했다. 사자처럼 교활한 마음, 토끼의 비겁함, 여우의 간사함…….

7

나는 놈들의 수법을 알아 냈다. 칼로 죽이긴 싫고 또 할 수도 없는 것이다. 뒤탈이 무섭기 때문이다. 여럿이서 연락을 취해 교묘히 그물을 둘러쳐 두고, 좋든 싫든 나를 자살하게끔 만들고 있는 것이다. 그렇다. 전날 마을에서 본 사내와 계집의 태도나 얼마 전 형의 거동만 하더라도 거의 틀림이 없다. 내가 스스로 허리띠를 풀어 대들보에 걸치고 목을 매어 죽어 버리기를 바라겠지. 놈들은 살인이란 죄명을 쓰지 않고도 소원을 성취할 수도 있다는 계산이다. 껑충껑충 뛰며 기뻐서 '우우 우우' 하고 비명을 지르며 웃게 되겠지. 그렇게까진 안 된다 해도 기껏해야 난 괴로워하며 고민하다 죽고 말 것이다. 그러면 고기는 좀 줄어 들겠지만 그런 대로 그들은 만족할 것이다.

놈들은 죽은 고기밖에는 먹을 수가 없다. 그렇다. 어떤 책에선가 읽은 일이 있다. '하이에나'인가 하는 동물이 있다는데 눈 생김새나 몸 생김새가 추악하기 짝이 없다고 한다. 그리고 언제나 죽은 고기만을 먹고, 아무리 굵은 뼈라도 바작 바작 깨물어 삼켜 버린다고 한다. 생각만 해도 끔찍하다. 하이에나는 늑대 족속이고, 늑대는 개의 조상이다. 지난번 조의 집 개가 유심히 나를 노려보았는데 틀림없이 놈도 한패라 연락이 닿고 있음을 알 수 있다. 늙은이도 눈을 내리뜨고 아래만 보았지만 내가 속을 것 같은가?

가장 딱한 것은 형이다. 그도 사람인데, 어째서 무서워하지 않는가. 더구나 한패가 되어 날 잡아먹으려 하니, 익숙해져 나쁘다는 생각도 못 하는 걸까. 양심을 잃고 나쁜 줄 알면서도 하는 걸까?

나는 사람을 잡아먹는 자를 저주해도 먼저 형부터 저주하리라. 사람을 잡아먹는 인간을 회개시켜도 먼저 형부터 회개시키겠노라.

8

이런 이치를 지금쯤은 놈들도 깨달아야 할 터인데……. 돌연히 한 남자가 찾아왔다. 나이는 고작 20세 안팎, 낯짝은 확실치가 않다. 그는 싱글벙글하면서 나를 보더니 고개를 숙였다. 그러나 그 웃음도 진짜 웃음은 아니었다. 나는 물었다.

"사람을 먹는 것이 옳은가?"

그 사나이는 여전히 싱글벙글하면서 대답했다.

"흉년도 아닌데 어떻게 사람을 잡아먹습니까?"

나는 금방 깨달았다. 이놈도 한패여서 사람을 먹고 싶어한다. 그래서 나는 용기 백배해서 끝까지 물고 늘어졌다.

"옳은가?"

"그런 걸 물어서 뭘 하시렵니까? 나리도 참…… 농담도 잘 하십니다……. 오늘은 날씨가 좋군요."

좋은 날씨였다. 달도 밝다. 그러나 나는 네게 묻고 있는 거다.

"옳은가?"

그는 그렇다고는 말하지 않았다. 애매한 말투였다.

"아니요……."

"옳지 않지. 그럼, 놈들은 어째서 잡아먹지?"

"그런 터무니없는……."

"그런 터무니없는? 실지로 낭자촌에서는 잡아먹고 있다. 게다가 책에도 씌어 있다. 온통 새빨간 피투성이로."

그의 얼굴빛이 싹 변했다. 쇠빛처럼 질렸다.

"그야 있을지도…… 옛날부터 그랬으니까……."

"옛날부터 그랬으면 옳단 말인가?"

"나리와 그런 얘기는 하고 싶지 않습니다. 아무튼 그런 말을 하시면 안 됩니다. 말씀하시는 것은 모두 잘못입니다."

나는 벌떡 일어났다. 눈을 뜨고 자세히 보니 그자의 모습은 없었다. 온몸에 땀이 흠뻑 배어 있었다. 그놈은 내 형보다 나이가 훨씬 아래인데도 벌써 한패거리가 됐다. 틀림없이 애비 에미가 가르쳐 준 것이겠지. 벌써 제 자식에게도 가르쳐 줬을지도 모른다. 그러니까 아이놈들도 나를 그런 눈으로 보는 것이다.

9

자신은 사람을 잡아먹으려고 하면서, 남에게는 먹히지 않으려 하기 때문에 의심을 품고 서로 흘긋흘긋 훔쳐 보고 있다…….

이런 생각을 버리고서 마음놓고 일을 하고 거리를 걷고, 밥을 먹고, 잠을 자면 얼마나 기분이 좋을까. 그것은 겨우 하나의 관문만 넘어 서면 되는 것이다. 그러나 놈들은 부자, 형제, 부부, 친구, 사제(師弟), 원수, 그리고 낯모를 사람들까지 한패가 되어 서로 격려하고 견제하며 죽어도 이 한 발을 딛고 넘어 서려 하지 않는다.

10

아침 일찍 형을 만나러 갔다. 형은 방문 밖에 서서 하늘을 바라보고 있었다. 나는 뒤돌아 문을 가로막고 서서 아주 조용하고 부드럽게 말을 건넸다.

"형님, 드릴 말씀이 있습니다."

"말해 봐."

형은 곧 뒤돌아보며 끄덕였다.

"별것도 아닌데, 그게 쉽게 말이 안 나옵니다. 형님, 아마도 먼 옛날, 사람들이 미개했을 무렵에는 누구나가 사람을 잡아먹었겠지요. 그게 뒤에는 저마다 생각이 달라졌기 때문에, 어떤 사람은 잡아먹지 않고 오로지 착해지려고 노력해서 결국 인간답게 된 거죠. 즉 참다운 사람이 되었죠. 그런데 어떤 사람은 계속 사람을 잡아먹어서—벌레도 마찬가지죠. 어느 것은 물고기가 되고, 새가 되고, 원숭이가 되고, 마침내는 사람이 되었죠. 어느 것은 착해지려고 하지 않았기 때문에 아직도 벌레로 남아 있는 겁니다. 사람을 잡아먹는 인간은 잡아먹지 않는 인간에 비해 몹시 부끄럽겠지요. 벌레가 원숭이에 비해서 부끄러운 것보다 훨씬 더 부끄러울 겁니다. 역아(易牙 : 고대의 요리사)가 자기 아들을 삶아서 걸주(桀紂 : 고대의 폭군)에게 먹인 이야기는 먼 옛날 일이었을까요. 그렇지는 않습니다. 반고(盤古 : 전설상의 천지창조자)가 천지를 연 뒤로 계속 사람을 잡아먹어 오다가 역아의 아들에 이르고, 그 뒤로도 계속 잡아먹어 오다가 서석림(徐錫林 : 청나라 끝무렵의 혁명가. 사형을 당했는데 누군가가 그의 내장을 꺼내 먹었다고 한다)에 이르고, 다시 계속 잡아먹어 오다가 낭자촌에서 한 사나이를 잡게 된 것입니다. 지난 해 성안에서 죄수가 처형되었을 때는 폐병 환자가 만두에 그 피를 적셔 먹었습니다. 놈들은 나를 먹으려고 합니다. 그거야 형님 혼자서는 어떻게 해볼 수 없겠지요. 그러나 그렇다고 해서 한패에 끼어들 건 없지 않습니까. 사람을 먹는 자들이 무슨 짓을 못하겠습니까? 나를 잡아먹은 다음엔 형님도 잡아먹을 것입니다. 그리고 같은 패끼리 서로 잡아먹을 겁니다. 다만 한 발만 방향을 바꿔서, 지금 마음을 고치기만 하면 모두가 평화롭게 살 수 있습니다. 옛날부터 그랬는지는 모르지만 우리는 오늘부터라도 온 힘을 다해 마음을 고쳐먹고, 안 된다고 해야 합니다. 형님, 형님은 말할 수 있습니다. 전에 소작인이 도조(남의 논밭을 빌려서 부치고 그 대가로 해마다 내는 벼)를 감해 달랬을 때, 안 된다고 말하지 않았습니까?"

처음 형은 냉소를 띨 뿐이었다. 그러나 이내 눈길이 험해지더니 놈들의 내막을 들추어 내는 순간 얼굴이 새파래졌다. 바깥문 밖에는 많은 사람이 서 있었다. 조귀 노인도, 그의 개도 섞여 있었다. 그 패들이 조심조심 대문 안으로 들어왔다. 어떤 놈은 얼굴을 알아볼 수가 없었다. 복면을 한 모양이었다. 어떤 놈은 예의 퍼런 얼굴에 이빨을 드러내고 히죽 히죽 웃고 있었다. 본 기억이 있는 놈들이다. 어느 놈이나 사람을 잡아먹는 자들이다. 놈들 사이에 의견이 맞지 않는 것도 알고 있다. 옛날부터 그랬으니까 잡아먹는 것이 당연하다고 생각하는 놈들과, 잡아먹어서는 안 된다고 생각하면서도 잡아먹

반고
중국 도교의 천지창조 설화에 나오는 인물. 천지와 함께 태어난 최초의 인간으로, 세상을 하늘과 땅으로 분리하고 해·달·별을 배치하고 바다를 넷으로 만들었으며, 산과 골짜기를 만들어 땅의 모습을 만들었다. 음양의 원리는 이중성의 원리로 반고의 지식에 근원을 두었다. 다른 전설은 반고의 거대한 시체에서 우주가 생성되었는데, 그의 눈은 해와 달, 피는 강, 머리는 나무와 식물이, 땀은 강물, 살은 흙이 되었다. 인류는 반고의 몸에 있던 기생충에서 생겨났다고 한다.

는 놈들 두 종류이다. 게다가 폭로되면 곤란하기 때문에 내 말을 듣고 노발대발 화가 났지만 겉으론 히죽 히죽 비웃고 있는 것이다.

그때 형이 갑자기 무서운 얼굴로 호통을 쳤다.

"나가! 미치광이가 무슨 구경거리야!"

이제야 나는 또 놈들의 묘한 꾀를 알아차렸다. 놈들은 마음을 고치기는커녕 벌써 함정을 만들어 놓았던 것이다. 미치광이라는 간판을 준비해 두었다가 내게 뒤집어 씌울 작정이다. 이렇게 하면 앞으로 잡아먹어도 걱정 없을 뿐만 아니라, 개중에는 동정해 줄 사람도 있을 테니까. 소작인의 이야기 중에 여럿이서 악한 한 명을 잡아먹었다는 것도 바로 이 수법이다. 이것이 놈들이 즐겨쓰는 수작인 것이다.

진노오도 성이 나서는 달려왔다. 그러나 내 입을 막을 수 있겠는가. 나는 끝까지 말했다.

"너희는 마음을 고치는 것이 좋다. 진심으로 회개하는 거다. 알겠나? 이제 사람을 잡아먹는 인간은 이 세상에서 용납될 수 없다. 살아갈 수가 없게 되는 거다. 끝내 회개하지 않으면 자신도 잡아먹히고 만다. 아무리 많이 낳아 보았자 모두 참다운 사람에게 멸망하고 만다. 사냥꾼이 늑대를 잡아 없애는 것과 마찬가지로, 벌레와 마찬가지로."

그 많은 놈들은 모두 진노오에게 쫓겨나고 말았다. 형도 어디론가 가 버렸다. 진노오가 나를 달래서 방으로 데리고 들어왔다. 방 안은 캄캄했다. 들보와 서까래가 머리 위에서 흔들리기 시작했다. 후들후들 떨고 있더니 갑자기 출렁거리며, 내 위를 덮쳐 눌렀다. 무겁다. 정말 무겁다. 꼼짝도 할 수 없다. 나를 죽이려는 것인가. 그러나 놈의 무게가 속임수라는 것을 알아차렸기 때문에, 발버둥치며 빠져 나왔다. 땀으로 흠뻑 젖은 채 나는 호통을 쳐 주었다.

"네놈들, 지금 당장에 회개하거라. 알겠나? 이제 사람을 잡아먹는 인간은 이 세상에서 용납될 수 없다⋯⋯."

11

해도 보이지 않는다. 문도 열리지 않는다. 매일 두 끼의 밥만 들어왔다. 젓가락을 집어 들자 형이 생각났다. 누이동생이 죽은 까닭도 놈에게 있음을 알아차렸다. 그때, 내 누이는 겨우 다섯 살이었다. 귀엽고 애처로운 모습이 지금도 눈에 어른거린다. 어머니는 한없이 울며 날을 보냈다. 그러자 형은 어머니에게 울지 말라고 했다. 자기가 잡아먹었으니까, 남이 울면 조금이나마 양심의 가책이 되는 모양이었다. 만일 또 가책이 된다면⋯⋯. 누이동생은 형에게 먹혔다. 어머니는 알았을까. 나로서는 알 수 없다.

어머니도 아마 알았으리라. 그러나 울면서도 아무 말도 하지 않았다. 아마도 당연한 일이라고 생각하고 있었겠지. 분명 내가 너덧 살 때였다고 생각하는데, 내가 방 밖에서 바람을 쐬고 있으려니까 형이 이런 말을 했다. 부모가 병이 들면 자식된 사람은 마땅히 자기 살을 한 조각 베내어 푹 고아서 부모에게 잡숫게 하는 것이 사람된 도리라고. 그때 어머니도 나쁘다고는 말하지 않았다. 물론 한 조각을 먹을 수 있다면 통째로도 먹을 수 있을 것이다. 하지만 그때의 울던 모습은 지금 생각해도 가슴이 아프다. 정말 이상한 일이다.

12

생각할 수 없게 되었다.

4천 년 동안 계속 사람을 잡아먹어 온 고장에서 내가 오랫동안 살아 왔다는 것을 오늘에야 알게 되었다. 형이 집안 살림을 맡자 누이는 죽었다. 놈이 몰래 음식에 독을 섞어서 우리에게도 먹이지 않았다고는 말할 수 없다. 나도 모르는 사이에 누이 동생의 고기를 먹지 않았다고는 말할 수 없다. 지금은 내가 먹힐 차례가 되었는가……. 4천 년이나 사람을 먹어 온 역사를 가진 우리. 처음엔 몰랐으나 이제는 알았다. 참다운 인간은 보기 어렵구나.

13

사람을 먹은 일이 없는 아이들이 아직도 남아 있을는지 몰라. 아이들을 구해라…….

공을기(孔乙己)

　노진(魯鎭)에 있는 선술집들의 구조는 다른 곳과 달랐다. 대개가 길 쪽으로 기역자 모양의 큼직한 술청이 있고, 술청 안쪽에는 끓는 물이 늘 준비되어 있어 수시로 술을 데울 수가 있다. 막벌이꾼들이 점심때나 저녁나절, 일손이 끝나는 대로 제가끔 동전 네 푼을 털어 한 잔 술을 사서—이것은 20년 전 일이고 지금은 한 잔에 10푼으로 올랐을 것이다—술청에 기대 선 채 따끈한 술을 들이마시고는 쉬는 것이었다. 만약 한 푼을 더 쓰면 삶은 죽순이나 회향두(茴香豆) 안주 한 접시를 먹을 수 있었고, 만약 열 몇 푼만 더 내면 고기 요리도 한 접시 먹을 수 있었다. 그러나 이 집에 오는 고객의 대부분은 옷도 변변히 입지 못하는 축들이므로, 대게 그렇듯 호화로운 씀씀이꾼은 못된다. 다만 긴 두루마기를 입은 사람들만이 호기롭게 들어와 술청 옆방에서 술과 안주를 청해서는 마냥 앉아서 마신다.

　나는 열 두 살 적부터 노진 어구에 있는 함형(咸亨) 술집에서 급사 노릇을 했다. 주인은 내가 너무나 둔하므로 점잖은 단골 손님들을 잘 대접하지 못할까 봐서 밖에서만 일을 하라고 했다. 밖의 협수룩한 손님들을 대접하기는 쉬웠으나 그 중에는 꽤 까다로운 사람도 적지 않았다. 그들은 가끔 내가 황주(黃酒)를 독에서 뜰 때 직접 감시를 하고 술병을 데우려고 더운물에 넣는 걸 직접 보아야만 마음을 놓는다. 이렇게 엄중한 감독 밑에서 물을 탄다는 것은 그리 쉬운 일이 아니다. 그래서 며칠 뒤에 주인은 또다시 내가 이 일에 수완이 없다고 말했다. 다행히 나를 소개한 분이 상당한 분이었던 덕택으로 내쫓지는 못한 채 술만 전문으로 데우는 무료한 직무를 내게 맡기게 되었다.

　나는 그로부터 하루 온종일 술청 안에서 나의 직무만을 맡아 보았다. 별로 실수할 일도 없지만 일이 너무도 단조롭고 지루해서 조금도 흥미가 나지 않았으며, 심심하기까지 했다. 주인은 무섭게 얼굴을 찡그리고 있고 단골 손님들도 별로 쾌활한 맛이 없으므로 나는 늘 기를 펴지 못했다. 다만 공을기(孔

乙己)가 술집에 나타나야 비로소 웃음소리가 터져 나오곤 해서 아직 그를 기억하고 있다.

공을기는 선술 먹는 축으로선 긴 두루마기를 입고 있는 단 한 사람이었다. 키가 훤칠히 컸으며 창백하고 주름진 얼굴에는 언제나 상처가 가실 줄 몰랐다. 턱에는 희끗희끗한 반백의 수염이 텁수룩하였다. 입은 옷은 그래도 긴 두루마기였지만 더럽고 해어진 게 아마 10년 넘게 기워 본 일도, 빨아 본 일도 없는 것 같았다. 그의 이야기는 모두가 문자투성이어서 사람들은 알 듯하면서도 알 수 없었다. 그는 성이 공(孔)이므로 사람들은 습자책에 씌어 있는 '상대인 공을기(上大人 孔乙己)'라는 요령부득의 문구에서 별명을 따붙여 그를 '공을기'라고 부르게 되었다. 공을기가 술집에 오기만 하면 술 마시던 사람들은 모두 그를 놀렸다. 어떤 사람은 큰 소리로 놀렸다.

"공을기, 자네 얼굴엔 또 새로운 상처가 늘었군."

그는 콧방귀도 뀌지 않고 술청 안을 향해 말했다.

"술 두 잔만 데워 주! 그리고 회향두 한 접시하고."

그러고선 동전 아홉 푼을 벌여 놓는다. 술꾼들은 일부러 큰 소리로 떠들었다.

"자네 또 남의 것을 훔쳤군!"

공을기는 눈이 휘둥그레져서 대들었다.

"당신은 무엇 때문에 터무니없이 나에게 누명을 씌우려는 거요?"

"뭐 누명을 씌워? 내가 그저께 이 눈으로 똑똑히 봤어! 하(何)씨네 책을 훔치려다가 매달려 매맞는 모습을 보았는 걸."

공을기는 얼굴이 빨개지며 이마의 푸른 힘줄을 한 가닥 한 가닥 세우면서 항변했다.

"책을 훔치는 것은 도둑질이 아니야……. 책을 훔치는 것은…… 독서하는 사람의 일이야. 도둑질이라고는 할 수 없어."

그러고서는 알아듣기 힘든 말로 무슨 '군자고궁(君子固窮)'이니, '자호(者乎)'니 하는 바람에 여러 사람들은 "와아!" 웃음보가 터져 나와서 술집 안팎이 쾌활한 공기로 가득 찼다.

사람들이 뒷구멍에서 말하는 것을 들으면 공을기는 본디 글줄이나 읽는 선비였다. 그러나 어찌 된 일인지 끝내 과거에는 급제를 못하고 말았다. 그래서 차차 집안은 가난해지고 급기야는 밥을 빌어먹을 정도가 되어 버렸다.

다행히 글줄이나 쓸 줄 아는 덕택으로 남의 책을 베껴 주고 밥 한 사발과 바꿔 먹곤 했으나, 안타깝게도 그는 술 마시기만 좋아하고 게으른 고약한 버릇이 있었다. 일을 시작한 지 며칠이 못 가서 사람과 책·종이·붓·벼루까지 몽땅 감쪽같이 사라지고 말았다. 이렇게 몇 차례를 거듭하는 동안에 그에게 책을 베껴달라는 사람도 없어지고 말았다. 공을기는 하는 수 없이 가끔 도둑질을 하게 되었다. 하지만 그는 우리 술집에서는 품행이 다른 사람들보다 점잖아서 외상값을 질질 끄는 일이 없었다. 간혹 돈이 떨어져 칠판에 이름을 써 놓지만 한 달이 못 가서 반드시 청산하고 칠판에서 이름을 지워 버렸다. 술 반 잔을 마시는 사이 공을기의 붉게 올랐던 얼굴이 점차 본디대로 돌아오면 옆사람이 또 묻는다.

"공을기, 자넨 정말 글자를 아나?"

공을기는 묻는 사람의 얼굴을 쳐다보면서 대꾸하는 것조차 싱겁다는 듯한 기색을 나타낸다. 그러면 그들은 곧 재차 묻는다.

"자넨 어째서 과거에 급제를 못했지?"

그러면 공을기는 별안간 어쩔 줄을 몰라서 불안한 표정을 짓고 얼굴은 더욱 창백해진다. 그러곤 입으로 무슨 소린지 중얼거리는데, 이번에야말로 순 문자투성이로 조금도 알아들을 수 없다. 그러면 군중의 폭소가 다시 터져 나와 술집 안팎은 쾌활한 공기로 가득 찬다.

이럴 때에는 나도 따라서 웃었고 주인도 결코 나무라지 않았다. 오히려 주인이 공을기를 볼 때마다 언제나 그런 소리를 물어서 사람의 웃음보를 터뜨렸다. 공을기는 자신이 그 사람들과 이야기 상대가 안 된다는 것을 알기 때문에 아이들을 상대로 한다. 한번은 공을기가 내게 물었다.

"너 글 좀 읽어 봤니?"

내가 고개만 끄떡해 보였더니 그가 말을 이었다.

"글을 읽었다고……. 그럼 내가 시험을 좀 해 볼까? 회향두의 회(茴)자를 어떻게 쓰지?"

나는 이런 거지 같은 사람도 나를 시험할 자격이 있는가 싶어 곧 얼굴을 돌려 버리고 다신 상대하지도 않았다. 공을기는 한참 기다리고 있다가 매우 친절하게 말했다.

"쓸 줄 모르나 본데…… 내가 가르쳐 줄 테니…… 기억해 둬! 이런 자는 알아 둬야 해요. 다음에 주인이 되었을 때 장부를 쓰려면 필요하니까!"

나는 가만히 생각해 보았다. 내가 주인과 같은 위치가 되자면 아직 까마득하지 않은가? 그리고 우리 주인도 지금까지 회향두를 장부에 올려 본 일이 없으려니와 도대체 우습기도 하고 귀찮아서 싫증이 나는 것을 그대로 참고 대답해 주었다.

"누가 당신 보고 가르쳐 달랬소? 초두 밑에 돌아올 회자 아네요?"

공을기는 대단히 유쾌한 듯이 두 손가락의 길게 자란 손톱으로 술청을 두들기더니 고개를 끄덕끄덕하며 말했다.

"그렇지! 맞았어……. 그런데 회(回)자도 쓰는 방법이 네 가지가 있는데 아는가?"

나는 더욱 귀찮아져서 입을 삐쭉해 보이고 멀리 가 버렸다. 공을기는 손톱으로 술을 찍어서 술청 위에다 글자를 쓰려다가, 내가 조금도 열을 보이지 않는 눈치를 채고는 한숨을 쉬고 대단히 유감스러운 듯이 애석한 표정을 짓는 것이었다.

몇 번인가 이웃집 애들이 웃음소리를 듣고 구경하러 놀러와서 공을기를 둘러쌌다. 그러면 그는 아이들에게 회향두를 나누어 주는데, 한 아이에 한 알 씩이다. 애들은 콩을 먹고서도 가지 않은 채 눈으로 모두 접시를 기웃거린다. 공을기는 당황해서 다섯 손가락을 펴 접시를 덮고는 허리를 구부리고 말한다.

"이젠 없다. 얼마 남지 않았어!"

허리를 펴면서 슬쩍 콩을 보곤 다시 고개를 흔들며 말한다.

"이젠 없다! 없어! 많은가? 많지 않도다."

그제야 이 한 떼의 아이들은 모두 깔깔대며 뿔뿔이 흩어져 달아난다. 공을기는 이렇게 여러 사람을 유쾌하게 해 주었다. 그러나 그가 없다고 해서 다른 사람에게 별 지장이 있는 것도 아니었다.

어느 날, 아마 추석 이삼 일 전이었을 것이다. 주인은 천천히 장부의 셈을 맞추다가 칠판을 치면서 갑자기 말했다.

"공을기가 오랫동안 안 오는구나. 아직도 열아홉 푼이나 외상값이 남았는데!"

나는 그제야 비로소 그가 정말 오랫동안 오지 않았던 게 생각났다. 그러자 술 먹던 한 사람이 말했다.

"그놈이 어떻게 올 수가 있나? 다리가 부러졌는데!"

주인은 놀라는 목소리로 말했다.

"허! 그래요?"

"그는 여전히 도둑질을 했죠. 이번엔 정신이 빠졌지. 정거인(丁擧人) 집에 도둑질하러 들어갔지 뭐유. 그 집 물건을 어떻게 훔칠 수가 있어요?"

"그래, 어떻게 되었나요?"

"어떻게 됐냐구요? 우선 시말서를 쓰고, 그리고는 두들겨 맞았죠. 밤중까지 두들겨 맞아 나중에는 다리가 부러졌대요."

"그러고는 어떻게 되었나요?"

"다리가 부러졌다니까요."

"다리가 부러지곤 어떻게 됐나요?"

"어떻게 됐냐구요? 누가 안답니까? 아마 죽었을지도 모르죠."

주인도 더 묻지도 않고 또 천천히 장부 계산을 했다.

추석이 지난 뒤부터 가을 바람이 나날이 쌀쌀해져 점차 초겨울이 가까워 왔다. 나는 온종일 불곁에 있는데도 솜옷을 입어야 했다. 어느 날 오후 손님도 없고 해서 눈을 감고 앉아 있으려니까 갑자기 소리가 들렸다.

"술 한 잔 데워 주!"

그 음성은 매우 낮았으나 아주 귀에 익은 소리였다. 눈을 뜨고 보았으나 아무도 없었다. 벌떡 일어나서 밖을 내다보았다. 그랬더니 공을기가 술청 아래에 문턱을 향해서 앉아 있었다. 얼굴이 까매지고 말라서 꼴이 말이 아니었다. 그는 너덜너덜한 겹옷을 입고 두 다리를 도사리고는 가마니 위에 걸터앉아 있었다. 나를 보더니 또 말한다.

"술 한 잔 데워 주!"

주인도 머리를 쑥 내밀고 말했다.

"공을기인가? 자네 외상이 열아홉 푼 있어!"

공을기는 처량한 듯 힘없이 위를 쳐다보며 말했다.

"그것은…… 다음에 갚죠. 오늘은 현금입니다. 술은 좋은 것으로요!"

주인은 그 전이나 다름없이 웃으면서 그에게 말했다.

"공을기, 자네 또 도둑질을 했군 그래!"

그러자 그가 이번에는 변명도 않고 다만 "농담 마슈!" 그렇게 한 마디 했다.

"농담이라니! 도둑질을 안 했으면 다리는 왜 부러졌나?"

"넘어졌수다. 넘어져서……."

이렇게 말은 했으나 그의 눈치는 주인에게 더 묻지 말기를 애원하는 듯하였다.

그럴 무렵 벌써 여러 사람이 모여들어 주인과 함께 웃어대기 시작했다. 나는 술을 데워서 문턱 위에 놓아 주었다. 그는 해진 주머니를 뒤적거리더니 동전 네 푼을 꺼내 내 손에 놓았다. 보니까 그의 손은 진흙투성이였다. 그는 그 손으로 기어왔던 것이다. 잠깐 사이에 그는 술을 마시고 곁의 사람들이 떠들고 웃고 하는 동안에 앉은 채 그 손으로 또 기어서 천천히 사라져 버렸다.

그로부터 오랫동안 공을기를 보지 못했다. 연말이 되어 주인은 칠판을 떼면서 중얼거렸다.

"공을기는 아직도 외상이 열아홉 푼 있는데!"

그 다음 해 단오에도 주인은 똑같이 중얼거렸다.

"공을기는 아직도 외상이 열아홉 푼 있는데!"

그러나 추석이 되어서는 아무 소리도 안 했다. 다시금 연말이 돌아와도 공을기는 보이지 않았다.

나는 지금까지도 끝내 그를 보지 못했다. 아마 공을기는 죽었을 것이다.

약

1

어느 가을날 새벽, 달은 졌으나 해는 아직 뜨지 않아 검푸른 하늘만이 낮게 드리워 있었다. 밤에 나다니는 것 말고는 모두가 잠자리에 들어 있을 때였다. 화노전(華老栓)은 벌떡 일어났다. 성냥을 그어 기름투성이 등잔에 불을 붙였다. 찻집의 두 칸 방은 푸르스름한 빛으로 가득 찼다.

"소전(小栓) 아버지, 곧 가시지요?"

나이먹은 여인의 목소리였다. 안쪽의 작은 방에서는 기침소리가 한바탕 들려왔다.

"그래."

노전은 기침소리를 들으면서 그렇게 대답하고 옷의 단추를 끼웠다. 그러고는 손을 내밀며 말했다.

"이리 줘요."

화대마(華大媽)는 베갯밑을 한참 더듬더니 은화(銀貨) 한 꾸러미를 꺼내 노전에게 주었다. 노전은 그것을 받아 떨리는 손으로 주머니에 넣고는 겉으로 두어 번 만져 보았다. 그러고는 초롱에 불을 붙인 다음 등잔을 불어 끄고 안쪽 방으로 걸어갔다. 그 방에서는 버스럭버스럭하는 소리가 나더니 이어서 콜록콜록 기침소리가 났다. 노전은 그의 기침이 가라앉길 기다려 나직이 불렀다.

"소전아…… 넌 일어나지 마라……. 가게는 너의 어머니가 차려 놓을 수 있으니까."

노전은 아들이 아무 말도 하지 않으므로 안심하고 잠든 것이라 생각했다. 그래서 문을 지나 거리로 나왔다. 거리는 캄캄하고 아무것도 없었다. 한 가닥의 희끄무레한 길만이 뻗어 있다. 초롱불빛이 한 발짝 한 발짝 걷는 그의 두 발을 비치고 있었다. 가다가 개를 몇 마리 만났으나 어느 한 마리도 짖지

　는 않았다. 바깥은 제법 추웠다. 노전에게는 그것이 도리어 상쾌했다. 마치
자기가 갑자기 젊어져서 신통력(神通力)을 얻어 사람에게 생명을 주는 재능
을 갖기라도 한 것처럼 걸음걸이가 가뿐해졌다. 게다가 길도 걸을수록 뚜렷
해지고 하늘도 밝아 왔다. 노전은 부지런히 길을 걷다가 갑자기 놀라 섰다.
멀리 보이는 삼거리가 막혀 있었다. 그는 몇 발짝 물러나 문이 닫혀 있는 어
느 가게의 처마 밑으로 기우듬히 들어가 문에 기대섰다. 한참 있자니 몸이
오슬오슬해짐을 느꼈다.

　"어이, 영감!"
　"괴짜 같으니……."
　노전은 또 깜짝 놀랐다. 눈을 부릅뜨고 보니까 몇 사람인가가 그의 앞을 지
나갔다. 한 사람은 그를 돌아보았는데 생김새는 똑똑히 보이지 않았으나 오랫
동안 굶주린 사람이 먹을 것을 본 것처럼 눈빛이 번뜩였다. 노전이 초롱을 보

앉더니 불은 벌써 꺼져 있었다. 주머니를 더듬어 보니 딱딱한 게 아직도 만져졌다. 머리를 들어 주위를 살피니 많은 괴상한 사람들이 삼삼오오 모여 유령처럼 그곳을 배회하고 있다. 그런데 찬찬히 다시 보니까 별로 이상하진 않았다.

잠시 뒤 이번에는 군인 몇 사람이 그곳에서 서성거리는 것이 보였다. 군복의 앞뒤에 붙어 있는 커다란 흰 동그라미가 멀리에서도 똑똑히 보였다. 가까운 곳의 군인은 군복 소매 끝에 두른 검붉은 선까지 보일 정도였다. 한바탕 발자국 소리가 나는가 싶자 눈 깜짝할 새에 한 떼의 사람들이 서로 밀치며 지나갔다. 삼삼오오 흩어져 있던 사람들도 갑자기 한 무더기가 되어 밀물처럼 앞으로 달려가 삼거리 모퉁이까지 이르더니, 갑자기 멈춰 서서 반원형으로 둘러섰다.

노전도 그쪽을 보았으나 한 무더기 사람들의 등만 보였다. 목들을 길게 뺀 것이 마치 많은 오리가 눈에 보이지 않는 손에 잡혀 매달려 있는 것 같았다. 정적이 감돌다간 소음이 일고 동요되더니 쾅! 소리가 나며 모두 뒤로 물러나 흩어졌다. 그 중엔 노전이 서 있는 곳까지 뛰어와 하마터면 그에게 부딪칠 뻔한 사람도 있었다.

"어이! 돈과 물건과 바꾸지!"

온몸이 새까만 사람이 노전 앞에 서 있었다. 눈빛이 마치 칼 두 자루처럼 찔러 왔으므로 노전의 몸은 반으로 움츠러들었다. 그 사람은 큰 손을 그에게 벌리고 있었다. 다른 손에는 새빨간 만두를 쥐고 있었는데 거기서는 아직도 빨간 것이 뚝뚝 떨어지고 있었다.

노전은 허둥지둥 은화를 꺼내어 떨리는 손으로 그에게 내주려고 했으나 그의 물건은 감히 받으려고도 안했다. 그자는 조급해진 듯 소리를 질렀다.

"뭐가 무섭나? 왜 받지 않아?"

노전이 그래도 주저하고 있으니까 시커먼 사람은 초롱을 뺏더니, 그것을 쭉 찢은 종이에 만두를 싸가지고 노전에게 안겨 주었다. 그러고는 한 손으로 은화를 움켜 쥐고 만져 보더니 입속으로 중얼거렸다.

"이 늙은이가……"

그는 몸을 돌려 가 버렸다.

"그것으로 누구 병을 고치는 거야?"

노전은 누군가가 그렇게 묻는 것을 들은 듯했지만 대답하지 않았다. 그의 정신은 지금 오로지 한 개의 꾸러미에만 쏠려 있었다. 마치 10대 독자인 갓난아이를 안은 것처럼 다른 일은 벌써 그의 염두에 없었다. 그는 지금 이 꾸러미 속의 새로운 생명을 그의 집에 옮겨 심어 많은 행복을 거둬들이려는 것이다. 해도 떴다. 그의 앞에는 한 가닥 큰길이 나타나 그의 집 앞까지 쭉 이어져 있고, 뒤엔 삼거리 모퉁이에 걸린 낡은 현판에 금박으로 쓴 '고○정구(古○亭口 : 원문에 한 글자가 빠져 있다)'라는 네 글자가 희미하게 빛났다.

2

노전이 집에 돌아와 보니 가게는 벌써 깨끗이 정돈되어 있었고 가지런히 놓인 차 탁자는 반들반들하게 닦여 있었다. 그러나 손님은 없었다. 다만 소전이 안쪽에 놓인 탁자 앞에서 밥을 먹고 있을 뿐이었다. 굵은 땀방울이 이마에서 흘렀고 겹저고리도 땀에 젖어 등에 척 달라붙어 있었다. 툭 튀어 나온 두 개의 어깨죽지뼈는 여덟 팔자처럼 보였다. 노전은 이 모습을 보고 저도 모르게 폈던 미간을 다시 찌푸렸다. 아내가 부엌에서 바쁘게 나오더니 눈을 부릅뜨고 입술을 조금 떨었다.

"구했수?"

"구했어."

두 사람은 같이 부엌으로 들어가 한참 의논했다. 화대마는 나가더니 얼마 안 있어 시든 연잎 하나를 가지고 돌아와 탁자 위에 펴 놓았다. 노전도 초롱 종이로 싼 것을 풀어 연잎으로 그 빨간 만두를 다시 쌌다. 소전이 밥을 다 먹자 어머니는 당황해하면서 말했다.

"소전, 넌 게 앉아 있어. 이리 오면 안 돼."

그러면서 아궁이 속의 불을 일구었다. 노전은 초록빛 꾸러미와 빨갛고 하얀 찢어진 초롱 종이를 함께 아궁이 안으로 쳐넣었다. 훨훨 검붉은 불꽃이 타 버리자 가게 안에는 이상한 냄새가 가득 퍼졌다.

"거 냄새 좋다! 뭔데 이렇게 냄새가 좋소?"

곱사등이 오소야(五少爺)가 온 것이다. 이 사람은 날마다 찻집에 와서 살다시피한다. 가장 일찍 와서 가장 늦게 돌아간다. 그는 거리로 면한 벽 쪽 탁자에 가 앉더니 그렇게 물었다. 그러나 아무도 대답하지 않았다.

"볶음쌀 죽이오?"

그래도 여전히 대답하는 사람이 없었다. 노전은 바삐 걸어가 그에게 차를 따라 주었다.

"소전 들어온!"

화대마는 소전을 안방으로 불러들여 한가운데 의자 하나를 놓고 소전을 앉게 했다. 그녀는 동그랗고 새까만 것을 접시에 담아들고 와서 나직이 말했다.

"먹어라. 병이 낫는단다."

소전은 그 까만 것을 집어 한참 바라보았다. 자기 생명을 손에 가지고 있는 것 같은 무어라 말할 수 없는 괴상한 기분이었다. 아주 조심스럽게 쪼갰더니 그을린 껍데기 속에서 흰 김이 났다. 흰 김이 사라지고 보니 두 개의 쪼개진 밀가루 만두였다. 얼마 안 되어 벌써 뱃속에 들어가 버렸으나 맛이 어땠는지 이미 다 잊었고 눈 앞에는 빈 접시 하나만이 남아 있었다.

그의 곁에는 아버지와 어머니가 서 있었다. 두 사람의 시선은 모두 마치 그의 몸에 무얼 부어 놓고 또 무얼 끄집어 내려는 것만 같았다. 그는 걷잡을 수 없이 심장이 뛰기 시작하여 가슴을 누르고 또 한바탕 기침을 했다.

"한잠 자거라. 곧 나을 테니."

소전은 그의 어머니 말대로 콜록거리며 잤다. 화대마는 숨찬 기운이 가라앉기를 기다려 누덕누덕 기운 겹이불을 살며시 덮어 주었다.

3

가게 안은 손님으로 북적였다. 노전도 바빠져서 커다란 주전자를 들고 차례차례 손님에게 차를 따랐다. 두 눈자위가 거무스름했다.

"노전, 자네 어디가 불편한가? 병이라도 난 게야?"

수염이 희끗희끗한 사람이 물었다.

"아니."

"아니라고? 히죽 히죽 웃기에 그렇지 않으리라고는 생각했지만……."

그 사람은 금방 자기 말을 취소했다.

"노전도 바빠서 야단이야. 만약 그 아들만……."

곱사등이 오소야의 말이 아직 끝나기 전에 돌연 험상궂게 생긴 사람이 성큼성큼 들어왔다. 검은 옷옷을 단추도 끼지 않은 채 걸치고 넓은 검정 허리띠를 아무렇게나 매고 있었다. 그는 문으로 들어서자마자 노전에게 말했다.

"먹었소? 나았소? 노전, 자네 운이 좋았어! 자네 운이야. 만약 내 소식이 더뎠으면……."

노전은 한 손에 찻주전자를 들고 한손은 공손히 내리고 싱글싱글 웃으면서 듣고 있었다. 가득히 앉아 있던 사람들도 모두 조용히 듣고 있었다. 화대마도 역시 거무스름한 눈자위를 해가지고 생글생글 웃으며 찻잔과 차를 날라다 놓고 거기다 감람(橄欖)을 곁들여 손님들에게 내놓았다. 노전이 끓는 물을 부었다.

"이번엔 꼭 나을 거야! 그것은 보통 것과는 다르니까. 생각해 보슈. 뜨끈뜨끈할 때 가져다가 식기 전에 먹었으니 틀림없어."

험상궂게 생긴 사나이가 줄곧 떠들어 댔다.

"정말입니다. 강(康)씨 아저씨께서 돌봐 주지 않으셨으면 어떻게 이처럼……."

화대마도 퍽 감격해서 그에게 인사를 했다.

"보증하지 보증해! 그렇게 뜨끈뜨끈할 때 먹었으니까. 사람 피를 묻힌 만두는 어떤 폐병도 낫게 하지!"

화대마는 폐병이란 말을 듣고 안색이 약간 변하는 게, 좀 유쾌하지 않은 모양이었다. 그러나 곧 또 웃음을 짓고 천천히 걸어갔다. 강씨 아저씨는 그것도 깨닫지 못하고 여전히 목청을 높여 떠들어 댔다. 떠드는 소리에 안에서 자고 있던 소전도 함께 콜록거리기 시작했다.

"당신 집 소전이 그런 좋은 운수를 만난 게군. 그 병은 물론 틀림없이 나을 거요. 어쩐지 노전이 온종일 웃고 있더라니."

수염이 희끗희끗한 사나이는 그렇게 말하면서 강씨 아저씨의 앞으로 와 소리를 낮추고 물었다.

"강씨 아저씨…… 듣자니 오늘 처형당한 죄수는 하(夏)씨 집 아들이라는데, 그건 누구 아들이지? 그래 무슨 일이야?"

"누구 아들이냐구? 바로 하사(夏四) 노친네 아들이지 누군 누구야! 그 좀팽이!"

강씨 아저씨는 여러 사람이 귀가 쫑긋해서 듣고 있는 것을 보고 기분이 좋아서 험상궂은 얼굴을 실룩거리며 더욱더 큰 소리로 말했다.

"그 좀팽이, 뒈질 테면 뒈지라지. 이번에 난 조금도 덕 본 게 없어. 그나마

뺏은 옷마저 옥사장이인 빨간 눈 아의(阿義)에게 빼앗겨 버렸지……. 제일 덕본 것은 노전 아저씰 거야. 그 다음은 하삼야(夏三爺)지. 새하얀 은전 스물댓 냥을 상으로 받아 가지고 한 푼도 쓰지 않았으니까.”

소전이 골방에서 어슬렁어슬렁 나왔다. 두 손으로 가슴을 누르고 쉴새없이 기침을 했다. 부엌으로 가서 찬 밥을 한 그릇 담아 더운물을 부어 가지고 앉아서 먹었다. 화대마는 그를 따라와서 나직이 물었다.

“소전, 좀 나았니? 또 배가 고픈 모양이구나…….”

“틀림없이 나을 테니! 두고 봐!”

강씨 아저씨는 소전을 한번 힐끗 보더니 여전히 여러 사람 쪽으로 얼굴을 돌리고 말했다.

“하삼야는 정말 약은 놈이야. 만약 그놈이 앞질러 관에 고하지 않았으면 그놈마저 전 재산 몰수에다 참수될 판이었는데, 지금은 어떻지? 은전 스물닷 냥의 상까지 받고……. 그건 그렇고 죽은 그 좀팽이 녀석 정말 돼먹지 않은 놈이지! 옥에 갇히고도 옥사장이에게 역적질 하라고 꼬드겼으니."

"거 정말 지독한데!"

뒷줄에 앉아 있던 스무 살 남짓한 사람이 분개한 투로 말했다.

"들어 보게나. 빨간 눈 아의가 남몰래 살피러 갔더니 그놈이 도리어 그에게 말을 거는 거야. 그놈 말인 즉 이 대청(大淸)의 천하는 우리 것이라나? 생각해 보게. 이게 사람의 말인가? 빨간 눈 아의는 그놈 집에 늙은 어머니 밖에 없다는 것을 알았지만, 그놈이 그렇게 가난한 줄은 생각도 못했지. 아무리 쥐어 짜야 기름 한 방울 짜낼 수 없으니 그것만 해도 뱃가죽이 찢어질 만큼 화가 치미는 판에 그놈이 또 호랑이 머리를 긁어 놓았으니! 그래서 따귀를 두 대나 갈겨 줬다는구만."

"아의 형은 권법의 명수이니 두 대나 맞았으면 그놈 틀림없이 녹았을걸."

벽 구석의 곱사등이가 갑자기 유쾌해하였다.

"그런데 그 바보놈은 맞아도 두려워하지 않더래. 오히려 불쌍하구나 하더라는 거지."

희끗희끗한 텁석부리가 말했다.

"그 따위 놈을 때리는데 불쌍하긴 뭐가 불쌍해?"

강씨 아저씨는 그를 멸시하는 기색을 나타내고 냉소하면서 말했다.

"자네는 내 말을 어디로 듣는 거야? 그놈 딴에는 아의가 불쌍하다는 거지!"

듣고 있던 사람들의 눈빛이 갑자기 얼떨떨해졌다. 그러자 말도 멎었다. 소전은 벌써 밥을 다 먹었다. 그는 밥을 먹느라고 온몸에 땀을 흘리고 머리에 김까지 나고 있었다.

"아의가 불쌍하다고…… 미친 소리지. 완전히 미쳤어."

희끗희끗한 텁석부리가 갑자기 깨달았다는 듯이 말했다.

"미친 거야."

스무 살 남짓한 사람도 갑자기 깨달았다는 듯이 말했다.

가게 안에 앉은 손님들은 곧 또 활기를 띠면서 웃고 떠들어 댔다. 소전은 시끄러워지자 더 심하게 기침을 했다. 강씨 아저씨는 앞으로 다가와 그의 어깨를 두드리며 말했다.

"꼭 낫는다. 소전…… 그렇게 기침하면 못 쓰지. 꼭 낫는다."

"미친 거야."

곱사등이 오소야가 머리를 끄덕이며 말했다.

4

서문(西門) 밖 성벽 바깥의 빈 땅은 본디 관유지(官有地)였다. 그 한복판에 난 한 가닥 꾸불꾸불한 좁은 길은 지름길로 다니는 사람의 신발창으로 다져진 것인데, 그것이 자연적인 경계가 되었다. 길 왼쪽에는 사형수와 감옥에서 죽은 사람이 묻혀 있고 오른쪽은 가난한 사람의 공동묘지이다. 양쪽 다 지금은 무덤들로 가득 차서 마치 부잣집 생일잔치 때 빚어 놓은 만두 같다.

올해 청명절(淸明節)은 유난히 추워 버들이 겨우 싸라기만 한 새싹을 내밀었다. 날이 밝자 화대마는 벌써 오른쪽의 새 무덤 앞에 반찬 네 접시와 밥 한 사발을 차려 놓고 한바탕 울었다. 지전(紙錢 : 중국에는 제사를 지낼 때 돈처럼 자른 노란 종이를 태우는 풍습이 있다)을 불사르고 멍하니 앉아 무엇을 기다리는 듯했으나 그것이 무엇인지는 자기로서도 알지 못했다. 산들바람이 불어와 그 여인의 짧은 머리를 날렸다. 작년보다 흰머리가 부쩍 늘었다.

오솔길에 또 한 여인이 왔다. 역시 반백의 머리에 남루한 옷을 입었다. 빨간 칠을 한 낡은 바구니를 들고 한 꾸러미의 지전을 밖으로 늘어뜨린 채 아장거리며 걸어왔다. 그녀는 문득 땅바닥에 앉아 자신을 바라보고 있는 화대마를 보았다. 그녀의 창백한 얼굴에 부끄러운 기색이 나타났다. 잠시 주저하던 그녀는 마침내 결심을 하고 왼쪽 무덤 앞으로 가 바구니를 내려놓았다. 그 무덤은 소전의 무덤과 한 가닥 오솔길을 사이에 두고 나란히 있었다. 화대마는 그 여인이 반찬 네 접시와 밥 한 사발을 차려 놓고 선 채로 한바탕 운 뒤 지전을 불사르는 것을 보고 '저 무덤도 역시 아들 무덤이로구나' 마음속으로 생각했다. 그 노파는 한참 그 근처를 오락가락하며 바라보다가 갑자기 손발을 떨면서 비틀비틀 몇 발짝 물러나더니 눈을 부릅뜬 채 멍하니 서 있을 뿐이었다.

화대마는 그 모습을 보고 그 여인이 상심한 나머지 당장 미쳐 버리지나 않을까 생각했다. 그녀는 보다 못해 일어서서 오솔길을 건너가 낮은 소리로 그 여인에게 말했다.

"할머니 너무 상심하지 마세요……. 우리 돌아갑시다."

그 여인은 머리를 끄덕였으나 눈은 여전히 위를 향해 뜨고 있었다. 그리고 낮은 소리로 떠듬떠듬 말했다.

"보우…… 저게 무얼까요?"

화대마가 그녀의 손가락질하는 곳을 보니, 시선이 절로 앞 무덤 위에 떨어졌다. 그 무덤은 아직 풀이 다 입혀지지 않아 황토가 여기저기 드러나 있어 보기 흉했다. 그런데 다시 시선을 위쪽으로 돌리다가 깜짝 놀랐다. 분명히 희고 붉은 꽃들이 둥글게 쌓아올린 무덤 꼭대기를 둘러싸고 있었다.

그녀들의 눈은 벌써 오래 전부터 어두웠으나 이 희고 붉은 꽃들은 그래도 분명히 볼 수 있었다. 꽃은 그다지 많지는 않았지만 둥그렇게 원형을 이루고 있었고 그렇게 성성하지는 않았지만 소담하게 피어 있었다. 화대마는 바삐 그의 아들과 다른 사람의 무덤을 바라보았다. 그러나 추위에도 견디는 푸르고 흰 작은 꽃이 드문드문 피어 있을 뿐이었다. 그래서 갑자기 서운하고 허전해져 그 까닭을 캘 마음이 나지 않았다. 그 노파는 또 몇 발짝 걸어나가 자세히 보고 혼잣말처럼 지껄였다.

"이것은 뿌리가 없군. 저절로 핀 것 같지는 않은데, 이런 곳에 누가 온담? 아이들이 놀러 올 리도 없고…… 일가 친척도 벌써부터 발을 끊었는데…… 도대체 어찌 된 일일까?"

그 여인은 이것저것 생각하더니 별안간 눈물을 주르르 흘리며 큰 소리로 말했다.

"유아(瑜兒)야, 그놈들이 너에게 억울한 죄를 뒤집어 씌웠다. 너는 아직도 잊지 못해 슬퍼 견딜 수 없구나. 그래서 오늘 이처럼 영험(靈驗)을 보여 내게 알리려는 게지?"

그녀는 주위를 둘러보았다. 까마귀 한 마리가 잎 없는 나무 위에 앉아 있음을 보고 계속해서 말했다.

"나는 알았다……. 유아야, 너를 몹쓸 함정에 빠뜨린 그놈들은 불쌍하게도 이제 꼭 앙갚음을 받을 것이다. 하늘이 알고 계시니 넌 안심하고 눈을 감아라……. 네가 만약 정말로 여기 있어 내 말이 들리거든…… 저 까마귀를 네 무덤 위에 날게 하여 내게 보여다오."

산들바람은 벌써 그쳤다. 시들은 풀이 철사처럼 하나하나 빳빳하게 서 있었다. 철사를 떠는 것 같은 소리가 공기 속을 떨면서 흘러오다가 점점 가늘

어져 나중에는 사라져 버리자 주위는 모두가 죽음과 같은 정적이었다. 두 사람은 마른 풀더미 속에 서서 그 까마귀를 쳐다보고 있었다. 그 까마귀도 곧은 나뭇가지 사이에서 목을 움츠리고 쇠붙이처럼 앉아 있었다.

오랜 시간이 지났다. 성묘 오는 사람들이 점점 많아져 늙은이와 애들 몇몇이 무덤 사이에 나타났다 사라지곤 했다.

화대마는 웬일인지 무거운 짐을 내려놓은 것 같아 돌아가려고 노파에게 권했다.

"우리 이제 돌아갑시다."

그 노파는 한숨을 쉬고 맥없이 제물을 거두어 담기 시작했다. 그러고는 또 한참 우물쭈물하다가 마침내 천천히 걸어갔다.

"이건 도대체 어찌 된 일일까?"

입 속으로 이렇게 혼잣말처럼 중얼거리면서.

그들이 아직 이삼십 보도 못 갔을 때였다. 별안간 뒤에서 "까악!" 하는
커다란 울음소리가 들렸다. 두 사람이 모두 놀라 돌아보았더니, 아까 그 까
마귀가 두 날개를 펴고 몸을 움츠렸다가 곧장 먼 하늘을 향해 화살처럼 날아
갔다.

내일

"아무 소리도 없네! 어린 것이 아픈가?"

딸기코 노공(老拱)은 황주 한 잔을 들고 그렇게 말하면서 옆집 쪽 벽을 보고 턱짓을 했다. 푸른 낯짝의 아오(阿五)가 술잔을 내려놓더니, 그의 등을 힘껏 한 차례 때리고는 탁한 목소리로 떠들었다.

"자네…… 자네 또 고약한 생각을 하고 있군 그래……."

노진(魯鎭)은 본디 외진 곳이라 아직도 옛 풍습이 있어 7시도 안 된 초저녁부터 사람들은 모두 문을 닫고 자 버린다. 밤이 이슥해도 자지 않는 것은 두 집뿐인데, 한 집은 함형(咸亨)주점으로 몇 사람의 술친구가 술청을 둘러싸고 유쾌히 먹고 마시고 있었다. 또 한 집은 바로 벽 건너 선사(禪四) 부인의 집이다. 그녀는 재작년에 혼자 된 뒤론 오로지 자기 두 손으로 무명 길쌈을 하여 세 살 난 아들을 길러야 하기 때문에 늦게 자는 것이다.

요 며칠 확실히 물레질하는 소리가 안 난다. 밤이 깊어도 자지 않는 것은 두 집뿐이므로, 이 선사 부인의 집에서 소리가 나면 자연 노공만은 들을 수 있고 소리가 안 나도 노공만은 아는 것이다.

노공은 한 대 맞더니 퍽 기분이 좋아진 것처럼 쭈욱 한 잔 마시고 '와와' 노래를 부르기 시작했다.

이때 선사 부인은 보아(寶兒)를 안고 침대가에 앉아 있었고 물레는 고요히 땅 위에 놓여 있었다. 어둠침침한 등불빛이 보아의 얼굴을 비추고 있었다. 열이 오른 얼굴에 푸른 기가 좀 있었다. 선사 부인은 마음 속으로 따져 보았다. 신에게도 빌어 보았고 불공도 드려 보았으며 간단한 처방약도 먹여 보았다. 그래도 효험을 보지 못했으니 어찌 하면 좋을까? 이제는 하소선(何小仙)에게 진찰하러 가는 수밖에 없다. 그러나 보아는 낮엔 덜하고 밤이면 더하니 하룻밤 자고 해가 나오면 열도 식고 가쁜 숨도 가라앉을지 모른다. 사실 병자에게는 이런 일이야 흔하니까.

선사 부인은 무지한 여인이므로, '그러나'라는 말의 두려움을 모른다. 많은 궂은 일이 그 말 한마디로 좋아지는 수도 물론 있으나 많은 좋은 일을 그 말 한마디로 망쳐버리기도 한다. 여름은 밤이 짧다. 노공 등이 와와 노래를 부르고 난 지 얼마 되지 않아 동녘이 벌써 훤해지더니 오래지 않아 창 틈으로 은백색의 새벽빛이 스며들어왔다.

선사 부인은 날이 밝기를 기다리고 있었으나 다른 사람들과는 달리 해뜨는 것이 몹시도 더디게 느껴졌다. 이제 겨우 날이 밝아 왔다. 주위의 밝음이 등불 빛을 압도하고…… 보아의 콧방울이 벌써 열렸다 닫혔다 벌름대는 것이 보였다.

선사 부인은 심상치 않음을 알고는 저도 모르게 "어머나!" 소리를 지르곤 마음 속으로 곰곰이 생각해 보았다. 어떻게 하면 좋을까? 하소선에게 진찰하러 가는 길밖엔 방법이 없다. 그녀는 우매한 여인이기는 했으나 결단력은 있었다. 일어나 나무 궤짝에서, 저축했던 은화(銀貨) 열세 닢과 동전 여든 푼을 꺼내 주머니에 넣은 다음 문을 잠그고 보아를 안고서 하(何)씨 집으로 곧장 달려갔다.

아직 이른 아침인데도 하씨 집에는 벌써 환자 넷이 앉아 있었다. 그녀는 은화 40전을 내고 진찰권을 샀다. 다섯 번째가 보아의 차례였다. 하소선은 손가락 두 개로 맥을 짚어 보는데, 손톱이 네 치 이상이나 긴 것을 선사 부인은 속으로 이상스럽게 여겼지만 어쨌든 보아는 목숨을 건질 수 있으리라 생각했다. 그러나 조급해서 묻지 않고는 아무래도 배길 수 없었으므로 조마조마해하면서 말했다.

"선생님…… 우리 보아는 무슨 병인가요?"

"중초(中焦: _{열통과 배꼽}_{의 중위})가 막혀 있습니다."

"아무 일 없을까요? 이 애……."

"우선 약을 두어 첩 먹여 보슈."

"이 애는 숨이 가쁘고 콧방울이 모두 벌름거리고 있는데요."

"이것은 화(火 : _간_장)가 금(金 : _폐_장)을 이기고 있으니까……."

하소선은 말을 하다 말고 눈을 감았다. 선사 부인은 더 묻기도 뭣하였다. 이때 하소선 맞은 쪽에 앉아 있던 한 서른 남짓한 사람이 벌써 처방을 다 쓰고 종이에 쓰인 글자를 가리키며 말했다.

"이 첫째 번의 보영활명환(保嬰活命丸)은 가(家)씨 집의 제세노점(濟世老店)에밖에 없어요!"

선사 부인은 처방을 받아 들고 걸어가며 생각했다. 그녀는 우매한 여인이 긴 했으나 하씨 집과 제세노점과 자기 집과는 꼭 삼각점이므로 자연 약을 사가지고 돌아가는 것이 편리하다는 것을 알고 있었다. 그래서 곧장 제세노점으로 달려갔다. 약국 점원도 긴 손톱을 하고 있었는데, 그는 천천히 처방을 보고 약을 천천히 쌌다. 선사 부인은 보아를 안고 기다리고 있었다. 별안간 보아가 작은 손을 들어 그녀의 헝클어진 머리털을 한 움큼 힘껏 잡아 당겼다. 이건 지금까지 없던 행동이었다. 선사 부인은 섬뜩했다.

해는 벌써 나와 있었다. 선사 부인은 어린애를 안고 약꾸러미를 들었는데, 걸을수록 무거워지는 것 같았다. 아이는 끊임없이 보채고, 길도 더 먼 것 같이 여겨졌다. 하는 수 없이 길가의 어느 집 문턱에 앉아 한참 쉬고 있으려니까 살갗에 닿는 옷이 점점 차갑게 느껴지므로 비로소 자기 몸에 흠뻑 땀이 나 있음을 알았다. 보아는 잠든 모양이었다. 그녀는 다시 일어나 천천히 걸었으나 역시 지탱할 수가 없었다. 그때 갑자기 귓가에 누군가가 이렇게 말하는 것이 들렸다.

"선사 부인, 내가 좀 안아 줄까요?"

푸르죽죽한 낯짝의 아오 목소리 같았다. 얼굴을 들어 보니 아니나다를까 아오가 졸린 눈을 몽롱하게 해가지고 그녀를 따라오고 있었다.

선사 부인은 비록 천사라도 하늘에서 내려와 도와주길 간절히 바라던 참이었지만 아오는 반갑지 않았다. 그러나 아오는 의협심이 있어서 기어이 도와 주겠다고 우기므로 한참 생각하다가 결국 승낙했다. 그는 곧 팔을 선사 부인의 가슴과 아이 사이로 뻗쳐 아이를 안았다. 선사 부인은 유방이 화끈해지고 그 찰나에 얼굴과 귀밑이 뜨거워짐을 느꼈다.

그들 두 사람은 두 자 반 가량 떨어져 함께 걷고 있었다. 아오가 말을 걸었으나 선사 부인은 제대로 대답도 하지 않았다. 얼마 안 가서 아오는 아이를 그녀에게 돌려주며 어제 친구와 약속한 식사 시간이 되었다고 말했다. 선사 부인은 아이를 받았다. 다행히 집도 이제 멀지 않아 벌써 앞집의 왕구마(王九媽)가 길가에 앉아 있는 것이 보였다. 그녀는 멀리서 말을 걸어왔다.

"어린애는 어떠우? 의원님에게 보였수?"

"보이기는 보였지만……. 왕구마, 당신은 연세가 많으시니 보신 것도 많겠지요. 차라리 당신이 봐주시는 게 낫겠어요. 어때요. 애는?"

"흠……."

"어때요……."

"흠……."

왕구마는 얼굴을 한번 자세히 살피더니 머리를 두 번 끄덕이고 두 번 흔들었다.

보아가 약을 먹은 것은 오후가 돼서였다. 선사 부인은 유심히 아이의 얼굴빛을 살펴보았는데, 많이 평온해진 것 같았다. 오후가 되니 별안간 눈을 뜨고 "엄마!" 한마디 부르고는 다시 눈을 감았다. 잠이 든 것 같았다. 잠이 들고 한참 있다가 보니 이마에도 코끝에도 방울방울 구슬땀이 맺혀 있었다. 선사 부인가 가만히 만져 보니 아이의 몸이 풀처럼 끈적거렸다. 당황해서 가슴을 문질러 주다가 참을 수 없어 목이 메어 울기 시작했다.

보아의 호흡은 평온에서 무(無)로 변하고 선사 부인의 목소리도 오열에서 통곡으로 변했다. 이때 많은 사람이 모여들었다.

문 안에는 왕구마와 푸른 낯짝의 아오 등이 있었고, 문 밖에는 함형(咸亨)의 주인과 딸기코 노공 등이 있었다.

왕구마가 일어서서 지전(紙錢) 한 묶음을 불살랐다. 또 선사 부인를 위해 의자 두 개와 옷 다섯 벌을 잡히고 은화 2원을 꾸어 일 보는 사람들의 식사를 준비했다.

문제는 무엇보다 관이었다. 선사 부인은 다시 은귀걸이 한 벌과 도금한 은비녀 한 개가 있던 것을 모두 함형 주인에게 주고 그에게 증인이 되어 달라고 하며, 반만 현금을 주고 나머지는 외상으로 관을 하나 사달라고 부탁했다. 푸른 낯짝의 아오가 나서더니 자기가 사오겠다고 했다. 그러나 왕구마가 허락하지 않고 내일 관이나 메고 가달라고 하였기 때문에, 아오는 "제기랄!" 한마디 욕을 퍼붓고는 못마땅한 듯 입을 삐죽하고 서 있었다. 함형 주인은 나갔다가 저녁때가 되어서야 돌아오더니 관은 지금 만들고 있으니 밤중이면 다 된다고 말했다.

함형 주인이 돌아왔을 때 일 보는 사람들은 벌써 저녁 식사를 끝마치고 있었다. 그럴 것이 노진에는 옛 풍습이 남아 있었으므로 7시도 안 되어 모두 집에 돌아가 자 버리는 것이다. 단지 아오만 아직 함형의 술청에 기대어 술을 마시고, 노공이 '와와' 노래를 부르고 있을 뿐이었다.

그때 선사 부인은 침대가에 앉아서 울고 있었다. 보아는 침대 위에 누워 있었고 물레는 고요히 땅바닥에 놓여 있었다. 긴 시간이 지나 선사 부인도 눈물을 거두었다. 눈을 크게 뜨고 주위를 둘러보니 모든 것이 이상하고 다 있을 수 없는 일처럼 생각되었다. 그녀는 마음 속으로 생각했다. 이것은 모두가 꿈이다. 모두 꿈이겠지. 내일 깨면 자기는 침대에 누워 있고 보아도 자기 곁에 누워 있을 것이다. 그 애도 잠이 깨면 "엄마!" 부르며 살아 있는 용이나 호랑이처럼 뛰어나가 놀 것이다.

노공의 노랫소리도 벌써 그쳤고 함형도 불을 껐다. 선사 부인은 눈을 뜨고 있었다. 암만해도 모든 일이 믿어지지 않는다. 닭이 울었다. 동녘 하늘이 점점 훤해지더니 창 틈으로 은백색의 새벽빛이 스며들었다.

은백색의 새벽빛은 서서히 붉은 빛으로 변했다. 이어서 햇빛이 지붕을 비쳤다. 선사 부인은 눈을 뜨고 멍하니 앉아 있었다. 문을 두드리는 소리에 비로소 깜짝 놀라 뛰어나가 문을 열었다. 문 밖에는 모르는 사람이 무엇인가를 짊어지고 있었고 뒤에는 왕구마가 서 있었다.

아아, 그들은 관을 짊어지고 온 것이다.

오후에야 겨우 관 뚜껑을 닫았다. 선사 부인가 울다가는 들여다보고, 울다가는 들여다보며 언제까지나 한사코 관을 덮지 못하게 했기 때문이다. 왕구마가 기다리다가 참을 수 없어 툴툴거리며 앞으로 달려 나와 그녀를 끌어냈기 때문에 간신히 여럿이 달려 들어 뚜껑을 덮었다.

선사 부인은 보아에게 정성을 다했으므로 더 이상 아무것도 걸리는 것은 없었다. 어제는 지전을 한 묶음 불살랐고 오전에는 또 대비주(大悲呪 : 불교의 《대비심다라니경》을 말함.) 47권을 불살랐다. 입관할 때에는 새옷을 입혀 주었고, 평소에 좋아하던 장난감—흙 인형 하나, 나무 그릇 두 개, 유리병 두 개—을 머리맡에 놓아 주었다. 나중에 왕구마가 손가락을 꼽으며 자세히 뒤짚어 보았으나 무엇 하나 결함을 생각해 낼 수 없었다.

이날 푸른 낮짝의 아오는 온종일 나타나지 않았다. 함형 주인은 선사 부인를 위하여 한 사람에 210푼씩 인부 두 사람을 사서 관을 공동 묘지까지 메고 가게 하였다. 왕구마는 또 그녀를 도와 밥을 지어, 무릇 손을 움직였거나 입을 열었던 사람들에게는 모두 밥을 먹게 하였다. 이윽고 해가 차서 서산으로 넘어가려고 하자, 밥을 먹은 사람들은 모두 집으로 돌아가고 싶어하더니 결국은 주섬주섬 모두 집으로 돌아갔다.

선사 부인은 몹시 현기증이 났으나 한참 쉬고나니 그대로 좀 가라앉았다. 그러나 그녀는 계속해서 매우 이상한 기분이었다. 평생 당해 보지 않은 일을 당했고, 있을 것 같지 않던 일이 분명히 일어났다. 그녀는 생각할수록 더욱 기이하기만 했고 게다가 또 하나의 이상한 일을 느꼈다. 이 방이 갑자기 너무나 조용해진 것이다.

그녀는 일어나 불을 켰다. 그러자 방은 더욱 고요해졌다. 그녀는 비틀비틀 문을 닫으러 갔다가 돌아와서 침대가에 앉았다. 물레는 고요히 바닥에 놓여 있었다. 그녀는 정신을 가다듬고 주위를 둘러보다가 더욱더 안절부절못해짐을 느꼈다. 가구 또한 휑뎅그렁하니 놓여 있었다. 커다란 방이 사방에서 그녀를 에워싸고 휑뎅그렁한 가구가 사방에서 그녀를 압박하여 숨도 못 쉬게 했다.

그녀는 지금에야 보아가 확실히 죽었음을 알았다. 이 방을 보는 것도 싫어져서 불을 불어 끄고 누웠다. 그녀는 울면서 생각했다. 언젠가 자기가 무명실을 잣고 있을 때, 보아가 곁에 앉아 회향두(茴香豆)를 먹으며 조그맣고 까만 눈을 부릅뜨고 잠깐 생각하더니 말했다.

"엄마…… 아빠가 경단 팔았지. 나도 크면 경단 장사 할래. 많이많이 팔아서, 돈 많이 벌어서…… 모두 엄마 줄래."

그때는 정말 자아 내는 무명실마저도 한 치 한 치가 모두 뜻이 있고 살아 있는 것처럼 여겨졌다. 그러나 지금은 어떤가? 선사 부인은 이제 아무런 생각도 들지 않았다. 이미 말하였듯이 그녀는 우매한 여인이었으니 무엇을 생각해 내겠는가? 그녀는 다만 이 방이 너무 조용하고 너무 크고 너무 텅 비었음을 느낄 뿐이었다.

그러나 선사 부인은 우매하기는 했지만 한번 떠난 혼은 돌이킬 수 없으며 그녀의 보아도 다시는 만날 수 없다는 것은 알고 있었다. 그녀는 깊은 한숨을 쉬고 혼잣말처럼 중얼거렸다.

"보아야, 넌 아직 여기에 있을 테니 내 꿈속에서라도 나타나 다오."

그러고는 눈을 감았다. 빨리 잠들어 그녀의 보아를 만나고 싶어서였다. 괴로운 숨소리가 고요하고 텅 빈 공간 사이를 지나는 것이 자기 귀에도 똑똑히 들렸다. 어느덧 선사 부인은 꿈나라로 들어가 온 방 안이 아주 고요해졌다. 이때 딸기코 노공은 벌써 노래를 마치고 있었으나 비틀비틀 함형을 나오더니 또 목청을 높여 노래했다.

"원수 같은 당신이지만…… 사랑스러워…… 나 홀로 외로이……."

푸른 낯짝의 아오가 노공의 어깨를 움켜쥐자, 두 사람은 기우뚱기우뚱 비틀거리며 걸어갔다.

선사 부인은 벌써 잠들었다. 노공도 가 버리고 함형도 문을 닫았다. 노진은 완전히 정적에 잠기고 말았다. 다만 저 어두운 밤만이 내일로 변하기 위하여 이 정적 속을 달리고, 개 몇 마리가 어둠 속에서 멍멍 짖을 뿐이었다.

작은 사건

　내가 시골에서 북경으로 나온 지가 어느덧 6년이 되었다. 그동안 귀로 듣고 눈으로 본 국가의 큰일들을 헤아려 보면 무척이나 많다.

　그러나 그것들은 내 마음에 약간의 흔적도 남기지 않았다. 만일 그들 사건의 영향을 찾아내 보라고 한다면, 그저 내 신경을 돋굴 뿐이다. 솔직히 말해서 나는 날이 갈수록 사람을 업신여기게 되었던 것이다.

　그러나 한 가지 작은 사건만은 내게 의미가 있었으며 내 성질을 부드럽게 해 주었다. 나는 지금도 그 일을 잊을 수가 없다.

　민국(중화민국연호) 6년 겨울, 심한 북풍이 몰아치던 날의 일이었다. 나는 생계를 위한 일로 아침 일찍 나가야 했다. 거리에는 사람 그림자 하나 보이지 않았다. 겨우 인력거를 한 대 붙들어 S문까지 가자고 했다. 조금 지나자 북풍이 얼마쯤 수그러졌다. 거리의 먼지는 완전히 씻겨 날아가 버려 한 줄기 깨끗한 큰길만이 보였다. 인력거꾼의 발검음도 차차 가벼워졌다. 곧 S문 앞에 닿으려 하는 참에 갑자기 인력거 채에 누군가가 걸려 천천히 넘어졌다.

　넘어진 것은 한 노파였다. 머리에는 백발이 희끗희끗하고 입고 있는 옷은 누덕누덕했다. 그녀는 길가에서 갑자기 인력거 앞을 가로지르려 했던 것이다. 인력거꾼은 순간 방향을 틀었으나 솜이 비어져 나와 있는 그녀의 조끼 저고리 단추가 채워져 있지 않았기 때문에 바람에 벌어져서 인력거 채에 걸렸던 것이다. 이미 인력거꾼이 걸음을 늦추고 있었기에 망정이지 그렇지 않았으면 그녀는 틀림없이 거꾸로 넘어져 머리가 깨지고 피를 흘렸을지도 몰랐다.

　그녀가 땅에 쓰러지자 인력거꾼은 걸음을 멈추고 말았다. 노파는 상처난 것 같지는 않았다. 게다가 보고 있는 사람도 없었다. 그래서 나는 왜 인력거꾼이 공연한 일을 만드나 생각했다. 어쩌면 내 예정을 틀어지게 할 것이 아닌가.

그래서 나는 그에게 말했다.

"아무것도 아니야. 자, 가지."

인력거꾼은 그 말을 들은 척도 않고—어쩌면 귀에 들리지 않았는지도 모른다—수레채를 내려놓고 노파에게 손을 내밀어 천천히 팔을 잡고 일어서게 해 주었다.

"어떠세요?"

"넘어져서 다쳤단 말이야."

나는 속으로 생각했다.

'천천히 넘어지는 것을 이 눈으로 보았다. 다칠 까닭이 없어. 정말 밉살스럽군. 인력거꾼은 공연히 사서 고생을 하고 싶어하니, 뭐 멋대로 하라지.'

인력거꾼은 노파의 말을 듣자, 조금도 주저하지 않고 그 팔을 붙든 채 한 발 한 발 저쪽으로 걸어가기 시작했다. 이상하게 생각하고 그쪽을 보니까 거기에는 파출소가 있었다. 세찬 바람 뒤라 밖에는 아무도 서 있지 않았다. 인력거꾼은 노파를 부축하면서 그 파출소로 걸어가는 것이었다.

나는 이때 돌연 야릇한 감동에 휩싸였다. 먼지투성이가 된 그의 뒷모습이 갑자기 커다랗게 느껴졌다. 그리고 멀어지면 멀어질수록 점점 커져서 우러러보지 않으면 보이지도 않을 것같이 느껴졌다. 그리고 그는 나에게 차차 위압 같은 것으로 변해 갔다. 그러곤 마침내, 털가죽으로 안을 댄 내 웃옷 밑에 감춰져 있는 '보잘것없음'을 짜낼 것 같아졌다.

이때 나는 잠시 얼어붙은 듯했다. 인력거에 탄 채 꼼짝 않고, 무얼 생각할 수도 없었다. 이윽고 파출소에서 순경 한 명이 나오는 것을 보고 나는 비로소 인력거에서 내렸다.

순경은 내가 있는 곳까지 오자 말했다.

"다른 인력거를 타시죠. 저 인력거꾼은 끌지 못하게 되었으니까요."

나는 생각할 겨를도 없이, 외투 주머니에서 동전을 한 움큼 꺼내서 순경에게 건네주며 말했다.

"이걸 인력거꾼에게……."

바람이 완전히 그쳐 있었다. 거리는 여전히 조용했다. 나는 걸으면서 생각했다. 그러나 생각이 나 자신에게 미치게 되는 것을 스스로 몹시 무서워하고 있는 것 같기도 했다. 그 전 일은 덮어 둔다 해도, 도대체 그 한 움큼의 동전은 무슨 뜻이었을까. 그에 대한 표창? 내가 인력거꾼을 심사할 수 있을까. 나는 자신에게 대답할 수가 없었다.

이 사건은 지금에 와서도 끊임없이 머리에 떠오른다. 이 일로 인해 나는 계속 고통을 참고 나 자신을 반성하게 되었다. 이 수년 동안의 문치(文治)나 무력(武力)은 어릴 때 읽은 '자(子) 가라사대, 시(詩)에 이르기를' 이런 구절처럼 조금도 기억에 남아 있지 않다. 다만 이 사건만이 언제나 내 눈에 떠올랐고 때로는 전보다도 더 선명하게 나타나, 나를 부끄러워 떨게 만들고 다시 또 용기와 희망을 북돋아 준다.

머리 이야기

일요일 아침 나는 어제의 일력(日曆)을 한 장 찢고 새로운 한 장을 자세히 보면서 말했다.

"응, 10월 10일…… 오늘이 쌍십절(雙十節)이군. 여기에는 아무것도 안 써 있네!"

나의 선배인 N씨가 마침 내 집에 놀러와 있다가 이 말을 듣더니 아주 불쾌한 듯이 말했다.

"그들이 옳아! 그들이 기억하지 못했다 해서 자네가 그걸 어쩔 테야? 또 자네가 그걸 기억한들 무슨 소용인가?"

이 N씨는 본디 성격이 좀 괴팍해서 늘 하찮은 일에 골을 내고 세상 물정에는 맞지도 않는 말을 했다. 그럴 때면 나는 대개 혼자 지껄이게 내버려 두고 한 마디도 하지 않는다. 그러면 그는 혼자 실컷 지껄이고 나서 그치는 것이다.

그는 말했다.

"내가 가장 감복하는 것은 북경(北京)의 쌍십절 광경이야. 아침에 경찰이 문 앞에 와서 '기를 꽂아!' 분부하면 '네, 꽂지요!' 하고 집마다 대개 시민 한 사람이 귀찮다는 듯 천천히 기어나와 얼룩얼룩한 깃발을 내걸지. 이렇게 했다가 밤이 되면 기를 걷고 문을 닫는데, 그 주에는 간혹 잊어먹고 그대로 이튿날 오전까지 내버려 두는 집도 있다네. 그들은 기념을 잊고, 기념도 그들을 잊은 것이야! 나도 기념을 잊어버린 한 사람이지. 만약 기념을 하게 되면 최초의 쌍십절 전후의 일이 마음에 걸려서 안절부절 못하게 될 걸세. 여러 사람의 얼굴이 눈앞에 어른거리는군. 몇몇 젊은이는 10여 년을 고심분투하다가 어둠 속에서 날아온 총알 한 방을 맞고 목숨을 잃었지. 한편, 암살을 모면한 청년들은 그 대신 감옥에서 한 달 넘게 고문을 당했어. 또 어떤 청년들은 큰 뜻을 품었다가 갑자기 행방불명이 되어 시체마저 찾지 못한 일도 있다네. 그들은 모두 세상의 냉소, 업신여김, 박해, 함정 속에서 일생을 보냈다네. 그들의 무덤까지도 망각 속에 사라져 가고 있는 형편일세. 나는 이런 일을 기념한다는 건 견딜 수 없어. 그보다는 좀 더 유쾌한 일을 생각해 내어 이야기하세."

N은 갑자기 미소를 띠더니 손으로 얼굴을 문지르면서 높은 소리로 말했다.

"내가 가장 유쾌했던 것은, 최초의 쌍십절 이후로는 내가 길을 걸어도 다시는 사람들에게 조소를 받지 않게 된 일이었어. 자네도 알고 있겠지만 머리는 우리 중국 사람의 보배인 동시에 원수이기도 하다네. 옛날부터 지금까지 얼마나 많은 사람이 이 일로 인해 아무런 가치도 없는 고통을 당해 왔는지 몰라. 옛 중국인들은 머리털 같은 것은 그다지 중시하지 않았던 모양이야. 형법으로 볼 때 가장 중요한 것은 물론 머리니까 대벽(大辟 : 사형)이 극형이었어. 다음에 중요한 게 생식기니까 궁형(宮刑 : 음경을 자르는 형)이나 유폐(幽閉 : 자궁을 폐색하는 형)도 무서운 형벌이었지. 곤(髡 : 머리털을 자른 형) 같은 것은 아주 가벼운 걸세. 그런 걸 생각해 볼 때 얼마나 많은 사람들이 머리가 없는 것 때문에 일생 동안 세상 사람들에게 유린당해 왔는지 모른단 말이야.

우리가 혁명을 이야기할 때는 《양주십일기(揚州十日記)》라든가 《가정도성기략(嘉定屠城紀略 : 명조 멸망 때 만주인이 한인에게 행한 대학살의 기록)》에 대해 열심히 말하나, 실은 그것은 수단에 지나지 않는 걸세. 솔직히 말해 그 무렵 중국인의 반항은 결코 나라가 망하는 것이 싫어서가 아니라 다만 변발(辮髮)을 늘어뜨리는 게 싫었기 때문이었어.

완고한 백성은 모조리 살해되고 유로(遺老 : 전조의 유신)는 늙어서 죽으니 결국 모두 변발을 늘이게 되었는데, 그러던 판에 홍·양(洪楊 : 洪秀全·楊秀清, 장발적의 수령)의 난이 벌어졌다네. 할머니한테 들은 이야기지만 그때는 백성 노릇하기도 어려웠던 모양이야. 머리를 모두 남겨 둔 사람은 관군에게 살해되고 변발한 사람은 장발적에게 살해되었다니까! 얼마나 많은 중국인이 이 아프지도 가렵지도 않은 머리털 때문에 고생을 하고 수난을 당하고 멸망했는지 모른다네."

N은 두 눈을 천정으로 향한 채 무엇을 생각하는 것 같더니 또 말을 이었다.

"나는 유학을 가자 곧 변발을 잘라 버렸는데, 그것은 결코 무슨 깊은 뜻이 있어서가 아니라 그냥 불편해서 그랬던 거야. 그런데 뜻밖에 변발을 머리 꼭대기에 말아올린 몇몇 동급생들이 나를 미워하는가 했더니, 감독관까지도 노발대발해서 나의 관비 지급을 중지시키고 중국으로 돌려보내겠다고 야단을 치기도 했다네.

그런데 며칠 안 있어 이 감독관 자신도 남에게 변발을 잘리고 도망을 쳐버렸지. 자르러 간 사람들 중의 한 사람은 《혁명군》을 지은 추용(鄒容 : 청말 일본에 유학했던 혁명가)이었다네. 이 사람도 이 때문에 더 유학할 수 없게 되어 상해로 돌아와 그 뒤 조계(租界 : 19세기 후반에 영국, 미국, 일본 등 8개국이 중국 침략의 근거지로 삼았던, 개항 도시의 외국인 거주지)의 감옥에서 죽었지. 자넨 이미 잊어버렸을 거야.

몇 해 지나는 동안 우리집 형편이 어려워져서 무슨 일거리를 구하지 않고는 살 수가 없게 되어 하는 수 없이 중국으로 돌아왔지. 나는 상해에 도착하자 곧 가짜 변발을 샀다네. 당시엔 값이 2원이었는데 그걸 머리에 쓰고 집으로 돌아왔지. 우리 어머니는 아무 말도 하시지 않았지만, 딴 사람들은 얼굴을 보더니 변발부터 살피더군. 그러다가 그것이 가발이라는 것을 알자 곧 코웃음치며, 이건 단두죄에 해당된다면서 나를 고발하려고까지 했다네. 나중에 혹시 혁명당의 모반이 성공할지도 모른다는 생각에 겁이나니까 그만두긴 했지만.

나는 생각했지. 가짜보다는 진짜가 훨씬 상쾌하다고. 그래서 나는 과감하게 가짜 변발을 집어 던지고 양복을 입고 거리를 다녔지. 가는 곳마다 웃고 욕하는 소리가 들리더군. 어떤 사람은 뒤따라와 '이 건방진 놈!' '가짜 양놈!' 하고 욕을 해대더군.

그래서 나는 양복을 입지 않기로 하고 긴 윗옷으로 바꾸었지만, 그들은 더욱더 심하게 욕을 하더군.

마침내 궁리를 하다가 나는 손에 짧은 지팡이 하나를 들고 그것으로 힘껏 몇 번 때렸더니 그들은 차차 욕을 하지 않게 되었다네. 하지만 그런 짓을 안 한 낯선 곳에 가면 역시 욕들을 들었지.

이 일은 날 매우 슬프게 했으므로 지금도 때때로 기억을 한다네. 유학하고 있을 때, 남양과 중국을 두루 돌아본 혼다(本多) 박사의 일이 신문에 실린 것을 본 적이 있는데, 이 박사는 중국어와 말레이어를 몰랐다네. '당신은 말도 모르는데 어떻게 여행을 했습니까?' 사람들이 질문을 하니까 그는 짧은 지팡이를 쳐들고 '이것이 바로 그들의 말이야, 그들은 다 알지!' 했다는 거야. 나는 이 일로 며칠 간이나 화가 났어. 그러던 것이 결국 모르는 새에

나 자신이 바로 그걸 쓰게 되었단 말일세. 게다가 사람들도 모두 잘 알아듣 더란 말이야.

선통(宣統 : 청말의 연호) 초년에 나는 고향 중학교의 학감(學監)이 되었네. 그런데 동료는 나를 멀리 하고 관료는 관료대로 나를 경계하는 형편이라 나는 종일 얼음 창고에 앉아 있는 듯, 형장 곁에 서 있는 듯했었지. 그게 모두 단지 변발이 없기 때문이었다네!

어느 날 학생 몇이 별안간 내 방에 와서 '선생님! 저희도 변발을 자르려고 하는데요' 하지 않겠어. 그래서 나는 '못써!'라고 말해 줬지. '변발이 있는 게 좋습니까, 없는 게 좋습니까?' '없는 게 좋지.' '그럼 어째서 못쓴다고 말씀하십니까?' '자를 것 까진 없어. 너희는 역시 자르지 않는 게 이로워……. 당분간 기다리는 것이 좋아.' 그들은 아무 말도 하지 않고 입을 삐죽하고 나가더군. 그러나 결국 자르고 말았어. 자아, 그런데 그 뒤가 큰일이었어. 굉장한 소동이 벌어졌거든. 나는 모르는 척하고 그들이 머리를 깎은 채 변발 학생과 함께 교실에 나오는 걸 내버려 두었지.

그런데 그만 이 변발 자르는 것이 전염되고 말았어. 사흘 째 되는 날엔 사범학교 학생 6명이 변발을 자르는 바람에 그날 밤으로 제적되고 말았지. 이 6명은 학교에 머무를 수도 없고 집으로 돌아갈 수도 없게 되었는데, 최초의 쌍십절이 지난 지 한 달이 넘어서야 겨우 범죄의 낙인이 지워졌다네. 나 말이야? 역시 마찬가지야. 민국 원년(民國 元年) 겨울 북경에 왔을 때도 사람들에게 몇 번 욕을 먹었어. 그 뒤 나를 욕하던 사람도 경찰에게 변발을 잘리는 바람에 그 뒤부터는 남에게 욕을 못하게 되었다네. 그러나 나는 고향으로는 가지 않았어."

N은 매우 유쾌한 표정을 짓다가 갑자기 또 우울한 표정이 되었다.

"지금 자네 이상주의자들은 여자도 머리를 잘라야 한다고 떠들어 대더군. 하지만 아무 소득도 없이 고생하는 사람만 만들어 내고 있는 게 아닐까?

벌써 머리를 자른 여인들이 그 때문에 학교에도 입학 못하거나 아니면 학교에서 제적당하고 있지 않은가?

개혁도 좋지만 무기가 어디 있나! 일하며 공부한다? 공장이 어디 있지?

역시 머리를 자르지 않고 있다가 시집갈 궁리나 하는 게 좋을 거야. 모든 걸 잊어버리는 게 행복하거든. 공연히 자유니 평등이니 하는 말을 배웠다간 한평생 고생만 하게 될 걸세.

　나는 알씨바셰프($^{러시아의}_{소설가}$)의 말을 빌려 자네들에게 묻고 싶어. 자네들은 황금 시대의 출현을 이들 자손에게 약속했는데 이들에게는 무엇을 주겠는가?

　아아, 조물주의 가죽 채찍이 중국의 등에 닿지 않는 한 중국은 영원히 이러한 중국일 것이며, 결코 자신이 터럭 하나라도 고치려고 하지는 않을 걸세.

　자네들의 입엔 독니도 없는데 어째서 악착같이 이마에 '독사'라는 커다란 글자를 써붙이고 거지를 끌고 와서 때려 죽이려고 한단 말인가?"

　N의 말은 더 부조리해졌다. 그러나 그는 내가 그다지 듣고 싶어하지 않는 기색임을 알아차리자 곧 입을 다물고 일어나 모자를 집었다.

　"돌아가시려오?"

　"그래, 비가 올 것 같아."

　나는 묵묵히 그를 문까지 배웅했다. 그는 모자를 쓰며 말했다.

　"또 만나세. 귀찮게 군 거 용서하게. 다행히 내일은 쌍십절이 아니니까 우리 모든 것을 잊어도 좋을 걸세."

풍파(風波)

강가 옆 마당에서는 해가 기울며 그 샛노란 빛살을 거둬들이고 있었다. 마당 끝에서 강으로 뻗어 나간 거먕옻나무의 바싹 말라 있던 잎들은 겨우 숨을 돌렸다. 그 아래로 학질모기 몇 마리가 앵앵거리며 날아다녔고, 강을 마주하고 있는 농가의 굴뚝에선 밥짓는 연기가 점점 스러져 갔다. 여자들과 아이들은 저마다 자기 집 앞마당에 물을 뿌리고 작은 탁자와 나지막한 의자를 들고 나왔다. 그러고 보니 벌써 저녁 먹을 시간인 것이다.

늙은이와 남자들은 의자에 앉아 큰 파초 부채를 부치면서 잡담을 하고 있었다. 아이들은 나는 듯이 뛰놀기도 하고, 거먕옻나무 아래에 쭈그리고 앉아 공깃돌을 가지고 놀기도 했다. 아낙네들은 무럭무럭 김이 나는 새까만 마른 나물 삶은 것과 다갈색 쌀밥을 날라왔다. 그 강물에 문인들의 술놀잇배가 지나가고 있어 문호(文豪)가 이 광경을 보았다면, 크게 시흥을 돋구어 이렇게 말했을 것이 틀림없다.

"근심 걱정이 없도다. 이것이 바로 농가의 낙이니라."

그러나 문호의 말은 사실과 다소 동떨어져 있었다. 까닭인 즉 그들은 구근(九斤) 할머니가 지껄이고 있는 말을 듣지 않았기 때문이다. 구근 할머니는 이때 한창 화를 내고 있는 참이었다. 떨어진 부채로 의자 다리를 두들기면서 이렇게 말하는 것이었다.

"난 일흔아홉까지 살았어. 실컷 살았어. 눈 뜨고 망해 가는 꼴은 보고 싶지 않아……. 차라리 죽는 게 낫지. 이제 곧 밥을 먹을 텐데, 또 볶은 콩을 먹고 있다니. 집안을 먹어서 망칠 생각이냐!"

그녀의 증손녀 육근(六斤)이 손에 콩을 한 움큼 쥐고, 저쪽에서 달려오다가 할머니를 보자 그냥 강가 쪽으로 달려가 버렸다. 그러곤 거먕옻나무 뒤에 숨어서 총각머리로 땋은 조그만 머리를 내밀고 크게 외쳤다.

"빨리 죽지도 않고!"

구근 할머니는 나이는 먹었어도 귀는 아직 심하게 먹지는 않았다. 그러나 아이가 외친 말은 듣지 못하고 여전히 혼자서 계속 중얼거렸다.

"정말이지 대대로 나빠져 가기만 하다니."

이 마을의 습관은 좀 별난 데가 있다. 여자가 아이를 낳으면 저울로 무게를 달아서, 그 근수를 그대로 아이 이름으로 하는 일이 많았다. 구근 할머니는 쉰 살 생일잔치를 치르고 난 뒤론 점점 불평객이 되어 가더니, 이제는 노상 투덜댔다. 내가 젊었을 때는 날씨도 지금처럼 덥지는 않았다. 콩도 지금처럼 딱딱하지는 않았다. 아무튼 지금 세상은 틀려 먹었다. 더구나 육근은 증조 할아버지보다 세 근이나 모자라고, 아버지 칠근에 비하더라도 한 근이나 적지 않은가. 이것이 움직일 수 없는 증거라는 것이다. 그러기에 그녀는 힘 주어 또 말하는 것이었다.

"정말이지, 대대로 나빠져만 가다니."

며느리 칠근(七斤)댁이 안고 오던 밥바구니를 갑자기 식탁 위로 내던지며 투덜거렸다.

"할머니는 또 시작이군요. 육근이 태어났을 땐 여섯 근하고도 닷 냥이 더 나갔었잖아요. 게다가 그 저울은 집에서 만든 거라 무게가 더 달리는 18냥 저울이잖아요. 만약 16냥 저울이었으면 우리 육근이는 아마 일곱 근이 넘었을 거예요. 저어, 증조 할아버지나 할아버지만 하더라도 정말로 아홉 근이나 여덟 근이 딱 되었는지는 모르잖아요. 쓴 저울이 14냥 저울이었는지도 모를 일이고⋯⋯."

"대대로 나빠져 가고 있어."

이 말에 대꾸하려던 칠근댁은 칠근이 옆골목을 돌아 나오는 것을 보자, 몸을 돌려 칠근에게 소리쳤다.

"어디를 싸돌아다니다 이제 기어들어오는 거야? 밥을 차리려고 기다리는 신세가 되어 보라지."

칠근은 농촌에서 살망정 일찍부터 이름 한번 날려 보려는 야심을 품고 있었다. 할아버지로부터 그까지 삼대째 괭이를 잡은 일이 없다. 그도 정해진 대로 사공을 업으로 하고 있었다. 매일 한 차례, 아침에 노진(魯鎭)에서 성내로 갔다가 저녁에 또 노진으로 돌아온다. 그런 이유로 새 소식을 잘 알고 있었다. 말하자면, 어디에서는 번개 귀신이 요괴 지네를 쳐서 죽였다든가,

어디서는 처녀가 야차(夜叉)를 낳았다든가 하는 따위다. 마을 사람들 사이에서 그는 제법 뛰어난 사람으로 인정받고 있었다. 여름에는 밥 먹을 때 등불을 밝히지 않는 것이 옛부터 농가의 습관이었다. 그러므로 너무 늦게 집에 오면 꾸중을 들어도 도리가 없다.

칠근은 물부리는 상아로, 담배통은 백통으로 된 여섯 자는 족히 되는 반죽(斑竹) 담뱃대를 한쪽 손에 들고 고개를 숙인 채 천천히 걸어왔다. 그러고는 의자에 앉았다. 육근도 이때를 틈타서 나와 칠근 옆으로 가 앉았다.

"아버지!"

칠근은 대답하지 않았다. 구근 할머니가 말했다.

"대대로 나빠만 간다."

칠근은 천천히 고개를 들고 한숨을 내쉬며 말했다.

"천자께서 등극하시었다."

칠근댁은 순간 멍하고 있었으나, 금시 무릎을 치며 말했다.

"그건 잘 됐군요. 그럼 또 대사령(大赦令)이 내리겠네요."

칠근은 또 한 번 한숨을 내쉬고 말한다.

"내게는 변발이 없는 걸."

"천자는 변발이 있어요?"

"있다는 거야."

칠근댁은 궁금증이 나서 서둘러 물었다. "어떻게 알았지요?"

"함형(咸亨) 술집 사람들이 다 그렇게 말했어."

칠근댁은 순간 직감적으로 이것은 아무래도 좋지 못한 것 같다고 느꼈다. 이유를 말하자면, 함형 술집은 소식이 빠른 곳이기 때문이다. 그녀는 흘긋 칠근의 까까머리에다 눈길을 보냈다. 그러자 무심중에 화가 치밀었다. 남편이 얄밉기도 하고, 원망스럽기도 하고, 안타깝기도 했다. 그러다가 갑자기 절망적인 기분으로 변했다. 그녀는 밥을 담아 칠근 앞에 들이밀고 말했다.

"어서 밥이나 먹어요. 울상을 한다고 변발이 생기겠어요?"

태양은 그 마지막 빛살을 거두고 말았다. 물 위에는 조용히 찬 기운이 되돌아왔다. 마당에서는 온통 젓가락과 대접 소리만 울리고, 사람들의 등에선 아직도 땀방울이 스며 나왔다. 칠근댁은 세 공기 밥을 다 먹고 나서 문득 머리를 쳐드는 순간, 갑자기 가슴 언저리가 두근두근 뛰기 시작했다. 거망옻나무 잎 사이로 키가 작고 뚱뚱한 조칠(趙七) 어르신이 통나무 다리를 건너 이쪽으로 오고 있는 모습이 보였기 때문이다. 게다가 보랏빛 삼베 두루마기를 입고 있었다.

조칠 어르신은 이웃 마을 무원(茂源) 술집의 주인이며, 또 이곳 30리 안에서는 누구나가 아는 이름 높은 학자다. 학문이 있기 때문인지 다소 옛 신하 같은 냄새도 풍긴다. 그는 김성탄(金聖嘆)이 평을 한 《삼국지》를 수십 권이나 가지고 있으면서 언제나 의자에 앉아 한 자 한 자 소리를 내어 읽었다. 오호장(五虎將 : 촉의 유비의 다섯 명장. 관우, 장비, 조운, 마초, 황충)의 이름을 아는 것뿐 아니라, 황충(黃忠)의 자(字)가 한승(漢升)이며, 마초(馬超)의 자가 맹기(孟起)라는 것까지도 알고 있다. 혁명 뒤 그는 변발을 머리 꼭대기에다 빙빙 감아 올려놓고 있어서 꼭 도사(道士) 같았다. 늘 한숨을 내쉬며 입버릇처럼 하는 말이, 만일에 조자룡(趙子龍 : 오호장의 한 사람. 조운의 자.)이 살아 있었으면 이렇게 세상이 어지럽지는 않을 터인데 하는 것이다. 칠근댁은 눈이 밝다. 재빨리 오늘 조칠 어르신이 여느 때의 도사 모습이 아님을 알아차렸다. 그는 머리를 반들반들 밀어 붙이고 새까만 변발을 드리우고 있었다. 그렇다면 필시 천자께서 등극하셨음에 틀림없고 따라서 반드시 변발이 있어야 하며 아울러 칠근에게는 큰 위험이 있다. 까닭인즉, 조칠 어르신은 이 삼베 두루마기를 여간해서는 입지 않기 때문이다. 최근 3년 동안 단 두 번 입었을 뿐이다. 한 번은 싸움 상대의 곰보 아사(阿四)가 병이 들었을 때였고, 한 번은 그의 술집에서 크게 행패를 부렸던 노대(魯大) 어르신이 죽었을 때였다. 이번이 세 번째다. 이것은 분명 그에게는 다행이지만 그의 적에게는 불행한 일이 일어났음을 말해 주는 것이다.

칠근댁은 2년 전에 칠근이 술에 취해, 조칠 어르신을 '말뼈다귀'라고 욕한 것을 알고 있다. 그러므로 이 순간 칠근의 몸에 위험이 닥친 것을 직감하고 가슴이 두근거리기 시작한 것이다.

조칠 어르신이 다가오자, 길가에 앉아 밥을 먹던 사람들은 모두 일어나 젓가락으로 자기 대접을 가리키며 말했다.

"칠야, 여기서 진지 좀 드시죠."

칠야 쪽에서도 지나는 길에 끄덕이며 대답했다.

"아니, 고마워."

그는 곧장 칠근이 집 식탁이 있는 곳까지 다가왔다. 칠근댁이 재빨리 인사를 하자 칠야는 미소를 지으며 대꾸했다.

"그냥들 드시오."

그러고는 그들의 밥과 반찬을 이리저리 살피더니 칠근의 뒤에 서서 칠근댁을 마주보며 말했다.

"좋은 냄새가 나는 말린 나물이군……. 소문은 들었겠지?"

칠근이 대답했다.

"천자께서 즉위하셨지요."

칠근댁은 칠야의 얼굴을 바라보면서 한껏 웃는 얼굴로 물었다.

"천자께서 즉위하셨으면 대사령은 언제쯤 내리게 될까요?"

"대사령? 글쎄, 조만간에 있겠지."

칠야는 여기까지 말하고는 갑자기 거칠게 언성을 높였다.

"그런데 임자와 칠근의 변발은 어떻게 했지, 변발은? 이게 중요한 거야. 임자들도 알고 있겠지. 장발적(長髮賊)의 난 때에는 머리가 있으면 목이 없고, 목이 있으면 머리가 없다……."

칠근이나 칠근댁으로서는 글을 배운 일이 없으므로 이러한 고전(古典)의 현묘함은 잘 모른다. 그러나 학문이 있는 칠야가 그렇게 말하는 이상 사태는 매우 중대해서 이제는 돌이킬 수가 없을 듯한 생각이 들었다. 그러자 사형선고를 받은 것처럼 귓속이 윙해지며 한 마디도 대답할 수가 없었다.

"대대로 나빠져만 간다……."

구근 할머니는 울분이 치밀어 있던 참인지라, 때를 놓치지 않고 조칠 어르신을 보고 말했다.

"지금의 장발적들은 그저 사람들의 변발을 잘라 버려 중도 아니고 도사도 아닌 꼬락서니로 만드는 것이 능사란 말이야. 옛날 장발적들은 어디 그랬나. 나는 일흔아홉까지 살았어. 실컷 살았단 말이야. 옛날 장발적은…… 빨간 비단 한 필로 머리를 싸서 길게 늘어뜨려 발 뒤꿈치까지 늘어지게 하고 있었어요. 친왕(親王)께서는 노란 비단을 늘어뜨리셨고. 노란 비단, 빨간 비단, 노란 비단…… 나는 실컷 살았어, 일흔아홉까지 살았으니."

칠근댁은 일어나 혼잣말처럼 중얼거렸다.

"어떻게 하면 좋지. 이 많은 늙은이와 아이들을 먹여 살리고 있는데……."

조칠 어르신은 고개를 저으며 말했다.

"어쩔 수가 없어. 변발이 없으면 어떤 죄에 해당하는지 책에 분명히 조목 조목 씌어 있으니까. 집에 누가 있든 상관하지 않거든."

책에 써 있다는 말을 듣고 칠근댁은 아주 절망하고 말았다. 화는 나지만 어떻게 해야 좋을지 몰랐고 갑자기 칠근이 또 원망스러웠다. 그녀는 젓가락 끝으로 칠근의 코끝을 가리키며 쏘아붙였다.

"이 죄인아, 다 사서 얻은 거야. 그러기에 내가 혁명할 때 말하지 않았어, 배를 부리지 마라, 성내로 가지 말라고 말이야. 그런데 이 원수는 덮어놓고 성내로 가겠다, 죽어도 가겠다면서 갔잖아. 그러더니 변발을 잘렸으니. 옛날 에는 반짝반짝 하는 새까만 변발이더니 지금은 중 꼴도 아니고 도사 꼴도 아 니란 말이야. 죄지은 사람은 사서 얻은 벌이라지만 죄없이 말려든 우리는 어 떻게 하지. 이 진작 죽어야 했을 죄인아……."

조칠 어르신이 마을에 온 것을 보자, 마을 사람들은 서둘러 밥을 먹고 모두 칠근이 집 식탁 주위에 모여들었다. 칠근은 마을 유지로 자처하고 있던 만큼 많은 사람 앞에서 이렇게 여편네에게 면박을 당하니 체면이 말이 아니게 되었 다. 하는 수 없이 그는 고개를 쳐들고는 차근차근히 말을 하기 시작했다.

"임자, 오늘은 입에서 나오는 대로 마구 지껄이지만 그때는 임자도……."

"진작 죽어야 했을 죄인아……."

구경꾼 중에서 팔일(八一)댁은 성질이 온순한 여자였다. 올해 두 돌이 되는 유복자를 안고 칠근댁 옆에서 구경을 하고 있었는데, 보다 못하여 달래듯 말참견을 하였다.

"칠근댁, 그만두어요. 사람은 신이 아닌데 누가 앞일을 알겠소. 그리고 칠근댁도 그때는 그랬잖아요. 변발이 없어졌어도 조금도 이상하지 않다고 말예요. 게다가 아직 관청 나으리로부터 통지가 나온 것도 아니니……."

칠근댁은 다 듣기도 전에 양쪽 귓불까지 새빨개졌다. 젓가락을 돌려 잡고, 이번에는 팔일댁의 코끝을 가리키며 말했다.

"아니, 무슨 소리를 하는 거지? 팔일댁, 나는 말이야, 이래봬도 틀린 말은 안 하는 사람이야. 그리고 그런 바보 같은 소리를 할 미친 년이 어디 있겠수? 그때 난 말이야, 꼬박 사흘 동안을 울며 지냈어. 다들 봤잖아. 육근이도 울었어……."

육근은 수북하게 담은 밥을 죄다 먹고는, 밥을 더 달라며 빈 공기를 내민 참이었다. 칠근댁은 홧김에 육근의 총각머리 한복판을 젓가락으로 쿡쿡 지르며 더욱 소리를 드높였다.

"누가 너보고 말참견하라고 했어. 이 사내 같은 과부에미야!"

달그랑 소리가 나며 육근의 손에서 빈 밥공기가 바닥으로 굴렀다. 게다가 재수없게도 벽돌 모서리에 부딪쳤기 때문에 금방 큰 조각들이 떨어져 나왔다. 칠근은 벌떡 일어나서 깨진 밥공기를 주워 맞춰 보았다.

"개같은 년!"

칠근은 소리를 지르며 찰싹 육근을 때려서 넘어뜨렸다. 육근은 넘어진 채 울기 시작했다.

"대대로 나빠져만 간다."

구근 할머니가 육근의 손을 잡고 되풀이해 중얼거리면서 저쪽으로 가버렸다. 팔일댁도 화가 나서 크게 소리쳤다.

"칠근댁, 당신은 좌충우돌식으로 마구……."

조칠 어르신은 처음에는 웃으면서 방관하고 있었다. 그러나 팔일댁이 '아직 관청 나으리로부터 통지가 없다'고 말하자, 약간 화가 치밀어 올랐다. 그는 이때 이미 식탁을 돌아 이쪽으로 나와 있었는데, 팔일댁의 말을 받아 쏘아붙였다.

"좌충우돌이 뭐 어떻게 됐다는 거지. 이제 곧 대군(大軍)이 온다 알겠어? 잘 기억해 두라고. 이번에 옥좌를 받들고 나선 분은 장장군(張將軍 : 청조부활을 기획한 장훈) 님이오. 장장군은 연(燕)나라 사람 장익덕(張翼德 : 삼국시대의 영웅 장비)의 자손이야. 장군의 열여덟 자 사모창(蛇矛槍)은, 설사 만 명을 대적할 용맹이 있다 해도 막을 수 없었어."

그는 두 주먹을 불끈 쥐며 흡사 보이지 않는 사모창을 잡고 있는 것 같은 시늉을 해 보였다. 그리고 그대로 팔일댁 쪽으로 두세 걸음 다가가며 말했다.

"임자가 막을 수 있겠는가?"

팔일댁은 너무도 분해서 아이를 안고 부들부들 떨고 있었는데, 문득 보니 얼굴이 온통 땀으로 번들거리는 조칠 어르신이 눈을 부라리고 그녀를 향해 덤벼드는지라 정말로 겁이 나서, 말도 끝내지 못하고 홱 돌아서서 달아나기 시작했다. 조칠 어르신도 뒤를 쫓아갔다. 구경꾼들은 팔일댁이 참견이 지나치다고 잔소리들을 하면서 길을 열어 주었다. 한번 변발을 잘랐다가 다시 기르기 시작한 몇 사람은 그에게 들키지 않으려고 재빨리 사람들 뒤로 숨었다. 조칠 어르신은 별로 자세히 살피려고도 않고 사람들 사이를 지나 금시 거망옻나무 그늘로 들어가 버렸다. 그리고 "임자가 막을 수 있겠는가" 중얼거리면서 통나무 다리를 건너 유유히 사라져 갔다.

마을 사람들은 멍청히 서 있었다. 그들은 저마다 속으로 정말로 자기들이 장익덕을 당하지 못한다고 생각했다.

그래서 칠근은 살아 남지 못할 거라 단정하고 말았다. 칠근이 천자의 법을 범했다고 한다면, 지금까지 그가 성내 소식을 사람들에게 들려 줄 때 긴 담뱃대를 입에 무는 등 거드름을 피우지 말았어야 했다. 그러므로 칠근이 벌을 받게 되는 것이 조금 통쾌하기도 했다. 그들은 무언가 의논이라도 해 보고 싶은 생각이 들었다. 그러나 별로 이야깃거리 없는 것 같은 생각도 들었다. 한바탕 모기가 앵앵거리며 벗은 윗몸에 부딪치고는 지나가서 거망옻나무 밑에 모기 기둥을 세우고 있었다. 그들은 아무 말도 없이 어느덧 흩어져 집으로 돌아가 문을 닫고 잠자리에 들었다. 칠근댁도 투덜투덜하면서 그릇이며 탁자며 의자를 치우고, 집으로 들어와 문을 닫고 잤다.

칠근은 깨진 밥공기를 집으로 가지고 돌아와, 문지방에 걸터앉아 담배를 피우고 있었다. 그러나 몹시 속이 뒤숭숭해서 담배를 빠는 것마저 잊고 말았다. 물부리가 상아로 된 여섯 자 넘는 반죽 담뱃대의 백통 담배통 불이 점점 꺼져 가고 있었다. 사태는 매우 절박하다. 뭔가 방법을 생각해 내서 계획을 세워야겠다고 생각은 하지만 머릿속이 너무 띵해서 종잡을 수가 없었다.

"변발은 어떻게 하지. 변발은? 열여덟 자, 사모창. 대대로 나빠져만 가는구나. 천자가 즉위했다. 깨진 밥공기는 성내로 가지고 가서 붙여 와야지. 누가 이것을 막을 수 있겠는가. 책에 조목조목 씌어 있다니, 빌어먹을!"

이튿날 아침 일찍, 칠근은 언제나처럼 노진에서 편선을 저어 성내에 갔다가 저녁녘에야 노진으로 돌아왔다. 여섯 자가 넘는 반죽 담뱃대와 밥공기를 들고 있었다. 저녁상 머리에서 그는 구근 할머니를 보고 이 밥사발은 성내에서 붙여 왔다, 깨진 조각이 크기 때문에 구리못이 열 여섯 개나 들었다, 한 개에 서 푼씩 모두 마흔여덟 푼을 썼다고 말했다.

구근 할머니는 몹시 언짢아서 말했다.

"점점 나빠져만 간다. 나는 실컷 살았다. 못 한 개가 서 푼이라고? 옛날 못도 그랬나? 옛날 못은 말야……. 나는 일흔아홉까지 살았어……."

그 뒤, 칠근은 여전히 매일 성내로 갔지만, 집안 공기는 어쩐지 침울하기만 했다. 마을 사람들도 멀리하는 태도였고, 또 성내 소식을 들으러 그에게 오는 일도 없었다. 칠근댁도 못마땅한 얼굴을 하고 줄곧 그를 '죄인' 취급했다.

열흘 남짓 지나서, 칠근이 성내에서 집에 돌아와 보니, 아내가 아주 명랑한 얼굴로 그에게 물었다.

"당신 성내에서 무슨 소식 못 들었수?"

"아무것도."

"천자는 즉위를 하셨는지?"

"그런 말 없던데."

"함형 술집에서도 이야기가 없었수?"

"없었어."

"아마도 천자는 즉위를 하지 않은 모양예요. 오늘 조칠 어르신 가게 앞을 지나가노라니 그 영감이 앉아 책을 읽고 있더라고요. 그런데 변발은 머리 위로 빙빙 감아올려져 있고, 두루마기도 안 입고 있잖겠어요."

"……"

"아무래도 즉위하지 않은 거겠지요?"

"응, 그런 모양이지."

요사이 칠근은 칠근댁과 함께 마을 사람들로부터 또다시 상당한 존경과 대우를 받고 있다. 여름이 되자 그들은 여전히 자기집 앞마당에서 밥을 먹었다. 사람들은 얼굴을 대하면 벙글거리며 인사를 나눴다. 구근 할머니는 벌써 여든 살의 잔치를 지냈는데도 여전히 불평객이며 또 건강하다. 육근의 총각 머리는 벌써 한 가닥 커다란 변발로 변해 있다. 그녀는 얼마 전 전족을 했는데, 그래도 칠근댁의 집안일을 도울 수는 있었고, 열여섯 개의 구리못으로 때워 붙인 밥공기를 들고 마당을 뒤뚱거리며 걸어다니고 있다.

고향

　나는 혹독한 추위를 무릅쓰고 2천여 리나 떨어진 곳에서 20여 년만에 고향에 돌아가기 위해 길을 떠났다.

　때는 이미 엄동이었다. 고향에 점점 가까워짐에 따라 날씨는 스산하게 흐려지고 찬 바람이 씽씽 소리를 내며 선실 안에까지 불어 들어왔다. 선창으로 밖을 내다보니 흐릿한 하늘 밑에 쓸쓸하고 초라한 마을이 활기라고는 조금도 없이 여기저기 가로놓여 있었다. 그러자 나도 모르게 마음 속으로 슬픔이 치밀어올랐다.

　아아! 이것이 내가 20년 동안 못내 그리워한 고향이던가?

　내가 그리던 고향은 전혀 이렇지 않았다. 나의 고향은 훨씬 더 좋았다. 나는 고향의 아름다움을 생각해 내고 그 장점을 말하고 싶으나 도리어 영상이 사라져 버려 할 말이 없어진다. 역시 이러했구나 하는 마음이 든다. 그래서 스스로 해석하기를, 고향은 본디 이랬다. 전보다 나아진 것도, 내가 느낀 것 같은 슬픔도 없다. 그렇게 느낀 것은 다만 나의 심경이 변했기 때문이다. 왜냐하면 이번에 그다지 즐거운 마음으로 돌아온 것이 아니기에.

　이번에 나는 고향과 이별을 하러 온 것이다. 우리 일가들이 여러 해 모여 살아온 묵은 집은 이미 상의해서 남에게 팔아 버렸다. 집을 비워 주어야 할 기한도 금년 말까지라 정월 초하루가 되기 전에 낯익은 고향 집과 영원히 작별하고, 또 정든 고향을 멀리 떠나 내가 밥벌이하고 있는 타향으로 이사를 해야 한다.

　이튿날 이른 아침에 나는 우리집 문 앞에 다다랐다. 기와 틈으로 꺾어진 마른 풀줄기가 바람에 떨고 있는 품이 이 묵은 집의 주인이 바뀌어야 할 이유를 설명해 주는 것 같았다. 한집에 살던 일가들은 대개가 벌써 이사를 갔는지 퍽 쓸쓸했다. 내가 쓰던 방 밖에까지 이르렀을 때 어머니는 벌써 맞으러 나오셨고 뒤따라 여덟 살 먹은 조카 꿍아(宏兒)도 뛰어나왔다.

어머니는 대단히 반가워하셨으나 어쩐지 처량한 심정을 숨기지 못하는 기색이 감돌았다. 나를 편히 앉혀 놓고 차를 따라 주면서도 이사하는 이야기는 입 밖에 내지 않으셨다. 굉아는 전에 나를 본 일이 없었으므로 멀찍이 한쪽 구석에 서서 쳐다보고 있었다. 그러나 우리는 기어이 이사에 대한 이야기를 끄집어 내고 말았다. 나는 이사할 곳에 벌써 셋집을 얻어 두고 세간도 조금 장만했으나, 그 밖의 것은 이 집에 있는 목기(木器)를 모두 팔아서 장만하자고 말했다. 어머니도 좋다고 하셨다. 그리고 짐도 대강 싸 놓았고, 목기같이 운반하기 어려운 것은 조금 팔아 버렸으나 돈은 얼마 되지 않는다고 말했다.

"하루 이틀 푹 쉬어라. 그리고 일가친척에게 인사나 한 다음에 떠나기로 하자."

"네!"

"그리고 윤토(閏土) 말이다. 우리집에 올 때마다 네 이야기를 묻곤 하는데 네가 매우 보고 싶은 모양이더라. 내가 벌써 너의 올 예정 날짜를 기별했으니까 아마 쉬 올 것이다."

이때 나의 머릿속에 갑자기 한폭의 이상한 그림이 번쩍 떠올랐다. 새파란 하늘에는 황금빛 둥근 달이 걸려 있고, 그 아래 해변 모래땅에는 온통 끝도 보이지 않을 만큼 파란 수박이 뒹굴고 있다. 그 사이 목에 은목걸이를 건 열한두어 살 된 소년이 손에 쇠작살을 들어 사(猹 : 수박을 먹으러 온다는 공상의 짐승, 작가가 지은 말) 한 마리를 향해 힘껏 찔렀다. 그러나 사는 몸을 홱 돌리더니 그 아이의 가랑이 밑으로 빠져 달아나 버린다.

이 소년이 바로 윤토이다. 내가 그를 알게 된 것은 겨우 열두서너 살 때였으니, 지금으로부터 거의 30년 전 일이다. 그땐 아버지도 아직 살아 계셨고 집안 형세도 넉넉해서 나는 어엿한 도련님이었다. 그해는 우리집이 큰 제사를 지낼 차례였다. 이 제사로 말하면 30여 년만에 한 번 돌아오는 것이기 때문에 대단히 정중한 것이었다. 정월에 조상의 상(像)에 제사를 지내는데 제물도 퍽 많고 제기도 잘 갖추며, 제관도 무척 많아서 제기를 도둑맞지 않도록 경계할 필요가 있었다. 우리집에는 망월(忙月)이 꼭 한 명 있었다. ——우리 고향에선 남의 일을 해 주는 사람을 세 부류로 구분한다. 1년 동안 집에서 일하는 사람을 장년(長年)이라 부르고, 그날그날 남의 일을 해주는 품팔이꾼을 단공(短工)이라 하며, 자기도 농사를 지으면서 과세할 때나 단오절을 쇨 때 도조를 거둘 때에만 일정한 집에서 일하는 사람을 망월(忙月)이라고 부른다. ―그는 너무나도 바쁜 탓으로 그의 아들 윤토에게 제기를 맡기는 것이 좋겠다고 아버지에게 말했다.

아버지는 그것을 허락하셨다. 나도 무척 기뻤다. 벌써부터 윤토라는 이름을 들었고, 또 그가 나와 같은 또래라는 걸 알았기 때문이다. 그는 윤달에 나서 오행(五行) 중의 토(土)가 빠졌기 때문에 그의 아버지가 윤토라고 불렀다. 그는 덫을 놓아 참새를 잘 잡았다.

그래서 나는 날마다 설날을 기다렸다. 설날이 되면 윤토도 온다. 드디어 연말이 되었다. 어느 날 어머니께서 윤토가 왔다고 일러 주어서 나는 바로 뛰어나가 보았다. 그는 때마침 부엌에 있었다. 붉고 둥근 얼굴에 머리에는 조그마한 털모자를 쓰고 목에는 번쩍번쩍하는 은목걸이를 하고 있었다. 이것으로 보더라도 그의 아버지가 아들을 무척 사랑함을 알 수 있었다. 그가 죽을까 봐 신령과 부처 앞에 기도하고 목걸이를 만들어 줘 그를 보호한 것이다. 그는 사람을 보면 퍽 수줍어했으나 나만은 거리끼지 않고 곁에 사람이 없을 때 말을 걸어 왔다. 한나절도 못 되어서 우리는 곧 친해졌다.

우리가 그때 무슨 이야기를 했는진 모르겠으나 다만 윤토가 매우 기뻐했으며, 성내에 가서 여러 가지 못 보던 것을 보았다고 말한 것만은 똑똑히 기억한다.

그 이튿날 내가 그에게 새를 잡아 달랬더니 그는 이렇게 말했다.

"그건 안 돼. 눈이 많이 와야지. 우리 동네에선 모래밭에 눈이 오면 한 군데를 쓸고 커다란 삼태기를 짧은 막대기로 받쳐 놓고 쌀겨를 뿌려 놔. 그랬다가 새들이 와서 먹을 때쯤, 먼 발치에서 작대기에 비끄러맨 새끼줄을 잡아당기는 거야. 그러면 새들은 삼태기에 갇히고 마는 거지. 무슨 새든지 다 있어. 참새, 잣새, 비둘기, 파랑새……."

나는 그래서 눈 오기를 기다렸다.

윤토는 또 나에게 말했다.

"지금은 너무 춥지만, 여름이 되면 우리 동네에 와 봐. 우리는 낮에 바닷가로 조개 껍데기를 주우러 가거든. 빨간 것, 파란 것, 도깨비조개, 관음(觀音)손조개도 다 있어! 밤이면 나는 아버지하고 수박밭을 지키러 가는데 너도 가자."

"도둑을 지키니?"

"아니야. 길 가는 사람이 목이 말라 수박을 따먹으면 우리 동네에서는 도둑으로 치지 않아. 지켜야 할 것은 너구리나 고슴도치나 '사' 같은거지. 달밤에 바스락바스락 소리가 나면 그것은 '사'가 수박을 갉아먹는 것인데, 그러면 바로 작살을 들고 살금살금 걸어가서……."

나는 그때 '사'라는 것이 무엇인지 몰랐다. 지금도 모르지만. 다만 어렴풋하게 강아지같이 생기고 아주 흉악하고 사나운 것으로 여겨졌다.

"그놈이 사람을 물지는 않니?"

"작살이 있는데 뭐! 살금살금 다가가서 사를 보기만 하면 찌르는 거야. 그런데 그놈은 아주 약아서 도리어 사람한테 달려와 가랑이 밑으로 싹 빠져나가 버리지. 그놈의 털은 기름처럼 매끄러워……."

나는 세상에 이처럼 신기한 일이 많은 줄은 지금까지 몰랐었다. 바닷가에는 오색 조개 껍데기가 있고 수박에도 이토록 위험한 내력이 있을 줄이야! 지금까지 수박은 과일가게에서 파는 것으로만 알았을 뿐이다.

"우리 동네 모래밭에 밀물이 밀려 올 때면 수많은 날치가 펄펄 뛰어. 모두 청개구리처럼 다리가 두 개씩 달렸지……."

아아! 윤토의 가슴 속에는 끝없이 신기한 이야기가 가득 차 있었다. 모두가 내 평소의 동무들은 모르는 일이었다. 그들은 이런 일을 모른다. 윤토가 바닷가에 있을 때 그들은 나처럼 안마당에서 높은 담으로 둘러싸인 네모진 하늘만 쳐다봤을 뿐이다.

섭섭하게도 설은 지나갔다. 윤토는 집으로 돌아가야 했다. 나는 응석을 부려 큰 소리로 엉엉 울었다. 그도 부엌에 숨어 울면서 나오려고 하지 않았다. 그러나 기어코 그의 아버지에게 끌려가 빌었다. 그는 나중에 그의 아버지에게 부탁해서 조개 껍데기 한 꾸러미와 썩 예쁜 새 깃털 몇 개를 나한테 보냈다. 나도 두어 번 그에게 물건을 보내 주었다. 그러나 그 뒤로는 다시 만나지 못하였다.

지금 어머니가 그의 이야기를 꺼냈으므로 나는 이러한 어릴 적 기억이 갑자기 번개처럼 되살아나 아름다운 내 고향을 눈앞에 본 것만 같았다. 그래서 대답했다.

"이렇게 반가울 때가! 그는…… 지금 어떻게 지낸답니까?"

"그 사람? 그 사람 형편도 말이 아닌가 보더라⋯⋯."

어머니는 말씀하시면서 밖을 내다보았다.

"누가 또 온 모양이다. 말로는 목기를 산다지만 어정어정하다가 제멋대로 집어 가 버리니까. 내가 나가 봐야겠다."

어머니는 일어나 밖으로 나가셨다. 문 밖에서 몇 사람의 여자 목소리가 들렸다. 나는 꿩아를 불러 가까이 오라 하고 심심풀이로 그 아이와 이야기를 했다.

"글씨를 쓸 줄 아니? 이사 가는 게 좋니?"

"우리는 기차 타고 가요?"

"그래, 기차 타고 가지."

"배는요?"

"처음에는 배를 타고⋯⋯."

"어머나! 이렇게 변했구려! 수염이 이렇게 자라고!"

갑자기 날카로운 소리가 들려 왔다.

나는 깜짝 놀라서 얼른 고개를 들어 보니 광대뼈가 쑥 나오고 입술이 알팍한 쉰 전후의 여인이 내 앞에 서 있다. 두 손을 허리에 짚고 치마도 안 입은 채 두 다리를 벌리고 선 모습이 꼭 제도기 가운데 다리가 가느다란 컴퍼스 같았다. 나는 깜짝 놀랐다.

"나를 몰라 보겠수? 그래도 곧잘 안아 주었는데!"

나는 더욱 놀랐다. 다행히 어머니가 들어와 곁에서 말씀하셨다.

"이 아이가 오랫동안 객지로 돌아다니느라 모두 잊었나 보우. 너 생각 안 나니? 길 건너 양이(楊二) 아주머니다⋯⋯. 왜 두부집 하던!"

아아, 나도 생각이 난다. 내가 어렸을 때 길 건너 두부집에 하루종일 앉아 있던 양이 아주머니라는 여인이 분명히 있었다. 사람들이 모두 두부집 서시 (西施)라고 불렀었다. 그러나 그때에는 분을 하얗게 발랐고 광대뼈도 이처럼 쑥 나오지 않았고 입술도 이렇게 얇지 않았으며, 또 온종일 앉아 있었기 때문에 나는 컴퍼스 같은 자세를 보지 못했다. 그때 사람들이 말하기를 그 여자 때문에 두부집이 장사가 잘 된다고 했다. 그러나 아마 나이탓이었는지 나는 조금도 감동받지 않았고 마침내 까맣게 잊어 버렸던 것이다. 그러나 컴 퍼스는 대단히 불만인 듯 경멸하는 기색을 나타내며 프랑스 사람으로서 나

폴레옹을 모르고, 미국 사람으로서 워싱턴을 모르는 것을 비웃듯 코웃음치며 말했다.

"잊었수? 귀인은 눈이 높으시니까……."

나는 당황하여 일어서며 말했다.

"그럴 리가 있어요…… 저는……."

"그러면 내 좀 말하겠소. 신(迅) 도련님, 당신은 출세하셨다죠? 나르기도 불편할 텐데 이런 다 부서진 목기를 무엇에 쓰려우. 나나 주구려. 우리같이 가난한 사람들은 쓸 수 있으니."

"출세는요. 이런 것이라도 팔아야만 다시……."

"아이구, 세상에나! 도지사님 씩이나 됐다면서 출세하지 않았다고요? 지금도 첩을 셋이나 두고 팔인교(八人轎)를 타고 다니면서도 출세하지 않았다니. 흥, 무슨 소리로도 나는 못 속이우."

나는 더 말할 것도 없겠기에 입을 다물고 묵묵히 있었다.

"어쩜, 부자가 되면 될수록 인색해진다더니. 인색하니 더 부자가 될 수밖에……."

컴퍼스는 성이 나 돌아서서 나불나불 중얼거렸다. 그러고는 어슬렁어슬렁 밖을 향해 걸어나가다 어머니의 장갑을 바지춤에 쑤셔넣고 가 버렸다. 그 뒤에도 또 집 근처의 일가 친척들이 찾아왔다. 나는 그들을 접대하면서 틈틈이 짐을 꾸렸다. 이렇게 3, 4일이 지나갔다.

몹시 추운 어느 날 오후, 점심을 먹은 뒤 앉아서 차를 마시고 있었다. 그때 밖에 누군가 들어오는 인기척이 나 돌아다보았다. 그 순간 나는 나도 모르게 깜짝 놀라서 부리나케 일어나 맞으러 나갔다.

윤토가 온 것이었다. 나는 첫눈에 바로 윤토인 줄은 알았으나 내 기억 속의 윤토는 아니었다. 그는 키가 곱은 더 자랐고, 그 전의 붉고 둥글던 얼굴은 이미 누렇게 변했으며, 그 위에 매우 깊숙한 주름살이 늘었다. 눈도 그의 아버지와 비슷하였으나 언저리가 모두 부어서 불그레했다. 바닷가에서 농사짓는 사람들은 온종일 바닷바람을 쐬어서 대개가 이렇게 되는 줄은 나도 알고 있다. 그는 머리에 낡은 털모자를 쓰고 몸에는 아주 얇은 솜옷을 입었을 뿐이라 온몸을 웅크리고 있었다. 손에는 종이 봉지와 긴 담뱃대를 들었는데 그 손도 내가 기억하던 붉고 통통하게 살오른 손은 아니었다. 굵다랗고 거칠고

험하고 갈라진 게 마치 소나무 껍질 같았다.

나는 이때 매우 흥분했으나 무어라고 말해야 좋을지 몰라 그저 나오는 대로 외쳤다.

"아아! 윤토, 왔구려……."

연달아 많은 말들이 연주처럼 이어져 나오려 했다. 잣새, 날치, 조가비, 사……. 그러나 어쩐지 무엇인가에 꽉 막힌 것처럼 머릿속에서만 뱅뱅 돌 뿐 입 밖으로는 튀어나오지 않았다.

그는 우두커니 서 있었다. 얼굴에는 기쁨과 처량한 기색이 나타나고, 입술은 움직였으나 말소리는 없었다. 마침내 그는 공손한 태도로 분명히 불렀다.

"나으리!"

나는 소름이 끼치는 것 같았다. 우리 사이에는 이미 슬퍼할 만한 두터운 장벽이 가로막혀 있음을 깨달았다. 그리하여 나도 말문이 막혀 버렸다.

그가 고개를 돌려 말했다.

"수생(水生)! 나으리한테 절해라."

그리고는 뒤에 숨어 있던 애를 끌어 냈다. 애야 말로 20년 전의 윤토와 꼭 같았다. 다만 얼굴빛이 누르고 파리하며 목에는 은목걸이가 없었을 뿐이다.

"이놈이 다섯째 아이올시다. 집 밖을 모르는 아이라 수줍어하지요……."

어머니와 굉아가 2층에서 내려왔다. 아마 우리 말소리를 들으셨던 모양이다.

"마님! 편지는 벌써 받았습니다. 저는 어찌나 기뻤던지, 나으리가 돌아오신다고 해서……."

어머니도 기분이 좋아서 말씀하셨다.

"아니 왜 그렇게 스스러워하나. 자네들, 전에는 형이니, 아우니 부르지 않았나? 옛날처럼 신(迅)이라고 부르게."

"원, 마님두 참…… 그런 법이 어디 있습니까? 그때는 철부지라 아무 것도 몰라서……."

윤토는 이렇게 말하면서 수생에게 절을 시키려고 하였으나, 그 아이는 더 부끄러워하며 윤토 등 뒤에 찰싹 달라붙을 뿐이었다. 그러자 어머니가 말씀하셨다.

"걔가 수생인가? 다섯째지? 모두 낯선 사람들이니까, 서먹서먹해하는 것도 무리가 아니지. 굉아, 너 수생하고 나가 놀아라!"

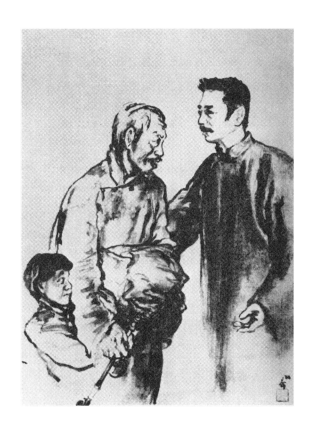

 굉아가 이 말을 듣고 바로 수생한테 손짓을 하자 수생도 선뜻 그와 함께 나가 버렸다. 어머니가 윤토에게 앉으라고 권했다. 그는 한참 망설이다가 겨우 앉으며 긴 담뱃대를 탁자에 기대 세우고는 종이 봉지를 꺼내 놓으며 말했다.

 "겨울이라 아무것도 없습니다. 얼마 안 됩니다만 이 청대콩은 제 집에서 농사지은 거라 나으리께⋯⋯."

 나는 그에게 사는 형편을 물었다. 그는 다만 머리를 흔들 뿐이었다.

 "아주 엉망입니다. 여섯째 놈까지 거들게는 되었지만 그래도 입에 풀칠하긴 어렵습죠⋯⋯. 또 세상도 시끄럽고⋯⋯. 오나 가나 돈은 뜯기죠, 법도 없고⋯⋯ 농사도 시원찮습니다⋯⋯. 농사를 지어서 팔러 가면 몇 번씩 세금을 바쳐야 하니 본전까지 잘리고, 그렇다고 안 팔자니 또 썩기만 합니다 그려⋯⋯."

 그는 그저 머리만 흔들었다. 얼굴에는 많은 주름살이 새겨져 있었으나 조금도 움직이질 않아 마치 석상(石像) 같았다. 그는 아마 쓰라림을 느끼기는 해도 표현하질 못하겠는지 잠깐 말이 없다가 담뱃대를 들고 묵묵히 담배를 피웠다.

어머니가 물은즉 그는 집에 일이 바빠서 내일 곧 가봐야 한다는 것이었다. 또 아직 점심도 안 먹었다고 하므로 손수 부엌에 가서 밥을 먹도록 하였다.

그는 나갔다. 어머니와 나는 그의 형편을 개탄했다. 애들은 많고 흉년에다 가혹한 세금, 병정, 도둑, 관리, 양반, 이 모든 것이 그를 괴롭혀 멍텅구리 같은 사람으로 만들어 버렸다. 어머니는 나에게 가지고 갈 만한 물건이 못 되는 건 그대로 그에게 주어 마음대로 골라가도록 하자고 말씀하셨다.

오후에 그는 몇 가지 물건을 골라 냈다. 긴 탁자가 두 개, 의자가 네 개, 향로와 촛대가 한 쌍, 큰 저울 하나. 그리고 짚재도 모두 달라고 했다. (우리 고향에서는 밥을 지을 때 짚을 때는데 그 재는 모래땅의 비료가 된다.) 우리가 떠나갈 때 그는 배를 가지고 와서 실어 가겠다고 했다.

밤에 우리는 또 세상 이야기를 했으나 모두가 밑도 끝도 없는 말뿐이었다. 다음 날 아침 그는 수생을 데리고 돌아갔다.

그로부터 아흐레가 지나 우리가 떠나는 날이 되었다. 윤토는 아침에 왔다. 수생은 데리고 오지 않고 다섯 살 먹은 계집앨 데리고 와서 배를 지키게 하였다. 우리는 하루 종일 바빠서 이야기할 틈도 없었다. 손님도 적지 않았다. 전송하러 온 사람도 있었고 물건을 가져 가려고 온 사람도 있었으며 전송 겸 물건을 가지러 온 사람도 있었다. 저녁나절 우리가 배에 오를 무렵에는 이 묵은 집에 있던 깨지고 낡은 크고 작은 물건들은 이미 하나도 남지 않고 깨끗이 치워졌다.

우리가 탄 배는 앞으로 나아갔다. 양쪽 언덕의 푸른 산들은 황혼 속에서 모두 검푸른 빛으로 변하여 연달아 고물 쪽으로 사라졌다.

굉아는 나와 함께 선창에 기대 서서 밖의 어슴푸레한 풍경을 바라보고 있다가 갑자기 물었다.

"큰아버지, 우리는 언제 돌아오나요?"

"돌아오다니? 너는 왜 아직 가지도 않아서 돌아올 생각부터 하니?"

"그렇지만 수생이 나한테 제 집에 놀러 오라고 그랬는데 뭐……."

그는 크고 새까만 눈동자를 뜨고 멍하니 생각에 잠겼다.

어머니도 나도 모두 어리둥절해졌다. 그래서 또 윤토 이야기를 끄집어 냈다. 어머니 말씀은, 그 두부 서시라는 양이 아주머니가 짐을 꾸리기 시작한 때부터 날마다 오더니 그저께는 잿더미 속에서 대접이며 접시를 10여 개나 들춰냈다고 한다. 그러더니 이러쿵저러쿵 따지면서 이것은 윤토가 감춰둔 것으로, 그가 재를 실어 갈 때 함께 가지고 가려던 속셈이 틀림없다고 했다는 것이다. 그러곤 이것을 발견한 것은 자기의 공이라며, 구기살(구기살은 우리 고향에서 닭을 기를 때 쓰는 기구이다. 목판 위에 우리를 치고 안에 모이를 담아 두면 닭은 목을 들이밀고 쪼아 먹을 수 있지만 개는 그렇게 할 수 없으므로 바라만 보다가 지쳐서 죽는다)을 가지고 나는 듯 달아났는데, 그 작은 발에 굽 높은 신을 신고도 잽싸게 내뺐다는 것이다.

옛집은 나와 점점 멀어져 간다. 고향의 산과 물도 모두 점점 내게서 멀어져 간다. 그러나 나는 아무런 미련도 갖지 않았다.

다만 내 주위를 눈에 보이지 않는 높은 담이 둘러싸서 나를 고독하게 만드는 것을 느끼고 마음이 몹시 괴로웠다. 저 수박밭에 은목걸이를 걸고 있는 작은 영웅의 그림자가 그 전에는 아주 뚜렷하더니, 지금은 갑자기 어슴푸레해져 이것이 또 나를 몹시 슬프게 했다.

어머니와 굉아는 다 잠이 들었다.

나는 드러누워 뱃전에 '철석철석' 하는 물소릴 들으면서 이제 나의 갈 길을 가고 있음을 깨달았다. 나는 생각하였다.

나와 윤토는 결국 이처럼 거리가 멀어져 버렸으나 우리의 후손들도 같은 기분이리라. 굉아는 지금 수생을 그리워하고 있지 않은가? 나는 그들이 나같이 되지 말고, 또 모든 사람이 서로 사이가 멀어지지 않기를 바란다……. 그러나 나는 또 그들이 헤어지지 않으려고 나처럼 고달픈 방랑 생활을 하는 것도, 또 윤토와 같이 괴로움에 마비된 생활을 하는 것도 원하지 않는다.

그들에게는 우리가 아직 경험해 보지 못한 새로운 생활이 있어야만 한다.

희망이라는 것에 생각이 미쳤을 때 나는 갑자기 두려워졌다. 윤토가 향로와 촛대를 달라고 했을 때, 난 그가 우상을 숭배하여 언제까지고 잊어버리지 못하는구나 하고 마음 속으로 비웃었다. 그러나 내가 지금 말하는 희망이란 것도 나 자신의 손으로 만든 우상이 아닐까? 다만 그의 소원은 가장 가까운 데 있고 나의 소원은 아득하고 먼 데 있을 뿐이다.

내가 몽롱해 있을 때 눈 앞에는 한 조각 초록색 모래땅이 펼쳐져 있었고,

그 위의 진한 쪽빛 하늘에는 황금빛 둥근 달이 걸려 있었다. 그것은 마치 땅 위의 길과 같은 것이다. 실상 땅 위에 본디부터 길이 있는 것은 아니다. 다니는 사람이 많아지면 곧 길이 되는 것이다.

아Q정전(阿Q正傳)

제1장 서문

내가 아Q(阿Q)를 위하여 정전(正傳)을 쓰려고 한 것은 벌써 한두 해 일이 아니다. 그러나 써야겠다, 써야겠다 생각은 하면서도 쓰려고 하면 그만 망설여지고 마는 것이다. 그것은 두말할 나위 없이 내가 불후의 글을 쓸 만한 사람이 못되기 때문이다. 예부터 불후의 붓만이 불후의 인물을 전해 왔다. 그리하여 사람은 글을 통해 전해지고, 글은 사람을 통해 전해진다. 이런 생각을 하다보면 대체 무엇이 무엇을 통해서 전해지는지 점차 애매해진다. 막상 아Q전(阿Q傳)을 쓰기로 마음먹고 보니 어쩐지 내가 귀신에게 홀린 듯한 기분마저 든다.

아무튼 불후의 문필은 못 되나 이 한 편의 글을 쓰기로 작정하고 붓을 들긴 들었는데, 들자마자 곧 여러 어려움에 부딪쳤다. 첫째로 글의 이름이다. 공자는 '이름이 좋지 못하면 말이 순조롭지 못하다' 말하였다. 이는 물론 매우 주의를 요하는 점이다. 전(傳)의 이름은 많다. 열전(列傳)·자전(自傳)·내전(內傳)·외전(外傳)·별전(別傳)·가전(家傳)·소전(小傳)……. 그러나 애석하게도 이들 모두가 적합하지 못하다. 열전이라고 하자니 이 글은 여러 훌륭한 사람들의 전기와 함께 정사(正史)에 들 것이 못 되고, 자전이라 하자니 내가 아Q 바로 그 사람은 아니다. 외전이라 한다면 내전은 어디에 있단 말인가. 혹 내전이라 한다 해도 아Q는 결코 신선(神仙)은 아닌 것이다. 또 별전이면 어떨까 해도 대총통이 국사관(國史館)에 아Q의 전기를 편찬하라고 지시한 적도 없다. 비록 영국 정사(正史)에는 《박도별전(博徒別傳)》이 없음에도 문호 디킨즈가 《박도별전》이란 책을 저술한 적이 있다지만, 그것은 문호이기에 가능했던 것이지 나 따위로서는 어림도 없는 일이다.

다음은 가전인데, 나는 아Q와 종씨인지 아닌지조차 모르며, 그의 자손으로부터 의뢰를 받은 적도 없다. 또 소전이라고 해도 아Q에게는 따로 대전이 있는 것도 아니다. 요컨대 이 글은 역시 본전이라고 해야 하겠으나 문체에 품위가 없어 '짐수레꾼이나 장돌뱅이'가 쓰는 말씨와 같으므로 감히 본전이라 칭할 수도 없다. 그래서 삼교(三敎) 구류(九流) 축에도 못끼는 소설가들의 이른바 '한담(閑談)은 그만두고 정전(正傳)으로 돌아가서'라는 문구에서 정전의 두 글자를 따 이름을 삼기로 했다. 비록 옛 사람이 편찬한 《서법정전(書法正傳)》의 정전과 글자가 매우 혼동되기는 하나 거기까지 마음을 쓸 수는 없다.

둘째로 전기는 보통 첫머리에 '아무개. 자(字)는 무엇이며, 어느 곳 사람이다' 이렇게 써야 하나 나는 아Q의 성이 무엇인지 모른다. 한번은 그의 성이 조인 것 같았으나 다음 날 곧 모호해져 버리고 말았다. 그것은 조 영감 아들이 수재(秀才)에 급제하였을 때였다. 요란한 꽹과리 소리와 함께 그 소식이 마을에 전해졌을 때, 마침 황주(黃酒) 두어 잔을 들이켜고 있던 아Q는 몹시 좋아 날뛰면서 이것은 자신에게도 퍽 영광이라고 했다. 왜냐하면 그는 본디 조 영감과 한 집안인데다, 자세히 계보를 따지면 자신이 수재보다 삼대나 웃항렬이라는 것이었다. 그때 그곳에서 이 이야기를 듣고 있던 사람들은 남몰래 혀를 내두르면서 적잖이 경외감을 느꼈다. 그런데 이튿날 지보(地保 : ^{청나라 말기
지방자치제 경찰})가 오더니 아Q를 조 영감네 집으로 끌고 갔다. 조 영감은 아Q를 보자 온통 얼굴을 붉히며 호령했다.

"아Q, 이 발칙한 놈아, 내가 너와 한 집안이라고 말했다지?"

아Q는 입을 열지 않았다.

조 영감은 볼수록 점점 화가 치밀어 몇 발짝 걸어나가 말했다.

"괘씸한 놈 같으니라구, 터무니없는 소릴 지껄이다니! 내가 어떻게 너 같은 놈과 한집안일 수 있단 말이냐! 네 성이 조씨냐?"

아Q는 입을 열지 않고 뒤로 물러나려 했다. 이때 조 영감이 달려들어 따귀를 한 대 때렸다.

"네놈이 어떻게 해서 성이 조란 말이냐? 네놈이 조씨라니 당치도 않다!"

아Q는 자기가 틀림없는 조씨라고 한 마디도 항변하지 않았다. 그저 왼뺨을 문지르면서 지보와 함께 물러나왔다. 밖에 나와서는 다시 지보에게 한바탕 훈계를 받고 술값 두 냥까지 바쳐야 했다. 이 일을 안 사람들은 모두 아

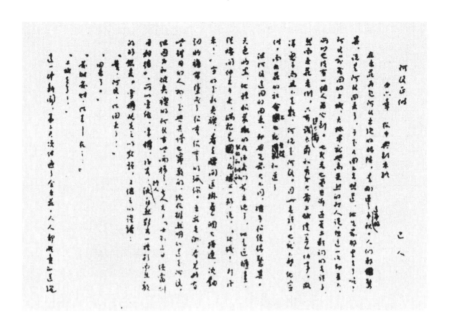

Q가 너무 터무니없이 굴어 매를 번 것이라며, 그는 아마도 조씨가 아닐 거라고 했다. 설사 정말 조씨라 해도 조 영감이 여기 있는 한 그런 헛소리는 하지 말았어야 한다고 말했다. 그 뒤부터는 아무도 그의 성씨에 대하여 운운하지 않았으므로 나도 아Q의 성이 무엇인지 끝내 모르게 되었다.

셋째로 나는 아Q의 이름을 어떻게 쓰는지조차 모른다. 그가 살아 있을 때 사람들은 그를 阿Quei라고 불렀다. 죽은 뒤론 누구 하나 아Q를 입에 올리는 사람조차 없어졌다. 하물며 '죽백(竹帛)에 기록한다'는 일이 어찌 있을 수 있겠는가? 만약 '죽백에 기록한다'면 아마 이 글이 최초가 될 것이므로 첫 번째 난관에 부닥친 것이다. 나는 일찍이 곰곰이 생각해 보았다. 阿Quei란 —아계(阿桂)일까, 그렇지 않으면 아귀(阿貴)일까? 만약 그의 호(號)가 월정(月亭)이거나 8월에 생일 잔치를 한 적이 있다면 분명 아계일 것이다. 그러나 그에게는 호가 없었고—호가 있었을지도 모르나 다만 아무도 그걸 아는 사람이 없었다—또 생일 잔치 초대장을 돌린 적도 없으므로 아계라고 쓰는 것은 독단이다. 또 만약 그에게 아부(阿富)라는 이름의 형이나 아우가 있었다면 아귀가 틀림없지만, 그는 혼자였으니 아귀라고 할 만한 근거도 없다. 그 밖에 Quei라고 발음하는 어려운 글자가 있기는 하나 더욱 들어맞지 않는다. 전에 나는 조 영감의 아들인 무재(茂才) 선생에게 물어 본 적이 있으나, 이러한 박학한 분도 결국 별 수가 없었다. 그의 결론에 따르면 진독수(陳獨秀)가 〈신청년(新靑年)〉을 발행하고 서양 문자를 제창했던 까닭에 국수(國粹)가 파괴되었으므로 조사할 수가 없게 되었다는 것이다. 나의 마지막 수단은 다만 같은 고향의 어느 친구에게 의뢰하여 아Q의 범죄 조서를 조사해 달라는 것이 고작이었다. 8개월 뒤에야 겨우 회신이 있었으나 조서 중에는 阿Quei와 비슷한 음을 가진 사람은 없다는 것이었다. 정말로 없었는지, 그렇지 않으면 조사도 해보지 않고 없다고 했는지는 모르나 이제는 별다른 방법이 없었다. 주음자모(注音子母)는 아직 일반적으로 쓰이지 않아 어쩔 수 없이 서양 문자를 써서 영국 철자법으로 阿Quei라 쓰고, 이를 줄여 아Q로 하는 수밖에 없었다. 이것은 〈신청년〉을 따르는 것 같아 매우 유감이기는 하나 무재 선생도 모르는 것을 나라고 해서 별수 있겠는가?

넷째로는 아Q의 본적이다. 만약 그의 성이 조라면, 요즘 흔히 어느 고을 어느 명문이라고 들먹이며 말하듯 《군명백가성(郡名百家姓)》의 주해(注解)대로 '농서 천수 사람(隴西天水人)'이라고 해도 좋을 것이다. 그러나 아깝게도 이 성이 그리 믿을 만한 게 못 되므로 본적 또한 결정하기가 어려운 것이다. 그는 미장(未蔣)에 오래 살기는 했으나 다른 곳에서 살기도 했으니까 미장 사람이라 말할 수도 없다. 그러므로 미장 사람이라 한다 해도 사법(史法)에 어그러지기는 마찬가지다.

내가 애오라지 위로삼는 바는 '阿'자 하나만은 틀림이 없어서 절대 억지로 갖다 붙이거나 임시로 빌리지 않아 어떤 대가에게 바로잡음을 구해도 떳떳하다는 점이다. 그 밖에는 학식이 얕은 내가 파고들 수 있는 것들이 아니다. 다만 역사벽(歷史癖)과 고증벽(考證癖)이 있는 호적(胡適) 선생의 문인들이 앞으로 새로운 단서를 찾아 내지 않을까 바랄 뿐이지만 나의 이 《아Q정전》은 그 무렵이면 벌써 사라지고 없을지도 모른다. 이것으로써 서문을 대신한다.

제2장 승리의 기록

아Q는 이름과 본적뿐 아니라 행적 또한 불분명하다. 미장 사람들 누구도 그의 행적을 궁금해 하지 않았기 때문이다. 아Q에게 관심을 보일 때는 다만 무엇인가 일을 부탁할 때, 그를 두고 농담할 때뿐이었다. 게다가 아Q 자신도 말하지 않았다. 다만 남과 말다툼할 적에 이따금 눈을 부릅뜨곤 이렇게 떠들어 댔다.

"우리집도 그전에는…… 네까짓 놈보다는 훨씬 더 잘 살았어! 네 따위가 무어야!"

아Q는 집도 없이 미장의 토지신 사당(祠堂) 안에 살았으며 일정한 직업도 없었다. 그저 남의 날품팔잇꾼이 되어 보리 베면 보리 베기, 쌀 찧으면 쌀 찧기, 배 젓으면 배 젓기를 했다. 일이 좀 오래 걸릴 때는 주인집에서 묵었으나 일이 끝나

면 곧 돌아갔다. 그러므로 사람들은 바쁠 때에는 아Q를 생각해 내나, 그것도 시킬 일이 있을 때뿐이지 그의 행적에 관심이 있어서가 아니었다. 한가해지면 아Q라는 사람이 있는지조차 까맣게 잊어버리니 행적은 더 말할 나위도 없겠다.

한 번은 어느 노인이, 아Q는 정말 일을 잘한다고 칭찬한 적이 있었다. 이때 아Q는 웃통을 벗은 채 멋없이 말라빠진 풍채로 그 사람 앞에 서 있었다. 다른 사람들은 이 말이 진심인지 비꼬는 것인지 짐작이 안 갔으나 아Q는 대단히 기뻐했다.

아Q는 또 자존심이 강하여 미장의 주민 따위는 모두 그의 안중에 없었고, 심지어 두 문동(文童 : 수재 급제를 준비하는 사람)까지도 비웃을 가치조차 없는 것처럼 생각했다. 무릇 문동이란 장래에는 수재로 변할 수도 있는 것이다. 조 영감과 전 영감이 주민의 깊은 존경을 받는 것도 부자이기 때문만 아니라, 문동의 아버지이기 때문이기도 하다. 그러나 아Q는 그들에게 존경심을 나타내려 하지

않았다. 내 자식이라면 더 훌륭했으리라 생각했던 것이다. 또한 그가 몇 번 성내에 들어갔던 일은 자연 그의 자부심을 더 강하게 했다. 그러나 한편 그는 성내 사람들까지도 퍽 경멸하였다. 가령 길이 석 자, 폭 세 치의 널판으로 만든 의자를 미장에서는 '긴 걸상'이라고 부르며 그도 '긴 걸상'이라고 부르는데, 성내 사람들은 '쪽걸상'이라고 불렀다. 이것은 틀렸으며 가소로운 일이라고 그는 생각했다. 대구를 튀길 때도 미장에선 모두 반(半) 치 길이의 파를 얹는데 성내에서는 채로 썬 파를 얹는다. 이것도 틀렸으며 가소롭다고 생각했다. 그러면서도 그는 미장 사람들이란 세상을 모르는 가소로운 시골뜨기여서 성내의 대구 지짐은 본 적도 없다며 우쭐해 하였다.

아Q는 '옛날에는 잘 살았고', 견식도 높고, 게다가 '일을 잘하므로' 본디 '나무랄 데 없는 사람'이라고 할 만하나 애석하게도 그의 몸에는 결점이 있었다. 가장 고민스러운 것은 그의 머리에 언제 생겼는지도 모르는 부스럼 자국[癩瘡疤]이 여러 군데 있는 것이다. 이것도 그의 몸의 일부에는 틀림없으나 아Q의 생각에도 이것만은 자랑스러운 것이 못 되는 듯했다. 왜냐하면 그는 '부스럼[癩]' 및 그 발음에 가까운 모든 음은 꺼려서 입 밖에 내지 않았고, 나중에는 점점 범위를 넓혀 '빛나는 것[光]'도 꺼려 했고, '환한 것[亮]'도 꺼렸으며, 마침내 '등잔[燈]'까지도 모두 꺼렸기 때문이다. 그 금기를 범하는 자가 있으면 그것이 고의로 한 짓이거나 무심코 한 짓이거나를 가리지 않고, 아Q는 부스럼 난 머리가 온통 빨개지도록 성을 냈다. 상대를 어림쳐 봐 말이 서투른 놈이면 욕을 퍼부었고, 기운이 약한 놈이면 때렸다. 그러나 어찌된 일인지 아Q가 혼나는 때가 많았다. 그래서 그는 차츰 방법을 바꿔 대개 눈을 흘기기로 하였다.

그런데 아Q가 이 눈흘기기를 한 뒤로 미장의 건달들은 더욱 재미있어 하며 그를 놀렸다. 만나기만 하면 그들은 일부러 놀란 시늉을 하면서 말했다.

"야아, 밝아졌다."

아Q는 으레 성을 내고 눈을 흘겨보았다.

"아아, 등불이 여기 있었군!"

그들은 조금도 두려워하지 않았다. 아Q는 할 수 없이 따로 보복할 말을 생각해 내야 했다.

"네까짓 놈에게는 이런 것도……"

그는 이때 그의 머리에 있는 것은 고상하고 영광된 부스럼 자국이며 결코 보통 부스럼 자국은 아니라고 생각했던 것이다. 그러나 앞에서도 말했듯이 아Q는 견식이 있는 자인지라 자기가 꺼리는 것에 좀 저촉됨을 곧 알고는 입을 다물었다.

건달들은 거기서 그치지 않고 도리어 그를 약올리며 마침내는 구타하기에 이르렀다. 아Q는 형식상으로는 졌다. 붉은 머리채를 꺼들리어 벽을 네댓 번이나 쾅쾅 부딪혔으니. 건달들은 그제야 겨우 만족하고 승리를 자랑하며 가 버렸다. 아Q는 한참 서서 마음 속으로 생각했다.

'나는 자식놈에게 맞은 셈이다. 요즘 세상은 정말 꼴 같지 않아!'

그러고는 그도 만족해서 의기양양하게 가 버렸다. 아Q는 속으로 생각했던 것을 나중에는 언제나 입 밖에 내어 말해 버렸다. 그 덕에 아Q를 놀리는 자들은 아Q에게 어떤 정신승리법이 있다는 걸 알았다. 그 뒤로 건달들은 그의 붉은 머리채를 꺼들 때에는 언제나 먼저 그에게 말했다.

"아Q, 이것은 자식이 애비를 때리는 것이 아니라 사람이 짐승을 때리는 거야. 네 입으로 말해 봐! 사람이 짐승을 때리는 것이라고."

아Q는 두 손으로 머리채의 밑동을 꽉 잡고 머리를 기울이고 말했다.

"버러지를 때리는 거야, 됐지? 나는 버러지야, 이제 놓아 줘!"

그러나 비록 버러지라고 말해도 건달들은 결코 놓아 주지 않고 여전히 가까운 데로 끌고 가 대여섯 번 쾅쾅 부딪치고서야 비로소 만족해서 의기양양하게 가 버렸다.

'아Q란 놈, 이번에야 혼났겠지!'

그러나 10초도 못 가서 아Q도 만족해서 의기양양하게 가 버렸다. 그는 자기야말로 스스로 업신여기고 낮추는 데 제일인자라고 생각했다. '스스로 업신여기고 낮춘다' 이 말을 뺀다면 남는 것은 '제일인자'이다. 장원 급제한 사람도 '제일인자'가 아닌가?

'네 따위가 도대체 뭐란 말이냐?'

아Q는 이러한 묘법으로 원수를 해치우고 유쾌히 술집으로 달려가 몇 잔 들이켰다. 그러고는 다른 사람들과 한바탕 시시덕거리며 말다툼 하고는 또 의기양양하게 유쾌히 사당으로 돌아와 벌렁 드러누워 잠들어 버렸다. 만약 돈이 있으면 그는 노름을 하러 갔다. 땅에 주저앉은 한 무리의 사람들 틈에 얼굴이 온통 땀에 흠뻑 젖은 아Q도 끼어 있었다. 소리는 그가 가장 높았다.

"청룡(靑龍)에 400!"

"자…… 열었다!"

물주가 상자 뚜껑을 연다. 이 사람도 얼굴에 흠뻑 땀을 흘리며 노래했다.

"천문(天門)이다……. 각(角)은 트고 인(人)과 천당(穿堂)은 죽었어! 아Q의 돈은 내가 먹었어……."

"천당에 150!"

아Q의 돈은 점차 이러한 노랫소리와 함께 얼굴에 흠뻑 땀을 흘리는 다른 사람의 허리춤으로 흘러들어갔다. 마침내 그는 어쩔 수 없이 사람들 틈을 밀어 헤치고 나왔다. 그러고는 사람들 뒷전에 서서 남의 승부에 마음을 설레며 판이 흩어질 때까지 구경한 뒤, 미련을 안고 사당으로 들어왔다. 이튿날은 흐릿한 눈을 하고 일하러 나갔다.

참으로 인간만사(人間萬事)는 새옹지마(塞翁之馬)다. 아Q는 노름판에서 딱 한 번 이겼다. 그러나 불행히도 진 거나 다름없었다.

미장에서 신에게 제사하는 날 밤이었다. 그날 밤도 여느 때처럼 연극이 오르고 무대 부근에는 많은 노름판이 벌어졌다. 연극하는 징소리, 북소리가 아Q의 귀에는 10리 밖에서 나는 것처럼 들렸다. 그에게는 다만 물주의 노랫소리만이 들렸다. 그는 이기고 또 이겼다. 동전은 소은화(小銀貨 : 10전짜리)로 바뀌고 소은화는 대은화(大銀貨 : 1원짜리)로 바뀌어 대은화가 쌓였다. 그는 아주 신바람이 났다.

"천문에 두 냥!"

누가 누구와 무엇 때문에 싸우기 시작했는지 그는 알지 못했다. 욕하는 소리, 치는 소리, 어지러운 걸음 소리, 무엇이 무엇인지 분간할 수 없는 혼란이 한참 계속됐다. 그가 간신히 기어 일어났을 때엔 노름판도 사람들도 보이지 않았다. 몸의 몇 군데가 좀 아파오는 것 같았다. 얻어맞고 채인 모양이었다. 몇 사람이 이상스럽게도 그를 보고 있었다. 그는 넋 잃은 사람처럼 사당으로 돌아와 마음을 가라앉히고서야 그의 대은화 무더기가 없어진 것을 알았다. 신제(神祭) 때 벌어지는 노름판의 노름꾼은 대부분이 그 고장 사람이 아니니 어디 가서 찾아본단 말인가?

희고 번쩍번쩍하던 은화 더미! 더욱이 그의 것이었는데…… 지금은 없어

진 것이다. 자식놈이 가져간 셈 쳐보아도 역시 석연치 않다. 나는 '버러지다라'고 말해 보아도 역시 신통치 않다. 그도 이번만은 실패의 고통을 맛보았다.

하지만 그는 곧 패배를 승리로 돌려 버렸다. 그는 오른손을 들어 힘껏 자기 뺨을 두세 차례 연거푸 때렸다. 얼얼한 게 아프다. 때린 다음에는 기분이 가라앉아 때린 사람은 자기고 맞은 사람은 또 다른 자기 같은 기분이 되었다. 그리고 이윽고 자기가 남을 때린 것 같아—아직도 얼얼하기는 했으나—만족해서 의기양양하게 누워 버렸다.

그는 잠들었다.

제3장 승리의 기록(속편)

아Q는 언제나 승리해 왔지만 조 영감에게 따귀를 맞고 나서야 겨우 유명해졌다.

그는 지보(地保)에게 술값 두 냥을 주고 투덜투덜대면서 누웠으나 다시 생각했다.

'지금 세상은 너무 말이 아니야, 자식이 애비를 치다니……'

그러고는 갑자기 위풍당당한 조 영감도 지금으로선 그의 자식이라고 생각되었다. 그러자 그는 의기양양해져서 벌떡 일어나 '청상과부의 성묘(성묘)'를 부르면서 술집으로 갔다. 이때 그는 또 조 영감이 다른 사람들보다 한 등급 고상한 인물로 생각되었다.

기묘하게도 그 뒤부터는 과연 사람들이 그를 각별히 존경하는 것 같았다. 아Q는 자기가 조 영감의 아버지이기 때문이라고 생각했을지도 모르나 실은 그렇지가 않았다. 미장에서는 아칠(阿七)이 아팔(阿八)을 때렸다든가, 이사(李四)가 장삼(張三)을 때렸다 하는 것은 별 문젯거리가 되지 않았다. 반드시 조 영감 같은 유명한 사람과 관련되어야만 비로소 그들의 입에 오르는 것이다. 한번 입에 오르면 때린 사람이 유명한 사람이므로 맞은 사람도 그 덕으로 유명해진다. 잘못이 아Q에게 있음은 말할 것도 없다. 왜냐하면 조 영감에게는 잘못이 있을 리 없기 때문이다. 그런데 어째서 사람들은 아Q를 각별히 존경하는가? 이것은 정말 어려운 문제이다. 곰곰이 생각해 볼 때 아Q가 조 영감과 한 집안이라고 했으니 비록 맞았다 하더라도 사실일지 모르므로 조금 존경해 두는 게 무난하리라는 생각에서였는지도 모른다. 그렇지 않으면 공자묘(孔子廟)에 바친 황소처럼, 돼지나 양 같은 짐승이지만 성인(聖人)이 젓가락을 댔기 때문에 선비들도 감히 건드리지 못하는 것과 같은 이치일 것이다.

그 뒤 여러 해 동안 아Q는 우쭐했었다.

어느 해 봄 그는 얼근해가지고 거리를 걷고 있었다. 그러자 담장 밑 양지쪽에서 웃통을 벗고 이를 잡고 있는 왕 털보가 눈에 띄었다. 그 모습을 보니까 그도 몸이 군시러워졌다. 이 왕 털보는 부스럼 자국이 있는 데다 텁석부리이므로 사람들이 부스럼털보 왕 씨라 불렀으나, 아Q만은 거기에서 부스럼자를 빼고 불렀으며 특히 그를 경멸하고 있었다.

아Q의 생각으로는, 부스럼은 기이할 것이 없으나 이 구레나룻만은 정말 아주 기묘해서 볼품이 없다는 것이다. 아Q는 그와 나란히 앉았다. 만약 다른 건달들이었다면 아Q도 감히 마음놓고 그럴 수는 없었겠지만 이 왕 털보 곁이라면 무슨 두려움이 있겠는가? 정말이지 그가 앉았다는 것은 그래도 왕 털보를 추켜올려 준 셈이 되는 것이다.

아Q도 누더기 겹옷을 벗고 뒤집어 보았으나 빨아 입은 지가 얼마 되지 않은 탓인지,

아니면 대충 훑어본 때문인지, 오래 걸려서 겨우 서너 마리 잡았을 뿐이었다. 왕 털보는 보니까 한 마리 또 한 마리, 두 마리, 또 세 마리, 이렇게 입에 넣고는 툭! 툭! 소리내어 깨물고 있었다.

아Q는 처음에는 실망했으나 나중에는 약이 올랐다. 보잘것없는 왕 털보도 저렇게 많은데 자기는 이렇게 적다니 이래 가지곤 체면이 말이 아니다! 그는 한두 마리는 큰 놈을 발견하려고 기를 썼으나 암만해도 없었다. 간신히 중치를 한 마리 잡아 밉살스러운 듯 두툼한 입술 속에 집어 넣고 힘껏 깨물었으나 툭! 하는 소리도 왕 털보의 소리에는 미치지 못하였다.

그의 부스럼 자국은 하나하나 새빨개졌다. 옷을 땅 위에 내동댕이치며 "칵!" 침을 뱉고 말했다.

"이 털버러지야!"

"비루먹은 개새끼가! 누구보고 욕하는 게야!"

왕 털보는 경멸하듯 눈을 치켜뜨며 말했다.

아Q는 요새 비교적 남의 존경을 받아서 제법 뻐기고 다녔으나 그래도 싸움에 익숙한 건달들을 만나면 역시 겁을 집어먹는다. 그런데 이번에는 매우 용감했다. 이 텁석부리가 감히 잘도 실례되는 말을 지껄여 대는구나!

"누구냐고? 몰라서 물어?"

그는 일어서서 두 손을 허리에 대고 말했다.

"너 주물리고 싶어 그러나?"

왕 털보도 일어나 옷을 걸치면서 말했다.

아Q는 그가 도망하려는 줄로 생각하고 달려나가 주먹을 휘둘렀으나 이 주먹이 아직 상대의 몸에 닿기도 전에 상대의 손에 잡히고 말았다. 끌리는 힘에 아Q는 비틀비틀 거꾸러져 곧바로 왕 털보에게 머리채를 꺼들리어 담으로 끌려가 그전처럼 머리를 담벼락에 박았다.

"군자는 말로 하지, 손을 대지 않는 거야!"

아Q는 고개를 비틀며 말했다.

왕 털보는 군자는 아닌지 전혀 상관하지 않고 연거푸 다섯 번을 박아 대더니, 힘껏 밀어 아Q가 여섯 자나 멀리 나자빠진 것을 보고서야 겨우 만족해서 가 버렸다.

아Q의 기억으로는 이것이 아마도 난생 처음 당하는 굴욕적인 사건이리라. 왕 털보가 텁석부리라는 결점 때문에 그에게 놀림을 받았으면 받았지 그를 놀린 적은 없으며, 더욱이 손찌검 따위는 말도 안 되는 소리였다. 그런데 지금 마침내 내게 손찌검을 했다. 천만 뜻밖의 일이다. 설마 정말 세간의 소문처럼 황제가 이미 과거를 폐지해서 수재도 거인(擧人)도 쓸데없으므로 조(趙)씨의 위풍이 땅에 떨어지고 따라서 그들도 아Q를 얕보게 된 것일까?

아Q는 어찌할 바를 모르고 서 있었다.

저쪽에서 누군가 왔다. 그의 적이 또 나타난 것이다. 더구나 아Q가 가장 미워하는 사람, 즉 전 영감의 맏아들이다. 그는 얼마 전 성내의 서양학교에 들어갔으나 무슨 까닭인지 또 일본으로 갔다. 반 년 뒤 집에 돌아왔을 때는 다리도 곧아졌고 머리채도 사라졌다. 그의 어머니는 열 번은 넘게 울며 법석을 떨었고 그의 아내는 세 차례나 우물에 뛰어들었다. 얼마 되지 않아 그의 어머니는 어디를 가나 이렇게 말하였다.

"그 머리채는 술에 취했을 때 흉악한 사람에게 잘리고 말았대요. 본디 훌룡한 관리가 될 수 있었는데 이젠 머리가 자랄 때까지 기다리는 수밖에 없어요."

그러나 아Q는 그 말을 믿지 않았다. 악착같이 그를 가짜 양놈이라 부르고 또 양놈의 앞잡이라고도 불렀으며, 그를 만나면 반드시 속으로 몰래 욕을 해댔다.

아Q가 더욱 극단적으로 증오하는 것은 그의 가발로 된 변발이었다. 변발이 가발이라면 사람으로서의 자격을 잃은 것이고, 그의 아내 또한 우물에 네 번째로 뛰어들지 않는 것으로 보아 훌륭한 여인이라고는 할 수 없다.

이 가짜 양놈이 가까이 온 것이다.

"중대가리, 당나귀……."

이전 같으면 아Q는 속으로만 욕을 하고 입 밖에 내지는 않았을 것이지만 이번에는 때마침 골이 났었고, 앙갚음을 하려던 참이었으므로 무의식중에 낮은 소리를 내고 말았다.

뜻밖에 이 중대가리는 옻칠을 한 지팡이—아Q는 이것을 상주가 짚는 막대기라고 불렀다—를 들고 성큼성큼 다가왔다. 아Q는 그 찰나 맞을 것을 각오하고 온몸의 근육을 움츠리며 어깨를 솟구고 기다리고 있자니까 과연 '딱' 하는 소리가 났는데 확실히 자기 머리에 맞은 것 같았다.

"나는 저 아이 보고 말한 거야!"

아Q는 곁에 있던 아이를 가리키며 변명했다.

"딱! 따딱!"

아Q의 기억으론 이것이 아마 평생 두 번째의 굴욕적인 사건이리라. 다행히도 딱 소리가 나고 나서는 그것으로써 사건이 마무리된 듯싶어 도리어 마음이 후련해졌다. 게다가 망각이라는 선조 전래의 보물이 효과를 발휘했다. 그가 천천히 걸어 술집 문간까지 왔을 때는 벌써 어느 정도 유쾌해졌다.

그런데 저쪽에서 정수암(靜修庵)의 젊은 여승이 걸어왔다. 아Q는 평소에도 그 여인을 보면 반드시 침을 뱉고 싶어지는데 하물며 굴욕을 당한 다음에랴! 그는 굴욕의 기억이 되살아나 적개심이 일어났다.

'오늘 왜 이렇게 재수가 없나 했더니 역시 너를 만나려고 그랬구나!'

그는 앞을 막아 서서 큰 소리로 침을 뱉었다.

"칵! 톳!"

　젊은 여승은 거들떠보지도 않고 머리를 숙인 채 걸어갔다. 아Q는 그 여인 곁으로 가까이 걸어가더니 별안간 손을 뻗쳐 그녀의 막 깎은 머리를 쓰다듬으며 낄낄 웃으면서 말했다.

　"중대가리야! 빨리 돌아가, 중이 기다리고 있어."

　"왜 집적거리는 거야……."

　여승은 얼굴을 온통 붉히며 이렇게 말하고는 걸음을 재촉했다.

　술집 안에 있던 패들이 와 웃었다. 아Q는 자기의 공로가 인정되었으므로 더욱 흥이 나서 의기양양해졌다.

　"중은 집적거려도 나는 못 집적거려?"

　그는 그 여인의 뺨을 꼬집었다.

　술집 안에 있던 패들은 또 웃었다. 아Q는 더욱 신이 나서 그 구경꾼들을 만족시키기 위하여 다시 한번 힘껏 꼬집고서야 겨우 손을 놓았다.

그는 이 한바탕으로 벌써 왕 털보의 일도 잊어버렸고 가짜 양놈 일도 잊어버렸다. 오늘의 모든 악운에 대해서도 완전히 앙갚음한 것 같은 기분이 되었다. 게다가 이상하게도 딱딱 맞은 뒤보다도 더욱 가뿐해져 둥실둥실 날아갈 것만 같았다.

"이씨도 못 받을 아Q 놈!"

멀리서 젊은 여승의 울음 섞인 소리가 들려 왔다.

"와하하!"

아Q는 우쭐하고 신이 나서 웃었다.

"와하하!"

술집 안에 있던 패들도 꽤 신이 난 듯 웃음을 터뜨렸다.

제4장 연애의 비극

누군가가 말했다. 어떤 승리자는 적이 호랑이 같고 매 같기를 바란다. 그래야만 비로소 승리의 환희를 느낀다. 만약 양 같고 병아리 같다면 도리어 기운이 빠진다는 것이다. 또 어떤 승리자는 모든 것을 정복한 뒤 죽는 사람은 죽고, 항복하는 사람은 항복하여 "신 참으로 황공하옵게도 죽을 죄를 지었나이다" 하는 것을 보면 그에게는 적도 상대도 친구도 없고, 오로지 자기만이 홀로 윗자리에 앉아 고독하며 처량하고 적막하여 도리어 승리의 비애를 느낀다고 한다. 그런데 우리의 아Q는 그처럼 여리지 않았다. 그는 영원히 우쭐해하는 것이다. 이건 어쩌면 중국의 정신 문명이 세계에서 가장 뛰어나다는 하나의 증거일지도 모른다.

보라! 그는 훌훌 날 것 같지 않은가?

그러나 이번 승리는 좀 개운치 않다. 그는 반나절이나 둥둥 떠다니다가 사당으로 돌아왔다. 전 같으면 드러눕자마자 코를 골 것인데 어찌된 일인지 이날 밤만은 쉽게 잠을 이룰 수가 없다. 그는 자기의 엄지손가락과 집게손가락이 보통 때보다 이상하게 매끄러움을 느꼈던 것이다. 젊은 여승의 얼굴에 무엇인가 매끈한 것이 있어 그것이 그의 손가락에 묻어서인지, 아니면 그의 손가락이 매끈매끈할 만큼 여승의 얼굴을 쓰다듬어서인지…….

"씨도 못 받을 아Q놈!"

아Q의 귀에는 또 이 말이 들려 온다. 그는 생각했다.

'그렇다, 여자가 있어야만 한다. 자손이 없으면 죽어도 밥 한 사발 바칠 사람도 없으니…… 여자가 있어야 한다.'

무릇 '불효에 세 가지가 있으니, 자손 없는 것이 가장 크며'(맹자), '약오 (若敖) 씨의 영혼은 굶고는 견디지 못한다' 하니 이렇게 된다면 또한 인생의 크나큰 비애이다. 그러므로 그의 이런 생각은 모두 성현의 가르침에 들어맞는 것이다. 다만 애석한 것은 나중까지도 '그 풀어진 마음을 거둘 수 없이 된'(맹자) 것이다.

'여인, 여인!'

그는 생각했다.

'……중이면 건드릴 수가 있다……. 여인, 여인! ……여인!'

그는 또 생각했다.

그날 밤 아Q가 언제쯤 코를 골기 시작했는지 알 수 없다. 그러나 아마도 이때부터 그는 손가락이 매끈거림을 느꼈고, 그 뒤로 마음이 들떠서 여인을 생각하게 된 것 같다.

이 한 가지 일로도 여자란 사람을 해치는 존재임을 알 수 있다.

중국 남성은 본디 태반이 성현될 소질을 갖고 있었으나 아깝게도 모두 여자 때문에 망쳐 버렸던 것이다. 상(商)나라는 달기(妲己) 때문에, 주(周)나라는 포사(褒姒) 때문에 망한 것이다. 진(秦)나라는…… 역사엔 기록되지 않았으나 역시 여자 때문이라고 해도 틀림없을 것 같다. 그리고 한(漢)나라의 동탁(董卓)은 분명 초선(貂蟬)에게 살해된 것이다.

아Q는 본디 바른 사람이다. 우리는 그가 어느 훌륭한 스승에게 가르침을 받았는지 모르지만, 그는 '남녀 유별'에 대해 지금까지 아주 엄격했고, 또 이단(異端) ─젊은 여승이라든가 가짜 양놈 따위─을 배척하는 정의감도 충분했다. 그의 주장에 따르면 무릇 여승이란 으레 중과 사통하는 것이며, 여자가 혼자 밖을 쏘다니는 것은 사내를 꾀려는 것이며, 남녀가 단둘이서 이야기하는 것은 반드시 수상한 관계가 있다는 것이다. 그는 그들을 응징하기 위하여 종종 눈을 흘겨도 보고, 큰 소리로 아픈 곳을 찌르는 것 같은 책망도 하며, 후미진 곳이라면 뒤에서 돌을 던지기도 했다.

그런 그가 바야흐로 '이립(而立 : ⁵⁰세)' 가까이 되어 젊은 여승 때문에 마음이 들뜰 줄 생각이나 했겠는가. 이 들뜬 정신은 예교(禮敎)상 있을 수 없는 것이다. 그러므로 여자란 정말 미운 것이다. 만약 젊은 여승의 얼굴이 매끈매끈하지 않았다면 아Q는 매혹되지 않았을 것이며, 또 만약 젊은 여승의 얼굴에 헝겊이라도 가리어졌었다면 아Q가 매혹된 않았을 것이다. 5, 6년 전그는 무대 아래 관중 속에서 여인의 볼기짝을 꼬집은 적이 있었으나, 그때는 바지 위로 꼬집어 나중에 결코 마음이 들뜨지 않았었다. 그러나 젊은 여승은 그렇지 않았다. 이것도 역시 이단의 미워할 만함을 증명하는 것이다.

'여인……'

아Q는 생각에 잠겼다. 그는 반드시 사내를 꾀러 다닌다고 생각되는 여인은 언제나 주의해서 보았으나, 여인은 전혀 추파를 던져오지 않았다. 그는 여인이 자기에게 말을 건네면 늘 유심히 듣고 있었으나 별 그럴 듯한 말은 없었다. 아아! 이것 역시 여인을 미워할만한 일이다. 그 여인들은 모두 가면을 뒤집어 쓰고 있는 것이다.

이날 하루 내내 아Q는 조 영감 집에서 쌀을 찧었다. 저녁을 먹은 뒤 부엌에 앉아 담배를 한 대 피워 물고 있었다. 다른 집 같으면 저녁을 먹은 뒤 돌아가겠지만 조 영감네는 저녁이 일렀다. 평소에는 호롱불을 켜는 것이 금지되어 저녁을 먹고 나면 곧 잠자리에 들었으나 때론 예외가 있었다. 그 하나는 조 영감 아들이 아직 수재에 합격하지 않았을 무렵, 호롱불을 켜고 글을 읽는 것이 허락되었다. 그 다음은 아Q가 날품으로 일할 때 호롱불을 켜고 쌀을 찧는 것이 허락되었다. 이 예외 때문에 아Q는 쌀찧기를 시작하기 전 부엌에 앉아 담배를 피우고 있었던 것이다.

오마(吳媽)는 조 영감 집의 단 하나밖에 없는 식모였다. 설거지를 마치고는 그녀도 의자에 걸터앉아 아Q와 한가하게 이야기를 나누고 있었다.

"마나님은 이틀 동안이나 꼬박 진지를 안 잡수셨어, 나으리가 작은댁을 들인다고 해서……"

'여인…… 오마…… 이 청상 과부……'

아Q는 생각했다.

"우리 새아씨는 8월에 아기를 낳으신대……"

'여인……'

아Q는 담뱃대를 놓고 일어섰다.

"우리 새 아씨는……"

오마는 끊임없이 지껄여 댔다.

"너, 나하고 자자, 나하고 자!"

아Q는 별안간 달려들어 그녀 앞에 무릎을 꿇었다. 한순간 조용했다.

"어머나!"

오마는 질겁을 하고 갑자기 떨기 시작하더니 큰 소리를 지르면서 밖으로 뛰쳐나갔다. 뛰면서도 소리를 질렀는데 나중에는 울먹이는 듯했다.

아Q는 벽을 보고 꿇어앉은 채 멍하니 있다가 두 손으로 빈 의자를 짚고 천천히 일어났다. 뭔가 잘못된 것 같았다. 그는 이때 확실히 겁이 덜컥 났다. 당황해서 담뱃대를 허리띠에 꽂고는 곧 쌀을 찧으러 가려고 했다. 순간

'딱' 소리와 함께 머리에 무언가 둔탁한 것이 떨어졌다. 재빨리 돌아다보니 수재가 굵은 대나무 몽둥이를 가지고 그의 앞에 서 있었다.

"너, 엉뚱한 짓을 했겄다…… 네 이놈!"

굵은 대나무 몽둥이가 또 그에게 떨어졌다. 아Q는 두 손으로 머리를 감쌌다. 딱 하더니 바로 손가락에 맞았다. 이번에는 정말 아팠다. 그는 부엌문을 튀어나왔다. 등에 또 한 대 얻어맞은 것 같았다.

"파렴치한!"

수재는 등뒤에서 표준어로 욕을 퍼부었다.

아Q는 쌀 찧는 곳으로 뛰어들어가 혼자 서 있었다. 손가락은 아직도 아팠다. '파렴치한'이란 말이 아직도 귀에 쟁쟁했다. 이런 말은 본디 미장의 시골뜨기들은 쓰지 않는다. 오로지 관청의 훌륭한 분들만이 쓰는 말이므로 각별히 두려웠고 인상도 각별히 깊었다. 이 통에 그의 '여인……' 생각은 사라져 버렸다. 더구나 매를 맞고 욕을 먹고 나서는 사건이 그것으로 결말이 난 것 같아 도리어 마음이 후련해서 곧 쌀찧기에 들어갔다. 한참 찧자니까 더워져서 일손을 놓고 웃옷을 벗었다.

그때 밖에서 와자지껄하는 소리가 들렸다. 천성적으로 구경을 좋아하는 아Q는 곧 뛰어나갔다. 소리나는 곳을 찾아서 가다 보니 어느 틈에 조 영감 집 안마당까지 오고 말았다. 어둑어둑할 무렵이기는 했으나 그래도 많은 사람들을 분간할 수는 있었다. 조씨 집 사람이 모두 모여 있었는데 그 중에는 이틀 동안 밥을 먹지 않은 마나님까지도 끼어 있었다. 그 밖에 이웃의 추씨 댁 일곱째 아주머니도 있고 진짜 한집안 사람인 조백안, 조사신도 있었다.

마침 새아씨가 오마의 손을 끌고 식모방을 나오면서 말하고 있었다.

"이리로 좀 나와…… 제 방에 숨어 있지만 말고……."

추씨 댁도 곁에서 말참견을 했다.

"네 행실이 바르다는 걸 누가 모르나……. 그러니 절대로 철없는 짓하면 못 써!"

오마는 그저 울기만 하며 무엇인가 지껄이기는 하나 분명히 알아들을 수가 없었다. 아Q는 생각했다.

'흥, 재미있다. 이 청상 과부가 대체 무슨 장난을 쳤을까?'

그는 물어보려고 조사신의 곁으로 가까이 갔다. 이때 그는 별안간 조 영감이 자기 쪽으로 달려오는 것을 보았다. 더구나 손에는 굵은 대나무 몽둥이를 들고 있다. 그는 이 굵은 대나무 몽둥이를 보자 돌연 조금 전에 자기가 맞은 게 지금의 소동과 관련이 있음을 깨달았다. 그는 몸을 돌려 달아났다. 쌀 찧는 곳으로 도망해 돌아가려고 했으나 대나무 몽둥이가 그의 가는 길을 가로막았다. 그래서 그는 또 몸을 돌려 자기도 모르는 사이에 뒷문으로 빠져 나와 한참 뒤에는 벌써 사당 안에 와 있었다.

아Q는 한참 앉아 있으려니까 피부에 소름이 끼치며 한기가 났다. 봄이라고는 하나 밤이 되면 아직도 추웠다. 벌거벗고 있기에는 무리였다. 그는 웃옷을 조 영감네에 두고 온 생각이 났으나 가지러 가려니 또 수재의 대나무 몽둥이가 무서웠다. 그러고 있는데 지보가 들이닥쳤다.

"아Q, 이 바보녀석! 너 조씨 댁 식모에게까지 손을 댔다지, 역적 같은 놈아! 덕분에 나까지 밤잠을 못잔다. 야 이 개새끼! ……."

　이러쿵저러쿵 한바탕 설교를 들었으나 아Q는 물론 한 마디도 하지 않았다. 끝내는 밤중이라 해서 지보에게 술값으로 여느 때의 두 배인 넉 냥을 줘야 했다. 그러나 아Q는 마침 현금이 없었으므로 털모자를 잡히고 게다가 다섯 조항에 서약까지 했다.

1. 내일 붉은 초—무게 한 근짜리—두 개와 향(香) 한 봉을 가지고 조씨 댁에 가서 사죄할 것.
2. 조씨 댁에서 도사(道士)를 불러 목맨 귀신을 떨어 버리는 굿을 하는데 그 비용은 아Q가 부담할 것.
3. 아Q는 앞으로 조씨 댁 출입을 금할 것.
4. 오마에게 앞으로 이변이 생기면 모두 아Q의 책임으로 할 것.
5. 아Q는 품삯과 웃옷을 달라는 요구를 하지 말 것.

아Q는 물론 모두 승낙했으나 유감스럽게도 돈이 없었다. 다행히 이제는 봄이므로 솜이불은 없어도 되겠기에 20냥에 잡혀 조약을 이행했다. 그리고 벗은 채로 머리를 조아려 사죄한 뒤에 보니 몇 푼인가 돈이 남았다. 그는 잡힌 털모자를 찾지도 않고 그 돈으로 몽땅 술을 마셔 버렸다. 한데 조 영감네에서는 향을 피우거나 초를 켜지 않았다. 마나님이 불공드릴 때 쓸 셈으로 간직해 두었다. 누더기 웃옷은 대부분 새아씨가 8월에 낳을 아기의 기저귀가 되었고 나머지 누더기 조각은 오마의 신발창이 되었다.

제5장 생계문제

아Q는 사죄 절차가 끝나자 전처럼 사당으로 돌아왔다. 해가 짐에 따라 점점 세상이 이상스레 느껴졌다. 그는 곰곰이 생각해 본 결과 마침내 그 원인이 자기가 벗은 데 있음을 깨달았다. 그는 누더기 겹옷이 또 있음을 생각해 내고 그걸 걸쳐 덮고는 드러누웠다. 다시 눈을 떴을 때는 해가 벌써 서쪽 담 위에 비치고 있었다. 그는 몸을 일으키면서 투덜댔다.

"염병할."

그는 일어나자 여느 때처럼 거리를 쏘다녔다. 벗고 있을 때처럼 피부를 찌르는 추위는 없었으나 또 어쩐지 세상이 좀 이상스러워진 듯한 기분이 들었다. 이날부터 미장의 여인들은 갑자기 부끄럼을 타는 모양인지 아Q를 보면 저마다 대문 안으로 몸을 숨겼다. 심지어 50이 가까운 추씨 댁마저도 남들을 따라 숨어 버리며, 또 열한 살 난 계집애까지 불러들이는 것이었다. 아Q에게는 퍽 이상스러웠다. 그래서 이렇게 생각했다.

'이것들이 갑자기 규중 처녀 흉내를 내기 시작했나? 화냥년들……'

그러나 그가 더욱 세상이 괴상해진 것을 느낀 때는 그로부터 여러 날이 지난 뒤였다. 첫째, 술집에서 외상을 거절한다. 둘째, 사당을 관리하는 늙은이가 이러쿵저러쿵 쓸데없는 말을 하는 품이 그를 내쫓으려는 것 같다. 셋째, 며칠이나 되었는지 기억할 수 없으나 하여튼 꽤 여러 날 아무도 그에게 날품을 얻으러 오지 않는 것이었다. 술집에서 외상을 안 주는 것은 참으면 그만이고 늙은이가 내쫓으려 해 보았자 투덜대는 대로 내버려 두면 그뿐이지만,

아무도 날품을 얻으러 오지 않는 것은 아Q의 배를 곯게 했다. 이것만은 정말 아주 '염병할' 일대 사건이다.

아Q는 참을 수 없어서 단골집들을 찾아다니며 물어볼 수밖에 없었다―조 영감네만은 갈 수 없지만. 그런데 사태는 역시 이상했다. 반드시 남자가 나와서 귀찮다는 듯한 얼굴로 거지라도 쫓아 버리듯이 손을 내저으며 말하는 것이었다.

"없어, 없어! 나가!"

아Q는 더욱 이상한 기분이 들었다. 이런 집에서는 지금까지 언제나 일이 없는 적이 없었다. 지금이라고 갑자기 일이 없어질 리가 없다. 여기에는 반드시 무엇인가 곡절이 있음에 틀림없다고 그는 생각했다. 그래서 주의해서 살펴본 결과 그들은 일이 있으면 모두 소D(小Don)에게 시키는 것이었다. 이 소D는 몸도 작고 힘도 없는 말라깽이이므로 아Q의 눈에는 왕 털보보다도 못했다. 그런데 뜻밖에도 이 애송이에게 자신의 밥그릇을 채인 것이다. 그래서 아Q의 이번 분노는 여느 때와는 달랐다. 너무나 성이 나서 길을 걸어다니다가 별안간 손을 쳐들고 노래를 다 불렀다.

"쇠채찍으로 네놈을 치리……."

며칠 뒤 그는 전씨 집 담 앞에서 소D와 부딪쳤다. '원수는 외나무다리에서 만난다'고 아Q가 다짜고짜 다가서니까 소D도 멈춰섰다.

"개새끼!"

아Q는 눈을 부릅뜨고 말했다. 입에서 침이 튀었다.

"그래, 난 버러지야, 이제 됐지?"

소D가 말했다. 이 겸손이 도리어 아Q의 비위를 건드렸다. 그러나 그의 손에는 쇠채찍이 없었으므로 그냥 덤벼들어 손을 뻗쳐 소D의 머리채를 움켜잡았다. 소D는 한 손으로 자기 머리채 밑을 누르면서 다른 한 손으론 아Q의 머리채를 움켜잡았다. 아Q도 놀고 있는 한쪽 손으로 자기의 머리채 밑을 눌렀다. 그 전의 아Q 같았으면 소D쯤은 상대도 되지 않았건만, 요사이 배를 주린터라 소D 못지 않게 말라 있어 힘이 엇비슷한 상태가 되었다. 네 손이 두 머리를 서로 움켜잡고 허리를 구부려 전씨 집 흰 벽에 무지개 같은 그림자를 드리웠다. 그게 반 시간 남짓이나 계속되었다.

"이젠 됐다. 됐어!"

구경꾼들이 말했다. 아마도 말리는 것 같았다.

"됐어, 됐어!"

구경꾼들이 다시 말했다. 말리는 건지, 칭찬하는 건지, 아니면 부추기는 건지 알 수 없었다.

그러나 둘 다 들은 척도 않했다. 아Q가 세 발짝 나서면 소D는 세 발짝 물러나서 둘 다 섰다. 소D가 세 발짝 나서면 아Q가 세 발짝 물러나 또 섰다. 거의 반 시간이 흘렀다. 미장에는 시계가 흔하지 않으므로 정확히는 모르고 20분쯤이었는지도 모른다. 그들의 머리에서는 김이 나고, 이마에서는 땀이 흘러내렸다. 아Q는 손이 늦춰졌다. 동시에 소D의 손도 늦춰졌다. 둘은 동시에 허리를 펴고 물러나 군중 사이를 헤쳐 나갔다.

"두고 보자, 개새끼……."

아Q가 돌아보며 말하였다.

"개새끼, 두고 보자……."

소D도 돌아보며 말하였다.

이 '용과 호랑이의 싸움'은 승부가 나지 않았다. 구경꾼들이 만족했는지는 모르나 아무도 거기에 대해 말하는 사람은 없었다. 그러나 여전히 아Q에게 삯일을 해달라는 사람은 없었다.

어느 따뜻한 날이었다. 산들바람이 불어 제법 여름 날씨 같았으나 아Q만은 으스스 추위를 느꼈다. 하지만 그것은 견딜 수 있다고 해도 배가 고파 큰일이었다. 솜이불, 털모자, 홑옷은 벌써 없어졌고 그 다음에는 솜옷도 팔아먹었다. 이제는 바지가 남아 있으나 이것만은 벗을 수도 없다. 누더기 겹옷도 있기는 하나 남에게 주어 신발창이나 하라면 모를까 팔아서 돈이 될 것은 못 된다. 그는 길에서 돈이라도 주웠으면 하고 진작부터 바랐으나 지금까지 눈에 띄지 아니했다. 자기의 찌그러진 집 안에 혹시 돈이 떨어져 있지는 않나 허둥지둥 주위를 두리번거려 보았으나 휑하니 비어 있다. 그래서 그는 밖으로 나가 구걸을 하기로 결심했다.

그는 길을 걸으면서 구걸할 작정이었다. 낯익은 술집이 눈에 띄었다. 낯익은 만두집도 눈에 띄었다. 그러나 그는 모두 지나쳐 버리고 말았다. 발걸음도 멈추지 않았을 뿐 아니라 구걸하려고도 하지 않았다. 그가 구하려는 것은 이런 것이 아니었다. 그가 구하는 것은 무엇인가? 그것은 그 자신도 잘 알지 못했다.

미장은 본디 큰 마을이 아니므로 잠깐 동안에 빠져 나갔다. 마을을 나서면 모두 논인데 눈에 보이는 것은 파릇파릇한 못자리뿐이다. 군데군데 움직이고 있는 둥그런 검은 점은 논을 매고 있는 농부다. 아Q는 이러한 전원 풍경도 감상하지 않고 그저 걷기만 했다. 직감적으로 이런 것들은 먹을 것을 구하는 일과는 거리가 먼 것임을 알았기 때문이다. 그는 드디어 정수암의 담 밖에까지 오고 말았다.

암자의 주위도 논이었다. 신록 사이로 흰 벽이 우뚝 나와 있고, 뒤쪽 얕은 토담 안은 채마밭이었다. 아Q는 한참 망설이다가 주위를 둘러보았으나 아무도 없었다. 그는 이 얕은 담으로 기어올라 하수오(何首烏 : 새박뿌리) 덩굴을 붙잡았다. 그런데 담흙이 부석부석 떨어져서 아Q의 발도 후들후들 떨렸으나 마침내 뽕나무 가지를 휘어잡아 안으로 뛰어내렸다. 안은 참으로 푸릇푸릇 무성했지만 황주나 만두 같은 먹을 만한 것은 아무것도 없는 듯했다. 서쪽 담을 따라 대밭이 있는데, 죽순이 많이 났으나 유감스럽게도 모두 삶아 익힌 것이 아니었다. 그리고 유채(油菜)도 있으나 벌써 씨가 들었고, 갓은 이미 꽃이 피어 있었으며, 봄배추도 장다리가 돋아 있었다.

아Q는 마치 문동(文童)이 낙제했을 때처럼 기대가 어긋나 실망했다. 그는 채마밭 쪽으로 천천히 걸어갔다. 그러자 갑자기 가슴이 뛰었다. 이는 분명히 무밭이다. 그는 주저앉아 무를 뽑기 시작했다. 그때 돌연 문 안에서 동그란 머리가 힐끔 내다보더니 바로 들어가 버렸다. 틀림없이 젊은 여승이다. 젊은 여승 따위는 아Q의 눈에 본디 먼지나 쓰레기 같은 존재였다. 그러나 세상 일이란 한 발짝 물러 서서 생각해야 하므로 그는 재빨리 무 네 개를 뽑아 푸른 잎사귀를 뜯어버리곤 옷섶 안에 쑤셔 넣었다. 그러자 늙은 여승이 어느새 앞에 나타나 있었다.

"나무아미타불! 아Q, 어째서 채마밭에 몰래 들어와 무를 훔치는 거야! 아아, 벌을 받아 싸지. 나무아미타불!"

"내가 언제 당신 밭에 들어가 무를 훔쳤어?"

아Q는 달아나며 돌아보고 또 돌아보면서 말했다.

"지금…… 그건 뭐냐?"

늙은 여승은 그의 품 속을 가리켰다.

"이게 당신 거라고? 당신은 무에게 대답을 시킬 수 있어? 당신……."

아Q는 말을 끝내지도 못하고 뛰기 시작했다. 커다란 검정개가 쫓아왔기 때문이다. 이 개는 본디 정문에 있는데 어찌된 일인지 뒤꼍 밭에 와 있었다.

검정개는 으르렁대며 쫓아와 아Q의 발을 막 물려는 참이었는데 요행이 품에서 무 한 개가 굴러 떨어졌다. 개는 깜짝 놀라 주춤 멈춰 섰다. 그 틈에 아Q는 벌써 뽕나무로 기어올라 토담을 넘어 사람과 무가 함께 담 밖으로 굴러 떨어졌다. 뒤에선 아직도 검정개가 뽕나무를 보며 짖어 대고 늙은 여승은 염불을 외고 있었다.

아Q는 늙은 여승이 또 검정개를 풀어 놓지는 않을까 두려워서 무를 주워 가지고 뛰어갔다. 뛰어 가면서 돌을 몇 개 주웠으나 검정개는 다시 나타나지 않았다.

그래서 아Q는 돌을 버리고 걸어가며 무를 먹었다. 그러면서 생각했다.

‘여기는 구할 것이 아무것도 없다. 역시 성내로 가자……’

무 세 개를 다 먹었을 때 그는 벌써 성내로 갈 결심을 하고 있었다.

제6장 중흥(中興)에서 말로(末路)까지

미장에 다시 아Q의 모습이 나타난 것은 그해 중추절 바로 뒤였다. 사람들은 모두 놀라 아Q가 돌아왔다고 말했다. 그러고는 새삼스럽게 그가 어디에가 있었을까 쑤군대는 것이었다. 아Q는 전에도 몇 번 성내에 갔으나 대개는 미리 신이 나서 사람들에게 말했었다. 그런데 이번만은 그렇게 하지 않았으므로 아무도 염두에 두지 않았다. 그가 혹 사당을 관리하는 노인에게만은 말했을지도 몰랐다. 그러나 미장의 관례로 보아 조 영감, 전 영감 또는 수재 나리가 성내에 들어간다면 화젯거리가 되겠지만, ‘가짜 양놈’도 아직 그 축에 끼지 못할 정도이니 하물며 아Q쯤은 말할 나위도 없었다. 그렇다고 노인이 그를 위해서 말하고 다녔을 리도 없으니 미장에서는 알 도리가 없었던 것이다.

그러나 아큐가 이번에 돌아온 것은 전과는 딴판으로 확실히 깜짝 놀랄 만한 가치가 있었다. 날이 저물 무렵 그는 몽롱한 눈을 해가지고 술집 문전에 나타났다. 그러고는 술청으로 가까이 걸어가 허리춤에서 손을 뺐다. 그는 한 움큼 잔뜩 은전과 동전을 술청 위로 내던지고 말했다.

“현금이오! 술 좀 주슈!”

입고 있는 것은 새 겹옷이었다. 보니까 허리에는 커다란 주머니를 찼는데 묵직해서 주머니 찬 자리의 허리띠가 축 늘어져 있었다. 미장에서는 좀 눈길을 끄는 인물을 보면 경멸하기보다 오히려 존경했다. 지금 그가 확실히 아Q라는 것은 알고 있지만 누더기 옷을 입은 아Q와는 좀 다른 것 같았고, 옛사람들도 말하기를 “선비란 사흘만 떨어져 있어도 다시 크게 눈을 뜨고 보아야 한다” 했기 때문에 의심을 품으면서도 존경의 태도를 보였다. 주인은 먼저 머리를 꾸벅하고는 말을 걸었다.

“오! 아Q 돌아왔군!”

“돌아왔지!”

"벌었군 벌었어, 너 어디에⋯⋯."

"성내에 갔었지!"

이 소식은 이튿날에는 벌써 온 미장에 퍼졌다. 사람들은 모두 현금을 갖고 새 겹옷을 입은 아Q의 중흥사(中興史)를 알고 싶어했다. 그래서 술집이라든가 찻집, 절간의 처마 밑에서 차차 염탐해 냈다. 그 결과 아Q는 새로운 경외의 인물이 되었다.

아Q의 말인즉 그는 거인(擧人) 나리 댁에서 일을 거들어 주고 있었다는 것이다. 이 한 마디에 듣는 사람은 모두 숙연해졌다. 이 나리는 본디 백(白)씨지만 온 성내에 오직 하나뿐인 거인이므로 성을 붙이지 않아도 그저 거인이라 하면 곧 그를 가리키는 것이다. 이것은 비단 미장에서만 그럴 뿐 아니라 백 리 사방 안에서 모두 그러하였다. 그래서 사람들은 대부분 그의 이름이 거인 나리인 줄 알고 있었다. 이분 댁의 일을 거들어 주고 있었다는 것은 당연히 존경받을 만했다. 그러나 아Q는 다시 일을 거들어 줄 생각은 없다고 했다. 왜냐하면 이 거인 나으린 정말 너무 '개새끼'이기 때문이라는 것이다. 이 한 마디에 듣는 이는 모두 탄식하고 또 통쾌해 하였다. 이유인즉 아Q 따위 거인 나리 댁에서 일을 거들 만한 위인이 못 되지만, 막상 일을 거들러 가지 않는다는 것은 정말 아까운 일이었기 때문이다.

아Q의 말을 들어 보면 그가 돌아온 것은 성내 사람들에게 불만이 있었기 때문인 것도 같았다. 성내 사람들은 '긴 걸상'을 '쪽걸상'이라 부르고, 생선튀김에 채로 썬 파를 얹는다는 것이다. 게다가 얼마 전에 큰 결점을 찾아 냈는데, 여인의 걸음걸이가 실룩거려 보기에 아주 좋지 않다고 했다.

그러나 더러는 감복할 만한 점도 있었다. 즉 미장의 시골뜨기는 32장의 죽패(竹牌)밖에 할 줄 모르고, 오직 '가짜 양놈'만이 마작을 할 줄 아는데, 성내에서는 조무래기까지 모두 익숙하다. 가짜 양놈 따위는 성내의 여남은 살짜리 조무래기들 사이에 놓아두면 금방 '염라대왕 앞에 나간 어린 귀신'처럼 돼버린다. 이 말을 듣던 이는 모두 얼굴이 붉어졌다.

"너희, 목 자르는 것 본 일 있어? 흥, 볼 만하지. 혁명당을 자르는 거야. 볼 만하지, 볼 만해⋯⋯."

아Q는 머리를 흔들며 바로 앞에 있는 조사신의 얼굴에 침을 튀겼다. 이 한마디에 듣는 사람은 모두 섬뜩했다. 그런데 아Q는 주위를 한 바퀴 둘러보

더니 별안간 오른손을 들어 목을 길게 빼고 정신없이 듣고 있는 왕 털보의 뒷덜미를 곧장 내리치며 말했다.

"싹뚝!"

왕 털보는 깜짝 놀라 벌떡 일어났다. 동시에 전광석화처럼 재빨리 목을 움츠렸다. 듣고 있던 사람도 모두 깜짝 놀랐으나 재미있어했다. 그 뒤 왕 털보는 여러 날 머리가 멍했었다. 그래서 다시는 감히 아Q 곁에 가까이 가지 않았고 다른 사람도 마찬가지였다.

이때 미장 사람들 눈에 비친 아Q의 지위는 조 영감을 뛰어넘었다고는 감히 말할 수 없지만 거의 동등하다고 해도 과언이 아닐 정도였다.

오래지 않아 아Q의 명성은 온 미장의 규중(閨中)에까지 퍼졌다. 미장에서 큰 집이라고는 조씨와 전씨 집밖에 없었다. 그 밖에는 대개 보잘것없는 집들이었지만, 그래도 규중은 규중이다. 여인들은 아Q의 소문을 듣고 신기해하며 만나기만 하면 꼭 이야기를 했다.

"추씨 댁이 아Q에게서 남색 비단 치마를 샀대. 헌 것은 헌 것이지만 단돈 90전이래. 그리고 조백안(趙白眼)의 어머니—일설에는 조사신(趙司晨)의 어머니라고도 하니 고증이 필요하다—도 아이들에게 입히는 빨간 옥양목 홑옷을 샀대. 거의 새 옷인데 단돈 30전도 안 된다나 봐."

그래서 여인들은 눈이 휘둥그래 가지고 아Q를 만나고 싶어했다. 비단 치마가 없는 사람은 그에게 물어 비단 치마를 사고 싶어했고, 옥양목 홑옷이 필요한 사람은 그에게 물어 옥양목 홑옷을 사고 싶어했다. 이제는 아Q의 얼굴을 보아도 달아나지 않을 뿐 아니라 때로는 아Q가 지나간 뒤를 쫓아가서 그를 불러 세우고 묻는 것이었다.

"아Q, 비단 치마는 아직도 있어? 없다고? 옥양목 홑옷도 필요한데, 있겠지?"

나중에는 이런 소문이 나리 댁 마님들 귀에까지 들어갔다. 그도 그럴 것이 추씨 댁이 기쁜 나머지 그의 비단 치마를 조 부인에게 보이러 갔고, 조 부인은 또 그것을 조 영감에게 말하여 대단한 것이라고 칭찬했기 때문이다. 조 영감은 저녁을 먹는 자리에서 수재 나리와 토론한 끝에, 아Q에게는 어쩐지 수상한 점이 있으니 우리도 문단속을 잘해야겠다고 했다. 그러면서도 그의 물건 중엔 아직 살 만한 좋은 물건이 있을지 모른다고 생각했다. 게다가 조 부인은 마침 값싸고 물건 좋은 모피 배자를 사고 싶어하던 참이었다. 그래서 가족의 결의로 추씨 댁에게 아Q를 데려오라고 부탁했다. 또 이 때문에 그날 밤은 특별히 등불 켜는 것을 허락했다.

등잔 기름이 제법 말랐는데도 아Q는 좀처럼 나타나지 않았다. 조씨 댁 온 가족은 모두 조급해서 하품을 하며 아Q가 너무 뽐낸다고 미워도 하고 추씨 댁이 약삭빠르지 못하다고 원망도 했다. 조 부인은 예전 드나들지 않겠다던 서약 때문에 오지 못하는 것이 아닌가 근심했다. 그러나 조 영감은, 내가 부르러 보낸 것이니까 걱정할 게 없다고 말했다. 과연 조 영감의 견식은 높았다. 아Q는 드디어 추씨 댁의 뒤를 따라 들어왔다.

"그는 그저 없다, 없다고만 말하는군요. 그러면 네가 직접 가서 말하라고 해도 자꾸만 그러기에, 저는……."

추씨 댁은 헐레벌떡 들어오며 말했다.

"나리!"

아Q는 웃는 듯 마는 듯한 표정으로 한 마디 하고는 처마 밑에 멈춰 섰다.

"아Q, 다른 곳에 가서 좀 벌었다구?"

조 영감은 천천히 걸어가더니 그를 아래위로 훑어보며 말했다.

"잘했어, 그거 참 잘했어. 그런데 뭐 헌 물건이 좀 있다구…… 모두 가져와서 보여 주지 않으려나…… 다름이 아니고 나도 좀 필요해서…….'

"추씨 아주머니에게 이미 말했지만, 다 없어졌습죠."

"없어졌어?"

조 영감은 자기도 모르게 불쑥 말을 내뱉었다.

"그렇게 빨리 없어질 리가 없을 텐데?"

"그것은, 친구 것으로 본디 많지 않았는데, 사람들이 사 갔으니까……."

"그래도 아직 조금은 남아 있겠지."

"지금은 문발 하나가 남아 있을 뿐입죠."

"그럼 문발이라도 가져와 보게."

조 부인이 재빨리 말했다.

"그렇다면, 내일 가져오면 돼."

조 영감은 그다지 마음이 내키지 않았다.

"아Q, 너 이제부터 무슨 물건이 생기거든 가장 먼저 우리에게 갖다 보여 주렴…….'

"값은 결코 딴 집들보다 헐하게는 안할 테니까."

수재가 말했다.

수재의 부인은 아Q의 얼굴을 한 번 힐끔 쳐다보고 그가 감동했는지를 살폈다.

"나는 모피 배자가 필요한데."

조 부인이 말했다.

아Q는 승낙은 했으나 꺼림칙한 모습으로 나가버려, 그가 정말 마음에 새겨 뒀는지는 알 수 없었다. 이 일은 조 영감을 매우 실망케 했고, 화를 돋우고 근심시켜 하품까지도 잊어버리게 했다. 수재도 아Q의 태도에 대단히 불만이었다.

"이런 은의를 모른 놈은 조심해야 합니다. 할 수만 있다면 지보에게 일러서 미장에서 살지 못하게 해야 하는데!" 그러나 조 영감은 생각이 달랐다.

"그렇지 않다. 그런 짓을 하면 원한을 사게 돼, 하물며 이런 장사를 하는 놈이란 '매는 둥지 밑의 먹이를 먹지 않는다' 하니 이 마을은 근심할 필요가 없고, 다만 밤중에 문단속만 잘하면 된다!"

수재는 아버지의 훈계가 옳다고 생각되어 아Q를 마을에서 쫓아내자고 한 제안을 거두었다. 그러고서 추씨 댁에게는 이 이야기만은 절대로 남에게 지껄이지 말라고 간곡히 일렀다.

그런데 이튿날 추씨 댁은 남색 치마를 검게 물들이러 나간 김에 아Q가 수상하다는 이야기를 퍼뜨렸다. 그러나 수재가 아Q를 쫓아내려 했던 대목만은 확실히 말하지 않았다. 그러나 이것으로도 벌써 아Q에게는 꽤 불리했다. 가장 먼저 지보가 찾아와 그의 문발을 가져갔다. 아Q는 조 부인이 보겠다 한 거라고 말했으나 그는 돌려 주지 않을 뿐 아니라 다달이 상납금을 내라고 위협했다. 다음에는 그를 존경하던 마을 사람들의 태도가 갑자기 변하였다. 아직 감히 멋대로 하지는 못하나 어딘지 그를 멀리 피하려는 눈치였다. 이 눈치는 이전에 '싹뚝'을 맞을까 조심하던 때와는 다르게 존경하면서도 멀리하려는 낌새가 꽤 많이 섞여 있었다.

다만 몇몇 건달들만이 더욱 자세히 아Q의 내막을 알고 싶어 꼬치꼬치 캐물었다. 아Q도 별로 숨기려 하지 않고 으쓱거리며 그의 경험을 이야기했다. 이때부터 그들은 비로소 아Q가 좀도둑에 지나지 않다는 것을 알게 되었다. 아Q는 담도 넘지 못할 뿐 아니라 안에도 들어가지 못하고, 다만 문 밖에 서 있다가 물건을 받았다는 것이다. 어느날 밤 두목이 보따리를 하나 던져주고 다시 안으로 들어간 지 오래지 않아 안에서 와자지껄하는 소리가 들려왔다. 그는 재빨리 도망쳐서 밤중으로 성을 기어나와 미장으로 돌아왔는데 다신 갈 마음이 없어졌다는 것이다. 그러나 이 이야기는 아Q에게 더욱 불리했다. 마을 사람들이 아Q를 멀리하면서도 함부로 대하지 못했던 것은 원한을 살까 두려워했기 때문이었다. 그런데 무어야, 이제 보니 그는 다신 도둑질을 하려고도 않는 도둑에 지나지 않다니! 이야말로 두려워할 것도 못 되는 존재가 아닌가?

제7장 혁명

선통(宣統 : 청나라 마지막 황제의 연호) 3년 9월 14일, 바로 아Q가 지갑을 조백안에게 팔아 버린 날이다. 한밤중 커다란 검은 배 한 척이 조 영감네 나루터에 닿았다. 이 배는 캄캄한 어둠을 타고 저어왔다. 마을 사람들은 깊이 잠들어 아무도 알지 못했다. 그러나 나갈 때는 날이 밝을녘이었기 때문에 그걸 본 사람이 몇 있었다. 몰래 조사한 결과 그것이 거인 나리의 배임을 알았다.

그 배는 미장에 엄청난 불안을 실어다 주었다. 정오도 되기 전에 온 마을의 인심은 매우 술렁거렸다. 배가 왜 왔다 갔는지에 대하여 조 영감네에서는 물론 극비에 붙이고 있었으나, 찻집이나 선술집에서는 모두 혁명당이 성내에 들어올 낌새이므로 거인 나리께서 우리 마을로 피난해 왔다고 말했다. 추씨 댁만이 그렇지 않다고 했다. 그건 거인 나리가 헌옷 상자를 몇 개 맡기려 했지만 조 영감에게 거절당하여 도로 가져갔다는 것이었다. 사실 거인 나리와 조수재와는 평소부터 사이가 좋지 않았고, 이치로 따져도 환난을 함께 할 만큼 정의가 두텁지도 않았다. 또 추씨 댁는 조 영감네와 이웃이었으며, 견문이 비교적 믿을 만했으므로 대개 그 여인의 말이 옳았을 것이다.

그러나 헛소문은 자꾸만 크게 퍼졌다. 소문인즉, 아마 거인 나리가 직접 오지는 않은 모양이나 장문의 서신을 보내어 조씨 댁과는 먼 친척이 된다고 늘어놓았다고 한다. 조 영감은 배알이 틀렸으나 자기로서는 손해될 일이 없으므로 그대로 상자를 받아 놓았다가 지금은 그것을 마누라의 침대 밑에 처박아 놓았다는 것이다. 어떤 사람은 말하기를, 혁명당은 그 밤으로 성내에 들어왔으며 저마다 흰 투구에 흰 갑옷을 입고 있었는데, 이는 명조(明朝)의 숭정(崇正) 황제에 대한 상복을 입은 것이라고 했다.

아Q도 혁명당이란 말은 벌써부터 듣고 있었고 올해엔 자기 눈으로 혁명당이 살해되는 광경을 보았다. 그러나 어디다 근거를 둔 것인지는 모르나 그는 혁명당은 모반이며, 모반은 그를 곤란케 하리란 확신이 있었다. 그래서 지금까지 심히 증오해 왔었다. 그런데 뜻밖에도 백 리 사방에 이름이 알려진 거인 나리마저 그들을 이렇게 두려워하는 것을 보니 그도 어쩐지 마음이 끌렸다. 게다가 미장의 어중이떠중이가 당황하는 꼴은 더욱 아Q를 유쾌하게 했다.

'혁명도 좋구나.'

아Q는 생각했다.

'이런 개새끼들은 죽여 버려라, 더러운 개새끼들! 밉살맞은 놈들을! ……나도 항복해서 혁명당이 되어야지.'

아Q는 요즘 용돈이 궁색하여 불만이 좀 있었다. 게다가 대낮에 빈속에다 술 두 사발을 마셔 더욱 빨리 올랐다. 생각하면서 걷는 동안에 또 마음이 들뜨기 시작했다. 어찌된 셈인지 갑자기 혁명당은 자기이고 미장 사람들은 모두 그의 포로 같은 기분이 들었다. 그는 너무나 기쁜 나머지 자기도 모르게 큰 소리로 떠들어 댔다.

"모반이다! 모반이다!"

미장 사람들은 모두 공포의 눈초리로 그를 바라보았다. 그 가련한 눈초리란 아Q가 지금까지 보지 못하던 것이었다. 그걸 보자 그는 한여름에 빙수를 마신 것처럼 속이 후련했다. 그는 점점 신이 나 걸으면서 고함을 질렀다.

"자! 탐나는 것은 모두가 내 것.

맘에 드는 계집도 모두가 내 것.

둥둥, 쟝쟝!

후회해도 소용없다. 술에 취해 잘못 벤 정현제(鄭賢弟).

후회해도 소용없다. 아, 아, 아…….

둥둥, 쟝쟝 둥, 쟈리쟝!

내 손에 잡은 쇠 채찍, 네놈을 치리……."

조씨 댁의 두 나리와 두 친척이 때마침 대문 앞에 서서 혁명 이야기를 하고 있었다. 아Q는 거들떠보지도 않은 채 머리를 쳐들고 곧장 노래 부르며 지나갔다.

"둥둥……."

"아Q 씨!"

조 영감이 겁먹은 눈으로 맞으면서 작은 소리로 불렀다.

"쟝쟝."

아Q는 자기 이름에 씨자가 붙으리라고는 생각지 않았으므로 자기와는 관계 없는 다른 말이라 생각하고 그저 노래만 불렀다.

"둥, 쟝, 쟈리쟝, 쟝!"

"아Q 씨!"

"후회해도 소용없다……."

"아Q!"

수재는 하는 수없이 '씨'를 빼고 이름을 불렀다. 아Q는 그제야 서서 고개를 돌리며 물었다.

"뭐야?"

"아Q 씨…… 요사이……."

조 영감은 막상 할 말이 없었다.

"요사이…… 돈 잘 버나?"

"벌어? 아무렴. 필요한 것은 모두가 내 것……."

"아…… 큐형, 우리 같은 가난뱅이 동지는 상관 없겠지……."

조백안은 마치 혁명당의 말투를 흉내내듯이 조심조심 말했다.

"가난뱅이 동지라고? 당신은 아무래도 나보다는 부자지."

아Q는 그렇게 말하고는 가 버렸다.

모두 퍽 실망하여 말이 없었다. 조 영감네 부자는 집에 돌아와 저녁나절이 되어 불을 켤 때까지 의논했다. 조백안은 집에 돌아오자 허리춤에서 주머니를 끌러 아내에게 주며 상자 밑에 감춰 두게 하였다.

아Q는 마음이 들떠 돌아다니다가 사당에 돌아오니 술도 이젠 깨 버렸다. 이날 밤은 사당지기 노인도 뜻밖에 친절히 그에게 차를 권했다. 아Q는 그에게 떡 두 개를 달래서 먹은 뒤, 쓰다 남은 넉 냥짜리 양초와 촛대를 달라고 했다. 초에 불을 켜고 홀로 조그만 자기 방에 드러누웠다. 그는 말할 수 없이 기분이 상쾌하고 유쾌했다. 촛불은 마치 정월 대보름날 밤처럼 번쩍번쩍 빛났고, 그의 공상도 차례차례 떠오르기 시작했다.

'모반? 재미있다……. 흰 갑옷에 흰 투구의 혁명당이 쳐들어온다. 저마다 청룡도며 쇠 채찍, 폭탄, 총, 삼첨양인도(三尖兩刃刀), 갈고리창을 들고서 사당 앞을 지나가며 소리친다. "아Q! 함께 가세!" 그래서 함께 간다.

이때 미장의 어중이떠중이들은 볼 만할 거다. 무릎을 꿇고, "아Q 목숨만은 살려 줘!" 누가 들어 준담!

맨 먼저 죽일 놈은 소D와 조 영감이다. 그리고 수재, 이어 가짜 양놈……. 몇 놈이나 남겨 둘까? 왕 털보는 남겨 둬도 상관없지만, 아냐 그놈도 없애 버려…….

그리고 물건은…… 곧 뛰어들어가 궤짝을 연다. 마제은(馬蹄銀), 은화, 옥양목 홑옷…… 수재 마누라의 영파(寧波) 침대(세 사람은 쓸 수 있는 고급 목재 침대)댈 우선 사당으로 운반해 온다. 그러고서 전가의 탁자와 의자를 벌여 놓고—그러지 말고 조가의 것을 쓸까, 난 손대지 말고 소D를 시켜 나른다. 빨리 날라! 꾸물대면 갈겨 줄 테다…….

조사신의 누이동생은 정말 추물이지. 추씨 댁의 딸은 아직 젖비린내 나고, 가짜 양놈의 마누라는 머리채 없는 사내와 동침했으니 흥, 좋은 물건은 못 돼! 수재의 마누라는 눈퉁이 위에 흉터가 있고…… 오마는 오래 못 만나서 어디 있는지 모른다……. 그런데 아깝게도 발이 너무 커.'

아Q는 공상이 끝나기도 전에 벌써 코를 골았다. 넉 냥짜리 양초는 아직 반 치밖에 닳지 않았고 흔들흔들하는 빨간 불빛이 그의 헤벌어진 입을 비치고 있었다.

"어어!"

아Q는 별안간 큰 소리를 지르면서 머리를 들고 주위를 두리번거리더니, 넉 냥짜리 양초가 눈에 띄자 또 머리를 숙이고 잠들어 버렸다.

다음 날 그는 퍽 늦게 일어났다. 거리에 나가 보니 모두 여전했다. 그도 여전히 배가 고팠다. 그는 생각을 해 봤으나 좋은 생각이 떠오르지 않았다. 그러나 갑자기 생각이 떠올랐는지 천천히 걷기 시작하여 어느새 정수암에 이르렀다.

정수암은 봄철과 마찬가지로 조용하고, 흰 벽에 검은 문이었다. 그는 한참 생각하고 문을 두드렸다. 개 한 마리가 안에서 짖어 댔다. 그는 재빨리 벽돌 조각을 몇 개 집어들고 다시 가서 이번에는 힘들여 두드렸다. 검은 문에 많은 흠집이 났을 무렵에야 비로소 누군가 문 열러 나오는 소리가 들렸다.

아Q는 재빨리 벽돌 조각을 고쳐 잡고 발을 딱 벌리고 검정개와 싸울 준비를 했다. 그런데 암자의 문이 빠끔히 열렸을 뿐 안에서 검정개는 뛰쳐나오지 않았다. 들여다보니 늙은 여승 하나뿐이었다.

"너 또 무엇 하러 왔어?"

그 여승은 깜짝 놀라며 말했다.

"혁명이야…… 알고 있어? ……."

아Q는 매우 애매한 투로 말했다.

"혁명, 혁명이라고, 혁명은 벌써 끝났어……. 너희가 우리를 어떻게 혁명한다는 거야?"

늙은 여승은 두 눈이 새빨개가지고 말했다.

"무어라고?"

아Q는 이해가 되지 않았다.

"넌 모르고 있나? 그 사람들이 벌써 혁명해 버렸는데!"

"누가?"

아Q는 더욱 이해가 되지 않았다.

"저 수재와 가짜 양놈이!"

아Q는 너무도 뜻밖이라 얼떨떨해졌다. 늙은 여승은 그의 기세가 꺾인 것을 보자 날쌔게 문을 닫아 버렸다. 아Q가 재차 밀었을 때는 문은 꼼짝도 하

他們便將伊當作滿政府.

지 않았다. 다시 두드려 보았으나 대답이 없었다.

그것은 아직 오전 중의 일이었다. 조수재는 소식이 빨라 혁명당이 밤새 벌써 성내에 들어온 것을 알자 금방 머리채를 머리 꼭대기로 말아 올리고, 일어나는 길로 이제껏 사이가 안 좋았던 가짜 양놈 전(錢)을 찾아갔다. 바야흐로 '모두 유신에 참여하던' 때였으므로 그들은 이야기가 매우 장단이 맞아 이내 뜻을 같이 하는 동지가 되었고 혁명으로 매진할 것을 약속했다. 그들은 생각하고 또 생각한 끝에 간신히, 정수암에 있는 '황제 만세! 만만세!'라는 용패(龍牌)야말로 빨리 개혁하여 파기해야 될 것이라고 생각해 냈다. 그래서 곧 두 사람이 함께 암자로 혁명하러 갔다. 늙은 여승이 나와 방해하므로 두서너 마디 억지 심문을 한 끝에 그들은 그 여인을 청나라 정부 편으로 간주하고 몽둥이와 주먹으로 머리를 실컷 때렸다. 늙은 여승은 그들이 가버린 뒤 기분을 가라앉히고 여기저기 둘러보았다. 물론 용패는 벌써 산산조각으로 부서져 땅에 널려 있었고, 관음상의 보좌 앞에 있던 선덕(宣德) 향로도 보이지 않았다.

이 일을 아Q는 나중에야 알았고 늦잠 잔 것을 퍽 후회했다. 그런데 괘씸한 것은, 그들이 자기를 부르러 오지 않았다는 것이다. 그는 또 한 발짝 물러나서 생각해 보았다.

'놈들은 내가 혁명당에 항복한 것을 아직 모르는 모양이지?'

제8장 혁명금지

미장의 민심은 날로 안정돼 갔다. 전해 오는 소식에 따르면 혁명당은 성내에 들어오긴 했으나 달리 큰 변동은 없었다는 것이다. 지사(知事) 나리도 역시 그전대로이고, 다만 관명을 조금 고친 데 지나지 않는다. 거인 나리 또한 무슨—이러한 직명은 미장 사람들은 모두 들어도 모른다—관직에 나아 갔고, 군대도 역시 이전의 파총(把總 : 청나라 무관명)이 거느렸다. 다만 한 가지 무서운 것은 몇몇 좋지 않은 혁명당이 섞여 들어 소란을 피우는 것이었다. 그들은 다음 날 머리채를 자르기 시작했다. 듣자니 이웃마을 뱃사공 칠근(七斤)이가 맨 처음 걸려들어 사람 같지 않은 꼴이 되었다고 한다. 그러나 이것은 그다지 큰 공포는 아니었다. 왜냐하면 미장 사람들은 본디 성내에 들어가는 일이 적었고, 더러 성내에 들어가려고 생각했어도 곧바로 계획을 바꾸기만 하면 이런 위험에 부닥치지 않아도 되었기 때문이다. 아Q는 친구를 만나러 성내에 들어갈 생각이었으나 이 소식을 듣고는 포기해 버리고 말았다.

그러나 미장에도 개혁이 없었다고는 말할 수 없었다. 며칠 뒤엔 머리채를 머리 꼭대기로 감아 올리는 자가 점차 늘어났다. 앞서 말한 대로 가장 먼저 조 영감네 수재 나리가 그랬고, 다음은 조사신과 조백안, 그 뒤가 아Q였다. 만약에 여름철이었다면 사람들이 머리채를 머리 꼭대기로 감아 올리거나 묶거나 해도 조금도 이상할 게 없다. 그러나 지금은 벌써 늦가을이므로 이 가을에 여름 차림을 하는 것은 머리채를 감아 올린 사람들에게는 보통 용단이 아니었다. 그러니 미장이 개혁과 무관했다고는 말할 수 없었다.

조사신이 뒤통수를 횅하니 비워갖고—머리채를 늘이지 않았으므로—걸어 오는 것을 본 사람들은 와글와글 떠들어 댔다.

"야아, 혁명당이 오셨다."

아Q는 이를 듣고 무척 부러워했다. 그는 수재가 머리를 감아 올렸다는 굉장한 소식은 벌써 알고 있었으나, 자기도 그대로 할 수 있으리라고는 생각지도 못했다. 그런데 이제 조사신도 이렇게 한 것을 보고 비로소 흉내낼 기분이 되어 실행할 결심을 굳게 했다. 그는 한 개의 대젓가락으로 머리채를 머리 꼭대기에 감아 붙이고 한참 망설이다가 간신히 용단을 내려서 걸어나갔다. 그는 거리를 걸어갔다. 사람들은 그를 보았으나 별로 무어라고 말하지 않았다. 아Q는 처음에는 불쾌했으나 나중에는 대단히 불만스러웠다. 그는 요사이 툭하면 골을 잘 냈다. 사실 그의 생활은 모반 전에 비하여 조금도 곤란하지 않았다. 사람들은 그를 보아도 공손했고, 상점에서도 현금이래야 한다는 등 말하지 않았으나 아Q는 암만해도 자신이 너무 쓸모없이 느껴졌다. 혁명을 한 이상 이와 같아서는 안 된다. 더구나 한번 소D를 만나보자 그는 더욱 배알이 뒤틀렸다. 소D도 머리채를 머리 꼭대기에다 감아 붙이고 게다가 대젓가락까지 꽂고 있다. 아Q는 설마 그놈까지 감히 이렇게 할 줄은 천만 뜻밖이었다. 소D를 그냥 두고만 볼 수는 없다. 소D 따위가 뭐야? 그는 당장 놈을 붙잡아 놈의 대젓가락을 두 동강으로 꺾고 머리채를 풀어내리고 뺨을 몇 대 때려, 그가 제 분수를 잊고 감히 혁명당이 되려고 한 죄를 잠시 징벌하려고 생각했다. 그러나 결국 용서해 주고 다만 노한 눈으로 흘겨 보며 "툇!" 침을 한 입 뱉었다.

요 며칠 사이 성내에 들어간 사람은 가짜 양놈뿐이었다. 조수재는 상자를 맡아 준 인연을 믿고 친히 거인 나리를 찾아갈 작정이었으나, 머리채를 잘릴 위험이 있어 그만두고 말았다. 그는 황산식(黃傘式)의 편지(상대를 존경하기 위해 호칭 등을 별행으로 잡은 서식. 옛날 귀인이 외출할 때에 썼던 황산과 같은 데서 유래.)를 한 통 써 '가짜 양놈'에게 부탁하여 성내로 가져가게 하고, 또한 자기가 자유당에 들어갈 수 있게 소개해 주기를 당부했다. '가짜 양놈'은 돌아오더니 자기 돈으로 먼저 치렀다고 하면서 수재에게 은화 4원을 받아냈다. 그리하여 수재는 은제 복숭아(자유당의 휘장) 한 개를 옷섶 위에 달게 되었다. 미장 사람들은 모두 놀라 감복하고, 이것은 시유당(柿油黨 : 우매한 농민들이 자유당의 뜻을 몰라서 그저 그와 음이 비슷한 시유당으로 알고 있었던 것)의 휘장으로 한림(翰林)에 상당하는 것이라고들 말했다. 조 영감은 이 때문에 갑자기 더욱 훌륭해졌다. 그는 아들이 처음 수재에 급제했을 때보다도 더 오만해져 아Q를 만나도 본체만체하였다.

아Q는 불평을 하는 동안 시시각각 열등감을 느꼈다. 그는 은제 복숭아 이 야기를 듣는 순간 자기가 쓸쓸한 원인을 깨달았다. 혁명을 하려면 그냥 항복 했다고만 말해서는 안 된다. 머리채를 말아 올린 것만으로도 안 된다. 우선 첫째로 역시 혁명당과 가까이 사귀어야 한다. 그가 아는 혁명당은 단 두 사 람뿐인데 성내의 한 사람은 벌써 싹독 잘리었고, 현재로는 '가짜 양놈' 한 사람만이 남아 있을 뿐이다. 그는 재빨리 가서 가짜 양놈과 의논하는 수밖에 는 다른 길이 없었다.

전씨 집 대문은 마침 열려 있었다. 아Q는 겁이나 살금살금 들어갔다. 그는 안으로 들어가서 깜짝 놀랐다. 가짜 양놈은 안마당 한가운데 섰는데, 양복 탓 인지 온몸이 새까맣게 보이고, 옷에 복숭아를 하나 달고 있으며, 손엔 아Q가 고통을 맛본 지팡이를 들고 있었다. 이미 한 자 남짓 자란 머리채는 풀어서 어 깨 위에 늘어뜨렸는데, 꼭 유해 신선(劉海神仙 : 유해섭(劉海蟾)을 가리킴. 오대(五代) 때 인물로 종 남산(終南山)에서 수도하여 신선이 되었다고 전해짐) 같았다. 맞은쪽에는 조백안과 건달패 세 놈이 공손히 서서 연설을 듣는 참이 었다.

아Q는 가만가만히 걸어들어가 조백안의 뒤에 서서 인사를 하려고 생각했 으나, 어떻게 부르면 좋을지를 몰랐다. 가짜 양놈은 물론 안 되고, 외국인이 라 해도 적절치 않다. 혁명당이라 하기도 그렇고, 양(洋) 선생이면 무난하 지 않을까?

양 선생은 좀처럼 그를 보지 않았다. 마침 눈을 허옇게 해가지고는 강연에 열중하고 있었으니까.

"나는 성미가 급해 만나기만 하면 늘 말했지. 홍(洪黎 : 元洪) 형! 이제 손을 씁시다. 그런데 그는 늘 '노우'라고 말했어. 이것은 서양 말이니 너희 는 모른다. 그렇지 않았다면 벌써 성공했을 거야. 그러나 이것이야말로 그가 일처리에 신중하다는 걸 말해 주지. 그는 여러 번 날보고 호북(湖北)으로 가라고 부탁했으나, 나는 아직 승낙하지 않았다. 누가 그런 자그마한 현성 (縣城)에서 일하기를 원하겠는가?"

"에에…… 저어……."

아Q는 그가 잠시 멈추기를 기다리다 마침내 용기를 내어 입을 열었으나 어쩌된 셈인지 그를 '양 선생' 하고 부르지는 못했다.

연설을 듣고 있던 네 사람은 모두 깜짝 놀라 그를 돌아보았다. 양 선생도 그제야 간신히 보았다.

"뭐야?"

"저어……."

"나가!"

"저도 항복하려고……."

"나가!"

양 선생은 상장 막대를 쳐들었다. 조백안과 건달들이 모두 야단을 쳤다.

"선생님이 나가라고 말씀하시잖아. 왜 아직도 말을 안 듣나?"

아Q는 손으로 머리를 감싸쥐고는 저도 모르게 문 밖으로 뛰어나왔다. 양 선생은 더 쫓아오지는 않았다. 그는 60보쯤 뛰어나가서야 간신히 걸음을 늦췄다. 그러나 그의 마음엔 깊은 우수가 끓어올랐다. 양 선생이 그에게 혁명을 허락하지 않는다면 다른 길이 없다. 이제부터는 결코 흰 투구 흰 갑옷의 사람이 그를 부르러 올 가망은 없다. 그의 모든 포부·의지·희망·전도가 단번에 무너져 버렸다. 건달들이 말을 퍼뜨려 소D나 왕 털보 따위에게까지 웃음거리가 될 것은 둘째 문제였다.

그는 이제까지 이런 안타까움을 경험해 본 적은 없는 듯했다. 자기의 머리채를 말아 올린 것조차도 무의미한 것 같은 생각에 모욕을 느끼기까지했다. 앙갚음하기 위하여 금방이라도 머리채를 풀어 내리려고 생각했으나 결국 풀지도 못했다. 그는 밤까지 서성대다가 술 두 사발을 외상졌다. 술이 배로 들어가자 점점 기분이 좋아져서 마음 속에 또 흰 투구 흰 갑옷의 단편이 떠올랐다.

어느 날 그는 그전처럼 할 일 없이 밤중까지 쏘다니다가 선술집이 문을 닫을 때쯤 돼서야 간신히 터덜터덜 사당으로 돌아왔다.

"딱, 펑! ……."

그는 돌연 이상한 소리를 들었으나 폭죽 소리는 아니었다. 아Q는 본디 구경을 즐기고 쓸데없는 일에 참견하기를 좋아하므로 곧 어둠 속을 달려나갔다. 앞에서 사람 발자국 소리가 나는 것 같았다. 그가 그 소리를 듣고 있을 때 돌연 한 사람이 맞은쪽에서 도망쳐 왔다. 아Q는 재빨리 몸을 돌려 뒤따라 도망쳤다. 그 사람이 방향을 바꾸면 아Q도 방향을 바꿨다. 그리고 그 사람이 멈춰 서기에 아Q도 멈춰 섰다. 아Q는 뒤를 돌아다보았으나 아무것도

없었다. 그래 그 사람을 보니 바로 소D였다.

"뭐야?"

아Q는 약이 올랐다.

"조…… 조씨 댁이 약탈당하고 있어!"

소D는 숨을 헐떡이며 말했다.

아Q의 가슴은 두근두근했다. 소D는 그렇게 말하고는 가 버렸다. 아Q는 도망가다가는 쉬고, 또 도망가다가는 쉬곤 했다. 그래도 이 짓을 해 본 사람이라 남달리 담력은 세웠다. 그래서 길모퉁이로 나가 자세히 들어보니까 좀 떠들썩한 것 같다. 그래 또 자세히 보았더니 흰 투구에 흰 갑옷을 입은 많은 사람들이 연달아서 끊임없이 상자를 매어 내오고, 가구를 메어 내오고, 수재 마누라의 영파 침대도 메고 나오는 모양이었으나 확실히는 알 수 없었다. 그는 더 앞으로 나가려 했으나 두 발이 움직여지지 않았다.

이날 밤은 달이 없었다. 미장은 어둠 속에 매우 고요했다. 고요하기가 복희씨(伏羲氏 : 몸은 뱀이고 머리는 사람 형상인 중국 고대 전설상의 제왕) 시대처럼 태평했다. 아Q는 서서, 자신도 싫증이 나도록 보고 있었다. 역시 앞서처럼 왔다갔다하면서 나르고 있는 모양이다. 상자를 메어 내오고, 수재 마누라의 영파 침대도 메어 나오고……. 너무 내오는 바람에 그는 자신의 눈을 믿을 수가 없어졌다. 그러나 그는 그이상 앞으로 나가지 않기로 결심하고 자기 거처로 돌아왔다. 사당 안은 더욱 깜깜했다. 그는 문을 닫고 자기 방으로 더듬어 들어갔다. 한참 누워 있으려니까 그제야 기분이 가라앉아 자신의 일을 생각할 수 있게 되었다. 흰 투구에 흰 갑옷을 입은 사람들은 분명히 왔으나, 그를 부르러 오지는 않았다. 좋은 물건을 많이 날랐으나 자기의 몫은 없었다. 이것은 모두 밉살스런 가짜 양놈이 나에게 모반을 허락하지 않았기 때문이다. 그렇지 않다면 이번에 어째서 내 몫이 없단 말인가? 아Q는 생각하면 할수록 더욱 화가 치밀고 끝내는 끓어오르는 분을 참을 수 없어 세차게 머리를 흔들며 지껄였다.

"나에게는 모반을 허락하지 않고 네놈만 모반할 셈이지? 개돼지 같은 가짜 양놈! 어디 보자, 네놈이 모반했것다! 모반은 목이 잘리는 죄야, 내 어떻게 해서든지 고소해서 네놈이 관청으로 잡혀 들어가 목이 댕강 잘리는 걸 보고 말 테다. 온 집안을 몰살하고 가산을 모조리 빼앗아 버릴 테다. 댕강, 댕강!"

제9장 대단원

조 영감네 집이 약탈을 당한 뒤 미장 사람들은 대개 통쾌해하면서도 또 두려워했다. 아Q 역시 마찬가지였다. 그러던 4일 뒤 아Q는 밤중에 갑자기 성내로 붙잡혀 갔다. 때는 마침 캄캄한 밤이었다. 한 무리의 병사, 한 무리의 자위대원, 한 무리의 경찰, 그리고 다섯 사람의 탐정이 몰래 미장에 들어와 야음을 틈타 사당을 포위하고 문 정면에 기관총을 걸어 놓았다. 그러나 아Q는 튀어나오지 않았다. 한참 동안 아무런 동정도 없었다. 대장(隊長)이 조급해져 20냥의 상금을 걸었더니 자위대원 두 사람이 위험을 무릅쓰고 담을 넘어 들어갔다. 안팎이 호응하여 우르르 쳐들어가 아Q를 붙잡았다. 사당 밖 기관총을 걸어 놓은 곳까지 끌려 나왔을 때에야 그는 겨우 정신이 좀 들

었다.

성내에 도착하였을 때는 벌써 정오 무렵이었다. 아Q는 자기가 어느 허름한 관청으로 끌려들어가 대여섯번 모퉁이를 돌고 나서 조그만 방에 처박혀졌음을 알았다. 그가 비틀비틀하는 찰나에 통나무로 만든 문이 그의 발꿈치를 따라오듯 닫혔다. 통나무 문 이외의 삼면은 모두 벽인데 자세히 보니 방 귀퉁이에 또 두 사람이 있었다.

아Q는 좀 불안했으나 결코 그렇게 괴롭지는 않았다. 왜냐하면 그의 사당 침실이라야 이 방보다 더 편안하지는 않았기 때문이다. 그 두 사람도 시골뜨기인 모양인데 차차 그와 사귀게 되었다. 한 사람은 그의 조부 대에 체납한 묵은 소작료를 지불하라고 거인 나리에게 고소당했다는 것이며, 또 한 사람은 무슨 일 때문인지도 모른다고 했다. 그들도 아Q에게 물었다.

"나는 모반하려 했기 때문이오."

아Q는 분명하게 대답했다.

그는 오후에 통나무 문 밖으로 끌려 나갔다. 대청에 가보니 윗자리에는 머리를 빡빡 깎은 노인이 한 사람 앉아 있었다. 아Q는 그가 중인가 의심했다. 그러나 아래쪽을 보니 1소대의 병대가 서 있고 긴 두루마기를 입은 사람이 10여 명 서 있는데, 노인처럼 머리를 빡빡 깎은 사람도 있고, 한 자 남짓한 긴 머리를 가짜 양놈처럼 뒤로 늘어뜨린 사람도 있었다. 모두 무서운 얼굴에 성난 눈으로 그를 노려보고 있었다. 그는 이들이 분명 대단한 사람들이라고 생각하자 별안간 무릎의 힘이 저절로 빠져 곧 꿇어앉고 말았다.

"서서 말씀 드려라! 꿇어앉지 말고!"

긴 두루마기를 입은 사람들이 모두 꾸짖었다.

아Q는 그 말뜻을 알아듣기는 했으나 암만해도 서 있을 수가 없었다. 몸이 저절로 움츠러들어 그만 꿇어 엎드리고 말았다.

"노예 근성! ……."

긴 두루마기를 입은 인물이 경멸하듯 말했으나 또 서라고는 하지 않았다.

"사실대로 불면 고초를 면할 수 있다. 난 다 알고 있으니 불면 널 풀어 줄 것이다!"

까까머리 노인이 아Q의 얼굴을 뚫어지게 보며 침착하게 똑똑히 말했다.

"불어라!"

긴 두루마기를 입은 사람도 큰 소리로 말했다.

"사실 전 여기 와서 가담하려고……."

아Q는 멍하니 생각하다가 겨우 떠듬거리며 말했다.

"그러면 왜 오지 않았는가!"

노인은 부드럽게 물었다.

"가짜 양놈이 허락하질 않았습죠!"

"허튼 소리 마! 이제 와서 말해도 늦었어. 지금 너희 패는 어디 있는가?"

"무슨 말씀인지? ……."

"그날 밤 조씨 댁을 약탈했던 놈들 말야."

"그놈들은 저를 부르러 오지 않았습죠. 제놈들끼리 멋대로 가져갔습죠."

아Q는 이렇게 말하고는 툴툴댔다.

"어디로 달아났지? 말하면 너는 풀어 주겠다."

노인은 더욱 부드럽게 말했다.

"전 모르는뎁쇼…… 그놈들은 저를 부르러 오지 않았으니까요……."

노인이 한 번 눈짓을 하자 아Q는 또다시 통나무 문 안에 갇혔다. 그가 두 번째로 통나무 문 안에서 끌려 나온 것이 이튿날 오전이었다.

대청의 광경은 모두 전과 같았다. 윗자리에는 여전히 까까머리 노인이 앉아 있었다. 아Q도 역시 어제처럼 꿇어앉았다.

노인은 부드럽게 물었다.

"더 할 말은 없는가?"

아Q는 생각해 보았으나 별로 할 말도 없었으므로 "없습니다" 하고 대답했다.

그러자 긴 두루마기를 입은 한 사람이 종이 한 장과 붓 한 자루를 가지고 와 아Q 앞에 놓고, 붓을 그의 손에 쥐어 주려고 했다. 아Q는 이때 거의 혼비백산하도록 깜짝 놀랐다. 왜냐하면 그의 손이 붓을 잡기는 이번이 처음이었기 때문이다. 그는 어떻게 쥐는 것인지 정말 몰랐다. 그랬더니 그 사람은 또 한 군데를 가리키며 그에게 서명하라고 했다.

"저는…… 저는…… 글을 쓸 줄 모르는뎁쇼."

아Q는 붓을 덥석 움켜잡고는 황송하고 부끄러운 듯이 말했다.

"그러면 너 좋은 대로 동그라미를 하나 그려라!"

아Q는 동그라미를 그리려고 했으나 붓을 잡고 있는 손이 떨리기만 했다. 그러자 그 사람이 그를 위해 종이를 땅 위에 펴 주었다. 아Q는 엎드려서 혼신의 힘을 다해 동그라미를 그렸다. 행여 남들에게 웃음거리가 될까 두려워 동그랗게 그리려고 마음먹었으나 밉살스런 붓이 지나치게 무거운 데다 또 말을 듣지 않았다. 떨면서 간신히 그리는 탓에 거의 아무리려 할 때 붓이 위로 솟구쳐 동그라미는 수박씨 모양이 되고 말았다.

아Q는 자기가 동그랗게 그리지 못한 것을 부끄럽게 생각했으나 그 사람은 그것을 문제 삼지도 않고 재빨리 종이와 붓을 가지고 가 버렸다. 여러 사람이 또 그를 재차 통나무 문 안에 처넣었다.

그는 다시 통나무 문 안에 들어갔어도 그리 고민하지 않았다. 그의 생각으론, 사람이 이 세상에 태어난 이상 때로는 감옥에 들어가는 일도 있을 게고, 또 때로는 종이 위에 동그라미를 그려야 할 때도 있는 것이다. 다만 동그라미가 동그랗게 그려지지 않은 것만은 그의 이력에 하나의 오점이라고 생각했다. 그러나 오래지 않아 곧 꺼림칙한 마음도 가셨다. 아무짝에도 쓸모없는 놈이라야만 동그란 동그라미를 그릴 것이라고 그는 생각했다. 그래서 그는 잠들고 말았다.

그러나 이날 밤 거인 나리는 잠을 잘 수가 없었다. 그는 대장과 시비를 했다. 거인 나리는 도둑맞은 물건을 찾아내는 것이 먼저라 주장했고, 대장은 본보기로 징계하는 것이 먼저라고 주장했다. 대장은 요사이 거인 나리를 그다지 안중에 두지 않게 되었으므로 책상을 두드리고 의자를 차면서 말했다.

"일벌백계(一罰百戒)입니다. 보십쇼! 내가 혁명당이 된 지 20일도 안 되는데 약탈 사건은 10여 건인 데다 범인은 모두 미궁에 빠졌으니, 내 체면은 무엇이 된단 말이오? 기껏 잡아 놓으면 당신은 또 엉뚱한 소릴 하고, 안 돼요! 이건 내 권한이니까!"

거인 나리는 난처했으나 그래도 자기 주장을 굽히지 않고 만약 도둑맞은 물건을 돌려주지 않으면 자기는 당장 민정협조의 직무를 사임하겠다고 말했다. 이 때문에 거인 나리는 그날 밤 한잠도 못 잔 것이다. 그러나 다행히 다음 날도 사임하지는 않았다.

아Q가 세 번째로 통나무 문 밖으로 끌려 나온 것은 거인 나리가 한잠도 못 잔 그 밤의 다음 날 오전이었다. 그가 대청에 와 보니 윗자리에는 역시 예의 까까머리 노인이 와 앉아 있었다. 아Q도 역시 전처럼 꿇어앉았다.

노인은 아주 부드럽게 물었다.

"무슨 할 말이 없는가?"

아Q는 생각해 보았으나 별 할 말도 없으므로 곧 "없습니다" 대답했다.

긴 두루마기를 입은 여러 사람과 짧은 옷을 입은 사람들이 별안간 그에게 무명으로 된 흰 등거리를 입혔다. 거기에는 무슨 검은 글자가 씌어 있었다. 아Q는 대단히 기분이 나빴다. 왜냐하면 그것은 마치 상복을 입는 것 같았으며, 상복을 입는다는 것은 불행한 일이기 때문이다. 그러나 동시에 그의 두 손은 뒤로 묶여졌고 곧장 관청 밖으로 끌려 나왔다.

아Q는 포장 없는 수레에 매어 올려졌다. 짧은 옷을 입은 사람 몇이 그와 함께 같은 자리에 탔다. 수레는 곧 움직이기 시작했다. 앞엔 총을 멘 병대와 자위대원이 있고, 양쪽엔 멍하니 입을 벌리고 있는 많은 구경꾼이 있었다. 뒤

는 어떤가? 아Q는 돌아보지 않았다. 그러나 그는 완전히 정신을 잃지는 않았다. 때로는 조급해지기도 했으나 때로는 도리어 태연해졌다. 그의 심중으로는 사람이 천지간에 태어난 바에야 때에 따라서는 목을 잘리는 일도 없으란 법은 없다고 생각하는 모양이었다.

그는 아직도 길만은 알 수 있었다. 그래서 좀 이상했다. 어째서 형장 쪽으로 가지 않는 것일까? 그는 이것이 조리돌림임은 전혀 알지 못했다. 그러나 알았다 해도 마찬가지다. 사람이 천지간에 태어난 이상 때로는 조리돌림을 당할 수도 있다고 그는 생각했을 것이니까.

그는 깨달았다. 이것은 멀리 돌아서 형장으로 가는 길이다. 필연코 댕강 하고 목을 잘리는 것이다. 그가 경황없이 좌우를 둘러보니까 인파가 개미처럼 따르고 있었다. 뜻밖에도 길가 사람들 속에서 오마의 모습을 발견했다. 정말 오래간만이었다. 그녀는 성내에서 일하고 있었던 것이다. 아Q는 갑자기 노래

한 곡조 부를 배짱이 없다는 게 퍽 부끄러웠다. 그의 머릿속에서는 여러 생각이 회오리바람처럼 소용돌이쳤다. '청상 과부의 성묘'는 당당치가 못하고 '용호상쟁' 중의 '후회해도 소용없다……'도 힘차지 않다. 역시 '손에 잡은 쇠 채찍, 네놈을 치리'로 하자. 그는 동시에 손을 쳐들려고 했으나 그제야 손이 묶여 있음을 떠올렸다. 그래서 '손에 잡은 쇠 채찍'도 부르지 않았다.

"20년만 지나면 다시 태어나……."

이것저것 생각하던 중 이제까지 한번도 입에 담아본 적이 없는 틀에 박힌 사형수의 문구가 아Q의 입에서 절로 튀어나왔다.

"잘한다!"

군중 속에서 이리의 울부짖음 같은 소리가 들려 왔다.

수레는 쉬지 않고 앞으로 나아갔다. 아Q는 갈채소리 가운데서 눈알을 굴려 오마를 보았으나, 그녀는 조금도 그에게 신경을 쓰지 않는 것같이 그저 병정들이 메고 있는 총만을 정신없이 바라보고 있었다.

아Q는 그래서 재차 갈채하는 사람들을 주욱 휘둘러 보았다.

이 찰나 그의 생각은 또 회오리바람처럼 소용돌이쳤다. 4년 전, 그는 산기슭에서 주린 이리 한 마리를 만났었다. 이리는 가까이 오지도 않고 멀리 떨어지지도 않은 채 어디까지고 그의 뒤를 따라와 그의 고기를 먹으려 했다. 그는 그때 무서워서 거의 죽을 것 같았다. 다행히 손에 도끼 한 자루를 들고 있었으므로 그것을 믿고 담이 세어져 간신히 미장까지 이르렀다. 그러나 그 이리의 눈알은 영원히 기억에 남았다. 불길하고도 무서우며 반짝반짝 도깨비불처럼 빛나는 두 눈이 멀리서 그의 육체를 꿰뚫을 것 같았다. 그런데 이번에 또 그는 여태껏 보지 못했던 더욱 두려운 눈을 본 것이다. 그것은 둔하고 또 날카로워 벌써 그의 말을 씹어 먹었을 뿐 아니라 또 그의 육체 이외의 무엇인가를 씹어 먹으려는 듯 언제까지고 멀지도 가깝지도 않게 그의 뒤를 따라오는 것이었다. 이런 눈알들이 하나로 합해졌다 싶더니 벌써 그곳에서 그의 영혼을 물어뜯고 있었다.

'사람 살려…….'

그러나 아Q는 이 말을 입 밖에 내기도 전에, 벌써부터 두 눈이 캄캄해지고 귓속은 멍해져 마치 온몸이 작은 티끌같이 날아서 흩어지는 듯했다.

당시의 상황으로 인해 가장 큰 영향을 입은 사람이 오히려 거인 나리였다.

끝내 도둑맞은 물건을 찾지 못했으므로 그의 온 집안이 울음바다였다. 그 다음은 조 영감네 집이었다. 수재가 성내로 고소하러 갔다가 악질 혁명당에게 머리채를 잘렸을 뿐 아니라 또 20냥의 포상금을 뜯겼기 때문에 온 집안이 또 울부짖었다. 이날부터 그들은 점점 몰락한 왕조의 신하다운 냄새를 풍겼다.

여론으로 말하면 미장에서는 별로 이의도 없었고 자연 모두가 아Q를 나쁘다고 말했다.

"총살당한 것은 곧 그가 나쁜 증거야! 나쁘지 않았다면 무엇 때문에 총살을 당한단 말인가?"

그러나 반대로 성내의 여론은 좋지 않았다. 총살은 참수만큼 볼 만하지 못하다며 불만이었다. 더구나 사형수가 그렇게 변변찮아서야! 그렇게 오래도록 거리를 끌려 돌아다니면서도 노래 한 곡조 뽑지 않다니. 그들은 괜히 헛걸음만 했다고 했다.

단오절

　방현작(方玄綽)은 요즘 들어 '대동소이(大同小異)'라는 말을 곧잘 하여 으레 하는 얘기처럼 되어 버렸다. 입으로만 말할 뿐 아니라 확실히 그의 머릿속에도 굳게 뿌리를 박고 말았다. 그가 처음에 하던 말은 '모두 똑같다'였는데, 아마 적당하지 않다고 생각했던지 '대동소이'로 고쳐 줄곧 지금까지 쓰고 있는 것이다.

　그가 이 한마디의 평범한 경구(驚句)를 발견한 이래 비록 적지 않은 새로운 한탄도 했으나 동시에 많은 새로운 위안도 얻었다. 가령 노인이 젊은 사람을 위압하는 모습을 보면 그전 같았으면 분노할 것이지만 지금은 '장래 이 소년이 손자를 갖게 되면 마찬가지로 이렇게 위엄을 부리겠지!' 생각하고는 아무 불평도 하지 않았다. 또 병사가 차부(車夫)를 때리는 모습을 보면 그전 같으면 분노할 것이지만 지금은 '만약 이 차부가 병정이 되고 이 병정이 차부가 되면 마찬가지로 이처럼 때릴 것이리라.' 생각하고는 마음에 두지 않았다. 그는 이렇게 생각을 하면서도 때로는 자기를 의심한 적이 있었다.

　'나는 사회 악과 싸울 용기가 없으므로 양심을 속이고 일부러 이런 도망칠 길을 만들어 낸 것이 아닐까. 그렇다면 옳고 그름을 가릴 마음이 없는 거나 다름없으니 고치는 것이 좋지 않겠는가?'

　그러나 그의 머릿속에서는 여전히 '대동소이'에 대한 생각이 자라고 있었다. 그가 이 '대동소이'설을 맨 처음 알린 것은 베이징 수선학교(北京首善學校) 교실에서였다. 그때 아마 역사상의 일을 끄집어 내어, '옛날이나 지금이나 사람은 같다(古今人不相遠)'는 것을 말하고 여러 사람들의 '천성이란 비슷한 것임(性相近)'을 말하다가 마침내 학생과 관료의 신상까지 들먹이며 열변을 토한 것 같다.

　"오늘날 사회에서는 관료 공격이 유행하고 있는데 학생들의 공격이 더욱 심합니다. 그러나 관료는 결코 타고난 특별한 부류가 아니며 그들도 예전에는 평민이었습니다. 지금은 학생 출신의 관료도 적지 않으나 옛날 관료와 무슨 다른 점이 있습니까? '자리를 바꾸면 다 같은 것(易地則皆然)'이니 사상·언론·거동·풍채가 모두 큰 차이는 없는 겁니다……. 학생 단체가 새로 벌인 많은 사업도 이미 폐해를 면치 못하고, 태반은 사라지지 않았습니까? 대동소이합니다. 그러니 중국 장래의 우려할 점은 바로 여기에 있는 것입니다."

교실 안에 흩어져 앉아 있던 20여 명의 청강자 중 어떤 자는 낙담했다. 이 말이 옳다고 생각한 모양이다. 어떤 자는 왈칵 성을 냈다. 아마 신성한 청년을 모욕했다고 생각한 모양이다. 그러나 그를 보며 히죽 웃는 자도 몇 있었다. 아마 그가 자기 변호를 한다고 생각한 모양이다. 방현작은 관료를 겸하고 있었으니까.

그러나 실은 모두가 착오였다. 이것은 그의 새로운 불평에 지나지 않았다. 또한 비록 불평이기는 했으나 다만 그의 분수에 맞는 하나의 헛된 논의였다. 그는 자신을, 게으르기 때문인지 소용이 없기 때문인지는 모르나 아무튼 움직이기를 싫어하지만 차분하게 자기의 본분을 충실히 지키는 사람이라고 생각했다. 장관은 그에게 신경병이라고 근거도 없는 말을 했지만 지위를 잃지 않는 한 그는 결코 입을 열려고 하지 않았다. 교원 급료를 못 받은 지도 반년 남짓 되나 따로 관리의 봉급이 있어 견디어 나가는 한 그는 역시 입을 열지 않을 것이다. 또한 교원이 연합하여 급료 지급 요구를 했을 때도 그는 너무 떠들어 대는 것은 생각해야 될 문제라고 내심 생각했다. 관청의 동료들이 지나치게 교원을 조롱하는 말을 듣고서는 좀 화가 났으나, 나중에 이는 아마 자기가 마침 돈 때문에 곤란하며 다른 관리는 결코 교원을 겸하지 않기 때문일 거라고 생각을 돌리곤 곧 마음을 풀었다.

그도 돈 때문에 곤란하긴 하나 지금까지 교원 단체에는 가입하지 않았다. 그러나 사람들이 동맹 휴업을 의결하자 수업하러 가지는 않았다. 정부가 "수업을 하면 돈을 준다" 말했을 때, 그는 비로소 과일로 원숭이를 놀리려는 것과 같은 그들의 짓거리가 조금 밉살스러웠다. 한 대교육가가 "교원이 한 손에는 책가방을 끼고 한 손으로는 돈을 요구한다는 것은 고상하지 못하다" 말했을 때 그는 비로소 그의 아내에게 정식으로 불평을 털어놓았다.

"어이, 반찬이 두 접시뿐이야?"

'고상하지 못하다'는 말을 들은 날의 저녁 식사 때 반찬을 보면서 한 이야기다.

그들은 신교육을 받은 적이 없고 아내는 학명(學名)이나 아호도 없었으므로 아무런 호칭도 없었다. 옛날부터의 예를 따라 '마누라' 하고 부를 수는 있었으나 그는 또 너무 옛 관습을 따르기는 싫었다. 그래서 곧 '어이'라는 한마디를 만들어 낸 것이다. 그러나 아내는 '어이'라는 말마저도 쓰지 않는다. 다만 그를 바라보며 말하기만 하면 습관에 따라 그는 곧 자기에게 하는 말임을 알았다.

"그렇지만 지난달에 탄 1할 5부도 다 썼어요……. 어제 먹은 쌀도 간신히 외상으로 가져온 거예요."

그녀는 탁자 곁에 서서 얼굴을 그에게로 돌리며 말했다.

"봐요, 그래도 교원이 급료를 요구하는 것을 야비하다고 할 수 있겠소? 그따위 놈들은 사람은 밥을 먹어야 하고, 밥은 쌀로 지어야 하며, 쌀은 돈으로 사야 한다는 이런 평범한 진리마저도 모르는 모양이야……."

"그렇고말고요, 돈 없이 어떻게 쌀을 사며 쌀 없이 어떻게 밥을 짓는담……."

그의 두 볼은 노기로 부풀었다. 부인의 답이 자기 주장에 '대동소이'해서 별생각 없이 따라한 것 같아 화가 난 모양이다. 그래 곧 머리를 다른 쪽으로 돌렸다. 습관에 따르면 이것은 토론 중지를 선고하는 표시이다.

바람 쓸쓸하고 찬 비 내리는 날 교원들이 정부에 밀린 봉급 지불을 요구하러 갔다가 신화문(新華門) 앞 진흙 속에서 군대에게 머리를 맞아 피를 흘리고서야 겨우 약간의 봉급을 받았다. 방현작은 힘들이지 않고 돈을 받게 되어 빚을 좀 갚았으나 대부분은 아직 그대로 남았다. 이것은 관리의 봉급도 상당히 지불되지 않았기 때문이었다. 이렇게 되자 청렴한 관리들도 점차 어쩔 수 없이 봉급을 요구해야겠다고 생각하게 되었으니, 하물며 교원을 겸직하고 있는 방현작이 학계에 보다 더 동정을 표시하게 된 것은 당연하였다. 그래서 사람들이 동맹 휴업의 속행을 주장하는 자리에 비록 참석하지는 않았으나 그 뒤에는 기꺼이 공동 결의를 준수했다.

마침내 정부가 돈을 지불하고 학교도 수업을 시작했다. 그러나 며칠 전 학생 총회에서는 청원서를 정부에 내어 "교원이 만약 수업을 안 한다면 밀린 봉급을 지불하지 말라"고 했다. 이것은 무효로 끝났지만 방현작은 갑자기 전번에 정부가 말한 "수업을 하면 돈을 준다"는 이야기가 생각나 '대동소이'라는 그림자가 다시 그의 눈 앞에서 어른거리며 좀처럼 사라지지 않음을 보았다. 그래서 그는 교실에서 그것을 공표한 것이었다.

따라서 만약 '대동소이'설을 꼬집어 해석한다면 물론 사심이 섞여 있는 불평이라는 판정을 내릴 수 있겠지만, 오로지 자기가 관리직에 있음을 해명하려는 것이라고만은 말할 수 없었다. 다만 이런 때마다 그는 늘 즐겨 중국의 장래 운명 따위의 문제를 끄집어 내는데, 자기 스스로 우국지사(憂國之士)라고 생각하는 것이다. 곤란하게도 사람이란 자기 자신을 잘 알지 못하게 마련인가 보다.

그러나 대동소이한 사건은 또 발생했다. 정부가 처음엔 골칫거리였던 교원만을 내버려 두었는데 급기야는 관리에게까지 무관심하게 되어 봉급은 밀리고 또 밀려, 이전에 교원이 돈을 요구하는 것을 경멸하던 선량한 관리까지도 마침내 견디다 못해 앞장서서 봉급 지불을 요구하는 형편이었다. 오직 몇몇 일간 신문만이 그들을 경멸 조소하는 기사를 실었다. 방현작은 조금도 기이하게 여기 않았고 또 조금도 개의치 않았다. 그의 '대동소이' 설을 근거로 하면 이것은 신문 기자가 아직 고료의 지불이 밀리지 않은 까닭이었다. 만일 정부나 부자들이 보조금을 중지했다면—당시의 신문은 대부분이 정부나 특정 정객, 재벌, 군벌의 출자에 의존하는 어용 신문이었다—그들 대부분도 역시 집회를 열었을 것이다.

그는 이미 교원의 봉급 지불 요구에 동정을 표시하고 있었으므로 자연 동료의 봉급 지불 요구에도 찬성했다. 그러나 여전히 관청 안에 편안히 앉아 늘 그렇듯이 결코 그들과 함께 빚을 재촉하러 가지는 않았다. 어떤 사람은 그를 세속에 초월했다고 생각하기에까지 이르렀으나 그것은 오해에 지나지 않았다. 그 자신의 말을 빌리자면, 그는 태어난 이래 지금까지 빚이라곤 재촉받기만 했지 재촉을 한 적은 없었다. 그러므로 그런 것은 '자기는 잘할 줄 모르는 것〔非其所長〕'이다. 게다가 그는 손에 경제권을 쥐고 있는 인물을 만날 용기가 없었다. 이런 사람이 권세를 잃은 뒤《대승기신론(大乘起信論)》을 손에 들고서 불교학을 강론할 때는 물론 매우 부드럽고 친근감 있을 것이다. 그러나 아직 보좌(寶座) 위에 있을 때는 염라 대왕의 얼굴을 해가지고 다른 사람을 모두 노예로 보면서 '나는 너희 가난뱅이들의 목숨을 손에 쥐고 있다' 생각하는 것이다. 그래서 그는 그들을 만날 용기가 없었으며 만나고 싶지도 않았다. 그는 자신의 이러한 성격을 고상하기는 하나, 재능이 없는 것이라고 의심하기도 한다.

사람들은 이리저리 융통해서 어떻게든 한 철 한 철을 억지로 지냈다. 그러나 이전에 비하면 방현작은 대단히 곤란했다. 그런 까닭에 부리고 있는 하인이나 거래하는 상점주는 말할 것도 없고 부인마저 그에 대해 점점 경의를 저버리게 되었다. 부인이 요즘 들어 그다지 그를 따르지 않으며 게다가 늘 독창적인 의견을 내놓고 좀 거동이 당돌한 것을 보아도 분명히 알 수 있었다. 음력 5월 초나흗날(단오절) 그가 오전 근무를 마치고 돌아오자 부인은 곧 한 묶음의 외상 장부를 그의 코 앞에 내밀었다. 이것도 평소에는 없었던 일이다.

"모두 해서 180원은 있어야 될 것 같아요……. 월급 나왔나요?"

그녀는 그를 전혀 바라보지 않고 말했다.

"흥, 내일부터 관리 노릇 그만두겠어! 수표는 받아 왔지. 그러나 급료 지불 요구 집회의 대표가 주지를 않아. 처음에는 같이 가지 않은 사람에게는 모두 안 준다고 하더니 나중에는 또 그놈들 앞으로 직접 받으러 가야 한다고 말하는 거야. 그놈들 오늘은 단지 수표를 쥐고 있는 것만으로도 염라 대왕 꼴로 변해 버렸어. 정말 보기도 싫어……. 나는 돈도 필요 없고 관리도 그만두겠어. 치사하기 짝이 없는 노릇……."

부인은 이 드물게 보는 의분을 보고 조금 놀랐으나 곧 침착해졌다.

"제 생각엔 역시 직접 받으러 가는 게 낫겠어요. 무슨 상관이 있어요?"

그녀는 그의 얼굴을 보면서 말했다.

"안 가! 이건 관리의 봉급이지, 상금이 아니야. 마땅히 회계과에서 보내 줘야만 해."

"그래도 보내 오지 않는데 할 수 없잖아요……. 아이 참, 어젯밤 말씀드려야 하는데 잊었어요. 애들이 말하는 그 수업료, 학교에서 벌써 여러 번 재촉했었죠. 만약 더 이상 안 내면……."

"쓸데없는 소리! 아버지가 관청이나 학교에서 일한 것은 돈 한푼 안 주면서 아들놈이 가서 책 조금 배운 것은 외려 돈을 달래?"

부인은 그가 도리고 뭐고 무시하고 자기를 교장으로 여기고 심중의 울분을 풀려는 것 같았으므로 안 되겠다 생각하곤 더 말하지 않았다. 두 사람은 묵묵히 점심을 먹었다. 그는 한참 생각하더니 다시 우울한 표정으로 나가 버렸다. 요 몇 해 사이 명절 전날이나 섣달 그믐날이면 그는 꼭 밤 10시라야만 집에 돌아왔다. 걸어 들어오면서 주머니를 만지며 큰 소리로 "어이, 받아 왔어!" 하곤 그녀에게 중국 교통 은행의 빳빳한 새 지폐 다발을 내주며 아주 흐뭇한 표정을 지었다. 그런데 어떻게 이번 5월 초나흗날 단오 전날은 예를 깨드려 7시가 못 돼서 집으로 돌아온 것이다. 부인은 깜짝 놀라 그가 정말로 사직한 것으로 알았다. 조심스레 그의 얼굴을 살펴보았으나 별로 기가 죽어 있는 것 같지도 않았다.

"어쩐 일예요! ……이렇게 일찍! ……." 그녀는 그를 빤히 보며 말했다.

"늦어서 못 받았어. 못 찾았어, 은행이 문을 닫아 버려서. 초여드레까지 기다려야 해!"

"손수 받으러 갔어요? ……." 그녀는 조심스레 물었다.

"직접 받으러 간다는 것은 취소되었어. 들으니 역시 회계과에서 나누어 보낸다더군. 그러나 은행이 오늘은 벌써 문을 닫았고 사흘을 쉰다니 초여드렛날 오전까지 기다려야만 하게 되었어!"

그는 앉아서 바닥을 보며 차를 한 모금 마시고는 천천히 입을 열었다.

"다행히 관청 안에는 아무 문제도 없어. 아마 초여드렛날에는 꼭 돈이 들어올 거요……. 지금까지 서로 오가지 않던 친척이나 친구에게 돈 꾸러 간다는 건 정말 못할 노릇이더군. 오늘 오후, 눈 딱 감고 김영생(金永生)을 찾아가 한참 이야기했지. 그는 처음에는 내가 봉급 지불을 요구하러 가지 않은 것, 손수 받으러 가지 않은 것은 대단히 고결하다, 사람은 응당 그래야 한다고 칭찬하더니 내가 그에게 돈 50원을 융통하러 온 것을 알자 금방 내가 그의 입안에 한 움큼의 소금을 처넣기라도 한 것처럼 오만상을 찌푸리더군. 그러곤 집세가 어떻게 안 걷히느니, 장사가 어떻게 밑졌느니 늘어놓고는 동료한테 제 돈 받으러 가는 게 뭐가 어떠냐면서 그 자리에서 가라고 야단 아니겠어!"

"이렇게 명절이 임박해서 누가 돈을 꾸어 주겠어요!"

아내는 뜻밖에도 담담하게 말하고 전혀 분개하는 빛이 없었다.

방현작은 머리를 숙이고 그러한 것도 무리가 아니라고 생각했다. 더욱이 자기는 김영생과 그리 친한 사이도 아니었다. 그는 이어 작년 세밑의 일을 기억해 냈다. 그때 같은 고향 사람이 10원을 꾸러 왔다.

그는 그때 벌써 분명히 관청의 보증 수표를 받았으나 그 사람이 나중에 돈을 갚지 않을지도 모른다 생각하고 난처한 기색을 나타내면서, 관청의 봉급도 안 받았고 학교의 월급도 주지를 않아 정말 돕고 싶지만 돈이 없다고 말하곤 그를 빈손으로 돌려 보냈다. 그는 비록 자기가 어떠한 표정을 지었는지 스스로 보지는 못했으나, 몹시 조마조마해하며 입술을 바르르 떨고 머리를 흔들었던 것 같다.

오래지 않아, 그는 갑자기 크게 깨달은 것처럼 하인에게 명령을 하여 지금 거리에 가서 연화백(蓮花白 : 소주
이름)을 한 병 외상으로 가져오라고 했다. 그는 가게 주인이 내일 빚을 많이 갚아 주기를 바랄 테니까 감히 외상을 안 주지 못하리라는 것을 알았다. 만약 외상을 안 주면 내일은 한푼도 갚지 않을 테니 그야말로 그들이 응당 받아야 할 징벌이다.

연화백을 마침내 외상으로 가져왔다. 그는 두 잔을 마셨더니 창백한 얼굴에 불그레한 빛이 떠올랐다. 밥을 먹고 나니 또 웬지 자못 흥겨워졌다. 그는 대형 합덕문(哈德門) 담배에 불을 붙이고 책상에서 《상시집(嘗試集 : 그 당시
출판된
胡適의
백화시집)》을 한 권 집어들고 침대에 누워서 보려 했다.

"그러면 내일 가게 주인에겐 뭐라고 말할까요?"

부인은 쫓아와 침대 앞에 서서 그의 얼굴을 보며 말했다.

"가게 주인? …… 초여드렛날 오후에 오라고 해."

"그렇겐 정말 말 못해요. 그는 믿지도 않을 거고 승낙도 하지 않을 거예요."

"뭘 믿지 않아. 물어보러 가라지. 관청 사람들은 아직 아무도 받지 않았으니까, 모두 초여드레라야 돼!"

그는 둘째 손가락을 세워 모기장 안의 공중에다 반원을 그렸다. 아내는 손가락을 따라 반원을 보았으나 그 손은 그대로 《상시집》을 뒤적였다.

부인은 그가 무작정 억지를 쓰는 바람에 잠시 무어라고 입을 열 수가 없었다.

"이래서는 도저히 살아갈 수가 없어요. 앞으로는 암만해도 방법을 좀 생각해서 무슨 다른 일을 하지 않으면……."

부인은 마침내 말을 돌려 이렇게 말했다.

"무슨 일? '문사(文事)는 필경생(筆耕生)에 미치지 못하고, 무사(武事)는 소방병(消防兵)에도 미치지 못해.' 그러니 다른 것이란 무엇을 말하는 거야?"

"당신은 상해(上海)의 서점에 글을 써 주신 일이 있지 않아요?"

"상해의 서점? 그 집은 원고를 사는 데 하나하나 글자를 세며 빈 칸은 계산하지 않지. 당신 내가 거기 있을 때 지은 백화시(白話詩)를 봐요. 공백이 얼마나 많은가, 한 권에 고작해 300푼 정도겠지. 인세는 또 반 년 가량 소식이 없어! '먼 곳에 있는 물은 가까운 불을 끌 수 없다'는데 그 짓을 어떻게 하오?"

"그러면 이곳의 신문사에 주죠……."

"신문사에 주어? 이곳의 큰 신문사에 내 제자가 편집을 맡고 있는데, 그 사람을 연줄로 해서 글을 썼지만 1000자에 얼마 받은 줄 아오? 아침부터 밤까지 쓴다 해도 식구들을 먹여 살릴 수는 없어. 또 내 뱃속에 그렇게 많은 문장도 없고!"

"그러면 명절을 쇠고 나면 어떻게 해요?"

"명절을 쇠고 나면 역시 관리 노릇을 해야지……. 내일 가게 주인이 와서 돈 달라거든 당신은 초여드렛날 오후에 오라고만 하면 돼."

그는 또 《상시집》을 보려고 했다. 부인은 기회를 놓쳐선 안 되겠다 싶어 재빨리 떠듬떠듬 말했다.

"이번 명절을 쇠고 나서 초여드레가 되거든 우리…… 채표(彩票 : 복권의 일종)나 한 장 사지 않겠어요?"

"허튼 소리! 어찌 그리 무식한 소리만 하는 거요?"

이때 그는 문득 김영생에게 쫓겨 나오던 때의 일이 생각났다. 그때 그가 멍하니 도향촌(稻香村) 앞을 지나다 보니 가게 문 앞에 됫박만큼 큰 글씨로 쓴 광고가 붙어 있었다. '1등 당첨 몇 만원'이라 한 것을 보고 마음이 조금 움직였던 것 같이 기억된다. 혹은 발걸음이 느려졌을는지도 모른다. 그러나 지갑에 겨우 남아 있던 60전이 아까웠던가 해서 결국 깨끗이 단념하고 지나쳐 버렸다. 그의 얼굴빛이 갑자기 변하자 부인은 자기가 무식해 화내는 줄 알고 말을 하다 말고 나가 버렸다. 방현작도 말을 하다 말고 허리를 쭉 펴더니 중얼중얼하면서 《상시집》을 읽기 시작했다.

흰 빛

진사성(陣士成)이 현시(縣試)의 방(榜)을 보고서 집에 돌아왔을 때는 벌써 오후였다. 사실 그는 아침 일찍이 나갔었다. 방이 나붙은 것을 보자 먼저 진(陣)이란 글자를 찾았다. 진이란 글자는 꽤 많았다. 마치 어느 것이나 앞을 다투어 그의 눈으로 날아드는 것 같았다. 그러나 그 뒤에 이어지는 것의 어느 것에도 사성이란 두 글자는 없었다. 그는 다시 한번 12개의 둥근 모양에 적혀 있는 인명표(人名表)를 정성스럽게 들여다보았다. 방 보러온 사람들은 모조리 다 떠나 버렸는데, 진사성이란 이름은 끝내 보이지 않았다. 그는 그저 혼자 시험장 게시판 앞에 우두커니 서 있을 뿐이었다.

서늘한 바람이 가끔 그의 반백의 머리털을 나부끼게 했으나, 첫겨울의 햇볕은 여전히 포근하게 그의 위로 쏟아지고 있었다. 그러나 그의 얼굴빛은 햇볕을 받아 현기증이 나는 듯 점점 창백해졌다. 피로해서 빨갛게 부어오른 두 눈에서는 이상한 빛이 뿜어져 나왔다. 그때 벌써 그에게는 벽에 나붙은 게시 같은 건 눈에 들어오지도 않았다. 단지 수많은 새까만 동그라미가 눈 앞을 둥실둥실 나는 것이 보일 뿐이었다.

수재(秀才 : 현시의 합격자)의 자격을 얻어 가지고 성성(省城)으로 향시(鄕試)를 보러 가서, 차례로 시험을 돌파한다……. 그러면 여기저기 지방 유지들에게서 혼담이 들어올 것이며, 또한 사람들은 마치 신을 우러러보듯 그를 두려워하고 존경하며 지금까지 사람을 볼 줄 몰라서 그를 업신여겨 왔다고 후회하겠지……. 지금 자신의 낡은 행랑집에 같이 살고 있는 사람은 모두 쫓아내고 —아니 쫓아낼 것도 없다. 그쪽에서 나가 준다—집은 모두 새로 짓고 대문에다 깃대와 편액(扁額)을 내건다……. 지위를 바라면 중앙의 관리가 되는 것이 좋고, 그렇지 않으면 차라리 지방관이 되는 쪽이 낫다……. 그가 정확하게 예정을 세워 두었던 입신 출세의 앞길이 이제금 또다시 녹은 엿탑처럼 한순간에 무너져 산산조각이 나고 만 것이다. 그는 무의식적으로 조각조각난 것 같은 몸을 돌려서 멍청히 집으로 향했다.

자기 집 문 앞까지 오자, 생도 7명이 일제히 목청을 돋구어 왕왕거리며 책을 읽기 시작했다. 그는 깜짝 놀랐다. 귓전에서 종을 울렸나 생각했다. 작은 변발을 드리운 머리 7개가 눈 앞에 어른거리더니 온 방에 퍼지며 검은 동그라미와 한데 섞여 춤을 추었다. 그가 자리에 앉자 아이들은 오후의 숙제를 제출했는데, 어느 얼굴이나 살며시 그의 태도를 살피고 있었다.

"돌아들 가거라."

그는 잠깐 망설이다가 처량하게 말했다.

아이들은 와아 하고 책을 싸서 겨드랑 밑에 끼고 정신없이 뛰어나갔다.

진사성의 눈 앞에서는 아직도 많은 작은 머리들이 검은 동그라미와 함께 춤추고 있었다. 때로는 한데 뒤섞이고, 때로는 이상한 그림을 그리며 그러다 차차 수가 줄고 흐릿해졌다.

"이번에도 헛일이다."

그는 깜짝 놀라 벌떡 일어났다. 분명히 귓전에서 그렇게 말하는 것이 들렸기 때문이다. 그러나 뒤돌아보아도 아무도 없었다. 다시 꽝 하고 종을 울리는 소리가 들리는 듯했다. 그도 소리를 내어 중얼댔다.

"이번에도 헛일이다."

그는 재빨리 한쪽 손을 쳐들고, 손가락을 꼽으면서 생각해 보았다. 11번, 13번, 금년까지 넣으면 16번. 끝내 문장을 이해하는 시험관은 한 사람도 없었다. 눈은 있어도 옹이 구멍이나 마찬가지다. 얼마나 딱한 일이냐? 이내 피식피식 웃음이 나왔다. 그러다 갑자기 화가 나서 책 꾸러미 밑에서 베껴 쓴 팔고문(八股文 : 명·청 때 과거시험에 채택되었던 문체)과 시첩시(試帖詩)를 빼들고, 밖으로 달려나가려 했다. 문간에 다가서자 눈 앞이 훤히 밝아지며 한 떼의 닭까지도 자기를 비웃는 것이 보였다. 그는 저도 모르게 가슴이 두근거려 그대로 맥없이 되돌아오고 말았다.

그는 다시 앉았다. 눈이 이상하게 번쩍였다. 눈에 여러 가지 물건들이 비치고 있었으나 몹시 흐렸다. 녹아 내린 엿탑 같은 앞길이 그의 앞에 가로누워 있었다. 그것은 점점 커져서 그의 모든 길을 완전히 막고 말았다.

다른 집의 밥짓는 연기는 벌써 사라진 지 오래고 설거지도 이미 다 끝났는데, 진사성은 밥할 생각도 하지 않았다. 같이 이 집에 살고 있는 사람들은 해마다 현시를 알리는 방이 붙고 나면 이 눈초리를 보아 왔으므로 일찌감치 문을 닫아 버리고 상관하지 않는 것이 좋다고 생각했다. 벌써 사람의 소리도 그치고, 등불도 차례로 꺼져 갔다. 달만이 천천히 차가운 밤하늘에 떠올랐다.

하늘은 온통 바다처럼 푸르렀다. 희미하게 뜬 구름이 그림붓을 물그릇에 씻은 뒤처럼 떠 있었다. 달은 진사성에게 차가운 빛의 물결을 퍼부었다. 맨 처음에는 흡사 갈아 다듬은 쇠거울 같은 달에 지나지 않았는데, 그 거울은 이상하게도 진사성의 온몸을 뚫고 비추며 그의 몸에 달그림자를 반영했다. 그는 아직도 방 밖의 뜰 복판을 서성거리고 있었다. 눈은 맑고, 주위는 고요했다. 그러나 그 고요함은 느닷없이 갑자기 뒤흔들려, 귓전에 또다시 숨찬 낮은 목소리의 속삭임이 들려왔다.

"왼쪽으로 돌아서 오른쪽으로 돌아라……."

그는 깜짝 놀라 귀를 기울였다. 그 소리는 다시 높게 되풀이되었다.

"오른쪽으로 돌아라!"

그는 뚜렷이 기억하고 있었다. 그의 집이 지금처럼 몰락하기 전에는 여름이면 밤마다 이 뜰에서 할머니와 바람을 쐬곤 했다. 그 무렵 그는 아직 10살 안팎의 어린아이였다. 대나무 평상에 누워 있으면 할머니는 그 옆에 앉아 재미있는 옛날 이야기를 해 주었다. 할머니는 또 그 할머니로부터 이런 이야기를 들었다는 것이다. 진씨의 조상은 큰 부자였고 이 집도 그가 남긴 것이다. 그 조상은 수많은 은덩이를 여기에 묻었다. 운이 좋은 자손이 발견할 수 있도록. 그러나 아직 발견되지 않았다. 그 장소는 하나의 수수께끼에 감춰져 있었다.

"왼쪽으로 돌아서 오른쪽으로 돌아라. 앞으로 가서 뒤로 가라. 금과 은이 가득가득."

이 수수께끼에 대해서 진사성은 평소에도 가만히 추측을 하고 있었다. 애석하게도 대개의 경우 틀림없다고 생각되었다가 다시 또 빗나가고 마는 것이다. 언젠가 그는 분명코 당(唐)네에게 빌려 준 집 밑이 틀림없다고 생각한 적이 있었으나, 차마 파러 갈 용기가 나지 않았다. 얼마 지나자 짐작이 틀린 것 같은 생각이 들기 시작했다. 그의 집안의 여러 군데 파 뒤집은 자리는 모두 지금까지 몇 차례인가 낙방한 다음에 정신없이 파헤쳤던 흔적인 것이다. 나중에 보면 자기 자신도 부끄러워지며 남에게 보이고 싶지 않은 생각이 들었다.

그러나 오늘은 싸늘한 달빛이 진사성을 둘러싸고, 조용히 그를 설득시켰다. 그가 주저하자 바로 앞에서 증거를 보이며, 가만히 그를 재촉해서 자기 방 안으로 눈을 돌리게 만드는 것이다.

흰 빛은 마치 부채처럼 그의 방 안에서 일렁일렁 번득이고 있다.

"역시 이곳이었구나!"

그렇게 외치자, 그는 사자처럼 날쌔게 방으로 뛰어들었다. 그러나 그 순간 흰 빛은 보이지 않았다. 낡아빠진 방도 낡은 책상도 모두 어둠 속에 잠겨 있었다. 그는 멍청하게 섰다. 그러나 다시 서서히 눈동자를 날카롭게 곤두세우고 바라보자 흰 빛은 다시 분명하게 솟아오르고 있었다. 이번엔 보다 넓었고 유황불보다도 희고 아침 안개보다도 희미했다. 그리고 동쪽 벽에 붙은 책상 밑에서 솟아오르고 있는 것이다.

진사성은 사자처럼 문 뒤쪽으로 달려갔다. 손을 내밀어 곡괭이를 찾다가 검은 그림자에 부딪쳤다. 왜 그런지 오싹해졌다. 재빨리 불을 켜 보았더니 곡괭이는 아무 일 없이 세워져 있었다. 그는 책상을 옮기고, 곡괭이로 큰 네 모진 벽돌장 네 장을 단숨에 파 들추어 냈다. 몸을 구부리고 보니, 그 밑은 전과 같은 노란 잔 모래였다. 소매를 걷어 올리고 모래를 들어내자 그 밑으로 검은 흙이 나타났다. 그는 조심조심, 가만히 아래로 차차 파들어갔다. 그러나 아무래도 고요하고 깊은 밤이다. 쇳날이 흙에 스치는 소리는 속일 도리가 없어 둔탁한 울림을 냈다.

구멍은 두 자가 넘게 깊어졌는데도 항아리는 나오지 않았다. 진사성은 속이 탔다. 그 순간 쩽하는 소리가 나며 손이 저려 왔다. 날이 뭔가 단단한 것에 부딪친 것이다. 재빨리 곡괭이를 집어 던지고 손으로 만져 보니 커다란 벽돌장 한 장이었다. 그의 심장은 사납게 두근거렸다. 정신을 가다듬어 그 벽돌장을 파냈다. 그 밑에는 전과 같은 검은 흙이 계속되고 있다. 흙을 많이 파냈으나 밑은 아직도 한이 없었다. 그러자 또 갑자기 단단한 것에 부딪쳤다. 조그만 둥근 것이다. 녹슨 동전 같다. 그 밖에도 사기 그릇 조각이 몇 갠가 나왔다.

진사성은 마음이 텅 빈 것 같았다. 온몸은 땀에 흠뻑 젖어 무턱대고 땅을 긁을 뿐이었다. 그러던 중 심장이 허공에서 부르르 떨리는 듯했다. 다시 또 이상한 작은 것에 부딪쳤기 때문이다. 그것은 대충 말 발굽 모양이었는데, 만져 보니까 푸석푸석했다. 그는 다시 정성스럽게 그것을 파냈다. 그리고 신중히 집어 올려 등불 밑에서 자세히 살펴보았다. 그 물건은 군데군데 벗겨져 있는데, 아무래도 썩은 뼈 같았다. 듬성한 이빨이 한 줄로 붙어 있었다. 이것은 아마 아래턱뼈일 것이라고 그는 생각했다. 그러자 그 아래턱뼈가 그의 손에서 덜컥덜컥 움직이기 시작하더니 빙긋이 웃는 모양으로 마침내는 입을 열어 이렇게 말하는 듯했다.

"이번에도 헛일이다."

그는 소름이 오싹 끼쳤다. 동시에 손을 놔 버렸다. 아래턱뼈가 때그르 굴러 구멍 속으로 다시 떨어지자 그도 곧 뜰로 도망쳤다. 분명히 등불은 켜져 있었고, 분명히 아래턱뼈는 비웃었다. 어찌나 무서운지 다시는 그쪽으로 눈을 돌릴 용기가 나지 않았다. 멀리 떨어져 있는 처마 밑 그늘에 쭈그리고 앉고서야 마음이 조금 놓였다. 그러나 또다시 문득 희미하게 속삭이는 소리가 귓전에 들려왔다.

"여기는 없다……. 산으로 가라……."

진사성은 그러고 보니 낮에 거리에서도 누구에게선가 그런 말을 들은 듯한 느낌이 들었다. 그래서 다 듣지 않고도 금방 깨달았다. 그는 얼른 고개를 들어 하늘을 바라보았다. 달은 벌써 서쪽 산봉우리로 숨어 버렸다. 성내에서 35리나 되는 산봉우리가 바로 눈 앞에 홀(笏: 조정에서 신하들이 손에 들고 서 있던 신분을 나타내는 길다란 나뭇조각)처럼 시꺼멓게 우뚝 서 있었다. 그 주위로 넓고 큰 번쩍번쩍하는 흰 빛이 퍼져갔다.

흰 빛은 먼 듯하면서도 바로 앞에 있었다.

"그렇다, 산으로 가자."

그는 마음을 결정했다. 그리고 비틀비틀 걸어가기 시작했다. 문을 열어라 하는 소리가 몇 번인가 났다. 그 뒤로 문 안쪽에서는 이제 아무 소리도 들리지 않았다. 등불은 심지가 구슬처럼 되어 인기척 없는 방과 구멍을 밝게 비치며, 빠지직빠지직 하고 불꽃을 튕기며 점점 작아지더니 드디어 꺼졌다. 기름이 완전히 다 타버린 것이다.

"성문을 열어라!"

서관문(西關門) 앞의 여명 속에서 큰 희망을 품은 공포의 비명 소리가 아지렁이처럼 떨며 계속 부르짖고 있었다.

　이튿날 대낮에 서문(西門)에서 15리 떨어진 만류호(萬流湖)에 시체가 떠 있는 것을 어떤 사람이 발견했다. 당장에 소동이 벌어져 그것이 지보(地保 : 지방자치경찰)의 귀로 들어갔고, 근처에 사는 백성들을 시켜 금방 건져 올리게 했다. 시체는 쉰 살 남짓한 남자였는데 키와 몸집은 중치, 살빛은 희고 수염이 없는 사람이었다. 온몸에는 실오라기 하나 걸치지 않았다. 그건 진사성일 거라고들 말했다. 그러나 이웃 사람들은 귀찮아서 보러 가려고도 하지 않았다. 또 시체를 맡아 줄 친척도 없었기 때문에 현 위원(委員)의 검시가 끝나자 지보의 손으로 매장되었다. 사인(死因)에 대해서는 물론 문제가 없었다. 죽은 사람의 옷을 벗겨 가는 것은 흔히 있는 일이므로 타살의 혐의를 둘 것까지는 없었다. 더구나 검시한 사람이 증언하듯 물 속에서 몸부림을 쳤던 확실한 증거가 있었다. 즉 손톱 밑에 강 바닥의 진흙이 꽉 차 있었던 것이다. 그러니까 죽기 전에 물에 빠진 것이 틀림없었다.

토끼와 고양이

 우리 집 뒤꼍 담장 안에 살고 있는 삼(三) 부인은 여름이면 자기 아이들에게 보여주기 위해 하얀 토끼 한 쌍을 샀다.

 이 하얀 토끼 한 쌍은 어미와 떨어진 지 얼마 안 되는 모양으로 짐승이기는 했으나 그것들대로의 천진난만함을 볼 수 있었다. 그러나 조그맣고 빨간 긴 귀를 쫑긋 세우고 코를 벌름거리면서 눈에 자못 놀란 빛을 나타내는 품이, 아마 낯설어 그전 집에 있을 때의 편안함은 느끼지 못하는 모양이었다. 이런 것은 절 제삿날 직접 가서 사면 한 마리에 많아야 기껏 20전이면 되는데 삼 부인은 1원이나 줬다. 심부름꾼을 시켜 서둘러 가게에서 사왔기 때문이다.

 아이들은 물론 기뻐 어쩔 줄 몰라 떠들어 대며 둘러싸고 바라보았으며, 어른들도 둘러싸고 바라보았다. S라는 이름의 강아지가 있었는데 그것도 뛰어와서 달려들어 코로 한번 맡아 보고 재채기를 하더니 몇 걸음 물러섰다. 삼 부인은 "S, 들어 둬! 너 토끼를 물면 못 써!" 꾸짖고 강아지의 머리를 때렸더니 S는 물러나 그 뒤로 결코 물지 않았다.

 이 토끼 한 쌍은 언제나 창문 뒤 작은 마당에 갇혀 있을 때가 많았다. 벽지 찢기를 아주 좋아하고 가구 다리를 늘 갉아 댔기 때문이다. 이 작은 마당에는 야생 뽕나무 한 그루가 있었는데 오디가 땅에 떨어지면, 주어진 먹이인 시금치까지도 마다하며 주워 먹었다. 까마귀나 까치가 내려 오려고 하면 그들은 몸을 웅크려 뒷발로 땅을 힘껏 한 번 차고, 한 덩어리의 눈이 날아오르는 것처럼 획 뛰어올랐다. 그러면 까마귀와 까치는 깜짝 놀라 달아났다. 이렇게 몇 번 한 뒤론 다시는 감히 가까이 오지 않았다. 삼 부인 말로는 까마귀와 까치는 차라리 괜찮다는 것이었다. 기껏해야 먹이를 조금 뺏어 먹는데 지나지 않으니까. 밉살맞은 것은 저 커다란 검정 고양이였다. 늘 얕은 담 위에서 눈을 번들거리며 노려보니 이것만은 막아야 했다. 다행이 S와 고양이는 앙숙이므로 무슨 일이 일어나지는 않겠지만.

아이들은 수시로 토끼를 붙잡아 가지고 장난하였다. 그것들은 퍽 유순해 귀를 세우고 코를 움직이면서 조그만 손바닥에 얌전히 있었으나 틈만 나면 폴짝 뛰어내려서 달아났다. 그들의 밤 침상은 안에 짚이 깔린 작은 나무 상자인데 뒷문 처마 밑에 놓여 있었다.

이렇게 몇 달이 지난 뒤 토끼들이 갑자기 땅을 팠다. 파는 것이 대단히 빨라 앞발로는 긁고 뒷발로는 던져서 반나절도 안 되어 벌써 깊은 굴을 만들었다. 사람들은 모두 이상히 여겼으나 나중에 자세히 보니 한 마리의 배가 다른 한 마리의 그것에 비해 훨씬 컸다. 이튿날에는 토끼들이 마른 풀과 나뭇잎을 굴 속으로 물어들이느라 반나절 동안 바빴다.

사람들은 또 새끼토끼를 보게 되었다고 모두 기뻐했다. 삼 부인은 아이들에게 엄명을 내려 이제부턴 붙잡지 말라고 했다. 우리 어머니도 토끼 가족의 번성을 매우 기뻐하며 태어난 새끼가 젖이 떨어지면 두 마리를 얻어다가 어머니 방 창 밑에서 기르겠다고 했다.

토끼들은 이때부터 자기들이 만든 굴 속에서 살며 때로는 나와서 먹이를 먹었으나 어느 때부터인가 보이지 않게 되었다. 미리 식량을 옮겨다 안에 저장해 놓은 것인지, 전혀 먹지 않는 것인지 알 수 없었다. 10여 일이나 지나 삼 부인이 나에게 말했다.

"저 두 마리가 또 나왔어요. 아마 새끼토끼는 모두 죽었나봐요. 암놈의 젖은 많이 불어 있는데 안에 들어가 새끼에게 먹이는 기색이 없거든요."

말하는 품으로 봐서 그녀는 화가 난 것 같았다. 그러나 어떻게 할 도리가 없었다.

어느 날이었다. 퍽 따뜻하여 바람도 없고 나뭇잎도 움직이지 않았다. 갑자기 많은 사람이 어디서인가 웃는 소리가 들려왔다. 소리나는 쪽을 찾아가 보았더니 많은 사람이 삼 부인네 집 창문 뒤 작은 마당에 모여 있었다. 가까이 다가가 보니 새끼토끼 한 마리가 마당에서 뛰고 있었다. 어미토끼를 사왔을 때보다도 훨씬 작았으나 벌써 뒷발로 땅을 차고 깡충 뛰어오를 줄 알았다. 아이들은 서로 다투어 나에게 말했다.

"새끼토끼 또 한 마리가 굴 입구까지 와 머리를 내미는 것을 보았어요. 그런데 금방 움츠리고 들어가 버렸어요. 그건 틀림없이 이 녀석의 동생일 거에요."

새끼토끼가 풀잎을 주워먹으려 했으나 어미는 그것을 허락하지 않는지 가끔 옆에서 입으로 빼앗았다. 그러면서도 자기는 결코 먹지 않았다. 아이들이 깔깔대고 웃으니까, 새끼토끼는 깜짝 놀라 깡충깡충 뛰면서 굴 속으로 들어가 버렸다. 어미도 뒤따라 굴 입구로 가 앞발로 새끼의 등을 밀어넣은 뒤에는 또 흙을 긁어 굴을 막았다.

이때부터 작은 마당은 더욱 북적이며 창문에서도 늘 누가 들여다보았다.

그런데 드디어는 새끼도 어미도 전혀 보이지 않게 되었다. 그때는 연일 흐린 날이었다. 삼 부인은 그 큰 검은 고양이의 독수에 걸린 게 아닌가 근심했다. 나는 그렇지 않다고 말했다. 날씨가 차서 모두 숨어 있는 것이니 해가 나오면 반드시 나올 것이라고 했다.

해가 나왔다. 그러나 그들은 한 녀석도 나오지 않았다. 그러자 사람들은 곧 잊어버렸다.

오직 삼 부인만이 이따금 생각했다. 어느 날 그녀는 창문 뒤 작은 마당에 나갔다가 우연히 담 구석에 다른 굴 하나가 있는 것을 발견했다. 그래서 그전 굴을 보았더니 입구에 희미하게 많은 발톱 자국이 보였다. 이 발톱 자국은 어미토끼의 것이라고 하기에는 너무 커서 그녀는 또 늘 담 위에 있는 그 큰 검은 고양이를 의심했다. 그래서 그녀는 굴을 팔 결심을 하게 되었다. 그녀는 드디어 괭이를 가져 와서 굴을 파기 시작했다. 의심쩍기도 했으나 뜻밖에 새끼토끼를 볼 수 있을지도 모른다는 생각도 들었다. 그러나 밑바닥까지 가도 토끼털이 섞여 있는 썩은 풀 한 더미만 보일 뿐이었다. 아마 그 풀은 새끼 낳을 때에 깐 듯했다. 그 밖에는 아무것도 없었다. 하얀 새끼토끼도, 한 번 머리만 내밀고 굴 밖에 나오지 않았던 동생 토끼도 모두 없었다.

분노와 실망과 슬픔이 그녀로 하여금 다시 담 구석의 새로운 굴을 파게 했다. 굴을 파기 시작하자 부모 토끼 두 마리가 맨 먼저 밖으로 뛰어나왔다. 그녀는 그들이 집을 옮겼구나 생각하고 매우 기뻐했다. 계속 파서 바닥을 보니 그 안에도 풀잎과 토끼털이 깔려 있고 그 위에는 아주 작은 토끼 일곱 마리가 잠자고 있었다. 온몸이 연분홍 빛깔이었는데, 자세히 보니 아직 눈도 뜨지 않았다.

모든 것이 명백해졌다. 삼 부인의 처음 예상이 들어맞은 것이다. 그녀는 위험을 예방하기 위해 곧 새끼토끼 일곱 마리를 모두 나무 상자에 넣어 자기 방에 옮겨다 놓고, 또 어미토끼도 그 속에 붙들어 넣어 강제로 젖을 먹이게 했다.

삼 부인은 이때부터 검은 고양이를 미워했을 뿐만 아니라 어미토끼에게도 불만이 많았다. 새끼 두 마리가 죽기 전에 죽은 것이 또 있었을 것이다. 왜냐하면 그들이 한번에 결코 두 마리만 낳았을 리가 없기 때문이다. 사람들은 젖을 고루 먹이지 않아 젖을 얻어먹지 못한 놈이 먼저 죽었을 거라고 말했다. 이 말이 맞을 것 같다. 지금 일곱 마리 중에도 두 마리는 퍽 말랐다. 그래서 삼 부인은 어미토끼를 붙잡아 그 배 위에 새끼토끼를 한 마리 한 마리 차례로 얹어 놓고 젖을 먹여, 많이 먹고 적게 먹는 놈이 없도록 했다.

어머니는 나에게 말씀하셨다.

"저리 귀찮게 토끼를 기르다니. 저런 방법은 생전 들어보지도 못했다. 아마 무쌍보(無雙譜 : 둘도 없는 족보)에 실어도 좋을 거야!"

흰 토끼 가족은 갈수록 번성했다. 사람들 역시 모두 기뻐했다.

그러나 그 뒤부터 나는 어쩐지 쓸쓸함을 느꼈다. 밤중에 등불 앞에 앉아 생각했다. 어린 두 생명은 아무도 모르는 사이, 언제인지도 모르게 사라진 것이다. 생물사(生物史)상에 조그만 흔적도 남기지 않고, S조차 한번 짖지도 않고. 이런 생각을 하다보니 옛일이 떠올랐다. 전에 내가 회관(會館)에 살았을 무렵, 아침 일찍 일어나 보니 커다란 홰나무 아래 비둘기 털이 어지럽게 흩어져 있었다. 비둘기는 분명히 매의 밥이 된 것이다. 그러나 오전에 청소하는 사람이 와서 치워 버리면 감쪽같이 되어 여기서 하나의 생명이 사라졌다는 것은 아무도 모르게 되어 버렸다.

나는 또 일찍이 서사패루(西四牌樓 : 베이징의 거리이름)를 지나다가 강아지 한 마리가 마차에 치여 죽게 된 것을 보았는데 돌아올 때는 아무것도 보이지 않았다.

'옮겨다 내버렸겠지. 그렇다면 누가 여기서 하나의 생명이 끊긴 것을 알겠는가?'

여름날 밤이면 창 밖에서 파리가 윙윙거리며 길게 우는 소리를 듣는데 이는 반드시 거미줄에 걸린 것이다. 그러나 나는 지금까지 그런 것에 마음을 써 본 일이 없다. 다른 사람들은 더구나 듣지도 못했을 것이다.

가령 조물주를 꾸짖을 수 있다면 나는 그가 정말 생명을 너무 함부로 만들고 또 함부로 파괴해 버린다고 말하고 싶다.

으르렁 소리가 나더니 또 고양이 두 마리가 창 밖에서 싸우기 시작했다.

"신아(迅兒)! 너 또 거기서 고양이를 때렸니?"

"아니예요, 저희끼리 물고 뜯는 거예요. 어디 저한테 맞을 놈들이에요?"

우리 어머니는 평소부터 내가 고양이에게 못되게 구는 것을 매우 언짢게 생각하고 계셨다. 지금도 아마 내가 새끼토끼 때문에 불만을 품고 무슨 심한 짓을 한 줄로 의심하고 곧 일어나 살핀 것이다. 집안 사람들은 모두가 나를 고양이의 적으로 간주했다. 나는 전에 고양이를 죽인 일이 있고, 평소에도 늘 고양이를 때렸다.

특히 그들이 교합(交合)할 때는 더 때렸다. 그러나 내가 때리는 까닭은 결코 그들이 교합했기 때문이 아니라 떠들기 때문이다. 교합하는 데 그렇게 특별히 크게 떠들지 않아도 되리라고 생각하기 때문이다.

하물며 검은 고양이가 새끼토끼를 죽였으니 나의 출병은 더욱 명분이 서는 셈이었다. 나는 어머니가 아무래도 살생에 대해 지나치게 신경을 쓴다는 생각이 들어 나도 모르게 볼멘소리를 하고 말았다.

조물주는 너무 엉터리다. 나는 그에게 반항할 수밖에 없다. 비록 반대로 그를 돕는 결과가 되고 마는 한이 있을지라도……

저 검은 고양이는 언제까지나 오만한 눈으로 담 위를 활보하지는 못할 것이다. 이렇게 결심을 하자 나도 모르게 책 상자 속에 감춰 둔 청산가리 병 쪽으로 눈을 흘긋 돌렸다.

집오리의 희극

러시아의 장님 시인 에로셴코 군이 아끼는 기타를 들고 베이징으로 온 지 얼마 되지 않았을 무렵, 내게 불평을 한 일이 있다.

"쓸쓸하다, 쓸쓸하다, 사막에 있는 것처럼 쓸쓸하다."

그것은 사실이었으리라. 그러나 나는 한번도 그렇게 느껴본 일은 없다. '지란(芝蘭)의 방에 들어가도, 오래 있으면 그 향기를 맡지 못한다' 이 말과 같이 오래되면 익숙해진다. 내게는 오히려 시끌시끌한 기분이 들었다. 하기 야 내가 말하는 시끌시끌하다는 것이 그가 말하는 쓸쓸한 것인지도 모른다.

다만 나는 베이징에는 봄과 가을이 없다고는 느낀다. 베이징에서 옛날부 터 사는 사람은 땅 기운이 북쪽으로 옮아왔다고 한다. 이유인즉 옛날에는 이 렇게 따뜻하지 않았기 때문이란다. 그래도 난 아무래도 봄 가을이 없는 듯한 기분이 드는 것이다. 여긴 늦겨울과 초여름이 맞붙어 있어 여름이다 싶으면 금방 겨울이 시작된다. 이 늦겨울이자 초여름의 어느 날 밤이었다. 마침 여 가가 생겨서 에로셴코 군을 찾아보았다. 그는 줄곧 중밀(仲密 : 루쉰의 아 우 주작인)의 집 에 묵고 있었다. 이 시각에는 사람들이 벌써 잠든 터라 집안은 고요하기만 했다. 그는 혼자 자기 침대에 기대앉아 높은 눈썹을 금발 사이로 약간 찡그 리고 있었다. 일찍이 살았던 적이 있는 미얀마에서의 여름밤을 생각하던 것 이다.

"이런 날 밤이면 미얀마에서는 가는 곳마다 음악이 있지. 집안에서고 풀 섶에서고 나무 위에서고 어디나 벌레 우는 소리야. 온갖 소리들이 한데 어울 려 합주를 하지. 참 멋있어. 그 중에 가끔 '쉬이, 쉬이' 하는 뱀이 우는 소리 도 섞이지. 그것도 벌레 소리와 조화를 이뤄서……."

그는 조용히 생각에 잠겼다. 마치 그 정경을 생각해 내려는 듯이.

나는 아무 말도 할 수가 없었다. 그런 진기한 음악은 분명히 베이징에서는 들은 일이 없었다. 그러므로 그 어떤 애국심으로도 변호할 도리가 없었다.

그는 눈은 보이지 않지만 귀는 잘 들리니까.

"베이징이란 곳은 개구리 울음소리마저 없어."

그는 또 탄식하며 말했다.

"개구리야 울지."

그의 탄식이 반발심을 불러일으키는 바람에 나는 이렇게 항의했다.

"여름이 되면 큰 비가 내린 뒤에 숱한 개구리가 많이 울지. 개구리는 시궁창에 살고 있어. 베이징에는 곳곳에 시궁창이 있으니까 말야."

"허어······."

이삼 일이 지나자 과연 내 말대로 되었다. 에로센코 군이 드디어 올챙이 10여 마리를 키울 수 있었기 때문이다. 그는 올챙이를 사서 그의 창 밖 안마당 한가운데 있는 작은 못에 놓아 주었다. 그 못은 길이 석 자, 폭이 두 자쯤 되었다. 중밀이 연을 심기 위해 판 연못이다. 그 연못에 한 번도 연꽃이 피는 것을 본 일은 없지만, 개구리를 기르기에는 좋은 곳이었다.

올챙이는 열을 지어 물 속을 헤엄쳐 돌아다녔다. 에로센코 군도 줄곧 가보곤 했다. 언젠가 아이들이 "에로센코 선생님, 올챙이가 모두 발이 생겼어요" 일러 주자, 그는 유쾌한 듯이 미소를 지으며 "호오" 하고 말했다.

그러나 에로센코 군에게 연못 음악가를 기르는 일은 사업의 한 부분에 지나지 않았다. 일하고 먹는다는 것이 오래된 그의 신조였던 까닭이다. 여자는 가축을 기르는 것이 좋고, 남자는 밭갈이를 해야 한다고 그는 늘 말했다. 그래서 친한 친구들을 만나면 으레 마당에 배추를 심으라고 권했다. 중밀의 아내에게도 언제나 벌을 치시죠, 닭을 기르시죠, 돼지를 기르시죠, 소를 기르시죠, 낙타를 기르시죠 하고 권했다. 뒤에 중밀의 집에서 병아리가 뜰 안을 돌아다니며 채송화 새싹을 모조리 쪼아 먹어 버리게 된 것도 아마 그의 권고 때문이었는지도 모른다.

그 뒤에는 병아리 파는 시골 사람들이 찾아올 때마다 으레 몇 마리씩 샀다. 까닭인즉 병아리는 흔히 뒤가 막힌다거나 설사를 일으킨다거나 해서 아무튼 잘 자라지 못하기 때문이라는 것이다. 그리고 그 중 한 마리는 에로센코 군이 베이징에서 쓴 단 하나의 소설, 《병아리의 비극》의 주인공이 되었다.

어느 날 오전의 일이다. 그 시골 사람은 뜻밖에도 새끼오리를 가지고 왔다. 새끼오리는 "삐이 삐이" 울고 있었다. 그러나 중밀의 아내는 필요 없다고 말했다. 거기에 에로셴코 군이 나타났다. 그들은 새끼 한 마리를 에로셴코 군의 두 손 위에 놓아 주었다. 새끼오리는 손 위에서 삐이삐이 울었다. 에로셴코 군은 귀여워서 살 수밖에 없었다. 그는 한 마리에 8푼(文)씩 주고 모두 네 마리를 샀다.

새끼오리는 정말 귀여웠다. 온몸이 달걀 빛이었고, 땅에 놓아 두면 비틀비틀 걸으며 언제나 서로 불러 한데 모이려 했다. 모두 상의해서 내일은 미꾸라지를 사가지고 와 먹이자고 했다. 에로셴코 군이 말했다.

"미꾸라지 값은 내가 내지요."

그는 그 길로 강의하러 나가고, 여럿은 각각 헤어졌다. 조금 뒤 중밀 부인이 새끼오리에게 밥 찌꺼기를 주려고 나와 보니, 멀리서 물을 휘젓는 소리가 들려왔다. 서둘러 가보니 새끼오리 네 마리가 연못에서 목욕을 하고 있었다. 그러다가 곤두박질을 치며 뭔가를 먹었다. 손으로 건져 둑에 올려놓았으나 못은 완전히 흐려져 있었다. 잠시 뒤 물이 맑아진 다음에 보니, 가느다란 연뿌리가 두세 개 진흙 밖으로 나와 있을 뿐 발이 생긴 올챙이는 한 마리도 보이지 않았다.

"이오시꼬 선생님, 없어. 개구리 아가."

저녁녘이 되어 그가 돌아왔을 때 마중 나온 어린아이들 중에 가장 작은 아이가 재빨리 일렀다.

"응, 개구리?"

중밀 부인도 나와서, 새끼오리가 올챙이를 잡아먹은 이야기를 했다.

"호오……."

그는 말했다.

새끼오리가 노오란 배냇털을 갈 무렵, 에로셴코 군은 갑자기 그의 '어머니인 러시아'가 그리워져서 부랴부랴 치타로 출발했다.

주위에서 온통 개구리 소리가 들려 올 무렵 새끼오리는 훌륭하게 자라 있었다. 두 마리는 희고 두 마리는 얼룩이었다. 이젠 삐이삐이 울지 않고 꽤액 꽤액 하며 울었다. 연못은 그들이 태평스럽게 놀기에는 너무 작았다. 다행히 중밀의 집은 지대가 낮았기 때문에 여름비가 좀 세게 한 줄기 쏟아지면 안마당은 온통 물 웅덩이로 변했다. 그러면 오리들은 신이 나서 헤엄치고, 자맥질도 하고, 날갯짓도 하고, 꽤엑꽤엑 울기도 했다.

지금은 또다시 여름이 끝나고 겨울이 시작되려 하고 있다. 에로센코 군에게서는 아직 아무 소식도 없다. 도대체 어디 있는 것일까.

오리 네 마리만이 사막에서 계속 꽤엑꽤엑 울고 있었다.

연극

지금부터 거슬러 세어 20년 동안에 나는 단 두 번 옛 중국 연극을 보았을 뿐이다. 처음 10년 동안은 한 번도 보지 않았다. 볼 생각도 없었고, 기회도 없었다. 두 번 다 뒤 10년 동안의 일이었는데, 두 번 다 아무것도 제대로 보지 않고 나와 버렸다.

첫 번째는 민국(民國) 원년, 내가 처음으로 베이징에 왔을 때의 일이었다. 그때 친구 하나가 "베이징은 연극이 유명하니 어때, 구경하기로 할까?" 하기에 나는 '하긴 연극은 멋있는 거다, 더구나 베이징이니까' 하고 생각했다. 그래서 둘은 신이 나 뭐라고 하는 원(園)으로 달려갔다. 연극은 벌써 시작했고 '둥둥' 하는 소리가 밖에까지 들려왔다. 우리는 인파를 밀어젖히며 문을 뚫고 들어갔다. 그러자 빨간 것, 파란 것이 내 눈에 확 들어왔다. 재빨리 객석으로 눈길을 돌리자, 온통 사람의 머리로 꽉 차 있었다. 다시 마음을 가라앉혀 주위를 살펴보았다. 중간쯤에 몇 개쯤 빈 자리가 있는 것 같았다. 그래서 밀치고 들어가서 앉으려 하자, 이번에는 내게 시비를 거는 놈이 있었다. 귀가 먹먹해져서 알아들을 수가 없었다. 겨우 주의해서 들으니 "있어요, 사람 있어요" 말하는 것이었다.

우리는 뒤쪽으로 물러났다. 그러자 변발을 큼직하게 기른 사나이가 다가오더니 우리를 옆쪽으로 데리고 가서, 좌석을 하나 가리켰다. 이 좌석이란 것이 실은 좁고 길다란 의자였다. 게다가 그 가로판자는 내 넓적다리 4분의 3정도 폭밖에는 되지 않았고, 또 그 다리는 내 종아리보다 3분의 2정도 길었다. 보기만 해도 내게는 기어올라갈 용기가 나지 않았다. 더구나 고문하는 형틀이 연상되어 오싹 털이 곤두서며, 나는 그대로 횡하니 밖으로 나와 버렸다.

꽤 걸어가서야 친구의 목소리가 들렸다.

"어떻게 된 거야?"

돌아다보니, 그도 내게 이끌려 뛰쳐나온 것이다. 그는 의아한 듯이 물었다.

"왜 뛰쳐나왔냐구, 대답도 하지 않고?"

"야아 미안하다. 도무지 귀가 먹먹해서 자네 말소리가 들려야지."

그 뒤, 나는 이 일을 생각할 때마다 이상한 느낌이 들었다. 그 극장이 몹시 엉성했기 때문일 것이다. 만약 아니라면 요즘 들어 객석에 앉아 구경하는 생활이 몸에 맞지 않게 된 것이리라.

두 번째는 어느 해였는지 잊었다. 아무튼 호북성(湖北省) 수재민 돕기 모금이 있었고, 담규천(譚叫天 : ^{유명한}_{배우})이 아직 살아 있을 무렵이었다. 모금 방법은 2원을 내고 표를 한 장 사면 제1무대에 가서 연극을 구경할 수 있는 것이었다. 출연은 명우들뿐이었는데 그 중 한 사람이 담규천이었다. 나는 표한 장을 샀다. 모금 운동원들에 대한 의리로 그랬던 것인데, 한편으로는 짓궂은 사람이 있어서 이 기회에 규천을 보지 못한다면 말이 안 되니 어쩌니 하며 나를 부추긴 때문이기도 했으리라. 그래서 나는 수년 전 둥둥 소리에 혼이 났던 것도 잊고, 제1무대 쪽으로 갔다. 하기는 큰 돈을 내고 산 표인만큼 묵히기에는 아까운 생각이 든 것도 제법 이유가 된 셈이다. 나는 규천이 나오는 막은 늦게 있다는 것과, 또한 제1무대는 신식 구조라서 자리 다툼을 하는 일이 없다는 이야기를 들었으므로, 마음놓고 천천히 늑장을 부려 9시가 지나서야 출발했다. 그런데 가서 보니, 역시 전처럼 만원으로 발을 들여놓을 틈도 없을 정도였다. 하는 수 없어 뒤쪽의 사람 많은 사이를 비집고 들어가 무대를 보니, 노단(老旦 : ^{연극에서}_{할머니 역})이 노래를 부르는 참이었다. 그 노단은 입에 불이 붙은 노끈을 두 가닥 물었고, 그 옆에는 작은 귀신이 지키고 있었다. 나는 심사 숙고 끝에 그 노단이 목련존자(目蓮尊者 : ^{석가의 제자. 지옥에}_{떨어진 어머니를 구했다})의 어머니일지도 모른다고 생각했다. 뒤쪽에서 중이 한 사람 나왔기 때문이다. 그런데 그 명우가 누구인지 나로서는 짐작이 안 갔다. 그래서 내 왼쪽 옆에 거북스레 서 있는 뚱뚱한 신사에게 물어 보았다. 그 신사는 매우 기가 막히는 듯 흘긋 나를 바라보며 대답했다.

"공운보(龔雲甫)!"

나는 내가 시골뜨기로 어리숙해 보인 것이 부끄러워 얼굴이 화끈 달았다. 그리고 마음 속으로 다시는 더 묻지 않겠다고 다짐했다. 그러고 나서는 소단

(小旦 : 소녀_역)이 노래하는 것을 보고, 화단(花旦 : 처녀_역)이 노래하는 것을 보고, 노생(老生 : 노인_역)이 노래하는 것을 보고, 무슨 역인지 모르는 사람이 노래하는 것을 보고, 여럿이서 뛰노는 것을 보고, 두세 명이서 뛰노는 것을 보았다. 9시가 지나 10시가 되고, 10시가 11시가 되고, 11시가 11시 반이 되고, 11시 반이 12시가 되었지만, 그런데도 규철은 나타나지 않았다.

나는 지금까지 이처럼 끈기 있게 무엇을 계속 기다린 적은 없었다. 내 옆에 있는 뚱뚱한 신사는 '하아 하아' 숨을 몰아쉬고 있었고, 무대에서는 '둥둥 꽝꽝' 징과 북을 울렸고, 빨간 것 파란 것들이 번쩍번쩍했다. 게다가 12시나 되었다. 갑자기 나는 이런 장소가 내 생리에 맞지 않다는 것을 깨달았다. 그렇게 생각하는 것과 때를 같이 해서 몸을 기계적으로 몸을 비틀어 바깥 쪽으로 확 밀었다. 미는 것과 동시에 등뒤가 꽉 막히는 것을 느꼈다. 앞에 말한 탄력성이 풍부한 신사가 재빨리 내가 처음 있던 공간으로 그의 윗몸을 들이민 것이리라. 나는 되돌아갈 수도 없어, 그대로 밀리고 밀려서 결국 문 밖으로 나왔다. 큰길에는 손님을 기다리는 차 외에 지나가는 사람의 모습은 거의 없었다. 그래도 문 앞엔 아직 10여 명이 고개를 빼들고 연극 광고를 바라보고 있었다. 그 밖에 또 한 패가 무엇을 바라보지도 않고 서 있는 품이 아마도 연극이 끝나고 나오는 여자들을 볼 작정인 것이리라. 그래도 규천은 여전히 나타나지 않을 것이다⋯⋯.

밤 공기는 상쾌했다. 이거야말로 '폐부에 스며든다'는 것이리라. 베이징에서 이렇게 좋은 공기를 마셔 보기는 처음이라는 느낌이 들었다.

이 하룻밤이 내가 옛 중국 연극에 하직을 고한 밤이었다. 그 뒤로는 두 번 다시 그것을 생각해 본 일이 없다. 가끔 극장 앞을 지나가는 일이 있어도 우리는 이제 생판 남남이어서, 정신적으로 하나는 하늘 남쪽에 있고, 하나는 하늘 북쪽에 있는 것 같았다.

그런데 며칠 전, 우연한 기회에 무심코 일본책을 집어 들었었다. 아깝게도 책 이름과 저자는 잊고 말았지만 아무튼 그것은 중국 연극에 관한 것으로, 그 중 한 편에 대충 다음과 같은 의미의 글이 씌어 있었다.

'중국 연극은 함부로 반주를 넣고, 크게 소리를 질러 대며, 여기저기 뛰어다니면서 법석을 떨기 때문에 관객들은 머리가 어질어질해진다. 그러므로 극장에는 맞지 않지만, 만일 야외의 넓은 장소에서 상연하여 멀리서 보게 되

면 독특한 맛이 있을 것이다.'

이 글을 읽었을 때 나 자신도 미처 생각해 내지 못한 점을 말해 주었다는 느낌이 들었다. 이유인즉 분명히 나는 야외에서 매우 멋진 연극을 본 기억이 있기 때문이다. 베이징으로 와서 두 번이나 계속 극장에 갔던 것도 그때의 감명이 남았던 때문일지도 모른다. 어찌된 셈인지 그 책 이름을 잊고만 것이 애석하다.

그 멋진 연극을 본 때란 실은 벌써 '까마득히 먼 옛날'이어서, 내가 아직 열한 살인가 열 살인 때였다고 생각된다. 우리 노진(魯鎭) 고장의 관습으로는 시집간 여자가 아직 살림을 맡기 전에는 여름이 되면 친정에 와서 지내는 것이 보통이다. 그 무렵 우리 집에서는 할머니가 아직 건강하셨지만 어머니는 이미 어느 정도 살림을 맡고 있었기 때문에 여름에도 그리 오랫동안 친정에 있을 수가 없었다. 성묘가 끝나고 나서 여가를 보아 며칠 다니러 가는 정도였다. 그때는 나도 해마다 어머니를 따라서 외할머니 댁에 갔다. 그곳은 평교촌(平橋村)이라고 불렀다. 바다에서 가깝고 아주 시골 구석진 냇가의 작은 마을이었다. 집들은 30여 가구도 못 되고, 반은 농사짓고 반은 고기잡이 생활을 하며 작은 잡화점이 한 집 있을 뿐이었다. 그곳은 내게 천국이었다. 모두들 오냐, 오냐, 해 주었고, '질질사간(秩秩斯干)', '유유남산(幽幽南山 : 《詩經》의 글귀)'을 외지 않아도 되었기 때문이다.

나의 놀이 상대는 많은 아이들이었다. 멀리서 찾아온 손님이라고 해서, 그들도 부모들로부터 일을 안 해도 좋다는 허락을 받아 나와 놀아 주러왔던 것이다. 작은 마을이라서 한 집에 온 손님은 온 마을의 손님인 것이다. 우리는 나이가 비슷비슷했지만, 촌수를 따지고 보면 적어도 아저씨 조카 사이, 또는 할아버지 손자 사이가 되는 사람도 몇인가 있었다. 온 동네가 같은 성으로 조상이 같기 때문이다. 그러나 우리는 친구였다. 가끔 싸움이 벌어져서 할아버지 뻘되는 아이를 때린다 해도 동네의 노인이나 젊은이 중에 "웃사람을 범한다"느니 하는 말을 생각해 내는 사람은 한 명도 없었다. 게다가 그들은 100명이면 99명까지는 까막눈이었기 때문이다.

우리가 매일 하는 일은 우선 지렁이를 잡는 것이었다. 지렁이를 잡아와서 그것을 구리 철사로 만든 작은 낚시 바늘에 꿰어, 냇가에서 배를 깔고 누워 가재를 낚는다. 가재는 물 속의 바보다. 기다리고 있었다는 듯이 두 집게발로 낚시 바늘 끝을 잡아 마구 입에 처넣는다. 그러므로 금시 한 사발 정도는 잡힌다. 이 가재는 보통 내가 먹었다. 그 다음은 여럿이서 소를 놓아 먹이러 간다. 그런데 소는 고등동물이라서 그런지 사람을 알아보고 내게 덤비는 것이었다. 그래 나는 옆으로 다가가지 못하고 떨어져서 따라가다가 서 있곤 했다. 그러면 동무 아이들은 그만 내가 '질질사간'을 읽을 수 있다는 것도 무시한 채 사정없이 드러내 놓고 나를 놀리는 것이었다.

내가 이곳에서 가장 바라던 것은 바로 조장(趙莊)으로 연극 구경 가는 일이었다. 조장이란 곳은 평교촌에서 5리쯤 되는 조금 큰 마을이다. 평교촌은 너무 작아서 혼자 힘으로는 연극을 할 수 없으므로 매년 얼마쯤 돈을 조장에 내고 공동으로 하는 형식을 취하고 있었다. 그들이 어째서 해마다 연극을 하는지 그때의 나는 생각조차 해보지 않았다. 지금 생각하니 그것은 봄 명절을 맞아 토지신에게 바치는 옛 중국 연극이었으리라.

내가 열한두 살 나던 해의 일이다. 기다리고 기다렸던 연극 구경의 날이 왔다. 그런데 그 해에는 안타깝게도 아침부터 배를 세낼 수 없었다. 평교촌에는 아침에 나갔다가 저녁에 돌아오는 큰 배가 한 척 있을 뿐인데, 이것이 남아 있을 리가 없었다. 그 밖의 배는 모두 작은 것이라서 갈 수가 없었다. 사람을 이웃 마을로 보내 물어 보았으나 모두 약속이 되어 있어 노는 것이 없었다. 외할머니는 역정이 나서, 일찍 이야기를 해놓지 않았기 때문에 이런 일이 생겼다고 집 사람들을 꾸중하셨다. 어머니가 달래시며 괜찮다, 노진으로 돌아가면 여기 연극보다 더 재미있는 연극을 1년에 몇 번이고 볼 수 있다고 하셨으나, 나는 금방 울음이 터질 것만 같았다. 어머니는 그렇게 고집을 부리는 게 아니다, 할머니가 또 화를 내신다면서 애써 나를 달래셨다. 그리고 내가 동무들과 같이 간다는 것을 할머니가 걱정한다는 이유로 허락해 주지 않았다.

결국 더 방법이 없었다. 오후가 되자, 동무들은 모두 가 버렸다. 연극은 이미 시작되었으리라. 징소리 북소리가 들리는 것 같았다. 게다가 나는 그들이 객실에서 콩국을 사서 마실 것도 알고 있는 것이다.

그날 나는 가재를 낚으러 가지도 않고 변변히 먹지도 않았다. 어머니는 난처해 했으나 좋은 생각이 떠오르지 않는 모양이었다. 저녁밥을 먹을 때에는 마침내 외할머니가 눈치를 채고, '내가 고집을 부리는 것도 무리가 아니다,

너무 생각들이 둔하다, 이런 푸대접을 하는 것이 아니다'라고 하셨다. 밥을 먹고 나자, 연극을 보러 갔던 아이들이 모여들어 정신없이 연극 이야기를 하였다. 나만 말이 없었다. 그들은 저마다 한숨을 내쉬며 나를 동정했다. 그러자 갑자기 그 중에서 가장 영리한 쌍희(雙喜)가 무릎을 탁 치며 이렇게 제안했다.

"큰 배? 그리고 보면 팔숙(八叔)의 배는 벌써 돌아와 있잖아?"

그러자 10여 명의 다른 아이들도 곧바로 찬성을 하면서 그것이 좋겠다, 여럿이서 그 배에 나를 태우고 가자고 했다. 나는 기뻤다. 그런데 외할머니는 아이들만으로는 걱정이 된다 하시고 어머니는 어머니대로 어른이 따라가면 되겠지만, 낮에 계속 일한 사람들을 밤까지 괴롭히는 것은 안 될 일이라고 말씀하셨다. 그래서 된다 안 된다던 끝에, 또 쌍희가 용케 여럿의 마음을 짐작하고 큰 소리로 이렇게 말했다.

"내가 책임질게요. 배는 크고 신(迅)도 불평하지 않을 거예요. 그리고 우리는 모두 물을 좋아하거든요."

정말 그렇다. 이들 10여 명의 아이들 중 헤엄칠 줄 모르는 아이는 없었다. 뿐만 아니라 그 중 두세 명은 파도타기(음력 8월에 있는)의 명수이기도 했다.

외할머니와 어머니도 그럴싸하다고 생각한 듯, 더는 반대하지 않고 그저 미소만 지으셨다. 우리는 당장에 '와아' 하고 밖으로 뛰쳐나갔다.

무거웠던 내 가슴은 가벼워지고, 몸까지 끝없이 부풀어오르는 것 같았다. 큰길로 나와보니 달빛 아래로 평교(平橋) 안쪽에 붙들어 매어둔, 지붕이 하얀 배가 보였다. 우리는 그 배로 뛰어 올랐다. 쌍희가 뱃머리의 삿대를 빼들고, 아발(阿發)이 고물의 삿대를 빼들었다. 나이가 어린 아이들은 모두 나와 함께 선실로 들어가고, 좀 나이 많은 아이들은 고물로 모였다. 어머니가 따라와서 '조심해라' 외쳤을 때 배는 벌써 움직이기 시작했다. 다리의 돌에 쿵 부딪치자 배는 몇 자쯤 뒤로 물러섰다가 그 길로 곧장 앞으로 나아가 다리를 빠져 나왔다. 그리고 노 두 개를 걸고 하나에 두 사람씩 1마장마다 교대하기로 했다. 왁자지껄 웃는 소리, 소리 높여 부르는 소리, 노가 물을 치는 철썩철썩 소리가 한데 뒤섞였다. 오른쪽도 왼쪽도 시퍼런 콩밭과 보리밭으로 둘러싸인 한 줄기 강물을 조장을 향해 나는 듯이 저어 갔다.

두 언덕의 콩과 보리, 거기에 강 바닥의 수초에서 풍기는 상쾌한 냄새가 물기어린 공기 속에 섞여 정면에서 불어왔다. 달그림자는 이 물기 속에서 아련히 흐려져 있었다. 거무충충하게 굽이친 산들이 마치 뛰어오르는 짐승의 등처럼 멀리 저쪽에서 고물 쪽으로 달려 지나갔다. 그런데도 내게는 아직 배가 느리게 느껴졌다. 노젓는 아이는 네 번째 교대했다. 그제서야 조장이 어렴풋이 보였다. 게다가 노랫소리와 음악소리가 들려오는 것 같다. 점점 보이는 등불이 무대일까? 그러나 그것은 단순히 고기잡이 배의 불일지도 모른다.

저 음악소리는 아마 피리소리리라. 조용히 구르는 듯 들리는 소리. 내 마음은 가라앉기 시작했다. 그러자 또 의식이 멀어지며, 콩과 보리와 수초의 냄새를 담은 밤 기운 속으로 내가 그 소리와 함께 녹아 들어가는 것 같은 기분이 들기도 했다. 등불이 다가왔다. 역시 그것은 고기잡이 배의 불이었다. 그러고 보니, 아까 보인 것도 조장은 아니었던 것이다. 나도 지난해 거기로 놀러 간 일이 있었다. 깨진 돌말[石馬]이 넘어져 있기도 하고, 돌양[石羊]이 풀섶에 놓여 있기도 했다. 그 솔숲을 지났을 때, 배는 방향을 바꾸어 강 어귀로 들어갔다. 이번에는 진짜 조장이 바로 눈 앞에 있었다.

맨 먼저 눈에 띈 것은 마을 밖, 강가 빈 터에 높다랗게 솟은 무대였다. 멀리 달빛 속에 흐려져 있어, 하늘과 얼른 분간이 되지 않았다. 그림에서 본 신선이 사는 곳이 여기에 나타난 것인가 하고 생각했다. 배는 더욱 빨라져서 이윽고 무대 위에 사람의 모습이 빨갛고 파랗게 움직이는 것이 보였다. 무대에 가까운 물 위를 새까맣게 메우고 있는 것은 연극 구경하는 배들의 지붕이었다. 아발이 말했다.

"무대 옆에는 빈 자리가 없어. 우리는 멀리서 구경하자."

그러자 배는 속도가 느려지며 이내 가 닿았는데, 과연 무대 옆에는 가까이 갈 수 없었다. 우리가 간신히 삿대를 내린 곳은 무대 바로 맞은쪽에 있는 신전(神殿)보다도 더 먼 곳이었다. 하기야 우리는 흰 지붕의 배이므로 일부러 검은 지붕들 틈에는 끼고 싶지도 않았다. 더구나 빈 곳도 없지 않은가⋯⋯.

배를 붙들어 매려는 법석 가운데 힐끗 무대 쪽으로 눈을 돌리자, 지금 막 검고 긴 턱수염을 기른 한 남자가 등에 기를 네 개 꽂고 긴 창을 잡아당기며 수많은 반나체의 사나이들을 상대로 한창 뛰어다니는 중이었다. 쌍희의 설명에 따르면, 그는 유명한 쇠머리[錢頭] 노인으로 한꺼번에 여든네 번이나 재주넘기를 할 수 있다는 것이다. 그가 낮에 직접 세어 보았다고 한다.

우리는 뱃머리에 모여 앉아 뛰노는 것을 구경했다. 그러나 그 쇠머리 노인은 다시는 재주를 넘지 않았다. 나체의 사나이 몇 사람이 재주를 넘을 뿐이었다. 그는 한바탕 재주를 넘고는 들어가 버리고 말았다. 뒤이어 한 명의 소단(小旦)이 나타나 끼익끼익 노래를 부르기 시작했다. 쌍희가 말했다.

"밤에는 구경꾼이 적으니까 쇠머리가 적당히 넘기는 거야. 손님이 없으면 묘기를 보여주어도 기분이 나지 않으니까 말이야."

과연 그렇겠다고 나는 생각했다. 확실히 벌써 구경꾼의 모습은 드문드문 보였다. 시골 사람들은 내일 일이 기다리고 있기 때문에 잠을 설칠 수 없어서 벌써 자러 돌아가 버렸고, 드문드문 서 있는 것은 고작 이 마을과 이웃 마을의 한가한 사람들 수십 명이었다. 물론 검은 배 안에는 이 지방 나리들 가족이 있기는 하였지만 그들은 연극을 보는 것보다도 그것을 구실삼아 과자며 과일이며 수박씨를 깨물러 온 것이다. 그러니 손님은 없는 거나 마찬가지였다.

내 관심은 재주넘기를 보는 데 있지 않았다. 내가 가장 보고 싶은 것은 흰 보자기를 쓰고, 머리 위 두 손으로 몽둥이 같은 뱀 대가리를 쳐들고 있는 뱀의 요정이었다. 그 다음은 노란 옷을 입고 뛰어다니는 호랑이였다. 그러나 아무리 기다려도, 그 어느 쪽도 나타나지 않았다. 소단은 물러갔으나, 곧 대신해서 나이 먹은 소생(小生 : ^{남작}_{조역})이 나왔다. 나는 싫증이 났으므로 계생(桂生)에게 부탁해서 콩국을 사다 달라고 했다. 잠시 뒤 계생이 돌아와 말했다.

"없어. 콩국 파는 귀머거리도 돌아가 버렸어. 낮에는 있었는데, 나는 두 그릇이나 마셨어. 지금 가서 물을 떠다 줄까?"

나는 물은 먹고 싶지 않았다. 꾹 참고 연극을 보고 있었는데, 무엇을 보고 있는 건지 나도 알 수가 없었다. 차차 배우들의 얼굴이 일그러져서 눈과 코가 어렴풋하고, 넓적하게 변해 갔다. 나이 어린 아이들은 하품만 했고 나이 많은 아이들은 연극은 제쳐 놓고 멋대로 지껄여 대기 시작했다. 그러자 갑자기 소추(小丑 : ^{광대})가 무대 기둥에 꽁꽁 묶여, 턱수염이 희끗희끗한 사나이에게 매를 맞기 시작했다. 우리는 그제야 생기를 되찾아 '와아 와아' 떠들어 대며 구경을 했다. 이날 밤 연극에서 아마 이것이 가장 볼 만한 것이었으리라.

그런데 마침 노단(老旦 : ^{할머}_{니역})이 등장했다. 노단은 내가 가장 못마땅해하는 역으로 특히 앉아서 노래를 부르기 시작하면 견디기 어려웠다. 이때 다른 아이들을 바라보니 누구나 다 싫증난 얼굴을 하고 있으므로 모두 나와 같은 생각인 것을 알았다. 노단은 처음에는 무대 위를 돌아다니며 노래를 불렀는데, 마지막엔 결국 무대 한가운데 있는 의자에 앉았다. 나는 견딜 수가 없었다. 쌍희 등은 마구 욕을 하기 시작했다. 나는 가만히 참고 기다렸다. 꽤 시간이 지났다. 그러자 노단의 손이 위로 올라갔다. 그럼 일어나는가보다 했더니, 또 손을 슬그머니 도로 내리며 노래를 계속했다. 배에 있는 아이들은 모두 한숨과 하품만 연발했다. 마침내 쌍희가 견디다 못해 말했다.

"저 노래는 내일까지 가도 안 끝날지 몰라. 그만 돌아가지 않겠어?"

물을 것도 없이 다들 곧바로 찬성했다. 그러자 올 때와 마찬가지로 기운들이 나서 서너 명은 뱃머리로 뛰어가 삿대를 빼들었다. 그대로 몇 발 뒤로 물러서서 뱃머리를 돌리고 노를 저었다. 그리고 노단에게 욕을 퍼부으며 다시금 솔숲 쪽으로 나아갔다.

달은 아직 넘어가지 않았다. 연극 구경한 시간은 그다지 오래지 않았던 것 같다. 조장을 떠나니 달은 한결 밝았다. 돌아다보니 무대는 등불 속 붉은 안개에 덮여, 올 때 멀리서 보았을 때와 마찬가지로 선산누각(仙山樓閣) 같았다. 귓전으로 다시 조용히 굴러가는 듯한 피리 소리가 들려왔다. 나는 노단은 이제 들어가 버렸으리라고 생각되었지만 차마 다시 돌아가서 구경하자고 말할 수는 없었다.

이윽고 솔숲도 벌써 뒤로 지나갔다. 배의 속도는 느리지 않았지만, 주위의 어둠은 점점 짙어만 가서 밤이 깊어진 것을 알려 주었다. 그들은 배우들의 평을 하며, 욕도 하고 웃기도 하면서 더욱 힘을 주어 노를 저었다. 뱃머리에 부딪는 물 소리도 한결 높아졌다. 배는 흡사 거대한 흰 고기가 많은 아이들을 등에 업고, 물결을 헤치며 나아가는 것 같았다. 밤일하는 늙은 어부들이 작은 배를 젓던 손을 멈추고, 손뼉을 치며 우리를 배웅해 주었다.

평교촌이 이제 1마장쯤 남았을 때 배가 느려졌다. 노잡이들이 모두 지쳤다고 투덜댔다. 너무 힘을 들인 데다가, 오랜 시간 먹지 않았기 때문이다. 이번에는 계생이 묘안을 냈다. 마침 강낭콩이 제철이고 장작은 배에 있으니까, 훔쳐 와서 구워 먹자는 것이다. 모두 그거 좋다고 찬성하고 곧 배를 언덕에 댔다. 밭에는 시꺼멓게 번쩍이며 알이 든 강낭콩이 잔뜩 있었다. 쌍희가 맨 먼저 배에서 뛰어내려 언덕에서 외쳤다.

"야야, 아발아. 이쪽은 너희네 밭이고 저쪽은 육일(六一) 아저씨네 밭이다. 어느 쪽을 할까?"

우리는 모두 언덕으로 올라갔다. 아발은 배에서 뛰어내리며 "기다렷, 내가 보고 올 테다" 하더니 여기저기 돌아보고나서, 몸을 일으키고 말했다.

"우리 집 걸로 하자. 우리 집 것이 굵다."

아이들은 좋다구나 하고 모두 아발네 콩밭으로 흩어져 두 손에 가득 뽑아서 배 위로 집어 던졌다. 쌍희가 이 이상 더 뽑았다가 만일 아발의 어머니가 알게 되면 야단칠 것이라고 하는 통에, 이번은 육일 아저씨네 밭으로 들어가 또 두 손에 한 움큼씩 뽑아 줬었다.

우리 가운데 나이 먹은 몇 명이 다시 천천히 배를 젓고, 남은 몇 명은 고물 쪽 방으로 들어가 불을 피웠다. 나이 어린 애와 내가 콩깍지를 깠다. 이내 콩은 익었다. 배는 물 위에 띄운 채 모두 빙 둘러앉아 손으로 콩을 집어 먹었다. 다 먹고 나자, 다시 배를 저으며 한편으로 그릇을 씻기도 하고, 콩깍지를 물에 던져 버리기도 하며, 흔적이 남지 않도록 뒤처리를 했다. 다만 쌍희의 걱정거리는 팔공 아저씨 배에 있는 소금과 장작을 축낸 것이었다. 그 아저씨는 나이가 많아 틀림없이 알아 내고 화낼 것이다. 그러나 우리는 상의 끝에 걱정 없다는 결론을 얻었다. 만일 그가 잔소리를 하면 이쪽에서도, 그럼 지난해 언덕에서 죽은 잣나무 고목을 내놓으라 하자, 그리고 바로 앞에서 "매독쟁이!" 하고 놀려 주자고 했다. 쌍희가 갑자기 뱃머리에서 큰 소리로 외쳤다.

"돌아왔습니다. 모두 무사합니다. 제가 책임진다고 말한 그대로지요!"

나는 뱃머리 쪽을 보았다. 배 바로 앞이 다리였고, 다리 기슭에 사람이 하나 서 있다. 바로 우리 어머니였는데, 쌍희는 어머니에게 말하는 것이었다. 나는 앞쪽 선실에서 뛰어나갔다. 배는 곧 다리를 빠져 나가 거기 머물렀다. 우리는 우르르 뭍으로 올라갔다. 어머니는 꽤 화가 나셔서 벌써 12시가 지났는데 어떻게 이토록 늦었느냐고 하셨다. 그러나 금방 화가 풀리며 모두들 볶은 쌀을 먹으러 와요 하고 생글생글 웃으셨다.

아이들은, 간식은 이미 먹었고 졸려 견딜 수가 없으니 일찍 자는 편이 좋다며 모두 집으로 돌아갔다.

이튿날 나는 한낮이나 되어서야 겨우 일어났다. 팔공 아저씨의 소금과 장작 건에 대해서는 아무런 소리도 듣지 못했다. 그래서 오후에는 여전히 가재를 낚으러 갔다.

"쌍희야, 이 개구쟁이들아, 어제 우리 콩을 훔쳤지. 그것도 곱게 따기나 했나. 온통 밭을 짓밟아 놓고."

그 소리에 머리를 들고 보니 육일 아저씨가 작은 배를 저어 오고 있었다. 콩을 팔고 돌아오는 모양으로 팔고 남은 콩이 배에 쌓여 있었다. 쌍희가 말했다.

"네, 우리가 손님 대접을 했어요. 처음엔 아저씨네 콩은 건드리지 않을 작정이었어요. 아차, 모처럼 걸린 가재를 놓쳤잖아요."

육일 아저씨는 내 얼굴을 보자, 노를 멈추고 빙긋빙긋 웃으면서 말했다.

"손님? 정말 그렇군."

그러고는 나를 보며 물었다.

"신 도련님, 어제 연극은 재미있었소?"

나는 끄덕이며 대답했다.

"재미있었어요."

"콩은 맛있었소?"

나는 또 끄덕이며 말했다.

"정말 맛있었어요."

그러자 놀랍게도 육일 아저씨는 아주 감격한 나머지 엄지손가락을 쑥 내밀고 자랑스럽게 말했다.

"역시 큰 도시에서 자라나 공부한 분이라서, 정말 눈이 높아. 우리 집 콩은 모두 낱낱이 골라낸 종자거든. 시골 놈들은 눈이 어두운 주제에 우리 집 콩이 다른 집 콩보다 맛이 나쁘니 어쩌니 떠들어 댄단 말이야. 오늘은 한번 아씨에게도 보내 맛보시도록 해야지……."

그러고는 노를 저어 재빨리 가 버렸다.

어머니에게 불려서 저녁밥을 먹으러 집에 돌아와 보니, 식탁에는 한 대접 가득, 금방 삶은 강낭콩이 놓여 있었다. 육일 아저씨가 어머니와 내가 맛보라고 두고 갔다는 것이었다. 아무튼 그는 어머니를 보고도, 나를 매우 칭찬하여 "나이도 어린데 생각이 뚜렷해요. 머잖아 곧 장원급제할 겁니다. 아씨, 아씨의 행운은 이제 따 놓은 당상입니다" 하더라는 것이다. 그러나 콩은 어젯밤 콩처럼 맛있지는 않았다.

그렇다. 그로부터 오늘날까지, 나는 정말 그날 밤같이 맛있는 콩을 먹은 일이 없었고, 또 그날 밤처럼 재미있는 연극을 본 일도 없었다.

彷徨
방황

축복 (祝福)

　뭐니뭐니해도 음력 세밑이라야 세밑의 맛이 난다. 마을 안은 말할 것도 없고 하늘에도 새해를 맞이하는 기미가 감돈다. 무거운 잿빛 저녁 구름 속에서 연방 불빛이 번쩍이고 이어 둔한 음향이 울리는데, 그것은 송조(送竈 : 음력 12월 23일에 조왕 즉 부엌신이 승천한다. 집집마다 엿을 차려 놓고 이를 제사 지낸다.)의 폭죽 소리이다. 근처에서 불을 붙여 터뜨리면 귀를 울리는 커다란 음향이 아직 사라지기도 전에 공기 속에는 벌써 그윽한 화약 냄새가 가득 퍼진다.

　나는 마침 그날 밤 고향인 노진(魯鎭)에 돌아왔다. 고향이라고는 하나 집은 벌써 없어져 버렸으므로 잠시 노사(魯四) 나리댁에 머무는 수밖에 없었다. 그는 나의 친척으로 나보다 한 항렬 위이기에 사숙(四叔)이라고 불러야 하는, 주자학(朱子學)을 공부한 국자감생(國子監生 : 국립 대학 생 자격)이었다. 그의 모습은 전보다 별로 변하지 않았으나 좀 늙어 보였다. 아직 수염은 기르지 않고 있었다. 인사를 하자마자 나보고 "살쪘군, 살쪘군" 하더니 그 뒤에는 곧바로 신당(新黨)을 마구 욕해 댔다. 그러나 그것이 결코 다른 문제를 빙자해서 나를 욕하는 것이 아님을 잘 알고 있었다. 왜냐하면 그가 욕하는 것은 강유위(康有爲 : 캉유웨이)였기 때문이다. 물론 말의 앞뒤가 맞지 않은 것만은 사실이었다. 그래서 얼마 안 있어 나만 홀로 서재에 남게 되었다.

　이튿날엔 퍽 늦게 일어났다. 점심을 먹고 나서 몇몇 친척과 친구를 찾아보러 나섰다. 사흘째 되는 날도 마찬가지였다. 그들도 모두 별로 변하지 않고 다만 좀 늙기만 했으며, 집집마다 모두 복을 비는 제사 준비에 분주했다. 그것은 노진의 연말 대제(大祭)로서 공경과 예를 다해 복신(福神)을 영접해 새해 한 해 동안의 좋은 운수를 비는 것이다. 닭과 거위를 잡고 돼지고기를 사고 공들여 씻어야 했으므로, 아낙네들의 팔뚝은 물에 젖어서 새빨개졌다. 그래도 은을 실타래처럼 꼬아 만든 팔찌를 찬 여인도 있었다.

　삶은 다음에는 거기다 어수선하게 젓가락을 꽂는데 이것은 복례(福禮)라

캉유웨이 (康有爲 : 1905)
청조 말기와 중화민국 초기의 정치가·학자. 1880년
대에 서양 문화를 접하고 사회개혁을 시도하게 된
다. 1883년에는 부녀자들의 전족풍습 폐지하고자 했
으며, 1888년에는 개혁안을 상소하였으나 무시되자,
1890년에 학교를 개설하여 신식학문을 가르쳤다.

고 일컫는다. 새벽 4시에 그걸 차리고 향을 피운 다음 촛불을 붙여서 복신에
게 배례가 끝나면 또다시 폭죽을 터뜨린다. 해마다 집집에서―복례와 폭죽
따위를 살 수만 있다면―이렇게 한다.

올해에도 물론 그러했다. 하늘이 점점 더 어두워지더니 오후에는 마침내 눈
이 오기 시작했다. 간혹 눈송이가 큰 것은 매화만 했는데, 그런 큰 눈송이가
펄펄 내리는 가운데 폭죽 연기와 어수선함이 뒤섞여서 노진은 완전히 혼돈에
휩싸였다. 내가 사숙의 서재에 돌아왔을 때는 지붕의 기와골이 벌써 하얘져서
방 안을 훤하게 비추어 벽에 걸린 진박 노조(陳搏老祖 : 오대 때 사람으로 화산에
은거하며 도를 닦았다고 한다)가
쓴 커다란 수(壽)자가 뚜렷하게 보였다. 그것은 붉은 빛깔로 탁본(拓本)한
것이었다. 한쪽의 대련(對聯)은 벌써 떨어져 엉성하게 말려 긴 탁자 위에
놓여 있었고, 한쪽은 아직 남아 있었다. 거기에는 '사리통달 심기화평(事理
通達心氣和平)'이라고 씌어 있었다. 나는 무료한 나머지 창 아래 책상으로
가 뒤적여 보았는데, 낙질인 듯한 《강희자전(康熙字典)》과 《근사록집주(近
思錄集註)》 한 권, 《사서친(四書襯)》 한 권이 있을 뿐이었다. 무슨 일이 있
어도 나는 내일 떠나기로 작정했다.

뿐만 아니라 상림(祥林)댁을 만났던 일을 생각하면 난 도저히 여기 편히
있을 수가 없다. 오늘 오후였다. 마을 동쪽 변두리의 친구를 찾아보고 돌아

오다가 개울가에서 우연히 그녀를 만났다. 그녀의 부릅뜬 눈의 시선이 이리로 향하고 있어 분명히 나에게 오고 있음을 알았다. 내가 이번에 노진에서 만난 사람들 중에서 그녀만큼 변한 사람도 없었다. 5년 전에 반백이었던 머리털은 지금은 하애졌고 전혀 마흔 전후의 사람 같지 않았다. 얼굴은 형편없이 마르고 누런 데다 검은 기를 띠고 있었는데, 게다가 이전의 슬픈 빛마저 사라져 마치 목상(木像) 같았다. 다만 눈알이 간혹 움직이는 걸로 보아 아직 그

녀가 살아 있구나 할 정도였다. 그녀는 한 손에 대바구니를 들고 있었다. 그 안에는 깨진 대접 한 개가 들어 있었는데 그것도 빈 것이었다. 또 한 손에는 그녀보다 더 키가 큰 대나무 지팡이를 짚고 있었으며 지팡이의 아래 끝은 쪼개져 있었다. 아무리 보아도 영락없는 거지꼴이었다.

나는 멈춰 서서 그녀가 돈을 달라기를 기다리고 있었다.

"선생님, 돌아오셨군요?"

그녀는 먼저 이렇게 인사했다.

"그래!"

"그거 마침 잘 됐습니다. 선생님은 글을 아시고 또 객지에도 나갔던 분이니 견식이 많겠지요. 마침 선생님께 한 가지 여쭤 볼 것이 있는데……."

그녀의 정기 없는 눈이 갑자기 빛났다. 나는 그녀가 이런 말을 하리라고는 꿈에도 생각지 못했으므로 의아해서 서 있었다.

"저어……."

그녀는 두 발짝쯤 가까이 다가오더니 목소리를 낮추어 무슨 비밀이라도 털어놓듯이 말했다.

"사람이 죽고 난 뒤 영혼이란 게 있을까요?"

나는 오싹 소름이 끼쳤다. 그녀의 눈이 나에게 못 박혀 있는 것을 보자 등골을 가시로 찔린 것 같은 기분이었다. 학교에서 뜻밖의 시험을 볼 때 교사가 악착같이 곁에 서 있는 경우보다 더 당황스러웠다. 나는 지금까지 영혼이 있는지에 대해 한 번도 생각해 보지 않았다. 그러나 지금 그녀에게 어떻게 대답해야 좋을 것인가? 나는 아주 짧은 동안 주저하다가 생각했다. 이곳 사람들은 일반적으로 귀신이 있다고 믿는다. 그러나 그녀는 그것을 의심한다. 바라는 대로 말해 주는 것이 나을지도 모르겠다. 있기를 바라는 것일까, 없기를 바라는 것일까……. 죽을 때가 가까운 사람의 고뇌를 더해 줄 필요는 없다. 그녀를 위해서라면 있다고 말하는 편이 나을 것이다.

"있을지도 몰라……. 난 그렇게 생각하는데."

나는 그렇게 애매하게 말했다.

"그러면 지옥도 있겠군요?"

"응! 지옥?"

나는 깜짝 놀라 떠듬거리며 대답했다.

"지옥? 이치로 말한다면 있어야겠지? 하지만 글쎄…… 누가 그것을 본 것도 아니고……."

"그러면 죽은 가족은 만날 수 있어요?"

"글쎄, 만날 수 있느냐 만날 수 없느냐……."

이때 나는 벌써 자신이 완전히 바보임을 깨달았다. 어떤 주저도 어떤 의도도 이 세 가지 물음을 막을 수는 없었다. 나는 갑자기 소심해져서 방금 한 말을 취소하려 했다.

"그것은…… 정말…… 나로선 분명히 말할 수 없어……. 결국 영혼이 있는지 없는지는 나도 분명히는 알 수 없으니까."

나는 그녀가 다시 다그쳐 묻기 전에 발을 내디뎌 총총히 사숙 댁으로 도망쳐 돌아왔으나 마음은 편치 못했다. 생각해보건대 나의 이 대답은 어쩌면 그녀를 위험하게 만든 건지도 모른다. 그녀는 아마 다른 사람들이 복을 빌 생각에 들뜬 모습을 보고 쓸쓸함을 느꼈으리라. 그러나 무슨 딴 뜻이 있었던 것은 아닐까? 혹은 무슨 예감을 했던 것은 아니었을까? 만약에 다른 뜻이 있어 그로 인해 혹시 무슨 일이 일어난다면 나는 대답에 확실히 얼마쯤 책임을 져야만 할 것이다……. 그러나 잠시 뒤에는 곧 스스로 우스워졌다. 그것은 우연한 일로서 본디 무슨 딴 깊은 뜻이 있던 것은 아니라고 생각됐다. 그런데도 내가 기어코 세세히 따지려 한다면 교육가는 신경쇠약에 걸려 있다는 말을 들어도 할 말이 없다. 더구나 분명히 말할 수 없다고 하여 이미 모든 대답을 취소했으니, 설사 무슨 일이 일어난다 해도 나와는 조금도 상관이 없다.

‘분명히 말할 수 없다’ 이 한마디는 매우 편리한 말이다. 세상 물정을 모르는 용감한 젊은이는 왕왕 남을 위해 의문을 해결해 준다, 의사를 소개해 준다, 하는데 만일 결과가 좋지 않으면 대개는 원망의 대상이 되고 만다. 그러나 이 ‘분명히 말할 수 없다’는 말로 결말을 지어 놓으면 매사가 구속 없이 자유롭다. 나는 다시금 이 말의 필요성을 더욱 통감했다. 비록 밥 빌어 먹는 여인과 주고받은 말이지만 꼭 필요한 한마디인 것이다.

그래도 나는 불안해 견딜 수 없었다. 하룻밤을 새고서도 여전히 때때로 기억에 떠올라 무슨 불길한 예감을 품고 있는 것 같았다. 눈 오는 음울한 날 무료한 서재에 있으려니까, 이 불안은 점점 더 강렬해졌다. 가는 것이 낫겠지, 내일 성내로 가자. 복흥루(福興樓)의 삶은 상어 지느러미는 큰 접시 하나에 1원으로 값싸고 맛있었는데 지금쯤은 값이 올랐을지 모른다. 옛날에 함께 놀던 친구는 이미 뿔뿔이 흩어졌지만 상어 지느러미만은 먹어야겠다. 비록 나 혼자일지라도……. 무슨 일이 있어도 내일 떠나기로 결정했다.

나는 생각처럼 되지 않기를 바라고, 또 반드시 생각처럼 되지 않으리라고 믿었던 일이 공교롭게도 생각처럼 되기가 예사였으므로, 이번 일도 그렇게 되지나 않을까 하여 내심 두려웠다. 그런데 과연 생각한 사태가 발생했다. 저녁나절 안쪽 방에 사람들이 모여 이야기하고 있었다. 무엇을 의논하는 모양이더니 오래지 않아 말소리는 그치고 다만 사숙만이 걸어 나오면서 큰 소리로 말하는 것이 들렸다.

“하필이면 이런 때 재수 없게……. 이것만 봐도 몹쓸 종자야!”

나는 처음에는 묘한 느낌이 들었으나 곧이어 불안해졌다. 이 말은 나와 관련이 있는 것 같았다. 행여나 하고 문 밖을 내다보았으나 아무도 없었다. 겨우 저녁 무렵이 되어서야 날품팔이 하인이 차(茶)를 끓이러 왔으므로 나는 그 소식을 물을 기회를 얻었다.

"아까 넷째 나리는 누구에게 역정을 내셨나?"

"상림댁 때문에 그러시겠죠."

날품팔이는 당당하게 말했다.

"상림댁이 어쨌기에?"

나는 또 다그쳐 물었다.

"죽었어요."

"죽었어?"

나는 갑자기 가슴이 콱 막혀 풀쩍 뛰어오를 것만 같았다. 얼굴빛도 아마 변했을 것이나 그는 줄곧 머리를 들지 않았으므로 알아채지 못했다. 나는 곧 마음을 진정하고 계속해서 물었다.

"언제 죽었지?"

"언제요? 어젯밤이거나 그렇지 않으면 오늘 아침이겠죠……. 분명히는 모릅니다."

"어째서 죽었나?"

"어째서 죽었느냐구요? 그야 궁해서 죽었겠죠."

그는 담담히 대답하더니 여전히 머리를 숙인 채 나 있는 쪽은 보지도 않고 나가 버렸다.

그러나 나의 놀라움도 잠시 동안에 지나지 않았다. 올 것이 이미 왔다 가 버린 느낌이었다. 나 자신이 말한 '분명히 말할 수 없다'와 그의 '궁해서 죽었겠죠' 이 말에 위안을 얻을 것까지도 없이 마음은 차차 가벼워졌다. 그래도 어쩌다 마음에 걸리는 일이 있었다. 저녁이 차려져 나왔다. 사숙은 점잖게 자리에 앉았다. 나는 상림댁에 관한 것을 묻고 싶었다. 그러나 비록 그가 '귀신은 이기(二氣)의 양능(良能)이니라'를 읽은 적이 있다고는 해도 꺼리고 싫어하는 게 많다는 것을 알고 있었으므로, 복을 비는 제사를 앞둔 이때에 차마 사망이니 질병 따위의 말을 끄집어 낼 수는 없었다.

부득이한 경우엔 은어(隱語)를 써야겠지만 유감스럽게도 그것을 몰랐기 때문에 누차 물으려고 하다가 마침내 단념하고 말았다. 나는 그의 점잖은 안

색에서, 하필이면 이런 때에 와서 그에게 폐를 끼치다니 나도 몹쓸 종자라고 생각하진 않을까 하는 의심이 불현듯 들었다. 그래서 곧 내일 노진을 떠나 성내로 가겠다고 말함으로써 조금이라도 빨리 그의 마음을 풀어 주려고 했다. 그도 또한 그다지 만류하지 않았다. 이렇게 답답한 가운데 식사를 끝마쳤다.

겨울 해는 짧고 또 눈오는 날이라 야색(夜色)은 벌써 온 마을을 덮어 버렸다. 사람들은 모두 등불 아래서 바삐 움직였으나 창 밖은 매우 고요했다. 눈송이는 수북이 쌓인 눈 위에 계속 내려, 귀를 기울이면 사락사락 소리가 나는 것 같아 그것이 사람의 마음을 더욱 가라앉히고 적적하게 했다. 나는 홀로 누르스름한 빛을 발하는 등잔불 밑에 앉아서, 저 몹시 쓸쓸하고 의지할 데 없는 상림댁의 일을 생각했다. 의지할 곳 없던 상림댁은 쓰레기더미로 내던져져 헌 노리개 취급을 받았다. 그나마도 쓰레기 속에서 형체를 갖추고 있을 때는 이 세상을 즐겁게 사는 사람들이 그녀의 존재 이유를 궁금해하였으나, 이제는 모든 게 덧없이 사라져 버렸다. 영혼이 있는지 없는지 나는 모른다. 그러나 이 세상에서 값어치 없이 사는 자는 죽어서 남의 눈에 띄지 않게 되는 것만으로도 남을 위해서나 또 자기를 위해서나 좋을 수가 있다. 나는 창밖에서 사락사락 울리는 듯한 눈오는 소리를 조용히 들으면서 한편으로 생각해 보니 차차 마음이 개운해졌다. 그러는 가운데 전에 보고 듣고 한 그녀의 반평생 단편들이 하나로 연결되어 정리가 되었다.

그녀는 노진 사람은 아니다. 어느 해 초겨울 사숙 집에서 식모를 바꾸게 되어 중개인인 위(衛)씨 할머니가 그 여인을 데리고 왔다. 머리를 흰 끈으로 동이고 검은 치마에 남색 겹옷, 연노랑색 배자를 입고 있었다. 나이는 대략 스물 예닐곱, 얼굴빛은 가무잡잡하고 누르퉁퉁했으나 두 볼은 아직 불그레했다. 위씨 할머니는 그녀를 상림댁이라고 불렀다. 말인즉 자기 친정의 이웃 사람인데 남편이 죽었기 때문에 식모살이하러 나왔다고 했다. 사숙은 눈살을 찌푸렸다. 숙모는 그녀가 과부임을 꺼려하는 남편의 속을 알아차렸으나 모른 척하고 그녀를 두었다. 보아하니 생김새가 단정하고 손발도 튼튼한데다, 또 눈을 내리뜨고 한마디도 입을 떼지 않는 것이 제분수에 만족하며 꾸준히 일할 사람 같았던 것이다. 일을 시켜보는 기간 중 그녀는 하루 종일 일을 했는데 한가한 걸 오히려 심심해 하는 것 같았다. 게다가 힘도 남자 한 사람을 당할 수 있었다. 그래서 사흘째 되는 날에는 결정을 보아 월급을 닷 냥(兩)으로 정하였다.

사람들은 모두 그녀를 상림댁이라고 불렀지만 그녀의 성이 무언지는 묻지 않았다. 그러나 중개인이 위가산(衛家山) 사람이고 그녀는 그 이웃이라니 대개 성이 위(衛)일 것이다. 그녀는 말수가 아주 적어 남이 물으면 겨우 한마디 대답할까 말까였다. 열흘이 지나서야 겨우 조금씩 알게 되었는데, 그녀의 집에는 별난 시어머니와 땔나무를 해올 수 있는 열 몇살 난 시동생이 있다고 하였다. 그녀는 봄에 남편을 여의었다. 남편은 본디 나무하는 것이 생업이었고, 그녀보다 열 살 손아래였다. 사람들이 아는 것은 다만 이것뿐이었다.

세월은 매우 빨리 지나갔으나 그녀는 조금도 게으름 없이 일했다. 음식에 불평하지 않고 힘도 아끼지 않았다. 사람들은 모두 노사 나리댁 식모는 부지런한 남자보다도 더 부지런하다고 말했다. 연말이 되면 그을음 털기니 마당 청소, 닭과 거위를 잡는 일, 밤새워 제사 음식 만들기까지 모두 혼자 도맡아 마침내는 날품팔이도 두지 않게 되었다. 그녀는 그것을 오히려 만족해하고 입가에는 차차 웃음까지 띠게 되었으며 얼굴도 허여멀겋게 살이 쪄갔다.

정월이 막 지났을 무렵 그녀는 개울가로 쌀을 씻으러 가더니 얼굴빛이 새파래져 가지고 돌아왔다. 방금 개울 건너 멀찍이 한 남자가 오락가락하고 있는 것을 보았는데 꼭 시집의 큰아버지 같았으며, 틀림없이 자기를 찾으러 온 것일 게라고 했다. 숙모는 근심스러워 내막을 물었으나 그녀는 더 말하지 않았다. 사숙은 그 말을 듣자 눈살을 찌푸리며 말했다.

"이거 못쓰겠군. 저 여자는 도망쳐 나온 거야."

그녀는 정말 도망쳐 나온 것이었다. 얼마 안 있어 이 추측은 사실로 밝혀졌다.

그로부터 약 열흘 뒤, 사람들의 기억에서 그 일이 차차 잊혀져 갈 즈음 위씨 할머니가 갑자기 서른 남짓한 여인을 데리고 와서 상림댁의 시어머니라고 하였다. 그 여인은 비록 산골 사람 차림새였으나 태도가 얌전하고 말도 잘했다. 인사를 한 뒤 사죄하며 이번에 일부러 온 것은, 봄이 되어 일은 바쁜데 집에는 늙은이와 아이뿐이라 일손이 모자라서 어쩔 수 없이 며느리를 데리고 돌아가야겠다고 말했다.

"시어머니가 데려가겠다는데 무슨 할 말이 있겠는가?"

사숙은 말했다.

그래서 임금을 계산해 보니 모두 천백열 푼이었다. 그녀는 몽땅 주인 집에 맡겨 두고 아직 한 푼도 쓰지 않았기 때문에 그것은 모두 그녀의 시어머니의 손에 들어갔다. 시어머니는 옷을 받아 들고 고맙다는 인사를 하고서 나가 버렸다. 그때가 벌써 정오였다.

"어머나, 쌀은? 상림댁은 쌀 씻으러 간 게 아네요?"

한참 있다가 숙모는 비로소 알아차리고 부르기 시작했다. 숙모는 아마 시장해서 점심 생각이 났던 모양이다.

그래서 여러 사람이 손을 나누어 쌀과 조리를 찾았다. 숙모는 먼저 부엌을 보고 다음에는 대청으로 가 보았다. 심지어는 침실까지 가 봤지만 조리는 그림자도 뵈지 않았다. 사숙이 문 밖까지 나가 보았으나 역시 눈에 띄지 않아서 곧장 강으로 가 보았더니 조리는 강가에 놓여 있고 길에는 배추가 한 포기 있었다.

본 사람의 이야기에 따르면, 강에는 오전부터 배 한 척이 머무르고 있었다. 배는 온통 가려져 있어서 안에 어떤 사람이 있는지는 알 수 없었고 가까이 가 본 사람도 없었다. 상림댁이 쌀을 일러 막 앉는 참에 갑자기 그 배 안에서 산골 사람 같은 남자 둘이 튀어나왔다. 한 사람은 그녀를 껴안고 한 사람은 거들어 배 안으로 끌어 넣었다. 상림댁은 몇 번 울고 고함쳤으나 그 뒤로는 아무 소리도 없었다. 아마 무엇으로 틀어막은 모양이었다. 뒤미처 두 여인이 달려왔는데, 하나는 모르는 여자이고 하나는 위씨 할머니였다. 선창 안을 들여다보았으나 잘 보이지 않았다. 그녀는 묶여서 배 바닥 위에 뉘어 있는 것 같았다.

"지독하다! 그렇지만……."

사숙이 말했다.

그날은 숙모가 점심을 짓고 아들 아우(阿牛)가 불을 땠다. 점심 뒤에 위씨 할머니가 또 왔다.

"너무하는군!"

사숙이 말했다.

"또 무슨 꿍꿍이인가? 뻔뻔스럽게 잘도 우리 앞에 또 왔구려."

숙모는 대접을 씻으면서 잔뜩 화가 나 툴툴댔다.

"자기가 구해 줘 놓고는 끝판엔 저쪽과 짜고 빼돌리다니, 이게 무슨 짓이람. 대관절 남들이 어떻게 보겠어. 자네 우리 집을 놀리는 겐가?"

"아이구 맙소사! 저도 감쪽같이 속은 거예요. 그래서 일부러 사실을 말씀드리러 왔어요. 그 여인이 애당초 일자리를 말해 달라고 왔을 때는 설마 시어머니를 속이고 왔을 줄이야 꿈에도 몰랐었죠. 나리, 마나님! 죄송합니다. 모두 소인이 늘그막에 부주의한 탓으로 주인 어른들께 면목 없이 되었습니다. 다행히 워낙 너그러운 분들이시니 저 같은 것도 용서해 주실 줄 믿습니다. 이번에는 꼭 좋은 사람을 구해드려 죄를 덜겠습니다요……."

"그렇지만……."

사숙이 말했다.

이리하여 상림댁 사건은 끝을 맺고 오래지 않아 잊혀져 버렸다.

다만 숙모만은 그 뒤에 고용한 식모가 대게 게으름뱅가 아니면 밥벌레거나 또는 밥벌레면서도 게으름뱅이거나 해서 도통 마음에 차지 않아 상림댁의 이야기를 곧잘 끄집어 냈다. 그런 때면 으레 혼잣말처럼 "그 여자는 지금쯤 어떻게 되었는지!" 중얼댔다. 속으론 그녀가 다시 와 주기를 바라는 눈치였으나 이듬해 정월이 되자 그것도 단념했다.

정월도 끝날 무렵 위씨 할머니가 세배하러 왔다. 벌써 술이 얼근히 취해 가지고서는, 이번에 위가산의 친정에 가서 며칠 있다 왔기 때문에 세배하러 오는 것이 늦었노라고 말했다. 여자들이 말을 주고 받고 하는 통에 자연 상림댁의 이야기가 나왔다. 위씨 할머니는 신이 나서 말했다.

"그 여자는 말씀예요, 지금 운수가 터졌죠. 그 시어머니가 와서 그 여자를 붙잡아 가지고 돌아갔을 때는 벌써 하가오(賀家塢)의 하노륙(賀老六)에게 주기로 언약이 돼 있었죠. 그래서 집에 돌아간 지 며칠 안 되어 꽃가마 태워 메고 갔어요."

"원, 그런 시어머니가 어딨담!"

숙모는 깜짝 놀라 말했다.

"마님두! 그건 대갓집 마님이나 그렇죠. 우리 산골의 가난한 사람에겐 그런 것쯤 아무것도 아니예요. 그 여자에겐 시동생이 있으니 그자도 장가를 들여야지요. 그 여자를 시집보내지 않으면 어디서 돈이 나와 혼례를 치릅니까? 그 시어머니란 사람이 보통내기가 아니에요. 잇속이 아주 밝기 때문에 그 여자를 산골로 시집보낸 것이랍니다. 만약 한 동네 사람에게 주었다면 혼례금도 그렇게 많지 않았을 테지만, 여자가 귀한 깊은 산골로 보냈으니 80 푼〔文〕이나 손에 넣게 됐지요. 이제 둘째 며느리도 얻었지만, 그 준비금으로 단돈 50푼을 썼고 혼례 비용까지 제한다 해도 아직 10여 푼이나 남아 있습니다. 보세요, 얼마나 잇속이 밝은지."

"그래, 상림댁은 승낙했수?"

"승낙하고 안 하고가 뭐 있나요? 아무라도 어차피 한바탕 소동은 떨어야 하니까요. 그것도 끈으로 묶어 꽃가마에 밀어 넣고 남자집으로 메고 가 족두리를 씌워 배례를 시키고 방문을 닫아 버리면 일은 끝나는 거죠. 그러나 상림댁은 좀 유별나서, 들리는 말로 그때 소동이 대단했다고 하더군요. 아무래도 선비 댁에서 일했었기 때문에 다르긴 다르다는 평판이었으니까요. 마님, 우리야 많이 보았죠. 과부가 재가할 때면 울부짖는 여자에다 죽네 사네 하는 여자도 있습니다. 남자 집에 메고 가서도 법석을 떨어 신랑 신부 맞절도 못한 여자도 있고 화촉까지 부수어 버린 여자도 있지요. 그런데 상림댁은 그보다 더했다네요. 사람들 이야기가 그 여인은 도중에서 줄곧 울고불고 욕을 퍼부어 하가오에 이르렀을 때는 벌써 목이 꽉 쉬었대요. 가마에서 끌어 내어 남자 둘과 시동생이 달라붙었는데도 절을 시킬 수 없었답니다. 그들이 조금 부주의해서 손을 놓았더니 아이고 맙소사, 잔칫상 모서리를 머리로 받아 머리에 커다란 구멍이 뚫렸다나요. 빨간 피가 펑펑 쏟아져 향의 재를 두 움큼 뿌리고 헝겊으로 싸매었어도 피가 그치지 않았답니다. 그래서 모두가 달려들어 간신히 그 여인과 신랑을 신방에 처넣고 문을 닫아 버렸으나 그래도 또 욕지거리를 하더라는군요. 정말이지……."

그녀는 머리를 흔들고 눈을 내리뜬 채 더 말하지 않았다.

"나중엔 어떻게 되었수?"

숙모가 물었다.

"그 이튿날도 안 일어났다더군요."

그녀는 눈을 들고 말했다.

"그래서?"

"그래서요? ……결국 일어났습니다. 그 여인은 연말이 되자 어린애를 하나 낳았죠. 사내아이인데 새해니까 이제는 두 살이죠. 내가 며칠 친정에 있는 동안에 하가오에 갔다 온 사람의 말을 들으니, 그들 모자를 만났는데 어머니도 살이 쪘고 어린애도 살이 쪘다는군요. 위로 시어머니도 없지, 남편은 힘이 세어 일 잘하지, 집도 제 집이지……. 아아, 그 여자는 정말 운수가 트였어요."

그 뒤부터는 숙모도 상림댁의 말을 다시는 끄집어 내지 않았다.

그러던 어느 해 가을, 아마 상림댁이 잘 산다는 소식 뒤로 설을 두 번쯤 더 쇠었을 무렵일 것이다. 그 여인은 또 사숙 댁의 대청 앞에 서 있었다. 우엉잎 같은 둥근 바구니를 탁자 위에 놓고 조그만 이불 보따리는 처마 밑에 놓아 두고 있었다. 여전히 머리를 흰 끈으로 동이고 검은 치마에다 남색 겹옷, 연노랑색 배자를 입은 채였다. 안색도 여전히 가무잡잡하고 누르퉁퉁했으나 두 볼의 혈색은 이미 사라져 버렸다. 내리뜬 눈가에는 눈물 자국이 있었고 눈빛에는 이전 같은 생기가 없었다. 역시 위씨 할머니가 데리고 왔는데 불쌍하다는 듯 숙모에게 쉴새없이 말하는 것이었다.

"……정말이지 '한 치 앞을 모른다'는 이를 두고 하는 말이죠. 이 여자 남편은 견실 한데다 아직 나이도 새파랬는데 장질부사(_{장티}_{푸스})로 죽을 줄이야 누가 알았겠습니까? 실은 완전히 나았었는데 찬 밥 한 사발을 먹었다가 재발했답니다. 다행히 아들이 있고 이 사람도 일할 수 있어 나무하고 차 따고 누에 치면 그런 대로 수절하고 살아갈 수 있었는데, 그 아이가 또 승냥이한테 물려가고 말았지 뭡니까. 봄도 다 갔는데 뜻밖에도 승냥이가 마을에 오리라고 누가 생각이나 했겠어요. 그렇게 혼자 살아가던 중 이번엔 시아주버니가 와서 집을 차지하고 내쫓았으니 어디 갈 데가 있어야죠. 그래 하는 수 없이 옛 주인을 찾아온 것입니다. 다행히 이 사람에게는 이제 아무것도 걸리는 게 없고 마님 댁에서도 마침 사람을 구하시려던 참이라니 제가 데리고 왔습니다……. 제 생각엔 낯선 사람보다는 훨씬 나을 것 같아서요."

"저는 정말 어리석었어요. 정말."

상림댁은 생기 없는 눈을 들고 말을 이었다.

"눈이 올 때는 산골에 먹을 것이 없어 짐승이 마을로 나온다는 것은 알고 있었으나 봄에도 나온다는 것은 몰랐습니다. 그날 저는 아침 일찌감치 일어나 문을 열고 조그만 바구니에다 콩을 가득 담아 가지고는 우리 아모(阿毛)를 불러 문턱에 앉아서 까라고 일렀습니다. 그 애는 말을 썩 잘 들어서 제 말이면 뭐든지 따랐습니다. 그 애가 나가자 저는 뒤꼍에서 장작을 패고 쌀을 일어 솥에 안쳤습니다. 그러곤 콩을 찌려고 아모를 불렀는데 대답이 없었습니다. 나가 보았더니 콩만 그곳에 흩어져 있을 뿐, 우리 아모는 없었습니다. 그 애가 다른 집에 놀러 갔을 리도 없지만 그래도 여러 곳에 수소문했으나 끝내 찾지 못했습니다. 전 다급해서 사람을 구해 가지고 찾기로 했습니다. 오후까지 쭉 찾고 또 찾다가 산골짜기까지 가서 찾아가 보았더니 가시나무 위에 그 애의 조그만 신발 한 짝이 걸려 있는 게 아니겠어요. 모두가 아뿔사, 아마 승냥이한테 잡아먹힌 것 같다고 말했습니다. 좀더 들어가 보았더니 과연 그 애가 풀 덤불 속에 누워 있었는데, 뱃속의 오장은 벌써 다 파먹혀 없고, 그래도 손에는 여전히 그 조그만 바구니를 꼭 쥐고 있었지요……."

이 말을 하고 난 뒤부터는 울음 때문에 무슨 말을 하는지 알아들을 수가 없었다. 숙모는 처음에는 주저하고 있었으나 그녀의 이야기를 다 듣고는 눈자위가 붉어졌다. 그리고 잠시 생각한 뒤에 바구니와 이불 보따리를 식모 방에 갖다 두게 했다. 위씨 할머니는 무거운 짐을 내려놓은 것처럼 한숨을 쉬었다. 상림댁은 처음에 올 때보다는 기분이 좀 좋아져서 지시를 기다릴 것까지도 없이 자기의 낯익은 방에 이불을 갖다 놓았다. 그렇게 이 뒤로부터 다시 노진에서 식모살이를 하게 되었다.

사람들은 여전히 그녀를 상림댁이라고 불렀다.

그러나 이번에는 그녀의 형편이 퍽 달라져 있었다. 일을 시작한 지 며칠도 못 되어 주인은 그녀의 손발이 그전처럼 민첩하지 않고 기억력도 나빠졌으며, 송장 같은 얼굴에는 종일 웃음의 그림자가 없음을 알았다. 숙모의 말투에는 불만이 섞이기 시작했다. 그녀가 막 왔을 때 사숙은 언제나처럼 눈살을 찌푸렸으나 지금까지 식모를 구하는 데 애를 먹은 탓에 그리 반대는 하지 않았다. 다만 숙모에게 넌지시 주의만 주었을 뿐이다. 이런 사람은 퍽 불쌍하기는 하지만 풍기를 어지럽힌 사람이므로 일을 시키는 것은 괜찮다 쳐도 제사 음식만은 손대지 못하게 하고 손수 만들라고 했다. 그러지 않으면 부정을 타서 조상님이 잡숫지 않을 것이라고 했다.

사숙 댁에서 가장 중대한 일은 제사였다. 전에 상림댁은 제사 때가 가장 바빴지만 이번에는 한가했다. 탁자를 대청 복판에 놓고 탁자에 휘장을 치자, 그녀는 예전에 하던 식을 기억하여 술잔과 젓가락을 놓으려 했다.

"상림댁, 그냥 놓아 둬요. 내가 놓을 테니."

숙모는 재빨리 말했다.

그녀는 무안한 듯 손을 옴츠렸다. 그러고는 또 촛대를 잡으려 했다.

"상림댁, 그냥 놓아 둬요. 내가 할 테니."

숙모는 또 황망히 말했다.

그녀는 몇 번인가 빙빙 돌다가 마침내 할 일이 없어 의심스러운 듯 비켜섰다. 그녀가 이날 한 일은 부엌에 앉아서 불을 땐 것뿐이었다.

마을 사람들은 여전히 그녀를 상림댁이라고 불렀으나 말투는 그전과 퍽 달랐고, 그녀와 말은 했지만 웃는 얼굴도 어딘가 쌀쌀해졌다. 그녀는 그런 변화에 전혀 개의치 않고 다만 눈을 똑바로 뜨고 그녀가 밤낮 잊지 못하는 이야기를 여러 사람에게 하는 것이었다.

"저는 정말 어리석었어요, 정말. 눈이 올 때는 산골에 먹을 것이 없어 짐승이 마을로 나온다는 것은 알고 있었으나 봄에도 나온다는 것은 몰랐습니다. 어느 날 아침 일찍이 일어나 문을 열고 조그만 바구니에 콩을 가득 담아 갖고는 우리 아모를 불러다가 문턱에 앉아 콩을 까라고 했습니다. 그 앤 말을 잘 듣는 아이라 내 말이면 무엇이든지 따랐습니다. 그 애가 나가자 나는 뒤꼍에서 장작을 패고 쌀을 일어서는 솥에 안쳤습니다. 그러곤 콩을 찔 작정으로 '아모' 하고 불렀지요. 대답이 없었습니다. 나가 보았더니 콩만 땅에 가득 흩어져 있을 뿐 우리 아모는 없었습니다. 여러 곳에 가서 물어 보았으나 끝내 없었습니다. 나는 다급해서 사람을 구해 가지고 찾으러 갔습니다. 오후까지 쭉 찾다가 몇 사람이 산골짜기까지 찾아가 봤더니 가시나무 위에 그 애의 조그만 신발 한 짝이 걸려 있는 게 아니겠어요. 모두가 아뿔사, 아마 승냥이한테 잡아먹힌 것 같다고 말했습니다. 좀더 들어가 보았더니 과연 그 애는 풀 덤불 속에 누워 있었는데 뱃속의 오장은 벌써 다 파먹혔고 불쌍하게도 손에는 그 조그만 바구니만 꼭 쥐어져 있었어요……." 그녀는 여기까지 말하더니 눈물을 흘리고 목이 메어 울먹였다.

이 이야기는 퍽 효과가 있었다. 남자들은 여기까지 들으면 대개 웃는 낯을 거두고 말없이 가버렸다. 아낙네들은 그녀가 딱하다는 듯이 얼굴에서 금방 비웃는 빛을 지울 뿐만 아니라 덩달아 많은 눈물을 흘렸다. 거리에서 그녀의 이야기를 듣지 못한 노파들은 일부러 와서 그녀의 이 비참한 이야기를 들으려고 하였다. 그녀가 이야기를 하여 울먹일 때가 되면 그 여인들도 다 함께 눈에 괴어 있던 눈물을 흘리고 한숨을 한 번 쉬고는 만족해서 갔으나, 한편으론 또 이러쿵저러쿵 비평을 했다.

그녀는 그저 반복해서 그 비참한 이야기를 남에게 들려 주었다. 그래서 늘 네댓 사람은 그녀에게 붙어앉아 그 이야기를 듣고 있었다. 그러나 오래지 않아 사람들도 모두 외울 정도가 되어 버렸다. 심지어 가장 자비심이 많고 염불하기 좋아하는 늙은 마나님들조차 눈물 한 방울 흘리지 않게 되었다. 나중에는 온 마을 사람들이 거의 다 그녀의 이야기를 암송하게 되어 듣기만 해도 골치가 아플 정도로 귀찮아했다.

"나는 정말 어리석었어요, 정말." 이렇게 그녀가 입을 열면 "그렇지, 너는 눈 오는 날에만 짐승이 먹을 것을 찾아 마을로 내려오는 줄 알았지" 하며 그들은 곧바로 그녀의 이야기를 끊고 가 버렸다.

그녀는 입을 벌리고 멍하니 선 채 그들을 바라보다가 자기도 흥미가 없다는 듯이 곧 가 버렸다. 그러나 아직도 망상을 못 버려 다른 일, 즉 조그만 바구니, 콩, 남의 아이 따위로부터 그녀의 아모 이야기를 끌어 내리려고 했다. 혹 두서너 살 된 아이를 보면 그녀는 곧 이렇게 말하는 것이었다.

"아유, 우리 아모가 아직 살아 있었으면 이만큼 컸을 텐데……."

아이는 그녀의 시선을 보고는 기겁을 하여 어머니 옷섶을 끌고 보채서 가 버렸다. 그러면 또 그녀는 혼자 남아 있다가 기운 없이 가 버렸다. 나중에는 그녀의 버릇이 사람들에게 알려져 아이가 눈앞에 있기만 하면 나오려는 웃음을 참고 그녀에게 먼저 묻는 것이었다.

"상림댁, 너의 아모가 아직 살아 있었으면 이만큼 컸을 게 아냐?"

그녀는 자신의 비애가 오랫동안 씹히고 감상된 나머지 이젠 찌꺼기만 남아 신물나는 얘깃거리가 되었다는 것을 전혀 깨닫지 못했다. 다만 사람들의 웃음에서 싸늘함을 느끼고 이제 입을 열지 말아야겠다고 생각했다. 그녀는 이제 그들을 한번 힐끗 볼 뿐 한마디도 대답하지 않았다.

노진에서는 설을 쇨 때 언제나 섣달 스무 날 이후가 되면 바빠진다. 사숙댁에서는 이번에 남자 날품팔이를 썼지만 그래도 일손이 모자라 따로 유

(柳) 어멈을 불러 닭과 거위를 잡으려 했다. 그러나 유 어멈은 성실한 불자인지라 채식(菜食)만 하고 살생을 하지 않으므로 단지 그릇을 씻을 뿐이었다. 상림댁은 불을 때는 것 말고는 다른 일이 없어 한가하게 앉아서 유 어멈이 그릇 씻는 것을 보고 있었다. 눈이 펄펄 내리고 있었다.

"아아, 나는 정말 어리석었어."

상림댁 하늘을 바라보고 탄식하며 혼잣말처럼 말했다.

"상림댁, 또 시작이구먼."

유마는 귀찮은 듯이 그녀의 얼굴을 보고 말했다.

"내 하나 묻겠는데, 그 이마의 흉터는 그때 부딪쳐 깬 거 아냐?"

"으응……."

그녀는 애매하게 대답했다.

"그럼 또 한 가지 묻겠는데, 그래 놓고 왜 나중엔 승낙했누?"

"내가?"

"그래, 난 암만해도 네가 승낙한 거라고 생각돼. 그렇지 않고는……."

"아이구, 아주머닌 몰라요. 그 사람 힘이 얼마나 센지."

"그걸 누가 알아. 너만큼 센 힘으로 남자 하나 꺾지 못했다니, 난 믿을 수가 없어. 틀림없이 네가 승낙한 거야. 그래 놓고 나중에서야 그 사람이 힘이 세니 어쩌니 하고 핑계를 대는 게지."

"아이구 아…… 아주머니가 한번 당해 보세요."

그녀는 웃었다.

유마의 주름투성이 얼굴이 웃음을 띠어 마치 호도처럼 쭈그러졌다. 윤기 없는 조그만 눈이 상림댁의 이마 언저리와 눈을 번갈아 쏘아보았다. 상림댁은 민망스러운 듯 곧 웃는 얼굴을 거두고 눈을 돌려 내리는 눈을 바라보았다.

"상림댁, 자네 정말 잘못했어."

유마는 넌지시 말했다.

"차라리 좀더 힘껏 부딪쳐 죽어 버렸더라면 나았을 것을. 사실 너는 두 번째 남편과는 2년도 못 살았는데도 그게 큰 죄가 되지 뭐냐. 생각 좀 해 봐. 네가 장차 저승에 가면 두 남자의 죽은 귀신이 싸울 텐데 그럼 넌 누구에게 붙어야 좋지? 염라대왕이 너를 톱으로 썰어 둘에게 나누어 주는 수밖에 없을 거야. 그렇게 되면 정말……."

그녀 얼굴에 공포의 빛이 나타났다. 이것은 산촌에서 들은 적이 없는 이야기였다.

"내 생각에는 한시 바삐 액막이를 하는 게 좋을 것 같아. 아무쪼록 사당에 문지방을 하나 기부해. 그걸 네 몸 대신으로 천 사람에게 밟히고, 만 사람에게 넘게 하여 이 세상의 죄를 속죄해야만 죽어서 고통받는 것을 면할 수 있어."

그녀는 그때 아무 대답도 하지 않았으나 무척 고민한 모양인지 이튿날 아침 일어났을 때는 두 눈언저리가 거무스름했다. 아침을 먹은 뒤 그녀는 곧 마을 서쪽 사당에 가서 문지방을 기부하겠다고 말했다. 처음에 사당지기는 고집을 부리고 허락하지 않았으나 그녀가 다급해져 눈물을 흘리자 마지못해 허락했다. 그 값은 대전(大錢) 12관(貫)이었다.

그녀는 오랫동안 사람들과 말을 하지 않았다. 아모 이야기에 사람들이 싫증이 나버렸기 때문이다. 그러나 유 어멈과 이야기를 했던 이래로 곧 또 소문이 퍼졌던지 많은 사람이 새로운 흥미를 일으켜 그녀를 앉혀 놓고 이야기를 하기 시작했다. 화제는 자연 새로운 것으로 바뀌었는데, 말할 것도 없이 그녀의 이마 위 흉터가 그 중심이 되었다.

"상림댁, 그때 왜 결국 승낙했지?"

한 사람이 말했다.

"정말이지, 아깝게도 헛부딪쳤지."

또 한 사람이 그녀의 흉터를 바라보면서 맞장구쳤다.

그녀는 그들의 웃는 얼굴과 말투에서 자기를 비웃고 있다는 것을 알고 있었으므로 매양 눈을 부릅뜰 뿐 한마디도 대꾸하지 않았으며, 나중에는 고개도 돌리지 않았다. 그녀는 종일 입을 꼭 다물고 사람들이 치욕의 낙인으로 여기고 있는 그 흉터를 이마에 가진 채 묵묵히 거리를 걷고, 땅을 쓸고, 채소를 씻고, 쌀을 일었다. 거의 1년이 됐을 무렵 그녀는 간신히 숙모 손에서 지금까지 저축해 두었던 임금을 받아내어 멕시코 은화(중국이 멕시코에서 수입한 銀貨)로 바꿔 틈을 내어서는 마을 서쪽으로 갔다. 그러곤 밥 한 끼 먹을 시간도 못 되어 돌아왔는데 기분이 퍽 좋아 보였고 눈빛도 유달리 생기가 있었다. 그러면서 숙모에게, 자기는 벌써 사당에 문지방을 봉납하고 왔다며 기쁜 듯이 말했다.

동지(冬至) 제사 때는 더욱 신바람이 났다. 숙모가 제물을 담고 유마가 탁자를 대청 복판에 들어다 놓는 것을 보더니, 그녀는 곧 술잔과 젓가락을 가지러 갔다.

"너는 그냥 놓아 둬, 상림댁!"

숙모는 허둥지둥 큰 소리로 말했다.

그녀는 벌겋게 불에 단 부젓가락을 만진 것처럼 손을 움츠렸다. 낯빛도 잿빛으로 변했다. 다시는 촛대를 잡으려 하지도 않고 실신한 것처럼 서 있었다. 분향할 때가 되어 사숙이 나가라고 하자 비로소 자리를 비켰다. 이번 그녀의 변화는 퍽 큰 것이었다. 이튿날은 눈이 움푹 들어갔을 뿐 아니라 기력마저 아주 없어 보였다. 게다가 몹시 겁보가 되어 깜깜한 밤이나 검은 그림자를 두려워할 뿐 아니라, 사람을 보기만 하면 자기 주인일지라도 무서워하는 품이 대낮에 굴을 나와 돌아다니는 생쥐 같았다. 그렇지 않을 때는 인형처럼 계속 우두커니 앉아 있었다. 반 년이 못되어 머리털은 반백이 되고 기억력이 더욱 나빠져 심지어 쌀 일러 가는 것도 늘 잊어버렸다.

"상림댁이 어째서 이 꼴이 됐을까? 차라리 그때 두지 않았더라면 더 나을 걸 그랬어."

숙모는 가끔 그녀 앞에서 경고하는 것처럼 이렇게 말했다.

그러나 상림댁은 통 변할 줄 몰라 영리해질 기미는 전혀 보이지 않았다. 그래서 위씨 할머니에게 그녀를 보내려고 생각했다. 그것도 내가 노진에 있을 때는 단지 말로만 그랬을 뿐이었는데, 이번에 와 보고서야 그것이 결국 실행되었음을 알았다. 그러나 그녀가 사숙 댁을 나와 금방 거지가 되었는지, 아니면 위씨 할머니 집에 간 다음에 거지가 되었는지 그것은 나도 모른다.

나는 바로 가까이에서 울리는 요란한 폭죽소리 때문에 눈을 떴다. 콩알만한 크기의 누런 등잔불이 보였다. 이어 쾅쾅하는 폭죽소리가 또 들려왔다. 사숙 댁에서 한창 복을 빌고 있는 것이다. 그렇다면 벌써 새벽 4시에 가까운 때란 소리다. 몽롱한 가운데 먼 곳의 아련한 폭죽소리가 여럿 겹쳐서 들려오고 있었다. 그것들은 마치 한 덩어리로 하늘 가득히 울려 퍼지는 소리의 구름같이 되어, 펄펄 내리는 눈과 함께 온 마을을 감싸 안는 듯하였다. 나는 이 어수선한 포옹 속에서 노곤하면서도 편안한 기분이 되었다. 낮부터 초저녁까지의 근심은 축복의 공기에 모두 사라졌다. 천지의 신들이 제물과 향을 맛보고, 모두 얼큰히 취하여 공중을 다니면서 노진 사람들에게 무한한 행복을 주려는 것만 같았다.

술집에서

　북쪽에서 동남쪽으로 여행할 때, 나는 일부러 길을 돌아서 고향에 들렀다가 이 S시로 왔다. 이 고장은 내 고향과는 30리(20킬로미터) 밖에 떨어져 있지 않다. 뱃길로 반나절 거리이다. 옛날, 나는 이곳 학교에서 대략 1년 정도 교원 생활을 한 적이 있었다. 한겨울 눈이 내린 다음이라 풍경은 어쩐지 쓸쓸했고, 착 가라앉는 듯한 하염없는 마음과 옛날이 그리워지는 기분이 뒤섞여 나를 엄습해 왔다. 나는 우선 S시의 낙사(洛思) 여관에 머물기로 했다. 이 여관은 옛날엔 없었던 곳이다. 성내는 본디 넓지 않으나 만날 것으로 생각하고 찾아갔던 몇 사람의 옛날 동료들은 아무도 없었다. 그들은 오래 전에 떠나 버렸던 것이다. 학교 앞을 걸어 보았지만, 이 길도 이름이 달라지고 모습이 변해 어쩐지 낯설었다. 두 시간이 되기도 전에 감흥은 사라져 호기심으로 이런 곳에 들렀다는 것이 후회가 됐다.

　내가 묵기로 한 여관은 방만 빌려 줄 뿐 식사는 제공하지 않으므로 밖에서 시켜 먹었는데, 이것이 또 시래기를 씹는 맛이었다. 창 밖에는 물이 스며들어 보기 흉한 흙담이 있었는데, 시든 이끼가 말라 붙어 있었다. 그 위로 펼쳐진 잿빛 하늘은 단지 답답함만 줄 뿐 아무런 흥취도 없었다. 게다가 눈발이 희뜩희뜩 날리기 시작했다. 점심을 시답잖게 먹었고, 달리 시간을 보낼 묘안도 없어 무료하던 차에 퍼뜩 옛날 잘 다니던 '일석거(一石居)'라는 자그마한 술집이 생각났다. 틀림없이 이 여관에서 멀지 않을 터였다. 그래서 곧 문을 잠그고 거리로 나가 그 술집을 찾아보기로 했다. 그렇다고 술을 먹고 싶지는 않았고, 그저 객지에서 느끼는 쓸쓸함을 달래고 싶었을 뿐이다. 일석거는 여전히 있었다. 좁고 우중충한 모습도, 낡아 빠진 간판도 옛날 그대로였다. 다만 관리인에서 점원에 이르기까지 한 사람도 낯익은 얼굴이 없어, 나는 이 일석거에서도 완전히 낯선 손님이 돼 버렸다. 어쨌든 옛날에 늘 올라다니던 사다리를 타고 곧장 2층으로 올라갔다. 2층에는 역시 작은 탁자

다섯 개가 놓여 있었다. 변한 것이 있다면 나무 창살이었던 안쪽 창에 유리가 끼여 있다는 정도였다.

"소흥주(紹興酒) 한 근과 요리는 두부튀김 열 개, 고추장 많이 넣고."

나는 뒤따라 올라온 점원에게 그렇게 시킨 뒤 안쪽 창가에 놓인 탁자 옆으로 가서 앉았다. 2층은 텅 비어 있어서 그 아래로 정원을 내려다볼 수 있는 가장 좋은 자리에 마음대로 앉을 수 있었다. 이 정원은 아마 이 집 것은 아닐 것이다. 나는 옛날에도 여러 번 이 정원을 바라다보곤 했었다. 때로는 눈이 오는 날도 있었으나 지금까지 북방을 익히 보아 온 눈으로 다시 보니 실로 감개무량했다. 늙은 매화나무 몇 그루가 겨울을 이겨내며 가지마다 꽃을 피워 한겨울 매운 추위도 모르는 듯했다. 쓰러져 가는 정자 옆에 있는, 짙푸른 잎 우거진 동백나무 그늘에서는 여남은 송이의 빨간 꽃을 찾아 낼 수가 있었다. 그것은 눈에 반사해서 불붙는 것처럼 보였고 마치 탕자의 방랑벽을 조소하는 듯이 분노와 불만을 나타내고 있는 성싶었다. 이때 문득 생각난 것이지만, 이 눈은 북방과는 달리 윤기가 있어서 무엇과 붙으면 떨어지지 않고 반짝반짝 빛나는 성질이 있다. 북쪽의 눈은 바삭바삭해서 바람에 불리면 하늘 가득히 연기처럼 어지럽게 휘날리지만…….

"손님, 술을……."

점원이 심드렁하게 말하면서 젓가락, 술단지, 접시, 종지를 탁자에 놓았다. 술이 나온 것이다. 나는 탁자 쪽으로 몸을 돌려 자리를 잡고는 그것들을 내 앞에 늘어놓고 술을 따랐다. 생각하면 북방은 본디 내 고향이 아니었다. 그렇다고 남방으로 갔다 한들 다를 것 없는 한낱 길손의 몸, 북쪽의 가랑눈이 어떻게 난무하든 남쪽의 함박눈이 얼마나 윤기가 흐르든 그것은 나와 아무런 관계도 없는 것이다. 나는 살짝 감상에 젖으면서 기분좋게 술을 한 잔 들이켰다. 술맛은 순수했다. 튀김두부도 맛이 좋았다. 다만 아쉬운 것은 고추장이 시원치 않았지만, 이건 S시 사람들이 고추를 즐겨하지 않기 때문이다.

아직 해가 기울지 않은 탓이겠지만, 여긴 술집이라 하나 조금도 그 같은 기분이 나지 않았다. 석 잔을 비웠는데도 여전히 내가 앉은 탁자 외에 다른 넷은 비어 있는 채였다. 정원을 바라다보고 있는 동안 나는 차차 쓸쓸해졌지만, 그대로 다른 손님이 더 올라와 주지 않길 바랐다. 때로 계단에 발소리가 들릴 때마다 나도 모르게 이마를 찌푸렸으나 점원이라는 것을 알고는 안심했다. 이렇게 또 두서너 잔을 들이켰다.

그런데 이번엔 틀림없이 손님으로 생각되는 발소리가 들려왔다. 점원의 발소리보다 속도가 느렸기 때문이다. 그 손님이 거의 계단을 다 올라왔으리라. 생각될 무렵에 나는 천천히 머리를 들어, 이 우연히 나타난 손님의 얼굴을 바라보았다. 나는 깜짝 놀라 일어났다. 뜻밖의 일이었다. 이런 곳에서 친구를 만나다니. 그를 친구라고 부르는 것을 지금도 그가 허락해 준다면 말이지만.

2층에 올라온 손님은 내 동창생이자 일찍이 교원 시절의 옛 동료이기도 했다. 얼굴은 꽤 변한 것 같았지만, 나는 첫눈에 그를 알아보았다. 다만 동작이 매우 둔한 점에서 왕년의 민첩하고 씩씩했던 여위보(呂緯甫)의 모습을 찾아볼 순 없었다.

"야아! 위보, 자네였군그래. 설마 이런 데서 자네를 만날 줄이야……."

"호오, 자넨가? 나도 설마야……."

나는 그에게 자리를 같이 하자고 권했다. 그는 조금 주저하는 듯하다가 자리에 앉았다. 나는 처음에는 신기하던 것이 차차 서글픈 생각이 나서 불쾌한 기분까지 들었다. 그의 모습을 찬찬히 보니 머리와 수염을 텁수룩하게 기른 것은 옛과 다름 없었지만, 창백하고 길쭉하며 모가 진 얼굴은 여윈 나머지 초라한 기색까지 띠고 있었다. 기운도 없어 보였다. 아니 그보다는 차라리 의기소침한 모습이었다. 짙고 검은 눈썹 아래 빠끔히 뜬 눈도 생기를 잃은 터였다. 다만 그가 조용히 주위를 둘러보다가 정원에 눈길을 줄 때에만 함께 학교에 있을 때 익히 보던, 사람을 쏘아보는 듯한 눈빛이 나왔다.

"우리가"

나는 그에게 흥을 불러일으키려고 조금 어색하게 말을 꺼냈다.

"헤어져 있은 지가 벌써 10년이나 되는군그래. 자네가 제남(濟南)에 있다는 건 벌써 알고 있었네만, 참 그때 편지 한 장 띄우지 못하고……."

"서로 매일반이지. 지금 난 태원(太原)에 있네. 벌써 2년이 넘었는걸. 어머니와 같이 있어. 어머니를 다시 모시러 왔을 땐 자넨 벌써 이사간 다음이더군. 죄다 실어 가지고 말야."

"자넨 태원서 뭘 하고 있나?"

"교사야. 같은 고향 사람 집에서."

"그 전엔?"

"그 전에?"

그는 주머니에서 담배를 한 개비 꺼내 불을 붙여, 입에서 내뿜는 연기를 바라보면서 감개가 깊은 듯이 말했다.

"거 뭐, 쓸데없는 일뿐이야. 아무것도 안 했던 거나 마찬가지야."

그도 헤어진 뒤의 내 동정을 물었다. 나는 간단히 요약해서 이야기했다. 이어 점원에게 잔과 젓가락을 가져오게 하여 술을 권한 다음 두 근을 더 가져오게 했고 요리도 주문했다. 예전 우리는 사양이나 체면 같은 것이 없었는데, 지금은 서로가 사양을 하느라 무슨 요리를 누가 시켰는지도 분간할 수 없이 되어 버렸다. 결국 점원에게 물어 보았더니 회향두(茴香豆), 동육(凍肉), 튀김두부, 청어건(靑魚乾) 네 종류가 주문되어 있었다.

그는 한 손에 담배를 쥐고 다른 한 손엔 잔을 들고 웃는 것도 웃지 않는 것도 아닌 표정으로 내게 말했다.

"돌아와 보니까 어째 우스꽝스런 기분이 들어서 말야. 난 어렸을 때 벌이나 파리가 어딘가 앉아 있다가 쫓으면 곧 날아가지만 그것도 잠깐, 다시 있던 자리로 돌아오는 걸 보고 어쩐지 우스꽝스럽기도 하고 안스럽기도 했는데 말야. 생각해 보면 나만 해도 잠깐 날았을 뿐 곧 되돌아왔단 말야. 게다가 자네까지 되돌아왔군그래. 자넨 좀 더 멀리 날을 수 없었나?"

나 역시 웃는 것도 웃지 않는 것도 아닌 표정으로 말했다.

"글쎄 말야. 나 역시 그저 잠깐 나는 정도지 뭐. 그런데 자넨 무슨 일로 되돌아왔나?"

"거 뭐, 쓸데없는 것 때문에."

그는 단숨에 쭉 술을 마셔 버렸다. 그러고는 담배를 뻑뻑 빨면서 눈을 조금 크게 뜨고 말했다.

"하찮은 얘기지만, 그래도 말해 볼까?"

점원이 추가로 주문한 술과 요리를 가져와 탁자 가득히 늘어놓았다. 2층에는 담배 연기와 튀김두부의 김이 서려 어느 정도 활기가 생겼고, 밖에는 눈이 이에 못지않게 억세게 퍼붓고 있었다. 그가 말을 이었다.

"자네 전부터 알고 있었던가? 옛날에 내겐 어린 동생이 하나 있었다네.

세 살 때 죽었는데, 이 땅에 묻혀 있지. 나는 얼굴조차도 기억에 없지만 어머니의 말에 따르면 매우 귀여운 아이로, 나와 아주 사이가 좋았다는 거야. 어머니는 지금도 동생 얘기가 나오면 눈물지을 정도지. 그런데 올봄, 큰아버지가 편지를 보내 오셨어. 그 묘 근처에 물이 차올라 언제 냇물에 잠겨 버릴지 모르니 서둘러 손을 써야 한다는 거야. 어머니는 이 소식을 듣고는 며칠밤 잠도 제대로 못 이루는 형편이었다네. 그도 그럴 것이, 어머니는 편지를 읽을 줄 아시거든. 그렇다 해서 내게 무슨 뾰족한 수가 있나? 돈도 없고 짬도 없어. 당장은 어떻게 할 수가 없었단 말야. 그래 이번엔 겨우 연말 휴가를 이용해서 이장하려고 온 게야."

그는 또 잔을 비우고 창 밖을 내려다보면서 말했다.

"역시 남쪽이라 다르군, 저쪽은 도저히 여기 같을 수 없지. 눈 속에 꽃이 피어 있단 말야. 눈 속의 땅은 얼지 않는 모양이야. 그래서 말이야, 엊그제 일이지. 난 성내에서 조그마한 관이며 솜, 자리 같은 것을 마련했네. 묻혀 있는 그 애는 옛날에 썩었을 테니까. 네 사람의 일꾼까지 사서 이장하러 가는데 난 웬지 마음이 들떠 있었어. 무덤을 파헤친다……. 나와 사이좋다는 동생의 뼈는 과연 어떻게 됐을까, 이런 경험은 나에겐 일찍이 한 번도 없었으니 말야. 묘지에 가 봤지. 정말 냇물이 무덤에 거의 두 자 쯤까지 올라 있더군. 불쌍하게도 동생의 무덤은 최근 2, 3년 동안 흙을 덮어 주지 않았기 때문에 거의 평지처럼 되어 있었어. 나는 눈 속에 서서 그 무덤을 가리키며 단호한 어조로 일꾼에게 명령했어. '파헤치십시오!' 실은 난 한낱 평범한 남자에 지나지 않지. 그러나 이때만은 나 자신의 음성이나 이 명령이 어쩐지 이상하게 들렸어. 내 일생 중 가장 위대한 명령인 것 같은 기분이었어. 그런데 일꾼들은 조금도 이상하게 생각하지 않고 곧 파내려가기 시작했고 난 구멍까지 다 파헤쳤기에 가서 들여다보았지. 그랬더니 관은 거의 썩어 버려서 나무 부스러기라든가 작은 나무 조각 같은 것이 한 덩어리쯤 남아 있을 뿐이었어. 나는 떨리는 마음으로 그것들을 헤치기 시작했지, 조심에 조심을 거듭하면서. 어떡하든 조금이라도 동생의 모습을 볼까 하고. 그런데 뜻밖에 자리도 옷도 뼈도 아무것도 없었단 말이야. 나는 이런 것들은 모두 없어졌다 치더라도 머리카락만큼은 언제까지든지 썩지 않는단 말을 들었던 터라 그것만은 남아 있을 것으로 생각했지. 그래서 엎드려 베개가 놓였던 자리로 짐작되는 곳의 흙을 정성들여 살펴보았으나 이것조차 없었어. 모습도 흔적도 없더란 말야."

이렇게 말한 그는 눈언저리가 벌겋게 물들어 있었다. 그러나 그것은 술이 오른 탓임을 곧 알아챘다. 그는 요리에는 손도 대지 않은 채 거의 술만 들이켰기 때문에 한 근 이상을 마셨던 것이다. 따라서 표정도 거동도 활발해져 왕년의 여위보의 면모에 가까워졌다. 나는 점원을 불러 다시 두 근을 더 주문했다. 그리고 나서 나도 잔을 들고 그의 얼굴을 마주 보면서 이야기에 귀를 기울였다.

"그래서 말야, 이렇게 된 이상 이장할 필요는 없어졌단 말야. 흙을 다시 메우고, 관을 팔아 버리면 끝나겠지. 내가 관을 판다니 좀 이상하지만, 싸게 준다면 판 집에서 도로 살 거란 말야. 그래 가지고 술값이라도 하면 될 거 아냐? 그러나 난 그렇게 하지 않았어. 예정대로 자리를 깔고 유해가 있던 곳의 흙을 솜으로 싼 뒤 관에 넣어 아버지가 묻힌 묘지까지 운반해 그 옆에 묻어 주었지. 그리고 외곽에 벽돌을 쌓느라 어제는 반나절이 더 걸려 매우 바빴어. 공사 감독을 하느라고 말야. 어쨌든 이럭저럭 이것으로 그 일은 끝났어. 적당히 말해서 어머니도 안심시킬 수 있을 테니 말야…… 야아, 자넨 날 유심히 보고 있군그래. 내가 어째서 옛날과 이처럼 달라졌는지 매우 의심스럽게 생각하는 모양인데, 그래그래, 아직 기억하고 있어. 언젠가 우리가 함께 절에 갔을 때 신상(神像)의 수염을 뽑은 적이 있었지. 매일같이 중국을 개혁하는 방법에 대해서 논했고 나중에는 맞붙어 싸움을 했던 적까지 있었지. 그렇지만 지금은 난 보는 바와 같아. 적당히 이럭저럭 지내고 있는 거야. 때론 나도 생각할 때가 있어. 만일 옛 친구를 만나면, 이제 나를 친구로 여기지 않을 테지 하고…… 그렇지만 어쩌겠나? 사실이 이런걸."

그는 또 담배를 한 개비 꺼내서 입에 물고 불을 붙였다.

"자네 태도로 보면 자넨 아직도 내게 기대를 거는 모양이네만…… 난 이제 고목이나 다름없어. 그러나 이 정도로는 아직 판별할 수 있다네. 이건 내게 다행스런 일이기도 하지만 불안의 근원이기도 하지. 나는 결국 지금까지 내게 호의를 지닌 옛 친구를 배신하는 게 아닐까……."

여기서 그는 갑자기 입을 다물고, 담배를 뻑뻑 빨고 나더니 천천히 말을 이었다.

"실은 오늘 이 일석거에 오기 좀 전에 한 가지 더 엉터리 짓을 하고 왔어. 그것도 내가 스스로 나서서 한 짓이야. 옛날 우리 집 동쪽 옆에 장부(長富)라는 사공이 살고 있었지. 그에게는 아순(阿順)이란 딸이 있었는데, 자네도 그 무렵 내 집에 왔을 때 본 적이 있었는지 몰라. 하기는 기억에 없을 거야. 그땐 아직 어렸으니까. 커서도 별로 미인은 아니었지. 그저 흔히 보는, 지나치게 마른 갸름한 얼굴에 피부도 깨끗하지 못했어. 다만 눈만은 매우 컸고 속눈썹도 길었지. 게다가 흰자위가 맑아서 밤하늘 같았고. 바람이 잔잔한 날 북녘 밤하늘 말이야. 이 근처에선 그런 맑은 것은 볼 수 없어. 그 아가씨는 매우 부지런했어. 열 몇 살일 때 어머니를 여의고, 남동생 여동생의 시중에다 아버지 뒷바라지까지도 혼자 도맡아서 했지. 나무랄 데 없는 데다가 집안도 잘 꾸려 나간 덕에 살림도 차차 여유로워졌어. 근처에서도 누구 하나 나쁘게 말하는 사람이 없었어. 장부도 언제나 행복하다고 했었지.

그런데 이번에 내가 집에서 떠나려니까, 어머니가 이 애를 기억에서 떠올렸던 거야. 노친네란 정말 옛일을 곧잘 오래도록 잊지 않거든. 어머니는 이런 옛 이야기를 했다네. 아순이 말야, 누군가가 머리에 비로드 꽃비녀를 꽂고 있는 것을 보고 자기도 갖고 싶다고 했다는 거야. 그런데 사주지 않아서 울어 버렸대. 밤중 내내 울다가 드디어는 아버지한테 얻어 맞아서 며칠 동안 눈이 빨갛게 부어 있었다는 거야. 그 꽃비녀는 다른 지방 제품이라 S시에선 살 수가 없었다는군. 그녀에겐 도저히 이루어질 수 없는 소망이었지. 그래서 내가 이번에 이곳 남쪽으로 오는 길에 두 개만 사가지고 가서 그녀에게 주라고 어머니가 말하잖겠나. 이런 심부름은 나에겐 귀찮기는커녕 도리어 기쁠 정도였어. 실은 아순을 위해 뭔가 해주고 싶은 생각이 있었거든.

재작년 어머니를 모시러 왔을 때의 일이야. 어느 날 마침 집에 있던 장부와 나 사이에 무슨 일로 해서 얘기가 시작됐었지. 그랬는데 장부가 날보고 메밀 범벅을 먹고 가라는 거야. 흰설탕을 넣어 만들었다고. 어때? 집에 흰설탕을 두고 먹는 사공이라면 가난뱅이 사공은 아니잖아. 그래서 큰소리를 치는 거겠지. 난 하도 권하기에 거절할 수가 없어서 '그럼 먹겠습니다. 그러나 작은 대접에 주십시오' 했던 거야. 그런 것은 그도 납득이 갔던 모양으로 '학문하는 양반들은 조금씩 잡수니까 작은 대접에 올려. 설탕을 많이 넣어서' 하고 아순에게 당부까지 했단 말야. 그런데 만들어 온 것을 보고서는 깜짝 놀랐어. 큰 대접에다가 곱빼기였단 말일세. 양이 족히 하루 치는 됐겠어. 하기야 장부의 대접에 비하면 그야 물론 내 것이 작았지만. 난 메밀 범벅이란 것은 일찍이 먹어 본 적이 전혀 없었다네. 그래서 난생 처음 젓가락을 입에 대보았는데, 아무 맛도 없고 달기만 했지. 나는 아무 소리 않고 두어 입 먹곤 그만 젓가락을 놓으려 했어. 그런데 우연히 보았더니 저쪽에서 아순이 이쪽을 보고 있지 않겠어? 순간 젓가락 놓을 용기를 잃어버렸어. 그녀의 표정에는 염려와 기대가 겹쳐 있더군. 메밀 범벅이 맛있게 됐는지를 염려하며 우리가 맛있게 먹어 주기를 기대하는 게 틀림없었어. 만일 절반 이상 남긴다면 그녀는 분명 낙담하고 또 미안해할 것이란 생각이 들자 나는 금방 결심했다네. 목구멍을 최대한으로 열고 마구 쓸어 넣기로. 거의 장부와 같은 속도로 먹어 치웠단 말야. 무리하게 먹는 것이 얼마나 괴로운 일인지 이때 절실히 느꼈어. 아직 내가 어린애였을 때 회충약을 흑설탕에 섞어서 한 그릇 가득히 억지로 마셔 본 적이 있었는데, 꼭 그때의 고통과 같았지. 그렇지만 아순이 원망스럽지는 않았어. 빈 대접을 물렀을 때, 자랑스러움을 숨기지 못하고 기뻐하는 미소를 보는 것만으로도 나의 고통은 충분히 보상되고 남았으니까.

그날 밤 배가 거북해 편안히 자지 못하고 악몽만 꾸었지만, 그래도 그녀의 평생 행복을 바랐고 세상이 그녀에게 좋은 편이 되도록 소망했어. 하지만 그런 기분은 그 옛날에 꾸었던 내 꿈의 미련에서였으니까, 허탈하게 한번 웃고 얼마 안 가선 모든 걸 잊어버리고 말았지. 나는 그녀가 비로드 꽃비녀 때문에 매맞았다는 이야기를 그때까지 모르고 있었어. 그런데 어머니의 이야기를 듣는 동안 메밀 범벅의 추억이 생각난 거야. 그래서 나로서도 의외라 싶을 만큼 적극적으로 나갔어. 태원 시내를 찾아다녔지만 아무 데도 없었는데, 제남에 와서야……."

창 밖에서 '쏴악쏴솨' 하는 소리가 들렸다. 동백나무 가지가 휘도록 쌓여 있던 큰 눈덩이가 굴러 떨어졌던 것이다. 가지는 곧바로 쭉 뻗어서 검게 빛나는 반들반들한 잎과 핏빛처럼 빨간 꽃이 더욱 청초하게 보였다. 남색 하늘은 더욱 짙어져 있었다. 참새가 쩍쩍 울고 있었다. 황혼이 가까웠고, 게다가 지상에 눈이 덮여 있어 먹이를 찾을 수 없으니까 일찌감치 둥지로 돌아가서 쉬는 것이리라.

"제남에 가서 말야."

그는 창 밖으로 힐끗 시선을 던졌다가 다시 이쪽을 보며 잔을 비우고, 담배를 피우고 나서 또 시작했다.

"겨우 비로드 꽃비녀를 구할 수가 있었어. 그녀를 그처럼 애타게 한 것이 이 물건인지 아닌지 알 수 없었지만, 어쨌든 그 비로드야. 게다가 그녀가 짙은 색과 옅은 색 중 어느 걸 더 좋아하는지 알 수가 없어서 진홍 하나와 복숭아빛 하나를 사가지고 여기 왔단 말야. 그러곤 오늘 오후, 밥을 먹고 곧 장부네 집으로 갔지. 그 일 때문에 일부러 출발을 하루 늦추었어. 그런데 장부의 집이 있기는 있었는데, 어쩐지 음산한 느낌이 들더군. 그야 물론 이런 것은 단순한 정신상의 문젠지도 모르지만 말야. 그의 아들과 둘째딸 아소(阿昭)가 문 앞에 서 있었어. 많이 컸더군. 아소는 생김새가 언니와 전혀 달랐는데, 처음에는 귀신인 줄 알았지 뭐야. 그보다도 내가 자기네 집 쪽으로 가고 있는 것을 보더니, 별안간 무슨 큰일이라도 난 듯이 달아나서 집 안으로 자취를 감추는 게 아니겠어. 그래 내가 그 아들아이에게 물어봤지. 그랬더니 장부는 없다는 게야. '네 큰누나는?' 했더니, 갑자기 눈을 동그랗게 뜨고 누나에게 무슨 용무냐고 짓궂게 캐물으려 드는 거야. 서슬이 퍼래가지고 말야. 당장에라도 달려들어 물어 뜯을 것처럼 서둘러 대면서. 그래 어물어물 뒤돌아 서 버리고 말았지만 지금 같아선 적당히 속여서라도……

자넨 모르겠지만, 난 누군가를 찾아가서 만나는 걸 전보다 더 질색하게 됐다네. 나 자신에 대한 혐오를 뼈저리게 자각하고 있기 때문이지. 나 자신도 날 싫어하는 주제에 뭣땜에 일부러 남을 불쾌하게 하러 간단 말인가. 그건 당치도 않다는 생각이 들어서 말야. 그러나 이번 심부름만은 꼭 해야 했거든. 그래서 좀 생각해 봤지, 그리고 그 앞줄에 있는 숯장수 집으로 되돌아갔단 말야. 숯장수 집엔 숨어 사는 노발(老發) 아줌마란 여자가 있었는데, 이 여자는 아직 정정하더군그래. 게다가 나를 알아보지 않겠나. 그러면서 올라오라며 나를 안으로 안내하더군. 대충 인사가 끝나고 나서, 내가 S시에 온 이유와 장부를 방문했던 이유를 말하자 뜻밖에도 그녀는 한숨을 쉬면서 '정말 가엾게도 순(順)이는 명이 짧아서 모처럼 사 온 꽃비녀도 꽂아 보지 못하게 됐군요' 한단 말야. 그리고는 자세히 말해 주더군. '아마 작년 봄부터였던가. 그애는 아주 쇠약해져서 눈물을 흘리곤 했지요. 왜 그러느냐고 물어도 이유를 말하지 않고 때론 밤새 우는 일도 있었답니다. 나중엔 장부도 화가 나서 다 큰 애가 미치기라도 했느냐면서 소리지른 적도 있었지요. 그런데 가을에 접어들자 대수롭지 않은 감기가 덮쳐서 앓아 눕더니 영 못 일어나는 거예요. 숨을 거두기 2, 3일 전이 되어서야 비로소 장부에게 털어놓은 이야기론, 벌써 오래 전부터 제 엄마처럼 각혈을 하고, 식은땀을 흘렸었다더군요. 그래도 아버지에게 걱정을 끼치지 않으려고 숨기고 있었다는 것이지요. 그리고 또 어느 날 밤 그 애의 큰아버지인 장경(長庚)이란 사람이 돈을 뺏으러 왔는데—이건 여러 번 있었던 일이죠—그 애가 주지 않으니까, 그자가 능글맞게 비웃으면서 '흥, 유세 떨지마! 이래 봬도 네 남편보다는 내가 훨씬 낫지' 하고 악담을 했다는 거예요. 그러고서부터 그 애는 완전히 침울해져서 부끄러워 누구에게 말도 못하고 그저 울고만 있었다는군요. 당황한 장부가, 네 남편이 될 사람은 매우 부지런하다고 말하는데도, 이미 때는 늦었다면서, 그런 말을 들어도 나는 이렇게 돼 버렸으니 아무러면 어떠냐고 말하더란 거예요.'

노발 아줌마의 이야기는 더 계속됐어. '그애의 지아비가 정말 장경에게도 미치지 못한다면 무서운 일이 아닙니까? 좀도둑에도 미치지 못하다니 도대체 뭐란 말예요? 그래도 전 그 남자가 장례식에 왔을 때 이 눈으로 틀림없이 보았어요. 입성도 깨끗하고 풍채도 단정했지요. 그리고 눈물을 뚝뚝 흘리면서 이렇게 말하더군요. 반평생을 하찮은 사공으로 고생하며, 굶기를 밥먹듯하여 돈을 모아 이제야 겨우 색시를 맞을 준비를 했다 싶었는데, 그만 죽고 말았다고. 어때요? 이것만 봐도 그가 좋은 사람이고 장경이 말한 것은 엉터리였다는 걸 알 수 있잖아요? 정말 가엾은 것은 순이가 그런 도둑놈의 거짓말을 잘못 받아들여 생목숨을 잃었다는 사실이지요. 하지만 이것은 누구 잘못도 아닙니다. 오로지 순이가 명이 짧았던 탓이지요' 하더군.

그래서 말야, 그럼 가지고 온 두 개의 꽃비녀는 어떻게 하지? 노발 아줌마에게 부탁해서 아소에게 줘 버릴까. 아소란 계집애는 나를 보자 달아났었지. 나를 승냥이처럼 아는 모양이지? 그런 계집애에게 주는 것은 화가 나서 참을 수 없는 일이지만…… 그렇지만 나는 줘 버렸어. 어머니에겐 '아순이 매우 기뻐하더군요' 말하면 되는 거고, 이런 하찮은 일은 아무래도 상관없단 말야. 적당히 얼버무려 두면 되는 거야. 이럭저럭 정월을 보내고, 그러고 나서 또 예의 그 '자왈, 《시경》에 이르기를'을 되풀이하기 시작하면 되는 거란 말일세."

"자넨 '자왈, 《시경》에 이르기를'을 가르치고 있나?"

나는 이상한 생각이 들어 물었다.

"말해 뭣하나, 자넨 내가 ABC라도 가르치고 있다고 생각했는가? 전에는 내게 학생이 둘 있었지. 한 아이는 《시경》, 또 한 아이는 《맹자》였어. 요새 한 아이가 늘었어. 여자애야. 《여아경》을 가르치고 있어. 산술도 안 해. 내가 안하는 것이 아니고 아이들이 배우려 들질 않아."

"그건 미처 몰랐는데, 설마하니 자네가 그런 책을 가르치고 있다니……."

"그 아이들의 아버지가 그런 책을 가르쳐 달라는 거야. 나는 남이야. 좋다 그르다 할 수 없지. 이런 하찮은 일은 아무래도 좋단 말야. 그저 어물어물 넘어가기만 하면……."

그의 얼굴은 아주 벌겋게 되어 있었다. 취기가 많이 도는 모양이었다. 그러나 눈만은 멀뚱한 그대로였다. 나는 가벼운 한숨을 지었을 뿐 곧 이을 말이 없었다. 계단에서 발소리가 들리더니 손님 몇 사람이 올라왔다. 맨 앞의 손님은 키가 작고 통통한 둥근 얼굴이었다. 다음은 키다리로 얼굴 한가운데에 빨간 코가 솟아 있었다. 그 뒤로는 주렁주렁 따라 올라와서 조그마한 2층이 흔들릴 정도였다. 나와 여위보가 함께 시선을 돌리는 바람에 눈이 마주쳤다. 나는 점원을 불러 계산하라고 일렀다.

"그래, 자넨 그것으로 지낼 수 있는가?"

그는 일어나면서 물었다.

"응, 한 달에 20원 들어 와. 뭐 못 지낼 것도 없지."

"그래서, 자넨 앞으로 어떡할 참인가?"

"앞으로? ……모르지. 자넨 도대체 우리가 그 무렵 예상했던 것 중에서 그대로 된 것이 하나라도 있다고 생각하나? 난 지금 와선 아무것도 모르겠어. 내일 어떻게 될 것인지도 몰라. 1분 뒤의 일마저도……."

점원이 계산서를 가지고 와서 내게 주었다. 여위보는 점잖게 체면을 차리던 처음 만났을 때와 달리 힐끗 나를 보았을 뿐 담배를 피우면서 내가 지불하는 것을 모르는 척했다.

우리는 함께 그 집을 나왔다. 그가 머물고 있는 여관은 내가 머무는 여관과 정반대 방향에 있었기에 그대로 문 앞에서 헤어졌다. 혼자서 여관으로 걸어가는데 차가운 바람과 눈이 얼굴을 때리는 것이 도리어 기분이 좋았다. 하늘은 벌써 어두워지고 있었다. 늘어선 집과 거리가 온통 끊임없이 내리는 새하얀 눈발의 설경 속에 싸여갔다.

행복한 가정

쓰든 안 쓰든 자기 마음 내키는 대로 하는 것이다. 그러면 작품은 햇살처럼 무한한 광원 속에서 솟아나오는 것이다. 석화(石火)처럼 쇠와 돌을 맞부딪쳐서 나오는 것은 아니다. 이것이야말로 진짜 예술이다. 그런 자야말로 진정한 예술가다……. 그러나 나는 도대체 뭐란 말이냐……. 거기까지 생각하고 나서 그는 침대에서 벌떡 일어났다. 그는 원고를 써서 몇 푼이라도 벌어 가계를 도와야겠다고 생각하고 있었다. 투고할 곳은 〈행복월보사(幸福月報社)〉로 정해 두었다. 고료가 꽤 후하기 때문이다. 그런데 작품 내용은 한정되어 있었다. 그렇잖으면 채택되지 않을지도 모른다. 범위가 한정되어 있다면……. 현대 청년의 머리를 차지하고 있는 큰 문제는…… 여러 가지가 있을 것이다. 아니 아주 많이 있을지도 모른다. 연애라든가 결혼 또는 가정……. 그렇다, 그들의 대다수가 그런 문제에 대해서 현재도 고민하고 논의하고 있다. 그럼 가정에 대해서 쓰기로 할까. 그러나 어떤 식으로 쓸까……. 아니 채택해 주지 않을지도 모른다. 그렇다고 운이 나쁜 경우를 생각할 필요까지는 없지만, 그게 또 그런 게 아니다. 그는 침대에서 뛰어내려 네댓 걸음 책상 앞에까지 왔다. 그러고는 의자에 앉아 녹색 괘선의 원고지를 한 장 꺼내어 머뭇거리지도 않고, 그러면서도 되는 대로 제목을 한 줄로 내리썼다, '행복한 가정'이라고.

그의 붓은 갑자기 멈추었다. 그는 반듯이 누워서 두 눈으로 천장을 노려보며 '행복한 가정'이 자리할 곳을 생각했다. 그는 골똘히 궁리했다.

'베이징은? 안 된다. 전혀 활기가 없다. 공기조차 죽어 있다. 설사 이 가정 주위에 높은 담을 쌓는다 하더라도 공기까지 차단할 수는 없는 노릇이니까. 절대 안 돼. 강소(江蘇)나 절강(浙江)은 전쟁이 일어날 것 같아. 매일같이 깜짝깜짝 놀라고 있고, 복건(福建)은 그보다 더하다. 사천(四川)이나 광동(廣東)은? 현재 전쟁을 한창 하고 있다. 산동(山東)이나 하남(河南)이라면? 안 돼, 거기도 인질로 잡혀 갈지 몰라. 한 사람이 잡혀 가도 그야말로 불행한 가정이 되어 버리고 만다. 상하이(上海)나 톈진(天津)의 조계(租界)는 집세가 비싸고……. 그렇다고 외국으로 한다면 이야기가 안 된다. 운남(雲南)이나 귀주(貴州)는 어떨지 모르나 교통이 너무 불편하고…….'

이것저것 궁리를 해 보았지만, 마땅한 장소가 생각나지 않았다. 그래서 A라는 곳으로 가정하려 했는데, 또 생각을 고쳤다.

'요즘들어 많은 사람이, 로마자로 지명이나 인명을 표시하는 것은 독자의 흥미를 떨어뜨린다고 해서 반대하고 있다. 그러니 이번 투고에선 쓰지 않는 편이 안전하겠지. 그렇다면 어떤 곳으로 해야 할 것인가……. 호남(湖南)도 전쟁 중이다. 대련(大蓮), 거기는 가구가 비싸다. 찰합이(察哈爾), 길림(吉林), 흑룡강은? 마적이 있다는 소문이니, 역시 틀렸어…….'

이것저것 더 생각해 보았지만, 적당한 곳이 생각나지 않는다. 결국 이 행복한 가정이 있는 곳은 A로 가정키로 결심했다.

'요컨대 이 행복한 가정이 A에 있어야 함은 논의의 여지가 없는 것이다. 가정에는 물론 부부 한 쌍, 즉 남편과 아내가 있다. 자유 결혼을 했다. 그들은 40여 개의 조약을 체결하고 있다. 매우 자세하게 된 것이어서 지극히 평등하고 자유롭다. 게다가 고등교육을 받았기 때문에 우아하고 고상하다. 일본 유학생으로 할까. 그러나 지금은 안 가니까…… 그럼, 서양 유학생으로 가정하자. 남편은 언제나 양복을 입고 있고, 옷깃은 늘 하얗다. 아내는 언제나 앞머리를 지지고 있다. 이는 언제나 진주처럼 희다. 다만 옷만은 중국 옷으로…….'

"안 돼요, 안 됩니다. 스물닷 근입니다."

창 밖에서 남자의 소리가 들려왔기 때문에 그는 돌아다보았다. 창에는 커튼이 늘어져 있었다. 햇살이 비쳐서 눈이 부셨다. 뒤이어 자잘한 나뭇조각을 땅에 던지는 소리가 났다.

'아무것도 아니군.'

그는 다시 돌아 앉아서 생각했다.

'스물닷 근이 어쨌단 말이냐—그들은 우아하고 고상하며 문예를 애호한다. 게다가 어렸을 때부터 행복하게 자랐기 때문에 러시아 소설을 좋아하지 않아……. 러시아 소설은 저속한 인간들만 묘사하고 있어서 사실 이런 가정엔 맞지 않는 것이다. '스물닷 근'이라고? 아무래도 좋다. 그래 그는 어떤 책을 읽느냐……. 바이런의 시? 키츠? 안 돼, 부드럽지가 않아……. 응, 그래그래, 그들은 둘 다 《이상의 남편(허흥의 작품)》을 애독하고 있다. 난 이 책을 본 적은 없지만. 대학교수까지도 그토록 극찬하는 걸로 보아 그들도 애독할 것임에 틀림없다. 당신이 읽으면 나도 읽는다……. 그들은 한 사람에 한 권, 그래서 이 가정에는 같은 책이 두 권 있다…….'

위(胃)에 약간의 공복감을 느꼈기 때문에 그는 붓을 놓고 두 손으로 자기 머리를 받쳤는데 그 모습은 꼭 지구의가 두 개의 기둥으로 받쳐져 있는 것 같았다.

'……그들 두 사람은 지금 점심 식사 중이다. 탁자에는 새하얀 식탁보가 깔려 있다. 요리사가 요리를 가져온다……. 중화요리이다. 스물닷 근이 뭐냐, 아무래도 좋다. 왜 중화요리로 하느냐. 중화요리는 가장 발달돼 있어서 가장 맛있고 위생적이라고 서양인들도 말한다. 그래서 그들은 중화요리로 정했단 말야. 가져온 것은 전채요리이다. 그런데 이 요리가 무엇이냐…….'

"장작 말예요……."

그는 깜짝 놀라 뒤돌아보았다. 왼쪽 어깨 너머에 그의 아내가 서 있었다. 어두운 두 눈이 그의 얼굴을 응시하고 있었다.

"뭐야?"

그녀가 들어옴으로써 작품 구상에 방해가 되었다고 생각한 그는 기분이 조금 언짢아졌다.

"장작 말예요. 다 땠어요. 그래서 오늘 좀 샀지요. 며칠 전까지만 해도 열 근에 24전 하던 것이 오늘은 26전이라지 않겠어요. 난 25전 주려고 하지만요."

"괜찮겠지, 25전이면."

"근도 좋지 않아요. 굳이 스물네 근 반이라지만, 전 스물세 근 반으로 계산하려고 해요."

"좋겠지. 스물세 근 반이면."

"그러면 5×5=25, 3×5=15……."

그도 더는 말하지 못하고 잠깐 동안 머뭇거렸다. 갑자기 그는 펜을 쥐고 '행복한 가정'이라고 한 줄 써 놓은 푸른 괘선의 원고지에 계산을 시작했다.

한참 뒤에 계산을 끝마치자 겨우 머리를 들고 말했다.

"58전이군."

"그러면 제가 가진 것으로 부족해요. 8전이나 9전……."

그는 책상 서랍을 열고 이삼십 개 동전을 있는 대로 죄다 꺼내 그녀의 벌린 손바닥 위에 놓았다. 그러곤 그녀가 나가는 것을 보고 겨우 또 머리를 책상 쪽으로 돌렸다. 그러나 그의 머릿속은 쌓아올린 장작으로 꽉 찼고, 25…… 뇌피질엔 또 무수히 흩어진 아라비아 숫자가 새겨져 있는 듯한 기분이 들었다. 그는 깊숙이 숨을 들이쉬고, 그러고 나선 힘있게 내쉬었다. 그렇게 함으로써 뇌리에 있는 장작이며 5×5는 25등 아라비아 숫자를 쫓아 버리기라도 한 듯이 과연 숨을 크게 내쉰 뒤론 기분이 훨씬 좋아졌다. 그래서 다시 생각하기 시작했다.

'어떤 요리냐? 요리는 달라도 된다. 활류리제(滑溜裏齊 : 돼지 등심요리)라든가 하자해삼(蝦子海蔘 : 새우와 해삼 요리)으론 너무 평범하다. 그러니 그들의 음식은 아무래도 '용호투(龍虎鬪)'로 하고 싶다. 한데 용호투란 무엇이냐? 일설에 따르면 뱀과 고양이를 말하는 것으로, 광동(廣東)에서는 귀중한 요리로 치기 때문에 큰 연회가 아니면 내지 않는다고 한다. 나는 강소(江蘇) 요리점의 메뉴에서 이 이름을 본 적이 있다. 강소 사람들은 뱀이나 고양이를 먹지 않는 모양이니, 이것은 아마 누군가가 말했듯이 개구리와 뱀장어를 일컫는 것이리라. 그렇다면 이 남편과 아내는 어느 지방 출신의 사람으로 가정해야 할까? 아무래도 좋다. 요컨대 어느 지방 사람이든 뱀과 고양이, 개구리와 뱀장어 요리를 먹는다고 해서 행복한 가정에 절대 손색이 없을 거다. 아무튼 처음 요리가 용호투여야 한다는 것은 논의의 여지가 없다. 이리해서 용호투 요리가 식탁 한가운데 놓인다. 그들 둘은, 동시에 젓가락을 들어 젓가락 끝으로 그릇 언저리를 가리키며 서로가 웃는 얼굴로 마주 본다……'

"먼저 드세요, 여보(My dear please)."

"먼저 들지(Please you eat first my dear)."

"아니예요, 당신 먼저(Oh no, please you!)."

이리하여 그들은 동시에 젓가락 든 팔을 뻗쳐서 동시에 뱀고기를—아니, 뱀고기는 아무래도 너무 끔찍하다. 그보다는 뱀장어가 좋겠다. 그럼 이 용사투(龍蛇鬪)는 개구리와 뱀장어로 만든 게 된다. 그들은 동시에 뱀장어를 한

점 집는다. 크기도 같다. 5×5는 25, 3×5…… 아무래도 좋다. 동시에 입 속으로 집어넣는다…….'

자제할 수 없을 만큼 그는 뒤를 돌아보고 싶어졌다. 매우 소란스러운, 누 군가가 두세 번씩 왔다갔다 하는 듯한 소리가 들려왔기 때문이다. 그러나 그 는 꾹 참고 열심히 생각을 계속했다.

'아무래도 공상이 너무 지나쳤나? 어디에 이런 가정이 있을까? 아아, 내 머리가 이상하게 됐는지도 모른다. 이래가지고는 모처럼의 제재가 짜이지 않을지도 몰라……. 구태여 유학생으로 하지 않아도 되겠다. 국내에서 고등 교육을 받은 것만으로 좋다. 그들 둘은 모두 대학 졸업생으로서 고상하고 우 아하다. 고상하고…… 남자는 문학자다. 여자는 문학자든가, 문학의 숭배자 다. 그게 아니면 여자는 시인이고, 남자는 시인의 숭배자, 여성 존중론자다. 그렇지 않으면…….'

드디어 참을 수 없어진 그는 뒤를 돌아보았다.

등뒤 서가 옆에 이미 배추가 산더미처럼 쌓였다. 맨 밑에 세 포기, 중간에 두 포기, 위에 한포기, 그를 향해서 거대한 A자 형으로 쌓아올려져 있었다.

"이거 참."

그는 깜짝 놀라서 탄식했다. 동시에 볼이 화끈해 왔다. 게다가 등 한가운 데가 수없이 많은 바늘로 쿡쿡 찌르는 듯이 아팠다.

"휴우……."

그는 긴 한숨을 내쉬고, 우선 등의 바늘을 쫓아 버리고서 또 생각을 계속 했다.

'행복한 가정은 집이 넓어야 한다. 헛간이 있어서 배추 나부랭이는 그곳에 넣어 둔다. 남편 서재는 따로 마련해 벽은 한 면이 모두 서가로 꾸며져 있 다. 물론 거기에는 배추 따위는 없지. 서가에는 중국 서적이나 외국 서적이 꽉 차 있다. 물론 《이상적인 남편》도 꽂혀 있다. 모두 두 권이다. 침실도 따 로 있다. 놋쇠 침대, 아니면 약간 검소한 것으로 제1감옥 공장 제품인 느릅 나무로 만든 침대도 좋을 것이다. 침대 아래는 청결해서…….'

그는 자기 침대 밑에 힐끗 시선을 던졌다. 장작은 깡그리 써 버렸다. 다만 새끼 한 가닥만이 뱀의 시체처럼 늘어져 가로놓여 있다.

'스물세 근 반…….'

그는 지금 당장이라도 장작이 시냇물의 쉼없는 흐름처럼 침대 밑으로 흘러들어오는 것만 같아졌고 또다시 머릿속에는 쌓아올린 장작이 가득 찼다. 그래서 서둘러 일어나 문께로 가 닫으려 하다가 손이 문에 닿는 순간, 이래서는 너무 행동이 거칠다 싶어 손을 놓고 먼지가 가득한 커튼을 내리는 것만으로 참았다. 그러곤 생각했다.

'이것이야말로 쇄국(鎖國)의 엄격함도, 문호 개방의 불안도 없는, 문자 그대로 "중용의 길"에 꼭 들어맞는 방법이다.'

그는 되돌아와 의자에 앉자 생각을 이어갔다.

'……그래서 주인의 서재는 언제나 문이 닫혀 있다. 무엇이든 하고 싶은 말이 있을 때는 먼저 문을 노크한 뒤 허락을 얻어서 들어간다. 사실 이렇게 해야 한다. 가령 지금 남편이 자기 서재에 있다. 아내가 문학에 관한 이야기를 하려고 한다. 그녀는 먼저 문을 두드린다. 그래야만 안심이다. 절대로 배추를 가지고 들어올 염려는 없다.

"들어와요, 여보(Come in please, my dear)."

그러나 남편이 문학에 대한 이야기를 할 시간이 없을 때는 어쩌지? 그럴 때는 그녀를 상대하지 말고 언제까지든 방 밖에서 노크를 하도록 내버려 둔다. 아냐, 그렇게 하면 안 될 거야. 《이상적인 남편》에는 모두 씌어 있을지도 모르겠다……. 그건 좋은 소설임에 틀림없다. 나도 원고료가 들어오면 한 권 사서 읽어 봐야…….'

딱!

그는 몸을 똑바로 폈다. 이 '딱' 소리는 아내의 손바닥이 세 살 난 딸애의 머리를 때리는 소리라는 것을 경험을 통해 알고 있었기 때문이다.

'행복한 가정에서는……'

어린아이의 울음소리가 들려 왔지만, 그는 등뼈를 곧추세운 채 계속 생각했다.

'애는 늦게 낳든가, 그렇잖으면 더 이상 낳지 말고 둘만 두는 것이 좋다……. 아니, 호텔에 사는 걸로 하는 편이 나을까. 모두 호텔로 처리해 버리고 다만 혼자서…….'

울음소리가 커졌기 때문에 그는 일어나 커튼을 젖히며 생각했다.

'마르크스는 어린애들 울음소리 속에서도 《자본론》을 쓸 수 있었다. 그래

서 그는 위인인 것이다……'

바깥방으로 걸어나가 밖의 문을 여니 석유 냄새가 확 끼쳤다.

어린애는 문 오른쪽 땅바닥에 얼굴을 대고 넘어져 있었는데 그를 보자 '아앙' 하고 큰소리로 울기 시작했다.

"오오, 그래, 그래, 울지 마라. 넌 착한 애니까……."

그는 허리를 굽혀 어린애를 일으켜 안았다.

안아 올려서 빙글 뒤로 돌아서자, 문 왼쪽에 서 있는 아내가 보였다.

그녀는 허리 등뼈를 곧추세우고 두 손을 허리에 대고 화가 나서 마치 체조라도 하려는 듯한 자세를 취하고 있었다.

"너까지 나를 바보 취급해서 도와 주진 않고 방해만 놓다니……. 등잔까지 뒤집어 엎었단 말이에요. 밤엔 무얼로 불을 켜지?"

"오오, 그래, 그래, 우는 게 아냐."

아내의 떨리는 음성을 뒤로 하며 어린애를 안고 방으로 돌아온 그는 어린애의 머리를 쓰다듬어 주며 "착한 애니까"를 되풀이했다. 그러곤 의자를 끌어다 내려놓고 어린애를 두 무릎 사이에 세워 손을 잡고 앉으며 말했다.

"우는 게 아냐. 넌 착한 애니까. 아빠가 '고양이 세수'를 시켜 주지."

그는 목을 길게 빼고 혀를 내밀어 멀리서 손바닥 핥는 흉내를 두 번 내고 그 손바닥으로 자기 얼굴을 둥그렇게 쓰다듬는 시늉을 해 보였다.

"아, 아, 야옹, 야옹,"

어린애는 웃음을 터뜨렸다.

"그래그래. 야옹, 야옹이야."

그는 계속해서 여러 번 얼굴을 쓰다듬어 보이고는 손을 내렸다. 어린애는 여전히 해죽해죽 웃으면서 눈물이 어린 눈으로 그를 보고 있었다.

그러자 문득 그는 이런 생각이 났다. 어린애의 사랑스러운 순진한 얼굴은 5년 전 그 애 엄마의 얼굴과 꼭 같았던 것이다. 빨간 입술은 특히 그러했다. 다만 윤곽을 작게 한 것뿐이지. 그때도 잘 갠 겨울날이었다. 그가 어떤 힘든 일이 있을지라도 그녀를 위해 모든 걸 이겨내겠다는 결심을 털어놓았을 때, 역시 지금의 애 같은 눈에 눈물을 머금고 웃으며 나를 바라보았었지.

그는 망연히 의자에 걸터앉은 채 약간 취한 듯한 기분이 되었다.

'아아, 사랑스런 입술……'

갑자기 커튼이 젖혀지더니 아내가 장작을 들고 들어왔다.

그는 문득 제정신으로 돌아와 자세히 보니 어린애는 아직도 눈물을 담은 채 빨간 입술을 벌리고 그를 보고 있었다.

'입술…….'

힐끗 시선을 옆으로 돌리니 장작이 쌓이기 시작하는 게 보였다.

'아아, 이것도 이제 5×5는 25, 9×9, 81이다……. 그리고 두 눈도 어두워진다…….'

그렇게 생각하면서 그는 되는 대로 손을 뻗쳐 예의 제목을 한 번 써 보고 숫자 계산투성이의 푸른 괘선 원고지를 엉망으로 구겼다 다시 펴서 그것으로 어린애의 눈물과 코를 닦아 주었다.

"착하지? 가서 혼자 놀아, 응?"

그러고는 애를 밀어낸 뒤 원고지를 돌돌 말아 휴지통에 던졌다.

그러나 금방 다시 애가 가엾어져서 다시 한번 고개를 돌려 쓸쓸히 나가고 있는 뒷모습을 바라보았다. 귀에는 나뭇조각 부딪는 소리가 들렸다. 그는 마음을 가라앉히려고 돌아앉았다.

눈을 감아 잡념을 떨쳐 버리고 꼼짝 않고 앉아 있었다. 눈 앞에 살색 꽃술 달린 동그란 검은 꽃이 왼쪽 눈 왼쪽 구석에서 오른쪽으로 살짝 떠올랐다간 사라졌다. 잇따라 암록색 꽃술 달린 담록색 꽃이 떠올랐는데, 배추더미 여섯 포기가 거대한 A자형으로 쌓아올려지며 그 앞을 가로막고 있었다.

비누

    저녁 햇빛 속에서 북쪽 창문을 등지고 앉은 사명(四銘) 부인은 여덟 살 난 수아(秀兒)와 함께 찢어진 지폐를 붙이고 있었다. 그때 들려온 무겁고 느릿한 헝겊창 신발 소리로 사명이 들어온 것을 알았지만, 그녀는 뒤돌아보지도 않고 풀칠에 여념이 없었다. 어쨌든 그 발소리가 점점 가까이 들려온다 싶더니 그녀 옆에 와서 멎는 것 같았다. 그래서 고개를 들어 보니, 사명은 그녀 앞에 서서 어깨를 올리고 허리를 굽힌 채 광목 마괘(馬掛 : 저고리 위에 입는 짧은 옷, 주로 예식 때 입는다) 안에 입은 저고리 안주머니로 손을 넣어 무엇인가를 찾고 있었다.

    그러다가 겨우 꺼낸 그의 손에는 작고 네모난 녹색 종이에 싸인 물건이 쥐어 있었다. 그는 그것을 불쑥 사명 부인 앞으로 내밀었다. 그것은 감람(橄欖) 같기도 하면서 어딘가 좀 다른, 무엇인지 알 수 없는 좋은 향기가 코를 찌르는 물건이었다. 게다가 녹색 포장물 위에는 금빛으로 번쩍이는 마크 하나와 수많은 잔 무늬가 있었다. 수아가 별안간 뛰어들어 뺏으려고 해서 그녀는 서둘러 아이를 막았다.

    "거리에 가셨던가요……."

    그녀는 포장물을 바라보며 물었다.

    "응."

    그는 그녀의 손에 쥐어 있는 포장물을 바라보며 말했다.

    녹색 포장지를 벗기자 안에는 또 한 장 얇은 종이가 있었는데 이것 또한 녹색이었다. 얇은 종이를 펴니 그제야 물건의 본체가 드러났다. 매끈매끈하고 딴딴하고 또한 녹색이었다. 그리고 겉쪽에는 잔무늬가 있었다. 얇은 종이는 지금 보니까 반투명의 흰종이였다. 감람 같은데 감람과는 좀 다른, 무언지 알 수 없는 좋은 향기가 더욱 강하게 코를 찔렀다.

    "어머나, 참 좋은 비누군요."

    그녀는 어린아이를 안아 일으키듯이 그 녹색 물건을 잡고 코에 대어 냄새를 맡으면서 말했다.

"응, 이제부턴 그것으로……."

그렇게 말하며 사명의 눈은 그녀의 목덜미에 가 있었다. 그것을 알아챈 그녀는 볼 언저리 아래쪽이 순식간에 달아 올랐다. 그녀 자신도 가끔 목덜미에 손을 댔을 때, 특히 귀언저리가 꺼칠꺼칠한 것을 손 끝으로 느끼는 것이었다. 오랫동안 낀 때라는 것은 이미 알고 있었지만 그렇다고 각별히 신경을 쓴 적도 없었다. 지금 남편이 거길 보고 있는 데다 또 이 좋은 향기가 나는 녹색 외제 비누를 대하자, 자기도 모르게 얼굴이 화끈거리기 시작했던 것이다. 더구나 그 화끈거림은 더욱더 퍼져서 곧 귀언저리까지 뜨거워졌다. 그렇지, 저녁을 먹고 나서 이 비누로 공들여 씻어 봐야지 하고 그녀는 생각했다.

"쥐엄나무 열매만 가지곤 깨끗이 씻어지지 않는 곳도 있거든요."

그녀는 혼자 중얼거렸다.

"엄마, 이것 나 줘!"

수아가 손을 뻗쳐 녹색 포장지를 무리하게 뺏으려 했다. 밖에서 놀고 있던 초아(招兒)도 달려왔다. 당황한 사명 부인은 둘을 밀어내고, 얇은 종이로 비누를 싼 다음 다시 녹색 포장지를 쌌다. 그리고 발돋음을 해서 그것을 세면대 위 가장 높은 선반에 올려놓고 다시 남편을 힐끔 돌아본 뒤에 돌아앉아 풀을 붙이기 시작했다.

"학정(學程)아!"

사명은 무언가 생각난 듯이 갑자기 소리 높여 아들을 부르더니 그녀와 마주 보이는 등이 높은 의자에 앉았다.

"학정!"

그녀도 덩달아 외쳤다.

그녀는 풀 붙이던 손을 멈추고 귀를 기울였다. 쥐죽은듯이 조용했다. 그녀는 그를 보았다. 그는 고개를 쳐들고 초조해하는 모습이었다. 그녀는 어쩐지 미안했다. 그래서 목청껏 날카로운 소리로 외쳤다.

"전아(絟兒)!"

이번엔 반응이 있었다. 쉬지 않고 가죽신 소리가 가까워 오더니 이윽고 전아가 그녀 앞에 서 있었다. 속옷만 입은 채, 살찐 둥근 얼굴에 땀이 번들거리고 있었다.

"뭘 하고 있었니? 아버지가 부르셨는데, 안 들렸니?"

그녀는 거친 목소리로 물었다.

"전 팔괘권(八卦拳) 연습을 하고 있었……."

그는 곧 사명 쪽으로 돌아서서 꼼짝 않고 있었다. 그러곤 아버지를 보면서 분부를 기다렸다.

"학정, 네게 물을 말이 있다. '어두푸(惡毒婦 : 악독부, 중국어 발음대로 쓴 것)'란 뭐냐?"

"어두푸요? 그건 '나쁜 여자'란 뜻이……."

"바보! 바보 같으니라구! 내가 '여자'냐?"

사명은 머리 끝까지 화가 치밀어 소리질렀다.

학정은 깜짝 놀라 두어 걸음 물러서더니 꼼짝 않고 똑바로 서 있었다. 그는 가끔 아버지의 걸음걸이가 무대에 나오는 노인의 동작과 비슷하다고 생각한 적은 있었지만, 한 번도 아버지를 '여자' 같다고 생각한 일은 없었으므로 자신의 대답이 틀렸다는 걸 깨달았다.

"'어두푸'란 '나쁜 여자'라는 걸 내가 몰라서 묻는 줄 아니? 잘 들어. 이건 중국어가 아니야. 양놈의 말이야. 어떤 뜻인지 알겠느냐?"

"전…… 모르겠습니다."

학정은 점점 더 어리둥절해졌다.

"흥, 무리해서 학교에 넣어줬더니 이런 것도 몰라? 너희 학교는 '귀로도 입으로도'란 간판을 내걸고 있으면서 아무것도 가르치지 않고 있단 말이구나. 이 양놈 말을 쓴 애는 기껏해야 열네댓 살 된 어린애였어. 너보다 작았단 말야. 그런데도 좔좔 외웠어. 근데 넌 뜻조차 몰라서 낯짝을 들지 못하고 '모르겠습니다'라니…… 당장 가서 알아보고 와!"

학정은 기어들어가는 목소리로 "네에" 하며 얼어서 물러갔다.

"아주 돼먹지 않았어. 요새 학생놈들이란."

그는 잠깐 있다가 또 개탄하기 시작했다.

"난 광서(光緖) 연간에 대단한 열의로 학교 설립을 제창한 사람인데, 그랬던 내가 설마 학교의 폐단이 이렇게까지 심하리라곤 생각하지 않았단 말야. 자아 해방이다, 이젠 자유다 하면서 실학(實學)은 제쳐놓고 헛공론만 떠들어 댄단 말야. 학정을 좀 봐. 저 자식 때문에 얼마나 돈을 썼느냐 말야. 죄다 헛썼어. 겨우 한양(漢洋) 절충식 학교에 넣었더니, 게다가 영어는 '귀로도 눈으로도'의 방침이었으니 우선 안심한 게 당연하잖느냐 말야. 흥, 1년을 했는데도 '어두푸'조차 모르다니. 여전히 죽은 학문만 가르치는 모양이야, 흥, 뭐가 학교야. 뭘 양성했다는 거야. 솔직하게 말해서 죄다 집어치우는 게 상책이야!"

"그렇구말구요. 죄다 집어치우는 편이 좋겠어요."

사명 부인은 풀칠을 하면서 맞장구쳤다.

"수아는 학교 같은 데 넣지 않겠어. 앞서 구(九) 영감이 '계집애들은 공부시킬 필요가 없다'고 여자 교육에 반대했을 때 난 영감을 공격했는데, 지금 생각하면 역시 나이먹은 양반 말이 옳았어. 봐, 여자가 어정어정 거리를 나다니는 것도 꼴불견인데, 한술 더 떠서 머리를 짧게 자른다는 거야. 내가 가장 싫어하는 것이 그 단발머리 여학생들이야. 솔직하게 말해서 군인이나 비적들에게는 그래도 용서할 여지가 있지만 여학생들은 천하를 어지럽히는 것들이란 말야. 엄중히 처벌하지 않아서는……."

"그렇구말구요. 여자까지 비구니 흉낼 내다니!"

"학정!"

학정은 마침 작고도 두꺼운, 언저리가 금색인 책을 들고 총총걸음으로 오고 있는 중이었다. 그는 책을 사명에게 건네고 책장 한 곳을 가리키면서 말했다.

"이것이 그게 아닙니까? 이거……."

사명이 받아 들고 보니까, 그것은 사전이었다. 그러나 글씨가 너무 작고, 게다가 가로쓰기였다. 그는 이맛살을 찌푸리고 창 쪽으로 비쳐서 눈을 가늘게 뜨고, 학정이 가리킨 한 줄을 읽어 나갔다.

"'18세기에 창립된 공제조합의 명칭' 응? 이건 아냐……. 이 발음은 어떻게 하는 거냐?"

그는 그 앞에 있는 '서양글자'를 가리키면서 물었다.

"오드펠로우(Odfellow)"

"틀려. 아니야. 그게 아냐."

사명은 또 꽥꽥 소리지르기 시작했다.

"알겠니? 그건 나쁜 뜻의 말이란 말야. 남의 흉을 볼 때, 나 같은 인간을 욕할 때 쓰는 말이야, 알겠어? 찾아 와!"

학정은 꼼짝 않고 선 채로 그를 찬찬히 보고만 있었다.

"무슨 수수께끼예요, 아닌 밤중에 홍두깨 식으로. 먼저 당신이 잘 설명을 해 주고 나서, 찬찬히 찾아보도록 시켜야 하잖아요?"

사명 부인은 학정이 난처해하는 것을 보다 못해 타협을 시키듯 조금 불만을 섞어서 말했다.

"내가 큰 거리에 있는 광윤상(廣潤祥)에서 비누를 사고 있는데 말야."

사명은 '후우' 하고 숨을 내쉬고 그녀 쪽으로 얼굴을 돌리고 말했다.

"가게에는 나 말고도 학생 셋이 물건을 사고 있었어. 그야 그 자식들이 보기엔 내가 말이 많다고 하겠지. 계속해서 대여섯 가지 내놓게 했으니까 말야. 모두 40전이 넘더군. 그래서 안 샀어. 하나에 10전짜리를 보았는데 이건 말도 안 돼, 전혀 향기가 없었어. 아무래도 중간 정도가 좋을 것 같아 그 녹색의 것으로 골랐지. 24전이었어. 점원이라는 놈은 돈귀신 같이 눈이 이마에 붙은 족속이라 이미 심통이 난 낯짝이었어. 근데 내가 화가 난 것은 그 피라미들 때문이야. 아무리 알아들으려 해도 도대체 무슨 소린지 모를 말을 지껄이며 웃어 댄단 말야. 어쨌든 나는 알맹이를 확인하고 나서, 돈을 치르려 했지. 종이에 쌌으니 물건이 좋고 나쁜 것을 알 수가 있어야지. 그런데 그 돈귀신이 안 된다고 공갈이야. 무례하게도 이유까지 늘어놓으면서 말야. 그뿐인가, 피라미들마저 한패가 돼서 나를 조롱한단 말야. 그때 가장 나이 어린 놈이 말한 것이 그 말이야. 나를 보면서 말했고, 말하자 모두 다 웃어 댔으니 틀림없이 욕일 거야."

그러고 나서 학정 쪽으로 얼굴을 돌려 말했다.

"너는 '욕말 부분'만 찾아봐라."

"네."

학정은 주눅이 들어 기어들어가는 목소리로 대답하고 물러갔다.

"게다가 그 놈들의 말버릇이 '신문화, 신문화'야. 이처럼 '화'해서도 아직 모자란단 말야?"

그는 두 눈을 대들보로 향한 채 계속해서 떠들어 댔다.

"학생에게 도덕이 없으면 사회에도 도덕이 없어. 이대로 두고 구제책을 세우지 않으면 정녕 중국은 망할 수밖에……. 어때? 한심스럽지 않아……."

"뭐가요?"

그녀는 놀랍지 않다는 듯이 무관심하게 대답을 했다.

"효녀더군."

그는 그녀를 보면서 진중하게 말했다.

"큰 거리에 거지가 둘 있었어. 한 사람은 젊은 여자로 보이는데, 열여덟아홉 정도 됐겠더군……. 정말 비럭질하기에는 안 어울리는 나인데도 비럭질을 하고 있더구먼. 또 한 사람은 한 육칠십쯤 된 노파로, 머리가 하얗게 센 봉사였어. 옷가게 처마 밑에서 구걸하더라고. 사람들 말로는 그 젊은 여자는 보기 드문 효녀인데, 노파가 그 여자의 할머니라는 거야. 동냥을 하면 무엇이든 할머니만 드리고 자기는 하나도 안 먹는데. 그런데 이런 효녀라면, 기꺼이 동냥을 주려는 사람이 있을까?"

그는 그녀의 견식을 시험해 보기라도 하려는 듯이 꼼짝 않고 그녀를 응시하고 있었다.

그녀는 대답하지 않았다. 아니 도리어 그의 설명을 기다리는 듯이 조용히 그를 지켜보고 있었다.

"흥, 없단 말야."

그는 결국 자신이 대답했다.

"난 오랫동안 보고 있었지. 다만 한 사람이 1전을 던졌을 뿐이야. 다른 사람은 주위를 둘러싸고 놀려댈 뿐이었어. 게다가 깡패 두 놈은 짓궂게도 한다는 소리가 '아발(阿發)아, 네년이 ××를 더럽다고 생각하면 안 돼. 비누를 두 개쯤 써서 온몸을 싸악 싹 씻어 보란 말야. 도대체 어떻게 견디는 거야?' 이렇게 말하더란 말야. 어때 정말 고약하지 않아?"

"흥!"

그녀는 고개를 숙여 버리고 말았다. 그리고 잠깐 있다가 겨우 관심 없는 태도로 물었다.

"당신은 돈을 줬어요?"

"나? 안 줬어. 한두 푼을 줄 수는 없었어. 상대는 단순한 거지가 아니야. 아무리 못 줘도……."

"흥!"

끝까지 듣지도 않고 그녀는 천천히 일어나서 부엌으로 나가 버렸다. 땅거미가 졌다. 벌써 저녁때다.

사명도 일어나서 뜰로 나갔다. 바깥은 방 안보다 밝았다. 학정이 담 모퉁이에서 팔괘권 연습을 하고 있었다. 이것은 낮과 밤의 경계 시간을 유용하게 쓴다는 사명의 '가훈'인 것이다. 학정은 벌써 반년 넘게 그 가훈을 지키고 있었다. 사명은 좋았어, 하는 듯이 살짝 고개를 끄덕거려 보인 뒤 뒷짐을 지고 텅 빈 뜰 안을 큰 걸음으로 왔다갔다 하기 시작했다. 이윽고 단 하나밖에 없는 화분에 심은 만년청의 넓은 잎이 어둠에 가리우고 헌 솜 같은 흰구름 사이로 별이 반짝거리기 시작했다. 어두운 밤이 시작되는 것이다. 이때 사명은 자기도 모르게 부르르 떨었다.

'분발할지어다. 주위의 불량 학생과 악덕 사회에 대해서 선전 포고를 할지어다.'

이렇게 생각한 모양이었다. 그는 점점 더 의기양양해서, 걸음걸이도 아까보다 더 커지고 헝겊창 신발 소리도 더욱 높아졌다. 둥우리 안에서 이미 잠들어 있던 암탉과 병아리가 놀라 꼭꼭, 삐약삐약하고 일제히 울기 시작했다. 대청에 반짝하고 불이 켜졌다. 저녁식사를 알리는 신호이다. 그래서 집에 있는 사람 모두가 한가운데 놓인 식탁 주위에 모여 앉았다. 불은 아래쪽에 놓여 있고, 위쪽엔 사명 혼자서 버티고 앉았다. 학정은 아버지를 보고, 잘 어울리는 살찐 둥근 얼굴이지만 가느다란 팔자 수염이 흠이라고 생각했다. 요리나 수프에서 오르는 김 속에서 식탁의 한쪽을 독점하고 있는 모습이 사당에 있는 재신(財神)상과 꼭 닮았다고 생각했기 때문이다. 왼쪽에는 초아를 거느린 사명 부인, 오른쪽에는 학정과 수아(秀兒)가 나란히 앉았다. 공기와 젓가락 소리가 처마 끝에서 떨어지는 물소리처럼 들렸다. 아무도 입을 열진 않았지만 그래도 매우 활기를 띤 저녁식사였다.

초아가 자칫 잘못해서 대접을 뒤엎었다. 국물이 흘러서 식탁을 절반 가까이나 더럽혔다. 사명은 가느다란 눈을 번쩍 뜨고 쏘는 듯이 노려보았다. 그러자 초아가 울려고 해서 시선을 돌렸다. 그리고 젓가락 쥔 손을 뻗쳐 조금 전에 보아 두었던 배춧속을 집으려 했다. 그러나 배춧속은 벌써 자취를 감추고 없었다. 좌우를 힐끗 보니 지금 막 학정이 젓가락으로 집어서 짝 벌린 입으로 넣으려는 순간이었다. 그래서 하는 수 없이 씁쓸한 얼굴로 노란 잎을 입으로 가져갔다.

"학정, 그 단어는 찾아 냈니?"

그는 학정의 얼굴을 보면서 말했다.

"그 단어? 아뇨 아직……."

"흥, 아무래도 학문은 안 되겠다. 도리를 몰라. 아는 거라곤 먹는 것뿐이니. 그 효녀라도 본받아. 거지 노릇을 하면서도 일편단심 할머니에게 효도를 다하고 자기는 배고픈 줄도 몰라. 너희 학생들은 이런 건 알지도 못해. 짓궂기만 하고 머지않아 그 깡패놈들 모양으로……."

"생각해 내긴 했어요. 그렇지만 맞았는지 틀렸는지. 제 생각으로는 혹시 '올드 풀(old fool)'이라고 하지 않았는가……."

"오오, 그래그래, 그거야. '오도푸례' 확실히 그 발음이었어. 그래 어떤 의미냐? 너도 그 놈들과 같잖아. 알고 있을 거야."

"의미는, 의미는 잘 모르겠습니다."

"바보 같은 소리 마! 속이지 말란 말야. 네놈들은 모두 불량해!"

"'식사 땐 벼락님도 사양한다'고 하잖아요? 왜 이러세요. 오늘 신경질만 부리시더니 식사때까지 못살게 그러시니. 애들이 뭘 알아요?"

사명 부인이 끼어들었다.

"뭐?"

사명이 고함을 지르려고 힐끗 보니까 그녀의 홀쭉한 두 볼이 불룩하게 부어 있었다. 게다가 새파랗게 독이 올라 세모꼴의 눈에서는 무서운 빛이 번쩍이고 있었다. 그는 당황해서 말투를 달리 해 살짝 얼버무렸다.

"나는 뭐, 신경질을 내는 게 아냐. 학정이 좀 알아듣게 하려 했을 뿐이야."

"당신이 생각하고 있는 걸 저 애가 알 성 싶어요?"

그녀는 점점 기세를 올렸다.

"만일 알 수 있다면, 벌써 등불이든 관솔불이든 켜가지고 그 효년가 뭔가를 찾아갔을 거예요. 당신이 효녀 때문에 사다준 비누, 여기에 하나는 있으니, 하나 더 사서 보태 가지고……."

"바보같이! 그건 그 깡패놈이 한 말야."

"글쎄! 하나 더 사서 보태 가지고, 싹싹 온몸을 죄다 씻어 주고 받들어 모시고 있으면 천하 태평이겠수!"

"무슨 소리야 그게! 그게 무슨 상관이 있어? 난 당신이 비누가 없는 걸 생각해서……."

"어째서 관계가 없다는 거예요. 모처럼 당신이 그 효녀에게 사준 것이니 싹싹 씻어 주면 좋을 거 아녜요? 나 같은 건 격에 안 맞으니 필요 없어요. 효녀가 쓰고 남은 찌꺼기 같은 거. 어림없는……."

"무슨 소릴 하는 거야! 당신네 여자들은 도대체……."

그는 변명을 하느라 학정이 팔괘권 연습을 마친 때처럼 얼굴에 기름땀이 흘렀다. 너무 뜨거운 밥을 마구 먹어 댄 것이 주 원인이었을지도 모르지만.

"우리 여자들이 어떻기에요? 우리 여자들은 당신네 남자들보다 훨씬 나아요. 당신네 남자들은 열 여덟아홉 살 난 여학생을 욕하기도 하고 열여덟아홉 살 난 거지 여자를 칭찬해 대기도 하지만, 어느 쪽이든 호색가의 근성에서예요. '싸악 싹'이라니, 아이 징그러워."

"그래서 내가 말하지 않았어. 그건 깡패놈이……."

"사명 군!"

돌연 문 앞 어둠 속에서 그를 부르는 큰 소리가 들려왔다.

"도통 군인가? 곧 나가네."

사명은 목청이 크기로 유명한 하도통(何道統)이란 것을 알고 사면령이라도 받은 것처럼 기뻐하며 큰 소리로 외쳤다.

"학정, 어서 빨리 불을 켜고 하 선생을 서재로 안내해라."

학정은 촛대에 불을 밝혀 도통을 서쪽 옆방으로 안내했다. 도통의 뒤에는 복미원(卜薇園)도 따르고 있었다.

"이거 미안하네, 너무 기다리게 해서. 어때? 찬은 없지만 식사라도……."

사명은 아직도 입을 우물우물하면서 나와 공수(拱手)의 예(禮)를 차리며 말했다.

"아니, 벌써 먹고 왔네."

미원이 일어나서 마주 공수의 예를 하면서 말했다.

"이렇게 밤늦게 폐를 끼치게 된 것은 다름이 아니라, 이풍(移風) 문사의 제18회 모집 작품 제목에 관한 일 때문이네. 내일이 '이렛날' 아닌가?"

"호오, 오늘이 열엿새였던가요."

사명은 그제야 생각난 듯이 말했다.

"어물어물하지 말게."

도통이 큰 소리로 말했다.

"그럼 오늘 밤 안으로 신문사에 보내야겠군. 내일은 꼭 실을 수 있도록."

"작품 제목은 내가 생각해 보았네. 이것이 좋은지 어떤지 좀 봐주게."

그렇게 말하며 도통은 손수건으로 싼 종이 한 장을 꺼내서 사명에게 주었다.

사명은 촛대 앞에 다가앉아서 그 종이를 펼쳐 한 자 한 자 읽어 갔다.

"'오로지 성경을 중히 하고 맹모를 숭상함으로써 퇴폐 풍조를 바로잡고, 국수를 보존토록 명령(明令)을 특별히 반포하시기를 전국의 인민으로부터 대총통 각하께 공동 찬원함에 준하는 글' 좋아요, 좋았어. 근데 자수가 너무 많지 않을까?"

"아니, 괜찮아."

도통이 큰 소리로 말했다.

"계산해 봤더니 광고료를 추징당할 염려는 없었어. 그런데 시제(詩題)는 어떻게……."

"시제?"

사명은 무언가 생각하듯이 엄숙한 표정이 되었다.

"내가 생각한 게 있지. '효녀 행(行은 시의 한 체를 일컫는 것)'이라는 거네. 이것은 실제 있었던 일로서 꼭 표창을 해야 해. 실은 오늘 큰 거리에서……."

"호오, 그건 안 돼."

미원이 황급히 손을 저어 그의 말을 막았다.

"그건 나도 보았지. 그 여자는 아마 '다른 지방 사람'일 거야. 난 그 여자 말을 못 알아듣고 그 여자는 내 말을 못 알아듣더군. 결국, 어디 사람인지 알 수가 없었어. 모두가 효녀다, 효녀다 해서 그 여자에게 시를 지을 수 있느냐고 물어 봤단 말야. 그랬더니 고개를 옆으로 젓더군. 만일 시를 지을 수 있다면 문제가 아닌데……."

"그러나 충효는 근본이네. 시를 못짓는다고 해도…… 어쨌든……."

"그건 안 돼네. 절대 안 돼!"

미원은 손바닥을 펴고 그 손을 마구 휘저으면서 사명의 말에 반대했다.

"시를 지을 수 있음으로 해서 흥취가 있는 거지."

그러나 사명은 미원의 말을 무시하고 말했다.

"이 제목들을 택해 설명을 붙여 신문에 내세. 첫째는 그 여자를 표창하기 위해서이고, 둘째로는 사회에 경종을 울리기 위해서지. 오늘날의 사회는 차마 눈뜨고 볼 수 없을 지경이야. 오랜 시간 옆에 서서 지켜 보았지만 끝내 한 사람도 일 전 한 푼 적선하는 자가 없더군. 참으로 한심스러운 일이······."

"잠깐, 사명 군."

미원은 또다시 말을 막았다.

"마치 '중을 대머리라고 비방한다'는 것처럼 노골적이군 그래. 나도 돈을 안 줬네. 그러나 그것은 마침 가진 돈이 없어서였어."

"이상한 데 신경을 쓰지 말게, 미원 군."

사명은 또 상대를 밀어 붙였다.

"자네를 두고 하는 말이 아냐. 자네는 제외하고야. 자아 내 말을 잠깐 들어 보게나. 그 앞엔 구경꾼이 많이 둘러서 있었지만 경의를 표하기는커녕, 놀려 대고 있었더란 말이네. 그뿐인 줄 아나? 깡패 녀석들이 지독하게 짓궂어서 그 중 한 놈은 언어도단도 유분수지. '아발(阿發)' 네년은 비누를 두 개쯤 써서, 온몸을 싸악 싹 씻어 보란 말야. 도대체 어떻게 견디는 거야?" 하더란 말일세. 정말 이것이야말로 뭐라고······."

"하하하, 비누를 두 개씩이나."

돌연 도통의 우렁찬 웃음소리가 폭발했다. 옆에 있는 사람들의 귀가 멍할 정도였다.

"호기를 부려서 말이지. 하하하!"

"도통 군, 도통 군, 좀 조용히 하게."

사명은 깜짝 놀라서 서둘러 말했다.

"싸악 싹이라. 하하하."

"사명은 얼굴을 찌푸렸다.

"도통 군! 우리는 지금 진지한 이야기를 하고 있는데 어째서 자넨 농담조인가? 머리가 쾅쾅 울리네, 알겠지? 우리 이 두 제목을 택해 곧 신문사에 보내서 내일 꼭 게재해 달라 하세. 수고는 두 양반이 좀 해줘야겠고······."

"그래, 그렇게 하지 뭐."

미원은 곧 수락했다.

"후후. 문지른단 말야? 싸악 싹…… 히히히……."

"도통 군!"

사명은 화가 나서 소리쳤다.

그 꾸짖는 듯한 소리에 도통은 웃음을 멈췄다. 그들은 상의해서 설명문을 작성했다. 그것을 미원이 괘지에 옮겨 적고 도통과 함께 신문사에 갖다 주려고 일어났다. 사명은 촛대를 들고 그들을 현관까지 전송했다. 그리고 되돌아 대청까지 오자 왠지 모르게 마음이 놓이지 않았다. 그는 조금 머뭇거리다가 결심하고 문지방을 넘어섰다. 그러자 맨 먼저 눈에 들어온 것은 방 중앙의 네모난 탁자 한가운데 놓인, 조그마한 녹색 포장지로 싼 직사각형의 그 비누였다. 그 물건 한가운데 금색 마크가 등불 아래서 번쩍번쩍 빛나고 있었고, 그 주위에는 자디잔 무늬가 있었다.

수아와 초아는 테이블 옆 마루에서 놀고 있었다. 마지막으로 등불에서 가장 먼 데 있는 등높은 의자에 사명 부인이 앉아 있었다. 등불을 마주한 얼굴 한 면이 무표정하고 딱딱했다. 눈마저도 아무것도 보지 않는 듯했다.

"싸악 싹, 싸악 싹. 아이 징그러워……."

작은 소리로, 등뒤에서 수아가 이렇게 말하는 것이 사명의 귀에 들렸다. 돌아보니까, 수아는 그저 앉아 있었다. 단지 초아가 조그마한 두 손가락으로 자기 얼굴을 긁고 있을 뿐이었다.

그는 더 이상 견딜 수 없이 가슴이 답답해져 촛대의 불을 끄고 뜰로 나갔다. 뜰 안을 왔다갔다 하는 발소리에 암탉과 병아리가 또 꼭꼭, 삐약삐약 울기 시작했다. 그는 곧 발소리를 죽이고 멀리 떨어졌다. 꽤 오랜 시간이 지난 뒤 대청의 등불이 침실로 옮겨졌다. 그 뒤 땅엔 달빛이 환히 깔려서 마치 이은 짬이 없는 흰 명주 필을 빈틈없이 좍악 깔아 놓은 것 같았다. 옥쟁반 같은 달이 흰구름 사이에서 조금도 이지러지지 않은 얼굴을 드러냈다.

그는 매우 쓸쓸했다. 효녀처럼 의지할 데 없는 몸이 돼 버린 것 같은 외로움이었다. 그는 이날 밤, 무척 늦어서야 자리에 들었다.

그러나 다음 날 아침 일어나 보니까, 비누는 다행히 영광스럽게 사용되어 있었다. 보통 때보다 늦게 일어난 그는 이미 아내가 세면대에 몸을 굽히고 목덜미를 문지르고 있는 것을 보았다. 비누 거품은 커다란 게가 입가에 뿜고 있는 거품처럼 풍성하게 두 귀 뒤에 피어 있었다. 이전에 쥐엄나무 열매를 쓸 때 거품이 적어 시원치 않았던 것에 비하면 하늘과 땅 차이였다. 이때부터 사명 부인의 몸은 감람 같으면서 감람과는 틀린, 무어라 형용할 수 없는 좋은 향기를 풍기게 되었다. 반 년쯤 지나서는 또 달라져서 이번에는 냄새를 맡아 본 사람은 모두, 저건 백단(白檀) 향기 같다고 말했다.

상야등(常夜燈)

 벚꽃 필 무렵의 흐린 날 오후, 길광촌(吉光村)에 있는 단 하나의 찻집 안은 약간 긴장된 공기가 감돌고 있었다. 사람들의 귀에는 가라앉은 가냘픈 목소리가 아직 사라지지 않은 성싶었다.
 "저걸 꺼라!"
 그러나 그것은 물론 동네 사람들이 그랬던 것은 아니다. 이 마을 주민들은 그다지 나다니지 않는다. 그들은 역학책을 살펴보고, 책에 '외출하면 좋지 못하느니라' 써 있지 않은가 신경을 썼다. 역학책에 나와 있지 않다고 해도 외출할 때는 먼저 길방(吉方)으로 가서 그날 징조를 좋게 하는 것이다. 그러니 그런 금기에 구애됨 없이 찻집에 오는 사람은 그런 것에 대해선 대범하다고 자랑하는 젊은이 몇 사람뿐이었다. 그러나 집에 들어앉은 사람들은 그들 모두가 방탕한 무뢰한이라고 간주해 버린다.
 지금 분위기가 긴장되어 있다는 곳도 그런 찻집이다.
 "역시 같은 상태인가?"
 세모꼴 얼굴이 찻잔을 손에 들고 물었다.
 "변함없이 그런 상태라는 군. 변함없이 '저걸 꺼라, 꺼 버려' 외치고 있는 모양이야. 눈초리도 점점 번들거리기 시작했어. 뽕나무밭, 뽕나무밭은 우리 마을의 액병신(厄病神)이야. 넷이니, 다섯이니 할 필요가 없어. 어떡하든 저 자식을 치워야 해."
 네모난 머리가 대답했다.
 "그까짓 치워 버리는 것쯤 문제 없어. 저 자식은 기껏해야…… 말뼈다귀 같은 자식이야. 사당을 지을 때 저 자식의 조상이 기증을 했다던데, 그 자식이 그 불을 끄라고 까불고 있어. 불효막심한 자손이지 뭐야. 우리가 현청에 고발해서 불효자를 잡아가도록 해야겠어."
 활정(潤亭)이 주먹을 쥐고 탁자를 '땅' 치며 분개해서 말했다. 비스듬히 덮여 있던 찻잔 뚜껑이 '쟁강' 하고 울리며 뒤엎어졌다.

"안 돼. 불효로 고발한다는 건 본인의 부모라든가, 어머니의 형제가 아니면……."

네모 머리가 말했다.

"하필 백부밖에 없단 말이야……."

활정은 금세 풀이 죽었다.

"활정, 어제는 좋은 수라도 생겼나?"

네모 머리가 소리쳤다.

활정은 눈을 크게 뜨고 잠깐 동안 상대를 바라보면서도 대답이 없었다. 그때 얼굴이 큰 장칠광(藏七光)이 입을 크게 벌리고 떠들어 댔다.

"상야등을 꺼 버리면 말야, 우리 길광촌은 어떻게 되는 거야. 길광촌 아닌 게 돼버리고 말지 않을까. 노인들의 말로는 이 상야등은 양(梁)나라의 무제(武帝)가 켠 것으로 그 뒤로 쭈욱 한 번도 꺼뜨리지 않았다는 거야. 장발적의 소란 때조차도……. 쳇, 이봐. 저 푸른 불빛은 정말 기가 막히지 않은가. 타지에서 온 놈은 이곳을 지나가면 모두 저것을 보고 칭찬한단 말야. 쳇, 못 참겠어. 그 자식이 도대체 무슨 속셈으로 쓸데없이 말썽을 부리는지……."

"머리가 돈 거야, 그 자식은. 넌 그것도 몰라?"

네모 머리가 무시하는 듯한 표정으로 말했다.

"흥, 넌 잘났단 말이지?"

장칠광의 얼굴에는 기름이 번지르르 흐르고 있었다.

"난 말야. 역시 옛날에 했던 대로 그놈을 속이는 것이 좋지 않을까 생각하는데."

이 가게의 주인 겸 점원인 회오심(灰五燒)이 말참견을 했다. 이제까지는 옆에서 아무 말 않고 듣고만 있었는데, 어쩐지 이야기가 빗나간다 싶자 서둘러 엉킨 것을 풀고 처음 이야기로 되끌어 온 것이다.

"옛날 했던 거란 뭐야?"

장칠광이 이상하다는 표정으로 물었다.

"그놈은 옛날에도 정신이 좀 이상해진 적이 있었어. 지금도 꼭 그때 같아. 그때만 해도 애 아버지가 살아 있던 터라 그놈을 속여서 고쳤었거든……."

"어떤 식으로 속였지? 우린 모르잖아?"

장칠광은 더욱 궁금한 듯이 물었다.

"너 같은 것이 어떻게 알아. 그 무렵 너희는 아직 개구쟁이여서 지지먹고 똥싸는 것밖에 몰랐던 때야. 나만 해도 그땐 이렇지가 않았어. 자 이 두 팔 말야, 희고 윤기가 흐르고……."

"지금도 희고 윤이 자르르 흐르는데……."

네모난 머리가 말했다.

"기억해 둬."

회오심은 눈을 흘기고, 그러나 입으로는 웃으면서 말을 이었다.

"그 바보 같은 소린 그만두지. 난 지금 농담을 하는 게 아니니까. 그 애도 그때는 아직 어렸단 말야. 그 애 아버지도 약간 머리가 이상했었지. 아무튼 어느 날 그 애 할아버지가 그 애를 지방 사당에 데리고 가서 산토신(產土神)이라든가, 제액신(除厄神)이라든가, 왕영관(王靈官 : 도교의 신 이름)님께 참배를 시키려고 했더니 무서워하면서 아무리 해도 참배는커녕 달아나 버렸다는 거야. 그러고 나서부터 머리가 이상해졌다는 거지. 지금처럼 사람만 보면 제전의 상야등을 끄자는 말을 꺼내곤 했다는 거야. 상야등을 끄면 메뚜기의 피해도 역병도 없어진다면서. 그것을 천하의 대사처럼 믿고 있어. 아마도 그에게 잡신이 붙어서 진짜 신령님을 무서워하는가 봐. 우리라면 산토신이 무서울 리 없잖아. 차가 식잖았어? 뜨거운 차를 더 드릴까? 아, 그래서 말야, 어느 땐가 자기가 직접 들어가서 불어서 끄려고 했대. 그 애 아버지가 그 애를 매우 귀여워했기 때문에 어떡하든 집에 가둬 두려고는 하지 않았단 말야. 그래서 나중에는 동네 사람들이 화가 머리끝까지 나서 그 애 아버지와 싸움까지 했었지. 그러나 어쩔 수 없었어. 그런데 마침 우리 부처 양반(이 마을 천한 여자들의 죽은 남편에 대한 호칭)이 그 무렵은 아직 살아 있어서 좋은 지혜를 냈지. 상야등에 두꺼운 요를 덮어서 아주 캄캄하게 해놓고는 그를 데리고 가서, 벌써 꺼 버리고 말았다고 했단 말야."

"으응, 거참, 근사한 생각인데!"

세모꼴 얼굴이 후우 하고 숨을 내쉬면서 감탄했다는 표정으로 말했다.

"그런 귀찮은 짓은 필요 없어. 그런 자식은 때려죽이면 그만이야, 흥."

활정이 화가 나서 말했다.

"그렇게 할 수는 없어. 그 애 할아버지는 도장을 쥐어 본 적이 있는 분

^(실제 관직에
있었다는 뜻)이란 말야."

회오심은 깜짝 놀라 상대의 얼굴을 보면서 서둘러 손을 저으며 말했다.

활정과 사람들은 납작해져서 서로가 얼굴만 마주 보았다. 아무래도 '부처 양반'이 생각해 낸 묘안 말고는 다른 방법이 없을 성싶었던 것이다.

"그 뒤엔 괜찮았단 말야."

그녀는 손등으로 입꼬리의 침을 훔치고는 더욱 빠른 어조로 계속했다.

"그 뒤에는 아주 썩 좋아졌어. 이후로 그는 다시 사당의 문을 들어가지도 않았고 그런 소리를 하지도 않았어. 오랫동안, 몇 년씩이나. 그런데 말이야, 어찌된 일인지 지난 제사 뒤 이삼 일 있다가 또 머리가 돈 거야. 그게 전과 같단 말야. 오늘도 점심때가 지나서 이 앞을 지나갔으니, 틀림없이 또 사당에 갔을 거야. 너희 말이야. 사(四) 영감님한테 의논해서 한번 더 속여 보는 게 좋을 거야. 그 상야등은 양오제(梁五弟 : ^{무제를 가
리키는 말})가 켰다는 말이 있잖아. 그 등불이 꺼지면 이 근처는 바다가 되고 우리는 모두 미꾸라지가 되어 버린다잖아. 그러니 너희는 말야, 곧 사 영감님하고 의논해 보는 게 좋을 거야. 그렇잖으면……."

"어쨌든 우린 먼저 사당에 가 보도록 하자."

네모머리가 그렇게 말하고 의기양양해서 바깥으로 뛰어 나갔다.

활정과 장칠광도 그 뒤를 따랐다. 세모꼴 얼굴이 뒤처리를 맡아 나가면서 뒤돌아보고 말했다.

"오늘 것은 내 앞으로 달아 줘, 제기랄……."

회오심은 "그래" 대답하고 동쪽 담벽으로 걸어가서 숯동강이를 주워다가 담벼락에 그려 있는 작은 삼각형과 몇 개의 짧은 선 아래 다시 선을 두 개 그려 넣었다.

그들이 사당이 보이는 데까지 왔을 때 거기에는 아니나다를까 몇 사람이 서성거리고 있었다. 하나는 틀림없는 그였고, 둘은 구경꾼, 셋은 어린애들이었다.

그러나 사당문은 굳게 닫혀 있었다.

"됐다. 문은 닫혀 있다."

활정이 기쁜 듯이 소리를 질렀다.

그들이 가까이 가니까, 어린애들은 마음 든든하다는 듯이 가까이 왔다. 그

때까지 사당문 앞에 서 있던 그도 그들을 돌아보았다.

그는 보통 때처럼 누렇고 네모난 얼굴에 몸엔 진남색 광목으로 된 넝마 같은 긴 옷을 걸치고 있었다. 짙은 눈썹 아래의 길게 째진 두 눈만은 약간 이상스런 광채를 띠고, 상대를 눈 한 번 깜박거리지도 않고 한참 동안 바라보았다. 게다가 슬픔과 공포의 빛까지 띤 성싶었다. 짧은 머리에는 지푸라기가 두 개 붙어 있었다. 애들이 뒤에서 몰래 던진 것 같았다. 애들이 그의 머리를 자꾸 보면서 그때마다 목을 움츠리고, 웃으면서 혀를 날름 내미는 것으로 미루어 보아 틀림이 없었다.

그들은 저마다 얼굴과 얼굴을 마주 보면서 말없이 서 있었다.

"이 자식아. 넌 뭐 하는 거냐?"

세모꼴 얼굴이 한 걸음 나아가며 따졌다.

"노흑(老黑)에게 문을 열게 하려는 거야. 저 등불을 꺼야 하니까. 삼두육비(三頭六臂)의 푸른 얼굴을 한 도깨비, 눈 셋 달린 귀신, 긴 모자를 쓴 도깨비, 머리가 반밖에 없는 병신 귀신, 소머리에 돼지 이빨을 가진 괴물, 이런 것들을 죄다…… 쫓아 버려야 한단 말야. 그렇게 하면 우리는 메뚜기의 피해도 없고 질병도 없어……."

그는 낮은 소리로 조용하게 말했다.

"헤헤헤, 바보 같은 소리! 네가 등불을 꺼 버리면 메뚜기는 도리어 늘어날 거다. 너부터 질병에 걸릴 거야."

활정은 비웃었다.

"헤헤헤!"

장칠광도 따라 웃었다.

웃통을 벗은 한 애가 들고 있던 갈대를 머리 위로 올려서, 정면으로 상대를 내려칠 자세를 하고 앵두 같은 입술을 벌리면서 구령을 붙였다.

"파앙!"

"넌 집으로 돌아가. 안 가면 이 아저씨가 네 뼈를 분질러 놓을 테다. 등불은 말야, 내가 꺼 줄게. 이삼 일 있다가 와 보면 알 거 아냐?"

활정이 큰 소리로 말했다.

그의 두 눈은 더욱 번쩍거리더니 꼼짝 않고 활정의 눈을 응시했다. 활정은 시선을 피했다.

"네가 끄겠다구?"

그는 비웃듯이 웃음을 흘리더니 곧 단호하게 말했다.

"안 돼! 너희 도움은 안 받는다. 내가 직접 끄겠다. 지금 곧 끈다."

순식간에 활정은 금방 술이 깬 사람처럼 풀이 죽었다. 그러자 네모 머리가 앞으로 나아가서 느릿한 어조로 말하기 시작했다.

"우리말을 곧잘 알아듣더니, 오늘은 그렇지가 못한 것 같군그래. 내가 설명해 주지. 그렇게 하면 너도 알아들을 거야. 알겠나? 만약 등불을 끈다고 해도 그 도깨비나 귀신은 없어지지 않을 거란 말야. 그런 쓸데없는 생각일랑 접어 두고 집에 돌아가서 잠이나 자."

"그렇구말구, 불을 꺼도 없어지지 않아."

그는 갑자기 험상궂게 웃어 보이더니 곧 웃음을 거두고 가라앉은 어조로 말했다.

"그러나 나는 당분간 그렇게 할 수밖에 없어, 우선 그렇게 하는 것이 편하단 말야. 난 불을 꺼 버리겠어. 내가 끈다구."

그렇게 말하면서 뒤로 돌아서더니 대담하게 사당문을 밀었다.

"야! 넌 이 마을 사람이 아니냐? 우리 모두 미꾸라지로 만들 작정이야? 돌아가! 민다고 열릴 것 같애? 넌 그 문을 못 열어. 불도 못 끄고, 돌아가는 게 좋을걸."

활정이 화를 냈다.

"난 안 가. 꺼 버리고 말 테야."

"안 돼, 넌 못 열어."

"……."

"넌 못 열어."

"그럼 다른 방법을 쓰겠다."

그는 돌아서서 그들을 둘러보고 침착하게 말했다.

"그래? 그 다른 방법을 듣고 싶은데?"

"……."

"다른 방법이란 게 뭐야? 말해 봐!"

"불을 지르지."

"뭐?"

활정은 자기 귀를 의심했다.

"불은 지른단 말이야."

침묵이 종소리가 울린 다음처럼 꼬리를 끌고 흘러들어 주위에 있는 것을 모두 빨아들이고 굳어 버리게 했다. 그러나 조금 있다가 몇 사람이 이마를 맞대고 쑤군쑤군 귀엣말을 시작했다. 그러고 나서 그들은 헤어졌다. 두서너 사람은 조금 떨어진 곳에 서 있기로 했다. 사당 뒷문 밖에서는 장칠광이 외치는 소리가 들려오고 있었다.

"노흑! 큰일났다. 사당문을 꽉 잠가라! 노흑! 들리나? 우리가 곧 대책을 마련해 올게."

그러나 그는 아무것도 느끼지 못하는 듯, 그저 충혈된 눈을 번들거리면서 마치 불씨라도 찾는 것처럼 땅위, 공중, 사람들 하나하나에게 날카로운 시선을 던지고 있었다.

네모 머리와 활정이 여러 집 문턱을 베틀의 바디처럼 들락날락하자 길광촌은 온통 벌집 쑤신 듯이 술렁거렸다. 많은 사람들의 귀와 가슴에 같은 소리가 윙윙 울렸다.

"불을 지르겠다!"

그러나 집안 깊숙이 들어 앉은 몇몇 사람의 귀와 가슴에는 아직 아무 영향도 없었다. 마을의 공기는 긴장되었고 이 긴장을 느끼는 모든 사람은 대단히 불안했다. 자기가 당장 미꾸라지로 변하고, 세상이 당장 무너지는 듯했던 것이다. 물론 무너지는 것은 길광촌만이라는 것은 그들로서도 어렴풋이나마 모르는 것은 아니었지만, 길광촌이 그대로 세상의 전부라는 생각도 들었던 것이다.

이 사건의 중심인물들은 곧 사(四)영감의 사랑방에 모였다. 가장 나이 많고 인망 있는 곽노왜(郭老娃)가 윗자리에 앉았다. 이미 그의 얼굴은 말라비틀어진 귤처럼 주름이 잡혔고 게다가 턱 밑 흰 수염을 끊임없이 손으로 문지르며 당장 뽑아 버리려는 듯한 동작을 하고 있었다.

"점심 전에"

그는 턱수염에서 손을 떼고 천천히 말했다.

"서쪽에 사는 중풍 들린 노흑의 아들이, 이건 산토신령님의 노여움을 샀기 때문이라고 하면서 장차 만의 하나라도 무슨 일이 일어나면, 댁에 가서…

… 찾아 뵙고 괴로움을 끼칠 수밖에 없다고 그런단 말야……."

"그렇군요."

사 영감도 입언저리의 흰수염 섞인 가늘고 긴 메기 수염을 꼬면서 태연하게 앉아 자못 대수롭지 않다는 듯이 말했다.

"그 애가 그렇게 된 건 그 애 애비의 응보란 말야. 그 애비가 살아 있을 때 부처님을 믿지 않았었지. 나와는 그 무렵부터 사이가 좋지 않았어. 그래서 어떻게 해 볼 수가 없었던 거야. 그러니 지금 와서 내가 어떻게 한단 말인가?"

"꼭 한 가지, 그래 꼭 하나의 방법은 있어. 내일 그 애를 결박해서 성내로 데려다가 저, 그 성황사당(성곽의 수호신을 받들어 모시는 사당)에 하룻밤 그렇지, 하룻밤을 두고 그 애한테 붙은 귀신을 쫓아버리는 거야."

활정과 네모 머리는 마을을 지켰다는 공적으로 난생 처음 쉽사리 구경도 못하는 이 사랑에 초대되어 왔을 뿐 아니라, 노왜의 아랫자리, 영감보다 윗자리에 앉아 차까지 대접받고 있었다. 그들은 노왜와 함께 사랑에 들어가 보고를 한 뒤로는 단지 차만 마시고 말 한마디 하지 않는데, 이때 갑자기 활정이 의견을 말했다.

"그건 너무 소극적인 방법입니다. 두 사람이 아직 감시를 하고 있긴 하지만, 지금 급한 것은 당장 어떻게 하느냐는 거예요. 만일 정말 불이라도 지른다면……."

노왜는 깜짝 놀라 뛰어 일어났다. 아래턱이 부들부들 떨리고 있었다.

"만일 정말 불을 지른다면……."

네모 머리가 끼어들었다.

"그렇게 되면 큰일입니다요."

활정이 언성을 높였다.

빨간 머리 소녀가 또 나타나서 차를 따랐다. 활정은 말을 그치고 곧 찻잔에 손을 뻗쳤다. 그러나 한 모금 마시더니 움찔하며 한 번 몸을 떨고 찻잔을 놓고서 혀끝으로 윗입술을 핥았다. 그러고 나서 찻잔을 들고 후후 불었다.

"어쨌든 성가신 자식이로군. 이런 자식은 살려 둘 놈이 못 돼."

사 영감은 손으로 가볍게 탁자를 또닥거렸다. 활정이 고개를 들었다.

"그래요. 살려 둘 수 없습니다. 작년 연각장(連各藏)에서는 하나 잡았어요. 이런 자식을 말예요. 여럿이 굳게 약속하고, 그러니까 동시에 손을 대서 누가 먼저 손을 댔는지 모르게 한 겁니다. 덕분에 아무 일도 없이 끝났습니다만."

"그거와는 많이 다르지. 이번 일은 모두 지켜보고 있단 말야. 지금 당장 방법을 정해야 해. 내 생각으로는……."

네모 머리가 말했다.

노왜와 사 영감은 조용히 그의 얼굴을 응시했다.

"차라리 그 애를 당분간 감금하는 게 좋겠어요."

"그렇군. 그것 참 좋은 생각이다."

사 영감은 가볍게 머리를 끄덕였다.

"좋았어."

활정이 말했다.

"정말 좋은 생각이야. 그러면 우리는 지금 나가 그 애를 댁으로 끌고 오겠습니다. 댁에서는 곧 방을 하나 비워 주십시오. 그리고 자물쇠도 준비하시구요."

노왜가 말했다.

"방을?"

사 영감은 시선을 천장으로 옮기고 잠깐 생각하더니 말했다.

"공교롭게 우리 집엔 그럴 빈 방이 없고, 게다가 그 애 병이 언제 나을지 짐작도 안 가고……."

"그 애가 지금 살고 있는 집을……."

노왜가 다시 말했다.

"내 자식놈 육순(六順)이도……."

사 영감은 갑자기 엄숙하고 슬픔을 띤 어조로 말했다. 목소리도 조금 떨려 나왔다.

"가을엔 장가를 든단 말이야. 한데 저 애는 그 나이가 되도록 미쳐서 소란만 피우고 사람 구실을 통 하려 들지 않으니. 이래가지고는 죽은 동생이 눈을 감지 못해. 동생도 생전에는 소행이 단정치 못한 편이었지만, 그래도 대를 끊을 수는 없지."

"그렇죠."

세 사람은 한 목소리로 말했다.

"육순에게서 자식을 보면 나는 둘째놈을 양자로 줘도 좋겠다 생각하고 있어. 그러나 남의 자식을 그냥 달라고 할 수는 없겠지."

"그렇습니다."

세 사람이 또 한 목소리로 말했다.

"그런 가난이야 난 아무 상관없어. 육순이도 아마 별로 마음에 두지 않을 거야. 그렇지 않아? 하지만 애써 나은 자식을 그냥 남에게 주는 어미의 심정이 되면 이렇게 큰소리칠 수만은 없는 노릇이겠지."

"그렇구말구요."

세 사람은 또 한 목소리로 말했다.

사 영감은 입을 다물었다. 세 사람은 서로 얼굴을 마주 보고 있었다.

"나는 매일 그 애가 어서 낫길 바라고 있어."

잠깐 침묵이 흐르고 사 영감이 또 천천히 말을 하기 시작했다.

"그런데 아무리 해도 좋아지지 않는단 말이야. 좋아지지 않는 게 아니라, 자기가 좋아지려고 노력하지도 않는단 말이야. 할 수 없어. 이쪽 양반이 말한 것처럼 가둬 두는 편이 사람들에게 피해도 안 주고 제 애비 창얼굴에 먹칠도 안 하고 해서 좋을지, 그게 도리어 제 애비에게 본분을 다하는……."

"그러믄요."

활정이 감동해서 말했다.

"그렇지만 방이……."

"사당에는 빈 방이 없었나?"

사 영감은 생각을 더듬으며 물었다.

"있다, 있다."

활정은 생각난 듯이 소리쳤다.

"많아요, 많아. 앞문으로 들어가서 서쪽 옆방이 비어 있어요. 게다가 조그마한 창이 하나 있고 굵직한 창살이 끼워져 있어요. 빠져 나가려 해도 나갈 수가 없어요. 안성맞춤이지요."

노왜와 네모 머리도 순식간에 얼굴빛이 밝아졌다. 활정은 안도의 한숨을 쉬고 입술을 삐죽이 내밀고 차를 마셨다.

아직 황혼이 지기 전인데 벌써 천하는 태평해졌다. 아니, 그렇다기보다 모든 것은 잊혀지고 말았다. 사람들 얼굴에는 이미 긴장한 빛이 없었을 뿐 아니라 아까까지의 기쁨의 흔적도 찾아볼 수 없었다. 사당 앞은 그래도 사람들의 왕래가 보통 때보다 많았지만 얼마 안 가서 그것도 뜸해졌다. 다만 어린애들만이 요 며칠 동안 사당문이 닫혀 있어 사당 안에서 놀 수 없었다. 그러던 것이 오늘은 그 뜰에서 놀 수 있어 재미가 난 모양으로, 저녁을 먹은 뒤에도 사당에 가서 뛰어 놀기도 하고 술래잡기를 하기도 하는 애들이 여럿 있었다.

"맞혀 봐. 또 한번 말해 줄게……

흰 거적 배가 빨간 노를 저어

저 둔덕까지 저어가서 한숨 쉬고,

군것질을 하고서

노래 부릅니다."

가장 큰 애가 말했다.

"그게 뭐니 '빨간 노'라는 건……."

계집애가 물었다.

"가르쳐 줄까? 그건 말야……."

"잠깐, 여객선! 맞았지?"

머리에 버짐 핀 아이가 말했다.

"여객선."

웃통을 벗은 아이도 말했다.

"하하아, 여객선? 여객선이 노를 젓나? 여객선이 노래 부를 수 있어? 틀렸어. 가르쳐 주지."

"잠깐 기다려. 흥, 네가 맞혀? 가르쳐 줄게. 그것은 거위야."

머리에 버짐 핀 아이가 말했다.

"어머나, 거위! 빨간 노라는 게?"

계집애는 웃으면서 말했다.

"그럼 어째서 흰 거적 배란 말야?"

웃통 벗은 아이가 물었다.

"불을 지른다!"

애들은 깜짝 놀랐다가 당장 그를 생각해 내고는 일제히 서쪽 옆방으로 시선을 옮겼다. 그는 한쪽 손으로 통나무 창살을 꽉 붙들고, 또 한쪽 손은 나무 껍질을 긁고 있었는데, 그 사이로 번들거리는 두 눈이 보였다.

한순간 조용해졌다. 그리고 돌연 머리에 버짐 핀 아이가 "와아!" 외치며 달아났다. 다른 애들도 웃고 외치면서 달아나 버렸다. 웃통을 벗은 애는 달아나면서 갈대가 뒤로 휜 것 같은 자세를 취하더니 숨이 차서 헐떡거리는 앵두 같은 조그만 입에서 기세 좋게 소리를 냈다.

"팟!"

그 뒤 깊은 정적이 계속됐다. 땅거미가 짙게 깔렸다. 눈부신 녹색 상야등이 더욱 밝고 찬란하게 신전과 감실(龕室)을 비추고, 뜰을 비추고, 창살 안의 어둠을 비추고 있었다. 어린애들은 사당 밖으로 달려나오더니 멈춰 서서 손을 마주 잡고 천천히 제 집으로 걸어갔다. 즉흥적으로 입에서 나오는 노래를 재미있게 읊조리면서.

"흰 거적 배, 저 기슭에서 한숨 쉬고."

지금 곧 끈다. 내가 끈다.

노래 부릅니다.

불을 지른다! 하하하!

불, 불, 불,

군것질을 하고,

노래 부릅니다.

…………

………

……

조리돌림

수도의 서쪽 성(城) 큰 거리에는 이때쯤엔 시끄러운 소리라곤 아무것도 들리지 않았다. 지상의 모든 것을 태워 버릴 것 같은 태양이 아직 머리 위에 와 있진 않았지만 지면의 흙은 모두 불길이 일 정도였다. 이르는 곳마다 찌는 듯한 열기가 여름의 위세를 떨치고 있었다. 개는 모두 혀를 빼물고, 나무에 앉은 새들도 입을 모두 벌리고 헐떡이고 있었다. 그러나 예외도 있었다. 멀리서 어슴푸레하게 두 개의 구리징을 두드리는 소리가 들려왔다. 그것은 산매탕(酸梅湯 : 여름의 음료수, 이 장수는 구리징을 두드린다)을 떠오르게 해서, 어쩐지 시원한 느낌이 들었다. 그러나 끊어졌다 이어졌다 하는 그 따분하고 단조로운 금속성의 소리는 도리어 정적을 깊게도 했다.

발소리만 들려왔다. 인력거꾼은 묵묵히, 마치 일각이라도 빨리 머리 위의 뜨거운 태양으로부터 벗어나려는 듯이 줄기차게 달리고 있었다.

"따끈따끈한 만두! 갓 쪄 낸 말랑말랑한……."

열한두 살된 뚱뚱한 아이가 눈을 가늘게 뜨고 입을 벌려 길가 가게 앞에서 외쳤다. 목소리는 벌써 쉬고, 졸음에 겨운 듯했다. 긴긴 여름 해에 낮잠이라도 자고 싶은 모양이다. 그 옆에 놓인 고물 책상 위에는 김도 오르지 않는 싸늘한 만두 이삼십 개가 놓여 있었다.

힘껏 담에 부딪쳤다가 통겨 나온 공처럼 그는 돌연 큰 거리 맞은편으로 달려갔다. 전주 옆, 그의 가게 바로 앞에 있는 거리에 이때 두 사나이가 걸음을 멈췄던 것이다. 한 사람은 국방색 정복을 입고 칼을 찼다. 얼굴빛이 좋지 않은 깡마른 순경으로, 손에 포승의 한 끝을 쥐고 있었다. 포승의 다른 한쪽 끝은, 긴 남색 광목옷 위에 흰 민소매 옷을 입은 사나이의 팔에 매여 있었다. 그 사나이는 아주 새것인 밀짚 모자를 깊숙이 눌러 써서, 눈언저리가 남의 눈에 띄지 않게 하고 있었다.

그러나 뚱뚱한 아이는 키가 작았기 때문에 쳐다봤을 때 시선이 그 사나이와 정면으로 부딪쳤다. 그 사나이도 그 아이를 똑바로 바라보는 듯했다. 아이는 당황해서 눈을 피해, 흰 민소매 옷을 바라보았다. 그 옷에는 한 줄 한 줄, 크고 작은 여러 가지 글자가 씌어 있었다. 순식간에 구경꾼들이 몰려와 그 주위를 둥글게 둘러쌌다. 대머리 영감이 그곳에 끼어들었을 때는 벌써 빽빽이 둘러싸여 있었다. 곧 뒤이어 바지밖에 안 입은 뚱뚱한 붉은 코 사나이가 헤치고 들어왔다. 이 뚱뚱한 이는 폭이 넓어서 두 사람 몫의 자리를 차지했기 때문에 뒤에서는 앞줄 사람의 목과 목 사이에 머리를 들이밀어야 했다.

대머리 노인은 흰 민소매 옷을 입은 사나이 바로 앞에 자리를 차지하고, 허리를 굽혀 옷에 씌어진 글자를 이리저리 뜯어보고 있다가 드디어 소리내어 읽기 시작했다.

"옹(嗡), 도(都), 경(哴), 팔(八), 이(而)……."

흰 민소매 옷을 입은 사나이가 번쩍거리는 대머리 영감을 잠자코 응시했기 때문에 뚱뚱한 아이도 대머리에게 시선을 옮겼다. 그 머리는 온통 반들반들 빛나고 귀언저리에 빛 바랜 자색 머리카락이 조금 남아 있을 뿐으로, 그 밖에는 별로 신기할 것 없는 대머리였다. 그런데 그 뒤에 있던, 어린애를 안은 여자가 사이를 비집고 들어왔기 때문에 대머리 영감은 자리를 뺏겨서는 큰일이라는 듯 서둘러 허리를 폈다. 글자는 아직 다 읽지도 못했지만, 어쩔 수 없이 흰 민소매 옷을 입은 사나이의 얼굴로 시선을 옮겼다. 밀짚 모자 아래로는 코의 절반과 입, 삐죽한 턱이 보였다.

또 힘껏 벽에 던진 공이 튕겨서 되돌아오듯 한 초등 학생이 달려왔다. 그 아이는 왼손으로 자기 머리에 쓴 새하얀 운동모를 누르고 무작정 사람들 틈에 쑤시고 들어갔다. 그러나 셋째 줄―넷째 줄일지도 모른다―까지 쑤시고 들어갔을 때 지렛대로는 꿈쩍하지 않을 대단한 것에 부딪치고 말았다. 얼굴을 들어 보니, 파란 바지 위에 산더미처럼 폭이 넓은 벌거숭이의 잔등에서 땀이 줄줄 흐르는 게 보였다. 이건 당할 수 없겠다 싶어, 그는 할 수 없이 바지 허리를 따라서 오른쪽으로 방향을 바꿨다. 다행히 그 끝에 조금 틈이 있어 빛줄기가 보였다. 그래서 머리를 낮춰 쑤시고 들어가려 했을 때 "왜 이래" 하는 소리가 들리고 바지 입은 엉덩이가 오른쪽으로 움직였다. 틈바구니는 곧 막히고 동시에 빛줄기도 사라졌다.

그러나 얼마 안 있어 초등 학생은 순경의 칼 옆으로 쑤시고 들어갔다. 그는 이상하다는 듯이 주위를 둘러보았다. 바깥에는 둥글게 구경꾼들이 둘러서 있었다. 오른쪽에는 흰 민소매 옷을 입은 사나이, 그와 마주 선 뚱뚱한 어린아이, 그 뒤에는 반쯤 벌거벗은 뚱뚱한 빨간 코 사나이가 있었다. 그는 이때 아무래도 아까의 그 대단한 장애물의 본체가 이것인 것 같다고 눈치를 채고, 신기한 듯이, 또 감탄한 듯이 열심히 그 빨간 코를 응시했다. 그때까지 초등 학생의 얼굴에 시선을 못박고 있던 뚱뚱한 아이도 자연히 그 시선을 따라서 뒤를 돌아보았다. 거기에는 무섭게 살이 찐 젖퉁이가 있었는데, 젖꼭지 언저리에는 무시무시할 정도의 긴 털이 여러 개 나 있었다.

"저 자식이 무슨 짓을 했습니까?"

모두 깜짝 놀라서 보니까, 노동자 차림의 남루한 사나이가 대머리 영감에게 조심스럽게 묻고 있는 것이었다. 대머리 영감은 대답도 않고 눈을 번들거리면서 그 사나이를 보았다. 그 사나이는 눈을 내리깔았다가 잠시 뒤에 눈을 들었다. 대머리 영감은 아직도 눈을 번득이면서 자기를 보고 있고 다른 사람들도 자기를 보고 있었다. 사나이는 마치 자기가 죄를 지은 것처럼 안절부절 못하더니, 결국 뒷걸음질쳐 줄에서 빠져 나가고 말았다. 그 자리는 박쥐 우산을 옆구리에 낀 키다리가 들어와서 메워졌다. 대머리 영감도 얼굴을 돌려서 또 흰 민소매 옷 입은 사나이를 보기 시작했다.

키다리는 허리를 굽히고 밀짚 모자의 늘어진 챙 아래 있는 흰 민소매 옷을 입은 사나이의 얼굴을 보려고 했다. 그러나 어찌 된 셈인지 곧 또 허리를 폈다. 그래서 그 뒤에 있는 사람들은 다시 또 힘껏 목을 늘여야 했다. 한 말라깽이 남자는 입까지 크게 벌리고 있어 꼭 죽은 농어 같았다.

돌연 순경이 한쪽 발을 올렸다. 사람들은 또 깜짝 놀라 재빨리 그 발로 시선을 옮겼다. 그러나 순경이 곧 천천히 발을 내렸기 때문에 눈길은 다시 흰 민소매 옷을 입은 사나이에게로 옮겨 갔다. 이번에는 키다리가 갑자기 허리를 굽히고 밀짚 모자의 늘어진 챙 아래를 들여다보려 했지만, 곧 또 허리를 펴고 한 손을 들어 머리를 박박 긁었다. 대머리 영감은 기분이 좋지 않았다. 아까부터 뒤에서 쑤군거림과 함께 쩝쩝 하는 소리가 들려왔던 것이다. 이맛살을 찌푸리고 뒤돌아보니까 오른쪽 겨드랑이에 바싹 달라붙어 있는 시꺼먼 손이 커다란 마늘 반 조각을 움켜쥐고 지금 막 고양이 상판 같은 얼굴의 입에 집어 넣으려는 순간이었다. 그는 아무 소리 않고 모르는 척 흰 민소매 옷을 입은 사나이의 새 밀짚 모자로 눈을 옮겼다.

돌연 이 광경에 벼락이 떨어지는 듯한 일격이 가해졌다. 뚱뚱한 사나이까지도 순간 앞으로 흔들려 넘어질 정도였다. 그와 동시에, 그의 어깨 너머로 그의 팔과 같은 굵기의 팔이 뻗쳐 오더니 다섯 손가락을 펴서 뚱뚱한 아이의 볼을 철썩 때렸다.

"기분이 꽤 좋은 모양이구나, 이 자식이······."

뚱뚱한 사나이의 뒤에서 미륵 보살과 흡사한, 아니, 그보다 더 동그랗게 살이 찐 얼굴이 그와 동시에 말했다.

뚱뚱한 아이도 대여섯 발짝 비틀거렸지만 넘어지지는 않았다. 한손으로 볼을 감싸고 몸을 날려 뚱뚱한 사나이의 발 옆 틈바구니로 빠져 나가려고 했다. 뚱뚱한 사나이는 재빨리 바로 서서 틈새에다 엉덩이를 틀어막더니 마땅찮은 듯이 말했다.

"무슨 짓이야!"

뚱뚱한 아이는 쥐덫에 걸린 생쥐 모양으로 멈칫거리고 있다가 재빨리 초등 학생 쪽으로 돌진해서 그를 밀어 젖히고 사람들로 메워진 담을 뚫었다. 초등 학생도 몸을 날려 그 뒤를 쫓았다.

"야아, 저런 아귀새끼."

대여섯 명이 입을 모아 말했다.

소란이 가라앉아 뚱뚱한 사나이가 또 흰 민소매 옷을 입은 사나이에게로 얼굴을 돌렸는데, 그 사나이가 얼굴을 들고 그의 가슴께를 보고 있었다. 그는 당황하여 고개를 숙여 자기의 가슴을 내려다보았다. 양가슴 새의 골짝에 흥건하게 땀이 괴어 있었다. 그래서 그는 손바닥으로 그 땀을 훔쳐 버렸다.

그러나 형세는 아무래도 그다지 평온하지는 않게 돌아가고 있었다. 어린애를 안은 여자는 지금 그 소란통에도 이리저리 둘러보다가, 실수로 까치 꽁지 같은 '소주(蘇州)식 머리'를 옆에 있는 인력거꾼의 콧대에 부딪고 말았던 것이다. 인력거꾼이 밀어내려다 손이 어린애에게 닿았다. 어린애는 발을 뻗대고 윗몸을 뒤로 젖혀, 사람 울타리 밖을 보면서 가겠다고 칭얼거렸다. 여자는 처음엔 비틀거렸지만 곧 자세를 바로하고, 어린애를 빙글 돌려 안아서 흰 민소매 옷을 입은 사나이 쪽으로 몸을 돌리고 한 손으로 가리키면서 말했다.

"자아, 저것 봐요, 얼마나 재미있니……."

그 틈새로 별안간 캉캉모를 쓴 학생 차림의 머리가 기웃거렸다. 그러더니 수박씨 같은 것을 한 알 입에 집어 넣고 아래턱을 지끈 움직이더니, 우두둑 우두둑 씹으면서 밖으로 나갔다. 그 자리는 곧 기름과 때범벅 위에 먼지를 폭 뒤집어쓴 달걀형 얼굴로 메워졌다.

박쥐 우산을 든 키다리도 아까부터 화가 나 있었다. 한쪽 어깨를 쑥 내리더니 눈썹을 찌푸리고 어깨 너머로 뒤에 선 죽은 농어 같은 자를 노려봤다. 이런 커다란 입에서 내뿜는 열기를, 게다가 이 뜨거운 여름의 뙤약볕 아래서 쬔다는 것은 도저히 참을 수 없는 일이리라. 대머리는 고개를 들어 전주에 붙인 빨간 간판의 흰 네 글자를 매우 재미있다는 듯이 보고 있었다. 뚱뚱한 사나이와 순경은 한 여자가 전족한 발에 신고 있는 반원형의 신발코를 곁눈질하면서 추근추근한 눈초리를 보내고 있었다.

"저것 봐라!"

어디선가 돌연 동시에 몇 사람이 떠들어 대는 소리가 들려왔다. 무슨 일이 일어났음이 틀림없었다. 그렇게 생각이 들자, 머리라는 머리는 모두 그리로 돌아갔다. 순경도, 붙들린 범인도 자세를 조금 흐트러뜨렸다.

"갓 쪄낸 따끈따끈한 만두. 호오이 갓 쪄낸……."

거리 맞은쪽에서는 뚱뚱한 아이가 머리를 비스듬히 하고 졸음에 겨운 듯한 목소리를 길게 끌면서 손님을 부르고 있다. 길엔 인력거꾼들이 묵묵히, 한시라도 빨리 머리 위의 뜨거운 태양으로부터 벗어나려고 하는 것처럼 줄기차게 뛰고 있다. 사람들은 거의 실망하고 있었다. 그래도 그들은 눈으로 주위를 둘러보며 꾸준히 찾아보다가 마침내 여남은 집 떨어진 곳에 멎어 있는 인력거 한 대를 보았다. 인력거꾼은 지금 막 넘어졌다가 일어나려 하고 있었다.

둥그런 원은 당장 무너져서 저마다 자기 갈 데로 흩어졌다. 뚱뚱한 사나이는 반도 못 가 느티나무 그늘에서 걸음을 멈추고 쉬고 말았다. 키다리는 대머리 영감이나 달걀형 얼굴의 사나이보다 걸음이 빨라 그곳에 먼저 이르렀다. 인력거에 탄 손님은 앉은 채였다. 인력거꾼은 벌써 일어났었지만 아직 무릎을 주무르고 있었다. 주위에는 대여섯 사람이 벙글벙글 웃으면서 구경하고 있었다. 인력거꾼이 다시 인력거 채를 들어 올리려고 할 때 손님이 말을 걸었다.

"괜찮은가?"

인력거꾼은 가볍게 끄덕였을 뿐 빠른 동작으로 인력거를 끌고 가 버렸다. 사람들이 멍청히 바라다보았다. 처음에는 아까 인력거는 저것이라고 분간할 수 있었지만, 그러는 새에 다른 인력거와 뒤섞여서 구별할 수 없게 되어 버렸다.

큰 거리는 또 조용해졌다. 개 여러 마리가 혀를 늘어뜨리고 헐떡거리고 있었다. 뚱뚱한 사나이는 느티나무 그늘에 서서 이리저리 물결치고 있는 개의 배를 바라보고 있다.

여자는 어린애를 안고 처마 그늘에서 무거운 걸음을 옮겨 햇볕 아래로 나아갔다. 뚱뚱한 아이는 머리를 갸웃이 하고 눈을 가늘게 뜬 채, 목소리를 높여서 졸리는 듯이 외쳤다.

"따끈따끈한 만두! 호오이! 지금 막 쪄낸……."

고 선생

이날은 아침부터 오후까지 그의 모든 시간이, 거울을 보는 것과, 《중국 역사 교과서》를 보는 것과, 《원요범강감(袁了凡綱鑑 : ^{先子의 《통감 강목》에 의거} ^{해 편찬한 袁黃의 편년사})》을 조사하는 것에 쓰였다. 진정 '인생, 그것을 아는 순간 근심의 시작'이라, 그는 갑자기 세상일에 대해 심히 마음 편치 못함을 느꼈다. 뿐더러 그 편치 못한 마음은 그가 지금까지 경험해 보지 못한 것이었다.

처음에 생각한 것은 옛날의 부모는 자녀에게 너무 냉담했다는 사실이었다. 그는 옛날 어렸을 때 뽕나무에 올라가서 오디 따먹기를 매우 좋아했다. 그런데 부모가 그것을 내버려뒀기 때문에 어느 날 드디어 나무에서 떨어져 머리를 다쳤다. 더욱이 치료마저 변변히 해 주지 않아 지금도 왼쪽 눈썹 위에 영구히 지워지지 않을 쐐기 모양의 흉터가 남았다. 지금은 그가 머리를 길러서 좌우로 가르고, 게다가 그것을 늘어뜨려서 감추고 있기 때문에 이럭저럭 흉터가 가리어져 있지만 그래도 쐐기의 끝부분만은 숨길 수가 없었다. 아무튼 이것은 하나의 결점이었다. 만일 여학생들에게 들키면, 아마도 경멸의 대상이 될 것이 틀림없으리라. 그는 거울을 던지고 원망스러운 듯이 '후우' 한숨을 쉬었다.

다음은 중국 교과서 편찬자가 너무도 교원의 입장을 생각해 주지 않았다는 점이다. 그 교과서는 《요범강감(了凡綱鑑)》과 얼마쯤 들어맞는 대목도 있지만, 전체적으로는 다르기 때문에 둘을 합쳐 강의하려면 어떻게 결부시켜야 되는지 알 수가 없었다. 또 교과서에 끼운 종이쪽지를 볼수록 그는 중도에서 사직한 역사 선생이 원망스러웠다. 종이쪽지에는 이렇게 씌어 있었다.

'제8장 동진(東晉)의 흥망(興亡)부터'

만일 전임자가 〈삼국(三國)〉 대목의 강의를 끝내지만 않았어도, 그는 교재 준비로 이처럼 고생하지 않았을 것이다. 그가 가장 잘 아는 것이 바로

〈삼국〉이었기 때문이다. 예컨대 도원(挑園)에서 세 호걸이 결의를 하는 과정, 공명(孔明)이 계교를 써서 화살을 장만하는 내력, 주유(周瑜)를 세 번 화내게 하는 까닭, 황충(黃忠)이 정군산(定軍山)에서 하후연(夏候淵)을 베는 장면, 또 그 밖의 여러 가지 이야깃거리가 머리에 꽉 찰 만큼 있어서 한 학기 내내 해도 못다 마칠 것이었다. 당대(唐代)에 들어가면 진경(秦瓊)이 말을 파는 이야기 등이 있어서, 이것 또한 제법 자랑할 수 있을 만큼 잘 아는 대목이다. 그런데 하필이면 재수없게도 동진 시대를 강의하게 되었다. 그는 또 원망스러운 듯이 "후유" 한숨을 짓고, 다시 한 번 《요범강감》을 끌어당겼다.

"야아, 자네, 밖에서 보는 것만으론 부족해서 여기서까지 그러는가?"

목소리와 함께 손이 뒤에서 어깨 너머로 뻗쳐와 그의 아래턱을 퉁겼다. 그러나 그는 꼼짝도 하지 않았다. 음성과 거동으로 미루어 마작 친구 황삼(黃三)임을 알았기 때문이었다. 이 사나이는 오래 사귄 친구로서 1주일 전까지만 해도 함께 마작을 하거나 연극을 봤고, 술을 마시며 여자를 쫓아다녔던 것이다. 그런데 그가 〈대중일보(大中日報)〉에 '중화 국민은 모두 국사 정리의 의무가 있음을 논함'이라는, 사람들의 화제에 오르내리는 명문을 발표하고, 이어 또 현량(賢良) 여학교로부터 초빙을 받은 이후로는, 생각이 달라졌다. 황삼은 아무것도 취할 바 없는, 이를테면 하층에 속하는 인물이란 생각이 든 것이었다. 그래서 그는 뒤도 돌아보지 않은 채 볼에 힘을 주어 모가 난 듯 딱딱한 대답을 했다.

"바보 같은 소리. 나는 지금 강의를 준비하고 있어."

"자네는 발(鉢) 군에게 자기 입으로 그랬다면서? 교원이 되는 것은 여학생을 보기 위해서라고."

"발 군의 엉터리 같은 소린 믿을 거 없어!"

황삼은 그의 책상 옆에 앉았다. 그리고 곧 책상 위를 보자 거울과 책이 쌓여 있는 사이에서 펼쳐진 채로 있는, 빨간 종이에 쓴 서류 한 장을 발견했다. 그는 그것을 덥석 집어들고 눈을 크게 뜨고 한 자 한 자 읽어 내려갔다.

고이초(高爾礎) 선생
귀하를 본교 역사 교원으로 초빙함에 있어서, 매주 수업 시간은 네 시간

씩으로 하며, 시간 수업에 대해서 일금 30전으로 정하여 이를 시간 수에 곱해서 계산해 드리겠기에 이를 서약하는 바임.

민국 13년 국월(菊月 : 陰九月) 길일(吉日)

현량 여학교 교장 하만숙정(何萬淑貞)

"'고이초 선생'? 누구야? 자넨가? 이름을 바꿨나?"

황삼은 읽고 나더니 조급하게 물었다.

그러나 고 선생은 태연히 웃을 뿐이었다. 그가 개명을 한 것은 사실이었다. 그러나 황삼은 마작만 해서 새로운 학문이나 예술에 대해서는 관심이 없었다. 러시아의 대문호 고리키조차도 모를 정도니, 이 개명의 깊은 뜻을 설명해 준대도 알 턱이 없다. 그래서 그는 태연히 웃을 뿐 대답하지 않았던 것이다.

"야아, 간(幹) 군, 이런 쓸데없는 장난은 집어치워."

황삼은 초빙장을 내려놓으며 말했다.

"우리 동네에 있는 남학교만 해도 말할 수 없이 풍기가 문란하단 말야. 게다가 여학교까지 그렇게 만들다니 이제 어떤 꼬락서니가 될는지 알 수가 없어. 어째서 자네까지 북을 치러 가야 한단 말인가, 그만둬!"

"그렇지도 않아. 게다가 하(何) 부인이 아무쪼록 나보고 와 달라는 거야. 거절할 수가 없어."

황삼은 학교 흥을 보기 시작했다. 손목시계는 벌써 2시 반으로 수업 시간까지는 반 시간밖에 남지 않았다. 그는 조금 화가 나서 노골적으로 초조한 표정을 보였다.

"아아, 그렇담 좋아."

황삼은 재빨리 눈치를 채고 곧 화제를 바꾸었다.

"할 얘기가 있어. 우리 오늘 밤 한판 벌이네, 모가둔(毛家屯)의 모자보(毛資甫) 맏아들이 온단 말야. 지관에게 묘지를 보이려고. 주머니에 현금이 200냥 있어. 우리는 이미 약속을 끝냈지. 밤에 한자리에 둘러앉기로. 하나는 나, 또 하난 발(鉢) 군, 그리고 자네야. 꼭 와 주게. 어기면 재미없어. 우리 셋이서 그 자식을 벗겨 버리세."

간(幹) 군, 즉 고 선생은 신음소리를 냈다. 그러나 그의 입은 열리지 않았다.

"꼭 와 주게. 틀림없이! 나는 이제부터 발 군한테 알리러 가야 해. 장소는 역시 우리 집. 그 병신 자식 초짜니까 털기는 문제 없어. 아 참 자네, 눈이 고운 그 패(牌) 좀 빌려 주게."

고 선생은 천천히 일어나서, 침대가 있는 곳에서 마작패가 든 상자를 가지고 와 황삼에게 주었다. 손목시계를 보니까 2시 40분이다. 그는 생각했다.

'황삼은 노름꾼이긴 하지만 내가 이미 교원이 됐다는 걸 알면서도 일부러 찾아와서 직접 학교 험담을 늘어놓고, 게다가 수업 준비하는 것까지 방해하고 있으니 어쨌든 괘씸하다.'

그래서 그는 냉담하게 잘라 말했다.

"밤에 또 의논을 하지. 학교에 가야 할 시간이니까."

그러면서도 그는 원망스러운 듯이 《요범강감》이 있는 곳으로 시선을 보냈다. 교과서를 집어 새로 산 가방에 넣고, 새로 장만한 모자를 조심스럽게 쓰고서 황삼과 함께 집을 나왔다. 밖으로 나오자 그는 곧 걸음을 재촉해 어깨를 이리저리 흔들면서 쓱쓱 걸어갔다. 얼마 되지 않아 황삼은 그의 그림자조차도 볼 수 없었다.

고 선생은 현량 여학교에 이르자, 막 인쇄돼 나온 명함을 수위인 꼽추 영감에게 건넸다. 잠깐 있다가 "들어오십시오" 하는 소리가 들렸다. 그래서 그는 그의 뒤를 쫓아갔다. 두 번쯤 모퉁이를 돌아가자 응접실을 겸한 교원 대기실이 있었다. 하 교장은 부재 중이었다. 그를 맞이한 것은 반백의 수염을 기르고 있는 교무주임으로 이 사람이야말로 그 명성 높은 만요포(萬瑤圃), 아호가 '옥황향안리(玉皇香案吏)'라고 하는 사람이었다. 근래 그가 직접 여선(女仙)과 주고받는 시가 《선단수창집(仙壇酬唱集)》이라고 해서, 계속 〈대중일보(大中日報)〉에 게재 중이었다.

"아아, 고 선생입니까, 모처럼 잘……."

만요포는 계속 공수의 예를 하고, 뿐만 아니라 무릎 관절과 발 관절을 대여섯 번 계속 구부리면서 당장이라도 주저앉을 듯했다.

"네에 네, 만 선생님이십니까, 처음 뵙겠습니다."

고 선생도 가방을 든 채 같은 동작을 취하면서 말했다.

그리고 그들은 자리에 앉았다. 살아 있는지 죽어 있는지 잘 분간이 안 되는 맥빠진 사환이 끓인 물을 두 컵 갖다 놓았다. 고 선생이 앞쪽에 있는 괘종 시계를 보니, 아직 2시 40분으로 그의 손목시계보다 30분 늦게 가고 있었다.

　"참, 고 선생께서 쓰신 에, 그…… 저……〈중국국수의무론(中國國粹義務論)〉은 매우 간결하면서도 요령 있게 되어 있어서, 백 번 읽어도 지루하지 않을 훌륭한 글이더군요. 이것이야말로 청소년의 좌우명입니다! 좌우명, 좌우명! 저는 문학을 좋아합니다. 그러나 그저 단순한 심심풀이에 지나지 않고, 도저히 고 선생의 발아래에도 갈 수 없습니다."

　그는 다시 한번 공수의 예를 하고 소리를 낮추며 말을 이었다.

　"저희 성덕영교회(盛德靈交會)에서는, 매일 선인(仙人)을 초대합니다. 저도 늘 참석해서 시창(詩唱)을 합니다. 아무쪼록 고 선생께서도 오셨으면 합니다. 영교술(靈交術)을 하시는 선인은 예주선자(蕊珠仙子)입니다만, 이 부인은 말씨부터가 어쩐지 꽃의 요정이 하계에 내려왔다고밖에는 생각할 수 없는 분이십니다. 명사와 함께 시창하시는 걸 매우 즐겨하시고, 게다가 진보파를 이해하시는 분입니다. 고 선생과 같은 학자시라면 틀림없이 환영을 받으실 것입니다. 하하하!"

　그러나 고 선생은 마주 대해 고론탁설(高論卓設)을 토할 수는 없었다. 그 이유는 준비—동진의 흥망—를 충분히 하지 못한 데다가, 지금 생각하니 부족한 부분까지도 좀 잊어버린 것 같았기 때문이다. 그는 초조했고 고민이 되었다. 천만 갈래로 흩어진 마음에 꼬리를 물고 단편적인 생각이 떠올랐다. '교단에 오를 때는 위엄 있는 태도를 보여야 한다. 이마의 흉터는 어떡하든 끝까지 감추자. 교과서는 천천히 읽어야 한다. 학생을 볼 때는 점잖게 보아야지.'

　그와 함께 요포가 지껄이는 것도 어렴풋하게 귀에 울리고 있었다…….

　"……황계(黃鷄)를 받자와서…… '취해서 청란(靑鸞)에 기대고 벽소(碧霄)에 오르다' 뭐라고 할 초탈…… 그 등효옹(鄧孝翁)은 다섯 번 원해서 겨우 오언절귀 한 수를 받잡고…… '홍수(紅袖), 천하(天河)'를 해친다고 세인은 말하지 마라……. 예주선자께서 말씀하시기를…… 고 선생은 역시 처음…… 이것이 본교의 식물원!"

"호오!"

이초는 갑자기 그가 한 손을 들고 가리키는 걸 보고 혼란한 생각에서 벗어나 그쪽을 바라보았다. 창 밖은 좁은 공터로 나무가 네댓 그루 서 있었다. 그 맞은쪽으로 세 칸 정도의 조그마한 단층 건물이 있다.

"저것이 교실입니다."

요포는 손가락을 그대로 하고 말했다.

"네에!"

"학생들은 매우 온순합니다. 강의를 듣는 외에는 오로지 재봉에 전념하니까요……."

"네에 그래요."

이초는 매우 다급한 기분이었다. 상대가 빨리 말을 그만두면 자기는 정신을 집중해서, 서둘러 동진의 흥망에 대해서 생각을 좀 할 수 있겠는데 하고 초조하게 생각했다.

"유감스럽게도 소수이긴 합니다만, 개중에는 시를 짓고 싶어하는 학생이 있어서, 이건 참 곤란한 문젭니다. 문명 개화란 점에서 볼 땐 당연한 일입니다만 시를 짓는 건 아무래도 양가의 규수가 할 것은 못 됩니다. 예주선자도 여성 교육엔 그다지 찬성하지 않으십니다. 천지의 구별을 문란케 하기 때문에 천제가 기꺼워하지 않는다는 것입니다. 저는 때때로 선자와 논쟁을 합니다만."

이초는 돌연 뛰어오를 만큼 깜짝 놀랐다. 벨소리가 들렸기 때문이다.

"아니, 아직은…… 저건 끝나는 종입니다."

"만 선생께선 바쁘시겠지요. 아무쪼록 저에겐 괘념 마시고……."

"아니오, 상관없습니다. 저는 이렇게 생각합니다. 여자 교육의 진흥은 세계의 조류에 순응하는 것이다, 그러나 만일 중용을 잃을 경우에는 극단으로 흐르기가 쉽다, 그러니 천제가 기꺼워하지 않는다는 것도 실은 폐단을 미연에 막고자 함에 있는지도 모르겠다, 다만 당사자가 중용을 근본으로 하고, 오로지 국수로써 근본 원칙을 삼는다면, 단연코 폐단이 생길 리가 없습니다. 고 선생, 그렇지 않습니까. 이건 예주선자도 '생각해 볼 가치가 있다'고 말씀하셨습니다. 하하하!"

사환이 뜨거운 물을 두 잔 가져왔다. 종이 또 울렸다.

요포는 이초에게 뜨거운 물을 권하더니 이초가 두어 모금 마셨을 때, 조용히 자리에서 일어났다. 그리고 그를 안내해 식물원을 가로질러 교실로 들어갔다.

그는 심장이 두근두근했다. 교단 옆에 장승처럼 서 있으려니까, 교실을 가득 메우고 있는 수도 없는 머리들이 눈에 들어왔다. 요포는 주머니에서 편지한 장을 꺼내 펼치더니 그것을 보면서 학생에게 말하기 시작했다.

"이분이 고 선생, 고이초 선생이십니다. 저명한 학자시지요. 저 유명한 '중화 국민은 모두 국사 정리의 의무가 있음을 논함'이란 논문은 모두 알고 있겠지요? 〈대중일보〉에는 이렇게 씌어 있어요. '고 선생은 러시아의 문호 고리키의 인격을 흠모하셔서 존경의 정을 보이기 위해서 이초로 개명하신 것으로, 이분의 출현은 실로 우리 중화 문단의 경사라고 할 것입니다.' 이번에 학교장님께서 재삼 부탁을 올렸던바, 승낙을 하시고 본교에서 역사를 가르쳐 주시기에 이르렀습니다……."

고 선생은 돌연 주위가 조용해진 것을 깨달았다. 보니까 만 선생의 모습은 이미 사라지고 자기만 교단 옆에 서 있었다. 그래서 그는 할 수 없이 대담하게 교단으로 올라갔다. 먼저 절을 하고 마음을 진정시키며, 처음부터 위엄 있는 태도를 보여야 한다고 결심한 것을 떠올리면서, 천천히 책을 펼치고 '동진의 흥망'에 대한 강의를 시작했다.

"히히!"

누군가가 입속으로 웃는 듯했다.

고 선생은 순간적으로 얼굴이 화끈 달아올랐다. 당황해서 책을 보았으나, 설명하고 있는 것이 틀림이 없었다. 책에는 확실히 '동진의 정권 확립'이라고 씌어 있다. 책의 저쪽에는 변함없이 수많은 머리들이 교실을 메우고 있다. 착각인지도 모른다, 아무도 웃지 않았는지도 모른다고 그는 생각했다. 마음을 진정시키고 책만 보면서 천천히 침착하게 강의를 계속했다. 처음에는 자기의 귀에 자기 입이 무엇을 말하고 있는지 잘 들렸다. 그러나 차차로 듣기가 힘들어지더니 나중에는 무엇을 하고 있는지 전혀 알아들을 수 없었다. '석륵(石勒)의 웅도(雄圖)'를 설명할 단계가 되자 쿡쿡 하는 조심스런 웃음소리가 들렸다.

그는 좋든 싫든 교단 아래로 눈을 돌릴 수밖에 없었다. 보니까 이전과는 상태가 아주 달라져 있었다. 교실 가득히 눈〔眼〕과 정교한 등변삼각형이 있는데, 삼각형에는 모두 콧구멍이 둘씩 나 있었다. 그것들이 하나로 혼합이 되어서 마치 흘러가는 깊은 바다처럼 번쩍번쩍하면서 그의 시선으로 차차 가까이 밀려왔다. 그러다가 그의 시선에 부딪치자 빛이 싹 달라지면서 또다시 교실에 가득한 무성한 머리털이 되었다.

그도 당황해서 시선을 거두고 그 뒤로는 교과서에서 눈을 떼지 않기로 했다. 부득이한 경우에는 시선을 위로 향해 천장을 바라보았다. 누렇게 바랜 천장은 흰 석회와 찰흙으로 반죽해 바른 것인데, 한가운데 원형 무늬가 두드러져 보였다. 그런데 그 무늬가 움직이기 시작했다. 갑자기 커지기도 하고, 작아지기도 하면서 눈에 아물거렸다. 시선을 아래로 옮기면 또 그 무서운 눈과 콧구멍의 바다에 부딪칠까 두려워 책으로 눈을 돌릴 수밖에 없었다. 이때는 벌써 '비수(淝水)의 싸움'까지 와 있어서, 싸움에 패한 부견(符堅)이 '초목이 모두 병사로다' 하고 놀라는 대목이었다.

그는 아무래도 대다수의 학생이 몰래 웃고 있는 것 같아서 견딜 수가 없었다.

그래도 참고 강의를 계속했다. 그런데 무척 긴 시간을 강의한 것 같은데도 아직 종이 울리지 않았다. 손목시계를 보고 싶었지만 학생들이 업신여길 것 같아서 볼 수 없었다. 또 한참 동안 계속하고 있노라니까, 이번엔 '탁발(拓跋) 씨의 발흥'에 이르렀고 다음은 '육국 흥망표(六國興亡表)'였다. 그는 오늘 여기까지 나가지 않으려 했기 때문에 준비를 해오지 않았다.

그는 문득 자기가 강의를 그친 것을 깨달았다.

"오늘은 첫날이기 때문에 이 정도로 그치겠습니다……."

잠시 선 채로 머뭇거리다가, 그는 겨우 더듬더듬 이렇게 말하고서 머리를 한 번 숙이고, 그대로 교단을 내려와 교실을 나왔다.

"히히히!"

등뒤에서 많은 학생들의 웃음소리가 들리는 듯했다. 그 웃음소리가 깊은 콧구멍의 바다에서 나오는 것처럼 생각되었다. 그는 멍청하게 식물원으로 들어가서 저편에 있는 교원 대기실을 향해서 큰 걸음으로 걸어갔다.

그는 깜짝 놀라 손에 들고 있던 역사 교과서를 떨어뜨렸다. 느닷없이 머리에 무언가가 딱 하고 부딪쳤기 때문이다. 두서너 걸음 물러나 자세히 보니 비스듬히 옆으로 나온 나무의 아랫가지가 눈 앞에 있었다. 머리에 부딪쳐서 나뭇잎이 살짝 흔들거리고 있었다. 그는 당황하며 허리를 굽혀 책을 집었다. 책 옆에는 나무 푯말이 서 있었고, 거기에는 이렇게 씌어 있었다.

'뽕, 뽕과(科)'

또 등뒤에서 많은 사람들의 웃음소리가 들리는 듯했다. 그 웃음소리가 깊은 콧구멍의 바다에서 나오는 것처럼 느껴졌다. 그는 이미 쑤시기 시작한 머리를 문지르기도 쑥스러워서 그저 곧장 교원 대기실로 달려갔다.

대기실에는 컵 두 개가 그대로 놓여 있을 뿐 살아 있는지 죽어 있는지 모를 사환의 모습은 보이지 않았다. 만 선생도 없었다. 그의 눈에는 모든 것이 암담하게 비쳤다. 그의 새 가방과 모자만이 그 안에서 빛을 발했다. 벽에 걸린 괘종 시계를 보니까 아직 3시 40분이었다.

고 선생은 자기 집에 돌아온 지 꽤 오랜 뒤에도 때때로 온몸이 화끈해지곤 했다. 또 뜻모를 노여움 같은 것이 일어났다. 그러다가 나중에는 이런 생각까지 했다.

'학교라는 것은 확실히 풍기를 해친다. 폐쇄해 버리는 편이 낫겠다. 더욱이 여자 학교 같은 것은 도대체 무슨 필요가 있는가. 허영을 즐기게 할 뿐이 아닌가!'

"히히!"

어렴풋이 또 웃음소리가 들려왔다. 그것이 그의 노여움을 더 불러일으켜 그만둘 결심을 더욱 굳게 했다.

'밤에 학교장에게 편지를 쓰자, 나는 다리가 나쁘니…… 이렇게만 써 보내자. 만일 만류한다면 어떻게 할까…… 역시 그만둔다. 정말 여자들의 학교란 장차 어떤 꼴이 될지 알 수가 없다. 뭣 때문에 고통을 받으면서까지 그들하고 친구가 될 필요가 있는가. 그만둔다.'

그래서 그는 당장 《요범강감》을 치워 버리고 말았다. 그리고 앉으려 하는데 아무래도 빨간 색 초빙장이 마음에 들지 않았다. 그는 그것을 집어서 《중국 역사 교과서》와 함께 서랍 속에 던져 버리고 말았다. 이리해서 정리할 것은 거의 모두 치워 버린 셈이었다. 책상 위에는 거울만이 남았는데, 눈을 보니 보송보송했다. 그래도 아직 기분이 풀리지 않았다. 어쩐지 정신이 반쯤 빠져 나간 것 같았다. 그는 문득 깨달은 바가 있어 빨간 방울이 달린 수박모를 쓰고 황삼네 집으로 갔다.

“잘 오셨소, 고이초 선생!”

발 군이 큰 소리로 말했다.

“그만둬!”

그는 이맛살을 찌푸리고 발 군의 머리에 꿀밤을 하나 먹이면서 말했다.

“강의는 했어? 어때? 별난 학생이 있던가?”

황삼은 열심히 물었다.

“더 가르치러 가고 싶은 생각이 없어졌어. 여자 학교 같은 건 도대체 어떻게 되는지 모르겠단 말이야. 우리처럼 착실한 사람들은 접촉할 곳이 못 돼.”

모가(毛家)의 장남이 들어왔다. 통통하게 살이 찐 사나이였다.

“이것 참, 정말로 잘 오셨습니다…….”

방에 있는 사람들의 손이란 손은 모두 공수의 예를 했고, 무릎 관절과 발목 관절이 계속 두 번 세 번 굽혀져 당장이라도 주저앉을 듯했다.

“이분이 전에 말씀드렸던 고간정(高幹亭) 씨입니다.”

발 군이 고 선생을 가리키면서 모가의 장남에게 말했다.

“그렇습니까? 반갑습니다. 처음 뵙겠습니다…….”

모가의 장남은 새삼스럽게 그에게 계속 공수를 하고 머리를 숙였다. 이 방의 왼쪽에는 미리 준비된 네모난 탁자가 비스듬히 놓여 있었다. 황삼은 손님을 접대하면서 심부름하는 애와 함께 좌석과 계산 꼬치를 준비했다. 잠시 뒤 탁자 네 귀퉁이에 양초가 켜지고 네 사람은 자리에 앉았다.

주위는 조용했다. 내버린 패가 자단(紫檀)의 탁자에 부딪치는 소리만이 초저녁 정적 속에서 앓는 소리를 냈다.

고 선생의 패운은 나쁘지 않았다. 그래도 그는 아무래도 어딘지 모르게 불안했다. 본디 그는 무슨 일이든 곧 잊어버리는 성격이다. 그런데도 이번 일에 한해서는 세상 되어가는 꼴이 신경쓰여 견딜 수가 없었다. 수중의 계산 꼬치는 자꾸만 늘어 났지만, 그의 우울을 풀어 낙천적인 기분으로 만들어 줄 수는 없었다. 다만 시간이 지남에 따라 세상 형편도 나아질 것처럼 생각되었다. 그러나 그때는 시간도 늦었고, 벌써 둘째 판의 끝 무렵에 접어들어 바야흐로 그가 ‘청일색(淸一色 : 큰 패의 한 명칭)’으로 올라가고 있을 때였다.

고독자(孤獨者)

1

내가 위연수(魏連殳)와 알게 된 것은, 생각해 보면 꽤 이상한 인연이었다. 장례식에서 만나 장례식에서 헤어진 것이다.

그 무렵 나는 S시에 있었는데 곧잘 그의 이름이 사람들 입에 오르내리는 것을 들었다. 그 소문은 어떤 것이든 모두 그가 별난 사람이라는 것이었다. 전공은 동물학이지만, 중학교에서 역사 선생을 한다고 했다. 대인 관계는 원만하지 않은데도 곧잘 남을 위해 희생적으로 봉사하기를 좋아한다든가, 늘 가정 따위는 없애 버려야 한다고 말하면서도 월급을 받으면 어김없이 곧장 할머니에게 보내는데 하루라도 늦게 송금하는 적이 없다든가, 대개 이런 일들이었으나 그 밖에도 여러 가지 자질구레한 일들이 곁들어 있었다. 요컨대 S시에서는 그가 어쨌든 화제 인물 중 한 사람이었다. 어느 해 가을, 나는 한석산(寒石山)에 살고 있는 친척집에서 건강을 돌보며 머물렀던 적이 있었다. 그 집의 성은 위(魏)로 연수와는 종씨였다. 그런데 연수에 대한 것은 무엇 하나 잘 알지 못했고 그를 마치 외국인처럼 여겼다.

"우리와는 아주 딴판이라서요."

그것은 이상한 일이 아니었다. 중국에 학교가 서기 시작한 지 이미 20년이 다 되어가는데도 이 한석산에는 아직도 소학교 하나 없었고, 이 산골에서 해외에 유학한 사람이라곤 연수 한 사람뿐이었으니 동네 사람들의 눈에는 그가 확실히 별난 사람처럼 보일 터였다. 사람들은 그가 굉장히 돈을 벌었다던데…… 어쨌느니 하면서 질투를 했던 것이다.

가을이 다 갈 무렵 산촌에는 전염병이 돌기 시작했다. 나도 마음이 놓이지 않아 성내로 들어가려고 했다. 그때 연수 할머니가 병이 났다는 말을 들었다. 연세가 많으신 까닭에 매우 위중했는데, 벽지라 의사조차 없었다. 연수의 가족이라고는 할머니 한 분뿐으로, 식모를 두고 단출하게 살고 있었다.

연수는 어렸을 때 부모를 여의고 이분의 손에서 자랐던 것이다. 할머니는 옛날에 대단히 고생을 한 모양이지만 지금은 편안하게 여생을 보내고 있었다. 단지 연수에겐 처자가 없어서 집안이 매우 쓸쓸했다. 이런 점도 사람들이 그를 별난 사람이라고 여기는 원인의 하나였는지도 모른다.

한석산은 성내에서 육로로 백 리, 수로로는 70리가 된다. 서둘러 연수에게 사람을 보낸다 해도 오가는 데 적어도 나흘은 걸린다. 벽지인 산촌에서는 그런 소소한 일도 사람들에게 커다란 관심거리가 된다. 이튿날이 되자, 병자는 매우 상태가 나빠져서 서둘러 인편을 보냈다는 소문이 널리 퍼졌다. 그러나 그날 밤 사경쯤(^{밤 2시}_{전후}) 되자 병자는 숨이 가빠졌다. 그녀는 "어째서 연수를 한 번만이라도 보게 해주지 않는 거냐……" 하는 것이었다.

집안 어른들이나 가까운 친척, 할머니의 친정 사람들, 그리고 한가한 동네 사람들이 한자리에 모였다. 연수가 도착하면 곧 입관할 수 있도록 준비하려는 것이었다. 관이나 수의는 이미 준비돼 있으니 새로 장만할 필요는 없었다. 그들의 가장 큰 관심사는 이 만상제를 어떻게 다뤄야 하느냐는 것이었다. 그도 그럴 것이 이 사나이가 틀림없이 여러 가지 장례 절차를 신식으로 하자고 하리라 예상되었기 때문이다. 의논한 결과, 대체로 크게 세 가지 조건을 정하고 억지로라도 따르게 하기로 했다. 첫째 상복을 입을 것, 둘째 무릎을 꿇고 고인에게 절할 것, 셋째 승려나 도사를 불러다가 염불을 외게 할 것, 즉 한마디로 말하자면 모든 것을 재래 관습대로 하자는 것이었다.

이 의결이 정해지자 그들은 연수가 도착했을 때 한 사람도 빠짐없이 그의 집으로 몰려가서 차분하게 서로 협력하여 엄중한 담판을 하자고 미리 계획을 짜 놓았다. 동네 사람들은 일이 어떻게 벌어질지 기다리고 있었다. 동네 사람들이 알고 있는 연수는 '서양화'한 이른바 '신식파'였다. 지금까지는 그렇게 행동해 왔던 것이다. 아무튼 동네 사람들과 연수의 싸움은 필연코 일어날 예정이었다. 어쩌면 뜻밖의 굉장한 구경거리를 보게 될지도 모른다고 그들은 생각했다.

전해지기로 연수는 오후에 도착했다. 그는 집에 들어가자마자 할머니의 영전에 약간 머리를 숙였다. 친척들은 곧 예정했던 대로 그를 대청으로 끌고 가 먼저 장황하게 사전 설명을 하고 본론으로 들어갔다. 그것도 여럿이서 교대로 계속 설명을 해서 그에게 반대할 틈을 주지 않도록 했다. 그러고 나자 모든 것을 다 말해 버렸기 때문에 다시 더 할 말이 없었다. 한동안 침묵이 흘렀다. 한 사람도 빠짐없이 그의 입가를 응시하고 있었다. 그랬더니 연수는 안색도 달리하지 않고 불쑥 한 마디 했다.

"모두 좋습니다."

이것은 그들에게 뜻밖의 일이었다. 한시름 놓기는 했지만, 도리어 개운치 않은 마음이 들었다. 사람들은 너무나 의외의 일이라 마음이 쓰였다. 이런 소식을 전해 들은 동네 사람들도 아주 실망했다. 그래서 서로 다음과 같은 이야기를 주고받았다.

"이상한 일이야. '모두 좋습니다'라고 했대. 우리도 보러 가세."

모두가 좋다면 재래 관습을 따르겠다는 뜻이니 볼 필요도 없었지만, 그래도 그들은 보고 싶었다. 초저녁이 되자 사람들은 호기심에 끌려 대청 앞뜰로 몰려들었다.

나도 구경꾼 중의 한 사람이었다. 미리 양초를 한 통 보내고 그의 집에 들어가 보니 연수는 벌써 고인에게 수의를 입히고 있었다. 그는 왜소하고 마른 체구였고 길쭉한 얼굴의 절반 정도는 긴 머리라든가, 짙은 눈썹이라든가, 시커먼 수염이 차지하고 있어서, 단지 두 눈만이 검은 바탕 속에서 번쩍번쩍 빛나고 있었다. 그가 수의를 입히는 것을 보니까 그 식이 제법 질서 정연했고, 마치 장례를 여러 번 치른 경험자 같아 옆에서 보고 있던 사람들이 모두 감탄할 정도였다. 한석산에서는 옛날부터 이런 경우 무슨 트집을 잡아서라도 친정 사람들이 귀찮게 잔소리를 하는 것이 습관처럼 돼 왔는데도, 그는 그저 묵묵히 시키는 대로, 뭐라고 해도 얼굴빛 한 번 바꾸지 않았다. 내 앞에 서 있던 머리가 절반 쯤 센 노파가 정말 놀랐다는 듯이 칭찬의 말을 늘어놓을 정도였다.

수의를 갈아입히면 다음은 배례를 하는 순간이다. 그리고 곡을 한다. 여자들은 주문을 외웠다. 그러고 나선 입관이다. 또 배례가 있고, 곡을 한 다음 끝으로 관에 못을 친다. 한순간 조용해졌다. 그러나 다음 순간 술렁거리기 시작했다. 의심스러워하는 것 같기도 하고 또 불만스러워하는 듯도 한 공기가 흘렀다. 나에게도 마음에 걸리는 것이 있었다. 그것은 연수가 처음부터 끝까지 한 방울도 눈물을 흘리지 않았다는 점이었다. 돗자리 위에 우두커니 앉은 채 검은 얼굴의 두 눈만이 번들번들 빛나고 있을 뿐이었다.

입관 절차는 이 수상쩍게 여기는 분위기와 불평 속에서 끝났다. 사람들은 불평을 품은 채 일어나는 참이었다. 그러나 연수는 돗자리 위에 앉은 채 무슨 골똘한 생각에 잠겨 있었다. 갑자기 그는 눈물을 흘리기 시작했다. 뒤이어 곡성이 터져 나왔다. 그 소리는 곧 흐느껴우는 소리로 변했다. 상처 입은 늑대가 한밤중에 광야에서 울부짖는 것처럼 비참한 고통 속에 분함과 슬픔이 뒤섞인 소리였다. 이런 일은 여지껏 없던 노릇이어서 미처 손쓸 겨를이 없었다. 사람들은 어떻게 해야 할지 몰라 그저 멍청히 있었다. 그러는 중에 다가가서 위로하는 사람이 있었다. 그런 사람이 차차로 많아져서, 그는 드디어 사람들로 에워싸였다. 그러나 그는 여전히 앉은 채 울기를 계속했다. 마치 철탑인 것처럼 꿈쩍도 하지 않았다.

사람들도 이젠 흥미를 잃어 물러나는 수밖에 없었다. 그는 마냥 울었다. 이렇게 반 시간 정도 울더니 그는 갑자기 울음을 그쳤다. 그리고 조객들에겐 인사도 없이 안으로 들어가 버리고 말았다. 뒤따라 가서 거동을 살펴보고 온 사람이 한 말에 따르면 그는 할머니의 방에 들어가 침대에 눕더라는 것이다. 뿐더러 곧 깊이 잠들어 버리더라는 것이었다.

이틀이 지나고 내가 성으로 출발하기 전날, 나는 동네 사람들이 도깨비라도 만난 것처럼 흥분해서 떠들고 있는 이야기를 들었다. 연수가 모든 가재도구 가운데 절반은 할머니를 위해 태우고, 남은 것은 살아 있을 때 할머니를 시중들고, 돌아가셨을 때 할머니를 위해서 일한 하녀에게 나누어 주려 한다는 이야기였다. 또 집도 언제까지나 이 하녀에게 살라고 하여 마땅찮게 여긴 친척들이 항의했지만 그 뜻을 굽힐 수 없었다는 이야기였다.

아마도 호기심이 있어서겠지만, 나는 돌아오는 길에 그의 집 앞을 지나다 인사나 하려고 잠깐 들렀다. 그는 상복 차림으로 나왔지만 표정은 전처럼 차가웠다. 나는 애써 그를 위로하는 말을 했다. 그러나 그는 그저 끄덕거리더니 이렇게 한 마디 할 뿐이었다.

"호의에 감사합니다."

2

우리가 세 번째 얼굴을 대하게 된 것은 그해 초겨울, S시의 어느 책방에서였다. 우린 거의 동시에 고개를 끄덕였다. 서로 얼굴은 기억하고 있었던 것이다. 그러나 우리가 친해진 것은 이해가 끝날 무렵 내가 직장을 잃고 나서였다. 그때부터 나는 곧잘 연수를 찾아가곤 했던 것이다. 그 이유의 하나는 물론 무료한 탓에서였지만, 또 다른 이유는 풍문에 따르면 그가 그처럼 차가운 성격이면서도 실의에 빠진 사람에겐 매우 격의 없이 대해 준다는 말을 들었기 때문이다. 인간의 오르막 내리막은 일정한 것이 아니고, 실의에 빠진 사람이라 하더라도 언제까지나 그런 것은 아니다. 그래서인지 그에게는 오래 사귄 벗이 없었다. 그에 대한 풍문은 과연 사실이었다. 내 뜻을 알렸더니 곧 오라는 반응이 있었다. 방 두 칸을 터놓은 객실에는 장식도 없고, 의자와 탁자 말고는 책꽂이 몇 개가 있을 뿐이었다. 사람들의 평판으로는 그가 대단한 '신식파'라고 하지만 그 책꽂이에는 그다지 새로운 서적은 없었다. 내가 직업을 잃었다는 것을 그는 벌써 알고 있었다. 그러나 판에 박은 듯한 인사는 곧 끝났다. 주인과 손님이 묵묵히 마주 보고 있자니 점차로 거북한 느낌이 들었다. 보니까 그는 잠깐 사이에 담배를 한 대 피워 손가락이 탈 정도가 되어서야 바닥에 던졌다.

"안 태우겠소?"

손을 뻗쳐 두 개째를 집으려 하면서 그는 불쑥 물었다.

그래서 나도 한 개비 집어 불을 붙였다. 교원 생활에 대한 이야기라든가 서적에 관한 이야기 등을 잠깐 하고 있는 중에 또 거북해지기 시작했다. 나는 돌아가려 했다. 그때 밖에서 떠들썩한 소리와 함께 발소리가 들리더니 어린아이 넷이 몰려들어 왔다. 큰 놈은 여덟아홉 살, 작은 놈은 네댓 살이었다. 얼굴에도 손발에도 옷에도 온통 때가 끼었을 뿐 아니라 하나같이 못생겼다. 그런데도 연수의 눈에는 금세 기쁜 빛이 떠올랐다. 황급히 일어나더니 객실 옆방으로 데리고 가면서 아이들에게 외쳤다.

"대량(大良), 이량(二良), 모두 이리 온. 어제 하모니카를 갖고 싶다고 했지? 내가 사 뒀어."

어린아이들은 모두 그의 뒤를 따라갔다. 이윽고 모두들 하모니카를 불면서 나왔다. 그런데 객실을 나가자마자 웬일인지 갑자기 싸움이 벌어져서 한 애가 울기 시작했다.

"한 사람에 하나씩이야. 다 똑같은 거구. 싸우는 거 아니야."

그는 어린애들의 뒤에서 이렇게 타이르고 있었다.

"매우 많군요. 누구 애들입니까?"

내가 물어보았다.

"집주인의 애들입니다. 어머니가 없어요. 할머니 혼자 계실……."

"집주인은 홀아빕니까?"

"그래요, 부인이 죽은 지가 삼사 년 되던가. 재취를 안 했어요……. 그렇잖으면 나 같은 독신자에게 방을 빌려 주지 않았겠지요."

그렇게 말하고 나서 그는 냉소를 흘렸다.

나는 어째서 그가 여지껏 혼자 사는지 물어보고 싶었지만, 아직 그렇게까지는 깊은 사이가 아니었기 때문에 잠자코 있었다.

사귀고 보니 연수는 꽤 이야기가 통하는 인물이었다. 자못 토론을 좋아했고 그 토론이 때때로 기발한 것이었다. 다만 그의 손님 가운데는 영 상대하지 못할 사람도 있었다. 아마도 욱달부(郁達夫)의《침륜(沈淪)》을 읽은 때문이겠는데, 노상 자기 자신을 가리켜 '불행한 청년'이라든가, '잉여자(剩餘者)'라고 했다. 그는 개처럼 빈둥거리면서 거만하게 의자에 버티고 앉아 후유 하고 한숨을 쉬며 이맛살을 찌푸리고 담배를 피웠다. 그리고 주인집 애들로 말하자면 늘 싸움만 하고 접시나 대접을 뒤엎으면서까지 과자를 내라고 졸라대니 귀찮아서 머리를 내저을 정도였다. 그런데도 연수는 애들 얼굴만 봐도 보통 때의 차가운 태도는 사라져 버리고, 마치 자기 생명보다 더 소중하다는 듯이 행동했다. 언젠가 한번은 삼량(三良)이 성홍열에 걸렸다 해서 경황없이 속을 태우는 바람에 검은 얼굴이 더욱 검어지기도 했다 한다. 그런데 그 병이 뜻밖에 가벼운 것이었기 때문에 나중에 애들의 할머니로부터 놀림을 많이 받았다는 것이다.

"누가 뭐라고 해도 어린애는 좋아. 얼마나 순진한지……."

그는 내가 귀찮아하는 것을 눈치챘던 모양으로 어떤 날 기회를 잡아서 나에게 말했다.

"아니야, 어른들의 나쁜 버릇은 어린애들에겐 없단 말이야. 후천적인 결점, 자네가 언제나 공격하는 그런 결점은 환경의 탓이야. 선천적으로는 결코 나쁘지 않아. 천진함…… 나는 중국에 희망이 있다면 이 점뿐이라고 생각하네."

"아니지, 어린애들 손에 악의 뿌리가 없다면 커서 악의 열매가 열릴 리 없어. 예컨대 한 톨의 씨라도 그 내부에는 가지나 잎이나 꽃이나 열매가 되는 배자가 본디 포함되어 있으니까 성장해서 그런 것들이 생겨나는 거야. 만일 아무것도 없었다고 한다면……."

나는 당시 무료해서 괴로웠던 터라 고관들이 관직에서 물러나면 참선하듯이 불경을 읽고 있었다. 물론 불교의 깊고 오묘한 이치를 깨달은 것은 아니었지만 겁도 없이 입에서 나오는 대로 지껄였던 것이다.

그런데 연수는 아주 화가 나버리고 말았다. 힐끗 나를 쳐다볼 뿐 입을 열지 않았다. 그것은 할 말이 없어서인지 아니면 말하고 싶지 않아서인지, 나로서는 알 수가 없었다. 다만 오랫동안 보지 못했던 냉정한 태도가 또 그에게 나타났음을 알았을 뿐이었다. 침묵을 지키며 계속해서 담배를 두 대나 피웠다. 세 개째를 태우려고 손을 뻗칠 때 나는 그 이상 견디기 어려워 도망하고 말았다.

이런 거북한 기분은 석 달 동안이나 계속된 뒤 겨우 풀렸다. 그 풀린 이유 중, 절반은 아마도 잊어버렸기 때문이겠고, 나머지 절반은 연수 자신이 이 순진한 애들 탓에 박해를 받기에 이르러, 나의 어린애를 모독하는 주장도 정상 참작의 여지가 있다고 생각했기 때문이리라. 물론 이것은 나만의 추측이다. 이것은 내 집에서 술을 한잔하는 자리에서 있었던 일이다. 어딘가 슬퍼하는 듯한 표정으로 그는 반쯤 머리를 들고 이렇게 말했다.

"생각해 보면 정말 이상하단 말이야. 자네 집에 오는 도중 거리에 조그마한 놈들이 놀고 있었는데, 갈대를 들고 나를 향해서 '때려 부숴라' 하는 거야. 아직 아장아장 겨우 걷는 애였는데 말야……."

"환경이 그렇게 만들었겠지……."

말해 버리고 나서 곧 나는 그 말을 후회했다. 그러나 그는 조금도 마음에 두지 않는 표정으로 계속 술을 마시고 그 사이사이에 연달아 담배를 피우고 있었다.

"그렇게 말하니, 자네에게 묻고 싶은 것이 하나 있네."

나는 다른 말을 꺼내서 그 말을 얼버무렸다.

"자네는 절대로 사람을 방문하는 성격이 아닌데 어떻게 오늘은 마음이 내켰지? 우리는 서로 안 지 1년이 넘었지만 자네가 내 집에 온 것은 오늘이 처음이잖아?"

"그것을 말하려 했던 참이야. 앞으로 당분간 절대로 내 집에 오지 말아 주게. 내 집에는 지금 정말 귀찮은 어른 하나와 애 하나가 와 있단 말야. 이건 마치 짐승 같아."

"어른 하나에 애 하나? 누구를 말하는 거야?"

나는 이상하게 생각했다.

"내 사촌과 그의 자식이야. 하하하, 자식놈도 꼭 제 애비를 닮았더군."

"도시에 와서 자네를 만나고, 겸해서 구경이라도 하려고 온 건가?"

"아냐, 내게 의논할 문제가 있다는 거야. 그 애를 내 양자로 들이라더군."

"응, 양자? 자넨 아직 결혼 전이 아닌가?"

나도 모르게 소리를 높였다.

"내가 결혼 전이라는 걸 알고 있단 말야? 하기는 그런 것쯤 아무래도 좋아. 그것들의 진짜 속셈은 한석산(寒石山)의 헌 집을 자기들 소유로 하려는 거야. 나는 그것밖에는 아무것도 없어. 자네가 알듯이 돈이 생기면 곧 써 버리고 말아. 그 헌 집밖에 없단 말야. 그놈들 부자(父子)의 일생 사업이 그걸 차지하고, 지금 그 집에 있는 하녀를 내쫓는 것이란 말야."

그 어조의 냉혹함은 나도 모르게 섬뜩해질 정도였지만 나는 그를 위로하려고 말했다.

"자네 친척인데 그렇게까지야 안 하겠지. 다만 사상이 좀 고루할 뿐일 거야. 예컨대 그 해에 자네가 엉엉 울었을 때 정색을 하며 자네를 둘러싸고 열심히들 위로한 것처럼……."

"아버지가 돌아가시고 난 뒤, 우리 집을 갉아먹으려 할 때도 그랬지. 증서에 도장을 찍게 하려고, 내가 울었을 때 그렇게들 열심히 위로하려 들었던 거야……."

그때의 광경을 찾아 내기라도 하려는 듯이 그는 두 눈을 하늘로 향하고 한참 동안 그대로 있었다.

"결국 문제의 열쇠는 자네에게 어린애가 없다는 데 있는 거로구만. 도대체 자네는 왜 지금까지 결혼하지 않았나?"

나는 갑자기 다른 화제를, 게다가 오래 전부터 묻고 싶었던 화제를 꺼냈다. 이때야말로 다시없는 좋은 기회라고 생각했던 것이다.

그는 이상하다는 듯이 나를 보고 있었다. 한참 만에 그는 시선을 자기 무릎 위로 떨구었다. 그리고 담배를 피우기 시작했다. 대답은 없었다.

3

이렇게 한가하기 이를 데 없는 환경이지만 연수에게는 안주할 만한 땅이 아니었다. 때때로 좌익 계열의 신문에 그를 공격하는 익명의 기사가 나오기 시작했다. 학계에서도 그에 관한 유언비어가 계속해서 퍼졌다. 게다가 그것이 옛날처럼 단순한 화제로서가 아니라, 그에게 불리한 결과를 가져오게 하는 것이 많았다. 나는 요즘 그가 즐겨 글을 발표하는 것이 원인이라고 알았기 때문에 별로 관심을 두지 않았다. S시 사람들은 조심성 없는 의견을 토론하는 것을 좋아하지 않는다. 만일 그런 사람이 있으면 꼭 암암리에 바늘로 찌른다. 그것은 옛날부터 그랬기 때문에 연수로서도 모를 리가 없었다. 그런데 봄이 되자 돌연 그가 교장으로부터 파면을 당했다는 이야기가 들렸다. 이러한 소문에는 나도 뜻밖이란 생각이 들었다. 이런 일은 옛날부터 흔히 있었기 때문에 그저 나는 내가 아는 사람이 그렇게 되지 않기를 바랐을 뿐이다. 그래서 뜻밖이란 생각을 했을 뿐, S시 사람들이 이번 일에 특별히 가혹했던 것은 아니다.

그 무렵 나는 나 자신의 생활에 쫓기고 있었다. 게다가 그해 가을부터 산양(山陽)의 교원 자리에 대해 이야기가 오가던 참이었으므로 결국 그를 방문할 틈을 얻지 못했다. 그러던 중에 조금 틈이 생겼을 때는 이미 그가 파면당하고 서너 달 가까운 시일이 지난 뒤였다. 그래도 연수를 찾아보고 싶은 생각이 나지 않았다. 어느 날 나는 거리를 걷다가 우연히 헌책방들이 있는 거리에서 발을 멈췄다. 나도 모르게 정말 깜짝 놀랐다. 그곳에 진열해 놓은 급고각(汲古閣 : 명나라 재력가 / 모진의 장서실) 초인본의 《사기색은(史記索隱 : 당나라 사마정이 / 사기를 주석한 책)》은 틀림없이 연수의 책이었다. 그는 책을 매우 좋아했다. 장서가는 아니지만 이 정도의 판본은 그에게 귀중한 책일 터였다. 웬만큼 곤란하지 않다면 그렇게 쉽사리 내놓을 리 없었다. 겨우 두세 달 일하지 못했다고 그처럼 곤궁해지는 것일까. 물론 지금까지 돈이 들어오면 곧 써 버리는 성격이었으므로 저축이란 전혀 없었다 치더라도. 그렇게 생각하자 연수를 찾아보고 싶은 생각이 들었다. 그래서 가는 길에 눈에 띄는 대로 소주 한 병, 땅콩 두 봉지, 생선 구이 두 마리를 샀다.

그의 방문은 닫혀 있었다. 두서너 번 불러 보았으나 대답이 없었다. 나는 그가 자고 있는 것이 아닌가 하고, 더욱 소리 높여 부르며 손으로 문을 두드리기까지 했다.

"나갔을 거야."

눈이 세모꼴인 뚱뚱한 대량의 할머니가 저쪽 창문에서 센 머리카락이 섞인 머리를 내밀고 큰 소리로 귀찮은 듯이 말했다.

"어디 갔습니까?"

"어디 갔느냐고? 알 게 뭐야…… 어디 갈 데가 있을라고. 기다리고 있으면 인제 올 거야."

그래서 나는 문을 밀고 그의 객실로 들어섰다. 정녕 '하루를 보지 못하니 삼추가 지난 듯하도다'였다. 보이는 것은 모두 녹슬어 버려서 폐허가 되어 있었다. 가구들은 남아 있는 것이 몇 개 없었을 뿐 아니라 S시에서는 살 사람이 없는 양장본이 몇 권 남아 있을 뿐 서적까지도 거의 없었다. 그러나 방 한가운데 있는 원탁만은 그대로 남아 있었다. 일찍이 그 탁자에 둘러앉은 우울한 청년 비분가들이 있었고, 불우한 천재형의 기인이 있었고, 땟국이 흐르는 귀찮은 어린애들이 있었지만, 지금 모든 것이 정적에 싸여 위에는 엷게 먼지의 막마저 뒤집어쓰고 있었다. 나는 그 탁자 위에 술병과 종이에 싼 것을 놓고 의자를 끌어당겨 탁자 모서리에 기대어 문에 마주하고 앉았다.

'곧'이라는 말이 틀림은 없었다. 문이 열리고 한 사나이가 초라한 꼴로 그림자처럼 들어왔다. 틀림없는 연수였다. 저녁이라 그런지 전보다 더욱 검어졌고 다만 표정만이 옛날 그대로였다.

"오오, 자넨가. 오래 기다렸어?"

그는 조금 기뻐하는 듯했다.

"아니, 별로. 어딜 갔었나?"

"어디 가긴…… 요 앞에까지 좀…….."

그도 의자를 끌어다가 탁자 옆에 앉았다. 우리는 소주를 마시기 시작했다. 그리고 그의 실업에 대해서 말하기 시작했다. 그는 실업에 대해선 별로 말하려 하지 않았다. 예상하고 있었고, 지금까지 여러 번 당한 일이 있기 때문에 신기하지도 않고, 이야깃거리가 될 일도 아니란 것이 그의 의견이었다. 그는 전처럼 계속 술을 마셨고 변함없이 사회와 역사에 대해서 이론을 토로했다.

나는 무심히 텅 빈 서가에 눈을 주었다가 급고각 초인본의 《사기색은》 생각이 나서, 하염없는 쓸쓸함과 슬픔에 몰렸다.

"자네 객실도 이젠 이렇게 쓸쓸해져서…… 요샌 손님도 별로 없나?"

"없어. 요새 내 심경이 좀 좋지 않아서 와 봐도 별수 없다고 생각할 거야. 심경이 좋지 않을 때는 사실 상대를 불쾌하게 할 거야. 겨울철에 공원을 가는 사람은 없잖아……."

그는 계속해서 두 잔을 비웠다. 그리고 묵묵히 생각에 잠겨 있다가 별안간 얼굴을 들더니 나를 바라보면서 이렇게 물었다.

"자네도 일자리 구하기가 신통치 않지?"

이미 꽤 많이 취기가 돈 것은 알고 있었지만, 그래도 나는 은근히 화가 치밀어올랐다. 되물어서 창피를 주려 했을 때, 그는 뭔가에 귀를 기울이고 있었다. 그가 느닷없이 땅콩을 한 줌 움켜쥐고, 밖으로 나갔다. 문 밖에서 아이들이 웃고 떠드는 소리가 들려왔다.

그가 나가자마자 애들의 소리는 그쳤을 뿐만 아니라 아예 달아난 모양이었다. 그 애들을 따라가서 무언가 지껄이는 성싶었는데, 대답소리는 들려오지 않았다. 그러자 그는 그림자처럼 초라한 모습으로 돌아와서 쥐고 있던 땅콩을 다시 종이 위에 놓았다.

"이젠 내가 주는 것조차 안 받아."

나직한 소리로 비꼬는 듯이 그는 말했다.

"연수."

가엾은 생각이 들어 나는 억지로 미소를 띠면서 말했다.

"자넨 자진해서 괴로움을 원하는 것 같군. 자넨 세상을 너무 나쁘게 보는 것 같아."

그는 싸늘하게 웃었다.

"이봐, 할 얘기는 또 있어. 자네는 우리를, 때로 자네를 찾아오는 우리를, 한가해서 찾아와 자네를 심심풀이 대상으로 삼고 있다 생각하지?"

"천만에. 그렇지만 그런 생각이 들 때도 있어. 무슨 화제가 될 만한 것을 들으러 온다든가……."

"그게 안 된다는 거야. 사람이란 결코 그런 것이 아니야. 자네는 자기가 뽑아 낸 실로 고치를 만들고 자신을 그 속에 감금하고 있는 거야. 좀더 세상을 밝게 볼 수는 없겠나?"

나는 한숨을 지으면서 말했다.

"그럴는지도 몰라. 그러나 그 실이 말이야, 어디서 온 건가? 물론 세상에는 자네가 말하는 것 같은 인간도 있기는 하지. 예컨대 내 할머니가 그랬어. 나는 할머니의 피는 이어받지 않았지만 운명은 이어받았는지도 몰라. 그러나 그런 것은 아무래도 좋아. 나는 벌써 그때 울어서 모든 것을 묻어 버리고 말았으니까……."

곧 나는 그의 할머니를 입관시킬 때의 광경을 지금 눈앞에 보는 듯이 생생하게 머리에 떠올렸다.

"그때 자네가 그렇게 운 것은 왜 그랬는지…… 난 납득이 안 가든데."

당돌하게 나는 그렇게 물었다.

"내 할머니 입관 때 말이지? 그렇겠지, 자넨 모를 거야."

그는 등잔을 켜면서 조용한 어조로 말했다.

"자네가 나와 사귀게 된 것은 아마도 그때 내가 울었기 때문이 아니었나? 자네는 모르겠지만, 할머니는 내 아버지의 계모였어. 생모는 아버지가 세 살 때 돌아가셨단 말야."

그는 생각에 잠겼다. 꼼짝 않고 아무 소리도 없이 앉아 있다가 술잔을 들어 비우고 생선구이를 한 마리 먹어 치웠다.

"이런 옛날 일은 처음에는 나도 몰랐어. 다만 어렸을 때부터 이상하게 생각하고 있었지. 그 무렵엔 아버지도 살아 계셨고, 집안 형편도 좋았어. 정월이면 언제나 조상들 화상을 걸어 놓고 성대한 제를 올리는 거야. 그 많은 정장을 한 화상을 바라다보는 것은 그 무렵의 나에게는 매우 얻기 어려운 즐거움이었네. 그런데 그런 때는 언제나 나를 안고 있는 하녀가 한 장의 화상을 가리키면서 말했던 거야. '이분이 도련님의 진짜 할머님이시니 절을 하세요. 아무쪼록 도아 주셔서 빨리 용처럼 호랑이처럼 클 수 있도록.' 그것이 아무래도 납득이 안 갔단 말야. 나에게는 의젓한 할머니가 엄연히 계신데 어째서 '진짜 할머니'가 또 있는 것일까. 그러나 나는 그 '진짜 할머니'가 좋았어. 집에 있는 할머니처럼 나이를 먹지 않았기 때문이야. 젊고 아름다웠고 금실로 자수한 빨간 옷을 입고, 구슬로 장식된 관을 쓰고 있었어. 어머니의 화상과 그다지 다름이 없었단 말야. 내가 바라다보고 있으려니 그 화상의 눈도 조용히 나를 바라다보면서 입가를 점점 벌리며 웃는 것 같더란 말야. 틀림없이 나를 마음 속으로부터 사랑하고 있음에 틀림이 없다는 식으로 나는 생각했던 거야. 그러나 나는 집안에서 온종일 창가에 앉아서는 천천히, 정말 천천히 바느질을 하는 할머니도 좋아했어. 내가 아무리 즐겁게 떠들며 놀아도, 불러 보아도 웃는 얼굴 한번 보인 적이 없었어. 언제나 차가운 느낌이어서 다른 집 할머니와는 아무래도 달랐지. 그래도 나는 할머니를 좋아했어. 그러나 나중에는 차차 멀어지기 시작했어. 그 이유는 내가 나이를 먹은 뒤, 내 아버지를 낳은 어머니가 아니라는 것을 알았기 때문은 아니었어. 절대 그런 것이 아니라, 다만 하도 보아 왔기 때문에 싫증이 나서 1년 내내 바느질만 하는 기계 같았고, 역겨운 느낌이 들었기 때문이야. 그런데도 할머니는 전처럼 바느질만 하며 내 뒤를 보아 주고 보살펴 주셨어. 한 번도 웃는 낯을 보여 준 적은 없지만 야단을 치는 일도 없었지. 그러는 중에 내 아버지가 돌아가셨어. 그래도 마찬가지야. 그런데 우리 집 살림은 거의 바느질로 꾸려가다시피 했으니 할머니는 더욱 안 그럴 수가 없었지. 그러는 동안에 내가 학교에 가게 됐지……."

등잔불이 꺼져 갔다. 석유가 거의 닳은 모양이었다. 그는 일어나서 서가 아래서 조그마한 깡통을 끄집어 내다가 석유를 붓기 시작했다.

"이 달 한 달 사이에 석유값을 두 번씩이나 올렸으니……."

심지를 돋구고 나서 그는 천천히 느린 어조로 말했다.

"생활은 날마다 괴로워지고…… 그리고 할머니는 역시 마찬가지였어. 내가 졸업하고 일자리를 얻어, 생활이 전보다 나아졌을 때도, 아니 병들어서 어쩔 수 없이 자리에 누울 때까지도, 할머니의 만년은 그리 고생하셨다고는 할 수 없어. 연세도 꽤 많이 잡수셨지. 내가 꼭 눈물을 흘려야 할 이유는 없었어. 게다가 울어 준 사람도 많이 있었잖았느냐 말야. 옛날 그처럼 할머니를 못살게 굴었던 놈들까지 울었단 말야. 그것도 꽤 슬픈 표정을 짓고서 말일세, 흐흐흐…… 그런데 말이네, 그때 문득 할머니의 일생이 고구려 벽화(高句麗壁畵)처럼 내 눈앞에 떠오르더란 말이야. 자기 손으로 고독을 만들어 내고 그것을 다시 입 속에서 씹던 일생이 말일세. 그런데 말이야, 그런 인간은 대단히 많은 것 같은 생각이 들었단 말이야. 그 많은 인간이 나를 맹랑하게 울부짖게 했단 말이야. 그때 내가 너무 감상에 사로잡혔던 것도 큰 원인이었는지 모르지만……. 자네가 지금 나에게 가지고 있는 생각은 내가 옛날에 할머니에게 가지고 있었던 생각과 같은 것이야. 그러나 그때의 내 생각이란 것도 실은 정당한 것이 아니었단 말일세. 내가 철이 들어서부터는 차차 할머니로부터 멀어져 간 것만은 확실하니까 말야…….”

그는 여기서 입을 다물었다. 손가락 사이에 담배를 끼우고 머리를 떨어뜨리고 생각에 잠겨 있었다. 등잔 불빛이 가늘게 흔들렸다.

“아아, 인간이 죽고 나서 아무도 우는 사람이 없게 한다는 것은 참 힘든 일인가 봐.”

그는 혼잣말처럼 중얼거렸다. 그리고 얼굴을 들어 나를 보고 말했다.

“아마 자네만 해도 별수 없을 거야. 나도 빨리 어떡하든 일자리를 찾아 내야겠는데…….”

“다른 데 부탁해 볼 만한 곳은 없나?”

나는 정말 그 무렵엔 어떻게 해볼 수가 없었다. 나 자신의 문제까지도.

“그야 없는 것은 아니야. 다만 그들의 상황도 나와 별 차이가 없다는…….”

내가 연수와 헤어져 문을 나왔을 때는 둥근 달이 벌써 중천에 떠 있었다. 조용한 밤이었다.

4

산양(山陽)의 교육사업 실태는 매우 나빴다. 학교에 부임해서 두 달이 됐는데도 월급 한 푼 주지 않았다. 담배값까지도 절약해야 하는 형편이었다. 그런데 학교 선생이란 족속은 월급 십오륙 원의 싸구려 교원이면서도 어느 누구 하나 천명에 순종하지 않는 놈이 없었다. 오랜 세월을 두고 단련된, 철근이 든 육체를 의지삼아 아침 일찍부터 밤 늦게까지 여위어서 얼굴이 창백해지도록 쉬지 않고 일하고, 게다가 좀 높은 양반이 오기라도 하면 엎드려기는 꼴은 정말 의식(衣食)이 부족하면서 예절을 아는 국민이라고 할까? 이런 상태를 볼 때마다 어찌 된 까닭인지 나는 곧잘 연수와 헤어질 때의 부탁을 회상하곤 했던 것이다. 그 무렵 그의 생활은 더욱 어려워져 허덕거리는 모습이 노골적으로 드러났다. 옛날 그 침착하던 모습은 찾아볼 수 없었다. 내가 그곳을 떠난다는 소식을 듣고 찾아 온 밤이었다. 그는 잠시 머뭇거린 끝에 겨우 더듬거리면서 말했다.

"어떨까, 그쪽에서 어떻게 안 될까……. 필경(筆耕)이든 뭐든 한 달에 이삼십 원이면 되겠는데 난……."

나는 이상스러워 견딜 수가 없었다. 설마하니 그가 이처럼 비굴해지리라고는 상상도 못했으므로 곧 입을 열 수가 없었다.

"나는…… 조금만 더 살아 있고 싶다……."

"가서 보고 꼭 힘써 볼게……."

이것이 내가 그날 서슴없이 대답한 말이다. 이 말은 그 뒤에도 언제나 내 귀에 들려오고, 동시에 눈에는 연수의 모습이 떠올라 더듬는 듯한 어조로 '조금만 더 살아 있고 싶다'고 하는 목소리까지 들려오는 것이었다. 그럴 때마다 나는 모든 수단을 강구해서 여기저기 부탁을 해 보았다. 그러나 아무 소용도 없었다. 일은 없었고 사람은 많았다. 결국 남이 나에게 변명을 하고 내가 그 변명을 그에게 편지로 중계해 줄 뿐이었다. 1학기 말이 되니까 사태는 더욱 악화되었다. 이 지방의 일부 인사들이 발행하는 '학리주보(學理週報)'가 나를 공격하기 시작했던 것이다. 물론 이름을 지목하지는 않았지만 매우 교묘한 표현으로, 보면 대뜸 말하는 것이었다. 연수를 추천한 것까지도 당을 끌어들이는 음모라고 규정하고 있었다.

벌써 나는 움직이려 해도 움직일 수 없게 됐다. 수업에 나가는 외에는 문을 잠그고 집 안에 숨어 있었다. 때론 담배 연기가 창문 틈으로 새어나가는 것조차 학교 소동을 선동한다는 혐의의 불씨가 되지 않을까 무서워했다. 연수의 일 같은 것은 도저히 입에도 담을 수조차 없었다. 그러던 중 어느덧 한 겨울이 됐다.

하루종일 계속 눈이 내려서 밤까지 그치지 않는 날도 있었다. 문 밖은 모든 것이 쥐죽은 듯이 조용했다. 그 정적 소리까지 들릴 것 같은 그런 정적이었다. 나는 희미한 등불 아래 눈을 감고 죽은 듯이 앉아 있었다. 눈이 분분하게 계속 내려서 눈이 미치는 한도까지 내리덮여 이미 쌓여 있는 눈 위에 줄기차게 쌓이는 것이 눈에 보이는 듯했다. 지금쯤은 고향에서도 새해를 맞을 준비에 분주하리라. 나는 내가 어린애일 때 뒤뜰 평평한 곳에서 어린 동무들과 눈사람을 만들던 꿈을 꾸고 있었다. 눈사람의 눈엔 부서진 숯덩이를 박았다. 새까만 눈이다. 그것이 번쩍하고 빛났다 싶더니 별안간 연수의 눈으로 변했다.

"조금만 더 살아 있고 싶다."

옛날 그대로의 목소리다.

"어째서?"

나도 모르게 그렇게 되묻고 곧 나 자신이 우스꽝스러움을 느꼈다.

그 우스꽝스러움에 정신이 나서 나는 내 자신으로 돌아왔다. 단정하게 다시 앉아서 담배에 불을 붙였다. 창문을 열어 보니 눈은 추측했던 대로 더욱더 내려 쌓이고 있었다. 문을 두드리는 소리가 들려 왔다. 곧 뒤이어 들어온 자가 있었다. 그러나 그것은 늘 들어온 하숙집 사환의 발소리였다. 내 방의 문을 열고 여섯 치도 넘을 커다란 봉투를 나에게 건네 주었다. 갈겨 쓴 서체이긴 했지만 힐끗 보기만 했는데도 '위함(魏緘)' 두 자가 눈에 들어왔다. 연수가 보내 온 것이었다.

그것은 내가 S시를 떠나고 나서 처음으로 그가 보내온 편지였다. 나는 그의 게으른 성격을 알고 있었기 때문에 아무 소식이 없어도 별로 이상하게 생각하지는 않았다. 그러나 때로는 뭐라고 편지를 해올 텐데 하고 소식이 없음을 원망스럽게 생각한 적도 있다. 하지만 막상 편지를 받아들자 이번엔 또 까닭없이 이상한 느낌이 들어 서둘러 겉봉을 뜯었다. 속에는 거친 글씨로 다음과 같은 글이 씌어 있었다.

신비(申飛)……

자네에게 뭐라고 경칭을 붙여야 할까. 빈 칸으로 그대로 두니 자네가 좋을 대로 경칭을 써 넣어 주게나. 나는 아무래도 좋으니까. 헤어진 뒤 편지를 세 통 받았네, 답장은 안 했지만. 이유는 간단하네. 우표를 살 돈이 없었어.

자네는 내가 어떻게 지내고 있는지 알고 싶어하겠지. 모든 것을 털어놓고 알려 주기로 하지. 나는 실패했던 거야. 옛날 내가 실패했다고 하던 건 지금 생각하니 그게 아니었어. 지금이야말로 정말 실패란 말일세. 옛날에는 남도 내가 좀더 살기를 바랐고, 나 자신도 살고 싶다고 생각했지만 살 수 없게 되었어. 지금은 그럴 필요가 없음에도 살아갈 수 있는…… 그대로 살아가느냐? 내가 좀 더 오래 살기를 바란 사람은 자신이 살 수 없었어. 그 사람은 적에게 계획적으로 살해되었다네. 누가 죽였는지는 아무도

몰라. 인생의 변화는 실로 빠르더군. 지난 반 년 동안 거지 노릇도 마다할
수 없는 형편에까지 몰렸었네. 아니 거지였다고 하는 편이 나을는지 모르
지. 그러나 나는 해야 할 일이 있었어. 그래서 즐겨 비럭질을 했지. 그래
도 결코 절망과는 타협하지 않았네. 나에게 좀 더 살기를 바랐던 자의 힘
은 이처럼 컸던 것일세. 그러나 이제 그것마저 없어져 버리고 말았어. 동
시에 나는 살아갈 자격이 없다고 생각했네. 다른 사람은 어떨까? 그들 역
시 마찬가지야. 동시에, 내가 사는 것을 바라지 않는 자를 위해서라도 나
는 살아야 한다고 생각했던 것일세. 다행히도 나에겐 건실하게 살아갈 것
을 바라는 사람이 벌써 없어져 버렸기 때문에 누구의 마음도 아프게 하지
않아도 돼. 남이 상심하는 것을 나는 원치 않아. 이제 그런 사람은 이미
없어졌어. 유쾌하기 이를 데 없지. 깨끗해졌단 말야. 나는 옛날 내가 괴로
워하고 반대했던 모든 행위를 실행하려 하네. 옛날에 존경하고 주장했던
모든 것을 배척하는 것이지. 나는 이번에야말로 정말로 실패했어…… 그
리고 승리했단 말이야.

　자네는 내가 정신이 돌았다고 하려는가? 아니면 내가 영웅이나 위인이
되었다고 생각하겠는가. 그렇지 않아, 그 사정이라는 것은 아주 간단하네.
나는 이즈음, 두(杜) 사장의 고문이 됐어. 봉급은 매달 큰 것으로 여덟 장
일세. 신비…… 자네는 나를 어떻게 보는가? 마음대로 평해 주게. 나는
아무래도 좋으니까. 자네는 아직도 내 옛날의 객실을 기억하고 있겠지. 우
리가 성내에서 처음 만났을 때, 그리고 헤어질 때의 그 객실 말이야. 나는
지금도 그 객실을 쓰고 있네. 거기에는 새로운 손님이 있다, 새로운 선물
이 있다, 새로운 아첨이 있다, 새로운 출세운동이 있다, 새로운 비굴이 있
다, 새로운 마작과 파티가 있다, 새로운 경멸과 적의가 있다, 새로운 불면
증과 각혈이 있다…….

　요전의 편지에 따르면 자네의 교원 생활도 신통치 않은가 보이. 자네도
고문을 해 볼 생각은 없는가. 내게 알려 주면 애를 써 줌세. 하기는 수위
라도 상관할 게 있는가. 같은 거야. 새로운 손님과 새로운 선물과 새로운
아첨과……. 내가 사는 곳에는 큰 눈이 내렸네. 자네 있는 곳은 어떤가.
지금은 벌써 한밤중일세. 두어 번 가량 피를 토했더니 눈이 아주 맑아졌
어. 자네가 가을 이후 두 통씩이나 편지를 보내 준 것이 생각나네. 정말

미안하게 됐네. 그래서 나도 철이 들어, 이렇게 자네에게 편지를 쓸 생각이 든 거야. 설마 자네가 그렇다고 해서 놀라지는 않으리라고 생각은 하네마는. 이제 두 번 다시 편지를 쓰지 않을 거야. 내 이 습관은 자네가 전에 알고 있는 그대로일세. 언제 오겠나? 빠르면 만날 수 있겠지……. 하긴 우리는 이미 전혀 길이 달라졌는지도 모르겠어. 그렇다면 아무쪼록 나에 관한 것은 잊어버리게. 나는 진심으로 자네가 옛날 내 생활 문제를 생각해 준 데 대해서 감사하고 있다네. 그러나 지금으로선 내게 관한 것은 모두 잊어 주게, 나는 이미 '잘됐다'는 말일세.

12월 14일 연수

이 편지는 나를 어처구니 없이 놀라 자빠지게 하지는 않았지만, 쭉 내리 읽고 다시 한번 차근히 되풀이 읽어 보아도 아무래도 약간의 불쾌감이 남았다. 그러나 동시에 어느 정도 유쾌하기도 하고 안심이 되기도 했다. 더욱이 그가 생활의 걱정이 없어졌다는 것은 어쨌든 나의 어깨를 가볍게 해 주었다고도 할 수 있었다. 비록 나는 처음부터 끝까지 단 한 번도 도움이 되어 주지는 못했지만……. 얼핏 그에게 편지를 쓸까 생각했다. 그러나 다시 생각해 보니 별로 할 말이 있는 것도 아니라서 그런 생각도 곧 사라졌다.

확실히 나는 점차 그를 잊어가고 있었다. 내 기억 속에 그의 얼굴이 늘 떠오르는 일도 없어져 버렸다. 그런데 편지를 받고 열흘도 못 돼서 뜻밖에 S시의 〈학리칠일보사(學理七日報社)〉로부터 그곳에서 내고 있는 〈학리칠일보〉를 꼬박꼬박 보내 왔다. 이런 종류는 보지 않았지만 보내온 것인 이상 때로는 들여다보는 일도 있었다. 그것이 나에게 연수를 회상케 하는 계기가 되었다. 그 이유는, 그 속에 그에 관한 시문(詩文)이 곧잘 게재되었기 때문이다. 예를 들면 〈설야에 연수 선생을 배알하다〉라든가, 〈연수고문고재아집〉 등등이다. 언젠가는 〈학리 만평〉란에, '일화'라고 일컬으며 옛날 그가 사람들의 웃음거리가 되었던 일들을 재미있고도 이상스럽게 서술해 놓기까지 하였다. 은연중에 '비범한 사람이 비범한 행동을 할 수 있다'는 의미를 풍기고 있었다.

이런 일로 그를 생각하곤 했지만 웬지 모르게 그의 모습은 차차로 희미해져 가고 있었다. 그러나 또 그와의 관계가 날마다 깊어가는 것 같은 느낌도 들어서 때로는 나도 모르는 불안과, 가벼운 초조를 불현듯 느낄 때도 있었다. 다행히 가을이 되니까 이 '학리칠일보'는 보내 오지 않았다. 그런데 이번에는 산양(山陽)의 〈학리주간(學理週刊)〉에 〈유언즉 사실론(流言卽事實論)〉이라는 장편의 논문이 매호마다 게재되었다. 내용인즉, 모군(某君)에 관한 소문이 이미 공정한 신사들 간에 널리 알려져 있다는 이야기였다. 그것은 특정한 몇 사람을 지적하고 있었는데, 나도 그 속에 포함되었다. 나는 매우 조심해서 전처럼 담배 연기마저도 밖으로 새어나가지 않도록 신경을 써야 했다. 조심이라는 것은 성가신 고역으로서 그것 때문에 아무것도 손에 잡히지 않게 되는 것이다. 그래서 연수에 관한 것은 생각할 여유도 없었다. 요컨대 사실상 그에 대한 것은 죄다 잊어버리고 말았던 것이다.

그랬던 나도 결국은 여름방학까지도 견뎌내지 못하고 9월 말에 산양을 떠나 버리고 말았다.

5

산양에서 역성(歷城)에 갔다가 거기서 태곡(太谷)으로 갔다. 이렇게 해서 반년의 세월이 흘렀지만 결국 일을 찾지 못한 채 나는 또 S시에 돌아갈 것을 결심했다. S시에 도착한 것은 이른 봄날 오후였다. 지금 당장이라도 비가 내릴 듯한 날씨였다. 모든 것은 회색으로 덮여 있었다. 전에 있었던 하숙에 빈 방이 있어서 또 거기에 하숙을 정했다. 오면서 여러 번 연수 생각을 했던 터라, 도착한 뒤 저녁을 먹자 곧 그를 방문하기로 했다. 나는 문희(聞喜) 명산물인 찜떡〔煮餠〕을 두 꾸러미 들고 질척한 길을 여러 곳 지나서, 길바닥에 자빠져 자고 있는 개를 여러 번 비껴가며 겨우겨우 연수가 거처하는 집 문 앞에 도착했다. 집 안은 매우 환하게 보였다. 고문쯤 되면 집안까지도 이렇게 환해지는 것인가 싶어 나는 절로 빙그레 웃음이 나왔다. 그러나 고개를 들어 보니 문 옆에는 하얀 종이가 뚜렷하게 비스듬히 붙어 있었다. 그래 나는 대량(大良)의 할머니라도 죽은 것이리라고 짐작했다. 그런 생각을 하면서 문을 거쳐 곧바로 안으로 들어갔다.

희미한 불빛에 비쳐 어둑어둑한 가운데 뜰에는 관이 하나 놓여 있었고, 그 옆에 군복을 입은 병사 같은 사람이 한 명 서 있었다. 또 한 사람이 그와 이야기하고 있었는데 자세히 보니 대량의 할머니였다. 그 밖에도 짧은 저고리를 입은 인부 차림의 사람들이 여러 명 멍청히 서 있었다. 순간 나는 가슴이 뜨끔했다. 할머니가 이쪽을 보더니 나를 빤히 쳐다보았다.

"어머, 언제 오셨어요? 이삼 일만 빨랐어도……."

대뜸 그녀가 큰 소리로 말했다.

"누구…… 누가 죽은 겁니까?"

나는 이미 짐작이 갔지만 그렇게 물었다.

"위(魏) 선생이에요, 그저께 돌아가셨어요."

나는 주위를 둘러보았다. 객실은 어두컴컴했다. 등불이 하나밖에 없는 모양이다. 그리고 큰방에는 흰 장례용 포장이 쳐 있었고, 밖에는 두서너 애들이 모여 있었다. 대량과 이량이었다.

"저쪽에 뉘어 놓았어요."

대량의 할머니는 다가와서 손으로 가리키며 말했다.

"위 선생이 출세하신 뒤로 난 큰방까지 빌려 드렸어요. 그래서 지금도 그 방에 뉘어 놓았지요."

막 앞에는 긴 탁자가 놓여 있고, 밥과 나물을 담은 그릇이 여남은 개 놓인 소반이 하나 있을 뿐이었다. 내가 문지방을 넘어서 들어가려고 하니까 갑자기 흰 상복을 입은 두 사나이가 나타나서 나를 막아섰다. 썩은 생선 같은 눈을 크게 뜨고 의심하는 빛을 나에게 던졌다. 나는 연수와의 관계를 설명했다. 대량의 할머니도 오더니 옆에서 거들어 주었다. 그러자 겨우 그들의 손과 눈빛이 부드러워져 내가 앞으로 나아가 절을 하도록 묵인해 주었다.

내가 절을 하려 했더니, 별안간 꺼이꺼이 우는 사람이 있었다. 자세히 보니 열두서넛 되는 아이 하나가 돗자리 위에 엎드려 있었다. 이 애도 흰 상복을 입고 짧게 깎은 머리에 그래도 굵은 삼줄을 두르고 있었다.

나는 그들과 인사를 나누었다. 그리하여 한 사람은 연수의 외가집 사촌으로 그와는 가장 가까운 동생이고, 또 한 사람은 먼 일가 조카뻘이 된다는 것을 알았다. 내가 고인을 한 번 보고 싶다고 하니까 그들은 "그것만은" 하고, 한사코 거절했다. 그러나 나중에는 내 말에 납득을 했는지 막을 열어 주었다.

이때 나는 죽은 연수와 대면했던 것이다. 얼마나 괴이한 모습인가. 그는 주름이 잡힌 짧은 저고리와 바지를 입고 있었는데, 그 가슴께엔 아직 핏자국이 있었다. 차마 볼 수 없을 정도로 수척해 있었다. 다만 표정만은 옛 모습 그대로 변하지 않고 그대로였다. 가볍게 입술을 다물고 자고 있는 것 같았다. 나는 그의 코 끝에 손을 대어 그가 아직 숨 쉬고 있는 것이 아닐까 확인해 보고 싶었다. 모든 것에 죽음처럼 고요한 정적이 흐르고 있었다. 죽은 자도 산 자도. 나는 뒤로 물러났다. 그의 외가 사촌이 나에게 말을 걸어 왔다. '동생'은 아직 혈기왕성한 나이로 전도가 양양함에도 갑자기 '작고'하여서 '집안'의 슬픔은 말할 것도 없고, 친지 여러분께 염려를 끼치게 됐다고 말을 늘어놓았다. 연수를 대신 해서 사과를 드린다는 뜻이 말 속에 있었다. 산촌에는 이런 인사를 할 수 있는 사람이 드물었다. 그는 말을 하고 나서는 입을 다물었다. 죽음과 같은 정적이었다. 살아 있는 것도, 죽은 것도.

　나는 피로했고 진력이 났다. 새삼 아무런 슬픔도 솟아나지 않았다. 나는 가운데 뜰로 되돌아나왔다. 그리고 대량의 할머니와 이야기를 했다. 입관 시간이 가까워서 다만 수의가 도착하기를 기다리고 있을 뿐이라는 것과, 관에 못을 칠 때는 〈자, 오, 묘, 유(子午卯酉)〉생(生)은 자리를 피해야 한다는 것 등을 가르쳐 주었다. 그녀는 신이 나서 지껄였다. 콸콸 솟아오르는 샘처럼 말을 계속했다. 그의 병에 이야기가 미쳐 살아 있을 때의 상황으로 이야기가 옮겨졌다. 사이사이에 비평 같은 말도 곁들였다.

　"아시는 바와 같이 위 선생은 운이 트이고 난 다음부터는 사람이 아주 옛날과 달라지셔서 말씀입니다, 얼굴을 곧바로 쳐들고 가슴을 젖히고 계셨습니다. 사람들 앞에 나가도 옛날처럼 기를 못 펴고 있지 않았어요. 아시다시피 옛날에는 벙어리처럼 말이 없었잖아요. 저를 보고도 말입니다, 전엔 마나님 어쩌구 하잖았어요? 그런데 '할매' 하고 부르더란 말예요. 정말 참 재미있었어요. 선거구(仙居求)라는 약초를 보내 온 분이 계셨는데, 먹지 않고 뜰에 버려 두셨어요. 바로 여기였군요. 그러고서는 '할매, 할매가 먹어' 하잖아요. 출세를 하고 나니까 손님도 끊일 새 없었고, 큰방도 차지하고, 그래서 우리는 이 곁방으로 쫓겨 갔었지요. 다른 사람과 달라서 출세한 뒤에도 우리에게 곧잘 이야기를 했어요. 한 달 먼저 오셨던들, 늦지 않아서 그런 떠들썩함을 보셨을 텐데…… 하여간 사흘이 멀다 하고 주연을 베풀고, 떠들어 대고, 웃고, 노래 부르고, 시를 짓고, 마작을 하고…… 굉장했어요. 그 양반 옛날에는 어린애들을 무서워했는데, 그게 마치 어린애가 아버지를 무서위하는 것처럼 심했었단 말예요. 흠칫흠칫 놀라면서 작은 소리로 겨우 말하는 것이 고작이었는데, 그 무렵에는 아주 달라져서 곧잘 말도 했고 장난도 쳤어요. 저희 대량과는 아주 동무처럼 친해져서, 짬만 있으면 애들과 같이 방에서 놀았단 말예요. 참 여러 가지 놀이를 하면서 웃겼답니다. 혹 그 양반에게 뭔가를 조르면, 곧잘 아이들에게 개 짖는 소리를 흉내내게도 하고 머리를 마루에 딱 하고 부딪는 절을 시키기도 해서 호호호 웃고 떠들며, 그야말로 정말 떠들썩했었어요. 두어 달 전에 이량(二良)이 구두를 사달라고 졸랐는데 마루를 딱딱 부딪는 절을 세 번씩이나 시켰단 말예요. 봐요, 아직도 신고 있는데 해지질 않아요."

흰 상복을 입은 사람이 나오자 그녀는 입을 다물었다. 나는 연수의 병에 대해서 물어 보았다. 그러나 거기에 대해서는 자세히 모르고 있었다.

그는 벌써 오래 전부터 병색이 있었지만 아무도 그것을 몰랐다.

그가 언제나 활발하게 행동했기 때문에 한 달쯤 전에야 비로소 그가 몇 번 각혈을 했다는 얘기를 들었단다. 그러나 의사에게는 보이지 않은 모양이었다. 죽기 이삼 일 전에는 목이 막혀서 말도 하지 못했다고 했다.

십삼대인(十三大人)이 한석산(寒石山)에서 먼 길을 일부러 와서 저축한 것이 있는지 어떤지를 물었지만, 한마디도 대답을 할 수가 없었단다. 십삼대인은 그가 벙어리 흉내를 낸다고 의심했었다. 그러나 폐병으로 죽는 사람은 말을 할 수 없다고 하는데 정말 그런지……

"그런데 위 선생은 정말 이상한 버릇이 있었어요."

그녀는 갑자기 소리를 죽여 속삭이듯이 말했다.

"저축 같은 것은 한 푼도 하지 않았고 돈을 물처럼 마구 써버렸단 말예요. 십삼대인은 마치 우리가 단물을 빨아먹은 것처럼 말하는데, 무슨 단물이 있었겠어요? 바보처럼 모조리 마구 써버리고 만 걸요. 물건 사는 것만 해도 그래요. 오늘 샀다 싶으면 다음 날 곧 팔아 버렸다니까요. 부숴 버리고 말든가. 정말 왜 그랬는지 모르겠어요. 돌아가시고 나니까, 텅 비어서 아무것도 없어요. 안 그랬으면 오늘같이 이렇게 쓸쓸한 장례식은 아니었을 텐데. 그분은 그저 떠들어 댈 뿐으로 일을 착실하게 해 나갈 생각은 없었던 거예요. 나는 그런 것을 이미 알고 있었어요. 그래서 충고도 해 봤지요. 이젠 나이도 나이니까 가정을 꾸려야 하지 않겠느냐고 말예요. 지금 같으면 색시를 얻는 건 문제가 아니니 만일 적당한 가문의 규수가 없거든 우선 첩이라도 하나 두는 것이 어떠냐고 그랬지요. 세상 풍속에 따라야 하지 않겠느냐고요. 그랬더니 이 말을 듣자 그는 별안간 웃음을 터뜨리면서 '할매, 지나치게 남의 시중만 들다간 머리가 벗겨진단 말야' 하잖겠어요. 아무튼 벌써 이 무렵엔 정신이 나간 것같이 모처럼 생각해서 얘기해 줘도 그걸 바로 받아들이지 않았어요. 만일 내 말을 듣기만 했다면 지금처럼 혼자 초라하게 삼도천(三途川 : 저승길에 있는 큰 내. 크게 악하지도, 크게 선하지도 않은 사람이 건넌다)을 더듬어 건너지 않아도 되었을 텐데. 적어도 몇 사람, 가족의 우는 소리라도 들었을 텐데……."

일하는 머슴애가 옷보따리를 등에 지고 왔다. 세 사람의 유족은 속옷을 골라 내서 막 뒤로 들어갔다. 조금 있다가 막이 걷혔다. 속옷은 벌써 갈아 입혔고 계속해서 겉옷을 입히고 있었다.

그것은 뜻밖에도 국방색 군복 바지였다. 거기엔 굵고 빨간 줄이 쳐져 있었다. 다음은 번쩍거리는 금색 견장이 붙어 있는 윗옷을 갈아 입혔다. 무슨 계급인지 어디서 받은 것인지는 모르겠다. 입관을 하고 나니, 연수는 보기 흉하게 늘어졌다. 발치에는 노란 가죽신이 놓였고 허리께엔 종이로 만든 지휘도가, 고목 같은 뼈만 남은 거무튀튀한 얼굴 옆에는 금색으로 언저리를 두른 군모가 놓였다.

세 사람의 유족이 관 언저리를 붙들고 한바탕 소리 높여 울었다. 그러고나서 울음을 그치고 눈물을 닦았다. 머리에 삼줄을 붙들어 맨 어린애가 나갔다. 삼량도 나갔다.

둘은 모두 '자오묘유시(子午卯酉時)'에 태어난 모양이었다.

일꾼이 관 뚜껑을 메어 올렸다. 나는 가까이 가서 연수에게 마지막 인사를 했다.

그는 어울리지 않는 의관 속에서 조용히 가로 누워 있었다. 눈을 감고 입은 다물었다. 입가에는 얼음처럼 차가운 미소를 띠고 마치 이 우스꽝스러운 시체를 비웃고 있는 듯했다.

관에 못을 치는 소리와 함께 울음소리가 일어났다. 그 울음소리를 나는 끝까지 다 듣지 못하고 가운데 뜰로 몸을 피했다.

발 가는 대로 걷고 있자니까 어느덧 문 밖에 나와 있었다. 축축히 젖은 길이 환히 보였다. 고개를 들어 하늘을 바라보니 짙은 구름은 이미 날아가고 둥그런 만월이 차가운 빛을 번쩍거리면서 중천에 걸려 있었다.

　나는 빠른 걸음으로 걸었다. 묵직한 압박감에서 발버둥질쳐 빠져 나오고 싶은 기분이었다. 그러나 발버둥쳐도 빠져 나올 수가 없었다. 귓속에서 무언가 몸부림치는 것이 있었다. 그것이 언제까지나 계속되려는 듯 그치지 않았다. 드디어 그것이 몸부림쳐 나왔다. 가냘픈 신음소리에 가까운 것이었다. 상처를 입은 늑대가 한밤중 광야에서 울부짖는 것처럼 비통 속에 분함과 슬픔을 섞은 울부짖음이었다.

　내 마음은 가벼워졌다. 나는 침착한 걸음걸이로 돌이 깔린 질척질척한 보도를 달빛을 받으면서 걸어갔다.

그녀의 죽음을 슬퍼하며
연생(涓生)의 수기

만약 할 수만 있다면 여기에 나의 회한과 비애를 써 보고 싶다. 자군(子君 : 쯔쮠)을 위하여, 나 자신을 위하여!

회관 한쪽 구석에 방치된 낡은 이 방은 끝없이 조용하고 공허하다. 세월의 흐름은 참으로 빨라 내가 자군을 사랑하고 그녀를 의지해서 이 정적과 공허로부터 탈출한 지 벌써 1년이 되었다. 공교롭게도 이번에 다시 돌아와 보니 비어 있는 것은 또 이 방 하나뿐이었다. 여전히 깨진 창, 반쯤 고목이 된 창 밖의 홰나무와 늙은 등나무, 창가에 놓인 정사각형 책장, 헐어 빠진 벽, 벽 가에 놓인 나무침대까지 전과 똑같았다. 깊은 밤 홀로 침대에 누워 있노라니 내가 아직 자군과 동거하기 전과 똑같았다. 지난 1년의 세월은 모두 사라져 버린 것만 같다. 내가 이 허물어져 가는 집에서 길조호동(吉兆胡同)으로 이 사하여 희망에 가득 찬 조그만 가정을 꾸몄던 일은 전혀 없었던 것 같은 기 분이 든다.

그뿐만이 아니다. 1년 전에는 이 정적과 공허에 지금과 달리 늘 기대가 깃 들어 있었다. 자군이 온다는 기대가. 오랜 기다림의 초조 속에서도 벽돌 길 에 울리는 하이힐의 경쾌한 발자국 소리가 들리면 얼마나 기운이 났던가! 그러면 곧 보조개 패인 창백한 둥근 얼굴, 가느다란 하얀 팔, 줄무늬가 있는 무명 적삼과 검은 치마를 보게 된다. 그녀는 창 밖의 반쯤 고목이 된 이파리 를 따다가 나에게 보여 준 적도 있었다. 쇠 같은 묵은 줄기에 한 송이 한 송 이 달려 있는 연보랏빛 등꽃을 따다 준 일도 있고.

그러나 지금은? 정적과 공허만은 여전하나 자군은 결코 다시 오지 않는 다. 영원히, 영원히! ······

자군이 이 허물어져 가는 집에 없을 때에는 나는 아무것도 보이지 않았다.

쓸쓸하고 의지할 게 없을 때면 손에 닿는 대로 책 한 권을 집어 냈다. 과학서도 좋고 문학서라도 좋았다. 아무것이나 마찬가지였다. 자꾸자꾸 읽어 내려가다가 갑자기 생각이 나서 보면 벌써 10여 쪽이나 뒤적거렸지만 책에 씌어진 것은 조금도 기억에 남지 않았다. 다만 귀만은 지나치게 민감해져 문 밖을 오가는 모든 신발 소리가 들려 왔다. 그 안에는 자군의 신발소리도 있어 또박또박 점점 가까워 왔다……. 그러나 때로는 또 점점 아득해져 끝내는 다른 발소리의 혼잡 속으로 사라져 버렸다. 나는 자군의 신발 소리와 다른 소리를 내는, 헝겊창 신을 신은 심부름꾼의 아들이 미웠다. 나는 자군의 신발 소리와 너무도 비슷한 소리를 내는 언제나 새 가죽 구두를 신고 크림을 처바른 옆집 좀팽이가 미웠다.

그녀의 차가 뒤집힌 것은 아닐까? 혹시 전차에 치어 다친 것은 아닐까? ……나는 곧 모자를 집어 들고 그녀를 만나러 가려 했다. 그런데 그녀의 숙부가 얼마 전에 내게 욕한 적이 있었다.

별안간 그녀의 신발소리가 가까워 왔다. 한 발짝 한 발짝 울리더니 맞으러 나갔을 때는 벌써 등나무 가지 밑을 지나 얼굴에 보조개 팬 미소를 띠고 있었다. 그녀가 그녀의 숙부에게 책망을 들은 것 같지 않아 내 마음이 놓였다. 묵묵히 서로 한참을 바라보았다. 낡은 방 안은 점점 나의 말소리로 가득찼다. 가정의 전제를 논하고, 구습관의 타파를 논하고, 남녀 평등을 논하고, 입센을 논하고, 타고르를 논하고, 셸리를 논했다……. 그녀는 언제나 미소 지으며 머리를 끄덕였고 두 눈에선 순진하고 호기심에 찬 빛을 넘치게 발했다. 벽에는 동판화인 셸리의 반신상이 붙어 있었다. 그것은 잡지에서 오린 것으로 그의 가장 아름다운 초상이다. 내가 그것을 그녀에게 가리켜 보였을 때 그녀는 힐끗 보았을 뿐 금방 부끄러운 듯이 머리를 숙였다. 이런 점에선 자군도 아직 낡은 사상의 속박을 빠져 나오지 못한 모양이었다. 그 뒤 나는 바다에 빠져 죽은 셸리의 기념화나 입센의 초상으로 바꾸는 편이 낫지 않을까 하는 생각을 했다. 그러나 끝내 바꾸지 않았다. 지금은 그 한 장 마저도 어디로 갔는지 모른다.

"나는 나 자신의 것이에요. 그들 누구도 나에게 간섭할 권리는 없어요."
이 말은 우리가 사귄 지 반년 됐을 때, 그녀가 이곳의 숙부와 집에 있는 아버지 이야기를 시작하면서, 한참 묵묵히 생각한 뒤 분명하고 단호하게, 그리고 침착하게 한 말이다. 그때 나는 이미 나의 의견, 나의 신상에 관한 일, 나의 결점을 조금도 숨김없이 다 말하여 그녀도 완전히 이해하고 있었다. 이 몇 마디 말은 나의 영혼을 매우 흔들어 그 뒤 여러 날 동안 귓전에 맴돌았다. 확실히 중국 여성은 결코 염세가의 말처럼 그렇게 손도 댈 수 없을 만큼 절망적이지 않으며, 머지않아 반드시 서광을 볼 수 있으리라.

그녀를 문까지 배웅할 때는 언제나처럼 여남은 발짝 떨어져서 걸었다. 그럴 때면 으레 메기 수염의 늙은이 얼굴이 지저분한 유리창에 코끝이 납작해지도록 바짝 붙어 있었다. 바깥 마당에 나오면 으레 또 투명한 유리창 안에 크림을 잔뜩 처바른 좀팽이 얼굴이 보였다. 자군은 곁눈질도 하지 않고 태연하게 걸어갔다. 나도 태연하게 돌아왔다.

"나는 나 자신의 것이에요. 그들 누구도 나에게 간섭할 권리는 없어요." 이 철저한 사상은 그녀의 뇌리에 박혀 있었다. 나보다도 더 철저하고 더 굳세었다. 크림을 처바른 도깨비나 코끝이 납작해진 영감 따위는 그녀에게 아무것도 아니었던 것이다. 나는 그때 어떻게 나의 순진하고 열렬한 사랑을 그녀에게 표시했는지 이젠 똑똑히 기억하지 못한다. 지금만 그런 게 아니라 그때 당시에도 멍해져서 아무리 생각해 내려 해도 몇몇 단편밖엔 떠오르지 않았다. 동거한 지 한두 달 뒤엔 그 단편마저 흔적도 없이 꿈처럼 사라져 버렸다. 다만 그녀에게 사랑을 고백하기 10여 일 전의 일만 기억할 뿐이다. 그때 나는 그녀에게 어떤 자세와 어떤 말로 사랑을 고백할지, 만일 거절당했을 때는 어떻게 해야 할지 깊이 고민하여 생각해 두었다. 그러나 막상 닥치고 보니 모두가 소용 없는 것 같아 허둥지둥 나도 모르게 영화에서 본 적이 있는 방법을 쓰고 말았다. 나중에 생각할 때마다 나는 매우 부끄러웠다. 그러나 기억에는 악착같이 이 한 가지만이 영원히 남아, 지금도 암실에 홀로 켜 있는 등불처럼 그 광경을 비쳐 내는 것이다. 내가 눈물을 머금고 그녀의 손을 잡고, 한쪽 무릎을 꿇고……

그때 나는 나의 말과 행동뿐 아니라 자군의 말이나 행동도 똑똑히 알지 못했다. 다만 그녀가 내 사랑을 받아 줬다는 것만을 겨우 알았을 뿐이다. 그래도 희미하게 기억하는 것은 그녀의 얼굴빛이 창백해지더니 나중에는 점점 빨개져 일찍이 본적이 없는, 뒤에도 다시 본 적이 없는 빨간 빛으로 변한 일이다. 어린애처럼 티없는 눈에는 슬픔과 기쁨의, 그러나 의혹을 띤 빛이 어려 있었다. 그러면서도 나의 시선을 애써 피하며 안절부절 못해 당장에라도 창을 깨뜨리고 달아나려는 것 같았다. 어쨌든 나는 그녀가 이미 나에게 승낙한 것만은 알았다. 그러나 그녀가 무슨 말을 했는지 아니면 아무 말도 하지 않았는지는 알 수 없었다.

그러나 그녀는 모두 기억하고 있었다. 나의 말을 마치 숙독한 책처럼 줄줄 외울 수가 있었다. 나의 동작을, 나에게는 안 보이는 영화 필름이 눈 앞에서 돌아가는 것같이 생생하게 아주 세밀히 이야기했다. 물론 내가 두 번 다시 생각하고 싶지 않은 그 영화 같은 천박한 한 장면까지도. 밤이 이슥해져 사람들이 잠들고 고요해지면 둘이 마주 앉아 이것을 복습하는 시간이 되었다. 나는 늘 질문을 당하고 시험을

루쉰과 쉬광핑
작중 화자와 쯔쥔(字君)과의 사랑은 루쉰과 쉬광핑의 사랑과 같다.

당하고 또 그때의 말을 다시 해 보라고 명령받는다. 그러나 늘 그녀에게 보충되고 정정되어 마치 열등생 같았다.

이 복습도 나중에는 점점 줄어갔다. 그러나 그녀가 두 눈으로 허공을 주시하고 정신 나간 것처럼 생각에 잠겨, 그래 얼굴빛이 더욱 부드러워지고 보조개가 깊어지는 것을 보기만 하면, 그녀가 또 그 학과를 자습하고 있음을 알았다. 다만 그녀가 나의 그 가소로운 영화 장면만은 보지 말아 주길. 그러나 그녀가 기어이 그것을 보고 싶어하며 보지 않고는 못 배긴다는 것도 나는 알고 있었다.

하지만 그녀는 결코 그것을 가소롭다고 생각하지 않았다. 비록 나 자신은 가소롭다, 심지어는 비루하다고까지 생각했지만 그녀는 추호도 그렇게는 생각하지 않았다. 나는 그것을 똑똑히 알고 있었다. 나에 대한 그녀의 애정은 그만큼 열렬했고 그만큼 순진했던 것이다.

지난해 늦은 봄은 가장 행복한, 또 가장 바쁜 때였다. 나의 마음은 평온해

졌으나 또 다른 걱정거리로 몸과 마음이 바빴다. 우리는 이때 비로소 길을 같이 걸었고 공원에도 몇 번 갔는데, 그중 가장 많이 했던 것은 셋집을 찾는 일이었다. 나는 길에서 때때로 호기심과 조소어린, 또는 음란하고 경멸에 찬 시선을 느꼈다. 조금만 방심하면 온몸이 위축되므로 그럴 때마다 나는 거만한 태도로 반항심을 분기시켜 가까스로 스스로를 지탱했다. 그러나 그녀는 아무 두려움이나 꺼려함도 없이 전혀 아랑곳하지 않고 침착하게 유유히 걸으며 아무도 없는 곳을 지날 때처럼 태연했다.

셋집 찾기란 결코 쉬운 일이 아니었다. 대부분은 이러저러한 구실로 거절 당했으며, 몇몇 집은 우리 마음에 들지 않았다. 처음에는 우리 쪽에서 너무 가렸다. 너무 가렸다고만도 할 수 없지만. 보긴 했으나 대개 우리가 안주할 만한 곳은 못 되었다. 그러나 나중에는 그들이 받아 주기만 하면 좋다고 하기에까지 이르렀다. 20여 군데나 보고 돌아다닌 끝에 겨우 살 만한 곳을 얻었다. 길조호동(吉兆胡同)에 있는 자그마한 집의 두 칸짜리 북향 방이었다. 주인은 대수롭지 않은 관리인데, 사리가 분명한 사람으로 자기네는 안채와 곁채에 살고 있었다. 그는 처와 돐도 안 된 딸뿐인 데다 시골 태생의 식모만 하나 두고 있어 아이만 울지 않으면 아주 한적했다.

우리 세간은 아주 단출했다. 그러나 내가 마련한 돈의 대부분은 벌써 다 써 버렸고 자군도 하나밖에 없는 금반지와 귀걸이를 팔아 버렸다. 나는 그녀를 말렸으나 기어이 팔겠다고 하는데는 나도 더 이상 고집을 부릴 수 없었다. 그녀에게도 거들게 하지 않으면 그녀의 마음이 편안치 않을 것을 나는 알고 있었다.

그녀는 숙부와 벌써 싸우고 헤어진 상태였다. 숙부는 그녀를 조카라고 인정하지 않을 만큼 화가 나 있었다. 나 역시 제딴에는 충고하는 체하지만 실은 두려워하거나 질투마저 하는 몇몇 친구들과 속속 절교했다. 오히려 그것이 더 개운했다. 날마다 일이 끝나면 벌써 황혼녘에 가까웠으며, 인력거꾼이 달리는 것이 느리긴 했으나 그래도 집에 돌아오기만 하면 마주 앉을 시간은 있었다. 우리는 처음에 말 없이 서로 쳐다보았다. 그러고는 흉금을 털어놓고 이야기를 주고 받다가 나중에는 또 침묵을 지키며 둘 다 머리를 숙이고 생각에 잠겼지만 결코 무얼 생각하고 있는 것은 아니었다. 나는 점점 똑똑히 그녀의 육체, 그녀의 영혼 구석구석까지 모두 읽어 냈다. 3주일도 안 가서 나는 그녀를 더

루쉰이 쉬광핑에게 쓴 편지 루쉰은 베이징여자사범대학의 학생이었던 쉬광핑과 열렬한 편지를 주고 받았다(1925).

욱 깊이 이해하게 되어 많은 장벽을 헐어 버린 것 같았다. 이전에 이해했다
고 생각했던 것도 지금 다시 보면 역시 장벽이 있었으니 그것이야말로 참다
운 장벽이라고 이를 만한 것이었다.

자군은 날로 발랄해졌다. 그러나 그녀는 꽃을 전혀 사랑하지 않았다. 내가
장날에 사 온 두 화분의 화초를 나흘이나 물을 안 주어 벽구석에서 시들어
버리게 했다. 나도 모든 것을 돌볼 틈은 없었다. 그러나 그녀는 동물은 좋아
했다. 아마 관리의 부인한테서 영향을 받은 것인지도 모른다. 한 달도 못 가
서 우리 가족은 갑자기 많이 늘었다. 약병아리 네 마리가 좁은 안마당에서
집주인네 것 10여 마리와 함께 돌아다니고 있었다. 그래도 그녀들은 닭 얼
굴을 알아보아 어느 놈이 자기네 것인지 알고 있었다. 그 밖에도 장날에 사
온 얼룩 삽살개가 한 마리 있었다. 본디 이름이 있었던 것으로 기억하는데
자군은 따로 이름 하나를 붙여 아수(阿隨)라고 불렀다. 그래서 나도 그것을
아수라고 부르기는 했으나 그 이름을 좋아하지는 않았다.

정말이지, 애정은 끊임없이 새로 만들어 내고 돌보아야 한다. 내가 자군에게 이 말을 했더니, 그녀 역시 납득하고 머리를 끄덕여 보였다.

아아, 얼마나 고요하고 행복한 밤이었던가!

평화와 행복은 이대로 계속되어야만 한다. 영원히, 이러한 평화와 행복은. 우리가 회관에 있을 때에는 때때로 티격태격하거나 오해하는 일도 있었으나 길조호동으로 온 뒤로는 그러한 것마저 없어졌다. 우리는 등불 아래 마주 앉아 그리운 옛 이야기를 하면서 싸웠다가 화해했을 때 사랑이 새로워지던 즐거움을 회상하며 음미했다.

자군은 살이 찌기 시작하고 혈색도 좋아졌으나 유감스럽게도 바빴다. 가사를 돌보느라 잡담할 틈도 없었으며 독서나 산책은 말할 것도 없었다. 우리는 아무래도 식모를 하나 두어야겠다고 늘 말했다. 이 일은 나에게도 불쾌하긴 마찬가지였다. 저녁때 집에 돌아오면 그녀가 불쾌함을 감추고 있는 기색을 늘 볼 수 있었고, 더욱 나를 불쾌하게 한 것은 그녀의 억지로 웃는 얼굴이었다. 알고 보니 그녀의 기분이 좋지 않았던 것은 관리 부인과 다투었기 때문이며 그 도화선은 두 집의 약병아리였다. 그런데 어째서 나에게 굳이 말하지 않는 것일까? 사람은 암만해도 자기 집이 있어야 한다. 이런 셋방살이는 힘든 것이다.

내 생활도 틀에 박혀 있었다. 일주일의 엿새는 집에서 관청으로 가고 또 관청에서 집으로 돌아왔다. 관청에서는 책상 앞에 앉아 공문서와 편지를 베끼고, 집에서는 그녀와 마주 앉아 이야기하거나 그녀를 도와 풍로에 불을 피우고, 밥을 짓고, 만두를 쪘다. 내가 밥짓기를 배운 것도 이때였다.

나의 식사는 회관에 있을 때보다 훨씬 좋아졌다. 자군은 음식 솜씨는 없었으나 그녀 나름대로 모든 노력을 기울였다. 그녀가 밤낮으로 마음 쓰는 것을 보면 나도 같이 마음을 써 고락을 함께 하지 않을 수 없었다. 하물며 이토록 종일 얼굴에 땀을 흘려 짧게 자른 머리가 이마에 달라붙고 두 손이 거칠어진 것을 보고서야……

게다가 또 아수를 기르고 약병아리를 치고……. 모두 그녀가 아니면 못하는 일이었다.

나는 먹지 않아도 좋으니 절대로 그렇게 애써 일하지 말라고 그녀에게 충고한 적도 있었다. 그녀는 나를 한번 힐끗 볼 뿐 아무 말도 하지 않았으나 표정은 좀 쓸쓸한 것 같았다. 나도 입을 다무는 수밖에 없었다. 어쨌든 그녀는 여전히 애써 일했다.

내가 예측하던 타격은 과연 닥쳐왔다. 쌍십절 (1911년 신해혁명과 1912년 정부 수립을
기념하는 대만의 국경일. 10월 10일이다) 전날 밤 나는 멍하니 앉아 있었고, 그녀는 그릇을 씻고 있었다. 문을 두드리는 소리가 들려 내가 나가 문을 열었더니 관청의 사환이 나에게 등사한 종이 쪽지를 한 장 주었다. 어쩌면 그것이 아닐까? 생각하면서 등불 밑으로 가서 보았더니 아니나다를까 이렇게 인쇄되어 있었다.

국장의 명에 의하여 출근하지 말 것을 귀하에게 통보함.
                                  10월 9일   비서과

이 일은 회관에 있을 때부터 이미 예측하고 있었다. 저 크림 처바르는 좀팽이 놈은 국장의 아들과 노름 친구였으므로 틀림없이 헛소문을 퍼뜨려 어떻게든 중상할 것이라고 생각했었다. 그것이 지금에 와서야 효험을 발휘하다니 도리어 퍽 늦은 감이 들 정도였다. 그러나 이것은 사실 내게 그리 타격이라고는 할 수 없었다. 나는 벌써 결심하고 있었던 것이다. 필경(筆耕)을 해도 좋고 가정교사, 또는 힘은 들지만 책을 번역해도 좋다고 생각하고 있었다. 말해 두지만 〈자유의 벗〉 편집장은 몇 번 만난 적이 있는 잘 아는 사이이고 두 달 전에는 편지까지 주고받았다. 그러나 나의 마음은 뛰고 있었다. 그렇게 두려움을 모르던 자군이 얼굴빛을 바꾼 것이 더욱 나를 마음 아프게 했다. 그녀는 요즘 좀 마음이 약해진 것 같았다.
"그까짓 것, 아무것도 아네요. 네! 우리 새로운 일을 합시다. 우린……."
여기서 말은 끊어졌다. 어째서 그런지는 모르지만 그 목소리는 내가 듣기엔 들떠 있었다. 등불빛도 유난히 침침한 것 같았다. 사람이란 정말 우스운 동물인 것이, 아주 조그만 일에도 대단히 심각한 영향을 받는 것이다. 우리는 처음에는 묵묵히 서로 쳐다보다가 차차 의논하기 시작했다. 결국 있는 돈을 한껏 절약하고 필경과 가정교사 자리를 구하는 작은 광고를 내는 한편〈자유의 벗〉편집장에게 편지를 보내기로 했다. 즉 현재의 사정을 설명한 뒤, 나의 번역문을 채택해서 이 곤경을 도와 줄 것을 부탁하기로 한 것이다.

"하려면 곧 하자! 새로운 길을 개척하는 거야."

나는 곧바로 책상 앞에 앉았다. 참기름이 든 병과 초접시를 밀어 치웠더니 자군은 침침한 등잔불을 가지고 왔다. 나는 먼저 광고문을 만들었다. 그 다음에는 번역할 책을 골랐다. 이사 온 뒤로 아직 한 번도 펴 보지 않아서 책마다 모두 먼지가 수북했다. 끝에 가서 겨우 편지를 썼다.

어떻게 써야 좋을지 몰라 나는 무척 망설였다. 붓을 멈추고 골똘히 생각하고 있을 때 힐끗 그녀의 얼굴을 보았더니 희미한 등불 아래 퍽 쓸쓸해 보였다. 이런 사소한 일이 과단성 있고 두려움 모르는 자군에게 이처럼 큰 변화를 주리라고는 정말 생각도 못했었다. 그녀는 요사이 확실히 마음이 약해졌다. 결코 오늘 저녁에 비롯된 것은 아니었다. 내 마음은 그것 때문에 더욱 산란해져 갑자기 평온한 생활의 영상, 회관 안 낡은 방의 정적(靜寂)이 눈앞에 어른거렸다. 그래서 눈동자를 고정시켜 응시하려고 했더니, 다시 침침한 등잔불빛이 나타났다.

한참이 지나서야 편지를 다 썼는데, 꽤 긴 편지가 되어 심한 피로를 느꼈다. 요사이 나도 좀 마음이 약해진 모양이다. 그래서 우리는 광고 내는 것과 편지 띄우는 걸 내일 함께 하기로 결정했다. 둘이는 약속이라도 한 것처럼 동시에 허리를 폈다. 무언중에 서로가 참고 견디어 내겠다는 정신을 느끼고 또 새록새록 싹트기 시작한 앞날을 발견한 것 같았다.

외부로부터의 타격은 오히려 우리에게 새로운 기운을 북돋아 주었다. 관청 생활이란 본디 새장수 손에 있는 새와 같아 약간의 좁쌀로 연명할 뿐이므로 결코 살이 찔 수는 없다. 오래 되면 날개가 마비되어 설령 새장 밖으로 나온다 해도 그때는 이미 높이 날 수가 없다. 어쨌든 지금은 이 갇혀 있던 새장으로부터는 빠져 나온 셈이다. 나는 이제부터 새로이 광활한 공중을 날아야 한다. 내가 아직 내 날개의 퍼덕임을 잊어버리기 전에.

자그마한 광고는 물론 금방 효력을 낼 수는 없었다. 도서 번역도 쉬운 일은 아니었다. 그 전에 읽어 이미 알았던 것같이 생각되던 것도 막상 손을 대

보니 의문투성이여서 진척이 아주 더디었다. 그러나 노력해 보기로 계획을 세웠다. 제법 새것이었던 사전이 보름도 못 되어 가장자리에 크고 새까만 손가락 자국이 나버렸다. 이것은 내가 얼마나 번역에 열중했는지를 보여준다.

〈자유의 벗〉 편집장은 일찍이, 그가 내고 있는 간행물에서는 좋은 원고를 파묻어 두는 일은 절대로 없다고 말해 왔었다.

유감스럽게도 내게는 조용한 방 한 칸이 없었다. 자군은 이전과 같은 얌전한 마음가짐이 없어져, 방 안에는 언제나 대접과 접시가 어지러이 흩어져 있고 연기가 가득하여 조용한 마음으로 일을 할 수가 없었다. 그러나 이것은 물론 서재 한 칸 마련 못하는 나 자신의 무력함에 원망을 돌릴 수밖에. 그뿐이랴, 또 아수와 약병아리들이 있었다. 그런 데다 병아리들이 자라서 더욱 두 집 싸움의 빌미가 되곤 했다.

게다가 매일 '흐르는 내처럼 끊이지 않는' 식사가 있었다. 자군의 일은 오로지 식사만을 위해 존재하는 것 같았다. 먹고는 돈을 마련하고 돈을 마련해서는 먹는다. 게다가 아수와 약병아리도 길러야 한다. 그녀는 전에 알았던 것을 이젠 잊어버려 나의 구상이 늘 이 식사 재촉 때문에 중단된다는 것을 눈치채지 못하는 모양이었다. 앉아서 무뚝뚝한 기색을 보여도 그녀는 눈치를 채서 고치기는커녕 여전히 태연스레 쩝쩝거리며 먹는 것이었다.

나의 일은 규정된 식생활의 속박을 받을 수 없다는 것을 그녀에게 납득시키기에 5주일이나 걸렸다. 그녀는 그것을 안 뒤 아마 그렇게 유쾌하진 않은 모양이었는데, 그러나 아무 말도 하지 않았다. 과연 나의 일은 이때부터 비교적 빨리 진척되어 오래잖아 5만 자쯤 번역했다. 한 번만 더 손을 대기만 하면 이미 끝맺은 수필 두 편과 함께 〈자유의 벗〉으로 부칠 수 있게까지 되었다. 다만 식사 문제는 여전히 나에게 괴로움을 주었다. 식사가 찬 것은 괜찮았으나 양이 부족했다. 때로는 밥도 모자랐다. 종일 집에 앉아 머리를 쓰기 때문에 먹성은 전보다 훨씬 줄었음에도 그렇게 된 것은, 아수에게 먼저 먹이기 때문이었다. 때로는 나도 좀처럼 잘 먹지 못하는 양고기까지 곁들여 주는 것이었다.

"아수는 너무 말라서 정말 불쌍해요. 주인 집 부인이 이 때문에 우리를 비웃지 않겠어요? 나는 그런 수모는 참을 수 없어요!"

그녀는 이렇게 말하는 것이었다.

그래서 내가 남긴 밥을 먹는 것은 약병아리뿐이었다. 이러한 사정을 나는 한참 만에야 알았다. 헉슬리(Huxley)가 '우주에서 인류의 위치'를 말한 것처럼 이 집에서 나의 위치는 삽살개와 약병아리의 중간에 지나지 않았다.

그 뒤 여러 차례 다투고 재촉한 끝에 겨우 약병아리들이 한 마리씩 요리되어 밥상에 오르게 되었다. 덕분에 우리와 아수는 한 열흘 동안 신선한 기름기를 맛보았다. 그러나 병아리들은 모두가 말라 있었다. 그것은 벌써부터 매일 기껏해야 수수 몇 알밖에 얻어먹지 못했기 때문이다. 그 뒤부터는 대단히 조용해졌다. 다만 자군만은 퍽 맥이 풀려 늘 쓸쓸하고 탐탁지 않게 여기는 기색이더니 마침내는 말하기도 싫어진 것 같았다. 사람이란 얼마나 변하기 쉬운가!

그러나 아수마저 더는 둘 수 없게 되었다. 우리에게는 이제 아무 데서도 편지 올 희망이 없어졌다. 자군도 이미 아수에게 맴돌기나 곧추서기를 시킬 먹이를 구할 수 없게 되었다. 겨울철 또한 빨리 닥쳐와 난로가 중대한 문제가 됐다. 개의 식량이 실은 우리에게 벌써부터 퍽 무거운 부담이란 걸 알고 있었다. 그래서 개도 남겨 두지 못했다.

만약 지푸라기 표지를 달아 장날에 내다 팔면 몇 푼의 돈을 받을 수 있겠지만 우리로선 그런 짓은 할 수 없었고 또 그렇게 하고 싶지도 않았다. 그래서 마침내 보자기로 머리를 싸서 내가 서쪽 교외로 끌고 가 내버렸으나, 그래도 쫓아오므로 그리 깊지 않은 흙구덩이 안으로 밀어 넣었다.

집에 돌아오자 집 안이 퍽 조용함을 느꼈다. 그러나 자군의 처참한 낯빛은 나를 매우 놀라게 했다. 일찍이 보지 못한 얼굴빛인데, 물론 아수 때문이었다. 한데 어째서 이렇게까지 야단일까? 나는 아직 아수를 흙구덩이 안에 밀어 넣은 일도 말하지 않았는데! 밤이 되자 그녀의 처참한 얼굴빛에는 얼음 같은 차디참이 더해졌다.

"이상한데……. 당신, 오늘 왜 그러는 거요?"

나는 더 참을 수 없어 물었다.

"뭐가요?"

그녀는 나를 보려고도 하지 않았다.

"당신 얼굴빛이……"

"아무것도 아녜요. 아무 일도 없어요."

나는 마침내 그 말과 행동에서 그녀가 이미 나를 잔인한 인간으로 단정하고 있음을 알았다. 실상 나 혼자라면 생활하기가 어렵지 않다. 비록 타협을 모르는 성격 탓으로 친척들과도 등지고 살고, 이사온 뒤로는 친구들과도 멀어졌으나, 한번 뛰어오르기만 하면 살아갈 길은 아직도 얼마든지 있다. 지금 이 생활의 압박이 주는 고통을 감수하는 것도 태반은 그녀 때문이며, 아수를 버린 것 또한 그 때문이 아니었던가? 그런데 자군의 생각은 점점 더 좁아지기만 하는지 이런 단순한 것까지도 몰라 주었다.

나는 기회를 보아 이런 이치를 그녀에게 설득시켰다. 그녀는 이해한 것처럼 머리를 끄덕였다. 그러나 그 뒤의 그녀 동정을 보아하니 아무래도 아직 모르는 듯했다. 혹은 전혀 믿지도 않는 것 같았다.

쌀쌀한 날씨에 마음까지 산란해진 나는 집 안에 있을 수가 없었다. 그러나 어디로 간단 말인가? 한길이나 공원에는 얼음같이 찬 표정은 없으나 살에는 차가운 바람이 기다리고 있을 것이다. 나는 결국 대중 도서관에서 나의 천당을 발견했다.

거기는 입장권을 살 필요가 없었으며 열람실에는 난로 두 개가 놓여 있었다. 비록 타는 둥 마는 둥한 정도의 석탄을 때는 난로이긴 하나 그것이 놓여 있는 것을 보기만 해도 기분상 좀 따뜻함을 느꼈다. 책은 볼 만한 것이 없었다. 고서는 진부했고 신간은 거의 없었다.

다행히 내가 거기에 다니는 것은 결코 책을 보기 위함이 아니었다. 나 밖에도 늘 몇 사람이 있었으며 많을 때는 10여 명도 되었다. 모두 얇은 옷을 입고 있었고 나와 마찬가지로 저마다 책을 보는 것으로 불 쬐는 구실을 삼고 있었다. 이곳은 나에게 안성맞춤이었다. 한길에서는 아는 사람을 만나면 경멸의 눈초리를 받기 쉬우나 여기서는 그런 봉변이 결코 없었다. 왜냐하면 그들은 영원히 다른 난로를 둘러싸고 있거나 자기 집의 화로를 쬐고 있거나 하겠기 때문이다.

거기에는 내가 읽을 만한 책은 없었지만 나에게 사색하기를 허락하는 편안함은 있었다. 홀로 쓸쓸히 지나간 일을 회상해 볼 때, 이 반년 남짓 오직 사랑—맹목적인 사랑—을 위하여 인생의 다른 중요한 의의를 완전히 소홀히 했음을 깨달았다. 첫째는 바로 생활이었다. 사람은 반드시 생활한다. 사랑은 부속물이다. 세상에는 분투하는 자를 위하여 열려진 활로가 반드시 있다. 나도 아직 날개의 퍼덕임을 잊지는 않았다. 비록 그전보다 퍽 약해지기는 했지만.

열람실과 책 읽는 사람의 모습이 점점 사라지고 나에게 보이는 것은 성난 파도 속의 어부, 참호 속의 병사, 자동차 안의 귀인, 부두의 투기꾼, 깊은 밀림 속의 호걸, 교단 위의 교수, 황혼녘의 배회자와 심야의 도둑놈…… 자군—자군은 곁에 없었다. 그녀의 용기는 사라져 버렸다. 아수 때문에 슬퍼하고 밥짓기에 열중할 뿐이었다. 그러나 이상한 점은, 그런 셈 치고는 조금도 야위지 않는다는 것이었다.

추워졌다. 난로 속의 타는 둥 마는 둥한 석탄 몇 덩어리도 드디어 다 타버렸다. 벌써 폐관 시간이다. 또 길조호동으로 돌아가 얼음처럼 차디찬 얼굴을 보아야 한다. 요사이는 간혹 따뜻한 표정을 볼 때도 있지만, 그것은 오히려 나의 고통을 더할 뿐이었다. 어느 날 밤의 일이다. 자군의 눈에 갑자기 오랫동안 보지 못한 앳된 빛이 나타나나 싶자, 웃으면서 회관에 살던 때의 이야기를 끄집어 냈다. 웃고는 있었지만 줄곧 공포의 기색을 띠고 있었다. 내가 요사이 그녀 이상으로 냉담해져서 그 때문에 그녀가 의혹에 사로잡혀 있다는 것을 알고 있었으므로 애써 그 이야기에 끼어들어 조금이라도 그녀를 위로해 주려고 생각했다. 그러나 웃음이 내 얼굴에 떠오르고 말이 내 입 밖에 나오기만 하면 그것은 즉각 공허로 변하고, 그 공허는 곧 반향을 일으켜 나의 얼굴로 되돌아와 견디기 어려운 악독한 냉소를 끼얹는 것이었다.

자군도 깨달은 모양인지 그 뒤부터는 그녀의 평소 무감각한 듯한 침착성을 잃고, 애써 숨기려고는 했지만 암만해도 역시 때때로 근심과 의혹의 기색을 나타냈다. 그러나 나에게는 매우 부드러웠다.

나는 그녀에게 터놓고 말하려 했으나 아직 용기가 나지 않았다. 말하려고 결심했다가도 그녀의 어린애 같은 눈초리를 대하면 억지로 웃는 얼굴을 짓는 수밖에 없었다. 그러나 그 웃음은 곧 나에 대한 냉소가 되어 돌아왔다. 그리하여 그 냉담한 침착성을 나에게서 빼어 버리는 것이었다.

그녀는 이때부터 또 지나간 일의 복습과 새로운 시험을 시작했다. 나는 하는 수 없이 허다한 거짓의 위로 답안을 만들어 그녀를 위로했다. 허위의 초고(草稿)는 내 마음에 적어 두었다. 나의 마음은 점점 이런 초고로 가득 차 언제나 호흡 곤란을 느꼈다. 나는 고뇌 속에서 늘 생각했다. 진실을 말하려면 마땅히 큰 용기가 필요하며, 만약 그런 용기가 없어 일시적으로 허위 속에서 편안을 찾는다면 그것은 새로운 활로를 개척할 수 없는 사람이다. 아니, 개척을 못할 뿐만 아니라, 도대체 그런 인간 자체가 존재한다고 말할 수 없는 것이다.

어느 아주 추운 날 아침, 자군은 원망스러운 빛을 나타냈다. 그것은 지금까지 본 적이 없는 표정이었다. 그러나 그것도 내 눈에만 그렇게 보였을 뿐인지도 모른다. 나는 그때 냉랭하게 화를 내며 속으로 비웃었다. 그녀의 연마된 상상과 자유롭고 거침없는 언사도 결국 하나의 공허였으며 또한 그 공허를 전혀 자각조차 않고 있었다. 그녀는 오래 전부터 아무 책도 보지 않아 인간 생활의 첫째 의의가 살기 위해 투쟁하는 것임을 알지 못했다. 살기 위해서는 함께 손을 잡고 나아가든가, 혼자서 분투해야 한다. 만약 남의 옷자락에 매달릴 줄밖에 모른다면 비록 용사일지라도 전투하기가 어려워 함께 멸망하는 수밖에 없다.

한 가닥 희망은 우리가 헤어지는 것밖에 없다고 나는 생각했다. 그녀를 결연히 버려야만 한다……. 나는 불현듯 그녀의 죽음을 상상했다. 그러나 곧 스스로를 꾸짖고 참회했다. 다행히 아침이라 시간이 충분했으므로 나는 나의 진실을 말할 수 있었다. 우리의 새로운 길을 개척하기 위한 절호의 기회였다.

나는 그녀와 잡담하며, 일부러 우리의 지난날을 끄집어 냈다가 문학과 예술에 대해 말했다. 그리하여 외국 문인과 그들 작품인 《인형의 집》과 《바다의 여인》에까지 미쳐 노라의 과단성을 찬미했다. 이것들은 모두 작년에 회관의 낡은 방에서 이야기한 적이 있는 것들이다. 그러나 지금은 그것이 공허한 것으로 변하여, 내 입에서 나와 내 귀로 들어오니 마치 모습을 숨긴 장난꾸러기가 등뒤에서 짓궂고 못되게 나의 말 흉내를 내는 것 같은 기분이 들었다.

그녀는 그래도 머리를 끄덕이고 대답하면서 귀를 기울였으나 나중에는 침묵을 지켰다. 나도 끊일락말락하며 이야기를 끝까지 끌고 갔지만, 그 여음마저도 허공 속에 꺼져 버렸다.

"그래요."

그녀는 또 한참을 침묵했다가 말했다.

"그렇지만…… 연생(涓生), 당신 요사이 퍽 달라진 것 같아요. 그렇지 않아요? 당신…… 나에게 솔직하게 말해 줘요."

나는 머리를 한 번 되게 얻어맞은 것 같은 느낌이었다. 그러나 곧 정신을 차려 나의 의견과 주장을 말했다. 새로운 길의 개척, 새로운 생활의 재건, 함께 멸망하지 않기 위하여!

마지막에 나는 충분히 결심한 뒤 다음의 몇 마디 말을 덧붙였다.

"……그리고 당신은 이미 아무런 신경도 쓸 필요없이 용감하게 살아갈 수가 있단 말이야. 당신은 나보고 솔직하게 말하라 했지. 그래. 사람은 허위가 있어서는 안 돼. 내 정직히 말하지. 나는 이미 당신을 사랑하지 않아. 그러나 그 편이 당신에게도 오히려 훨씬 좋을 거야. 왜냐? 당신은 조금도 마음에 걸리는 것 없이 일할 수 있을 테니까……."

나는 동시에 커다란 변화가 닥쳐 올 것을 예기했으나 다만 침묵이 있을 뿐이었다. 그녀의 안색은 갑자기 흙빛으로 변하여 죽은 것같이 되었다. 그러나 순식간에 다시 생기가 되살아나 순진한 반짝반짝하는 빛이 그 눈에서 쏟아져 나왔다. 그녀는 마치 주리고 목마른 어린아이가 자애스런 어머니를 찾는 것 같이 주위를 둘러보았다. 그러나 다만 허공을 찾아 헤맬 뿐 무서운 듯 나의 눈을 피하고 있었다.

나는 더 보고 있을 수 없었다. 다행히 아침이었으므로 나는 찬 바람을 무릅쓰고 대중 도서관으로 갔다.

거기서 〈자유의 벗〉을 보았더니 나의 수필이 모두 실려 있었다. 나는 놀라기도 하고 얼마쯤 용기도 얻었다. 나는 생각했다. 생활의 길은 아직도 퍽 많다……. 그러나 지금 같은 상태로는 역시 못 쓴다.

나는 오랫동안 서로 소식이 없었던 지인을 방문하기 시작했다. 그러나 그것도 한두 번에 지나지 않았다. 그들의 방은 물론 따뜻하였으나 나는 도리어 골수에 스며드는 추위를 느꼈다. 밤에는 얼음장보다도 더 차디찬 방에서 웅크리고 잤다.

얼음 바늘은 나의 영혼을 찔러, 언제까고 마비의 고통으로 나를 괴롭혔다. 생활의 길은 아직도 퍽 많다. 나도 아직 날개의 퍼덕임을 잊지는 않았다고 생각했다……. 갑자기 그녀의 죽음을 생각했다. 그러나 곧 가책을 느끼고 참회했다.

대중 도서관에서는 광명이 번쩍 빛나 앞에 가로놓인 새로운 생활의 길을 가끔 볼 때가 있었다. 그녀는 용감히 깨달아 과감하게 이 얼음같이 찬 집을 뛰쳐나간다. 더욱이…… 조금도 원망하지 않는 기색으로. 나는 곧 떠가는 구름처럼 가벼이 공중을 훨훨 떠다닌다. 위엔 짙은 쪽빛 하늘이 있고, 아래는 높은 산과 넓은 바다, 으리으리한 집, 싸움터, 자동차, 부두, 밝은 야시장, 암흑의 밤이……. 그리고 실제로 나는 신천지가 눈 앞에 곧 열릴 것 같은 예감이 들었다.

우리는 그럭저럭 견디기 어려운 겨울, 이 베이징의 겨울을 지낸 셈이었다. 잠자리가 장난꾸러기 아이 손에 붙잡힌 것처럼 가느다란 실로 매어져 마음대로 희롱당하고 학대받으며 다행히 생명은 부지했으나 결국은 땅 위에서 죽게 될 것이다. 다만 더딘가 빠른가를 다투고 있을 뿐이다.

〈자유의 벗〉 편집장에게는 편지 세 통을 보내고서야 겨우 답장을 받았는데, 편지 봉투에는 다만 20전과 30전짜리 도서권 두 장이 들어 있을 뿐이었다. 재촉하는 데만도 우표값이 9전이나 들어 나는 하루를 굶었다. 결국 아무 소득도 없는 일에 헛되이 돈을 쓴 셈이었다.

그러나 올 것이 드디어 오고야 말았다는 느낌이 들었다.

겨울철에서 봄철로 접어드는 무렵의 일이었다. 바람은 이제 그렇게 차지 않아 나는 전보다 더 오래 밖을 쏘다니게 되어 집에 돌아오는 것은 대개 어두워지고 나서였다. 그러한 어느 어두운 밤 나는 평소처럼 맥없이 돌아왔다. 집 대부분이 보이자 언제나처럼 기운이 빠져 발걸음이 느려졌다. 그러나 아무튼 방 안으로 들어갔다. 등불이 켜져 있지 않았다. 성냥을 더듬어 불을 켜고 보니 이상할 정도의 적막과 공허가 느껴졌다.

놀라 당황하고 있는데 관리의 부인이 창 밖에 와서 나를 불러 냈다.

"오늘 자군 아버지가 오셔서 그 여자를 데리고 갔어요."

그 여자는 간단하게 말했다.

이것은 전혀 예상도 못했던 일이라 나는 뒤통수를 한 대 맞은 것처럼 말없이 서 있었다.

"그래서 갔습니까?"

한참 있다가 나는 다만 그렇게 한마디 물었다.

"네, 가 버렸어요."

"무슨…… 전하는 말이라도 없었나요?"

"아무 말도 없었어요. 단지 나한테 당신이 돌아오시면 '갔다'고만 말해 달라고 부탁하더군요."

믿을 수가 없었다. 그러나 방 안은 괴이한 적막과 공허뿐이었다. 나는 이리저리 둘러보며 자군을 찾아보았으나 낡고 찌들은 가구가 몇 개 보일 뿐, 그마저도 드문드문 놓여 있어 사람 하나 제대로 숨길 수 없다는 것은 뻔한 노릇이었다. 나는 생각을 고쳐, 남겨 두고 간 편지나 쪽지 같은 거라도 없을까? 하고 찾아보았으나 그것도 없었다. 다만 소금과 마른 고추, 밀가루, 배추 반 포기가 한곳에 모아져 있었고, 곁에 동전 몇십 개가 있을 뿐이었다. 이것은 우리 두 사람의 생활 재료의 전부로서, 지금 그녀는 그것을 정중히나 한 사람에게 남겨 둔 것이었다. 이는 무언중에 나로 하여금 이것을 가지고 조금이라도 생활을 오래 유지하도록 한 것이었다.

나는 마치 주위에서 밀려난 것처럼 안마당으로 뛰어나갔다. 암흑이 나를 둘러싸고 있었다. 안채의 종이로 바른 창에는 밝은 불빛이 비쳤고, 그들은 때마침 아이들의 재롱을 보고 웃고 있었다. 나의 마음도 진정되어 왔다. 답답한 압박 속에서 점차 어슴푸레하게 탈출할 길이 나타났다. 높은 산과 넓은 바다, 부두, 전등 아래의 대연회, 참호, 깜깜한 심야, 예리한 칼날의 일격, 조금도 소리 안 나는 걸음…….

마음이 좀 홀가분해지고 누그러졌다. 그러나 여비를 생각하고는 숨을 휴 내쉬었다.

누워서 눈을 감자 앞으로 닥쳐올 미래의 모습이 차례차례 눈앞에 떠올랐으나 그것도 밤중이 못 되어 끝나 버렸다. 어둠 속에 갑자기 한 무더기의 음식이 보이는 것 같더니 그 뒤에는 자군의 흙빛 얼굴이 떠올랐다. 앳된 눈을 부릅뜨고 애원하는 것처럼 나를 보고 있었다. 번쩍 정신을 차리고 보니 아무것도 없었다.

그러나 나의 마음은 또 무거워졌다. 나는 왜 좀 더 참지 못하고 그렇게 성급히 그녀에게 진실을 말해 버렸던가? 지금쯤 그녀는 알았겠지, 앞으로 그녀에게 있는 것은 다만 아버지―자녀의 채권자―의 추상같은 엄격함과 세상 사람들의 얼음보다 더 차가운 눈초리뿐이며, 그 밖에는 공허뿐임. 공허의 무거운 짐을 짊어지고 엄격함고 차가운 눈초리 속에서 이른바 인생길을 걷고 있으니 이 얼마나 무서운 일인가? 더구나 이 길이 끝나는 곳은, 묘비마저도 없는 무덤에 지나지 않는 것이다.

나는 자군에게 진실을 말하지 말았어야 했다. 우리는 서로 사랑했었으므로 나는 응당 언제까지나 그녀에게 거짓말을 바쳐야 했다. 만약에 진실이 보배처럼 귀중한 것이라면 그것은 자군에게 답답한 공허여서는 안 된다. 거짓말도 물론 하나의 공허이다. 그러나 궁극적으로는 적어도 이처럼 답답하지는 않을 것이다.

진실을 자군에게 말하면 그녀는 조금도 주저함 없이, 우리가 동거할 것을 결심했을 때처럼 단호한 태도로 나갈 것이라고 생각했다. 그러나 이것은 나의 착각이었으리라. 그녀가 그때 용감하고 두려움을 몰랐던 것은 사랑 때문이었다.

나는 허위의 무거운 짐을 짊어질 용기가 없는 나머지 도리어 진실의 무거운 짐을 그녀의 어깨에 메워 주고 말았다. 그녀는 나를 사랑한 죄로 이 무거운 짐을 짊어지고 엄격함과 차가운 눈초리 속에서 이른바 인생의 길을 걷게 되었던 것이다.

나는 그녀의 죽음을 상상했다……. 생각해 보건대 나는 한낱 비겁자이다. 이 강한 사람들에게서 배척당해 마땅한 것이다. 그들이 진실한 인간이건 허위의 인간이건 간에. 그럼에도 그녀는 처음부터 끝까지 내가 조금이라도 오래 생활을 유지해 나가기를 바란 것이다…….

나는 길조호동을 떠나려고 마음먹었다. 여기에는 괴상한 공허와 적막밖에 없다. 나는 생각했다. 이곳을 떠나기만 하면 자군은 아직 내 곁에 있는 거나 다름없다. 적어도 만일 아직 이 성내에 있다면 어느 날엔가는 불쑥 나를 찾아올 것이다. 회관에 살 때처럼.

이곳저곳 부탁도 하고 편지도 썼지만 아무런 소식이 없었다. 나는 어쩔 수 없이 오랫동안 발길을 끊었던 아는 분을 찾아갔다. 그분은 내 백부의 어렸을 적 동창으로 청렴결백하기로 이름난 관리인데 베이징에 오래 살아 발이 넓었다.

아마도 차림새가 남루했던 때문이겠지만 문에 들어서자 문지기의 멸시를 받았다. 가까스로 면회를 했는데 얼굴은 알아보았으나 매우 냉담했다. 그는 우리의 지난날을 죄다 알고 있었다.

"물론 너도 여기 있을 수는 없겠지."

그는 내가 다른 곳에 일자리를 구해 달라고 부탁하는 것을 듣더니 쌀쌀하게 말했다.

"그러나 어디로 가지? 퍽 어렵군…… 너의 그, 무어야, 네 친구지, 자군 말이다. 알고 있겠지, 그 여자는 죽었어!"

나는 놀란 나머지 말도 못했다.

"정말입니까?"

나는 그만 나도 모르게 물었다.

"하하, 물론 정말이지. 우리 집에서 일하는 왕승이 그 여자네와 한 동네 살지!"

"그런데…… 어째서 죽었는지요?"

"누가 아니? 하여튼 죽어 버렸단다."

나는 어떻게 그에게 하직하고 집으로 돌아왔는지 벌써 잊어버렸다. 그는 거짓말을 할 사람이 아니었다. 자군은 이젠 두 번 다시 작년처럼 올 수는 없는 것이다. 그녀는 비록 엄격함과 차가운 눈초리 속에서라도 공허의 무거운 짐을 짊어지고 이른바 인생의 길을 걸어가려고 했겠지만, 그마저 할 수 없게 된 것이었다. 그녀의 운명은 내가 준 진실이 결정했다. 사랑을 잃은 인간은 죽는다는 진실.

물론 나는 이곳에 있을 수 없다. 그러나 '어디로 간단 말인가?'

주위는 끝없는 공허와 죽음의 정적에 잠겨 버렸다. 사랑을 잃고 죽은 사람들의 눈앞을 가리던 암흑이 내 앞에 펼쳐지고, 모든 고민과 절망의 발버둥 소리가 들리는 것 같았다.

나는 그래도 새로운 무언가가 찾아오기를 기대하고 있었다. 이름도 붙일 수 없는 뜻밖의 무엇! 그러나 하루하루 모두가 죽음의 정적이었다.

나는 이미 전같이 자주 외출하지는 않게 되었고, 다만 드넓은 공허 속에 누워서 이 죽음의 정적이 나의 영혼을 잠식하는 대로 내버려 두고 있었다. 죽음의 정적은 때로는 스스로 전율하고 때로는 스스로 물러나 숨었다. 그리하여 이 단속의 경계에서 형언할 수 없는 뜻밖의 새로운 기대가 번득였다.

어느 흐린 날 오전, 태양은 아직 구름 속에서 빠져 나오지 못해 공기마저 피로한 날이었다. 어렴풋한 발걸음 소리와 색색 하는 숨소리가 귀에 들려 눈을 떠 보았다. 한 바퀴 둘러보았으나 방 안은 역시 공허뿐이었다. 그러다 우연히 땅바닥을 봤더니 작은 동물 한 마리가 뺑뺑 돌고 있었다. 삐쩍 말라 다 죽어 가는, 온몸이 진흙투성이가 된……

자세히 바라보는 동안 내 심장은 잠깐 멎었다가 다시 뛰기 시작했다.

아수였다. 개가 돌아온 것이었다.

내가 길조호동을 떠난 것은 단지 집 주인들과 그 집 식모의 차가운 눈초리만이 아니고 태반은 이 아수 때문이었다. 그러나 어디로 간단 말인가? 새로운 삶의 길은 물론 아직도 퍽 많았고 나는 대략 알고 있었다. 때로는 어슴푸레 보일 적도 있어서 바로 눈앞에 있는 것 같은 느낌이었다. 그러나 거기로 가는 첫걸음을 내딛는 방법을 나는 아직 몰랐다.

몇 번이나 생각하며 헤아리고 비교해 보았으나 역시 받아들여 줄 곳이라곤 회관밖에 없었다. 여전히 낡은 방, 나무 침대, 반쯤 고목이 된 홰나무와 등나무! 그러나 그때 나에게 희망과 환희와 사랑과 생활을 주었던 것들은 모두 가버리고 다만 하나, 공허만이, 내가 진실로 바꾸어 온 공허만이 거기에 있었다.

새로운 삶의 길은 아직도 매우 많다. 나는 꼭 내딛어야 한다. 나는 어쨌든 아직 살아 있으니까. 그러나 어떻게 첫걸음을 내디뎌야 하는지? 나는 아직 모른다. 어떤 때는 그 삶의 길이 긴 잿빛 뱀처럼 스스로 꿈틀꿈틀 나한테로 기어오는 것이 보이는 듯하다. 나는 조용히 기다렸다. 기다리고 기다려 드디어 다가왔다 싶을 때, 그 순간 그것은 순식간에 암흑 속으로 꺼져 버리는 것이었다.

이른 봄 밤은 참으로 길었다. 긴긴 밤에 하염없이 앉아 있노라니 오전 중 거리에서 본 장례식이 떠올랐다. 앞에서는 종이로 만든 인형과 말을 들고 건고 뒤에서는 노래라도 부르는 듯이 곡을 하며 따라갔다. 나는 이제야 그들의 총명함을 알게 되었다. 그것은 얼마나 경쾌하고 간단한 일인가?

그런데 다음 순간 자군의 장례식이 눈앞에 떠올랐다. 홀로 공허의 무거운 짐을 짊어지고 기나긴 잿빛 길을 걸어갔다. 그러나 순식간에 주위의 엄격함과 냉혹함 속으로 사라져 버리고 말았다.

나는 참말로 망혼(亡魂)과 지옥이라는 것이 있었으면 하고 바랐다. 그렇기만 하다면 아무리 모질게 휘몰아치는 바람 속일지라도 기필코 뚫고 자군을 찾아가, 그 앞에서 나의 회환과 비애를 말하고 그녀에게 용서를 빌리라. 만약 그러지 못한다면 지옥의 시뻘건 불길이 나를 둘러싸고 나의 회환과 비애를 맹렬히 모두 불태워 버릴 것이다.

지옥의 모진 바람과 시뻘건 불길 속에서 내가 자군을 포옹하고 그녀의 용서를 구하면 그녀는 조금이나마 마음에 위안을 얻을지도 모른다.

그러나 이것은 새로운 삶의 길보다도 더욱 공허하다. 지금 있는 것이라고는 이른 봄 지루하게 긴 밤뿐이다. 나는 살아 있다. 나는 새로운 삶의 길에 한 걸음을 내딛어야 한다. 그 첫걸음은 나의 회환과 비애를 쓰는 일뿐이다. 자군을 위하여, 나 자신을 위하여!

나도 역시 노래 부르는 것 같은 울음소리로 자군을 장송하고 망각 속에 매장해 버리는 수밖에 없다. 나는 잊어버려야 한다. 나 자신을 위하여, 또 이 망각으로써 자군을 장송한 것을 다시는 생각해 내지 않기 위하여!

나는 새로운 삶의 길에 첫걸음을 내디뎌야 한다. 진실을 마음의 상처 속에 깊이깊이 간직하고 묵묵히 앞으로 나아가자! 망각과 거짓말을 나의 길잡이 삼아⋯⋯.

형제

요사이 공익국(公益局)은 일이 그다지 많지 않았다. 언제나처럼 직원들은 사무실에 앉아 집에서 있었던 여러 가지 이야기로 꽃을 피우고 있었다. 그러다 진익당(秦益堂)이 수연통(水煙筒 : 중국 사람이 쓰는 담뱃대 대통의 하나)을 손에 쥔 채 숨도 못 쉴 정도로 심하게 천식 기침을 했기 때문에 아무도 말을 할 수가 없었다. 한참 있다가 그는 충혈된 얼굴을 들고 또 씨익씩 하면서 말했다.

"어제 또 한바탕했어. 안채에서 서로 맞붙어 싸우다가 문까지 왔다니까. 내가 아무리 야단을 쳐도 들은 척도 안 해."

흰 것이 섞이기 시작한 콧수염 언저리는 아직도 떨리고 있었다.

"셋째 아들은 그러는 거야, 다섯째가 추첨 도박을 해서 잃은 돈은 공금에서는 지출할 수 없으니 자기가 처리하라고 말야……."

"또 시작이군, 역시 그 돈 얘기……."

장패군(張沛君)은 개탄하는 어조로 말하고 낡은 의자에서 일어났다. 두 눈이 깊은 눈두덩 속에서 상냥하게 반짝였다.

"정말 모르겠어. 어째서 형제간에 세세하게 따져야 하느냔 말야. 그런 거 아무런들 무슨 상관이야."

"너희 같은 형제가 어디 또 있는 줄 알아?"

익당이 말했다.

"우리 같으면 싸우지 않아. 우리는 돈에 관한 건 염두에도 두지 않는단 말야. 그러니 자연 그런 문제가 생기지도 않지. 어느 집에서 재산 싸움이 있으면 난 우리 이야기를 해줘서 싸우지 말라고 타이르곤 해. 익당 씨도 아드님들에게 좀 타일러 주면……."

"아니야. 그게 잘……."

"그건 좀 힘들 거야."

왕월생(汪月生)이 말하고 존경하는 표정으로 패군의 눈을 보았다.

"자네들 같은 형제가 어디 있겠나? 정말 드물지. 난 다른 데선 본 일이 없어. 사실 말이지, 서로가 사리사욕은 추호도 없으니 어떻게 그런 일이 있을 수가 있느냔 말야."

"글쎄 안채에서 맞붙어 가지고 문간까지……."

익당이 말했다.

"계 씨는 여전히 바쁜가?"

월생이 물었다.

"지금도 매주 18시간 수업이야. 그 밖에도 작문이 93명분 있어. 열이 있군. 감기가 든 모양이야……."

"거, 조심해야지. 오늘 신문에 났더군. 유행성 질병이 돈다고."

월생은 걱정스러운 듯이 말했다.

"무슨 병인데?"

패군이 깜짝 놀라서 재빨리 물었다.

"참, 뭐였더라. 무슨 열이라고 하던데."

패군은 큰 걸음으로 신문 열람실로 달려갔다.

"여하튼 드물단 말야."

월생은 그가 나가는 뒷모습을 보면서 진익당에게 그를 칭찬했다.

"저 사람 형제는 정말 한 사람 같애. 만일 형제란 형제가 모두 그 사람들 같다면 집안에서 옥신각신하는 일 따윈 없을 텐데. 나 같은 놈은 도저히 흉내도 못 내."

"추첨 도박으로 잃은 돈은 공동 회계에서 낼 수 없다는……."

익당은 불 붙은 종이를 수연통에 대어 담뱃불을 붙이면서 말했다.

사무실 안은 잠깐 동안 조용해졌다. 그 조용함은 곧 패군의 발소리와 사환을 불러 대는 소리로 깨졌다. 그는 무슨 일이라도 난 것처럼 말을 더듬었고 목소리도 떨렸다. 그러더니 사환에게 쁘띠스 의사에게 전화해서 곧 동흥(同興) 아파트에 있는 장패군 집으로 왕진을 와 주십사 청하라고 명했다.

월생은 그가 매우 당황한다고 생각했다. 비록 그가 일찍부터 서양 의사를 신뢰한다는 것을 알았지만, 수입도 적고 보통 때도 절약하고 살면서 지금 이 근처에서 가장 유명하고 치료비가 비싼 의사를 불렀기 때문이다. 그래서 나가 보니 그는 창백한 낯빛으로 밖에 서서 사환이 전화 거는 것을 지켜보고 있었다.

"왜 그래?"

"신문에 말야…… 성, 성홍열이 돌고 있대. 내 내가 오후에 사무실에 올 때 정보(靖甫)가 얼굴이 벌개서……. 뭐? 왕진을 가셨다고? 그럼 전화로 간 곳을 알아서 곧 와주십사고 해. 동흥아파트야, 동흥아파트……."

사환이 수화기를 놓은 것을 보자 그는 사무실로 되돌아와서 모자를 들었다. 왕유생도 걱정을 하면서 뒤따라왔다.

"국장이 들어오면, 나 좀 쉰다고 말해 주게. 집에 병자가 생겨서 의사를 부르러 가니까……."

그는 연방 머리를 끄덕이며 말했다.

"알았어. 어서 가 보게, 국장은 오지 않을지도 몰라."

월생이 말했다.

그러나 그는 들은 척도 않고 뛰어나갔다.

거리에 나가더니, 몸집이 건장하고 잘 달리게 생긴 인력거꾼을 붙들고는 보통 때처럼 차삯을 깎지도 않고 부르는 값을 그대로 주기로 한 뒤 곧 차에 올라탔다.

"좋아요, 하여간 빨리나 가 줘요!"

아파트는 여전히 평온하고 조용했다. 젊은 사환이 전처럼 문 앞에서 호궁(동양 현악기의 하나, 바이올린과 비슷하다)을 켜고 있었다. 그는 동생 침실로 들어갔다. 가슴이 더 한층 뛰었다. 동생의 얼굴은 아까보다 더 빨개졌고, 게다가 숨이 차서 헐떡이고 있었다. 손을 뻗쳐서 이마에 댔다. 손이 뜨거울 정도로 열이 있었다.

"무슨 병일까? 괜찮겠지."

정보는 그렇게 말하고 눈을 근심스럽게 번쩍였다. 자기로서도 예사롭지 않다고 생각하는 모양이었다.

"괜찮아…… 감기겠지."

그는 애매하게 대답했다.

그는 평소 미신 같은 것엔 대범한 편이었는데도, 이때만은 정보의 태도나 말에서 불길함이 느껴져서 아무래도 환자 자신이 무슨 불길한 예감을 한 것이 아닌가 생각했다. 그런 생각이 그의 불안을 한층 더했다. 그는 나가서 조용히 사환을 불러 전화로 쁘띠스 선생의 행방을 알았는지 병원에 문의해 보라고 일렀다.

"네에, 그래요, 그렇습니다. 아직 몰라요?"

사환은 전화에 대고 그렇게 말하고 있었다.

패군은 안절부절못했다. 그런 초조 속에서도 그는 어쩌면 성홍열이 아닐는지도 모른다는 한 올의 희망은 붙들고 있었다. 그러나 쁘띠스 선생의 거처를 몰라서는…… 같이 이 아파트에 살고 있는 백문산(白間山)이 한의사이긴 하지만 병명쯤은 알 수 있으리라고 생각되었다. 그러나 그는 백문산 앞에서 여러 번 한의학을 공격했었다. 그리고 쁘띠스 선생을 재촉한 그 전화도 이미 들었을지 모르겠고……

그러나 결국 그는 백문산을 부르러 보냈다.

백문산은 아무 주저없이 곧 검은 자라 껍데기 테 안경을 끼고 정보의 방까지 와 주었다. 맥을 보고 얼굴을 찬찬히 들여다본 뒤 옷을 헤치고 가슴을 보고 나서 그는 유유히 돌아갔다. 패군은 뒤따라가서 그의 방으로 들어갔다.

그는 패군에게 자리를 권했지만 입은 열지 않았다.

"백 씨, 동생은 아무래도……."

참을 수 없어 그가 먼저 입을 열었다.

"적반병(赤班病)이오. 벌써 반점이 보이기 시작했어요."

"그럼 성홍열은 아니로군요."

패군은 조금 마음이 놓였다.

"서양 의사들은 성홍열이라고 하지만, 우리 한방에서는 적반병이라고 하지요."

그는 당장 손발 끝까지 오싹해 왔다.

"나을까요?"

겁에 질려 그가 물었다.

"나아요. 하기는 댁의 운에 달렸지만……."

그는 머리가 멍해져서 어떻게 백문산에게 처방을 받고 어떻게 그의 방을 나왔는지도 몰랐다. 그러나 전화 옆을 지날 때 그래도 쁘띠스 선생을 생각했다. 그래서 다시 한번 병원에 문의했다. 저쪽의 대답은 계신 곳은 알았지만, 매우 바쁘셔서 도착이 늦어질 테고 어쩌면 내일 아침이 돼야 할지도 모른다는 것이었다. 아무쪼록 오늘 밤 안으로 와 주었으면 한다고 그는 거듭 부탁했다.

그는 방으로 돌아와서 불을 켰다. 그 불빛에 보니까 정보의 얼굴은 더욱 빨개져 있었고, 확실히 빨간 반점이 있었다. 눈두덩도 부었다. 그는 마치 바늘방석에 앉아 있는 것 같은 기분이었다. 밤의 정적이 더함에 따라, 이제나저제나 하고 기다리는 그의 귀에 한 대씩 지나가는 자동차의 경적 소리가 또렷이 귀에 울려왔다. 까닭 없이 쁘띠스 선생의 자동차라고 생각해서 뛰쳐 일어나 마중을 나갔다. 그러나 그가 문까지 채 가기도 전에 그 차는 달아나 버리고 말았다. 실망해서 돌아오다가 가운데 뜰에서 이미 서쪽 하늘에 뜬 맑은 달이 옆집의 늙은 홰나무 그림자를 땅바닥에 던지고 있는 것을 보았다. 그것이 침울한 기분을 더욱 부채질했다.

돌연 까마귀 울음소리가 들려왔다. 흔히 듣는 것이었다. 늙은 홰나무에는 세 개인가 네 개인가 까마귀 둥지가 있었기 때문이다. 그러나 지금의 그는 깜짝 놀라 발이 부들부들 떨렸다. 심장이 두근두근했다. 조용히 방에 돌아와 보니 정보는 눈을 감고 있었다. 온 얼굴이 부어 있었다. 그러나 자고 있는 것은 아니었다. 발소리가 들리자 눈을 번쩍 떴다. 그 두 눈이 등불 아래서 이상스럽도록 처참하게 빛났다.

"편지?"

정보가 물었다.

"아, 아니, 나야."

그는 깜짝 놀라 안절부절못하면서 떠듬떠듬 말했다.

"나야 나, 역시 서양 의사를 오게 하는 편이 빨리 낫겠다고 생각돼서……. 그런데 아직 안 오네."

정보는 대답도 않고, 눈을 감았다. 그는 창가 책상 옆에 앉았다. 주위는 조용했고 환자의 숨찬 호흡 소리와 사발 시계의 재깍거리는 소리만 들릴 뿐이었다. 멀리서 자동차 경적 소리가 들려왔다. 곧 그의 심장은 긴장했다. 귀를 기울이고 있으면 점차로 가까이 왔다. 문앞에까지 왔다. 멎었다. 그러나 곧 떠나 버리는 소리가 들려왔다. 그런 일이 여러 번 되풀이되었다. 그는 경적 소리에도 여러 가지가 있음을 알았다. 예컨대 호각 부는 소리 같은 것, 개 짖는 소리 같은 것, 오리의 울음소리 같은 것, 소 울음소리 같은 것, 암탉이 다급하게 우는 소리 같은 것, 흐느끼는 소리 같은 것……. 그는 갑자기 자기 자신에게 화가 났다. 어째서 좀 일찍이 정신 차려 쁘띠스 선생의 자동차 경적 소리가 어떤지 알아 두지 않았단 말인가…….

건너편 방의 하숙생은 아직 돌아오지 않았다. 전처럼 연극 구경이든가, 여자를 낚으러 갔겠지. 밤은 깊어져서 자동차의 수도 많이 줄었다. 은백색의 달빛이 봉창을 환하게 비추었다.

기다리기에도 지쳐 심신의 긴강이 차차 풀렸는지 경적 소리에도 그다지 관심이 가지 않았다. 그대신 걷잡을 수 없는 여러 가지 망상이 떠올랐다. 그는 정보의 병이 틀림없이 성홍열이고, 게다가 절대로 살아날 수 없을 것이라는 생각이 들었다. 그렇게 되면 가정을 어떻게 꾸려 나갈 것인가? 나 혼자의 힘으로? 작은 거리에 살고는 있지만 물가는 나날이 오른다. 자기의 애가 셋, 동생의 애가 둘, 먹이는 것만도 쉽지 않다. 게다가 학교에 보내서 공부를 시킬 수 있을는지. 한둘만 학교에 보낸대도, 그야 물론 자기 자식인 강아(康兒)가 가장 머리가 좋으니까……. 그렇지만 세상에선 틀림없이 동생 자식들에겐 소홀하다고 욕하겠지…….

장례는 어떻게 할까? 관을 살 돈도 없다. 어떻게 고향까지 갈까? 당분간 어디에든 맡겨 둘 수밖에 없겠다…….

갑자기 멀리서 들려오던 발소리가 가까워지는 것이 들렸다. 곧 일어나 방에서 나와 보니까 아무것도 아니었다. 건넌방 하숙생이었다.

"선제는 백제성(白帝城)으로오……."

기분이 좋아서 콧노래를 부르고 있는 것을 들으니, 그는 낙담했다고 할까, 화가 난다고 할까, 하여간 상대를 붙잡아서 소리를 질러 주고 싶어졌다. 그러나 뒤이어 사환이 칸델라(금속이나 도기로 만든 주전자 모양의 홍롱에 석유를 채워 켜 들고 다니는 등)를 들고 이쪽으로 오고 있는 것이 보였다. 칸델라 빛은 뒤에 따르는 사람의 가죽 구두를 비추고 있었다. 그 위쪽의 어슴푸레한 불빛 속에 키가 큰 남자가 보였다. 흰 얼굴, 검은 턱수염, 틀림없이 쁘띠스 선생이었다.

그는 보물을 손에 넣은 것 같은 기분으로 뛰어가 쁘띠스를 환자의 방으로 안내했다. 둘은 침대 앞에 섰다. 그는 등잔을 쳐들어 밝게 했다.

"선생님, 열이 많아요."

패군은 서둘러 말했다.

"언제부터 그래요?"

쁘띠스는 두 손을 바지 주머니에 찌른 채 환자의 얼굴을 보면서 천천히 말했다.

"엊그제, 아니, 저어 아까…… 그저께……."

쁘띠스 선생은 아무 말도 않고 맥을 짚어 보았다. 그러고 나서 패군에게 등잔을 높이 쳐들게 하고 병자의 얼굴을 찬찬히 들여다보았다. 그런 다음 이불을 치우고 옷을 벗기고 진찰을 시작했다. 그것이 끝나자 손을 펴고 배를 문질렀다.

"Measles……."

쁘띠스는 낮은 소리로 혼잣말처럼 중얼거렸다.

"홍역?"

그는 너무 놀라 목소리까지 떨리고 있었다.

"홍역입니다."

"홍역이란 말예요?"

"그렇습니다."

"넌 아직 홍역을 안 앓았던가?"

그는 기분이 좋아져서 정보에게 그렇게 말했다. 쁘띠스 선생은 이미 책상이 있는 쪽으로 걸음을 옮기고 있었다. 그도 서둘러 뒤를 따랐다. 선생은 한쪽 다리를 의자에 올리고, 책상 위의 편지지를 한 장 집어 주머니에서 조그마한 연필을 꺼내 책상 위에 대고 무언지 읽기 어려운 글자를 썼다. 그것이 처방전이었다.

"약방은 이미 닫혔을 텐데."

패군이 처방전을 손에 들고 물었다.

"내일, 괜찮아요. 내일, 먹이시오."

"내일 한 번 더 진찰을……."

"필요 없어요. 신 것, 매운 것, 너무 짠 것, 먹는 거 안 됩니다. 열이 올라요. 오줌, 내 병원으로 보내시오, 검사합니다. 아시겠소? 깨끗한 유리병, 넣습니다. 위에 이름 씁니다."

쁘띠스 선생은 그렇게 말하면서 돌아가려 했다. 그리고 걸어가면서, 5원짜리 지폐 한 장 받아선 주머니에 넣고 그대로 가 버렸다. 그는 배웅을 나가서 그가 자동차에 타고, 차가 움직이기 시작하는 것을 보고 돌아왔다. 아파트 문을 열고 들어서려 할 때 뒤에서 고우 고우(go, go)하는 소리가 두 번 들려왔다. 그는 비로소 쁘띠스의 자동차 경적 소리는 소 울음소리와 비슷하다는 것을 알았다. 그러나 지금 알아서야 무슨 소용이란 말인가 하고 생각했다.

방 안의 등잔 불빛마저 즐거운 듯했다. 패군은 만사가 해결되고 주위는 평온한데도 마음 속은 텅 빈 것 같았다. 그는 뒤따라 방에 들어온 사환에게 돈과 처방전을 주고 내일 아침 미아(美亞) 약방에 가서 약을 사오라고 일렀다. 그는 신뢰할 수 있다고 쁘띠스 선생이 지정했던 것이다.

"동성(東城)의 미아 약방이야. 꼭 거기 가서 사오도록, 잊지 마. 미아 약방이니까."

그는 나가는 사환 뒤에다 그렇게 말했다.

가운데 뜰은 달빛이 환하게 비쳐서 은처럼 하얬다. '백제성으로'의 이웃 친구는 이미 잠들었는지 모든 것이 조용했다. 다만 책상 위의 사발 시계만이 즐거운 듯이 규칙적으로 재깍재깍 소리를 낼 뿐이었다. 환자의 호흡 또한 정상적이었다. 그는 자리에 앉아 잠깐 동안 꼼짝 않고 있었지만 갑자기 가만히 있을 수가 없었다.

"넌 이렇게 크도록 한 번도 홍역을 치르지 않았단 말이냐?"

그는 기적을 눈앞에 보듯 의심하면서 물었다.

"……"

"하긴 자기 자신이 기억할 순 없겠지. 어머니에게 물어 봐야겠구나."

"그렇지만 어머니는 여기에 안 계시니……. 아무튼 한 번도 홍역을 안 앓았단 말이지. 하하하!"

패군이 침대에서 눈을 떴을 때는 아침해가 벌써 봉창에 비치고 있어서 눈이 부셨다. 그러나 그는 아무래도 손발의 힘이 빠져서, 당장은 움직일 수가 없었다. 또 등이 선뜩할 만큼 땀에 흠뻑 젖어 있었다. 게다가 침대 옆에는 얼굴이 피투성이인 아이가 서 있었고, 자기는 그 아이를 때리려 하고 있었다.

그러나 이런 광경은 순간적으로 사라졌다. 그는 역시 자기 방에 누워 있었고 달리 아무도 없었다. 그는 잠옷을 벗고 가슴과 등의 식은땀을 닦았다. 옷을 갈아 입고 정보의 방으로 갔을 때, '백제성으로'의 이웃 친구가 가운데 뜰에서 양치질하는 모습을 보고 시간이 꽤 지난 것을 알았다.

정보도 깨어 있었다. 눈을 크게 뜨고 침대에 누워 있었다.

"오늘은 어때?"

그는 곧 물었다.

"응, 괜찮아……."

"약은 아직 안 왔어?"

"응."

그는 책상 옆 침대 맞은 쪽에 앉았다. 정보의 얼굴은 벌써 어제처럼 그렇게 빨갛진 않았다. 그러나 자기 머리는 아직도 흐리멍덩해서 계속적으로 꿈의 단편이 간간이 떠올랐다.

―정보는 여전히 누워 있었지만, 그러나 이미 시체였다. 그는 정성껏 입관하고 혼자 문 밖에서 안채까지 관을 메고 갔다. 장소는 아무래도 고향집 같았다. 낯익은 얼굴이 많았고 사람마다 칭찬의 말을 던졌다.

―그는 강아(康兒)와 그 동생과 여동생에게 학교에 가라고 말한다. 그랬더니 나머지 둘도 따라간다고 울부짖는다. 그 울부짖는 소리가 성가셔서 견딜 수 없다. 그러나 동시에 자기가 가장 큰 권위와 힘을 쥐고 있다는 생각이 들었다. 그는 자기의 손바닥이 세 배 네 배 커지고 쇠로 만들어진 것처럼 보였다. 그 손바닥으로 따악 하고 하생(荷生)의 뺨을 후려갈긴다…….

이런 꿈의 연장 같은 것이 엄습해 와서 그는 무서운 나머지 일어나 방을 나가려 했지만 움직일 수가 없었다. 억누르고 잊어버리려고 해도 그것들은 물에 적신 거위털처럼 빙빙 돌다가 끈질기게 떠올라왔다.

―하생은 얼굴이 피투성이가 되어 울면서 들어온다. 그는 제단 위로 뛰어오른다……. 그 아이 뒤로는 낯익은 얼굴들과 낯선 얼굴들이 줄레줄레 따라온다. 그들이 그를 공격하려고 왔음을 그도 알고 있다.

―"나는 결코 양심의 가책이 없습니다. 여러분, 어린아이의 거짓말에 속지 말고……." 그렇게 말하고 있는 자기 목소리가 자기 귀에 들린다.

―하생은 그의 옆에 서 있다. 그는 또 손을 들고…….

그는 돌연 꿈에서 깼다. 매우 피곤했다. 등이 아직도 싸늘한 것 같았다. 정보는 그의 앞에서 꼼짝 않고 누워 있었다. 숨소리는 거칠었지만 숨은 정상적이었다. 책상 위 사발 시계는 더욱 큰 소리로 재깍재깍 소리를 내고 있었다.

그는 빙그르르 돌아서 책상 쪽을 보았다. 책상엔 먼지가 앉아 있었다. 창으로 눈을 돌렸다. 달력이 걸려 있었고, 예서체로 27의 두 자가 까맣게 있었다.

사환이 약을 사가지고 왔다. 약꾸러미 외에 책도 들고 있었다.

"뭐야?"

정보가 눈을 뜨고 물었다.

"약."

그는 정신을 가다듬고 대답했다.

"아니, 그 다른 꾸러미 말야."

"그건 이따 보고 먼저 약부터 먹자."

그는 정보에게 약을 먹이고 책꾸러미를 들고 말했다.

"색사(素士)로부터 온 거야. 아마 네가 빌려 달랬던 《깨와 백합(Sesame and Lilies : 영국 평론가 J. 러스킨의 연설문집)이겠지.》"

정보는 손을 뻗쳐 책을 받았다. 그러나 표지를 바라보고 뒤의 금박 글자를 쓰다듬어 보고는, 곧 머리맡에 놓고 아무 말도 않고 눈을 감았다. 한참 있다가 기쁜 듯이 낮은 소리로 말했다.

"병이 나으면 번역해서 문화서관에 보내 보자, 얼마쯤 주겠지. 그렇지만 채택해 줄는지……."

그날 패군이 공익국에 출근한 것은 여느 때보다 훨씬 늦어서 벌써 정오가 지날 무렵이었다. 사무실에는 이미 진익당의 물담배 연기가 자욱하게 차 있었다. 왕유생은 멀리서 그의 모습을 보자 맞으러 나왔다.

"야아, 어서 오게. 동생은 나았겠지, 나는 뭐 대수롭지 않게 생각했었어. 유행병은 해마다 있으니 뭐 대단한가? 지금도 익당 씨하고 걱정하던 참이야. 왜 아직 안 나올까 하고 말야. 나와서 다행이야, 그런데 자네 얼굴이 약간…… 그렇지, 어제완 좀 다른데?"

패군에게도 이 사무실과 동료들이 어제와는 좀 달라서 덜 반가워하는 것 같았다. 그렇지만 모든 것은 그가 지금까지 익숙히 보아 온 것들이었다—망가진 옷걸이, 이빠진 타구(唾具), 흩어지고 먼지를 뒤집어 쓴 서류의 산더미, 다리가 부러진 넝마 의자, 그 의자에 앉아서 수연통을 손에 든 채 쿨룩

거리면서도 머리를 저어가며 불평을 늘어놓고 있는 진익당…….

"또 안채에서 맞붙어 싸우면서 문까지……."

"그러니까 말예요, 내 말대로 패군 형제 이야기를 자제들에게 해 주고 좀 배우라고 하세요. 그렇잖으면 자식들 때문에 당신은 제정신이 아니게……."

월생이 반쯤 돌아앉아 말했다.

"셋째는 그러는 거야. 다섯째가 추첨 도박으로 잃은 돈은 공금에선 지출할 수 없다고. 아무래도 이건……."

익당은 기침이 나서 허리를 굽혔다.

"정말 '마음은 여러 가지'로군요……."

월생은 그렇게 말하고 얼굴을 패군에게 돌렸다.

"그래, 동생은 괜찮은가?"

"응 아무것도 아니었어, 의사 말로는 홍역이라는구먼."

"홍역? 그러고 보니, 요새 애들에게 홍역이 돌아서 야단이라더군. 우리 동네에서도 애들이 셋이나 홍역이야. 그쯤은 괜찮아. 그런데도 어제 자네의 그 당황하는 꼴이란 옆에서 보고 있는 사람까지 감동케 하던데. 그거야말로 '형제는 하나다'는 거겠지."

"어제 국장은 오셨는가?"

"아직 '묘연함이 황학과 같도다'야. 자네 출근부에 '출'이라고 써 넣게나."

"자기가 처리하라고 해."

익당은 혼잣말처럼 말했다.

"이 추첨 도박이란 놈은 정말 악마야. 나는 도대체 모르겠어. 손을 대기만 하면 당하니 원. 어제도 또 밤이 되니까, 전처럼 안채에서 맞붙어 가지고 싸우면서 문까지 오더라니까. 셋째에겐 학교 다니는 애가 둘 더 있는데 말야. 다섯째의 말로는 공동의 돈을 더 쓰고 있다는 거야. 괘씸하단 말이지."

"이건 점점 더 복잡해지는구먼."

월생은 낙담한 듯이 말했다.

"그래서 말야. 자네 형제를 보면 말이지, 패군, 나는 정말 머리를 숙이고 싶어져. 구태여 말하자면 그렇단 말이지. 결코 아첨은 아니야."

패군은 아무 말도 하지 않았다. 그리고 사환이 서류를 가져오자 일어나서 받았다. 월생도 와서 그 서류를 들여다보며 읽어 내려갔다.

"〈청원의 건. 공민 학상선(郝上善) 외. 동쪽 교외의 신원불명의 남자, 위생 및 공익상 이 행려병사자(行旅病死者)에게 곧 관을 지급하여 매장하도록 분국(分局)에 지시하기를 청원합니다〉인가? 내가 하지. 자네는 곧 집으로 돌아가게. 틀림없이 동생 일이 걱정될 테니. 자네들은 정말 '할미새가 들에 있도다'야……."

"아니야. 내가 하지 뭐." 그는 서류를 놓지 않았다.

월생은 그 이상 고집하지 않았다. 패군은 완전히 안심한 것처럼 침착하게 자기 책상 앞으로 가서는 청원서를 보면서, 손을 뻗쳐 녹청색이 얼룩진 먹물통의 뚜껑을 열었다.

이혼

"야, 목삼 아저씨! 새해 복 많이 받으세요."

"여어, 팔삼(八三)! 복 많이 받으시오……."

"네에 네, 복 많이 받으세요. 애고(愛故)도 함께로군……."

"야아, 어르신……."

장목삼(莊木三)과 딸 애고가 목련교두(木蓮橋頭)에서 연락선에 오르자, 배 안에서 한꺼번에 '와아' 인사말이 쏟아졌다. 그 중에는 두 손을 모으고 공수의 예를 하는 자도 있었다. 곧 뱃전의 의자에 네 사람 정도 앉을 수 있는 자리가 비워졌다. 장목삼은 인사를 주고받으면서 자리에 앉아, 긴 담뱃대를 뱃전에 세웠다. 애고는 그 왼쪽에 앉아 전족 구두를 신은 두 다리를 팔삼 앞에 '여덟 팔자' 모양으로 놓았다.

"어르신, 거리로 나가십니까?"

게딱지 같은 얼굴을 한 사나이가 물었다.

"아니, 잠깐 방장(龐莊)까지."

장목삼은 조금 기운이 없는 듯했지만, 본디 적동색 얼굴에 주름이 많이 져 있었기 때문에 옆에서 보아서는 변화를 잘 모른다.

배 안에 말소리가 딱 그치고, 시선이 두 사람에게 집중됐다.

"그럼, 역시 애고의 일로?"

조금 있다가 팔삼이 물었다.

"응, 그 일 때문에……. 나도 이젠 진절머리가 나. 만 3년 계속해서 옥신각신이야. 싸우고 또 화해하고 했지만, 끝장이 나지 않으니."

"이번에도 역시 위(慰) 영감님 댁으로?"

"응, 그래. 영감께서도 우리 일을 한두 번 말씀해 주신 게 아냐. 내가 승낙을 안 할 뿐이지. 아아, 그건 그렇고, 이번 정월엔 친척들 모임이 있어서 거리의 칠 대인(七大人)도 오신다고 하더군……."

"칠 대인이?"

팔삼은 눈을 동그랗게 떴다.

"그 영감님까지 관여를 하시나요? 그건…… 그렇지만, 이쪽도 저쪽의 부엌을 죄다 때려 부쉈으니, 에이, 말하자면 화풀이는 한 셈이지만……. 게다가 애고가 그쪽으로 간다 해도 그리 좋을 성싶지도 않고……."

그렇게 말하고 팔삼은 눈을 내리깔았다.

"저도 거기에 다시 가고 싶지는 않아요. 팔삼 씨."

애고는 화가 나서 머리를 들고 말했다.

"전 기분이 나빠서 그래요. 생각해 보세요. '짐승 같은 자식'이 젊은 과부와 그런 관계를 가지고 나서, 저를 내쫓으려고 했으니 말예요. 그런 일이 있을 수 있어요? '짐승 같은 애비'가 또 자식놈의 편을 들어서 저보고 나가라니, 참 지독도 하잖아요. 칠 대인이 어쨌다는 거예요? 설혹 지사님하고 의형제라 하더라도 인정을 저버릴 수는 없잖아요? 위 영감처럼 두 마디째에 벌써 '헤어지는 것이 좋겠다'는 식으로 사리에 맞지 않는 말은 하지 않겠지요. 전 이 몇 년 간의 고생을 말하고, 어느 쪽이 잘못했는가 칠 대인에게 물을 작정이에요."

팔삼은 애고의 마음을 알 것 같아 더는 입을 열 수 없었다.

철썩철썩 뱃머리에 부딪치는 물소리가 들릴 뿐 배 안은 조용했다. 장목삼은 손을 뻗쳐 담뱃대에 담배를 넣었다.

비스듬히 앞에 앉아 있던, 팔삼 옆의 뚱뚱한 사나이가 주머니에서 부싯돌을 꺼내 가지고 부싯깃에 불을 붙여 대통으로 옮겨 주었다.

"고맙소."

목삼은 고개를 숙이면서 말했다.

"뵙기는 처음입니다만, 어르신 성함은 벌써부터 들었습니다."

뚱뚱한 사나이는 정중하게 말했다.

"그보다도 이 바닷가의 18개 마을에서는 모르는 사람이 없어요. 시(施) 가문의 아들이 과부와 붙어 버렸다는 이야기도 벌써 들어 알고 있습니다. 작년에 어르신이 여섯 자식을 데리고 몰려가서 세간을 부숴 버렸다는 것도, 마땅한 일이란 것도 소문으로……. 어르신은 어떤 대관집이라도 거침없이 들어갈 수 있는 분이신데, 그런 놈들 아무것도 아닙니다요……."

"어머나 참, 어쩌면 그렇게 사리에 밝으실까. 실례입니다만, 누구신지요?"

애고는 기쁜 듯이 말했다.

"왕득귀(汪得貴)라고 합니다."

뚱뚱한 사나이는 재빨리 대답했다.

"저를 버리려고 해도, 그리 쉽지는 않을 거예요. 칠 대인이든 팔 대인이든 무섭지 않아요. 아무튼 그 자식 집안이 엉망진창이 되도록 해 줄 테니까. 위 영감은 네 번씩이나 절 얼러서 어물어물 덮어 버리려고 했어요. 아버지만 하더라도 위자료를 보더니, 눈이 뒤집혀서 머리가 멍해……"

"무슨 바보 같은……"

목삼은 작은 소리로 말했다.

"소문에는 작년 말에 시씨 댁에서 위 영감에게 주연을 한 상 베풀었다던데. 그렇지요, 팔삼 어른?" 게딱지 같은 얼굴의 사나이가 말했다.

"아무것도 아냐."

왕득귀가 말했다.

"주연으로 사람을 현혹시킬 수는 없어. 주연으로 사람을 살 수 있다면, 외국 음식을 보내면 어떻게 되겠어? 학문을 해서 도리를 안다는 분들은 공평한 판단을 내리는 법이야. 가령 예를 든다면 말야, 누군가가 많은 사람들에게 학대를 받았다고 하자. 거기에 나타나서 공평하게 판단을 내려 주는 분이 바로 그분들이란 말야. 한 잔 먹였다든가, 먹이지 않았다든가 하는 것은 관계 없는 일이야. 작년 말에 우리 마을의 영(榮) 영감이 베이징에서 돌아오셨는데, 중앙 무대에서 좌지우지한 양반은 우리 같은 촌놈들과는 아무래도 다르더군. 아무튼 그분의 말로는 저쪽에서 제1의 인물이라면 우선 광(光)씨 마님이라는데, 이것이 또……"

"왕가회두(汪家匯頭)의 손님 내리시오!"

사공이 큰소리로 외쳤다. 배는 벌써 멈추려 하고 있었다.

"내리지, 내리겠네."

뚱뚱한 사나이는 곧 담뱃대를 움켜쥐고 뱃전에서 뛰어내리며, 배가 가는 방향으로 둔덕의 땅을 밟았다.

"참 고맙소."

그는 뱃사람에게 인사를 했다. 배는 다시 앞으로 나아갔다. 물소리가 또 철썩철썩 들려왔다. 팔삼은 끄덕끄덕 졸기 시작했고, 언제부턴지 맞은쪽 전족한 발을 향해서 입을 쩍 벌리고 있었다. 뱃머리에 있는 방의 두 노파는 작은 소리로 염불을 외고 있었다. 염주알을 만지작 거리면서 애고를 바라보고는, 서로 얼굴을 마주 보고 고개를 끄덕였다.

애고는 눈을 뜨고 배 천장을 바라다보고 있었다. 이제부터 어떻게 그들의 집을 엉망진창으로 만들 것인가, 어떻게 '짐승 같은 애비'나 '짐승 같은 자식'을 몰아 세울 것인가를 궁리하는 모양이었다. 위 영감은 그녀의 안중에도 없었다. 두 번 만나봤지만 아무런 소용이 없었다. 땅딸보 네모머리가 아니었던가. 그런 것은 우리 동네에도 쓸어 버릴 정도로 많다. 하긴 그들은 얼굴이 좀 검긴 하지만.

장목삼은 담배가 다 타서 불이 대통 밑바닥으로 내려가 꾸르륵꾸르륵 소리를 내는데도 담뱃대를 물고 있었다. 왕가회두를 지나면, 다음은 방장(龐莊)임을 그는 알고 있었다. 그 마을 어귀에 있는 괴성각(魁星閣)도 이미 보이기 시작했다. 방장엔 여러 번 간 적이 있었다. 물론 위 영감 집에도. 그는 지금도 기억하고 있었다. 딸이 울면서 돌아왔던 일, 사돈집과 사위의 가증스러운 여러 가지 짓거리들, 그 뒤 얼마나 그들로부터 피해를 받았는가 하는 것. 거기까지 생각하니, 지나간 일들이 하나하나 머리에 떠올랐다. 그리고 그 사돈집 일가를 괴롭혀 준 일을 생각하자 언제나처럼 빙그레 웃음이 나오려 했다. 그러나 이번만은 달랐다. 웬지 별안간 뚱뚱하게 살찐 칠 대인이 앞을 가로막고 그의 뇌리에 그려진 정경을 흐트러뜨리는 듯했다.

배는 계속해서 조용한 가운데 앞으로 나아갔다. 염불 외는 소리만이 더 커진 외에는 모든 것이 목삼과 애고처럼 깊은 생각에 잠겨 있는 듯했다.

"목삼 아저씨 내려오시죠 그만. 방장에 다 왔습니다."

도사공의 말에 목삼은 제정신으로 돌아왔다. 괴성각은 바로 눈앞에 있었다.

그는 둔덕에 뛰어내렸다. 애고가 그를 뒤따랐다. 그들은 괴성각 밑을 지나서 위 영감 집 쪽으로 향했다. 남쪽으로 서른 집쯤 가서, 모퉁이를 한 번 도니 바로 거기였다. 문계에 한 줄로 늘어서 있는 검고 작은 배 네 척이 먼저 눈에 띄었다.

검은 칠을 한 바깥 문을 들어가 그들은 문간방에 안내되었다. 문 안쪽으로는 탁자 두 개를 중심으로 도사공과 단골 일꾼들이 꽉 들어차 있었다. 애고는 그쪽을 보기가 창피해서 힐끗 시선을 던졌을 뿐이었지만 '짐승 같은 애비'도 '짐승 같은 자식'도 없는 듯했다.

고용인이 연고탕(年糕湯 : 떡국과 같은 것)을 가져왔을 때 애고는 자기도 모르게 불안한 기분이 점점 더해서 안절부절못하고 있었다. 그 이유는 그녀도 알 수가 없었다.

'정말 지사(知事)하고 의형제인지는 몰라도 인정을 모를 리야 없겠지. 학문을 하고 도리를 아는 사람은 공평한 판단을 내리는 것이다. 칠 대인에게 자세히 말하자. 열다섯 어린 나이로 시집을 와서, 아내가 되고부터……'

연고탕은 다 먹었다. 이제부터 시작이라고 생각했다. 과연 얼마 지나지 않아 하인이 나타났다. 그녀는 아버지와 같이 그 뒤를 따라 대청을 거쳐 또 한 번 꺾어 드디어는 객실의 문지방을 넘어갔다.

객실에는 많은 물건들이 놓여 있었다. 그러나 둘러볼 겨를이 없었다. 많은 손님들이 있었지만 번쩍번쩍 빛나는 빨갛고 검은 두꺼운 비단의 마괘(馬掛 : 웃옷 위에 걸치는 예복)가 눈에 들어오는 정도였다. 그 중에서도 맨 처음 눈에 띈 사나이, 그가 칠 대인임에 틀림이 없으리라 생각되었다. 역시 떡메 같은 머리이긴 하지만 위 영감보다는 훨씬 당당한 풍채였다. 커다란 둥근 얼굴에 가느다란 두 눈과 시꺼먼 가는 수염, 또한 머리 꼭대기가 벗겨져 있었다. 그러나 그 머리와 얼굴은 혈색이 좋아서 번쩍번쩍 빛났다. 그것이 애고에게는 정말 이상하게 생각되었다. 그러나 곧 자신을 납득시켰다. 저건 틀림없이 '돼지기름을 바른 것이다'라고.

"이건 비색(屁塞)이라는 물건인데 말야, 옛사람들이 입관시킬 때 항문에 꽂았던 거지."

칠 대인은 경석(輕石) 비슷한 것을 손에 들고 설명하는 참이었다. 그는 그것을 자기 코 옆 부분에다 문질러 보고 나서 말을 이었다.

"아쉽게도 새로운 출토품이야. 하지만 못 살 것도 없지. 늦어도 한(漢)나라 때 거야. 자아 이 반점이 '수은침(水銀浸 : 순장품에 금과 옥의 부식을 막기 위해 입혔던 수은의 흔적)'……."

'수은침' 언저리에 곧 머리 몇 개가 모였다. 한 사람은 물론 위 영감이고, 그 밖에 젊은이도 몇 사람 있었다. 단지 위세에 눌리어 배고픈 빈대처럼 납작해 있었기 때문에 그때까지 애고의 눈에 띄지 않았을 뿐이다.

그녀는 뒤에 이야기가 어떻게 흘렀는지 몰랐다. '수은침'이라는 것을 연구하고 싶은 생각도 없었고 또 할 수 있는 것도 아니라서, 그 사이에 주위를 둘러보았다. 그랬더니 그녀의 뒤, 문 가까운 벽에 바싹 붙어서 '짐승 같은 애비'와 '짐승 같은 자식'이 서 있는 게 보였다. 힐끗 보았지만 반 년 전에 우연히 만났을 때보다는 둘 다 확실히 늙어 보였다.

조금 있다가 사람들은 '수은침'의 주위에서 떠나갔다. 위 영감은 비색을 받아 쥐고 앉아서 손가락으로 문지르다가, 장목삼 쪽으로 얼굴을 돌려 말을 걸었다.

"너희 둘뿐이냐?"

"네에."

"네 자식놈들은 하나도 안 왔고?"

"짬이 없어서요."

"실은 말야. 정월부터 너희에게 오라고 하기는 좀 안다만 그 얘기 때문에 말야……. 어떤가? 너희도 이쯤에서 매듭을 짓는 것이. 벌써 두 해가 지났어. 원한은 풀어야 맺을 것이 아니잖나. 어떠냐, 애고는 남편과 맞지 않고 시아버지 시어머니의 마음에도 들지 않으니……. 이러니 아무래도 전에도 말했듯이 헤어지는 편이 좋을 거야. 나는 아무래도 둘을 잘 아니까 결단을 내리기가 좀 힘들지만, 칠 대인은 너희도 알다시피 공평한 판단을 내리시는 분이다. 그 칠 대인이 현재 나와 의견이 같아. 다만 칠 대인은 이렇게 말씀하신다. 에에, 서로 재난이라 생각하고 체념을 해서 시씨 집안에서 10원만 더 내 90원으로 하라고 말이야."

"……."

"90원이야, 90! 너희가 설령 고소를 해서 천자(天子)님에게까지 소송이 올라간다 해도 이렇게 근사하게는 처리가 안 될 거야. 칠 대인이기 때문에 가능한 일이란 말이다."

칠 대인은 가는 눈을 뜨고 장목삼을 보면서 고개를 끄덕였다.

애고는 분위기가 이상하게 돌아가는 걸 느꼈다. 그녀는 불안했다. 평소에 바닷가 주민들로부터는 인정을 받고도 남는 아버지가 여기에서는 왜 한마디도 입을 열지 못하는가? 그런 겸손이 무슨 필요인가? 그녀는 칠 대인의 훈

화를 듣고 나서는 말씀은 잘 몰랐지만, 어쨌든 이 사람은 이전에 생각하던 바와 같이 무서운 사람은 아니고, 사실은 너그럽고 좋은 영감이 아닐까 하는 기분이 이유 없이 들었다.

"칠 대인은 학문을 하시어 도리를 아시는 분이기에"

그녀는 술술 말이 나왔다.

"저희 촌사람들과는 달리 모든 것을 잘 알고 계십니다. 저는 젖은 옷을 입고 있는데도 아무도 돌보아 주지 않기 때문에 아무쪼록 칠 대인께 충분한 말씀을 사뢰고 싶은 것입니다. 저는 시집을 온 뒤로 잘 때도 깼을 때도 머리를 계속 숙이고 있었사옵고, 예의를 벗어난 적은 없었습니다. 그럼에도 저 사람들은 저의 모든 것을 눈엣가시처럼 여겨 왔습니다. 마치 한 사람 한 사람이 '종규(鐘道 : 역신도 쫓아낸다는, 힘이 가장 센 신의 이름)'도 당하지 못한 사람들인 것입니다. 언젠가 족제비가 가장 큰 수탉을 물어 죽였을 때도 제가 문단속을 잊어 버렸다고들 했는데, 그것은 말도 안 됩니다. 그때는 그 저주받을 삽살개가 술찌끼가 든 먹이를 훔쳐먹으러 와서 닭장문을 열었던 것입니다. 그런데도 저 '짐승 같은 자식'은 어찌 된 일인지 묻지도 않고 느닷없이 제 뺨따귀를 따악 하고 때려서 ……"

칠 대인은 의심스러운 눈초리로 힐끗 그녀를 보았다.

"저는 알고 있습니다. 여기엔 이유가 있습니다. 이 이유라는 것도 칠 대인 께선 눈으로 훤히 꿰뚫어 보실 수 있습니다. 학문을 하시어 도리를 아시는 분이라면 하나에서 열까지 무엇이든 알고 계십니다. 그 창녀에게 속아서 저를 내쫓으려고 하는 것입니다. 저는 절차를 밟아 사주(四柱)를 받고, 꽃가 마를 타고 시집을 왔습니다. 개나 고양이도 아닌데…… 어떻게하든 저 사람들 앞에서 앙갚음하고야 말겠습니다. 나라님에게 진정이라도 올리겠습니다. 현청에서 안 된다면, 부청(府聽)도 있겠사옵고……."

"그런 것은 칠 대인께서 이미 알고 계신다."

위 영감이 얼굴을 들고 말했다.

"애고, 잠깐 생각을 하고 말해야지. 득될 것이 없어. 너는 언제나 그렇단 말이야. 아버지를 봐라. 모든 것을 잘 알고 있어. 너와 네 형제만 모르고 있는 거야. 나라님에게 진정을 해서 부청을 가 봐라. 부청에선 틀림없이 칠 대인과 상의할 게 정한 이치야. 그러면 '공개적'이 돼. 그렇게 되면…… 넌… … 틀림없이……."

"그렇게 되면 목숨을 걸고 할 것입니다. 누구든 모두 엉망진창으로 만들 어……."

"목숨을 걸 것까지는 없다."

이때 칠 대인이 비로소 천천히 입을 열었다.

"넌 아직 젊은 몸, 사람은 언제든지 웃으며 살아야 한다. '소문만복래'가 아니냐? 그렇지? 나는 한 번에 껑충 10원을 올려 줬다. 이것만도 일찍이 없 었던 파격이다. 내가 입을 열지 않고 있어 봐라. 시아버지가 나가라고 하면 나가야 해! 부청은 고사하고 상하이, 베이징, 나아가서는 외국이라 할지라 도 다 그렇다. 정 의심 나거든 거, 거기, 베이징에서 서양 학교 공부를 하고 엊그제 온 사람이 있으니 물어 봐라."

그러곤 턱이 뾰족한 청년에게 얼굴을 돌렸다.

"어떤가?"

"말씀하시는 대로입니다."

턱이 뾰족한 청년은 서둘러 차렷 자세를 하고 공손하게 작은 소리로 말했다.

애고는 자기가 아주 고립되어 있다는 걸 느꼈다. 아버지는 말을 하지 않고 형제는 와 주지도 않았다. 위 영감은 본디 상대편이다. 칠 대인도 믿을 것이 못 된다. 턱이 뾰죽한 청년까지 굶은 빈대처럼 납작해져 북을 치고 있으니. 그러나 그녀는 뜨거워진 머릿속에서 또다시 마지막 분투를 시도해 보리라 결심한 성싶었다.

"어찌해서 또 칠 대인까지도……."

그녀의 눈에서 의심과 실망의 빛이 용솟음쳤다.

"안 그렇습니까?…… 알고 있습니다. 우리 가난한 사람은 아무것도 모릅지요. 아버지만 해도 세상의 의리도 인정도 모르고 멍청히 있으니, 이런 아버지 역시 원망스럽습니다. 그러니 저 '짐승 같은 애비'와 '짐승 같은 자식'이 파 놓은 함정에 어떻게 안 빠지겠습니까? 저것들은 마치 장례를 알리러 갈 때처럼 남모르게 뒷문으로 기어들어서 입으로만 그럴 듯하게 발라맞추고……."

"보십시오, 칠 대인."

그녀 뒤에 묵묵히 서 있던 '짐승 같은 자식'이 갑자기 입을 열었다.

"칠 대인의 앞에서까지 이 모양입니다. 이 정도니 집에 있을 때는 오죽했겠습니까? 닭이나 돼지까지도 기를 못 펴고 지낼 정도였습니다. 아버지를 가리켜 '짐승 같은 애비', 저를 가리켜서는 '짐승 같은 자식'이라든가 '후레자식'이라고 불렀습니다."

"너를 '후레자식'이라고 한 것은 그 '창녀의 아버지가 낳은 창부' 아냐?"

애고는 뒤를 돌아 보고 큰 소리로 말하더니 다시 칠 대인에게 하소연했다.

"여러분이 있는 앞에서 좀더 말씀드리고 싶은 것이 있습니다. 그 자식은 어째서 그렇게 폭언을 했는지 모르겠어요. 두 마디째는 '말뼈다귀'라느니 '애비가 어떻게 했다'느니, 그 창녀와 붙어 버린 뒤론 저희 조상까지 들먹이면서 악담을 했습니다. 칠 대인, 아무쪼록 제 말씀을 들어 주세요. 제가 이런……."

그녀는 부르르 떨며 당황해서 입을 다물었다. 별안간 칠 대인이 눈을 치뜨고 둥근 얼굴을 뒤로 젖혔던 것이다. 동시에 가는 수염으로 둘러싸인 그 입으로 느닷없이 큰, 그러면서 꼬리를 길게 끄는 말소리가 튀어나왔던 것이다.

"이리 오너라앗!"

그녀는 순간 심장이 멎는 게 아닌가 했다. 뒤이어 두근두근 뛰기 시작했다. 모든 사람은 이미 사라지고 판국이 순식간에 뒤바뀐 것 같았다. 발을 헛디뎌 물 속으로 떨어진 듯한 기분이었다. 그러나 그것은 모두 자기의 머리에서 나온 생각에 지나지 않음을 깨달았다.

곧 남색 솜을 넣은 검은색 배심 (背心 : 윗옷 위에 걸치는
소매 없는 옷)을 걸친 사나이가 나타나서 칠 대인 앞에 손을 늘어뜨리고 허리를 펴 장대처럼 우뚝 섰다.

객실은 '쥐죽은 듯이 조용'했다. 칠 대인은 작은 소리로 말했다. 그러나 무슨 말을 했는지 아무에게도 들리지 않았다. 다만 그 사나이만은 들었던 모양이다. 그 명령의 위력이 그의 뼛속까지 꿰뚫은 것처럼 '머리카락이 오싹하고 일어날 것' 같은 동작으로 부르르 몸을 떨더니 곧 대답하였다.

"네이잇."

그는 두서너 걸음 뒤로 물러나서 몸을 돌려 나가 버렸다.

바야흐로 뜻하지 않았던 일이 일어날 거라고 애고는 생각했다. 그것은 예상도 할 수 없고 막을 수도 없는 것이다. 그녀는 지금에야 비로소 칠 대인의 위력을 알았다. 지금까지 그녀는 모든 것을 오해하고 있었다. 그래서 그처럼 방자하고 어처구니 없는 짓을 했던 것이다. 그녀는 후회에 몰리어 저도 모르게 혼잣말로 중얼거렸다.

"저는 처음부터 칠 대인의 말씀대로 하려고……."

객실이 '쥐죽은 듯이 조용'했기 때문에 그녀의 혼잣말은 실처럼 가냘픈 것이긴 해도 위 영감에게는 천둥소리처럼 들렸다. 그는 서둘러 말했다.

"그렇지, 그렇구말구! 칠 대인은 공평한 분이고, 애고는 이해성이 빠르니."

이렇게 칭찬하고는 장목삼에게 재빨리 말했다.

"목삼, 이렇게 되면 너로서도 무슨 할 말이 없겠지. 본인은 벌써 승낙했으니까 말야. 그 홍록첩 (紅綠帖 : 결혼
증서)은 어김없이 가지고 왔겠지? 내가 그렇게 일러 났으니. 그러니 서로 내놓고……."

아버지가 주머니에 손을 넣어 서류를 꺼내는 것을 애고는 보았다. 장대 같은 사나이가 들어와서 조그마한 거북 모양의 새까맣고 납작한 것을 칠 대인에게 건넸다. 무슨 변화가 일어나는 것이 아닌가 하고, 애고는 당황해서 장목삼을 보았다. 그는 탁자 위에 남색 광목 보자기를 펼쳐 놓고 은화를 꺼내고 있었다.

칠 대인은 거북의 머리 부분을 빼고 그 몸체 안에서 무언가를 조금 손바닥에 쏟았다. 장대 같은 사나이가 그 납작한 것을 받아 가지고 사라졌다. 칠 대인은 곧 한쪽 손 손가락을 손바닥에 대고 그것—냄새를 맡는 담배—을 자기 콧속에 부벼 넣었다. 콧구멍도 코 아래도 곧 노랗게 되었다. 그는 콧등에 주름을 잡고 재채기를 할 것 같은 표정을 지었다.

장목삼은 은화를 세고 있었다. 위 영감은 아직 세지 않은 돈더미에서 얼마가량 덜어서 '짐승 같은 애비'에게 돌려주었다. 그리고 두 장의 홍록첩을 교환해서 밀어 주며 말했다.

"자아, 넣어 두게나. 목삼, 잘 세란 말야. 이건 장난이 아니니까. 돈에 대한 것은……."

"엣취이!"

애고는 칠 대인이 재채기를 한 것이라 생각하고 그쪽으로 눈길을 돌렸다. 보니까 칠 대인은 입을 열고 콧등에 주름을 잡은 채 있었다. 한쪽 손의 두 손가락으로 아까의 그 '옛사람이 입관시킬 때 시신의 항문에 꽂는 것'을 집어서 콧대 옆을 문지르고 있었다.

한참 만에 장목삼은 겨우 은화를 다 셌다. 양쪽 모두 홍록첩을 넣었다. 모든 사람이 다 허리뼈가 퍼진 것 같은 기분이 들었고 지금까지 긴장했던 표정이 누그러졌다. 객실에 갑자기 온화한 공기가 감돌았다.

"이제야 겨우 모든 게 끝났다."

위 영감은 모두 곧 돌아가려는 거동을 보고 한숨을 푹 쉬고 나서 말했다.

"자아, 그러면 이젠 더 볼일이 없지. 축하한다, 축하해! 이래서 해결을 보았어. 벌써 가겠는가? 그래 가 보도록 해. 정월이야. 그래도 우리 집에서 한 잔하고 가게나, 이런 기회는 다시 없을 테니……."

"저희는 그만 실례하겠습니다. 내년으로 미뤄 두겠습니다."

애고가 말했다.

"위 영감님, 감사합니다. 저희는 이만 실례하겠습니다. 또 볼일이 좀 있어서요."

장목삼과 '짐승 같은 애비'와 '짐승 같은 자식'이 저마다 한 마디씩 하고 물러났다.

"음, 어때? 그래도 기분이 좋지?"

위 영감은 맨 나중에 나가는 애고에게 시선을 주면서 말을 걸었다.

"네에, 좋아요. 감사합니다. 위 영감님."

野草
들풀

제사 (題辭)

침묵하고 있을 때 나는 충만감을 느낀다. 입만 열면 금방 공허를 느낀다.

지나간 생명은 이미 죽었다.

나는 이 죽음을 기뻐한다. 죽음으로 인해서 전에 그 생명이 존재했음을 알 수 있기 때문이다.

죽은 생명은 이미 썩었다.

나는 이 부패를 기뻐한다. 이 부패로 인해 지금껏 그 생명이 공허가 아니었음을 알 수 있기 때문이다.

생명의 진흙이 땅에 버려지면 나무는 자라지 않고 오직 들풀만 돋아난다. 이것이 나의 죄(罪)이다.

들풀은 그 뿌리가 깊지 않고 꽃과 잎도 아름답지 않으나, 이슬을 먹고 물을 먹고 묵은 시체의 피와 살을 먹으며 제멋대로 그 생존을 쟁취한다.

생존함에 있어서도 짓밟히고 갈아 엎어져야만 비로소 썩는다.

그러나 나는 근심 없이 즐겁다. 소리 높이 웃으며 노래를 부르련다.

나는 나의 들풀을 사랑한다. 그러나 이 들풀을 장식으로 삼는 땅은 미워한다.

지화(地火)는 땅 밑을 돌다 타오른다. 용암이 한번 솟구치면 모든 들풀과 나무를 태워 버린다. 그리하여 썩을 것조차 사라져 버린다.

그러나 나는 근심 걱정 없이 즐긴다. 소리 높이 웃으며 노래를 부르련다.

세상은 이토록 고요하니 나는 소리 높이 웃고 노래 부를 수가 있다.

세상이 이렇게 고요하지만 않더라도 나는 그러지 못했을는지 모른다.

나는 이 들풀 한 다발을 빛과 어둠, 삶과 죽음, 과거와 미래의 경계에 놓고 벗과 원수, 사람과 짐승, 사랑하는 이와 사랑하지 않는 이 앞에 바쳐 증거로 삼으련다.

나 자신을 위해, 벗과 원수, 사람과 짐승, 사랑하는 이와 사랑하지 않는 이를 위해 나는 이 들풀이 하루빨리 죽어 썩기를 바란다.

만약 그러지 않는다면 처음부터 내가 생존하지 않았던 것이 된다. 사실 그 것은 죽거나 썩는 것보다도 더 불행한 일이다.

가거라, 들풀아.

나의 제사(題辭)와 더불어.

1927년 4월 26일

광주(廣州) 백설루(白雪樓) 위에서 루쉰 씀

가을밤

우리 집 뒤뜰 담 밖으로는 나무 두 그루가 보인다. 한 그루는 대추나무, 나머지 한 그루도 역시 대추나무다.

그 위로 밤하늘이 유난히 높다. 평소에 나는 이처럼 높은 하늘을 본 일이 없다. 그것은 마치 인간 세상을 떠나갈 것처럼 보인다. 사람들이 우러러보아도 다시는 안 보이는 곳으로. 그러나 지금은 수수한 남빛으로 수십 개의 별들이 눈을 깜박거리고 있다. 차디찬 눈이다. 그 입매는 심각한 미소를 띠고 우리 집 들의 들풀 위에 서리를 흠뻑 내리고 있다.

그 들풀의 이름이 무엇인지, 사람들이 무어라고 부르는지 나는 모른다.

내가 알고 있는 것은 그 중의 하나가 아주 작은 분홍꽃을 달고 있다는 것뿐이다. 지금도 아직 달려 있지만 그 꽃은 오므라져 더 작아졌다.

그녀는 차디찬 밤공기 속에서 몸을 움츠리고 꿈을 꾼다. 봄이 오는 꿈을 꾸고 가을이 오는 꿈을 꾼다. 수척한 시인(詩人)이 와서 그녀의 마지막 꽃잎으로 눈물을 닦고, 비록 가을이 오고 겨울이 온다 해도 그 뒤엔 반드시 봄이 와 나비가 날고 꿀벌이 봄노래를 부를 것이라고 그녀를 위로한다. 그래서 그녀는 미소짓는다. 그러나 그 꽃 빛깔은 얼어서 애처롭게 붉고, 몸을 움츠리고 있다.

대추나무들은 잎이 거의 다 떨어졌다. 얼마 전까지만 해도 사람들이 따다 남겨 놓은 대추를 따기 위해 아이들이 오곤 했는데, 이제는 하나도 남지 않았을 뿐만 아니라 잎도 다 떨어져 버렸다. 그도 가을이 가면 봄이 온다는 조그만 분홍꽃의 꿈을 알고 있다. 그는 봄이 가면 가을이 온다는 낙엽의 꿈 또한 알고 있다. 그의 잎은 거의 다 떨어져 나무 줄기만 남았다. 그래도 주렁주렁 달린 대추와 잎 때문에 축 늘어졌던 활모양에서 벗어나 편안하게 허리를 펴고 있다. 그러나 몇 개의 가지는 아직도 늘어진 채 사람들이 대추를 딸 때 장대에 맞아 찢긴 껍질을 지니고 있다. 다만, 가장 곧고 긴 두세 개의 가지만이 묵묵히 쇠꼬챙이처럼 유난히 높은 하늘을 찌르고 있다.

하늘은 어리둥절해서 눈을 깜박거리고 있다. 그 가지들은 하늘의 둥근 달을 찔러, 쫓기다 못해 파랗게 질리게 했다.

음울하게 깜빡거리는 하늘은 점점 더 파리해지고 불안해져서 인간 세상을 떠나고 싶어하는 것 같다. 대추나무를 피하여 달만 뒤에 남겨 놓고서. 그러나 달마저 몰래 동녘 하늘로 숨어 버린다. 그리하여 아무것도 없는 나무줄기만이 묵묵히, 유난스레 높은 하늘을 쇠꼬챙이모양 여전히 찌르고 있다. 제아무리 고혹적인 눈짓을 하더라도 한결같이 하늘의 사명을 제어하려는 듯이.

까악, 외마디 울음소리를 남기며 불길한 밤새가 날아간다.

나는 순간 한밤중의 웃음소리를 듣는다. 숨을 죽여 킥킥거리는 것이 마치 잠든 사람을 깨우지 않으려는 듯하다.

주위의 공기도 이에 답하여 일제히 웃어 댄다. 밤중이라 달리 누구도 없다. 나는 그 소리가 내 입속에서 나는 것임을 곧 알아차린다. 그 웃음소리에 쫓기어 나는 내 방으로 돌아간다. 등잔 심지는 즉시 내 손으로 돋우어진다.

등 뒤의 창유리에 탁탁 소리를 내며 수없이 작은 날벌레가 부딪친다. 잠시 뒤 그 중 몇 마리가 날아 들어온다. 찢어진 창호지 틈으로 들어온 것이리라. 이번에는 등잔의 유리 등피에 탁탁 소리 내어 부딪친다. 한 마리는 위로 해서 들어갔다. 그래서 불을 만난다. 더구나, 보는 바와 같이 그 불은 진짜인 것이다. 아직 두세 마리는 종이 등피에 앉아 할딱거리고 있다.

이 등피는 어제 새로 간 것이다. 새하얀 종이에 접은 자국이 물결 무늬처럼 두드러져 보이고 한쪽에 붉은 치자나무가 그려져 있다.

붉은 치자나무가 꽃이 필 때면 대추나무도 작은 분홍꽃이 꾸던 꿈을 꾸며 울창하게 활모양을 이루리라……. 나는 또다시 한밤중의 웃음소리를 듣는다.

나는 재빨리 생각을 멈춘다. 그리고 하얀 종이 위에 앉은 조그맣고 파란 벌레를 본다. 흡사 해바라기 씨 같다. 머리는 크고 꼬리는 작은데, 크기는 밀알 반 정도밖에 되지 않는다. 온몸의 초록빛이 귀엽고 사랑스럽다.

나는 하품을 하고는 담배를 붙여 연기를 내뿜으며 등불을 향해 묵묵히 이들 정교한 초록빛 영웅에게 조의를 표한다.

그림자의 고별

사람이 잠에 떨어져 시간조차 잊고 있을 때 그림자가 작별 인사를 하러 와서 이렇게 말한다.

내가 싫어하는 것이 천국에 있다면 나는 가기 싫다.
내가 싫어하는 것이 지옥에 있다면 나는 가기 싫다.
내가 싫어하는 것이 자녀들 미래의 황금 세계에 있다면 나는 가기 싫다.
그러나 내가 싫어하는 것이 바로 자네다.
벗이여, 나는 자네를 따라가기 싫다. 머물고 싶지도 않다.
나는 싫다.
아아, 아아, 나는 싫다. 허공을 헤매는 편이 차라리 낫다.
나는 한낱 그림자에 지나지 않는다. 자네와 헤어져 암흑 속에 잠길까 한다. 그러면 암흑은 나를 삼켜 버릴 것이다. 그러면 광명도 나를 지워 버릴 것이다.
나는 명암 사이를 헤매고 싶지는 않다. 차라리 암흑 속에 잠기겠다.
그러나 나는 결국 명암 사이를 헤맨다. 황혼인지 여명인지를 나는 모른다.
나는 잠시 잿빛 손을 들어 술마시는 시늉을 한다. 나는 시간도 모르는 시간 속을 오직 홀로 멀리 가리라.
아아, 아아, 만약 황혼이라면, 어두운 밤은 물론 나를 그 속에 잠기게 할 것이다. 그렇지 않다면 나는 밝게 빛나는 해에 지워지고 말리라. 만약 지금이 여명이라면.

벗이여, 때가 된 것 같다.
나는 암흑을 향해 허공 속을 방황하리라.
자네는 아직도 나의 선물을 바라는가. 내가 자네에게 무엇을 줄 수 있으리요. 어쩔 수 없이 역시 암흑과 허공뿐이다.

그러나 원컨대 암흑이 자네의 햇빛으로 지워질 수 있기를.

오직 원컨대 허공만은 단연코 자네의 심정을 채우지 말기를.

나는 그러하기를 원한다. 벗이여—

나는 홀로 멀리 가리라. 자네도 없고 다른 그림자도 없는 암흑 속으로. 나 홀로 암흑 속에 잠기면 세계는 완전히 내 것이 되리라.

걸식자(乞食者)

나는 퇴락한 높은 담을 따라 메마른 흙먼지를 밟으며 길을 가고 있었다. 나 외에도 몇 사람이 저마다 제 갈 길을 가고 있었다. 산들바람이 일어, 담 위로 뻗어나온 높다란 나뭇가지가 채 마르지도 않은 잎을 달고 머리 위에서 흔들렸다.

산들바람이 불면서 주위에는 온통 흙먼지가 일었다.

한 어린아이가 나에게 구걸을 했다. 그 아이는 겹옷을 입고 있어 불쌍하게 보이지도 않았는데, 길을 막고 서서 절을 하고 매달리며 울어 댔다.

나는 그 울음소리와 태도가 싫었다. 슬퍼하는 것이 아니라 장난을 하고 있는 것 같아 밉살맞았다. 매달려 우는 것이 신경에 거슬렸다.

나는 길을 가고 있었다. 나 외에도 몇 사람이 저마다 제 갈 길을 가고 있었다. 산들바람이 불면서 주위에는 온통 흙먼지가 일었다.

한 어린아이가 나에게 구걸을 했다. 겹옷을 입고 있어 불쌍해 보이지는 않았다. 그러나 벙어리라고 손을 벌리고 손짓을 해 보였다.

나는 그의 손짓이 미웠다. 그는 벙어리가 아닌지도 모른다. 단순히 구걸을 하기 위한 수단일지도 모르는 것이다.

나는 동냥을 주지 않는다. 나에게는 자비심이 없다. 나는 자선가의 윗자리에서, 분노와 의심과 증오를 던져 줄 뿐이다.

나는 퇴락한 흙담을 따라 길을 가고 있었다. 벽돌 조각이 담 구멍에 끼여 있을 뿐 담 안에는 아무것도 없었다. 산들바람이 불어 가을의 쌀쌀함이 겹옷 사이로 스며들었다. 주위에는 온통 흙먼지가 일었다.

나는 내가 구걸을 한다면 어떤 방법으로 할 것인가 생각해 보았다. 어떤 목소리를 낼까? 어떤 손짓으로 벙어리 흉내를 낼까?

나 외에도 몇 사람이 저마다 제 갈 길을 가고 있었다.

나는 동냥도 얻지 못하고 자비심도 얻지 못할 것이다. 나는 자선가의 윗자리에 있다고 자처하는 자의 분노와 의심과 증오만을 얻을 것이다…….

나는 아무것도 하지 않고 침묵으로 구걸할 것이다.

나는 적어도 허무만은 얻을 것이다.

산들바람이 불면서 주위에는 온통 흙먼지가 일었다. 나 외에도 몇 사람이
저마다 제 갈 길을 가고 있었다.

흙먼지, 흙먼지……

…………

흙먼지……

나의 실연

의고적 신희시(擬古的新戲詩)

내 사랑하는 님은 산속에 있네.
만나러 가고파도 산이 하 높아
고개 숙여 눈물로 옷자락만 적시네.
님께서 보낸 선물, 비단 손수건
무엇으로 답하리까? 수리부엉이
그로부터 외면한 채 몰인정하시나니
까닭 몰라 가슴만 두근거리네.

내 사랑하는 님은 동네 복판에 있네.
만나러 가고파도 사람이 하 많아
고개 들어도 눈물로 귀만 적시네.
님께서 보낸 선물, 쌍연(雙燕)의 그림
무엇으로 답하리까? 얼음사탕
그로부터 외면한 채 몰인정하시나니
까닭 몰라 머리만 멍해지네.

내 사랑하는 님은 강가에 있네.
만나러 가고파도 물이 하 깊어
고개 꼬아 눈물로 옷깃 적시네.
님께서 보낸 선물, 순금 시계줄
무엇으로 답하리까? 아스피린
그로부터 외면한 채 몰인정하시나니
까닭 몰라 신경쇠약 걸려 버렸네.

내 사랑하는 님은 구중(九重)에 있네.
만나러 가고파도 차(車) 없는 신세.
고개만 설레설레 눈물은 삼(麻) 줄기.
님께서 보낸 선물, 어여쁜 장미.
무엇으로 답하리까? 비단 구렁이
그로부터 외면한 채 몰인정하시나니
까닭 몰라—에이 될 대로 되어라.

복수 1

　사람의 피부 두께는 아마 5리(厘)도 못 될 것이다. 선홍색 뜨거운 피가 그 속을 돌고 있다. 벽에 빽빽하게 기어다니는 쐐기벌레보다도 더 밀집된 혈관 속을 흐르며 열을 발산한다. 이리하여 그 열을 가지고 서로 고혹하고 선동하고 끌어 당긴다. 열심히 접근과 입맞춤과 포옹을 구하고 도취하는 생명의 환희를 얻고자 한다.

　그러나 만일 예리한 칼로 이 분홍빛 얇은 피부를 자른다면 그 선홍색 뜨거운 피는 화살처럼 그 모든 열을 살육자를 향해 쏟을 것이다. 이어서 얼음 같은 숨을 내쉬며, 입술은 파리해지고 스스로를 잊어버리는 동시에 생명 비상의 극치인 크나큰 환희를 맛보게 될 것이다. 그리하여 그 자신은 생명 비상의 극치인 큰 환희 속에 영원히 잠기게 되리라.

　이리하여 그렇게 그들 두 사람은 벌거숭이가 되어 예리한 칼을 쥐고 광활한 광야에서 마주선다.

　그들 두 사람은 서로 포옹할 듯하면서도 서로 살육하려 한다……

　길을 가던 사람들이 여기저기에서 모여든다. 쐐기벌레가 빽빽하게 벽을 기듯이, 또는 개미 떼가 마른 생선 대가리를 짊어지듯이. 옷차림들은 깨끗하나 손은 모두 빈손이다. 그러나 여기저기에서 모여들어 열심히 목을 빼고 이 포옹, 혹은 살육을 구경하려 한다. 그들은 나중에 그 혓바닥이 느낄 땀 또는 피비린내를 지금부터 예감하고 있다.

　그들 두 사람은 서로 마주보고 섰다. 광막한 광야에서 벌거숭이가 되어 손에는 예리한 칼을 들고. 그러나 포옹도 하지 않고 살육도 하지 않는다. 뿐만 아니라 포옹이나 살육할 기적도 보이지 않는다.

　그들 두 사람은 이대로 영원히 있다. 싱싱하던 육체가 고갈된다. 그래도 포옹이나 살육의 기미는 조금도 없다.

　이리하여 길을 가던 사람들은 무료해진다. 무료가 그들의 털구멍으로 스며드는 것 같다. 무료가 그들의 마음 속에서 털구멍을 통해 스며나와서 광야에 퍼졌다가 다시 다른 사람의 털구멍으로 스며드는 것 같다. 이리하여 그들은 목과 혀가 바싹 말라 목줄기가 아프게 된다. 마침내 서로 얼굴들을 마주보며 하나둘 흩어져 간다. 마치 생기를 잃을 만큼 고갈을 맛본 것처럼.

이리하여 광막한 광야만이 남는다. 그러나 그들 두 사람은 계속 벌거숭이로 예리한 칼을 손에 쥐고 고갈된 채 서 있다. 송장 같은 눈초리로, 이 행인들의 고갈과 무혈(無血)의 대살육을 감상하며 생명비상의 극치인 대환희 속에 영원히 잠긴다.

복수 2

스스로 신(神)의 아들, 이스라엘의 왕이라고 믿었기 때문에 그는 십자가에 못박혔다.

병사들은 그에게 보랏빛 옷을 입히고 가시관을 씌워 그를 축복했다. 갈대로 그의 머리를 두드리고 침을 뱉고, 꿇어 엎드려 절을 했다. 조롱을 끝내자 보랏빛 옷을 벗기고 그의 옷으로 갈아 입혔다.

보라, 그들은 그의 머리를 때리고 침을 뱉고 절을 하고……

몰약 섞은 포도주를 그는 받지 않았다. 이스라엘 백성들이 그들 신의 아들을 어떻게 대우하는가를 똑똑히 보기 위해서이다. 뿐만 아니라 조금이라도 더 오래 그들의 앞길을 불쌍히 여기고, 또 그들의 현재를 미워하지 않기 위해서이다.

주위는 온통 적의뿐이다. 불쌍하고 저주스러운.

딱딱 망치 소리를 내며 못은 손바닥을 뚫었다. 그들의 신의 아들을 못 박는 것이다. 불쌍한 사람들아, 그것은 그의 아픔을 부드럽게 해 준다. 딱딱 망치 소리를 내며 못은 발등을 뚫었다. 뼈를 부수고, 아픔은 마음 속에 사무쳤다. 하나 그들은 그들 신의 아들을 스스로 못 박는 것이다. 저주스러운 사람들아, 그것은 그의 아픔을 쾌감으로 느끼게 해 준다.

십자가가 세워졌다. 그는 허공에 매달렸다.

몰약 섞은 포도주를 그는 마시지 않았다. 이스라엘 백성들이 그들 신의 아들을 어떻게 대우하는가를 똑똑히 보기 위해서이다. 뿐만 아니라 조금이라도 더 오래 그들의 앞길을 불쌍히 여기고, 또 그들의 현재를 미워하지 않기 위해서이다.

행인들은 모두 그를 비난했다. 제사장과 학자들도 그를 조롱했다. 똑같이 십자가에 못 박힌 두 강도마저 그들은 욕했다.

보라, 똑같이 십자가에 못 박힌……

주위는 온통 적의뿐이다. 불쌍하고 저주스러운.

손과 발의 아픔 속에서 그는 불쌍한 사람들이 신의 아들을 못 박는 비애와, 저주스러운 사람들이 신의 아들을 못 박고 신의 아들이 못 박힌다고 기뻐하는 모습을 확인했다. 갑자기 뼈가 부서지는 큰 고통이 마음 속에 사무쳤다. 그는 대환희와 대자비 속에 도취했다.

그의 배는 물결쳤다. 연민과 저주와 고통의 물결.

넓은 대지는 어두워졌다.

"엘리, 엘리, 라마, 사박다니(신이시여, 신이시여, 어찌하여 나를 버리시나이까)."

신은 그를 버렸다. 그는 결국 '사람의 아들'에 지나지 않았다. 그러나 이스라엘 백성들은 '사람의 아들' 마저 못을 박았다.

'사람의 아들'을 못 박은 사람들의 몸뚱이는 '신의 아들'을 못 박은 것보다 더 피비린내 나고 더러워져 있었다.

희망

내 마음은 유난히 쓸쓸하다.

그러나 내 마음은 편안하다. 사랑도 미움도 없고, 슬픔도 즐거움도 없으며, 빛깔도 소리도 없다.

아마 나는 늙은 모양이다. 내 머리가 희끗희끗한 것만 보아도 맹백한 사실이 아닌가. 내 손이 떨리는 것만 보아도 명백한 사실이 아닌가. 그리고 보면 틀림없이 내 영혼의 손도 떨리고 있을 것이고, 영혼의 머리도 희끗희끗할 것이다.

하나 이것은 여러 해 전부터의 일이다.

그 이전에는 내 마음도 피비린내 나는 노랫소리로 가득 찼던 때가 있었다. 피와 쇠, 화염과 독기, 회복과 복수로 가득 찼던 때가. 그러다가 갑자기 이 모든 것이 공허하게 느껴졌다. 그러나 때론 덧없는 자기 기만의 희망으로 짐짓 이것을 메워 보려고 시도하는 일도 있었다. 희망, 희망, 이 희망의 방패로 공허 속 어두운 밤의 내습을 막으려 했다. 비록 방패의 배후가 여전한 공허 속 어두운 밤이라 할지라도. 그러나 그 때문에 차례차례 내 청춘은 소모되었다.

내 청춘이 지나가 버린 것을 내가 몰랐던 것은 아니다. 다만 내 몸 밖에 있는 봄만은 당연히 있는 것으로 믿었던 것이다.

별, 달빛, 죽어 가는 나비, 어둠 속의 꽃, 불길한 부엉이 울음소리, 피를 토하는 듯한 두견이 소리, 끝없는 웃음소리, 사랑의 어지러운 춤…… 비록 처량하기 한이 없는 봄일지라도 청춘은 역시 청춘이다.

그런데 지금은 왜 이다지도 쓸쓸한가. 몸 밖의 봄까지 지나가 버린 것도 아닐 텐데. 세상의 젊은이가 죄다 늙어 버린 것도 아닐 텐데. 나 홀로 이 공허 속 어두운 밤과 싸우는 수밖에 없다. 나는 희망의 방패를 내려놓고 페퇴피 상도르(Petöfi Sándor, 1823~1849)의 '희망'의 노래에 귀를 기울였다.

희망이란 무엇인가? 그것은 창부.
아무에게나 아양을 떨어서 모든 것을 바치게 하고
너의 귀한 보물, 너의 청춘을 잃었을 때
그녀는 너를 버린다.

이 위대한 서정 시인, 헝가리의 애국자가 조국을 위해 싸우다가 카자흐 병사의 창 끝에 쓰러진 지 벌써 75년이 된다. 죽음은 슬프다. 그러나 더 큰 슬픔은 그의 시가 지금껏 죽지 않았다는 사실이다.

그러나 애처로운 인생이여, 굳세고 용감한 폐퇴피 같은 사람도 끝내 어두운 밤 앞에서 발을 멈추고 아득한 동녘을 돌아보지 않았는가. 그는 말한다.

절망의 허망함은 바로 희망과 같다.

만약 내가 밝지도 어둡지도 않은 이 '허망' 속에서 삶을 누려야 한다면 나는 저 지나가 버린 청춘을 찾으리라. 그것이 내 몸 밖에 있는 봄일지라도. 몸 밖의 봄이 사라지면 내 몸 속에 남은 봄도 그와 더불어 시들 테니까.

그러나 지금은 별도 달빛도 없다. 죽어 가는 나비도 없고, 끝없는 웃음도, 사랑의 어지러운 춤도 없다. 그러나 청년들은 평온하다.

나 홀로 이 공허 속 어두운 밤과 싸우는 수밖에 없다. 설사 몸 밖의 봄을 찾지 못한다 할지라도 몸 속에 남은 봄을 스스로 불러 일으켜야만 한다. 그런데 대체 어두운 밤은 어디에 있는가. 지금은 별도 달빛도 없고, 끝없는 웃음도 사랑의 어지러운 춤도 없다. 청년들은 평온하다. 그리고 내 앞에는 마침내 진정한 어두운 밤도 없는 것이다.

절망의 허망함은 바로 희망과 같다.

눈(雪)

따뜻한 나라의 비는 이제껏 차갑고 단단하고 찬란한 눈으로 변한 적이 없었다. 박학한 인사들은 그것을 단조롭게 느낀다. 비도 그것을 스스로 불행하다고 느끼지나 않을지? 그러나 강남의 눈은 윤기 있고 싱싱하여 아름답기 그지없다. 그것은 숨겨진 청춘의 숨결, 건강한 처녀의 살결이다. 눈 내리는 들녘에는 새빨간 동백꽃과 푸르도록 희디흰 백매화, 그리고 노란 깔때기 모양의 납매화(臘梅花)가 피어 있다. 눈 밑에도 우중충한 잡초가 있다. 분명히 나비는 없다. 꿀벌이 동백꽃과 매화꽃의 꿀을 빨기 위해 왔었는지는 나도 잘 모른다. 다만 내 눈에는 겨울꽃이 핀 눈 내린 들녘에 많은 꿀벌들이 날아다니는 것이 보이는 듯한 느낌이 들 뿐이다. 붕붕거리는 소리가 들리는 것 같다.

어린이들은 빨갛게 물들인 생강처럼 얼어서 빨개진 손을 호호 불어가며 일고여덟 명이 몰려 눈사람을 만든다. 마음대로 잘 되지 않자 누군가의 아버지도 나와서 거들어 준다. 눈사람은 아이들의 키보다도 훨씬 더 커진다. 위쪽이 작고 아래쪽이 큰 덩어리에 지나지 않아 표주박인지 눈사람인지 분간할 수 없지만 그래도 희고 윤이 나며 제 힘으로 뭉쳐져서 전체가 반짝거린다. 아이들은 용안(龍眼)의 열매로 눈을 만든다. 누군가가 어머니의 화장 상자에서 연지를 훔쳐 와 입술을 칠한다. 이제야 분명하게 큰 눈사람이 된다. 이리하여 형형한 눈빛과 새빨간 입술로 눈 위에 자리잡는다.

다음 날, 또 아이들 몇이 그를 찾아온다. 그를 보며 손뼉을 치고 절을 하고는 우습다는 듯이 웃어 댄다. 그러나 그는 결국 오도카니 홀로 앉아 있다. 갠 하늘은 그의 살갗을 녹이고, 추운 밤은 그를 다시 얼게 한다. 녹아서 불투명한 수정처럼 되고, 갠 날이 계속되면 묘하게 변해 버린다. 입술의 연지도 빛이 바랜다.

그러나 북쪽의 눈은 아무리 많이 내려도 가루나 모래 같아 뭉쳐지지 않는다. 지붕에 내린 것도, 땅에 내린 것도, 마른 풀 위에 내린 것도 모두 마찬가지다. 지붕 위의 눈은 집 안에서 때는 불기운에 일찍 녹아 버릴 때도 있다. 그 밖의 것은 갠날 회오리바람이라도 불게 되면 후르르 날아올라 햇빛 속에서 찬란하게 빛난다. 불꽃을 품은 안개처럼 빙빙 돌며 날아올라 하늘 가득히 퍼진다. 하늘 자체가 소용돌이쳐 날아오르는 것처럼 반짝거린다.

끝없는 광야 위 살을 에는 대기 아래 반짝반짝 빙빙 돌며 날아오르는 것은 비의 정령인가……

그립다. 그것은 고독한 눈(雪)이다. 죽은 비다. 비의 정령이다.

연(鳶)

베이징의 겨울, 땅에는 눈이 남아 있고 거무스름한 고목 가지가 맑게 갠 하늘에 솟아 있다. 아득히 저 멀리 연이 하나둘 떠 있다. 그것을 보면, 나는 왠지 모르게 놀라움과 슬픔을 느낀다.

우리 고향에서는 2월에 연을 띄운다. 붕붕 하는 소리를 듣고 위를 쳐다보면 연한 먹빛 방패연이나 옥색 솔개연이다. 쓸쓸해 보이는 개와연(蓋瓦鳶)도 있다. 이것은 붕붕거리지 않고 낮게 떠 있는데 외톨이로 가련해 보인다. 이맘때쯤에는 이미 땅 위의 버드나무는 움이 트고 꽃이 이른 소귀나무는 봉오리를 맺어 아이들이 연으로 수놓은 하늘과 어울려 한 폭의 봄 경치를 그린다. 나는 지금 어디에 있는 것일까? 주위는 아직도 황량한 엄동(嚴冬) 그대로인데, 떠나온 지 오래된 고향의 옛봄만이 하늘 저쪽에 펄럭이고 있는 것이다.

나는 본디 연을 좋아하지 않았다. 좋아하지 않는 정도가 아니라 싫어했다. 그것은 덜된 아이나 즐기는 놀이라고 믿었기 때문이다. 그러나 동생은 나와 반대였다. 그 무렵 그는 열 살쯤 되었던가? 자주 앓아 허약했으나 연 띄우길 무척 좋아했다. 제 힘으론 연을 살 수 없었고, 또 내가 연을 띄우지 못하게 하므로 그는 그저 오도카니 서서 조그만 입을 헤벌리고 정신 없이 하늘만 쳐다보았다. 때로는 한나절 동안이나 그러고 있었다. 멀리서 방패연이 갑자기 곤두박질쳐 떨어지면 그는 깜짝 놀라 소리를 질렀다. 두 개와연이 얽혔다 풀어지면 깡충깡충 뛰며 기뻐했다. 그의 이러한 태도는 내가 볼 때 같잖고 우습게만 보였다.

어느 날 문득, 요즘 며칠 동안 그를 보지 못했다는 생각이 들었다. 그러자 며칠 전에 뒤뜰에서 그가 헌 대나무 막대길 주워 들던 일이 떠올랐다. 나는 짚이는 데가 있어 누구도 좀처럼 잘 가지 않는 광으로 달려갔다. 문을 여니 먼지투성이 잡동사니 틈바구니에 과연 그가 있었다. 그는 앞에 큼직한 의자를 놓고 작은 의자에 앉아 있었는데, 깜짝 놀라 일어서며 얼굴색이 변하여 옴츠러들었다. 큰 의자 옆에는 아직 종이도 바르지 않은 나비연의 뼈대가 세워져 있었다. 의자 위에는 연 양쪽에 붙일 귀가 빨간 종이 테이프로 장식되어 거의 완성되어 가고 있었다. 비밀을 탐지해 낸 만족감과 더불어, 나는 그가 나를 속여가며 애써 덜된 아이들의 놀이 도구를 만든 데 대해 화가 났다. 나는 대뜸 나비의 날개 하나를 부러뜨리고 귀를 땅바닥에 동댕이쳐서 지근지근 밟았다. 나이로나 힘으로나 그는 나를 당할 수가 없었다. 나는 물론 완전한 승리를 거두었다. 절망하여 광 속에 오똑 서 있는 그를 남겨 놓고 나는 광을 나왔다. 그러고는 그가 어떻게 했는지 알지도 못했을 뿐더러 마음에 두지도 않았다.

그러나 나중에 그 보복을 받고야 말았다. 우리는 오랫동안 서로 헤어져 살았으며 이미 나는 중년이 되어 있었다. 불행하게도 나는 어린이에 대한 외국 책을 우연히 읽게 되었는데 그때 비로소 놀이가 어린이의 가장 정당한 행위이고, 장난감은 어린이의 천사임을 알았다. 20년 동안 추호도 생각지 않았던, 그 어린 정신에 가했던 학살(虐殺)의 한 장면이 곧 내 뇌리에 펼쳐지면서 그 순간 내 마음은 납덩어리로 변한 것처럼 무겁게 무겁게 가라앉았다.

나의 마음은 가라앉을 밑바닥도 없이 무겁게 무겁게 한없이 가라앉아만 갔다.

나는 잘못을 보상할 방법을 전혀 모르는 바는 아니었다. 그에게 연을 주고, 연 띄우기에 찬성하고, 연을 띄우도록 권해서 나도 함께 띄운다. 소리지르고 달리고 웃어 가면서…… 그러나 그땐 이미 그도 나와 마찬가지로 수염이 나 있었다.

또 한 가지, 잘못을 보상하는 방법을 모르는 바는 아니었다. 그에게 용서를 빌자. "저는 그런 것은 아무렇지도 않아요." 이런 말을 하게 한다. 그러면 확실해 내 마음도 가벼워질 것이다. 분명히 이것은 실행 가능성이 있다. 그러던 어느 날 우리가 다시 만났을 때, 서로의 얼굴에는 괴로운 '삶'의 주름살이 늘어 있었다. 내 마음은 무거웠다. 우리는 이럭저럭하다가 어렸을 적 이야기를 하기 시작했다. 나는 이 이야기를 꺼내, 어렸을 땐 참 어리석었다고 말했다. "저는 그런 것은 아무렇지도 않아요." 그가 이렇게 말해 준다면 나는 용서받은 셈이 되므로 마음이 가벼워지리라고 생각했다. 그러나 그는 깜짝 놀라 웃으며 말했다. "그런 일이 있었던가요?" 마치 남의 이야기를 듣고 있는 것 같았다. 그는 아무것도 기억하고 있지 않았다.

까맣게 잊어버려서 털끝만큼의 원한도 없는데 용서가 다 무언가. 원한도 없는데 용서를 한다는 건 거짓이다.

더 무엇을 구하리오? 내 마음은 무거워질 뿐이었다.

지금 또다시 고향의 봄은 이 타향 하늘에 떠 있다. 그것은 나에게 흘러간 지 오래된 어렸을 적 추억을 되살리고, 동시에 걷잡을 수 없는 비애를 돌이키게 한다. 나는 황량한 엄동 속에 몸을 숨기고 싶다…… 그러나 주위는 분명히 엄동이고, 나에게 심한 추위와 냉기를 주고 있다.

아름다운 이야기

등불은 가물가물 흔들리며 석유가 다 떨어졌음을 알린다. 더구나 석유는 질이 좋지 못해 등피가 시커멓게 그을려 침침하다. 여기저기 폭죽 소리가 요란하고 내 주위에는 담배 연기가 자욱하다. 어둡고 침울한 밤이다.

나는 눈을 감고 몸을 뒤로 젖혀 의자 등받이에 기댔다. 《초학기(初學記)》를 든 손은 무릎 위에 놓았다.

몽롱한 가운데 어떤 아름다운 이야기를 보았다.

그 이야기는 아름답고 마음을 끄는 재미가 있었다. 순한 아름다운 사람들과 아름다운 일들이 온 하늘에 비단 구름처럼 얽히고 숱한 유성처럼 날며, 동시에 무한의 저편으로 퍼져 갔다.

전에 거룻배를 타고 산음도(山陰道)를 지나던 일이 아직도 기억에 남은 듯하다. 강의 양쪽 기슭에는 거망옻나무, 올벼, 들풀, 닭, 개, 숲과 고목, 초가집, 절, 농부와 아낙, 시골 처녀, 널려 있는 옷, 승려, 도롱이, 하늘, 구름, 대나무 모두가 파아랗게 해맑은 강물에 거꾸로 그림자를 늘이고 있다.

노를 저을 때마다 그것들이 저마다 눈부신 햇빛을 받고 물 속의 물풀과 고기들과 함께 흔들린다. 그림자와 사물이 모두 떨어져 움직이며 퍼지다가 한데 어울린다. 그리고 한데 어울렸다 싶다간 곧 다시 오므라져 원래대로 돌아간다. 깊은 곳에선 여름 구름처럼 물결이 일고, 햇빛을 아로새겨 수은빛 불꽃을 뿜는다. 내가 지나간 강은 어디라 할 것 없이 다 이러했다.

지금 내가 본 이야기도 이와 같다. 물 속의 푸른 하늘을 바닥으로 하고 모든 사물이 그 위에 교차되어, 하나의 이야기를 아로새겨 끝없이 움직이고 끝없이 퍼져 나가니, 나는 이 이야기의 결말을 볼 수가 없다.

강가 버드나무 밑에 피어 있는 빼빼 마른 접시꽃 몇 송이는 마을 처녀가 심은 것이리라. 붉은 꽃과 알록달록한 붉은 꽃이 하나같이 물 속에서 흔들려 부서졌다가 길어졌다가 하며 한 줄기 연지빛 물을 들인다. 그래도 결코 흐릿해져서 사라져 버리지는 않는다. 초가집, 개, 탑, 시골 처녀, 구름……모두 흔들거린다. 빨간 꽃은 하나하나가 기다랗게 되어 이제는 활발하게 굽이쳐 흐르는 빨간 비단띠가 된다. 띠는 개 속에 아로새겨지고, 개는 구름 속에서 아로새겨지고, 흰 구름은 시골 처녀 속에 아로새겨진다…… 순식간에 그것은 다시 움츠러든다. 그리고 또 알록달록한 붉은 꽃 그림자도 부서졌다 길어졌다 하며, 탑과 시골 처녀와 개와 초가집과 구름 속에 아로새겨진다.

이제야 내가 보는 이야기의 형태가 뚜렷해졌다. 아름답고 마음을 끌며 재미있고 선명하다. 푸른 하늘 위에는 숱한 아름다운 사람들과 아름다운 이야기들이 있다. 나는 그 하나하나를 보고 하나하나를 이해했다.

나는 그것들을 보려고 했다……

내가 그것들을 보려고 깜짝 놀라 눈을 떴을 때, 비단 구름은 이미 구겨지고 엉클어졌으며, 누가 물 속에 돌이라도 던진 듯 별안간 물결이 일어 한 편의 그림자가 산산이 부서졌다. 무의식중에 나는 바닥에 떨어지려는 《초학기》를 얼른 움켜 잡았다. 눈 속에는 아직도 몇 개의 부서진 무지개빛 그림자가 남아 있었다.

나는 진정 이 아름다운 이야기를 사랑한다. 부서진 그림자가 아직도 남아 있을 때, 나는 그것을 되살려 완성해 두어야 한다. 나는 책을 팽개치고 몸을 굽혀 붓을 집어 든다. 그러나 부서진 그림자는 어디 있을까. 어두운 등불이 있을 뿐, 나는 거룻배를 타고 있지 않은 것이다.

그러나 이 아름다운 이야기를 본 것만은 언제까지나 잊지 않으리라. 이렇게 어둡고 침울한 밤에……

나그네

때 : 어느 해질녘
곳 : 어느 곳
등장인물

> **노인**─약 70세. 흰 수염과 흰 머리에 검은 두루마기를 입고 있다.
>
> **소녀**─열 살 가량. 검은 머리에 검은 눈동자. 흰 바탕에 검은 줄무늬가 있는 두루마기를 입고 있다.
>
> **나그네**─40세 정도. 수척하고 고달파 보이는 얼굴이기는 하나 꿋꿋한 표정이다. 깊숙이 가라앉은 눈, 검은 수염, 머리는 헝클어져 있고, 해진 윗도리와 바지를 입고 있다. 맨발에 다 떨어진 신을 신고 있다. 옆구리에 자루를 차고 자기 키만큼 길다란 대나무 지팡이를 짚고 있다.

동쪽은 몇 그루의 잡목과 쓰레기더미. 서쪽은 황량한 덤불. 그 사이로 길 같으면서도 길 같지 않은 길. 조그만 흙집 한 채가 그 길 쪽으로 문이 열려 있다. 문 옆에 고목의 그루터기가 있다.

소녀가 그루터기에 앉아 있는 노인을 부축해 일으키려 하고 있다.

노인 애야, 왜 일으키다 말고 가만히 있냐?
소녀 (동쪽을 보며) 누가 오는 것 같아요. 저기 좀 보세요.
노인 볼 것 없다. 나나 집으로 데려다 다오. 해가 지겠다.
소녀 나…… 가 보고 올래요.
노인 말 좀 듣거라. 날마다 하늘 보고 땅 보고 바람 보고도 못다 봤느냐? 이보다 더 아름다운 것이 또 있을 줄 아느냐? 그런데 넌 누구를 보겠단 말이냐. 해질녘에 나타나는 것은 너한테 해로울 게 뻔해⋯⋯. 자 어서 들어가자.

소녀 바로 저기 왔는 걸요. 어머, 거지야.

노인 거지? 그럴 리가 있나?

나그네, 동쪽 잡목 사이에서 비틀거리며 나온다. 잠시 주저하다가 노인 앞으로 다가온다.

나그네 안녕하세요, 영감님.

노인 네, 어서 오시오.

나그네 영감님, 죄송합니다만 물 한 그릇 얻어먹을 수 없겠습니까? 걷다 보니 어찌나 목이 마르는지. 이 근처엔 못도 웅덩이도 없군요.

노인 그렇게 하구려. 우선 앉으시오. (소녀에게) 애야, 물 한 그릇 떠다 드려라. 그릇을 깨끗이 씻어서, 응?

소녀는 말없이 집으로 들어간다.

노인 앉으시오. 이름이 어떻게 되시오?

나그네 이름요? 모릅니다. 철이 들 무렵부터 외톨이라, 본디 제 이름이 무엇인지도 모릅니다. 걷다 보면 사람들이 제멋대로 부르곤 합니다만, 똑같은 이름은 한 번도 들어 본 적이 없습니다.

노인 흠, 그러면 어디서 오셨소?

나그네 (좀 주저하다가) 모릅니다. 저는 철이 들고부터 늘 이렇게 걷고 있습니다.

노인 흠, 그러면 어디로 가는 길인지 물어봐도 괜찮겠소?

나그네 아무렴요. 하지만 저는 모릅니다. 저는 철이 들고부터 늘 이렇게 걷고 있습니다. 걸어서 어딘가로 가는 거죠. 그곳은 앞쪽에 있습니다. 저는 단지 많은 길을 걸어서 여기 왔다는 것밖에 모릅니다. 저는 지금부터 저쪽 (서쪽을 가리킨다)으로 가렵니다. 저쪽으로요.

소녀가 조심스레 물그릇을 들고 와서 건네 준다.

나그네 (물그릇을 받아 들며) 고마워요, 아가씨. (물을 서너 모금 만에 다 마시고 그릇을 돌려준다) 고마워요, 아가씨, 정말 고마워. 뭐라고 감사를 드려야 할는지.

노인 뭐, 그렇게 고마워할 것도 없소. 별로 대단한 것도 아니니.

나그네 그렇습니다. 그리 대단한 것은 아니죠. 하지만 덕분에 기운을 되찾았어요. 저는 또 길을 가야 합니다. 영감님, 영감님께선 여기서 오래 사셨을 테니, 이 앞이 어딘지 잘 아시겠지요?

노인 이 앞? 앞은 무덤이지.

나그네 (이상하다는 듯이) 무덤요?

소녀 아니에요, 아니에요, 그렇지 않아요. 저기엔 들백합과 들장미가 많이 피어 있어요. 전 늘 놀러 가요, 꽃을 보러 가지요.

나그네 (서쪽을 보고 미소지으며) 맞아요. 저기는 들백합과 들장미가 많이 피어 있지요. 저도 곧잘 놀러 갔었죠. 보러 갔었습니다. 그러나 저건 무덤이에요. (노인을 향해) 영감님, 저 무덤을 지나면 그 앞은요?

노인 그 앞? ……그건 나도 몰라, 난 가 본 일이 없으니까.

나그네 모르세요?

소녀 저도 몰라요.

노인 내가 알고 있는 건 남쪽, 북쪽 그리고 동쪽, 말하자면 당신이 지나온 길, 그 길뿐이오. 그곳은 내가 잘 알지. 당신에게는 가장 좋은 곳일지도 모르오. 주제 넘은 말 같지만 보아하니 당신은 몹시 지친 듯하오. 그러니 되돌아가는 게 좋을 거요. 앞으로 가 봐야, 제대로 갈 수 있을지 원.

나그네 갈 수 있겠느냐고요? …… (생각하다가 갑자기 벌떡 일어선다) 안 됩니다. 가야 합니다. 어디로 되돌아간들 이름 없는 고장이 있습니까? 지주 (地主) 없는 곳이 있습니까? 배척과 음모 없는 곳이 있습니까? 아첨하는 웃음 없는 곳이 있습니까? 헛웃음 없는 곳이 있습니까? 저는 그들을 미워합니다. 저는 되돌아가지 않겠습니다.

노인 그럴 리가 있을라고. 당신을 위해 슬퍼해 주는 진정한 눈물을 만날 수 있을 거요.

나그네 아니, 전 놈들의 진정한 눈물을 보고 싶지 않습니다. 저를 위해 슬퍼해 달라고 하고 싶지도 않습니다.

노인 그렇다면 당신은, (고개를 설레설레 흔든다) 가는 수밖에 없겠지.

나그네 그렇습니다. 저는 가는 수밖에 없습니다. 더구나 목소리가 언제나 앞쪽에서 재촉을 합니다. 부르고 있어요. 도무지 쉬게 해 주질 않죠. 하지만 유감스럽게도 다리가 너무 지쳤습니다. 상처투성이가 되어 피를 많이 흘렸어요. (한쪽 다리를 들어 노인에게 보인다) 그래서 피가 모자랍니다. 전 피를 마시고 싶어요. 하지만 피가 어디 있겠습니까? 게다가 전 아무 피나 먹고 싶지도 않습니다. 그러니까 물을 마셔서 피를 보충하는 수밖에 도리가 없었던 거죠. 물만은 어디로 가나 있으니까요. 그래도 기력이 약해지고 말았습니다. 핏속에 물이 너무 많이 섞인 탓이겠지요. 오늘은 종일토록 물웅덩이 하나 만나지 못했습니다만, 그건 조금밖에 걷지 않았기 때문이겠지요.

노인 꼭 그런 것만도 아니겠지. 해가 졌으니 좀 쉬는 게 어떻겠소, 나처럼.

나그네 하지만 저 앞쪽에서 목소리가 곧장 가라고 하는 걸요.

노인 알고 있소.

나그네 알고 계시다고요? 저 목소리를 아십니까?

노인 그렇소. 그 목소리는 전에 나를 부르던 목소리와 똑같소.

나그네 그 목소리가 지금 저를 부르는 저 목소리였단 말입니까?

노인 그건 모르겠소. 두세 번 불렀는데 내가 상대를 안 했더니 다시는 부르지 않더군. 그 뒤에는 잊어버리고 말았소.

나그네 아하, 상대를 안 하셨다…… (생각에 잠기다가 갑자기 놀란 듯이 귀를 기울이며) 안 되겠어. 역시 가야겠습니다. 쉴 수는 없습니다. 유감스러운 점은 다리가 지쳤다는 것뿐입니다. (떠날 차비를 한다)

소녀 이걸 드릴게요. (헝겊을 하나 주며) 상처를 싸매세요.

나그네 고마워요. (받으며) 아가씨, 정말…… 정말 고마워. 이걸 쓰면 더 많이 걸을 수 있겠지. (벽돌 조각을 깔고 앉아 헝겊으로 복사뼈를 싸매려 한다) 안 되겠어! (일어선다) 아가씨, 도로 주겠어. 역시 싸맬 수가 없군. 그리고 이 호의를 어떻게 갚아야 할지 모르겠군요.

노인 뭐, 그렇게 감사해 할 것도 없소. 당신에겐 그리 대단한 일이 못 될 테니까.

나그네 그렇습니다. 저에겐 대단한 일이 못 됩니다. 하지만 제게는 더할 수 없이 큰 자비입니다. 보십시오. 제 몸 어느 구석에 그런 것이 있습니까.

노인　거 너무 그러지 마시오.

나그네　그렇습니다. 하지만 저로선 그러지 않을 수 없습니다. 전 불안해서 견딜 수가 없습니다. 만약 제가 누구에게 동정을 받는다면 마치 콘도르 (맹금류 가운데/가장 큰 새)가 송장을 발견한 것처럼, 그 부근을 돌아다니며 그 사람의 멸망을 제 눈으로 보고자 원하게 되지나 않을까 싶어서요. 혹은 또 그 사람만 빼놓곤 모두 멸망하도록 저주를 하게 되지나 않을까 싶어서요. 모두 말입니다. 저 자신을 포함해서 말입니다. 왜냐고요. 전 마땅히 저주를 받아야 할 몸이니까요. 하지만 제겐 아직 그만 한 힘이 없습니다. 비록 그럴 힘이 있다 할지라도 그 사람들이 그런 처지에 빠지기를 원치 않습니다. 왜냐하면 그 사람들은 그런 처지를 바라지 않을 테니까요. 이렇게 하는 것이 가장 옳다고 전 생각합니다. (소녀를 보고) 아가씨, 이 헝겊이 참 좋기는 한데 너무 작아서 도로 돌려 주겠어.

소녀　(깜짝 놀라며 뒤로 물러선다) 필요 없어요. 갖고 가세요.

나그네　(빙긋 웃으며) 음, 그래…… 내가 한 번 만졌기 때문에 그러는 거지?

소녀　(고개를 끄덕이며 자루를 가리킨다) 거기다 넣어가지고 가세요.

나그네　(실망하여 뒤로 물러선다) 하지만 이걸 짊어지고 어떻게 가지?

노인　쉬지 않으니까 짊어질 수가 없지. 조금만 쉬면 그런 건 아무것도 아닐 텐데.

나그네　그렇습니다. 쉬기만 하면…… (가만히 생각하다가 갑자기 놀란 듯이 귀를 기울인다) 안 되겠습니다. 역시 가야겠습니다.

노인　아무래도 쉬지 않겠단 말인가?

나그네　쉬고 싶습니다.

노인　그렇다면 잠시 쉬었다 가구려.

나그네　하지만 전…….

노인　역시 가야 하겠소?

나그네　네, 역시 가야겠습니다.

노인　그렇다면 가는 게 좋겠지.

나그네　(허리를 펴며) 그럼 안녕히 계십시오. 진심으로 감사드립니다. (소녀에게) 아가씨, 이걸 돌려 줄테니 받아요. (소녀는 놀라서 손을 빼며 집 안으로

들어가려고 한다)

노인 갖고 가시오. 가다가 무겁거든 아무 데나, 묘지에라도 버리면 되잖소.

소녀 (앞으로 나서며) 아녜요, 그러심 안 돼요.

나그네 암. 안되고말고요.

노인 그렇다면 들장미나 들백합을 덮어 주는 게 좋겠지.

소녀 (손뼉을 치며) 호호, 그게 좋겠군요.

나그네 음, 음…….

잠시 침묵한다.

노인 그럼 잘 가오. (일어나 소녀에게) 얘야, 나를 집 안으로 데려다 다오. 저것 봐라. 그만 해가 저 버렸구나. (문쪽으로 몸을 돌린다)

나그네 고맙습니다. 안녕히 계십시오. (생각에 잠겨 왔다갔다 하다가 갑자기 놀란 듯이) 아냐, 나로서는 어쩔 수 없어. 가야만 해. 역시 가는 게 좋아…… (곧 머리를 들고 서쪽을 향해 걸어간다)

소녀는 노인을 부축해 집 안으로 들어가서 문을 닫는다. 나그네는 비틀거리며 들판으로 걸어간다. 밤이 그의 등뒤로 다가간다.

죽은 불꽃

나는 꿈 속에서 빙산 사이를 달리고 있었다. 그것은 거대한 빙산이었다. 위쪽은 얼어붙은 하늘에 이어져 있고 하늘 위에는 고기 비늘을 포개 놓은 듯 얼어붙은 구름이 잔뜩 끼여 있었다. 기슭에는 얼어붙은 숲이 있었는데 가지와 잎은 침엽수 같았다.

모든 것이 냉랭하고 창백했다.

그러다가 갑자기 나는 얼음 골짜기 속으로 추락했다.

아래위 옆이 모두 냉랭하고 창백했다. 창백한 얼음 위에 수없이 붉은 그림자가 산호수처럼 얽혀 있었다. 발 아래를 내려다보니 불꽃이 있었다.

그것은 죽은 불꽃이었다. 불꽃 모양을 하고는 있으나 전혀 움직이지 않고 모두가 얼어붙어 있어서 산호와 같았다. 특히 끄트머리에는 응고된 검은 연기까지 붙어 있었다. 불타고 있는 집에서 갓 나왔기 때문에 메말라 있는 것 같았다. 이렇게 여기저기 얼음벽에 비치고, 서로 비쳐서 숱한 그림자가 되어 이 얼음 골짜기를 붉은 산호빛으로 물들이고 있었다.

핫핫핫……

나는 어렸을 때 쾌속정이 일으키는 물결과 용광로가 내뿜는 불꽃을 보고 싶어했다. 보고 싶어했을 뿐만 아니라 분명하게 확인하고 싶어 견딜 수가 없었다. 그러나 유감스럽게도 그것들은 시시각각으로 변화해서 오래도록 형태가 고정되지 않았다. 아무리 바라보아도 일정한 형태가 되지는 않았다.

죽은 불꽃이여, 이제야 너를 잡았다.

나는 죽은 불꽃을 집어 들었다. 자세히 살펴보려고 했으나 그 냉기가 내 손가락을 태웠다. 나는 꾹 참고 그것을 주머니에 넣었다. 얼음 골짜기 주위는 순식간에 창백해졌다. 나는 한편으로 얼음 골짜기를 빠져 나올 방법을 궁리했다.

내 몸에서 한 줄기 검은 연기가 쏟아져 나와 철사로 된 뱀처럼 피어올랐다. 얼음 골짜기 주위는 또다시 붉은 불꽃의 흐름이 되어 봄바다같이 나를 에워쌌다. 고개를 숙여 아래를 보니 죽은 불꽃이 타오르기 시작하여 내 옷을 다 태우고 얼음 위로 흐르고 있었다.

"오, 친구! 자네 체온으로 나를 깨워 주었군."

그는 말했다.

나는 어리둥절해서 그에게 인사를 했다. 그리고 그의 이름을 물었다.

"오래전 사람들은 날 이 얼음 골짜기에 버렸지."

그는 물음에는 대답하지 않고 말했다.

"나를 버린 녀석은 이미 멸망해 사라져 버렸네. 나는 지금 꽁꽁 얼어서 다 죽어 가던 참이야. 자네가 열을 줘서 다시 타오르게 해 주지 않았던들 하마터면 나도 멸망할 뻔했어."

"자네가 깨서 나도 반갑네. 난 방금 얼음 골짜기를 빠져 나갈 방법을 궁리하던 참이야. 자네를 데리고 가서 영원히 얼지 않고 타오르도록 해 주고 싶은데."

"아아! 그러면 나는 다 타 버리고 말 거야!"

"자네를 다 타 버리게 할 수야 없지. 그렇다면 역시 자네를 두고 가는 수밖에 없겠군."

"아아! 그러면 나는 얼어서 죽어 버릴 거야!"

"그럼 어떻게 하면 좋을까?"

"그런데 자넨 어떻게 할 작정인가?"

그는 반문했다.

"방금 말하지 않았나. 얼음 골짜기를 빠져 나가고 싶다고……."

"그렇다면 나는 타 버리기로 하지."

그는 금방 벌떡 일어나더니 붉은 혜성처럼 나와 함께 얼음 골짜기를 뛰쳐 나갔다. 별안간 커다란 돌 수레가 달려와 나는 그만 그 수레바퀴에 깔려 죽었다. 그러나 죽기 전에 그 수레가 얼음 골짜기 속으로 추락하는 것을 목격할 틈은 있었다.

"핫핫핫! 너희는 이제 다시 죽은 불꽃을 만날 수 없다."

나는 이렇게 되기를 바라기라도 한 것처럼 회심의 미소를 지으며 말했다.

개의 반박

나는 꿈에 골목길을 걷고 있었다. 옷도 신도 다 떨어져서 거지 같았다.

개 한 마리가 뒤에서 짖어 댔다.

나는 거만하게 돌아보며 소리쳤다.

"쯧! 가만 못 있겠나, 권세에 아첨하는 이 개새끼야!"

"헷헷."

개는 웃었다. 그리고 말을 이었다.

"천만의 말씀, 그래도 사람보단 덜합니다요."

"뭐라고?"

나는 버럭 화를 냈다. 심한 모욕이라고 생각했던 것이다.

"부끄러운 일이지만, 전 아직도 구리와 은을 구별할 줄 모릅니다. 그리고 무명과 비단도 구별 못하고요. 게다가 관리와 서민도 구별 못하고 주인과 종도 구별 못합니다. 그리고……."

나는 달아났다.

"잠깐만 기다리세요. 아직도 드릴 말씀이……."

개는 뒤에서 큰 소리로 불렀다.

나는 정신없이 달렸다.

힘껏 달렸다.

달리고 달려 겨우 꿈에서 빠져 나오고 보니 내 침상에 누워 있었다.

잃어버린 좋은 지옥

나는 꿈에, 침상에 누운 채 황량한 들판의 지옥 옆에 있었다. 모든 망자(亡者)들의 외침 소리는 희미하나마 질서가 있었다. 그 소리는 성난 불꽃 소리, 기름 끓는 소리, 쇠갈퀴 부딪치는 소리와 한데 어울려 마음을 황홀하게 만드는 대교향악이 되어, 지하의 태평을 삼계(三界)에 알리고 있었다.

거구의 한 장부가 내 앞에 섰다. 잘생기고 인자해 보였으며 온몸에서 눈부신 빛이 났다. 그러나 나는 그가 마귀임을 알아챘다.

"모든 것은 다 끝났다. 모두 '불쌍한 망자들은 그 좋은 지옥을 잃었다."

그는 비분해서 말했다. 그리고 주저앉더니 그가 알고 있는 이야기를 나에게 들려 주었다.

"하늘과 땅이 벌꿀 빛깔이었을 무렵, 즉 마귀가 천사와 싸워 이겨서 모든 것을 지배할 힘을 틀어쥐고 있을 무렵, 그는 천국을 다스리고 인간 세계를 다스리고, 또 지옥을 다스렸다. 이리하여 그는 지옥에 군림하여 한가운데 자리하고 앉아 온몸에서 눈부신 빛을 발하며 모든 망자들을 통솔했다.

지옥은 이미 타락한 지 오래였였다. 칼날 숲은 빛을 잃었고 기름 늪은 끓지 않은 지 오래되었다. 불바다도 이따금씩만 연기를 뿜을 뿐이었다. 먼 곳에는 연꽃까지 피어 있었다. 그 꽃은 애처롭도록 조그만 푸른 꽃이었다. 그럴 수밖에 없는 것이, 지상은 오래 전에 깡그리 타 버려서 그 비옥함을 잃어 버렸으므로.

망자들은 찬 기름과 따뜻한 불 속에서 눈을 떴다. 그들은 마귀의 눈부신 빛으로 지옥꽃의 애처롭도록 푸른 빛을 보고 몹시 매혹된 나머지 그만 인간 세계를 생각해 냈다. 그리고 여러 해를 두고 묵상한 끝에 마침내 인간 세계를 향해 지옥에 저항하는 소리를 외쳐 대기 시작했다.

이리하여 인류는 이 소리를 듣고 일어섰으며 정의에 따라 서약을 하고 마귀와 싸웠다. 천둥 소리보다 더 요란한 칼과 창 소리가 삼계에 가득 찼다.

마침내 대모략을 꾸미고 완전히 포위해서 마귀로 하여금 어쩔 수 없이 지옥 밖으로 도망하게끔 만들어 버렸다. 최후의 승리는 지옥문에 인류의 깃발을 올린 일이었다.

망자들이 일제히 환호성을 지를 때 지옥의 질서를 바로잡을 인류의 사자는 이미 지옥에 군림하여 한가운데 자리하고 앉아, 인류의 위엄으로써 모든 망자들을 질타했다.

망자들이 또다시 지옥을 쳐부수자고 부르짖었을 때, 이미 그들은 인류의 반역자가 되어 있었다. 그들은 영원히 벗어나지 못할 벌을 받고, 칼날 숲 한 가운데로 옮겨졌다.

이리하여 인류는 지옥을 지배할 힘을 완전히 틀어쥐었고, 그 위세는 마귀를 뛰어넘었다. 이리하여 인류는 타락한 지옥을 바로잡은 뒤 아방(阿傍 : 불교 전설에 나오는 소 머리에 사람 몸을 한 지옥의 잡귀)에게 가장 많은 녹봉을 주었다. 그리고 또 장작불을 지피고 칼을 갈아 날을 세워서 지옥의 면목을 새롭게 하고 종전의 퇴폐적인 분위기를 말끔히 없애 버렸다.

연꽃은 눈 깜짝할 새에 타 버렸다. 기름은 또다시 끓어오르고 칼날도 다시 날카로워졌으며, 불 또한 다시 타올라 망자들은 새로이 신음하고 뒹구느라고 잃어버린 좋은 지옥을 생각해 낼 겨를조차 없어졌다.

이것이 바로 인류의 성공이고 또한 망자의 불행이다⋯⋯.

친구여, 자네는 나를 의심하고 있다. 그렇지, 자네는 사람이었어! 자, 나도 야수와 악귀를 찾아가야지⋯⋯."

묘비명

나는 꿈에 묘비 앞에 서서 거기 새겨진 글을 읽고 있었다. 그 묘비는 사암(砂岩)으로 만들어졌는지 벗겨진 데가 많고 또 이끼가 잔뜩 끼어 있어 몇 군데밖에 알아볼 수가 없었다.

"……미친 듯이 날뛰며 큰 소리로 노래하다가 감기에 걸려 천상에서 심연을 보았도다. 모든 무소유를 눈으로 보고 희망 없는 곳에서 구원을 얻었노라……."

"……떠돌던 한 영혼이 변하여 긴 뱀이 되었는데, 입 안에 독니가 있었도다. 사람을 물지 않고 스스로 그 몸을 깨물어 마침내 죽었노라."

"가거라……."

나는 묘비 뒤로 돌아가 보았다. 형식적인 무덤이 있었으나 잔디도 없고 허물어져 있었다. 그 허물어진 구멍으로 시체가 보였다. 가슴도 배도 갈라졌는데 속에는 내장이 없었다. 그러나 얼굴에는 슬프거나 즐거운 표정이 조금도 없고 다만 뭉게뭉게 피어오르는 연기 같았다.

나는 무섭고 의심스러워서 몸을 돌렸는데, 그때 묘비 뒷면에 남은 글귀가 눈에 띄었다.

"……심장을 도려내어 직접 먹어보고 그 참맛을 알고자 하였도다. 아픔이 너무 혹독하여 참맛 같은 것을 알지 못했노라……."

"……아픔이 가라앉은 뒤 천천히 이를 먹었도다. 그러나 그 심장은 이미 썩어 참맛을 알 길이 없었노라……."

"……나에게 대답하라. 그렇지 않을진대 떠나가거라……."

나는 떠나가려고 했다. 그러나 시체는 이미 무덤 속에 앉아 입을 놀리지 않고 말했다.

"내가 먼지로 변할 때 너는 내 미소를 보리라."

나는 달렸다. 뒤돌아보지도 않았다. 그가 쫓아오는 것을 보기가 무서웠기 때문에.

허물어진 선(線)의 떨림

꿈에 꿈을 꾸고 있었다. 내가 있는 곳은 분명치 않으나, 밤중에 문을 닫은 오두막집 내부가 눈에 보였다. 그러나 또 지붕의 지부지기가 무성해 있는 숲도 보였다.

책상 위 등잔에는 깨끗이 닦은 등피가 끼여 있어 방 안을 밝게 비추고 있었다. 불빛 속 헌 침대 위에 생전 처음 보는, 머리를 산발한 다부진 살덩이가 있었다. 그 밑에 쇠약해서 움츠러든 몸뚱이가 기아와 고통과 경이와 치욕과 환희 때문에 떨고 있었다. 늘어지긴 했으나 아직도 고운 피부가 윤기를 띠고, 창백한 두 뺨에는 붉은 빛이 돌아 마치 납에다 연지를 찍은 것 같았다.

등잔불도 어리둥절해서 오므라들었다. 동녘은 이미 훤해져 가고 있었다.

그러나 하늘에는 아직도 기아와 고통과 경이와 수치와 환희의 물결이 일고 있었다……

"엄마!"

두 살 난 계집아이가 문 여닫는 소리에 눈을 뜨고 거적을 둘러친 방 한쪽 구석에서 울었다.

"벌써 깼니, 더 자거라."

여인은 당황해서 말하였다.

"엄마, 배고파. 배가 아파. 오늘은 먹을 것 좀 있어?"

"그래, 오늘은 먹을 게 있다. 곧 소병(燒餠 : 불에 구운 떡) 장수가 오거든 엄마가 사 줄게."

여인은 한시름 놓은 듯이 말하고는 손바닥의 작은 은덩이를 꼬옥 쥐었다. 그 가느다란 목소리는 슬픈 듯이 떨리고 있었다. 그녀는 구석 쪽으로 다가가 딸을 안아 올려서는 거적을 밀어젖히고 헌 침대로 옮겼다.

"아직 시간이 이르니 좀더 자거라."

이렇게 말하면서 눈을 들었으나 호소할 곳도 없다는 듯이 뚫어진 지붕 위의 하늘을 쳐다보았다.

하늘에는 갑자기 다른 또 하나의 거대한 물결이 일었다. 앞 물결과 부딪쳐 빙빙 돌며 소용돌이를 쳤다. 나와 함께 모든 것을 삼켜 버려서 입도 코도 숨을 쉬지 못하게 되었다.

나는 가위에 눌려 눈을 떴다. 창 밖은 온통 은색 달빛으로 가득했다. 아직 새벽이 되기에는 이른 것 같았다.

내가 있는 곳은 분명치 않았으나, 한밤중 문을 닫은 오두막집 내부가 눈에 보였다. 계속 꿈을 꾸고 있음을 알았다. 그러나 꿈 속의 연대(年代)에는 오랜 세월의 격차가 있었다. 오두막집의 안팎은 깔끔하게 정돈되어 있었다. 집 안에서는 젊은 내외와 아이들이 경멸과 원망 섞인 말투로 다 늙어 빠진 노파를 몰아 세우고 있었다.

"우리가 체면이 서지 않는 것도 다 장모님 때문이에요."

남편은 투덜투덜 화를 내며 말했다.

"장모님은 집 사람을 키운 줄로 아시겠지만, 사실은 저 사람을 고생시킨 것뿐이에요. 차라리 어렸을 때 굶겨 죽이는 게 나았지."

"내 인생을 망친 것도 어머니 때문이에요."

아내가 말했다.

"나까지 덩달아 고생을 시키고 말이야."

남편이 말했다.

"저 애들까지 고생이지 뭐예요."

아내가 아이들을 가리키며 말했다.

마른 갈대 줄기를 가지고 놀던 아이가 이때 그것을 진짜 칼처럼 홱 쳐들어 큰 소리로 말했다.

"죽여 버려!"

입술을 떨고 있던 노파는 갑자기 흠칫했으나 곧 평정을 되찾았다. 한참 뒤 그녀는 앙상한 석상처럼 조용히 일어섰다. 판자문을 열고 깊은 밤 속으로 발을 내디뎠다. 모든 냉매와 독소를 등 뒤에 남겨 두고.

그녀는 발길 닿는 대로 깊은 밤 속을 걸어나가 끝없는 황야로 나갔다. 주위는 모두가 황야였다. 머리 위에는 높은 하늘뿐이고, 벌레 한 마리, 새 한 마리도 날지 않았다. 그녀는 벌거숭이로 석상처럼 황야 복판에 섰다. 눈 깜짝할 사이에 지나간 모든 일들이 눈앞에 나타났다. 기아, 고통, 경이, 수치, 환희, 그리고 떨림. 고생, 신세 망친 자, 덩달아 고생하는 자, 그리고 경련. 죽여 버려! 그리고 평정…… 다음 순간, 모든 것이 합쳐졌다. 집착과 결별, 애무와 복수, 양육과 배척, 축복과 저주가…… 이리하여 그녀는 두 팔을 힘껏 하늘로 뻗쳤다. 그 입술에서는 사람과 짐승의, 인간 세계에 존재하지 않기 때문에 말이 되지 않는 말이 새어 나왔다.

말 아닌 말을 입에 담았을 때, 그녀의 석상같이 위대한, 그러나 이미 황폐해져서 허물어진 온몸이 떨렸다. 그 떨림은 점점이 고기 비늘처럼, 그 비늘 하나하나가 맹렬한 불길에 끓는 물처럼 꿈틀거렸다. 하늘에도 곧 같은 떨림이 일어났는데, 마치 폭풍우에 휩쓸리는 거친 바다의 파도 같았다.

이리하여 그녀는 눈을 들어 하늘을 보았다. 말 아닌 말마저 이제는 침묵했다. 다만 떨림만은 햇빛처럼 방사하며 순식간에 하늘의 물결을 휘몰아쳐 회오리바람을 만난 것처럼 끝없는 황야에서 들끓게 하였다.

나는 가위에 눌렸다. 가슴에 손을 얹고 있기 때문임을 알고 있었다. 나는 꿈 속에서 온 힘을 다하여 그 터무니없이 무거운 손을 떨쳐 내려고 했다.

견해를 세우는 방법

나는 꿈에, 초등학교 교실에서 글을 짓기 위해 선생님께 견해를 세우는 방법을 물었다.

"어렵구나."

선생님은 안경 너머로 나를 흘끔 보며 말했다.

"이런 이야기가 있단다. 어느 집에 아들이 태어나서 온 집안 식구들이 기뻐 어쩔 줄 몰랐대. 한 달째 되던 날 안고 나와서 손님들에게 보였지. 물론 좋은 소리를 듣고 싶어서였어.

한 사람은 말했어. '이 아이는 장래에 부자가 될 것입니다.' 이리하여 그는 고맙다는 말을 들었지.

한 사람은 말했어. '이 아이는 장래에 관리가 될 것입니다.' 이리하여 그 사람도 고맙다는 말을 들었지.

또한 사람은 말했어. '이 아이는 장차 죽을 것입니다.' 그 사람은 온 집안 식구들로부터 매를 맞았단다.

죽는다고 한 것은 당연한 말이지만 부자가 된다고 한 것은 거짓말일지도 몰라. 그러나 거짓말을 한 사람은 좋은 대접을 받고 당연한 말을 한 사람은 매를 맞지. 너는……."

"저는 거짓말은 하기 싫고 매도 맞고 싶지 않아요. 선생님, 저는 뭐라고 말하면 좋을까요?"

"그렇다면 너는 이렇게 말하는 수밖에 없겠지. '아이구 아이구, 이 아이는 어쩌면 야아…… 하하하, 허허, 헤헤헤'"

죽은 뒤

꿈에서 나는 길바닥에 죽어 있었다.

거기가 어딘지, 어떻게 거기로 갔는지, 왜 죽었는지, 나는 전혀 몰랐다. 요컨대 내가 죽었다는 것을 알았을 때는 이미 거기에 죽어 있었던 것이다.

까치 울음소리가 들리고, 이어서 까마귀 소리가 한바탕 들렸다. 흙 냄새가 조금 섞여 있기는 하나 공기는 상쾌했다. 아마 새벽이었을 것이다. 나는 눈을 뜨려 했으나 전혀 내 눈이 아닌 것처럼 까딱도 하지 않았다. 그래서 손을 들려고 했으나 이것도 역시 마찬가지였다.

공포의 칼날이 별안간 내 심장을 찔렀다. 아직 살아 있을 무렵, 장난으로 이런 생각을 해 본 일이 있었다. 만약 사람의 죽음이라는 것이 단순한 운동신경의 죽음일 뿐 지각은 남아 있다고 한다면, 그것은 온전한 죽음보다도 더 무서운 일이 아니겠는가. 한데 이를 어쩌랴. 나의 예상은 마침내 들어맞고 말았다. 더구나 내 자신이 그 예상을 증명하고 있다니.

발소리가 들렸다. 길을 가고 있는 모양이었다. 외바퀴 수레가 내 머리 옆을 지나갔다. 짐이 무거운지 삐거덕거리는 통에 짜증이 나서 이빨까지 쑤시는 것 같았다. 눈에 붉은 빛이 느껴졌다. 해가 솟은 것은 분명했다. 그렇다면 내 얼굴은 동쪽을 향해 있는 셈이었다. 그러나 그런 것은 아무래도 상관없었다. 웅성웅성 떠드는 소리. 구경꾼들 소리였다. 흙먼지를 차서 그 먼지가 콧구멍에 들어오는 통에 나는 재채기가 나려고 했다. 그러나 실제로 하지는 못했다. 마음 속으로 그렇게 느낄 따름이었다.

연달아 발소리가 이어졌다. 모두 가까이 와서 멈추었다. 또다시 많은 속삭임소리가 일어났다. 구경꾼들이 늘어난 것이다. 갑자기 나는 그들의 논쟁을 들어 보고 싶은 마음이 들었다. 동시에 이런 생각도 들었다. 나는 생전에 비평이란 비웃을 값어치도 없다고 공언했었는데, 그것은 본심으로 한 말이 아닌 듯하다고. 이유인즉 죽고 보니 당장 마각(馬脚)이 드러났기 때문이다.

그러나 좌우간 들어 보았다. 결국 결론은 얻지 못했지만. 요컨대 종합해 보면 이러했다.

"죽었다……."

"음…… 그래……."

"흥……."

"쯧…… 허어……."

나는 매우 유쾌했다. 왜냐하면 아는 사람의 목소리는 처음부터 끝까지 전혀 듣지 못했기 때문이다. 만약 그렇지 않았더라면 나는 그들을 슬프게 만들든가 기쁘게 만들든가 혹은 그들에게 식후의 잡담 화제를 주어 귀중한 시간을 낭비하게 만들었을 것이기 때문이다. 모두 유감스러운 일이다. 그런데 지금 아무도 발견하지 않았으니까, 영향을 받을 사람은 아무도 없는 것이다. 됐다, 이만하면 사람들에게 체면이 선다.

그런데 개미 한 마리가 기어 가는지 등이 가려워서 견딜 수가 없었다. 꼼짝도 하지 못하니 개미를 몰아낼 능력도 이제는 없었다. 살았을 때 같으면 몸을 조금만 뒤틀어도 털어 버릴 수 있었을 텐데. 그런데 넓적다리에도 또 한 마리가 기어 갔다. 이게 웬일일까. 이놈의 벌레들!

사태는 더 악화되었다. 붕 하는 소리가 나더니 파리 한 마리가 광대뼈에 앉았다. 몇 걸음 기다가 훌쩍 날아 입을 벌리고 내 코끝을 핥았다. 나는 괴로워하며 이렇게 생각했다.

'그대여, 나는 위인도 아무것도 아닌데, 구태여 내 몸에 와 토론의 재료를 찾을 것까진 없지 않소이까!'

그러나 입에 올려 말을 할 수는 없었다. 그는 이번에는 코끝에서 날아내려 차가운 혀로 내 입술을 핥았다. 애정을 표시하려고 그러는 것인지는 모르겠지만. 그 밖에도 여러 마리가 눈썹에 모여들었다. 한 발 한 발 길 때마다 나의 털이 흔들렸다. 참으로 귀찮아 견딜 수가 없었다…… 어쩔 줄을 모르겠다.

갑자기 바람이 획 불어 와서 무언가가 얼굴을 덮었다. 파리들은 일제히 날아갔다. 날아가면서 말했다.

"아까운데……."

나는 화가 치밀어 눈앞이 아찔할 정도였다.

목재를 땅에 던지는 둔중한 소리가 바닥의 진동과 더불어 갑자기 나를 깨웠다. 이마에 거적의 올이 느껴졌다. 그러나 그 거적은 금방 들쳐지고 곧 뜨거운 햇볕이 느껴졌다. 이렇게 말하는 사람 소리가 들렸다.

"하필이면 왜 여기서 죽었을까……."

그 목소리는 바로 내 옆에서 났다. 허리를 굽히고 있기 때문일 것이다. 그러면 사람은 대체 어디서 죽어야 한단 말인가. 나는 전에 비록 사람이 지상에서 뜻대로 살 권리는 없을지라도, 뜻대로 죽을 권리만은 있으리라 믿었다. 이제야 비로소 그렇지 않음을, 여러 사람 뜻에 맞추기란 어려움을 알았다.

유감스럽게도 나는 붓과 먹을 잃은지 오래였다. 비록 잃지 않았다손 치더라도 쓸 수가 없었다. 또 쓴다 하더라도 발표할 곳도 없었다. 이대로 내버려 두는 수밖에는 도리가 없었다.

누군가가 와서 나를 들어 올렸다. 누군지 모르겠다. 칼집 소리가 들렸다. 순경이 보기에도 내가 '여기서 죽어서는 안 될' 곳에 있는 모양이었다. 나는 몇 번인가 엎치락뒤치락 당한 끝에 위로 들어 올려졌다가 다시 내려놓여진 것 같았다. 그러더니 뚜껑을 덮고 못질하는 소리가 들렸다. 그런데 이상하게도 못은 두 개밖에 박지 않았다. 여기서는 관에 못을 두 개밖에 박지 않는 것일까?

이제는 육면(六面)의 벽속에 갇힌 데다 못까지 박혀 버렸구나 하는 생각이 들었다. 정말 완전한 실패다. 나무아미타불…….

'답답하구나…….'

나는 또 생각했다.

그러나 사실 전보다 훨씬 덜 귀찮았다. 이미 파묻혀 버렸는지 어떤지는 잘 몰랐지만. 손 등에 거적 올이 닿았다. 이 수의도 나쁘지 않다는 생각이 들었다. 다만 누가 돈을 치러 주었는지, 그것을 모르는 게 유감이었다.

좌우간 미운 것은 날 관에 넣은 놈들이었다. 등 쪽 옷이 구겨졌는데도 펴 주질 않아서 몹시 배겼다. 죽은 자는 모를 줄 알고 아무렇게나 한 거겠지. 하하하!

내 몸은 살았을 때보다 훨씬 더 무거워진 모양이었다. 그래서 옷이 더 심하게 배겨 불쾌했다. 그러나 이것도 머잖아 길이 들든가, 아니면 썩어서 더는 귀찮아질 일도 없어지겠지. 지금은 역시 가만히 묵상하고 있는 편이 나을 것 같았다.

"안녕하십니까! 죽었습니까?"

귀에 익은 목소리였다. 눈을 떠보니 발고재(勃古齋) 고서점의 사환이 아니겠는가. 벌써 20년이 넘게 못만났는데 여전히 옛모습 그대로였다. 나는 또 육면의 벽을 보았다. 사실 너무 엉성했다. 전혀 대패질도 하지 않은 것처럼 톱 자국이 그대로 남아 있었다.

"걱정하실 것 없습니다. 염려 마세요."

이렇게 말하며 그는 짙은 감색 무명 보자기를 끌렀다.

"이것은 명나라 판(版) 《공양전(公羊傳)》입니다. 가정(嘉靖)의 흑구본(黑口本)이죠. 이걸 드릴테니 받아 두십시오. 이것은……."

"여보게, 자네"

나는 이상히 여기고 그의 눈을 보며 말했다.

"자넨 머리가 좀 이상해진 게 아냐? 날 좀 보란 말이야. 이래가지고 명나라 판이고 뭐고 어떻게 읽는단 말인가."

"읽을 수 있어요. 염려 마세요."

나는 곧 눈을 감았다. 그가 귀찮았기 때문이다. 한참 있으니 목소리가 들리지 않았다. 아마 돌아가 버린 모양이었다.

그러자 이번에는 또 개미 한 마리가 목덜미에 기어오른 듯했다. 나중에는 얼굴로 기어올라와서 눈 가장자리를 빙글빙글 돌았다.

뜻밖에도 사람의 사상은 죽고 나서도 변할 수가 없는 모양이다. 갑자기 어떤 힘이 내 마음의 평안을 깨뜨렸다. 그와 동시에 많은 꿈이 생생하게 떠올랐다.

몇몇 벗은 나의 죽음의 평안을 축복하고, 몇몇 원수는 나의 멸망을 축복했다. 그러나 나는 결국 편안하지도 못하고 멸망도 하지 않은 채 어중간하게 살아, 어느 쪽의 기대에도 따를 수가 없었다.

지금은 비록 그림자처럼 죽어 버렸지만 원수에겐 알리지 말도록 하여, 그들에게는 아무리 적은 것이라도 공짜 기쁨은 나누어 주지 않으리라.

유쾌한 나머지 나는 울음이 복받쳐 오를 것 같았다. 그것은 아마 내가 죽고나서 처음 흘리는 눈물일 것이다.

그러나 끝내 눈물은 흐르지 않았다. 단지 눈 앞에서 불꽃이 튀는 것을 보는 듯한 기분이 들 뿐이었다. 이리하여 나는 꿈에서 깨어났다.

이런 전사(戰士)

만약 이런 전사(戰士)가 있다면—

몽매하기가 아프리카 토착민 같으면서도 반짝이는 모젤총을 메고 있는……… 그런 전사가 아니다. 지친 몸과 마음이 중국 녹영병 같으면서도 권총을 차고 있는…… 그런 전사도 아니다. 그는 소가죽이나 버려진 쇠붙이로 만든 갑옷과 투구를 의지하지 않는다. 오직 맨몸으로 야만인이 쓰는 손에 익은 창을 하나 갖고 있을 뿐이다.

그는 형태 없는 싸움터로 들어간다. 만나는 사람마다 한결같이 그에게 절을 한다. 그는 그 절이 적의 무기임을 알고 있다. 사람을 죽여도 피를 흘리게 하지 않는 무기임을. 많은 전사들이 그 때문에 몸을 망쳤다는 것을. 포탄과 마찬가지로 용사들로 하여금 힘을 쓰지 못하게 하는 병기임을.

적들의 머리 위에는 온갖 깃발이 있고 온갖 훌륭한 이름이 새겨져 있다. 자선가, 학자, 문인, 부자, 청년, 신사, 군자…… 머리 밑에는 온갖 외투가 있고 온갖 훌륭한 무늬가 새겨져 있다. 학문, 도덕, 국수(國粹), 민의(民意), 논리, 정의, 동방 문명…….

그러나 그는 창을 든다.

그들은 하나같이 입을 모아 맹세한다. 우리의 심장은 가슴 한복판에 있다, 심장이 옆구리에 있는 다른 인류와는 다르다라고. 그들은 모두 가슴에 호심경(護心鏡 : 갑옷 가슴 쪽에 호신용 으로 붙이던 구리 조각)을 달고 있다. 스스로 심장이 가슴 한복판에 있다고 믿는 증거로서.

그러나 그는 창을 든다.

그는 미소짓는다. 옆구리를 노리고 창을 던진다. 그러나 그들의 심장 한복판을 꿰뚫는다.

모든 것이 땅 위에 쓰러진다. 그러나 하나의 외투만이 남는다. 그 속은 텅 비었다. 형태 없는 것은 이미 달아나 승리를 거둔다. 왜냐하면 이때 그는 자선가들을 살해한 죄인이 되어 있기 때문이다.

그러나 그는 창을 든다.

그는 형태 없는 싸움터로 성큼성큼 걸어간다. 또다시 형식적인 절을 받고 온갖 깃발과 온갖 외투를 본다……

그러나 그는 창을 든다.

그는 마침내 형태 없는 싸움터에서 늙어 수명을 다한다. 그는 결국 전사가 아니다. 단지 형태 없는 것만이 승자인 것이다.

이런 경지에서는 그 누구도 싸움 소리를 듣지 못한다. 태평이다.

태평……

그러나 그는 창을 든다.

현자와 바보와 노예

노예는 흔히 사람들을 보면 하소연을 하고 싶어하는 법이다.

하소연만 하면 그만이고, 또 그럴 수밖에 없는 것이다.

어느 날 그는 현자(賢者) 한 사람을 만났다.

"선생님"

그는 슬픈 듯이 말했다. 눈물이 실처럼 이어져 눈꼬리에서 주르르 떨어졌다.

"선생님은 아실 겁니다. 제 생활은 정말 사람이 사는 게 아닙지요. 먹는 것이라고는 하루 한 끼, 그것도 수수 싸라기죽뿐, 그런 건 개나 돼지도 좋아하지 않습죠. 그나마도 작은 사발로 한 사발밖에 얻어 먹질 못하니……."

"거 정말 딱하구나."

현자도 안되었다는 듯이 말했다.

"아무렴요. 그렇구말굽쇼."

그는 기분이 좋아졌다.

"그런데 일은 밤낮으로 끊임이 없지 뭡니까. 아침이면 물을 긷고, 저녁이면 밥을 짓고, 낮이면 심부름해야 하고, 밤이면 방아를 찧고, 날씨 좋은 날이면 빨래를 해야 하고, 비 오는 날이면 우산을 받쳐 들어야 하고, 겨울이면 불 지피기, 여름이면 부채질, 밤중이면 음식을 만들어 마작하는 주인 어른께 대접해야 하고, 그러면서도 단돈 한 푼 얻기는커녕 매만 맞을 뿐입죠!"

"허어, 그것 참!"

현자는 한숨을 쉬었다. 눈 가장자리가 벌개지며 눈물이 글썽해진 것 같았다.

"선생님, 이러고는 도저히 살 수가 없습니다. 달리 어떤 수를 찾지 않고는요. 하지만 무슨 수가 있겠습니까?"

"뭐, 머잖아 좋은 방법이 생기겠지……."

"그럴까요. 그랬으면 오죽 좋겠습니까. 어쨌든 전 선생님에게 제 고통을 털어놓고 동정과 위로를 얻는 통에 마음이 후련해졌습니다. 도리(道理)라는 것이 아직도 없어지진 않은 모양입니다그려⋯⋯."

그러나 2, 3일이 지나면 그는 또 불만을 느끼고 사람을 보기만 하면 하소연했다.

"선생님"

그는 눈물을 흘리며 말했다.

"선생님은 아실 겝니다. 제 거처는 정말 돼지우리나 진배없습니다. 주인 님은 도무지 저를 사람 취급해 주지도 않습니다. 저보다는 강아지 새끼를 몇만 배나 더 귀여워하니까요."

"바보 같으니라고!"

그 사람이 고함을 지르는 바람에 그는 깜짝 놀랐다. 그 사람은 바보였다.

"선생님, 제 거처는 다 헐어 빠진 조그만 방입니다. 어둡고 습기가 차서 빈대 투성이라 드러눕기만 하면 물리기 바쁩니다. 냄새가 코를 찌르고 방에 창문 하나 없습지요⋯⋯."

"네 주인한테 창문 하나 만들어 달라는 말도 못 드리나?"

"어떻게 그런 말을 올립니까?"

"그렇다면 나하고 같이 가 보자."

바보는 노예와 함께 그의 방 앞으로 가서 당장 그 흙벽을 헐기 시작했다.

"선생님, 왜 이러십니까?"

그는 깜짝 놀라서 말했다.

"네 방에 창을 만들어 주려고 그래."

"안 됩니다. 주인 어른에게 야단맞습니다."

"내가 알 게 뭐야."

그는 여전히 헐어 댔다.

"누구 좀 와 줘요! 강도가 내 방을 부수고 있어요! 빨리 와 줘요, 빨리! 아주 다 부숴 버리겠어요!"

그는 울부짖으면서 땅바닥을 대굴대굴 뒹굴었다.

노예들이 우르르 몰려와서 바보를 내몰았다.

아우성 소리를 듣고 맨 나중에 천천히 나타난 게 주인이었다.

"강도가 제 방을 부수려는 걸 제가 맨 먼저 보고 소리를 질렀지 뭡니까. 그래서 모두 힘을 합하여 내몰았습니다."

그는 의기양양해서 공손하게 말했다.

"잘 했다."

주인은 이렇게 칭찬했다.

그날 많은 위문객들이 왔다. 현자도 그 중에 있었다.

"선생님, 이번에는 제가 공을 세워서 주인님에게 칭찬을 들었습니다. 요 먼저 선생님께서 틀림없이 좋은 수가 있을 거라고 하시더니 정말 선견지명이 기가 막히십니다……."

그는 희망에 넘쳐 명랑하게 말했다.

"암, 그렇고말고……."

현자도 남의 일 같지 않게 유쾌한 듯이 대답했다.

낙엽

등잔 밑에서 《안문집(雁門集)》을 읽다 보니 문득 책갈피에 끼워 말린 단풍잎 하나가 나왔다.

그것은 나에게 작년 늦가을을 생각나게 하였다. 밤 사이 촉촉이 서리가 내려 나뭇잎은 거의 다 떨어지고 뜨락의 조그만 단풍나무도 단풍이 졌다. 나는 나무를 돌며 찬찬히 나뭇잎을 바라보았다. 잎이 푸를 때는 이렇게 유심히 본 일이 없었는데, 지금 보니 온 나무에 단풍이 진 것은 아니었다. 가장 많은 것이 엷은 홍색이다. 개중에는 새빨간 바탕에 군데군데 초록빛을 띠고 있는 잎도 있다. 잎 하나는 벌레 먹은 구멍이 뚫려 있었는데 구멍 주위에 까맣게 테가 쳐져, 빨강과 노랑과 초록 반점 속에서 해맑은 눈동자처럼 사람을 바라보고 있었다.

"이것은 병든 잎이군."

나는 중얼거렸다. 그리고 그것을 따서 산 지 얼마 안 된 《안문집》 책갈피에 끼웠다. 병들어 가는 얼룩진 색깔을 잠시 보존하여 다른 많은 잎들과 함께 지지 않게 하려는 심정에서였을 것이다.

그러나 오늘 밤 그것은 황랍(黃蠟)처럼 내 눈 앞에 누워 있다. 그 색깔도 작년만큼 타는 빛이 없다. 이제 다시 몇 년이 지나면 예전 색깔은 내 기억에서 사라지고 그것이 왜 책 속에 끼여 있는지조차 그 이유를 모르게 되는지도 모른다. 방금 지려는 병든 잎의 얼룩진 빛깔도 잠시 동안 마주 보았을 뿐이다. 하물며 푸른 잎일 때 그 빛깔을 누가 유심히 보았으랴. 창 밖을 보니 추위에 강한 나무도 이미 벌거숭이가 되어 있다. 단풍나무 따위는 말할 것도 없다. 늦가을에는 분명 작년의 이것과 비슷한 병든 잎이 있었을 것이다. 그러나 섭섭하게도 올해는 가을 나무를 감상하고 있을 여유가 없었다.

희미한 핏자국 속에서
죽은 자와 태어난 자와 태어나지 않은 자 몇 사람을 기념하여

　지금의 조물주는 역시 비겁자다.

　그는 남몰래 하늘과 땅에 여러 이변을 일으키면서도 이 지구를 멸망시키려 하지 않는다. 남몰래 살아 있는 것들을 멸하면서도 시체를 보존하려고는 하지 않는다. 남몰래 인류에게 피를 흘리게 하면서도 피의 빛깔을 영원히 선명하게 유지시키려고는 하지 않는다. 남몰래 인류에게 인고를 강요하면서도 그것을 인류의 기억에 영원히 남기려고는 하지 않는다.

　그는 오로지 자신과 같은 부류—인류 중의 비겁자—만을 위해 힘썼으며, 폐허와 버려진 무덤으로써 화려한 건축을 환상케 하고 시간으로써 고통과 핏자국을 엷게 한다. 하루에 한 잔씩 쌉싸름하고 달착지근한 술을, 적지도 않고 많지도 않게 얼근할 정도로 떠서 인간 세계에 내보낸다. 사람들은 그것을 마시고, 울고 노래하며, 깨어 있는 듯 취한 듯, 아는 듯 모르는 듯, 또한 죽고자 원하는 한편 살고자 원한다. 그는 모든 것을 살고자 원하게 해야 한다. 그에게는 아직도 인류를 전멸시킬 용기가 없다.

　몇 개의 폐허와 몇 개의 버려진 무덤은 땅에 흩어져 희미한 핏자국 속에 드러나 있다. 사람들은 그 속에서 남과 자기의 끝없는 슬픔과 고통을 짓씹는다. 더구나 그것을 뱉으려고는 하지 않고 결국은 공허보다 더 나은 것으로 믿고 있다. 저마다 스스로를 ‘하늘에게 버림받은 백성’이라 일컬으며, 그것으로써 남과 자기의 끝없는 슬픔과 고통을 씹는 데 대한 변명으로 삼고, 숨을 죽여 은밀히 새로운 슬픔과 고통의 도래를 기다리고 있다. 새로운 것, 그들은 그것을 무서워하면서도 만나고 싶다고 갈망하는 것이다.

　이들은 모두가 조물주의 선량한 백성이다. 조물주는 그렇게 되기를 원하는 것이다.

　반역의 용사가 인간 세계에서 태어난다. 의연히 서서 모든 변해 버린 것들, 그리고 현재 있는 폐허와 버려진 무덤을 꿰뚫어 본다. 모든 깊고 넓은 영원한 고통을 기억하고 모든 겹치고 쌓인 응혈을 똑바로 보고, 모든 죽은 자, 태어난 자, 태어나려는 자, 그리고 태어나지 않을 자를 통찰한다. 그는 조화의 요술을 간파한다. 그는 일어서서 인류를 소생시키려 한다. 혹은 인류를 절멸시키려 한다. 이들 조물주의 선량한 백성을.

조물주, 비겁자는 부끄러워 몸을 숨긴다. 이리하여 하늘과 땅은 힘세고 용감한 군사의 눈 속에서 색깔이 변하는 것이다.

잠

비행기는 폭격의 사명을 띠고, 학교 수업과 마찬가지로 매일 오전 중에 베이징의 상공으로 날아온다. 프로펠러가 공기를 때리는 소리를 들을 때마다 나는 언제나 '죽음'의 내습이라도 목격하는 듯한 가벼운 긴장을 느낀다. 그러나 동시에 '삶'의 존재도 강하게 느낀다.

멀리서 한두 번 폭격 소리가 들리고 나서 비행기는 부르릉거리며 날아가 버린다. 사상자가 났는지도 모른다. 그러나 세상은 전보다 더 태평스러운 것 같다. 창밖의 백양(白楊) 잎은 햇빛을 받아 흑자색으로 빛나고 있다. 유엽매(柳葉梅)도 어제보다 더 만발해 있다. 침대 위에 잔뜩 어질러 놓은 신문을 치우고 밤사이 책상 위에 앉은 희끄무레한 먼지를 털고 나니, 나의 네모난 작은 서재는 오늘도 여전히 '명창정궤(明窓淨几 : 밝은 창에 깨끗한 책상. 검소하고 깨끗한 방을 비유)'이다.

어떤 이유가 있어 나는 이제까지 내 방에 쌓여 있던 청년 작가의 원고를 편집하기 시작했다. 모두 정리하고 싶었다. 나는 작품을 연대순으로 보아 나갔다. 꾸미기를 좋아 않는 이들 청년들의 혼(魂)이 차례로 내 눈앞에 의연히 섰다. 그들은 유연하고 순진하다. 그러나 아아, 그들은 고뇌하고 있다. 신음하고 있다. 분노한 나머지 난폭하기까지 하다. 나의 사랑하는 청년들은.

풍상에 시달린 영혼은 사납다. 왜냐하면, 그것은 인간의 영혼이기 때문이다. 나는 그와 같은 영혼을 사랑한다. 형태도 색도 없이 생생한 피가 뚝뚝 떨어지는 듯한 사나움에 나는 입을 맞추고 싶다. 가엾는 이름난 정원에 진귀한 꽃과 풀이 만발하고, 두 뺨이 발그레한 숙녀는 뜬 세상 아랑곳없이 이리저리 거니는데, 외마디 학 울음소리에 흰구름은 뭉게뭉게 피어오르고…… 물론 이것은 사람으로 하여금 황홀하게 만들 것이다. 그러나 내가 인간 세계에 살고 있다는 것을 잊을 수는 없다.

갑자기 어떤 일 한 가지가 생각났다. 2, 3년 전 내가 베이징 대학 교원실에 있을 때, 전혀 모르는 청년 한 사람이 들어오더니 말 없이 책꾸러미 하나를 주고 갔다. 끌러 보니 〈천초(淺草 : ^{당시 청년 작가}
^{들의 문예 계간지})〉 한 권이 들어 있었다. 이 말 없음 속에서 나는 많은 말을 읽었다. 아아, 그 선물이 얼마나 풍요(豊饒)한 것이었던가. 애석하게도 〈천초〉는 계속 간행되지 못하고 겨우 〈침종(沈鐘)〉 의 전신(前身)이 되고 만 모양이다. 그 〈침종〉은 자욱히 날리는 모래 바람 속 깊고 깊은 인해(人海)의 밑바닥에서 쓸쓸하게 울려 퍼지고 있다. 거의 치명 적으로 밟히고 꺾이면서도 엉겅퀴는 조그만 줄기에 꽃을 피우려 한다. 일찍 이 톨스토이가 커다란 감동을 받고 거기서 한 편의 소설을 지었다는 것을 기 억하고 있다. 초목은 건조한 사막 속에서 열심히 그 뿌리를 내려, 깊은 땅 속의 샘물을 빨아오려 푸른 숲을 이룬다. 물론 그것은 자신의 '삶' 때문이 다. 그러나 피로하고 목마른 나그네는 그것을 보고 마음이 느긋해져 잠시 쉴 곳을 발견했다는 편안함을 느낀다. 이 얼마나 감격스럽고도 슬픈 일인가.

〈침종〉의 '무제(無題)'—알림을 대신하여—는 말한다.

"어떤 사람은, 우리 사회는 끝없는 사막이라고 한다. 만약 참으로 끝없는 사막이라면, 그것은 다소 황량함은 있을지라도 고요할 것이다. 적막함은 있 을지라도 광활한 느낌은 줄 것이다. 어찌하여 이토록 어지럽고 이토록 음울 하고도 기괴하단 말인가!"

그렇다, 청년들 혼은 내 눈앞에 의연히 서 있다. 그들은 이미 사납거나 사 나워져 가고 있다. 그러나 나는 피흘리고 고통을 참아 가는 이 혼들을 사랑 한다. 왜냐하면 그것은 나 자신이 인간 세계에 있음을, 인간 세계에 살고 있 음을 깨우쳐 주었기 때문이다.

편집하고 있는 동안 저녁해는 어느덧 서쪽으로 기울었다. 등잔불이 나를 위해 빛을 이어 준다. 온갖 청춘들이 하나하나 눈앞을 달린다. 주위는 오직 황혼이 둘러쌀 뿐. 나는 피로해서 담배에 불을 붙이고 무명(無名)의 사상 속에서 조용히 눈을 감고 긴 꿈을 꾼다. 깜짝 놀라 눈을 뜨고 보니 주위는 여전히 황혼에 둘러싸인 채이다. 담배 연기가 움직이지 않는 공기 속으로 피 어 올라 몇 개의 가느다란 여름 구름처럼 뭐라고 형언할 수 없는 형태를 서 서히 그려내고 있다.

朝花夕拾

아침 꽃을 저녁에 줍다

후지노 선생
범애농

후지노 선생

도쿄(東京)도 별다른 것은 없었다. 우에노(上野) 공원에 벚꽃이 만발할 때는 멀리서 보면 마치 노을빛에 물든 빨간 구름처럼 보였다. 꽃나무 아래 여기저기서 '중국 유학생'의 모임이 있었다. 머리 꼭대기에 변발(辮髮)을 똘똘 말아 올려서, 학생모가 높이 솟아올라 후지산(富士山) 모양을 하고 있었다. 그 중에는 변발을 풀고 기름을 발라 편편하게 말아 올린 사람도 있었는데, 모자를 벗으면 소녀 머리와 꼭 같았다. 그래서 목을 기웃이 틀기라도 하면 애교 만점이었다.

중국 유학생 회관 문 앞에서는 책을 팔기 때문에 가끔 들를 만했다. 오전 중이라면 그 안에 있는 두서너 개의 서양식 방에 앉아 있기도 그다지 나쁜 편은 아니었다. 그러나 저녁이 되면 어느 방인가, 마루가 쿵쿵 울렸고 게다가 방 안에는 담배 연기와 먼지가 자욱했다. 소식통에 알아보니 그건 사교춤 연습 때문이라는 것이었다.

다른 곳으로 가 보면 어떨까?

그래서 나는 센다이(仙臺)에 있는 의학전문학교로 가기로 했다. 기차는 도쿄를 출발한 지 얼마 되지 않아 어떤 역에 도착했다. 닛뽀리(日暮里)라 씌어 있었다. 왜인지 나는 아직도 그 이름을 기억하고 있다. 그 다음 기억하고 있는 곳은 미도(水戶)뿐이었다. 그곳은 명나라의 유민 주순수(朱舜水) 선생이 객사하신 곳이다. 센다이는 시(市)였지만 그리 크진 않았다. 그리고 겨울에는 매우 추웠다. 중국 학생은 아직 하나도 없었다.

흔하지 않은 사물을 일러 귀하다고 하는 것일까. 베이징의 배추가 절강(浙江)에 옮겨지면, 끝이 빨간 끈으로 밑부분이 묶여서 청과물 가게 앞에 거꾸로 달려 그 이름도 '산동채(山東菜)'라고 자랑스럽게 불린다. 복건(福建)에 야생하는 노회(蘆薈 : 알로에)가 베이징에 가면, 온실에 소중히 간직되어 '용설란(龍舌蘭)'이라고 아름답게 일컬어진다. 나도 센다이에 와서부터는 쭈욱 이렇게 우대를 받았다. 학교에서 수업료를 면제해 주었을 뿐 아니라, 두서너 직원은 나에게 식사와 거처까지 자진해서 주선해 주었다. 처음에 나는 형무소 옆에 있는 하숙집에 들었다. 이른 겨울이라 날씨가 꽤 추운데도 모기가 많았다. 그래서 나중에는 온몸을 이불로 뒤집어쓰고는 머리와 얼굴은 옷으로 싸고 숨을 쉬기 위해서 콧구멍만 내놓기로 했다. 언제나 숨이 나오고 있는 이 부분만은 모기도 달라붙어 물 수 없기 때문에 그때야 겨우 마음놓고 잘 수 있었다. 식사도 나쁘지 않았다. 그런데 어떤 선생이 이 하숙집은 죄수들의 식사를 맡아 하기 때문에 거기에 하숙하는 것은 적당하지 못하다고 여러 번 말했다. 하숙집에서 죄수들이 식사하는 것은 나와 관계가 없다고 생각했지만, 호의를 무시할 수도 없고 해서 따로 적당한 하숙을 찾을 수밖에 도리가 없었다. 결국 다른 집으로 옮겼다. 감옥에서는 멀어졌지만 덕분에 목으로 넘길 수 없는 고구마를 썰어 넣은 국을 매일 먹어야만 했다.

그래도 전에 본 일이 없는 많은 선생을 만나서 여러 가지 새로운 강의를 들을 수 있었다. 해부학은 두 분의 교수가 분담했다. 처음은 골학(骨學)이었는데 들어온 분은 얼굴이 검고 마른 선생이었다. 팔자 수염을 기르고 안경을 쓰고 여러 가지 큰 책, 작은 책을 한아름 안고 들어왔다. 그는 그 서적들을 강단 위에 놓자 곧 느릿하고 억양이 강한 어조로 학생들에게 자기 소개를 시작했다.

"나는 후지노 겐쿠로(藤野嚴九郎)라고 하며……."

뒤에서 학생 몇이 와아 하고 웃었다. 계속해서 그는 일본에서 해부학이 발달한 역사를 강의하기 시작했다. 그 크고 작은 여러 책들은 초기부터 최근까지의 이 학문에 관한 저작이었다. 초창기의 몇 권은 한문으로 쓰인 제본이었다. 중국의 역본을 번각(飜刻)한 것도 있었다. 새로운 의학의 번역과 연구는 그들 역시 중국에 비해 결코 빠르지 않았다.

뒤에서 웃었던 학생들은 전년도에 낙제해서 유급된 학생들이었다. 입학한 지 벌써 1년이 지나서 여러 가지 사정에 통하고 있었다. 그래서 신입생에게 교수들 한 사람 한 사람의 내력을 설명해 들려 주었다. 그에 따르면 이 후지노 선생은 옷차림에 전혀 무관심하다. 때로는 넥타이를 매지 않고 오는 일도 있었다. 겨울엔 낡은 외투 하나로 떨고 지낸다. 언젠가 한번은 기차에서 차장이 소매치기로 오인한 나머지 차내 손님에게 조심하라고 주의를 준 일도 있었다는 것이다.

　그들의 말은 사실인 것 같았다. 내 눈으로도 그가 넥타이를 매지 않고 교실에 나타난 것을 한 번 본 적이 있었다.

　일주일이 지난 어느 날, 아마 토요일이었을 것이다. 그가 조수를 보내 나를 불렀다. 연구실에 가 보니, 그는 사람의 뼈라든가 여러 가지 두개골—당시 그는 두개골 연구를 하고 있어서 나중에 본교 잡지에 논문이 한 편 발표되었다—사이에 앉아 있었다. 그는 내게 물었다.

　"내 강의를 필기할 수 있었소?"

　"조금 할 수 있었습니다."

　"가져와 보시오."

　나는 필기한 노트를 내보였다. 그는 그것을 이틀 뒤에 돌려주었다. 그리고 이제부터는 매주 가져와 보이도록 하라고 했다. 집에 갖고 가서 노트를 열어 보고 나는 깜짝 놀랐다. 그리고 동시에 어떤 불안과 감격이 엄습함을 느꼈다. 내 노트는 처음부터 끝까지 전부 빨간 연필로 고쳐져 있었던 것이다. 누락된 부분은 전부 가필되어 있었을 뿐 아니라 문법의 오기까지도 일일이 바로잡혀 있었다.

　이것은 그의 담당 학과인 골학과 혈관학, 그리고 신경학에 이르기까지 모두 마찬가지였다.

　유감스럽게도 나는 그 무렵 별로 공부를 하지 않았고, 때로는 제멋대로 학교를 빠지는 일도 있었다. 지금도 기억하고 있지만 언젠가 후지노 선생이 나를 연구실로 불러내더니 노트에서 하나의 도면을 펼쳐 보였다. 그것은 아래 팔 부분의 혈관도였다. 그는 그것을 가리키면서 조용히 나에게 말했다.

　"이봐, 자넨 이 혈관의 위치를 약간 이동했네. 물론 이렇게 하면 보기좋게 되는 것은 사실이야. 그러나 해부도는 미술이 아니야. 실물이 그렇게 되어 있는 것을 마음대로 바꿀 수는 없단 말일세. 이건 내가 고쳐 놓았으니, 다음부터는 꼭 흑판에 있는 대로 그리도록 하게."

　그러나 나는 내심으론 불만이었다. 입으로는 그러겠다고 했지만 마음 속으로는 이렇게 생각했다.

　'그림은 아무래도 내가 그린 것이 더 좋습니다. 실제의 상태는 제 머릿속에 기억하면 되지 않습니까?'

학년 말 시험이 끝나자 나는 도쿄에 가서 여름을 보냈다. 가을 초에 다시 학교로 돌아와 보니 이미 성적이 발표되어 있었다. 백여 명 동급생 중에서 나는 중간쯤에 낙제하지 않고 끼어 있었다. 이번에 후지노 선생이 맡은 과목은 해부 실습과 국부 해부학이었다.

해부 실습이 시작되고 일주일쯤 지나서였다. 그는 또 나를 불러서 기분 좋은 듯이 예의 강한 어조로 이렇게 말했다.

"나는 중국 사람은 영혼을 위한다고 들었기 때문에 자네가 시체 해부를 싫어하지 않을까 퍽 걱정을 했었어. 그런데 이젠 마음이 놓이는 군. 그런 일이 없었으니까."

그러나 때로는 나를 곤란케 하는 일도 있었다.

중국 여자는 전족(纏足)을 한다는데 자세한 것을 알 수가 없어, 하면서 어떻게 전족을 하는가, 발의 뼈는 어떤 모양으로 기형이 되는가 하고 나에게 따져 물었다. 그리고 한숨을 지으면서 말했다.

"아무래도 한 번 보기 전에는 잘 모르겠는데, 도대체 어떻게 되는 것인지 ……."

어느 날 동급생 학생회 간사들이 내 하숙에 와서 노트를 보여 달라고 말했다. 꺼내 주었더니, 펄럭펄럭 책장을 넘겨 볼 뿐, 갖고 가진 않았다. 그들이 돌아가자 곧 우편 배달부가 두툼한 편지를 배달해 주었다. 열어 보니 첫머리의 글귀는 이러했다.

"그대 회개할지어다."

신약 성서의 한 구절이었다. 이것은 그 무렵 톨스토이 때문에 새롭게 부각되는 말이었다. 마침 당시는 노일(露日) 전쟁 때였다. 톨스토이 선생은 러시아와 일본 황제 앞으로 보낸 편지 첫머리에 이렇게 썼다. 일본 신문은 그의 불손을 질책했고, 애국 청년들은 격분해서 들고 일어났다. 그러나 그들도 알지 못하는 사이 그의 영향을 일찍부터 받고 있었던 것이다. 이 문구 다음에는 지난 학년 말 해부학 시험 문제는 후지노 선생이 노트에 표를 해 주었기 때문에 내가 미리 문제를 알고 있었다, 그래서 그렇게 좋은 성적을 얻을수가 있었다. 대개 이런 의미의 말이 씌어 있었다. 그리고 그 편지는 익명이었다.

그 2, 3일 전에는 다음과 같은 사건이 있었다. 학급회를 연다고 간사가 흑판에 통지문을 썼는데, 마지막 한 구절은 '빠짐없이 출석할 것'이라고 되어 있었고 그 '빠짐없이'라는 글자 옆에 강조를 위한 동그라미가 있었다. 나는 그 동그라미가 이상하긴 했지만 별로 마음에 두진 않았었다. 그러나 그것이 나를 비꼬기 위한 장치였음을, 즉 내가 교수로부터 시험 문제를 사전에 알아 내는 것에 대한 풍자였음을 이때 비로소 깨달았다.

나는 그 일을 곧 후지노 선생에게 알렸다. 나와 사이가 좋았던 몇 동급생도 분개해서 간사를 찾아가 밑도끝도 없이 노트를 검사한 무례를 문책했고, 아울러 검사 결과를 발표토록 요구했다. 이리해서 결국 이 소문은 사라졌던 것이다. 간사는 여기저기 분주히 뛰어다니면서 예의 익명의 편지를 회수하려고 노력했다. 마지막으로 내가 그 톨스토이 식의 편지를 그들 손에 되돌려 주고서야 그 일은 완전히 결말을 보았다.

중국은 약한 나라다, 따라서 중국인은 당연히 저능아다, 점수를 60점 이상 받은 것도 자기 힘으로 된 것이 아니다. 그들이 이렇게 의심한 것은 무리가 아니었을지 모른다. 그러나 나는 뒤이어 중국인 총살 장면까지 보아야 하는 운명에 부딪쳤다. 2학년 때는 세균학 강의가 늘었는데, 세균의 형태를 모두 환등으로 보여 주었다. 강의가 끝났는데도 마칠 시간이 안 됐을 때는 시사적인 장면을 보여 주었다. 으레 일본이 러시아와 싸워 이기는 내용이었다. 그런데 공교롭게도 그 안에 중국인이 끼어 있었다. 정탐꾼 노릇을 하다가 일본군에게 총살을 당하게 되었는데, 빙 둘러싸고 구경하는 군중도 중국인이었다. 그리고 교실 안에는 또 한 사람의 중국인인 내가 있었다.

"만세!"

일본 학생들은 모두 손뼉을 치면서 환성을 질렀다.

이 환성은 한 장씩 비칠 때마다 매번 일어났던 것이지만 이때의 환성은 유난히 내 귀를 찔렀다. 그 뒤 중국으로 돌아와서도 범인의 총살을 무관심하게 구경하는 사람들을 보았지만, 그들 역시 어김없이 술에 취한 듯이 갈채하곤 했다. 아아, 이미 할 말은 없다. 그러나 그때 그 장소에서 내 생각은 변했던 것이다.

2학년 말에, 나는 후지노 선생을 찾아가서 의학 공부를 그만두겠다는 것과, 그래서 이 센다이를 떠날 작정이라고 말했다. 그의 얼굴에 비애의 빛이 떠오른 것처럼 보였다. 무슨 말을 하고 싶어하는 것 같았으나 끝내 아무 말도 하지 않았다.

"생물학을 배울 작정입니다. 선생님께서 가르쳐 주신 학문은 역시 도움이 될 것입니다."

사실 나는 생물학 같은 것을 배울 생각은 전혀 없었지만, 낙담하는 그를 위로하는 뜻에서 거짓말을 했던 것이다.

"의학 때문에 가르쳐 준 해부학이니까 그다지 크게 도움이 되진 않을 거야."

그는 한숨을 쉬면서 말했다.

출발하기 2, 3일 전에 그는 나를 불러 사진을 한 장 주었다. 뒤에는 '석별'이란 두 자가 씌어 있었다. 그리고 내 사진도 한 장 주었으면 좋겠다고 말하는 것이었다. 그러나 마침 그때 찍어 놓은 사진이 없었다. 그는 다음에라도 찍으면 한 장 보내고, 또 가끔 편지로 안부를 전하라고 여러 번 간절히 말했다.

센다이를 떠난 뒤, 나는 여러 해 동안 사진을 찍지 않았다. 게다가 상황도 좋지 않았고 무슨 소리를 하건 그를 실망시킬 뿐이라고 생각돼서 편지를 쓸 기분도 나지 않았다. 세월이 흐름에 따라서 그 뒤론 새삼 편지를 쓰기가 쑥스러워졌고, 그 탓에 간간히 쓰고 싶은 생각이 들었을 때도 쉽사리 붓을 들 수가 없었다. 이리하여 그대로 지금까지 끝내 한 장의 편지, 한 장의 사진도 보내지 못하고 말았다. 그쪽에서는 떠나가 버린 뒤로 소식이 아주 묘연하다고 할 것이다.

그러나 나는 지금도 곧잘 그를 회상한다. 내가 스승으로 존경하는 분 중에서도 그는 나를 가장 감격시키고 격려해 준 한 사람이었던 것이다. 가끔 나는 이렇게 생각한다. 내게 베푼 그의 열성적인 희망과 지치지 않는 교훈은 작게는 중국을 위해 중국에 새로운 의학이 생기기를 바랐기 때문이고, 크게는 학술을 위해 새로운 의학이 중국에 전해지를 소망했기 때문이다. 그의 인격은 내 눈과 마음에 거대하게 비친다. 비록 그 이름을 아는 사람은 몇몇에 지나지 않을지라도.

나는 그가 손댄 노트를 세 권으로 나눈 다음 두텁게 매어 영원히 기념할 작정으로 소중히 간직해 두었었다. 그러나 불행히도 7년 전 이사할 때 도중에서 책 상자가 하나 부서져 그 속의 서류가 반쯤 사라져 버렸다. 그때 이 노트를 잃어버렸다. 운송점에 독촉해서 찾아달라고 했지만 그 뒤 아무 소식도 없었다. 그러나 그의 사진만은 지금도 여전히 베이징에 있는 내 집 동쪽 벽에 책상을 마주하고 걸려 있다. 밤마다 일에 싫증이 나서 태만해질 때면 등불 속을 우러러 그의 검고 마른, 당장이라도 억양이 강한 어조로 말하기 시작할 것 같은 얼굴을 바라다본다. 그러면 곧 뜨끔해지고 한편으론 용기를 얻게 된다. 그래서 담배에 불을 붙이고 다시 '정인군자(正人君子 : 루쉰은 당시 여론을 이끌던 보수적 지식인을 빈정거리듯 이렇게 불렀다)' 같은 족속들에게 꾀나 미움을 살 글을 계속해서 쓰는 것이다.

범애농

도쿄(東京)의 하숙에서 우리는 대개 아침에 일어나면 곧 신문을 보았다. 학생들이 보는 신문은 대개 〈아사히(朝日) 신문〉과 〈요미우리(讀賣) 신문〉이었고, 사회면의 시사 만평에 흥미가 있는 패들은 〈니로꾸(二六) 신보〉를 봤다. 어느 날 아침 톱기사에 대강 다음과 같은 중국에서 온 전보문(電報文)이 눈에 띄었다.

'안휘성(安徽省)의 순무(巡撫) 은명(恩銘), 죠샤꾸링에게 칼로 살해되다. 자객은 그 자리에서 체포'

순간 모두가 깜짝 놀랐지만 금방 의기양양해서 서로 알려 주기도 하고 죠샤꾸링을 한자로 어떻게 쓰느냐를 서로 연구하기 시작했다. 그런데 소흥(紹興) 사람이라고 되어 있어서, 교과서만 파고들지 않는 학생들은 한자명이 없어도 금방 알 수 있었다. 범인은 서석린(徐錫麟)이었다. 그는 유학에서 돌아와 안휘성의 후보도(候補道)로 경찰 업무에 임하고 있었기 때문에 순무를 칼로 찔러 죽이는 일쯤은 손쉬운 위치에 있었던 것이다.

사람들은 그가 극형에 처해질 것이며, 그 가족에까지도 영향이 미치리라 예상했다. 곧 추근(秋瑾) 여사가 소흥에서 살해됐다는 소식이 전해졌다. 서석린도 심장에 칼을 맞고, 은명의 호위병에 의해서 불에 구워져 먹히었다. 사람들은 자못 분개했다. 몇몇 사람이 비밀리에 회합을 열고 여비를 모았다. 이때에는 일본의 떠돌이들이 이용되었다. 그들은 오징어를 찢어 놓고 술을 마시며 비분강개한 뒤에 서석린의 가족을 데리러 출발했다.

또, 어떤 데는 동향회가 열려 열사를 추도하고 만주국 정부를 비난했다. 그리고 베이징에 전보를 쳐 만주국 정부의 비인도적 처사를 꾸짖으라고 주장하는 사람도 나왔다. 회중은 금새 두 파로 갈라졌다. 한 파는 타전 주장하고 한 파는 그럴 필요가 없다고 했다. 나는 타전을 주장하는 편이었다. 그런데 내 발언이 끝나자마자 둔하고 묵직한 소리가 들려왔다.

"죽일 놈은 죽여 버렸고, 죽을 놈은 죽어 버리고 말았단 말야. 새삼스럽게 전보고 개똥이고, 무슨 필요가 있어."

그는 장발에 키가 크고 눈에 흰자위가 많은 사나이로 사람을 무시하는 듯한 태도였다. 그는 다다미 위에 웅크리고 앉아서 거의 내가 발언할 때마다 곧 반대를 했다. 그래서 이상하게 생각하고 다른 친구에게 그 냉혹한 놈이 누구냐고 물어 보았다. 그를 알고 있는 학생이 그는 범애농(氾愛農)이라는 서석린의 제자라고 가르쳐 주었다.

나는 자못 분개했다. 그런 놈이 어디 인가인가? 자기 스승이 살해됐는데도 전보 한 통을 치는 것조차 꺼려하다니. 그래서 화가 나, 더욱 전보를 치자고 주장하며 그와 언쟁을 했다. 결국 전보를 치자고 주장하는 파가 다수를 차지해서 그는 굴복했다. 다음은 전문을 기초할 사람을 추천하는 순서였다.

"추천이 무슨 필요가 있어. 그건 당연히 전보를 치자고 주장한 사람이 하는 거지……."

그가 말했다.

나는 그 말이 또 나를 겨냥한 것임을 느꼈다. 물론 사리에 어긋나는 말은 아니었다. 하지만 그 비장한 문장은 열사의 평생을 잘 알고 있는 사람이 쓰는 것이 좋겠고, 그는 다른 사람보다 관계가 밀접해서 가슴 속의 비분도 더할 터이니 반드시 보다 많은 사람의 심금을 울릴 것이라고 생각돼서 그렇게 주장했었다. 다시 논쟁이 벌어졌다. 결국 그도 나도 그만두고 다른 사람이 쓰기로 결정되었다. 그러고는 기초자 한 사람과 기초 뒤에 전보를 칠 간사 한두 명을 남겨 놓고 모두 흩어졌다.

그 뒤 나는 범애농이란 작자는 매우 기괴한 데다 증오해야 할 놈이라고 생각하기에 이르렀다. 천하에 밉살맞은 놈은 만주인이라고 생각해 왔으나 그들은 오히려 약과고, 정말 밉상스러운 놈은 범애농이라는 것을 그때야 비로소 알았다고나 할까. 중국이 혁명을 할 필요가 없다면 모르지만, 혁명을 해야 한다면 맨 먼저 없애야 할 놈이 바로 이 범애농이었다.

그러나 이런 기분은 차차 희미해져서 나중에는 잊은 듯했다. 게다가 우리는 그 뒤 얼굴을 대할 기회조차 없었다. 그러던 중 혁명이 일어나기 전의 일이었다. 나는 고향에서 교편을 잡고 있었다. 어느 해 늦은 봄날, 친지 댁에 손님으로 갔다가 우연히 한 사나이를 만났다. 서로가 상대 얼굴을 쳐다본 순간 우리는 동시에 소리쳤다.

"야아, 자넨 범애농 아닌가?"

"오오, 이거 루쉰이로군그래!"

이유도 없이 우리는 함께 웃어 댔다. 그것은 조롱과 슬픔이 섞인 웃음이었다. 그의 눈초리는 옛날 그대로였지만, 이상하게도 몇 년 새에 머리만은 흰머리칼이 드문드문 보이게 변했다. 어쩌면 전부터 있었는데 내가 못 봤을지도 몰랐다. 그는 낡은 광목 마괘(馬掛)를 입고 해진 헝겊신을 신어 보기에 초라했다. 스스로 경력을 털어놓은 바에 따르면 그는 그 뒤 학자금이 떨어져 유학을 계속 할 수 없게 되어 귀국했다는 것이다. 고향으로 돌아왔으나 경멸과 배척과 박해만 받아서 거의 몸을 둘 데가 없다고 했다. 지금은 시골에 묻혀 초등 학생을 몇 명 가르쳐 입에 풀칠을 하는데, 그나마 때때로 마음이 울적해져서 이렇게 배편이 있는 대로 성내로 나온다는 것이었다.

그리고 술도 마신다고 했다. 그래서 우리는 함께 술을 마셨다. 그 뒤로 그는 성내에 올 때마다 꼭 내게 들렀다. 우리는 자못 친밀하게 지냈다. 취하면 꼭 어리석기 그지없는, 바보 같은 소리를 늘어놓았고, 어쩌다 그것을 들으신 어머니는 웃음을 터뜨렸다. 어느 날 우연히 나는 도쿄에서 동향회가 열렸을 때의 이야기가 생각나서 그에게 물어보았다.

"그날 자네는 내게 반대만 했지. 그것도 일부러 그러는 것 같았어. 도대체 왜 그랬나?"

"몰랐었나, 자네는? 나는 자네가 싫었단 말야. 나만 그런 게 아니었어. 우리 모두가 그랬지!"

"그 전부터 나를 알았어?"

"몰랐어. 우리가 요코하마(橫濱)에 도착했을 때 마중을 나온 사람은 자영(子英)과 자네뿐이었잖아. 자네는 우리를 경멸해서 고개를 저었었지. 지금도 기억하나?"

나는 잠깐 생각해 보았다. 기억에 있었다. 벌써 7, 8년 전의 일이지만. 그때는 자영 쪽에서 이번에 유학 오는 동향인(同鄕人)을 요코하마로 마중가자고 권유했던 것이다. 기선이 도착하자 10여 명의 유학생이 내렸다. 그들은 곧 짐을 세관으로 옮기고 검사를 받았다. 세관원은 옷상자를 뒤지다가 돌연 수놓은 전족화(纏足靴)가 한 켤레 굴러 나오자 하던 일을 멈추고 그것을 들고서는 찬찬히 들여다보았다. 나는 기분이 나빠졌다. 이 얼빠진 놈들은 뭣 때문에 이런 것을 가지고 왔을까 생각했던 것이다. 나 자신은 느끼지 못했지만, 그때 머리를 저었는지도 모른다. 검사가 끝나고 여관에서 잠시 쉰 뒤 우리는 곧 기차를 타게 됐다. 그런데 이 한 무리의 예의바른 인물들은 기차에서도 좌석을 양보하기 시작했던 것이다. 갑이 을에게 여기 앉으시오 하고 권하면 을은 병에게 권한다. 그 양보 경쟁이 끝나기 전에 기차는 출발했다. 차가 덜컹하고 흔들리자 얼결에 서너 명이 넘어졌다. 그때 또 나는 기분이 나빠졌다. 이 족속들은 기차 속의 좌석까지 존비(尊卑)의 구별을 하려는 것일까…… 나는 혼자서 그렇게 생각했다. 그때 또 나도 모르게 머리를 저었을지 모른다. 그러나 그 한 무리의 예의바른 인물 중에 범애농이 있을 줄은 지금까지 상상도 못했다. 그뿐이 아니었다. 후회스럽게도, 그들 중에는 나중에 안휘에서 전사한 진백평(陳伯平) 열사라든가 살해된 마종한(馬宗漢) 열사도 있었고, 옥중에서 신음하다 혁명 뒤 처음으로 태양을 우러러보긴 했지만 몸에는 영구히 지워지지 않을 혹형의 상흔을 지니게 된 사람도 한두 사람 끼어 있었던 것이다. 그러나 나는 아무런 생각 없이 머리를 저으면서 그들을 도쿄로 안내했던 것이다. 서석린은 그들과 같이 배는 타고 왔지만 이 차에는 타지 않았다. 그는 고베(神戶)에서 부인과 함께 배에서 내려 육로로 왔기 때문이다.

그때 아마 내가 고개를 저은 것은 두 번밖에 없을 텐데, 그들이 본 것은 어느 쪽일까? 하고 나는 생각해 보았다. 좌석을 서로 양보할 때는 떠들어서 소란했고, 검사를 받을 때는 조용했기 때문에 아마 세관에서의 일임에 틀림없다. 애농에게 물었더니 과연 그랬다.

"뭣하러 그런 것을 가지고 왔었나? 그게 누구 거였어?"

"당연히 선생님 부인 거지. 그걸 꼭 물어야 아나?"

그는 흰자위가 많은 눈을 부릅떴다.

"도쿄에 가면 전족은 감추어야 하는데, 그런 것을 가져와서 어쩌자고 그랬지?"

겨울로 접어들자 우리의 형편은 더 궁핍해졌지만 여전히 변함없이 술을 마시고 농담을 지껄여 댔다. 그런데 돌연 무창(武昌)에 혁명이 일어났고, 뒤이어 소흥도 광복이 되었다. 그 다음 날 애농이 성내로 찾아왔다. 농군이 곧잘 쓰는 털실 모자를 쓰고, 그 웃는 얼굴도 지금까진 보지 못하던 것이었다.

"루쉰, 술은 다음으로 미루세. 난 광복한 소흥을 구경가려는데 함께 안 가겠나?"

우리는 거리를 한 바퀴 돌았다. 이르는 곳마다 백기가 있었다. 그러나 겉으로 보이기만 그러했을 뿐 내정은 전과 마찬가지였다. 요컨대 옛날 풍의 시골 신사들이 만든 군사 정부였기 때문이다. 무슨 철도의 주주가 행정사장(行政司長), 환전상의 주인이 군기사장(軍器司長)…… 이런 실정이었으니. 이 군사 정부도 끝내 오래 계속되지 못했다. 몇 사람의 젊은 친구들이 떠들어 대니까 왕금발(王金發)이 군대를 이끌고 항주(抗州)에서 쳐들어 왔던 것이다. 하기는 떠들지 않았더라도 그랬을 것이다. 그는 점령하자마자 역시 많은 유한층과 신진 혁명당에 둘러싸여 왕도독(王都督)으로 결정되었다. 광목 옷을 입던 관청 사람들은 열흘도 못 돼서 아직 춥지도 않은데, 거의 모두가 털가죽 옷으로 갈아 입었다.

나는 사범학교 교장이라는 쌀궤 옆에 앉아서 왕도독으로부터 교비(校費) 2백 원을 지급받았다. 애농은 학감이 되었고 전처럼 광목 옷을 입긴 했지만 술은 그다지 심하게 마시지 않았다. 그는 사무와 교원을 겸해 부지런히 일했다.

"아무래도 틀렸어요. 왕금발 무리는."

작년에 내 강의를 들은 한 학생이 나를 찾아와서 분개하며 말했다.

"우리는 신문을 내서 그들을 감독하려고 합니다. 발기인에 선생님의 함자를 넣고 싶습니다. 또 한 분은 자영(子英) 선생님, 한 분은 덕청(德淸) 선생님입니다. 선생님께선 사회를 위한 일이라면 거절하시지 않는다는 것을 알고 있습니다."

나는 승낙했다. 이틀이 지나서 신문 발행 광고가 뿌려졌다. 발기인은 들었던 대로 세 사람이었다. 닷새 뒤에 신문이 나왔다. 처음부터 군사 정부와 그 내부 인사들을 공격하고 있었다. 계속해서 그 공격은 도독과 도독의 친척, 동향인, 첩……에게 향해졌다.

그렇게 열흘 남짓 공격이 계속되니까 이런 말이 나에게 흘러들어왔다. 우리가 도독의 돈을 쓰면서도 공격을 계속하기 때문에 도독은 사람을 보내서 우리를 권총으로 쏘아 죽이려고 한다는 것이었다.

다른 사람들은 아무렇지도 않았지만, 어머니만은 아주 당황해서 이제부턴 외출을 삼가라고 나에게 누우이 타일렀다. 그러나 나는 변함없이 나다녔다. 그리고 이렇게 설명했다.

"왕금발은 우리를 죽이지 않습니다. 그놈은 강도대학(强盜大學) 출신이긴 하지만 사람 죽이는 일을 그리 간단하게 생각하진 않을 겁니다. 게다가 제가 받은 것은 교비예요. 그런 것을 잘 알면서도 그렇게 한 번 말해 보는 것뿐이에요."

역시 틀림이 없었다. 죽이러 오지는 않았다. 서면으로 경비를 청구하니까 또 2백 원을 보내왔다. 그러나 화는 내고 있는 모양으로 동시에 다음부터는 청구해도 주지 않겠다고 전달해 왔다.

그러나 애농이 가지고 온 또 다른 정보는 나를 아주 당황하게 했다. 그에 따르면 '사취'라는 것은 학교의 경비가 아니라 별도로 신문사 쪽에 준 것을 말한다는 것이었다. 신문의 공격이 한동안 계속되자 왕금발은 사람을 보내서 5백 원을 보냈다는 것이다. 그래서 소년들은 회의를 열었다. 첫째 문제는 받느냐 마느냐였는데 결국 받기로 했다. 둘째는 받고 난 뒤 공격을 계속하느냐의 문제였다. 결국 공격해야 한다는 데 의견이 모아졌다. 이유는 돈을 받으면 그는 주주가 되는데, 주주의 결점은 당연히 공격의 대상이 되어야 하기 때문이라는 것이었다.

나는 곧 신문사로 가서 사실 여부를 알아봤다. 모든 것이 사실이었다. 앞으론 돈을 받아선 안 된다고 말하고 있는데, 회계라고 자칭하는 학생이 언짢은 표정으로 반문해 왔다.

"신문사가 어째서 자금을 받으면 안 된단 말입니까?"

"이건 자금이 아니다."

"자금이 아니면 뭡니까?"

나는 그 이상 입을 열지 않기로 했다. 그런 정도의 세상 물정엔 이미 통하고 있었던 것이다. 만일 내가 우리에게 누를 끼치는…… 어쩌구 하면서 말을 계속한다면 그는 틀림없이, 내가 한 푼어치도 안 되는 생명을 아까워하여 사회의 희생이 될까봐 두려워한다고 비난할 터였다. 아니면 다음 날 신문 지상에 내가 얼마나 죽음을 두려워하고 겁내고 있는가를 기사로 실을 것이 뻔했다.

그런데 마침 운이 좋게도 허수상(許壽裳)으로부터 편지가 와서 나에게 난징(南京)엘 가지 않겠느냐고 권했다. 애농도 진심으로 찬성은 했지만 매우 씁쓸해하는 눈치였다. 그리고 그는 말했다.

"여긴 저 꼴이니 도저히 있을 수 없어. 곧 가도록 하게."

나는 그의 속뜻을 알았다. 그래서 난징으로 가기로 했다. 먼저 총독부로 가서 사직원을 냈다. 예상했던 대로 수리가 되고, 콧물을 흘리는 접수원을 보내왔다. 나는 장부와 잔금 10원과 동전 두 닢을 건네주고 나서 교장의 직함을 벗었다. 후임은 공교회(孔敎會 : 공자를 공경
하기 위한 단체)의 회장인 부역신(傅力臣)이었다.

신문사 사건은, 내가 난징에 도착한 지 이삼 주일 지나서 신문사가 한 떼의 군홧발에 짓밟히는 것으로 마무리되었다. 자영(子英)은 시골에 있었기 때문에 무사했다. 덕청(德淸)은 성내에 있었던 탓에 넓적다리를 검으로 찔렸다. 그는 크게 노했다. 물론 심한 통증이 있었을 테니 화를 내는 것도 무리는 아니었다. 그는 크게 분격한 나머지 옷을 벗고 사진을 찍었다. 그리고 한 치 미만의 칼자국을 곁들인 그때의 정황을 설명하는 글을 써서 여기저기 보내 군사 정부의 횡포를 알렸다. 지금은 이미 그 사진을 보관하는 사람이 없을 것이다. 상처가 너무 작아서 칼자국은 거의 눈에 띄지 않을 정도였으니까. 만일 설명을 붙이지 않았다면 보는 사람은 틀림없이 약간 머리가 돈 풍류객의 나체 사진이라고 생각했으리라. 손전방(孫傳芳 : 혁명군이 맨 처음
에 타도하려던 군벌) 장군의 눈에라도 띄었다면 아마 압수물이 되었을 것이다.

내가 난징에서 베이징으로 전임할 무렵에는 애농도 공교회 회장인 교장이 해임하여 학감 자리에서 물러나 있었다. 그는 다시 혁명 전의 애농으로 되돌아갔다. 나는 그를 위해 베이징에 일자리를 마련해 주려고 했다. 그도 그러기를 바랐다. 그러나 기회가 없었다. 그는 그 뒤 어느 친지의 집에서 머물렀다. 그리고 곧잘 나에게 편지를 보내는데, 지내기가 곤란해질수록 편지의 사연도 비통하게 변해 갔다. 나중에는 그 친지 집에도 있을 수가 없어서 여러 곳을 떠돌기 시작했다. 그리고 얼마 안 있다가 뜻밖에도 동향인 집에서 그가 물에 빠져 죽었다는 소문을 들었다. 그는 자살한 것일까? 수영을 잘 하는 사람이 그리 쉽게 익사할 리가 없었다.

밤중에 회관에 혼자 있으면 심한 고독이 엄습해 온다. 그러면 이 풍문이

혹 거짓말이 아닐까 하는 생각이 든다. 그러나 동시에 거짓말이 아니라는 것
도 알고 있었다. 아무 증거가 없는데도 까닭없이 그렇게 생각이 들었던 것이
다. 나는 시를 네 수 지어서 신문에 발표했다. 그러나 그것도 지금은 거의
잊어버렸다. 처음 네 구절은 '술을 잡고 천하를 논한다. 선생은 소주(小酒)
사람. 대환(大圜)조차도 취하게 한다. 미취(微醉)도 함께 침윤할 것이로다.
중간의 두 구절은 잊어버렸다. 끝 구절 '옛벗은 구름처럼 흩어지고, 나 또한
가벼운 먼지와 같도다'였다.

그 뒤 고향에 갔을 때, 비로소 어느 정도 자세한 소식을 들을 수 있었다.
애농은 오래 전부터 모든 사람에게 혐오를 받아서 아무것도 할 일이 없었다.
그는 매우 곤란했지만 술만은 여전히 마셨다. 친구들이 사 주었기 때문이다.
사람들과의 접촉은 거의 끊어지고 언제나 만나는 것은 나중에 알게 된 나보
다 어린 몇 사람뿐이었다. 그들도 그다지 그의 불평 듣기를 좋아하지 않았고
그를 농담거리로 재미있어하는 정도였던 모양이다.

"내일이라도 전보가 올지 몰라. 열어 보면, 루쉰이 나를 부르는 사연일 거야."
그렇게 그는 입버릇처럼 말했던 것이다.

어느 날, 새로 사귄 친구 두서넛이 그를 불러 배에서 상연하는 연극을 보
러 갔다. 돌아올 때는 자정이 지났다. 게다가 비바람이 심했다. 그는 취해
있었다. 그런데도 뱃전에 올라서서 소변을 보겠다고 고집했다. 모두 말렸
만 듣지 않았다. 떨어지지 않는다고 장담했으나 그는 떨어졌다. 헤엄을 칠
줄 아는데도 그는 다시 떠오르지 않았다.

다음 날 시체를 끌어올리러 갔더니 그는 무성한 마름 속에 똑바로 서 있었
다고 한다.

나는 지금도 그가 발을 헛디뎠는지 그렇잖으면 자살했는지 의문이다. 그
는 어린 딸 하나와 아내를 남겼을 뿐 그 밖에 아무것도 없었다. 그 딸의 장
래 학자금으로 얼마쯤 돈을 모으자고 나는 몇 사람과 의논했다. 그런 말이
나자 별안간 친척이라는 자들이 나타나서 그 돈의 보관권—그 돈이 아직 모
이기도 전에—을 놓고 싸움을 시작했다. 그것에 혐오를 느껴 그 이야기는
그대로 사라져 버리고 말았다. 지금 그의 단 하나밖에 없는 딸은 어떻게 살
고 있는지. 학교에 다닌다면 중학교를 이미 졸업했을 터인데……

故事新編
새로 엮은 옛이야기

머리글

이 작품집을 책으로 묶는 데 13년이 걸렸다.

제1편《하늘을 깁다(원제는 부주산(不周山))》는 1922년 겨울에 끝낸 것이다. 그때 생각으로는 고대와 현대에서 두루 재료를 택해 단편소설을 쓰려고 했다.

《부주산》은 '여왜(女媧)가 돌을 구워 하늘을 기웠다'는 신화(神話)에서 취재하여 시험삼아 쓴 첫 단편이다. 처음엔 아주 진실했다. 단순히 프로이트 학설을 가지고 창조—인간과 문학과—의 기원을 해석하려고 한 데 지나지 않긴 했지만. 그런데 어떤 사정으로 중도에 붓을 놓고 신문을 보고 있노라니 불행히도 누군가가 왕정지(汪精之)의《혜풍(蕙風)》에 대해 쓴 글이 눈에 띄었다. '눈물을 머금고 애원한다, 젊은이여, 두 번 다시 이 같은 것을 쓰지 마라' 이렇게 씌어 있었는데, 연민을 불러일으키는 그 음험한 비평이 나에게 익살스런 느낌을 안겨 주었다. 그리하여 소설을 계속 쓰기 시작했을 때 아무래도 고대 의관을 쓴 난쟁이를 여왜의 두 다리 사이에 출현시키지 않고는 배길 수가 없었다. 이것이 진실에서 장난으로 떨어지게 된 발단이었다. 장난기는 창작의 큰 적이다. 나는 자신에 대해 불만이었다. 나는 두 번 다시 이런 소설을 쓰지 않으리라 결심하고,《눌함》을 끝에 넣음으로써 이것이 처음이자 마지막이라고 할 작정이었다.

그 무렵, 우리의 비평가 성방오(成仿吾) 선생은 창조사(創造社) 입구에 있는 '영혼의 모험'이라고 쓴 깃발 밑에서 큰 칼을 휘두르고 있었다. 그는 '평범하고 속되다'는 죄명을 씌워《눌함》을 여지없이 깎아 내렸지만, 오직 《부주산》만은 뛰어난 작품이라고 칭찬했다. 물론 결점은 역시 있다고 했지만. 솔직하게 말해서, 이것이 바로 내가 이 용사에게 심복할 수 없을뿐더러 그를 경멸하게까지 된 원인이다. 나는 '평범하고 속됨'을 나쁘다고 생각하기는커녕 오히려 달게 받아들이고 싶다. 따라서 널리 문헌에 근거를 둔 역사소설에 대해 '교수소설(教授小說)' 어쩌고 하면서 비난할 수는 없다. 사실 그것은 매우 구성하기 어려운 작품인 것이다. 얼마 안 되는 씨앗을 찾아내어 멋대로 윤색을 해 가며 한 편의 소설로 꾸며내는 데는 대단한 기술을 요하지 않는다. 하물며 '고기가 물을 마시면 차고 더움을 절로 알게 되는 것과 같음'에 있어서랴. 속된 말로 하면 '자기 병은 자기가 안다'이다. 《부주산》의 후반은 되는 대로 써버린 것인 만큼 절대로 뛰어난 작품이라고는 할 수 없다. 만일 독자들이 이 모험가의 말을 믿었다고 한다면 반드시 그 자신을 그르치게 될 것이며, 나도 남을 그르친 것이 된다. 그래서 이 '혼(魂)' 선생에 대한 답례의 반격으로서 《눌함》 제2판을 낼 때 이 한 편을 떼내고, 내 단편집엔 '평범하고 속됨'만 남겨 판을 치게 했던 것이다.

1926년 가을, 나는 혼자서 하문(廈門)의 돌방에 묵고 있었다. 바다를 마주하여 옛 책을 보노라니, 주위에 인기척은 없고 마음은 텅 비어 있었다. 그런데 베이징의 미명사(未名社 : 루쉰이 젊은 친구들과 만든 문학결사(文學結社))로부터는 줄곧 잡지에 실릴 원고를 독촉하는 편지가 왔다. 나는 그 무렵 현재의 일에 생각을 돌리고 싶지 않았다. 그래서 추억을 더듬어 《아침 꽃을 저녁에 줍다》 10편을 썼다. 계속해 고대 전설들을 주위 모아 《새로 엮은 옛이야기》 8편을 완성하려 생각했다. 그러나 《달로 달아나다》와 《벼린 검(원제는 미간척(眉間尺)》을 썼을 뿐, 광주(廣州)로 달아났기 때문에 중단되고 말았다. 그 뒤 여전히 재료를 찾아내어 스케치를 시도한 일은 있으나 계속 정리는 게을리하고 있었다.

그것을 이제야 겨우 한 권의 책으로 묶을 수 있게 되었다. 내용은 전처럼 스케치가 대부분인 소설들이다. 이미 쓴 것 중 몇 작품은 고전에 근거를 둔 창작도 있다. 더구나 나의 옛사람에 대한 태도는 현대인에게만큼 경건함이 없기 때문에 아무래도 반장난기로 되기가 일쑤였다. 13년이 지난 지금에도 여전히 진보된 데라곤 찾아볼 수 없는, 기껏해야 《부주산》 따위에 지나지 않은 정도인 것 같다. 다만 옛사람을 또 한 번 죽게끔 쓴 일은 없기에 아직 한동안 존재할 여지는 남아 있으리라.

1935년 11월 26일
루쉰

하늘을 깁다

여왜(女媧 : 중국 천지 창조 신화에 나오는 여신)는 갑자기 잠이 깼다.

꿈을 꾸고 있는 그녀를 누가 깨운 것 같았다. 그러나 어떤 꿈을 꾸었는지 벌써 생각해 낼 수가 없었다. 하여튼 가슴이 답답하고, 뭔가 모자란 듯한, 그러면서도 뭔가가 남아 있는 것 같은 알 수 없는 기분이 들었다. 부채질 같은 산들바람이 따뜻하게 불어와서 그녀의 생기를 온누리에 퍼져 나가게 했다.

그녀는 자기 눈을 비볐다.

복숭아빛 하늘엔 물결처럼 몇 가닥의 석류빛 구름이 떠 있었다. 별은 그 뒤에서 빛났다 꺼졌다 하며 반짝반짝 깜빡였다. 하늘 끝 피처럼 빨간 구름 사이로 곳곳을 내리비치는 태양이 마치 태고의 용암에 둘러싸여 움직이는 황금 공처럼 빛나고 있었다. 그 반대쪽엔 쇠처럼 차디찬 하얀 달이었다. 그러나 그녀는 어느 쪽이 지고, 어느 쪽이 떠오르는가는 염두에도 두지 않았다.

땅 위는 온통 연초록빛이었다. 별로 잎을 갈지 않은 소나무며 잣나무까지도 눈에 띄게 아름다웠다. 복숭아며 청백(靑白)빛의 됫박 크기 꽃들은 가까운 것은 알아볼 수 있었지만, 멀리 떨어져 감에 따라 온통 얼룩진 노을처럼 되어 있었다.

'원 참, 여지껏 이렇게 재미없던 적은 없었어.'

그녀는 그렇게 생각하면서 벌떡 일어났다. 그러곤 통통하게 살이 찐, 정력에 넘치는 팔을 쳐들고 허공을 향해 기지개를 켰다. 그러자 하늘은 돌연 빛을 잃고 야릇한 살빛으로 변했고, 그녀는 잠시 자신이 있는 곳을 분간할 수 없게 되었다.

그녀는 천지가 온통 살빛인 그 사이를 걸어서 바닷가로 갔는데, 온몸의 곡선은 점차 연한 장밋빛의 바다에 녹아들어 마침내는 몸 중앙 부분만 더욱 희게 남게 되었다. 온 바다 물결은 놀라 질서있게 출렁댔으나 물보라는 그녀의 몸으로 덮쳐 쏟아졌다. 이 새하얀 그림자가 바닷물 속에서 흔들리는 모습은 온몸이 여기저기로 힘차게 튀어 흩어지는 것 같았다. 그러나 그게 그녀 자신에게는 보이지 않는지 그녀는 하릴없이 한쪽 무릎을 꿇고 손을 뻗쳐서 물기 머금은 개흙을 움켜 올릴 뿐이었다. 그리고 그 개흙을 몇 번인가 짓이기자 자신과 별로 다를 바 없는 자그만 것이 두 손 안에서 생겨났다.

"어머나?"

물론 자기가 만든 것인 줄 알면서도 그것이 본디 고구마같이 개흙 속에 있었던 것처럼 여겨져 이상하기만 했다.

그러나 그 이상함이 그녀를 기쁘게 했다. 일찍이 없었던 의욕과 기쁨으로 그녀는 일을 계속했다. 헉헉, 숨을 헐떡여 가며, 땀투성이가 되면서……

"Nga! nga!"

작은 것들이 뜻밖에도 소리를 냈다.

"어머?"

그녀는 또 깜짝 놀랐다. 온몸의 털구멍이란 구멍으로부터 뭔가가 튀어나와 흩어지는 것만 같은 느낌이 들었다. 그러자 땅 위에는 젖빛 안개가 잔뜩 끼었다. 그녀는 겨우 기분을 가라앉혔다. 그 작은 것들도 입을 다물었고.

"Akon, Agon!"

작은 것들 중에서 그녀에게 말을 건 것이 있었다.

"오오, 귀여워라, 귀여워."

그녀는 그것들을 유심히 바라보며 개흙이 묻은 손가락으로 그 포동포동한 얼굴을 건드렸다.

"Uvu, Ahaha!"

그것들은 웃었다. 그것은 그녀가 하늘 땅 사이에서 처음 들은 웃음소리였다. 그래서 그녀도 입을 한껏 벌리고 처음으로 웃었다.

그녀는 그것들을 얼러주면서 여전히 만들기를 계속했다. 만들어진 것들은 그녀의 주위를 둘러쌌다. 그러나 점차 수가 불어나면서 보다 많이 지껄이는 바람에 그녀는 차차 소리를 분간할 수 없게 됐다. 귓전에서 와글와글거리는 데다 귀찮기도 해서 머리가 땅해질 것 같았다.

그녀는 오래 지속된 기쁨 속에서 이미 피로를 느끼고 있었다. 거의 숨을 다 토해 냈고, 땀을 죄다 흘려 버린 데다 머리까지 띵해 왔기 때문에 두 눈이 다 뱅뱅 돌고, 두 뺨도 화끈댔다. 자신이 생각해도 공연한 짓만 같았고, 무엇보다 귀찮아서 견딜 수가 없었다. 그러나 그녀는 역시 지금까지처럼 무의식중에 손을 쉬지 않고 계속 놀리고 있었다.

마침내 다리며 허리가 아파와 견딜 수가 없어진 그녀는 일어났다. 비교적 거침없이 튄 높은 산에 기대며 위를 쳐다보았다. 하늘에는 온통 비늘 같은 흰 구름이 떠 있었다. 아래쪽은 시꺼먼 심록(深綠). 그녀는 자신도 그 까닭을 알 수 없었지만, 왜 그런지 몸의 상태가 이상함을 느꼈다. 그래서 화난 듯이 손을 뻗쳐 잡힌 것을 확 잡아당겼다. 산 위에서 하늘 끝까지 자라나 있던 등나무 그루가 뽑혔다. 그 등나무에는 이루 형용할 수 없을 만큼 큰 갓 피어난 자주색 꽃이 가지마다 달려 있었다. 그녀가 확 잡아 흔들자 등나무는 땅 위로 넘어지면서 자주와 흰빛이 섞인 꽃송이를 온통 땅위로 흩뿌렸다.

계속해서 또 한번 잡아 흔들자 등나무는 개흙과 물속에 확 잠기면서 물이 섞인 개흙을 퉁겨 올렸고, 그 흙이 땅 위에 떨어지자 아까 그녀가 만든 것과 똑같은 모양의 작은 것이 수없이 생겨났다. 다만 그 대부분은 보기 싫을 정도로 바보 같은 교활한 몰골이었다. 그러나 그녀는 그런 것을 가릴 여유가 없었다. 재미있는 듯이, 바쁜 듯이 장난기마저 섞어가며 마구 휘둘러 대고 있었다. 휘두르는 것이 점점 빨라지자 등나무는 끓는 물을 뒤집어 쓴 뱀처럼 개흙투성이가 되어 땅 위에 나둥그러졌다. 그러자 개흙 물방울이 폭풍우처럼 등나무 줄기에서 날아 흩어졌는데, 이것들은 땅에 닿기도 전에 벌써 으앙으앙 우는 작은 것으로 바뀌어 그 주위를 엉금엉금 기어다녔다.

그녀는 정신이 없어지기 시작했으나 여전히 그것을 휘둘러 댔다. 하지만 다리와 허리가 아파왔을 뿐 아니라 두 팔의 힘마저 빠지고 말았다. 그래서 자신도 모르게 몸을 구부려 머리를 높은 산에 기댄 뒤 새까만 머리털을 산꼭대기에 걸친 채 잠시 숨을 헐떡였다. 그리고 후우 한숨을 내쉬며 두 눈을 감았다. 등나무는 그녀의 손에서 떨어지며 지친 듯이 축 늘어지더니 땅바닥에 가로누워 버렸다.

2

꽝!

천지가 무너지는 듯한 소리에 여왜는 번쩍 눈을 떴다. 동시에 몸뚱이가 동남쪽으로 미끄러져 갔다. 발을 뻗쳐 멈춰 서려고 했으나 발을 디딜만한 것이 아무것도 없었다. 재빨리 팔을 뻗쳐 산봉우리를 붙들어 간신히 미끄러지는 것을 면했다.

그런데 이번엔 물과 모래가 등 뒤에서 그녀의 머리와 몸으로 쏟아져 옴을 느꼈다. 뒤돌아보려 하자 입이며 두 귀를 물이 덮어씌웠다. 그래서 재빨리 머리를 숙였다. 그랬더니 땅바닥이 자꾸만 움직이는 게 보였다. 다행히 그 움직임이 조금 멎었기 때문에 그녀는 뒤로 물러나 주저앉으며 몸을 안정시킨 다음 간신히 손으로 이마와 눈 언저리의 물을 닦고는 어찌된 영문인가를 살펴보았다.

사태는 분명치가 않았다. 여기저기 폭포수처럼 물이 흐르고 있었다. 십중팔구 바닷속이리라. 어떤 데는 보다 높은 파도가 출렁대고 있었다. 그녀는 멍청히 기다려 보는 수밖에 없었다.

그러나 그러는 동안 꽤 조용해졌다. 큰 파도는 앞서의 산만한 높이밖에 안 되었고, 육지처럼 보이는 곳에는 모난 바위도 나타났다. 그녀가 바다 위를 바라보고 있자니, 몇 개의 산이 떠내려와선 파도 속에서 맴돌고 있었다. 그 산들이 자기 발에 부딪힐 것 같아 그녀는 손을 뻗쳐 집어들고 산골짝을 바라보았다. 거기엔 아직 한 번도 본 일이 없는 수많은 것들이 숨어 있었다.

그녀는 손으로 산을 가까이 당겨 자세히 살펴보았다. 그것들이 있는 옆 땅에는 무언가 토해 버린 것들이 흩어져 있었다. 금가루 옥가루에, 깨물어 씹은 소나무 잣나무 잎이며 생선과 짐승의 고기가 한데 섞여 있는 것 같았다. 그것들은 차례차례로 천천히 머리를 쳐들었다. 여왜는 눈을 크게 뜨고 바라보고서야 그것들이 앞서 자기가 만든 작은 것들임을 겨우 알아차렸다. 다만 그것들은 이상한 몰골을 하고 있었다. 벌써 무엇인가로 몸을 싸고 있는 것이다. 그 중 몇 개에는 얼굴 아래쪽에 새하얀 털까지 나 있었다. 그 끝은 바닷물이 달라붙어 마치 뾰죽한 백양나무 잎 같은 모양을 하고 있었지만.

"어머, 어머!"

그녀는 의아한 듯이, 또 기분이 언짢은 듯이 그렇게 외쳤다. 마치 쐐기벌레에라도 쐰 것처럼 살에 밤톨이 생겼다.

"상진(上眞: ^{높은}선인)님, 살려 주세요……."

얼굴 아래쪽에 흰 털이 난 것은 계속 구역질을 하면서 띄엄띄엄 말했다.

"살려 주시기를…… 신(臣)들은…… 선술(仙術)을 배우고 있습니다. 뜻밖에도 악겁(惡劫)이 닥쳐와 천지가 무너지리라고는…… 지금 다행하게도…… 상진님을 만나게 되어…… 바라옵건데 목숨만은 살려 주시기를…… 또한 선약을…… 내려 주시옵기를……."

그리고 머리를 들었다 내렸다 하는 이상한 동작을 했다.

그녀는 멍해져서, 그저 "뭐?" 할 도리밖에 없었다.

그들 대부분이 입을 열었다. 똑같이 구역질을 하면서 "상진님, 상진님" 떠들어 대고는 이어 또 이상한 동작을 했다. 너무 귀찮아서 그녀는 싫증이 났다. 산 따위를 끌어당겨 그 때문에 까닭 모를 재난을 부르게 된 것을 후회했다. 어쩔 줄 몰라 주위를 둘러보자 바다 위를 헤엄쳐 돌아다니는 큰 거북 한 무리가 눈에 띄었다. 자기도 모르게 기쁨에 겨워 곧 그 산을 거북 등에 올려놓고 부탁했다.

"조용한 곳으로 태워다 줘."

큰 거북들은 알았다는 듯이 줄지어 늘어서서 멀리 실어 갔다. 그런데 조금 전에 잡아당길 때 힘이 지나쳐서 얼굴에 흰 털이 난 것 하나가 산에서 흔들려 떨어져 버렸는데, 그것은 뒤쫓아갈 수도 헤엄을 칠 수도 없어서 바닷가에 엎드린 채 자신의 따귀를 때리고 있었다. 여왜는 불쌍한 생각이 들었지만 상관하지 않기로 했다. 사실 그런 것에까지 상관하고 있을 틈이 없었던 것이다.

그녀는 후우 한숨 돌리자 기분도 얼마쯤 가벼워졌다. 그래서 다시 자기 몸 주위에 눈을 돌렸다. 물살은 이제 상당히 줄어들어 여기저기 넓은 땅과 돌이 드러나 있었다. 돌 틈에는 많은 것들이 끼여 있었는데, 죽 뻗어 버린 것도, 아직 움직이는 것도 있었다. 그녀가 바라보자 그 중 하나가 눈을 허옇게 뜨고 그녀 쪽을 멍하니 보고 있었다. 그것은 온몸을 많은 쇳조각으로 감싸고 있었다. 얼굴에는 심한 실망과 함께 공포의 빛이 감돌았다.

"저곳에 무슨 일이 일어났느냐?"

그녀는 잠시 뒤에 물어보았다.

"아아, 하늘이 상(喪)을 내리신 겁니다."

그것은 슬픈 듯이 말했다.

"전욱(顓頊)이 도리를 모르고 우리 임금님($\frac{공공씨}{(共工氏)}$)께 반항했습니다. 우리 임금께서 몸소 천벌을 행사하시어 들판에서 싸웠지만, 하늘은 덕이 있는 쪽을 돕지 않으시어 우리 군사가 도리어 패한 것입니다……."

"뭐라구?"

그녀는 지금까지 이런 말을 들은 적이 없었기에 이상해서 견딜 수가 없었다.

"우리 군사가 도리어 패하니 우리 임금께서 그 머리를 부주산에 부딪치셨습니다. 이 때문에 하늘의 기둥이 부러지고(천하가 어지러워짐), 땅의 밧줄(자연의 힘)이 끊어져서 우리 임금 또한 돌아가신 겁니다. 아아, 참으로 이것은……."

"이제 그만, 이제 그만. 네가 하는 소리는 알아들을 수가 없어."

그녀는 얼굴을 돌렸다. 그러자 이번엔 즐거운 듯한 자랑스런 얼굴이 눈에 띄었다. 이것 또한 많은 쇳조각으로 온몸을 감싸고 있었다.

"저곳에 무슨 일이 일어났느냐?"

그녀는 이때 비로소 그 작은 것들이 여러 가지 다른 얼굴로 변할 수 있음을 알았다. 그래서 전과 같지 않은, 뜻을 이해할 수 있는 대답을 들을 수 있을지 모른다고 생각했다.

"인심이 옛날 같지 않아 실로 탐욕스런 강회(康回 : $\frac{共工氏}{를 말함}$)가 천자의 자리를 엿보았습니다. 우리 임금께서 몸소 천벌을 행사하시어 들판에서 싸웠는데, 하늘은 실로 덕 있는 편을 도우신지라 우리 군사는 채 싸울 것도 없이 강회를 부주산에서 멸망시켰습니다."

"뭐라구?"

그녀는 역시 모르는 모양이었다.

"인심이 옛날 같지 않아……."

"이제 그만, 이제 그만. 똑같은 소리니까."

그녀는 화를 내며 갑자기 두 볼을 귀밑까지 붉혔다. 얼른 고개를 돌려 다른 곳을 살피자 겨우 이번엔 쇳조각을 몸에 붙이지 않은 놈을 발견하였는데, 상처를 입은 알몸뚱이에선 아직도 피가 흐르고 있었다. 다만 허리만은 누더기를 감고 있었는데, 그것은 방금 쭉 뻗어 버린 놈의 허리에서 벗겨낸 것이었으면서도 얼굴만은 천연덕스러웠다.

이놈은 쇳조각을 두른 놈들과는 종류가 다른 듯 보이니 틀림없이 무슨 단서를 얻어 낼 수 있으리라 여기며 그녀는 물었다.

"저곳에 무슨 일이 일어났느냐?"

"무슨 일인가가 일어난 거겠죠."

그놈은 살짝 머리를 쳐들고 말했다.

"아까 그 소동은……."

"아까 그 소동 말입니까?"

"전쟁인가?"

하는 수 없어 그녀는 자신이 직접 추측을 내렸다.

"전쟁일까요?"

상대도 그렇게 반문을 했다.

여왜는 기가 막혀 한숨을 내쉬었다. 그리고 고개를 쳐들어 하늘을 바라보았다. 하늘에는 몹시 깊고 넓은 균열이 있었다. 그녀는 일어나 손톱으로 퉁겨 보았다. 맑은 소리가 나지 않고 금 간 찻잔을 퉁기는 소리가 났다. 그녀는 눈썹을 찡그린 채 잠시 주위를 둘러보며 한동안 생각에 잠겼다가 머리의 물을 짜낸 뒤 머리털을 두 어깨로 갈라 붙였다. 그리고 기운을 내어 여기저기 나 있는 갈대를 잡아 뽑기 시작했다.

'수리부터 하기로 하자.'

그녀는 벌써 이렇게 생각을 정해 놓고 있었던 것이다.

이때부터 그녀는 낮이고 밤이고, 갈대섶을 쌓아올려 갔다. 섶이 수북이 높아짐에 따라 그녀는 점점 야위어 갔다. 까닭인즉 상태가 전과는 완전히 다르기 때문이었다. 우러러 쳐다봐야 비뚤게 갈라진 하늘, 굽어 내려다봐야 뒤죽박죽으로 부서진 땅뿐, 마음을 즐겁게 해 줄 것이 아무것도 없었다.

갈대 섶더미는 갈라진 틈에 닿았다. 그래서 이번엔 푸른 돌을 모으기 시작했다. 처음에는 하늘과 똑같은 새파란 돌을 고를 작정이었다. 그러나 땅에는 별로 흔치 않았고, 큰 산을 쓰기는 아까웠다. 때로는 사람들이 많이 있는 곳으로 가서 작은 돌을 주워올 때도 있었는데, 그들에게 들키면 비웃음이나 욕을 사거나 그것을 빼앗기기도 했으며, 심한 때는 손을 깨물리기도 했다. 그래도 그녀는 쉬지 않고 흰 돌도 조금 섞고, 그래도 모자라면 약간 붉은 기가 도는 것과 검은 것까지 모아 마침내는 간신히 간신히 갈라진 틈을 죄다 메웠다. 이제 불을 붙여 녹이기만 하면 일은 다 끝나는 것이다. 그러나 그녀는 지친 나머지 눈이 흐려지고 귀에 소리가 나서 배길 수 없을 정도가 되었다.

"정말이지, 지금까지 이렇게 시시한 적은 없었어."

그녀는 산꼭대기에 걸터앉아 두 손으로 머리를 감싸안고 가쁜 숨을 내쉬며 말했다.

그 무렵 곤륜산(崑崙山) 위에 있는 원시림의 큰불은 여전히 꺼지지 않아 서쪽 하늘 끝까지 새빨갰다. 서쪽으로 흘끗 눈을 돌리는 순간 그녀는 거기서 불붙은 큰 나무를 뽑아 갈대섶에 불을 지르기로 결심했다. 그래서 손을 뻗치려고 했을 때 발가락에 무언가가 툭 치는 것을 느꼈다.

눈을 아래로 돌려보니 역시 아까 만든 작은 것이었는데, 그것은 더욱더 이상한 모양을 하고 있었다. 뭔가 헝겊 같은 것을 온몸에 너덜너덜 걸치고, 머리에는 직사각형 널빤지를, 또 허리에는 단정하게 10여 장의 헝겊조각을 걸치고 있었다. 손에도 뭔가를 쥐고 있었는데 그녀의 발가락을 친 것이 그것이었다.

그 직사각형 널빤지를 머리에 인 것은 마침 여왜의 두 다리 사이에서 위를 쳐다보고 서 있었다. 그녀가 눈을 내리뜬 것을 보자 황급히 손에 든 작은 것을 바쳤다. 받아 들고 바라보니 그것은 한 개의 반들반들한 푸른 대나무 패찰(牌札)이었다. 겉에는 떡갈나무 잎의 검은 반점보다도 훨씬 더 작은 검은 반점이 두 줄로 나란히 있었다. 그녀는 그 솜씨의 정교함에 깊이 감탄했다.

"이건 뭐냐?"

호기심을 억제할 수 없던 그녀가 물었다.

직사각형 널빤지를 머리에 인 것은 대나무 패찰을 가리키며 술술 글을 외듯 말했다.

"옷을 벗고 음탕하게 노는 자는 덕과 예를 잃어 법도를 어긴다. 그것은 금수의 행동이니라. 언제나 나라에는 형법이 있어 이를 금하나니."

여왜는 직사각형 널빤지를 머리에 인 것 쪽으로 눈을 돌렸다. 하찮은 것을 물었구나 싶어 쓴웃음을 지었다. 이런 것들과 이야기를 해 본댔자 말이 통하지 않음은 진작부터 알고 있었던 것이다. 그래서 그녀는 입을 다물기로 하고 손에 든 대나무 패찰을 직사각형 널빤지 위에 놓은 다음, 그 손으로 즉시 불숲에서 타고 있는 큰 나무 한 그루를 잡아 뽑아 갈대섶더미에 붙이려 했다.

갑자기 에엥에엥하는 소리가 들렸다. 일찍이 한 번도 들은 일이 없는 소리였다. 그래서 그녀는 손을 멈추고 다시 한번 아래쪽으로 눈길을 돌렸다. 그러자 직사각형 널빤지 밑의 작은 눈에 겨자씨보다 작은 눈물이 두 방울 맺혀 있는 것이 보였다. 그것이 그녀의 귀에 익은 '응아 응아' 하는 울음소리와 전혀 달랐기 때문에 이것 역시 우는 소리의 조짐임을 그녀는 끝내 몰랐던 것이다.

그녀는 마침내 불을 붙였다. 그것도 한 곳만이 아니었다.

불기운은 대단치 않았다. 갈대섶이 잘 마르지 않은 탓이었다. 그러나 잠시 뒤 이윽고 피익피익 하는 소리가 나더니 조금 지나자 마침내 수많은 불꽃이 혀를 내밀었다 오므렸다 하며 위로 위로 핥으며 올라갔다. 다시 얼마를 지나자 불꽃은 한덩어리가 되어 여덟 겹으로 핀 꽃송이처럼 되고, 다시 또 불기둥으로 변해 밝게 비치며 곤륜산 위의 붉은 빛을 압도했다. 갑자기 큰 바람이 일자 불기둥은 빙빙 돌며 울부짖었다. 푸른 돌도, 온갖 빛깔의 돌들도 모두 새빨간 빛으로 변해 엿가락처럼 녹아 내리며 갈라진 틈을 메우는 그 모습은 흡사 불멸의 번갯불 띠 같았다.

바람과 불기운에 나부끼어 그녀의 머리털은 여기저기로 흐트러져 소용돌이쳤다. 땀은 폭포수처럼 흘렀다. 큰 불꽃이 그녀의 몸을 달게 하여 마침내는 그 빨간 살빛을 온누리에 나타내게 했다.

불기둥은 차차 위로 올라가고, 뒤에는 산더미만 한 갈대섶 재만이 남았다. 하늘이 온통 검푸른 빛깔로 변했을 때 그녀는 손을 뻗쳐 불탄 곳을 만져 보았으나 아직도 꽤 울퉁불퉁한 것이 손 끝에 느껴졌다.

"좀더 기운을 차린 뒤에 다시 하기로 하자……."

그녀는 생각했다. 그래서 그녀는 허리를 굽혀 갈대 재를 한 움큼씩 손에 집어 땅 위로 큰 물 속으로 버렸다. 재는 아직 덜 식었기 때문에 물에 닿자 쉬쉬 김을 뿜으며 튀어올라 그녀의 몸에 와 닿았다. 게다가 그칠 기색 없이 부는 큰 바람마저 재를 휘몰아 와선 그녀를 흙빛으로 만들어 버렸다.

"으음……."

그녀는 마지막 숨을 내뿜었다.

하늘 끝 피처럼 빨간 구름 사이로 곳곳을 내리비치는 태양이 마치 태고의 용암에 둘러싸여 움직이는 황금 공처럼 빛나고 있었다. 그 반대쪽은 쇠처럼 차가운 하얀 달이었다. 그러나 어느 쪽이 지고 어느 쪽이 뜨는지는 알 수 없었다. 이때 스스로 자신의 모든 것을 다 써 버린 그녀의 시체는 한가운데 엎어진 채 쓰러져 있었다. 그리고 두 번 다시 숨을 쉬지 않았다.

주위는 온통 죽음 이상으로 고요했다.

3

어느 몹시 추운 날, 무슨 소리가 들려왔다. 금위군(禁衛軍)이 드디어 세차게 몰려든 것이었다. 그들은 불빛과 연기가 사그라지길 기다리다 도착이 늦어진 터였다. 그들 왼쪽에는 노란 도끼 한 자루, 오른쪽에는 검은 도끼 한 자루, 뒤쪽에는 아주 크고 아주 오래된 군기(軍旗)가 세워져 있었다. 두려움에 떨면서 여왜의 시체 옆까지 공격은 해 왔지만, 그것은 꿈쩍도 하지 않았다. 그래서 그들은 시체의 뱃살 위에 진을 쳤다. 그곳이 가장 비계가 두껍게 끼어 있었기 때문이다. 그들은 이런 선택에선 실로 현명했다. 그 뒤 그들은 갑자기 말투를 고쳐 자기들이야말로 여왜의 직계라고 하면서, 동시에 군기의 과두문자(蝌蚪文字 : 올챙이 모양의 옛날 글자)를 '여왜씨의 장(女媧氏之腸)'이라고 고쳐 썼다.

바닷가에 떨어진 늙은 도사도 그 자손이 헤아릴 수 없는 대(代)에까지 이르렀다. 그는 임종할 때 선산(仙山)이 거북의 등에 실려 바다를 건너갔다는 중대한 소식을 제자들에게 전해 주었다. 제자가 이 말을 또 그 제자에게 전했다. 그 뒤 한 사람의 방사(方士 : 선술(仙術)을 쓰는 사람)가 진시황(秦始皇)에게 잘 보이려고 그 사실을 아뢰었다. 시황제는 방사로 하여금 그 선산을 찾게 했다. 방사가 선산을 찾아내기 전에 시황제는 죽고 말았다. 한무제가 또 찾게 했으나 역시 그림자조차 없었다.

아마 큰 거북들은 여왜가 말한 것을 알아듣지 못한 것이리라. 그때는 우연히 어쩌다가 알아챈 듯한 시늉을 해보인 것뿐이었으리라. 아무 말 없이 등에 싣고 한동안 가다가 저마다 뿔뿔이 흩어져 잠들고 만 것이리라. 그래서 선산도 함께 잠겨 버린 것이리라. 그 까닭에 그 뒤부터 오늘날까지 누구 한 사람 신선이 사는 산의 한 귀퉁이조차 본 적이 없고, 기껏해야 야만인이 사는 섬을 몇 개 발견한 데 지나지 않는 것이다.

달로 달아나다

1

영리한 가축은 확실히 사람의 기분을 아는 모양이다. 집 대문이 보이기 시작하자마자 말은 갑자기 걸음을 늦추었다. 뿐만 아니라 말 위의 주인과 동시에 머리를 숙이고, 발을 옮겨 놓을 때마다 머리를 방아찧듯이 아래위로 움직였다.

저녁노을이 완전히 큰 저택을 둘러싸고 있었다. 가까운 이웃집들에서는 밥짓는 연기가 시커멓게 피어 올랐다. 벌써 저녁때다. 말발굽 소리를 알아들은 부하들은 재빨리 대문 밖까지 마중하러 달려나와 팔을 내려 자세를 바로 잡고 서 있었다. 예(羿)가 쓰레기터 근처에서 힘없이 말에서 내리자 부하들은 재빨리 고삐와 채찍을 받아 들었다. 그는 대문을 들어서려다가 허리께로 눈길을 보냈다. 활통에는 갓 만든 화살이 가득 들어 있었다. 그물 주머니에는 까마귀 세 마리와 화살에 맞아 바스라진 참새 한 마리가 들어 있었다. 그는 잠시 망설이더니 이윽고 결심한 듯이 성큼성큼 대문을 들어섰다. 활통에서 화살이 덜그덕덜그덕 소리를 냈다.

안마당으로 들어서는 순간 둥근 창문으로 얼굴을 내미는 상아(嫦娥)가 보였다. 눈이 밝은 만큼 그녀는 아마 잡은 까마귀를 보았을 것임에 틀림없다. 그는 움찔하며 발길이 앞으로 나가지 않았다. 그렇다고 방으로 들어가지 않을 수는 없었다. 하녀들이 나와 맞으니 활과 화살통을 내려주고 그물 자루를 끌러 주었다. 어쩐지 그녀들이 쓴 웃음을 짓는 것만 같아 견딜 수가 없었다.

"부인……."

손과 얼굴을 닦고 난 그는 안방에 들어가자 이렇게 불렀다.

둥근 창 밖의 저녁 하늘을 바라보던 상아는 천천히 고개를 돌리고 보는 듯 마는 듯 힐끗 그에게로 눈길을 던질 뿐 대답은 하지 않았다.

이런 그녀의 태도에 예는 벌써 오래 전부터, 적어도 1년 이상 전부터 익숙해 있었다. 그는 상관하지 않고 앞으로 다가갔다. 그러고는 맞은편에 있는 털이 빠진 낡은 표범 가죽이 깔려 있는 나무 의자에 걸터앉아 머리를 긁적거리면서 떠듬떠듬 말을 꺼냈다.

"오늘도 역시 운이 나빠서 말야, 도무지 까마귀만이……."

"흥!"

상아는 버들눈썹을 치켜세우며 갑자기 일어나는가 했더니, 뭔가 입속으로 종알거리며 바람처럼 방에서 나가 버렸다.

"오늘도 까마귀 자장면, 내일도 까마귀 자장면! 한번 물어 보란 말야, 어느 누가 1년 내내 까마귀고기 자장면만 먹고 사는지? 무슨 놈의 팔자로 이런 데로 시집와서 1년 내내 얻어 먹는다는 게 까마귀 자장면뿐이람!"

"부인."

예는 재빨리 일어나 뒤쫓아가선 소리를 낮추어 말했다.

"하지만 오늘은 그래도 다행이었어. 참새도 한 마리 잡았으니 말야. 임자의 만찬이 될 거야. 여신(女辛)!"

그는 큰 소리로 하녀를 불렀다.

"그 참새를 가져와서 마님께 보여 드리도록."

잡은 것은 벌써 부엌으로 옮겨져 있었다. 여신은 재빨리 참새를 찾아와서 두 손에 받쳐 상아 앞에 내밀었다.

"흥!"

그녀는 힐끗 바라본 뒤 천천히 손으로 만져 보고는 불만스러운 듯이 말했다.

"이건 원, 완전히 바스라졌잖아요. 고긴 어디 있죠?"

"그렇게 됐어. 화살이 부숴 버리고 말았어. 내 활이 너무 센 데다가 촉이 너무 굵어서 말야."

예는 쩔쩔맸다.

"좀 작은 활촉을 쓰지."

"작은 것이 없어. 큰 멧돼지며 뱀을 쏘아 죽인 뒤론……."

"이게 큰 멧돼지, 큰 뱀이란 말예요?"

그렇게 말하면서 그녀는 여신 쪽을 돌아보며 "국으로 만들어라" 하고는 그대로 방으로 돌아가 버렸다.

예만이 넓은 방 안에 남게 되었다. 멍하니 벽에 기대고 앉아 있노라니 부엌에서 타닥타닥 장작 타는 소리가 들렸다. 생각하면 옛날 자기가 쏜 멧돼지는 얼마나 컸던가. 멀리서 보면 작은 산만큼이나 컸다. 만일 그대로 쏘아 죽이지 않고 지금까지 남겨 두었던들 넉넉히 반 년은 먹을 수 있었을 테고, 그러면 매일 이처럼 식량 걱정을 하는 일은 없었을 텐데. 그리고 큰 뱀만 하더라도 국을 끓여 먹을 수 있었을 터인데……

여을(女乙)이 와서 등불을 켰다. 바로 앞 벽에 걸려 있는 붉은 활과 화살, 검은 활과 화살, 돌활, 장검, 단검 등이 어둠침침한 등불 속에 떠올랐다. 예는 그것들을 바라보고 고개를 떨구며 후우 한숨을 내쉬었다. 거기에 여신이 저녁밥을 차려와서 가운데에 있는 책상 위에 놓았다. 왼쪽에 국수 대접이 다섯, 오른쪽에는 국대접 둘, 가운데는 까마귀 고기로 만든 자장이다.

예는 자장면을 먹으면서 자신도 과연 맛이 없다고 생각했다. 몰래 상아 쪽을 바라보니 그녀는 자장은 거들떠보지도 않고, 국물을 국수에 부어 반 대접쯤 먹더니 젓가락을 놓아 버렸다. 옛날에 비해 보면 여위고 얼굴빛도 나빴다.

'혹시 병이라도…….'

그는 마음에 걸렸다.

2경(밤 10시)쯤 되자 그녀는 조금 기분이 풀린 듯, 잠자코 침대가에 걸터앉아 뜨거운 물을 마시고 있었다. 예는 옆에 있는 나무 평상에 앉아 털이 빠진 낡은 범가죽을 쓰다듬고 있었다.

"이봐."

그는 부드럽게 말했다.

"이 서산(西山)의 얼룩 표범도 우리가 결혼하기 전에 쏘아 잡았었지. 그때는 온몸이 황금빛으로 빛나서 정말 훌륭했어."

그는 이어 그 무렵의 음식들을 회상했다. 곰은 네 개의 발바닥만 먹었다. 낙타는 내민 혹만을 잘라 두고 나머지는 모두 하녀들과 부하들에게 나눠 주었다. 그리고 큰 동물을 다 쏘아 잡은 뒤부터는 멧돼지와 토끼와 산닭을 먹었다. 활 쏘는 법이 뛰어나서 잡는 것은 마음먹은 대로였다.

"아!"

그는 무심결에 한숨을 내쉬었다.

"내 활은 너무나 잘 맞혀줬어. 가는 곳마다 다 잡아치우고 말았지. 그 무렵엔 설마하니 먹을 것이 까마귀만 남을 줄이야 미처 몰랐었지……."

"흥."

상아는 쓸쓸하게 웃었다.

"그래도 오늘은 운이 좋은 편이었어."

예도 기분이 풀렸다.

"아무튼 참새가 한 마리 잡혔으니 말야. 이건 30리나 떨어진 먼 곳까지 나가서 찾아 헤맨 덕택이야."

"좀 더 멀리까지 갈 걸 그랬지요?"

"그랬으면 좋았을걸. 부인, 나도 그렇게 생각했어. 내일은 좀더 일찍 일어나야지. 임자가 일찍 잠이 깨면 날 깨워주지 않겠어? 그러면 50리 앞까지 나가봐야지. 작은 사슴이나 토끼라도 있을지 모르니까……. 하지만 어려울 거야. 내가 큰 멧돼지며 뱀을 쏘아 잡았을 무렵엔 짐승이 정말 많았지. 임자도 기억하고 있을 테지, 검은 곰이 자주 지나다녀서 친정 어머니 집 앞을 내가 몇 번이고 불려가서 쏘아 잡았던 일을……."

"그랬던가요?"

상아는 별로 기억에 없는 것 같았다.

"그런데 지금은 아주 깨끗이 없어졌어. 생각하면 이제부터 앞날이 걱정이야. 뭐 나는 아무렇지도 않지만. 저 도사(道士)한테서 얻은 신선이 만든 약을 먹기만 하면 하늘로 올라갈 수 있으니 말이야. 하지만 나는 무엇보다 먼저 임자 생각을 해야 해……. 그러니 내일 꼭 멀리까지 나가서……."

"흥."

상아는 뜨거운 물을 다 마신 뒤인지라 조용히 몸을 뉘고 눈을 감았다.

꺼져 가는 등불이 화장이 지워져 가는 얼굴을 비쳤다. 분은 약간 벗어지고, 눈언저리는 누른빛이 돌고, 검게 그린 눈썹도 양쪽이 다른 듯했다. 다만 입술만은 변치 않고 불처럼 새빨갰다. 웃지도 않는데 볼에는 보조개가 팼다.

"아아, 이런 아내에게 나는 1년 내내 까마귀 자장면만 먹이다니……."

그렇게 생각하자 그는 부끄러움에 두 볼이 귀밑까지 화끈댔다.

2

하룻밤이 밝은 이튿날이다.

예는 갑자기 눈을 떴다. 한 가닥의 햇빛이 비스듬히 서쪽 벽에 비쳤다. 시각은 이르지 않은 듯했다. 상아를 돌아보니, 아직 네 활개를 펴고 깊이 잠들어 있었다. 그는 살그머니 옷을 입고 표범 가죽 평상에서 내려와선 살금살금 방을 나와 얼굴을 씻으면서 여경(女庚)을 불러 왕승(王升)으로 하여금 말을 준비하도록 일렀다.

그는 일이 바빴기 때문에 오래 전부터 아침식사를 걸러 왔다. 여을(女乙)이 찐떡 다섯 개와 파 다섯 뿌리, 거기에 겨자(芥子) 된장 한 봉지를 그물자루에 넣은 다음, 활이며 화살과 함께 허리에 매어 주었다. 그는 허리띠를 단단히 죄어매고 살며시 방을 나가면서 맞은쪽에서 들어온 여경에게 명령했다.

"오늘은 멀리까지 먹을 것을 찾아나설 작정이라 늦게 돌아올지도 모르겠다. 마님께서 일어나 아침 식사를 마치거든 기분 좋을 때를 보아 이렇게 여쭈어라. 미안하지만 저녁밥은 좀 기다려 주셨으면 좋겠다고 말이다. 알았지. 미안하다고 말씀드리는 거다."

그는 바쁜 걸음으로 대문을 나와 또 말에 올라탔다. 지켜선 부하들을 뒤에 두고 금세 마을을 벗어났다. 앞쪽은 매일 발에 익은 수수밭이었다. 아무것도 없는 줄 알기 때문에 거들떠보지도 않았다. 말에 두 번 채찍질을 하고 마구 뛰게 하자 단숨에 60리쯤 달려갔다. 앞쪽에 무성한 숲이 바라보일 무렵 말은 후우후우 숨을 내쉬고 온몸에 땀을 흘리며 걸음을 늦추었다. 다시 10리 남짓, 겨우 숲에 가까워졌으나 눈에 띄는 것이라곤 벌·나비·개미·메뚜기 따위뿐, 새짐승의 발자취조차 없었다. 이 새 땅을 바라보았을 때는 여우나 토끼 한두 마리쯤은 틀림없이 있을 것으로 생각했으나, 그것도 몽상에 지나지 않았음을 곧 알게 되었다. 그는 하는 수 없이 빙 돌아서 숲을 나왔다. 숲 뒤로 또 푸르른 수수밭이었다. 멀리 점점이 흙집이 보였다. 바람 한 점없는 따뜻한 날씨이나 새소리 하나 들리지 않았다.

"제기랄!"

그는 횟김에 마음껏 큰 소리를 질렀다.

그런데 다시 여남은 걸음 전진했을 때 갑자기 가슴이 뛰었다. 멀리 흙집 앞 빈터에 새 한 마리가 내려앉아 있었다. 걸으며 쪼아 먹는 품이 아무래도 큰 비둘기 같았다. 그는 서둘러 활에 화살을 먹여 만월처럼 잡아당겨 휘익 쏘아 보냈다. 화살은 떨어지는 별똥별처럼 날았다.

이쯤되면 주저할 것도 없었다. 지금까지 언제나 백발 백중인 것이다. 말에 채찍질하고 화살이 날아간 방향으로 달려가면 반드시 잡은 것은 손에 들어오는 것이다. 그런데 그가 그곳으로 가까이 갔을 때 뜻하지 않게도 한 노파가 화살 맞은 큰 비둘기를 손에 든 채 소리 높이 울부짖으면서, 그의 말머리를 향해 달려들었다.

"너는 누구냐? 어째서 가장 소중한 우리집 검정 암탉을 쏘았단 말이냐! 장난이 너무 심하지 않으냐!"

예는 가슴이 두근거렸다. 재빨리 말꼬삐를 당겼다.

"저런, 닭이었던가. 비둘긴 줄 알고 그만."

그는 어쩔 줄 모르고 말했다.

"네 눈은 어디에 붙어 있느냐? 보아하니 마흔이 갓 넘었을 것 같은데."

"그렇습니다, 할머니, 저는 지난 해로 마흔다섯 살이 되었습니다."

"나일 헛먹었군. 암탉을 비둘기로 알아보다니. 도대체 너는 누구냐?"

"전 이예(夷羿)올시다."

그가 암탉을 보니, 자기가 쏜 화살에 정통으로 염통을 꿰뚫려 암탉은 물론 죽어 있었다. '이예'라는 두 글자의 소리가 나직했다. 그는 말에서 내렸다.

"이예라구? …… 글쎄, 모르는 이름인데."

노파는 그의 얼굴을 바라보며 말했다.

"아는 사람은 아는 이름입니다. 저는 요(堯)임금 때 멧돼지 몇 마리와 뱀을 쏘아 죽임으로써……."

"하하하, 이 허풍쟁이! 그건 봉몽(逢蒙)께서 다른 사람들과 함께 쏘아 죽인 거야. 임자도 같이 있었는지는 모르지만, 그걸 혼자서 해치운 것처럼 말하다니. 이 얌체야!"

"아, 아닙니다, 할머니 봉몽이란 사나이는 최근 몇 해 동안 가끔 내게 드나든 일이 있었을 뿐 같은 동아리는 아니며, 전혀 관계 없는 사람입니다."

"거짓말쟁이! 요즘 흔히 그런 말을 하는 자가 있어. 나도 한 달이면 네댓번은 듣는다구."

"아무러면 어떻습니까. 그런데 이 닭은 어떻게 하면 좋겠습니까."

"물어내야지. 우리 집에서 가장 소중한, 매일 알을 낳는 암탉이란 말이야. 괭이 두 자루, 물레가락(錘) 세 개를 물어내게."

"할머니, 보시다시피 저는 밭을 갈거나 베를 짜지 않습니다. 괭이나 물레가락이 어디 있겠습니까. 또 돈도 가진 것이 없습니다. 있는 것이라곤 찐 떡 다섯 개뿐입니다. 하기야 밀가루로 만든 떡이니, 이것을 닭에 대한 변상으로 드리겠습니다. 파 다섯 뿌리와, 또 겨자 된장 한 봉지도 더 드리지요. 어떻습니까……."

그는 한쪽 손으로 그물 자루에서 찐떡을 거내고 또 한쪽 손을 닭 쪽으로 뻗쳤다.

노파는 찐떡을 보자 마음이 움직였다. 그러나 열다섯 개가 아니면 안 된다고 하며 늦어도 내일 정오까진 갖다주는 대신에 그때까지 닭을 쏜 화살을 맡아 두겠다고 했다. 그래서 예는 됐다 싶어 죽은 닭을 자루에 넣자 안장에 올라 말머리를 돌리곤 귀로에 올랐다. 배는 고팠지만 마음은 즐거웠다. 그들은 벌써 1년 넘게 닭국을 맛보지 못했었다.

숲을 빠져 나왔을 때는 아직 오후였다. 이리하여 연방 말에 채찍질하여 길을 재촉했다.

그러나 말은 힘이 빠져 있었다. 간신히 밭에 익은 수수밭 근처까지 왔을 땐 벌써 해질 무렵이었다.

그때 뜻밖에도 가는 길 앞쪽 멀리 흘끗 사람 그림자가 움직였는가 싶더니 갑자기 화살 한 개가 그를 향해 날아왔다.

예는 말고삐를 당기지 않고 달리는 대로 몸을 맡긴 채 활을 잡아 화살을 메겨 휘익 쏘아 보냈다. 쨍하는 소리를 내며 화살촉과 촉이 맞부딪쳐 공중에서 불꽃이 튀었다.

두 개의 화살은 위로 꺾이어 '인(人)'자 모양을 그리더니 뒤집혀 땅으로 떨어졌다. 첫 번째 화살이 부딪는 순간 벌써 양쪽에서 두 번째 화살이 활시위를 떠났다.

또 쨍하는 소리를 내며 공중에서 맞부딪쳤다. 이렇게 해서 화살 아홉 개가 날아가자 예의 화살은 동이 났다. 그러나 그동안에 바로 앞에서 봉몽이 보란 듯 우뚝서서 다시 화살 한 개를 줄에 메겨 그의 목을 겨냥하고 있는 것이 보였다.

'허어, 저 녀석은 벌써 바닷가로 고기잡이라도 간 줄 알았는데, 여전히 이 근처를 서성거리고 있었던가. 옳아, 그러니까 그 노파가 그런 소리를 하게 되었겠지……'

예는 생각했다.

그때 벌써 앞쪽에서 활은 만월처럼, 화살은 별똥별과 같이 휘잉 하는 소리와 함께 예의 목을 향해 날아왔다. 약간 겨냥이 틀어졌던지, 활은 그의 입에 와 닿았다. 그는 곤두박질을 치며 화살과 함께 말에서 떨어졌다. 말은 멈춰 섰다.

봉몽은 예가 벌써 죽은 줄로 알고 천천히 다가와 승리의 술잔을 드는 기분으로 빙그레 웃으며 그의 죽은 얼굴을 들여다보았다.

눈동자를 모아 보려고 했을 때 예가 갑자기 눈을 뜨며 벌떡 일어났다.

"너는 백 번 와도 헛일이다."

그는 화살을 뱉어 내고 웃으며 말했다.

"내 화살 촉 무는 재주를 모를 리 없을 텐데. 이래 가지고 어쩌겠다는 거지. 그런 유치한 속임수는 그만 두어라. 남에게 훔쳐 배운 주먹다짐으로는 그 상대를 넘어뜨리지 못해. 자기 솜씨를 다듬지 않고선……"

"말하자면 그 사람이 행하는 도(道)는 그 사람에게 돌아간단 말이지……"

승자는 낮은 목소리로 말했다.

"하하하!"

그는 큰 소리로 웃으면서 일어났다.

"또 옛문자를 끌어 내긴가. 그런 글귀는 기껏해 노파를 속이는 것이 고작일 게다. 내 앞에서 무슨 큰 소리냐! 나는 지금까지 사냥만으로 살아왔다. 너처럼 강도 흉내는 내지 않아……"

그렇게 말하면서 자루 속의 암탉을 보니 눌려 으깨져 있지는 않았다. 그는 다시 말에 올라앉아 그곳을 떠났다.

"……장례식 종이나 울려라! ……"

아직도 멀리서 욕하는 소리가 들려왔다.

'저토록 처치 곤란한 놈인 줄은 생각 못했다. 아직 젊은 놈이 저주하는 말

이나 익혀 가지고. 그 노파가 그토록 놈을 신용하는 것도 무리가 아니다.'

그렇게 생각하자 예는 문득 말 위에서 절망을 느끼며 고개를 옆으로 저었다.

3

수수밭을 다 지나기도 전에 주위는 벌써 깜깜해졌다. 푸른 하늘에 별이 나타났다. 밤의 샛별이 서쪽 하늘에 한결 밝았다. 말은 하얀 밭길만을 따라 달려 가고 있었다. 그러나 지친 탓에 발걸음이 점점 느려졌다. 다행히 이제 떠오르기 시작한 달이 차차 은빛 광채를 더해 왔다.

"아아, 귀찮다!"

예는 뱃속에서 꾸르륵거리는 소리를 듣자 점점 더 말 위에서 조바심이 일었다.

"먹는 데 쫓기는 바쁜 때면 으레 시시한 사건이 일어나거든. 공연히 시간만 낭비했구나."

그는 두 발로 말 배를 차며 빨리 달려가게 하려 했으나 말은 뒷몸만 낮출뿐 느린 걸음을 고치지는 않았다.

'상아는 틀림없이 화가 나 있겠지, 오늘은 왜 이다지 늦는가 하면서. 어떤 얼굴을 내게 보일 생각일까. 하지만 다행히도 이 암탉이 기분을 돌려 주겠지. 나는 그저 이렇게 말하는 거야. 부인, 이것은 내가 왕복 2백 리나 뛰어다녀서 간신히 얻은 거요. 아니, 안 되지. 그러면 자랑하는 걸로 알아들을 테니.'

앞에서 인가의 등불이 보이기 시작했으므로, 그는 생기를 되찾아 지금까지의 생각을 중단했다. 말은 채찍을 가하지 않아도 힘차게 달렸다. 둥글고 하얀 달빛이 길을 비쳐 주고 있었다. 시원한 바람이 얼굴을 스쳤다. 정말 큰 사냥을 하고 돌아오는 것보다도 기분이 좋았다.

쓰레기터 근처에 이르자 말은 스스로 멈춰 섰다. 예는 순간 무언가 이상한 느낌이 들었다. 집안 분위기가 어수선하다는 생각이 절로 든 것이다. 마중나온 이도 조부(趙富) 한 사람 뿐이었다.

"어찌된 거냐? 왕승은?"

그는 의아해서 물었다.

"왕승은 요(姚)씨 댁으로 마님을 찾으러 갔습니다."

"뭐? 마님이 요씨 댁에 가셨단 말이냐?"

예는 말에서 내리는 것도 잊고 물었다.

"네에……."

그는 고삐와 채찍을 받아 들었다.

그제야 예는 겨우 말에서 내렸다. 대문을 들어서며 잠시 생각을 하더니 다시 돌아다보며 물었다.

"기다리다 못해 혼자 음식점으로 간 건 아니냐?"

"네. 새 음식점을 다 가서 물어 보았으나 계시지 않았습니다."

예는 고개를 떨구고 생각에 잠기면서 안으로 들어갔다. 세 하녀가 어쩔 줄 모르는 듯이 대청 앞에 모여 있었다. 그는 이상하게 생각하고 소리 높여 물었다.

"너희는 모두 집에 있구나. 요씨 댁에는 마님 혼자서 가신 일이 없지 않으냐?"

하녀들은 아무 대답도 없이 그의 얼굴을 보고 있었다. 그러다가 그에게로 다가오더니 활집과 전통과 암탉이 든 그물 자루를 벗겨 내렸다. 문득 예는 가슴이 두근대기 시작했다. 상아가 홧김에 엉뚱한 일을 저지른 것은 아닐까 하는 생각이 들었다. 그래서 여경으로 하여금 조부를 불러오게 했다. 뒷마당의 못이나 나무를 둘러보게 하려는 생각에서였다. 그러나 방으로 들어서는 순간 이 추측이 맞지 않는다는 것을 알았다. 방 안은 마구 흐트러져 있고, 옷 상자는 열린 채로 있었다. 침대 뒤를 보니, 화장함이 없어진 것이 맨 먼저 눈에 띄었다. 그러자 머리에 찬물을 뒤집어쓴 듯한 느낌이 들었다. 황금이나 보석은 문제가 아니었다. 다만 그가 도사에게서 얻은 그 신선이 만든 약이 이 화장함에 들어 있었던 것이다.

예는 방 안을 빙빙 돌고 있었다. 그러자 문 밖에 서 있는 왕승이 보였다.

"마님은 요씨 댁에 계시지 않습니다. 거기서는 오늘 마작을 하지 않는다고 하옵니다."

왕승이 말했다.

예는 그를 흘끗 바라볼 뿐 입을 열지 않았다. 왕승은 물러갔다.

"부르셨습니까……."

조부가 나타나 물었다.

예는 고개를 옆으로 저으며 손짓으로 그마저 물러가게 했다.

예는 또 방 안을 빙빙 돌았다. 그러고는 대청으로 나가서 걸터앉았다. 고개를 들어 맞은편 벽에 걸린 붉은 활과 화살, 검은 활과 화살, 돌활, 장검, 단검을 바라보면서 생각에 잠겼다.

그러다가 대청 아래 멍청히 서 있는 하녀들에게 물어보았다.

"마님께선 언제쯤부터 보이지 않으셨느냐?"

"등불을 켤 무렵이옵니다. 하지만 나가시는 것을 본 사람은 없습니다."

여을이 말했다.

"마님께서 저 상자에 있던 약을 드는 것을 보지 못했느냐?"

"보지 못했습니다. 다만 오후에 끓인 물을 자시겠다고 하시기에 제가 떠다 드린 일은 있습니다."

예는 황급히 일어났다. 그는 자기 혼자 이 세상에 남게 되었다는 느낌이 들었다.

"뭔가 공중으로 날아 올라가는 것을 보지는 못했느냐?"

"아 참!"

여신이 잠시 생각한 끝에 짐작이 가는 듯이 말했다.

"제가 등불을 켜 가지고 밖으로 나왔을 때 분명 검은 그림자가 날아가는 것을 보았습니다. 하지만 저는 그때 설마 그것이 마님일 줄은……."

그녀는 얼굴이 새파래졌다.

"그게 틀림없다."

예는 무릎을 탁 치며 벌떡 일어나더니 방 밖으로 뛰쳐나갔다. 뒤돌아보며 여신에게 "어느 쪽이지?" 물었다.

그는 여신이 가리키는 쪽을 바라보았다. 거기에는 새하얀 둥근 달이 하늘에 걸려 있었고, 그 속에는 달나라의 누각과 나무들이 희미하게 떠 있었다. 또 어렸을 때 할머니가 이야기해 준 달 궁전의 아름다운 모습이 어렴풋이 생각에 떠올랐다. 그는 푸른 바다에 떠 있는 것 같은 달을 바라보며 자기 몸이 말할 수 없이 무겁게 느껴졌다.

돌연 그는 화가 났다. 노여움은 그에게 살기를 불러일으켰다. 눈을 부릅뜨고 버럭 큰 소리로 하녀들에게 호통쳤다.

"내가 해를 쏘았던 활과 화살 세 개를!"

여을과 여경이 대청 한가운데 걸려 있던 큰 활을 집어 내려 먼지를 턴 다음, 세 개의 긴 화살과 함께 그의 손에 넘겼다.

그는 한 손에 활을 잡고, 또 한 손에 세 개의 화살을 한꺼번에 활시위에 메겨 만월처럼 잡아당기며 달을 마주하여 바위처럼 우뚝 섰다. 눈은 바위를 치는 번개처럼 빛을 내뿜었다. 수염과 머리털은 내리뻗는 번개처럼 빛을 내뿜으며 뻣뻣이 치솟아 검은 불길처럼 보였다. 이 순간, 그에게서 지난날 해를 쏠 때의 늠름한 모습이 비쳤다.

휘익 하는 한 소리— 단 한 소리로 세 개의 화살이 활시위를 떠났다. 쏘아 보내고는 화살을 메기고, 메기곤 화살을 쏘아 보냈는데, 그 빠른 솜씨는 눈으로도 볼 수 없었고, 그 소리는 귀로도 분간할 수 없었다.

본디 비록 세 개의 화살을 쏘았더라도 모두 한 곳에 꽂히게 되어 있었다. 화살과 화살이 서로 맞물려 머리털 만한 간격도 없이 꽂히기 때문이다.

그러나 그는 이때 기어코 떨어뜨리겠다는 생각에서 손목을 살짝 움직여 화살이 세 곳에 맞아 세 개의 상처를 입게끔 했던 것이다.

하녀들은 "앗!" 소리를 질렀다. 누구의 눈에도 달이 흔들려 금방 떨어질 것처럼 보였기 때문이다.

그러나 달은 여전히 하늘에 걸려 있었다. 상냥한 모습으로 더욱 흰한 빛을 내려비치며, 조금도 상처를 입은 것 같지 않았다.

"저것이!"

예는 하늘을 쳐다보며 큰 소리로 외쳤다. 한동안 바라보고 있었으나 그는 달과는 상대가 되지 않았다.

그가 세 걸음 나아가면 달은 세 걸음 뒤로 갔다. 그가 세 걸음 뒤로 가면 달은 세 걸음 앞으로 나아갔다.

그들은 묵묵히 서로 얼굴을 마주 보고 그 자리에 있었다.

예는 귀찮은 듯이 해를 쏜 활을 대청 앞에 세워 둔 채 방으로 들어갔다. 하녀들이 그의 뒤를 따랐다.

"아아!"

예는 털썩 주저앉으며 탄식했다.

"이제 너희 마님은 영원히 혼자서 즐겁게 지내게 됐다. 기어코 미련없이 나를 버리고 혼자서 하늘로 올라가 버렸단 말인가. 내가 늙었다고 생각한 것은 아닐까. 그러나 지난 달까지는 늙지 않았었다. 내가 늙었다고 생각하는 것은 마음 탓이라고 말했었는데."

"절대로 그렇지는 않습니다. 나리께서는 역시 전사(戰士)시라고 말씀하는 분도 계십니다."

여을이 말했다.

"때로는 꼭 예술가처럼 보이기도 합니다."

여신이 말했다.

"바보 같은 소리! 하긴 까마귀 자장면은 확실히 맛이 없었어. 무리도 아니다. 그녀가 견뎌 내지를 못한 것은……."

"저 표범 가죽 깔개의 털이 빠진 곳은 제가 벽 쪽으로 붙은 다리 가죽을 끊어 내어 이어 놓겠습니다. 보기 좋지 않으니까요."

그렇게 말하며 여신은 방으로 가려 했다.

"기다렷!"

예는 그녀를 불러 세우고 나서 잠시 생각했다.

"그것은 나중에 해도 좋다. 그보다는 배가 고파 견딜 수 없구나. 얼른 닭고기 찌개와 구운 떡 닷 근을 만들어 다오. 그것을 먹고 자야겠다. 내일은 또 한 번 그 도사에게로 찾아가서 신선이 만든 약을 얻어 먹고 뒤를 쫓는 거다. 여경, 너는 가서 왕승에게 일러라. 흰 콩 넉 되를 말에게 먹여 두라고 말이다."

물을 다스리다

1

'거대한 홍수가 이곳저곳을 누비면서 산을 휩싸고 언덕으로 오르는(《서경 (書經)》)' 시대였다. 순임금(舜帝)의 백성은 물 위로 드러난 산꼭대기에 모여 웅성거리고 있지만은 않았다. 나뭇가지에 몸을 붙들어 매고, 뗏목을 타고, 개중에는 뗏목 위에 조그마한 집을 얽어 놓기도 해서, 언덕에서 바라보면 제법 시적 정취가 넘쳤다.

먼 곳의 정보는 뗏목으로 전해 왔다. 사람들은 마침내, 곤(鯀) 대인께서 물을 다스린 지 만 9년이 지나도록 아무런 성과도 올리지 못하자, 크게 노하신 천자가 그를 우산(羽山)으로 귀양 보낸 것을 알았다. 그의 후임은 어릴 때 이름이 아우(阿禹)였던 아들 문명(文命)이라는 것도 알았다.

재해가 너무 오래 계속되어 왔기 때문에, 대학은 이미 옛날에 해산되었고 유치원마저 문을 연 곳이 없었다. 그탓에 백성들은 아주 무지몽매했다. 다만 문화산(文化山)에는 많은 학자들이 모여 있었다. 그들의 식량은 기굉국(奇肱國 : 고대전설에서 하늘을 나는 수레를 만든 나라)에서 하늘을 나는 수레로 실어 오기 때문에 모자랄 염려는 없었고, 마음놓고 학문을 연구할 수 있었다. 그런데 그들 대다수는 우(禹)에 반대했고, 개중에는 세상에 우란 사람이 실지로 있다는 것을 믿지 않으려 하는 사람마저 있었다.

매달 한 번씩 공중에서 휘익휘익 하는 소리가 났다. 그 소리는 점점 커졌다. 그러면 하늘을 나는 수레의 모습이 보이는 것이다. 수레에는 기가 꽂혀 있고 기에 그려진 노란 동그라미는 희미하게 빛났다. 땅 위 다섯 자 높이까지 오면 여러 개의 바구니를 아래로 내려뜨리는데, 그 안에 무엇이 들었는지는 알지 못했다. 다만 위와 아래에서 말하는 소리가 들릴 뿐이었다.

"굿 모닝!"

"하우 두유 두!"

"컬처……."

"오케이!"

하늘을 나는 수레가 기꿍국으로 날아간 뒤, 공중에 희미한 소리마저 들리지 않게 되면 학자들은 잠잠해졌다. 그들이 밥을 먹고 있기 때문이다. 다만 산 주위에서 물결이 바윗돌에 부딪치며 계속 요란한 소리를 낼 뿐이었다. 낮잠을 깨면 원기백배해서 학설 토론이 물결 소리를 압도했다.

"우가 치수를 한다 해도 절대로 성공하지 못하오. 그가 곤의 아들인 이상. 전에 왕공대신이나 부자집 족보를 많이 모아다가 철저히 연구를 한 끝에 하나의 결론을 얻었지요. 부자집 자손은 모두 부자이고 악한 사람의 자손은 모두 악하다는 것이오. 이게 '유전'이라는 거지요. 따라서 곤이 못한 성공을 그 아들인 우도 절대 할 수 없습니다. 왜냐하면 어리석은 사람은 현명한 사람을 낳을 수가 없기 때문이지요."

지팡이를 든 학자가 말했다.

"오케이!"

지팡이를 짚지 않은 학자가 말했다.

"그러나 당신은 우리 태상황제의 일을 생각해 봐야 하오. 그는 전에는 좀 미련했지만 지금은 아주 좋아졌소. 만일 어리석은 사람이었다면 영원히 나아질 까닭이 없을 텐데……."

또 다른 지팡이를 짚지 않은 학자가 말했다.

"오케이!"

"그, 그, 그런 건 다 시시한 이야기들이다."

또 다른 학자가 더듬으면서 말하곤 갑자기 코끝을 빨갛게 벌름거렸다.

"여러분은 뜬소문에 속고 있소. 사실 우라는 사람은 없소. '우'라는 것은 벌레요. 버, 버, 벌레가 치수를 할 수 있겠소? 나는 곤도 없다고 생각하오. '곤'이라는 것은 물고기 이름이오. 고, 고, 고기가 치, 치수를 할 수 있겠소?"

거기까지 말한 그는 두 발에 꽉 힘을 주고 일어섰다.

"하지만 곤은 분명히 있소. 7년 전 그가 곤륜산 기슭으로 매화꽃 구경 가는 것을 내가 직접 보았으니까."

"그렇담 그 이름이 틀린 거요. 그는 아마 '곤'이라고 하지 않을 거요. 그의 이름은 '인(人)'이라고 했어야 하오. 우만은 벌레가 틀림없어. 내게는 그가 존재하고 있지 않다는 증거가 많소. 여러분의 비판을 듣겠소……."

그리고 그는 분연히 일어나 주머니칼을 꺼내더니 큰 소나무 다섯 그루의 껍질을 벗겼다. 먹다 남은 떡 조각을 물로 개어 풀을 만들고, 거기에 숯가루를 섞었다. 그리고 나뭇결에 아주 작은 과두문자(蝌蚪文字)로 '아우말살고증론(阿禹抹殺考證論)'을 썼는데, 꼬박 스무이레가 걸렸다. 이 논문을 보고 싶은 사람은 어린 느릅나무 잎 열 장을 내야 했다. 만일 뗏목 위에 살고 있는 사람이면 그 대신 조개껍질에 잔뜩 낀 신선한 물이끼라도 좋았다.

아무튼 어느 곳이나 물뿐이어서 사냥이나 밭갈이를 할 수 없었기 때문이다. 그래도 살아 있기만 하면 여가만은 얼마든지 있으므로 보러 오는 사람은 제법 있었다. 소나무 밑은 사흘 동안 대만원이었고 곳곳에서 탄식하는 소리가 들렸다. 어떤 자는 감탄했기 때문이며, 또 어떤 자는 피로한 때문이었다. 나흘째 되는 날 정오에 한 시골 사람이 나타났다. 그때 그 학자는 구운 떡을 먹고 있었다.

"사람들 가운데는 아우(阿禹)라 불리는 자도 사람이 있습니다."

그 시골 사람은 말했다.

"더구나 '우(禹)'라는 것은 벌레는 아닙니다. 이것은 우리 시골뜨기의 약자로서, 나리들은 모두 이 자를 '우(禹)'라고 쓰지만 이것은 큰 원숭이란 뜻으로……."

"사람에게 크, 큰 원숭이란 이름이 있단 말이오?"

학자는 벌떡 일어나 아직 덜 씹은 메밀을 꿀꺽 삼키고 빨간 코를 붉으락푸르락하며 호통쳤다.

"있고말고요. 개, 고양이라고 불리는 사람도 있는뎁쇼."

"조두(鳥頭) 선생, 그런 놈을 상대하여 따지다니, 그만두시오."

지팡이를 든 학자가 떡을 놓고 말참견을 했다.

"시골 사람은 모두 어리석으니 말이오. 너는 너희 집 족보나 가지고 와. 내가 너희 조상이 모두 바보였다는 것을 반드시 찾아내 보이겠다."

그는 시골 사람쪽을 바라보며 큰 소리로 말했다.

"족보 같은 건 우리 집에는 옛날부터 없었습니다."

"흥, 내 연구에 빈틈이 있다면 바로 너희 같은 놈들 때문이야. 이 얄미운 놈들아!"

"하지만, 그, 그, 그것은 족보 같은 건 필요치 않아. 내 학설은 절대로 틀림이 없어. 전에 많은 학자들이 편지로 내 학설을 찬성해 주었어. 그 편지가 모두 여기에 있지."

조두 선생은 더욱 성이 나서 말했다.

"아니, 아니, 역시 족보를 보지 않고서는……."

"하지만, 내게는 족보 같은 건 없어요."

그 '어리석은 사람'은 말했다.

"그리고 지금은 이러한 난세인 데다 교통도 불편해서 말입니다. 선생님 친구들이 보낸 찬성 편지를 증거로 삼는다면, 이것은 우렁이의 빈 속을 절(寺)로 하는 것보다 어려운 일입지요. 증거라면 눈앞에 있어요. 선생님은 조두 선생이라 불리시는 모양인데, 정말로 새 대가리이고 사람은 아니란 말인가요?"

"뭣이!"

조두 선생은 성이 나서 귓불까지 붉으락푸르락해졌다.

"감히 나를 이토록 모욕했것다. 내가 사람이 아니라고! 좋아, 너하고 함께 고요(皐陶 : 순시대(舜時代)의 법무대신(法務大臣)) 대감께 가서 법으로 해결짓자. 만일 내가 정말 사람이 아니면 난 달게 대벽(大辟), 즉 사형 말이다, 알겠느냐, 그 대벽 형을 받겠다. 그렇지 않으면 네 쪽이 사형을 당하는 거다. 기다리고 있어. 움직이면 안 된다. 나는 볶은 메밀을 마저 먹을 테니."

"선생님."

시골 사람은 아무렇지도 않게 태연히 대꾸했다.

"당신은 학자니 벌써 한낮이 지난 지금쯤은 누구나 배가 고프다는 사실을 아실 텐데 말입니다. 바보도 훌륭한 사람이나 마찬가지로 배가 고프단 말입니다. 대단히 미안한 말이지만 난 이끼를 건지러 가야 하니까, 당신이 소송을 제기한 다음에 나는 관청으로 가죠."

그리고 그는 뗏목에 뛰어올라 조리 그물을 집어 들고 수초(水草)를 건져 올리면서 천천히 멀어져 가버렸다. 구경꾼들도 차차 흩어져 떠났다. 조두 선생은 귓불과 코끝이 빨개가지고, 다시 볶은 메밀을 먹기 시작했다. 지팡이를 든 학자는 연방 고개를 젓고 있었다.

그러나 '우'가 도대체 벌레냐 사람이냐 하는 것은 큰 의문이었다.

2

우는 아무래도 벌레가 틀림없는 것 같았다.

반년이 더 지났다. 기굉국의 하늘을 나는 수레가 벌써 여덟 차례나 다녀갔고, 소나무결의 글자를 읽은 뗏목 주민들은 열에 아홉이 각기병에 걸렸건만, 아직 새로 임명된 치수 관리에 대한 소식은 전해지지 않았다. 열 번째 하늘을 나는 수레가 온 뒤에야 겨우 소식이 들려왔다. 그에 따르면 우라는 사람은 분명히 있고, 그가 바로 곤의 아들이며, 치수 대신에 임명되어 벌써 3년 전에 기주(冀州)를 떠났으니 머잖아 여기로 올 것이라 했다.

사람들은 다소 흥분했다. 그러나 아예 흘려 듣고 별로 믿으려 하지 않았다. 이런 종류의 그리 믿을 수 없는 소문은 오래 전부터 귀에 못이 박히도록 들어왔기 때문이다.

그러나 이번만은 꽤 믿을 만한 정보인 것 같았다. 열흘 남짓 지나자 누구나 할 것 없이 모두 대신이 꼭 온다는 말을 했다. 까닭인즉, 물에 뜬 풀을 건지러 갔던 어떤 사람이 실지로 관청 배를 보았기 때문이다. 그는 머리에 시퍼렇게 내민 혹을 가리키며 말했다.

"우물쭈물하다 관청 배를 피하지 못해 관병에게 돌로 얻어맞았다. 이것이 바로 대신이 와 있는 증거다."

그 뒤로 이 사나이는 유명해졌고 또 바빠졌다. 사람들이 앞을 다투어 머리에 난 혹을 구경하러 왔기 때문이다. 그 때문에 뗏목이 가라앉을 지경이었다. 그 뒤에 학자들이 또 그를 불러다가 세심하게 연구한 결과 그의 혹은 정말 얻어맞아 생긴 것이라는 판정이 내려졌다. 이리하여 조두 선생은 마침내 자기 학설을 고집할 수 없게 되어 어쩔 수 없이 고증학을 다른 사람에게 물려주고 자신은 민요 채집이라는 다른 분야로 옮기기로 했다.

큰 통나무배의 어마어마한 무리가 도착한 것은 머리에 혹이 생긴 뒤 약 20여 일이 지난 뒤의 일이다. 한 배에 노젓는 관병이 20명, 창을 잡은 관병이 30명이 탔고, 이물과 고물엔 기가 꽂혀 있었다. 배가 산꼭대기에 가까이 오자 재빨리 신사와 학자들이 물가에 열지어 서서 성대하게 그들을 맞았다. 한나절이 훨씬 지나서야 마침내 가장 큰 배에서 중년의 뚱뚱한 대관(大官)

두 명이 나타났다. 그들은 호랑이 가죽을 입은 무사 약 20명에게 둘러싸여 마중나온 사람들과 함께 가장 높은 봉우리에 있는 돌집으로 들어갔다.

사람들이 물과 육지 여기저기로 손을 써서 수소문한 결과, 그 두 사람은 시찰을 위해 파견된 대관이지, 진짜 우는 아니라는 사실을 알아 냈다.

두 대관은 돌집 한가운데 앉아 빵을 다 먹고 나서 조사를 시작했다.

"재해가 아주 심하다고는 할 수 없습니다. 식량도 그냥저냥 어떻게 이어가고 있습니다."

학자들의 대표인 어느 묘족(苗族) 언어학 전문가가 말했다.

"떡은 매달 공중에서 던져 주게 되어 있습니다. 생선도 있습니다. 조금 흙내가 나기는 합니다만 살도 쪄 있구요, 나리. 그리고 이 하층 백성들에겐 느릅나무 잎과 물이끼가 얼마든지 있습니다. 그들은 '종일 배불리 먹으나 신경을 쓰는 데는 없습니다(《논어(論語)》)' 즉 아무것도 생각하는 일이 없기 때문에 이런 걸 먹으면 되는 겁니다. 저희도 먹어 보았습니다만 맛도 나쁘지 않거니와 아주 색다른 것이어서……."

"뿐만 아니라"

신농본초학(神農本草學)을 연구하는 학자가 말참견을 했다.

"느릅나무 잎은 비타민 W를 함유하고 있습니다. 나무 이끼에는 요오드 성분이 들어 있어서 나력(瘰癧 : 결핵성경부림프선염)에 잘 듣습니다. 둘 다 위생적으로 퍽 좋습니다."

"오케이!"

또 한 학자가 말했다. 대관들은 흘끔 그가 있는 쪽을 바라보았다.

"마실 물은"

신농본초 학자가 말을 이었다.

"그들이 원하는 만큼 얼마든지 있으므로 만대(萬代)까지 가도 다 마시지 못할 정도입니다. 아깝게도 황토가 조금 섞여있어서 마시기 전에 끓여야 합니다만. 그래서 제가 몇 번이고 일렀지만 그들은 고집이 세서 절대로 시킨 대로 하지 않습니다. 그 때문에 헤아릴 수 없이 많은 환자가 생겨나서……."

"홍수가 있은 뒤로 그들이 한 일을 말씀드리자면"

긴 수염을 늘어뜨리고 짙은 다색 겉옷을 입은 신사가 또 옆에서 말참견을 했다.

"비가 오기 전에는 게을러서 흙을 쌓지 않고, 홍수가 난 뒤로는 또한 게을러서 물을 퍼내지 않고……."

"이것이 바로 성령(性靈)을 잃었도다 하는 거지."

뒷줄에 앉아 있던 여덟팔자 수염의 복희조 소품(伏羲朝小品) 문학자가 웃으며 말했다.

"내 일찍이 파미르 고원에 올라갔었던바, 하늬바람이 호연(浩然)히 일고, 매화꽃이 피고, 흰구름이 날고, 금값이 폭등하고, 쥐는 잠이 들어 있었지. 한 소년을 만났는데 입에 여송연을 물고, 얼굴엔 치우씨(蚩尤氏 : 황제와 싸울 때 입으로 안개를 뿜어 황제를 괴롭혔다는 장군)의 안개가 있었어……. 핫핫핫! 할 수 없이……."

"오케이!"

이같이 하여 한나절이나 회담을 했다. 대관들은 줄곧 열심히 들었다. 그리고 마지막으로 그들에게 공동 청원서를 내라고 한 다음, 가능하면 선후책을 조목조목 써서 붙이라고 말했다.

이리하여 대관들은 배로 돌아갔다. 이튿째엔 여행으로 피로하다 하여 일을 쉬고 손님들도 만나지 않았다. 사흘째는 학자들의 초대를 받아 가장 높은 봉우리에서 땅으로 뻗은 소나무 고목을 감상하고, 오후엔 함께 산 속으로 뱀장어 낚시를 가서 저녁녘까지 놀았다. 나흘째는 조사로 피로하다 하여 일을 쉬고 손님들도 만나지 않았다. 닷새째 오후가 되어서야 백성들의 대표를 불러 만났다.

백성들은 나흘 전부터 대표를 뽑으려 했다. 그러나 너나 할 것 없이 다, 지금까지 관리를 본 적이 없다면서 꽁무니를 뺐다. 그래서 많은 사람들이 머리에 혹이 생긴 앞서의 그 사람을 관리를 본 경험이 있다는 이유로 추천했다. 벌써 나았을 터인 혹이 이때 갑자기 바늘로 찌르는 것처럼 아프기 시작해서 그는 소리를 내어 울면서 대표가 될 바엔 차라리 죽는 편이 낫겠다고 내뱉었다. 여러 사람이 그를 둘러싸고 밤낮으로 대의(大義)를 내세워 나가 주길 권했다. 그가 공익을 돌보지 않고 이기적인 개인주의자가 됨은 지금의 중화(中華)에서는 용납될 수 없다고도 말했다. 보다 과격한 사람들은 주먹을 불끈 쥐고 그의 코끝에 들이대며 네가 이번 수해에 책임을 지라고까지 했다. 그는 견딜 수 없이 목이 마르고 졸음이 와서 이렇게 된 이상 일은 틀려 버렸으니 뗏목 위에서 졸려 죽느니 차라리 공익을 위해 희생되는 편이 낫다고, 일대 결심을 함으로써 마침내 나흘째 되던 날 승낙을 했다.

사람들은 다같이 그를 칭찬했다. 다만 몇몇 용사들은 그를 질투했다.

그래서 닷새째 되는 날 아침 사람들은 일찍부터 그를 물가로 데리고 나와 부름을 기다렸다. 드디어 대관으로부터 부름이 있었다. 순간 그의 두 다리가 와들와들 떨리기 시작했다. 그러나 곧 또다시 일대 결심을 했다. 결심을 하자 크게 하품이 계속해서 두 번이나 나왔다. 눈을 크게 뜨고, 자기 스스로도 발이 땅에 닿지 않고 허공을 나는 것 같은 기분을 느끼며 관청의 배에 올랐다.

신기하게도, 창을 든 관병이나 범의 가죽을 쓴 관병이 그를 호통치지 않았으므로 그는 거침없이 중앙에 있는 선실로 들어갈 수 있었다. 곰과 표범가죽이 깔려 있는 선실에는 몇 짝이나 되는 활과 화살이 걸려 있는데다 많은 병과 항아리가 즐비하게 놓여 있어 눈이 핑핑 돌 것만 같았다. 마음을 가라앉히고 자세히 보니 상좌, 즉 자기 맞은편에 뚱뚱한 관리가 두 사람 앉아 있는 것이 보이긴 했으나 어떤 얼굴을 하고 있는지 거기까지는 자세히 볼 용기가 나지 않았다.

"네가 백성의 대표냐?"

대관 한 사람이 물었다.

"여럿이 저보고 다녀오라 하기에."

그는 방바닥에 있는 표범 가죽의 쑥잎 같은 무늬를 들여다보면서 대답했다.

"너희는 어떠냐?"

"……."

뜻을 알 수 없었기 때문에 그는 대답하지 않았다.

"지내기는 편하냐?"

"덕택으로 편하게……."

그러고는 잠시 생각 끝에 낮은 목소리로 덧붙였다.

"어떻게…… 그저……."

"먹는 것은?"

"있습니다. 나뭇잎이나 물이끼가……."

"무엇이든 먹을 수 있는가?"

"먹을 수 있습니다. 저희는 무엇에든 익숙해졌기 때문에 먹을 수 있습니다. 다만 젊은 것들이 떠들어 대는데, 점점 사람들이 교활해지고 있습니다. 빌어먹을 녀석들!"

대관들은 웃음을 터뜨렸다. 한 사람이 다른 사람에게 말했다.

"이녀석, 대단히 정직해 보이는군."

칭찬을 들었기 때문에 '이녀석'은 기운이 나며 마음도 커져서 대담하게 말을 꺼냈다.

"저희는 무엇이든 이용하는 방법을 알고 있습니다. 물이끼일 경우엔 활류비취탕(滑溜翡翠湯)이 우선 첫째이고, 느릅나무 잎이면 일품당조갱(一品當朝羹)을 만듭니다. 나무 껍질을 벗길 때는 통째로 벗겨 버리지 않고 조금 남겨 둡니다. 그러면 이듬해에 또 가지에서 잎이 나와 수확을 얻게 됩니다. 나리 덕분에 만일 뱀장어를 낚을 수 있으면……."

그러나 '나리'는 별로 귀담아 듣는 것 같지가 않았다. 한 사람은 계속해서 두 번이나 하품을 하더니, 그의 연설을 가로채고 말했다.

"너희도 역시 공동으로 청원서를 제출하는 거다. 가능하면 선후조치에 도움이 될 만한 조항들을 첨부해서 말이다."

"하지만 저희는 아무도 글을 쓸 줄 몰라서……."

그는 조심조심 말했다.

"글자를 몰라? 이건 나아지려는 마음이 없다는 증거다. 하는 수 없지. 너희가 먹는 것을 있는 대로 모조리 가져다 주면 되겠지."

황공하면서도 의기양양해서 물러나자, 그는 혹이 내민 자리를 어루만졌다. 그러고는 곧 대관의 명령을 육지와 나무 위와 물 위에 사는 주민들에게 전했다. 그리고 마음껏 큰 소리로 말했다.

"그것은 위에 올리는 거니까 깨끗이 해야 한다. 보기에 흉하지 않도록 단정하게 만들라고……."

백성들은 모두 갑자기 바빠졌다. 나뭇잎을 씻는 사람, 나무 껍질을 자르는 사람, 물이끼를 건지는 사람 등 온통 큰 소란을 피우게 되었다. 그 자신은 판자를 다듬어 진상물을 넣을 상자를 만들었다. 특별히 정성들여 다듬은 두 장의 판자를 가지고 그는 학자들에게 글을 써 받기 위해 그날 밤으로 산꼭대기로 달려갔다. 한 장은 상자 뚜껑으로 쓸 것인 바, 여기에는 '수산복해(壽

山福海)'라고, 또 한 장은 자기 액자로 하여 뗏목에다 자랑스런 기념으로 걸어둘 심산에서 '정직당(正直堂)'이라 써 달라고 부탁했다. 그러나 학자는 '수산복해'만 써줄 뿐이었다.

3

두 대관이 서울로 돌아왔을 때 다른 시찰원들도 대부분 뒤를 이어 돌아왔다. 다만 우만이 돌아오지 않았다. 그들이 자기 집에서 며칠 동안 쉬고 있노라니 수리국(水利局) 동료들이 그들을 위한 환영 대연회를 열어 주기로 했다. 회비는 복, 록, 수(福祿壽) 세 가지로 나누었는데, 적어도 조개껍질 50개는 내야 했다. 이날은 오가는 수레가 끊일 사이 없었고, 어스름한 황혼녘엔 주인과 손이 다 모였다. 마당에는 일찍부터 화톳불이 피워지고, 솥 안의 쇠고기는 그 냄새가 대문 밖의 호위병들 코에까지 풍겨 나와서 꿀꺽 군침을 삼키게 했다. 술잔이 세 번째 돌 무렵 벼슬아치들은 물이 괸 이 지방의 풍경을 화제로 삼았다. 갈대꽃이 눈같이 보였다는 둥, 흙물은 금빛 같았다는 둥, 뱀장어는 기름이 흐르고, 물이끼는 번들번들했다는 등등. 얼근하게 취기가 돌았을 무렵 저마다 가져온 백성들의 식료품을 꺼내놓았다. 모두 정교한 나무 상자에 들어 있었고, 뚜껑에는 글자가 씌어 있었다. 그 중 어떤 것은 복희(伏羲)의 팔괘체(八卦體), 어떤 것은 창힐(倉頡:그가 글자를 발명했기 때문에 귀신이 울었다는 전설이 있음)의 귀곡체(鬼哭體)였다. 사람들은 먼저 글자를 감상하기 시작했다. 서로 주먹질이라도 할 것 같은 격렬한 논쟁 끝에 결국 '국태민안(國泰民安)'이라고 씌어진 것이 1등으로 정해졌다. 글자가 질박하고 난해해서 상고(上古)의 순후한 기풍이 있을 뿐만 아니라, 글뜻도 체제를 갖춘 터라 국사관(國史館)에 내려보내 기록에 남길 만한 가치가 있기 때문이라는 것이다.

중국 특유의 예술을 평하고 문화에 대한 문제가 일단락되자, 다음엔 상자의 내용물을 음미하기로 했다. 모두가 떡의 정교한 모양을 칭찬했다. 그러나 그 뒤부터는 술에 취한 탓도 있긴 하였지만 의론이 각각이었다. 어떤 자는 송기떡을 한 입 맛보곤 그 맑은 향기를 극구 칭찬하며, 자기는 내일이라도 벼슬을 그만두고 숨어 살며 이같은 복을 누리고 싶다고 했다. 그러나 잣나무 잎으로 만든 떡을 맛본 사람은 까칠까칠하고 써서 혀가 아리다고 했다. 그리고 이런 아랫 백성들과 환난을 함께 해야만, 임금 노릇이 어렵고 백성 노릇도 쉽지 않다는 것을 알게 된다고 말했다. 그때 몇 사람이 뛰어들어 그들이 맛본 떡을 빼앗으려 했다. 곧 의연금 모집을 하기 위한 전람회를 여는데 진열용으로 쓰일 것이므로 너무 물어뜯으면 모양이 흉해진다는 이유에서였다.

이때 관청 밖에서도 한바탕 소동이 일어났다. 얼굴이 새까맣고, 너덜너덜한 옷을 입은 한 떼의 거지 같은 큰 사나이들이 교통차단의 경계선을 뛰어넘어 관청 안으로 밀고 들어왔기 때문이다. 위병들이 크게 꾸짖으며 번쩍번쩍 빛나는 창을 서로 엇걸어 그들의 길을 가로막았다.

"무슨 짓이냐? 잘 보아라!"

맨 앞에 선 팔다리가 굵고 키가 큰 무시무시하게 생긴 사나이가 한 순간 움찔했으나 곧 큰 소리로 외쳤다.

위병은 어둠 속에서 눈을 크게 뜨고 바라보았다. 그러더니 돌연 차렷 자세를 취하며 창을 들어 그들을 들여보냈다. 다만 숨을 헐떡거리며 그 뒤를 쫓아온 검정 무명 잠옷을 입고 아이를 안은 부인만은 가로막았다.

"왜 이러느냐? 내가 누군지 모르느냐?"

그녀는 주먹으로 이마의 땀을 닦으면서 의아하다는 듯이 물었다.

"우(禹) 부인, 잘 알고 있습니다."

"그럼 어째서 들여보내지 않는 게냐?"

"우 부인, 최근 흉년이 계속되어 왔으므로 올해부턴 풍속과 인심을 바로잡으려, 남녀의 구별을 짓기로 했습니다. 지금은 어느 관청이고 부인과 아이들은 들여보내지 않습니다. 여기만이 아닙니다. 또 부인만이 아닙니다. 이것은 상부의 명령이니 부디 나쁘게는 생각지 마십시오."

우 부인은 잠시 멍해 있었다. 그러고는 갑자기 버들 눈썹을 치켜 세우고 돌아서며 외쳤다.

"돼먹잖게시리! 어쩌면 그다지도 얄밉게 군담. 내집 앞을 지나면서 그냥 가 버리다니. 잠깐만 들렀다 가면 될 것 아냐. 뉘집 장례식에라도 가는 겐가. 아마 자기 장례식에 가는 거겠지! 관리, 관리, 관리의 어디가 좋다는 거지. 두고 보라지! 너의 아버지처럼 귀양살이 하다가 결국은 못에 빠져 큰 거북으로 변하고 말 테니까. 이 사람 같지 못한 것 같으니라구!"

벌써 그때 관청의 넓은 방에서도 소동이 일고 있었다. 한 떼의 무시무시한 사나이들이 뛰어들어왔으므로 사람들은 앞을 다투어 도망쳐 숨었다. 그러나 바라보니 번쩍번쩍 하는 무기는 갖고 있지 않은지라 천연스런 표정으로 노려보며 상대가 다가오기를 기다리고 있었다. 그런데 맨 앞에 선 사나이를 자세히 보니 얼굴은 초췌했으나 눈의 반짝임이 틀림없는 우, 그 사람인 것을 대번에 알아차릴 수 있었다. 다른 자는 물론 수행원들이었다.

아차 하고 놀라는 찰나에 술기운이 확 달아나 버렸다. 버스럭버스럭 옷 스치는 소리를 내며 모두가 아랫자리로 물러섰다. 우는 거침없이 들어와 윗자리에 걸터앉았다. 거만했기 때문에 그런지 아니면 학슬풍(鶴膝風 : 무릎이 굽혀
지지 않는 병) 때문인지 그는 무릎을 굽히지 않고 두 다리를 쭉 펴고 앉았다. 커다란 발바닥이 대관들 쪽을 향했다. 신을 신고 있지 않았으므로 밤톨만한 굳은살이 온 발바닥에 쫙 나 있는 것도 보였다. 수행원들은 그의 좌우로 나누어 앉았다.

"대인께서는 오늘 돌아오셨습니까?"

대담한 속관(屬官) 한 명이 무릎걸음으로 나아가 공손히 물었다.

"다들 좀 더 가까이 오라."

우는 그의 묻는 말에는 대답하지 않고 모두에게 말했다.

"시찰해 본 결과는?"

대관들은 무릎걸음으로 나아가며 서로 얼굴을 마주 보았다. 그러고는 연회 흔적이 생생한 아랫자리 쪽에 줄지어 앉았다. 뜯어 먹던 송기떡과 발라먹은 쇠뼈다귀 찌꺼기가 눈에 뜨였다. 정말 보기 흉했지만 새삼 하인을 불러 치우게 할 수도 없는 노릇이었다.

"아뢰옵니다."

드디어 한 대관이 말했다.

"과히 나쁘지는 않습니다. 인상은 아주 좋았습니다. 솔껍질과 수초 등 생산이 적지 않고, 마실 물은 아주 풍부했습니다. 백성들은 모두 진실하고 그 생활에 익숙해져 있었습니다. 아뢰옵니다. 그들은 고생을 참고 견디는 점에서는 세계에서 그 이름을 떨칠 자들이었습니다."

"그래서 소관은 이미 의연금 모금 계획을 세웠습니다."

한 대관이 말했다.

"진기한 음식 전람회를 여는 것이옵니다. 여흥으로는 여외(女隗) 아가씨를 불러 신식 연극을 하게 하는 것입니다. 입장권제로 하여 회장 안에서의 모금은 절대로 하지 않는다는 것을 미리 밝혀 둡니다. 이렇게 하면 구경꾼들이 꽤 많을 것으로 생각되옵니다."

"좋소."

우는 그쪽으로 허리를 굽혔다.

"그러나 가장 긴급한 일은, 빨리 큰 뗏목을 보내어 학자들을 고원으로 맞이하는 일입니다."

세 번째 대관이 말했다.

"그리고 한편 기꿍국으로 사자를 보내 우리가 얼마나 문화를 존중하는가를 알려준 다음 구제품을 매달 이쪽으로 보내 주도록 부탁하는 것입니다. 학자들로부터의 보고가 여기 제출되어 있는데, 참으로 훌륭한 문장입니다. 그들의 의견에 따르면, 문화는 일국의 명맥이며 학자는 문화의 영혼이다. 문화를 지키며 존중하는 한 중화(中華)는 존재하게 되는 것이며, 다른 모든 것은 그 다음 문제다……."

"그들의 의견에 따르면, 중화의 인구는 너무 많다는 것입니다."

맨 먼젓번의 대관이 말했다.

"약간 줄이는 편이 태평을 누리는 길입니다. 더구나 그들은 단순하고 어리석은 백성인지라 그들의 희로애락은 지혜로운 자가 추측하는 것과 같은 정밀한 것은 아닙니다. 사람을 알고 사물을 논하려면 무엇보다 먼저 주관이 있어야 합니다. 예를 들면 셰익스피어는……."

'멋대로 지꼐여라!'

우는 마음 속으로 생각했다. 그러나 입으로는 큰 소리로 이렇게 말했다.

"내가 조사한 결과 이제까지의 '인(湮 : 메우는 것)' 방법이 잘못된 것임을 알았다. 앞으로는 '도(導 : 방수(防水))'의 방법에 따라야만 한다고 생각하는데, 여러분의 의견은 어떠한가?"

방 안은 무덤처럼 조용해졌다. 대관들의 얼굴에 푸르죽죽한 사색이 나타났다. 많은 사람들은 자기들이 병이 걸린 것만 같아 내일은 아무래도 병가(病暇)라도 청해야만 되겠다고 생각했다.

"그것은 치우(蚩尤)의 방법이 아닙니까."

용감한 한 청년 관리가 분개해서 중얼거렸다.

"소관에게 어리석은 소견을 말하게 하여 주신다면, 황공하오나 방금 대인께서 하신 말씀은 취소하는 것이 마땅한 줄로 아뢰옵니다."

수염도 머리도 새하얀 한 대관이 천하의 흥망이 이 세 치 혓바닥에 달렸다는 듯이 대담하게 생사를 도외시하고 단호히 항의했다.

"인(湮)은 아버님께서 정하신 방법이옵니다. '3년을 아비의 돌을 고치는 일이 없어야 효(孝)라 말할 수 있다(《논어》)'고 했습니다. 아버님께서 승천하신 지 아직 3년이 못 되었습니다."

우는 아무 말도 하지 않았다.

"더구나 아버님께서 얼마나 심혈을 기울이셨습니까? 상제(上帝)의 식양(息壤 : 전설에 있는 생명 있는 땅)을 빌려 홍수를 막으셨고, 그로 인해 상제의 노염을 사게 되었으나, 확실히 홍수의 깊이는 얼마쯤 줄어들었습니다. 그러니 역시 지금까지와 같은 치수법이 좋을 것으로 아옵니다."

수염과 머리털이 반백이 된 또 한 명의 벼슬아치가 말했다. 그는 우의 외숙부 양자였다.

우는 아무 말이 없었다.

"역시 자식으로서는 '아버지의 허물〔蠱〕을 덮는(《주역》) 것이 옳다고 생각됩니다."

몹시 뚱뚱한 관리가 말했다. 우가 아무 말이 없으므로 그가 자기 말이 옳다 생각하는 줄 알고, 경박하게 목청을 높였는데 역시 얼굴에는 기름땀이 번져 나오고 있었다.

"가법(家法)에 따라 집안 명예를 되찾아야 합니다. 아마 대인께선 아버님 일을 남들이 어떻게 말하고 있는지 잘 모르실지도 모릅니다만……."

"아니, '인'은 세계에 정평이 나 있는 좋은 방법입니다."

수염과 머리털이 흰 늙은 관리가, 뚱보가 함부로 말을 해 버릴까 걱정되어 옆에서 말참견을 했다.

"다른 여러 가지 방법은 이른바 '신식'이라고 하는 것입니다. 옛날 치우씨도 이 한 가지 점에서 실패했습니다."

우는 희미하게 미소지었다.

"나도 알고 있다. 우리 아버지는 노란 곰이 되었다는 사람도 있고, 세발 거북으로 변했다는 사람도 있다. 내가 명성과 이익을 노린다고 평하는 사람도 있다. 지껄이게 내버려 두면 그만이다. 내가 말하고 싶은 것은 이렇다. 나는 두루 형세를 살피고 백성들의 의견을 모두 들어 이미 실정을 파악한 뒤에 생각을 정한 것이다. 뭣이 어찌 됐든 절대로 '도(導)'여야 한다. 여기 동료들도 다 나와 같은 의견이다."

그는 손을 들어 양쪽을 가리켰다. 수염과 머리털이 흰 관리도, 수염과 머리털이 반백인 관리도, 조그만 흰 얼굴의 관리도, 뚱뚱하고 기름땀을 흘리는 관리도 모두 그가 가리키는 쪽으로 눈길을 보냈다.

거기에는 새까만 여윈 거지 같은 것들이 움직이지도, 말하지도, 웃지도 않고, 주조물처럼 줄지어 서 있었다.

4

우 대인이 서울을 떠난 뒤로 세월은 순식간에 흘러갔다. 전에 없이 서울 거리는 활기가 넘치기 시작했다.

맨 먼저 부자들이 비단 겉옷을 입게끔 되었다. 뒤이어 큰 과일 가게 앞에 감귤과 유자가 진열되었다. 큰 옷가게에는 무늬 있는 엷은 비단이 쌓여 있었다.

부호들의 연회에는 좋은 간장과 상어 지느러미와 해삼 요리가 나오게끔 되었다. 나중에 그들은 곰 가죽으로 된 깔개며 여우 가죽으로 된 웃옷을 갖게끔 되었다. 부인들은 금으로 만든 귀걸이와 은팔찌를 끼게끔 되었다.

문간을 나설 때마다 새로운 것이 눈에 띄었다. 오늘은 수레에 산처럼 쌓인 화살대가 지나가는가 하면, 내일은 엄청나게 많은 널빤지가 운반되어 갔다. 어떤 때는 동산을 만드는 데 쓰일 기이한 바위, 어떤 때는 횟감에 쓰일 생선, 또 어떤 때는 한 자 두 치나 되는 큰 거북의 무리가 죄다 목을 움츠린 채 대나무로 만든 우리 속에 갇혀 수레에 실려 대궐 쪽으로 갔다.

"엄마. 저것 봐, 굉장한 거북이야!"

아이들은 그것을 보기가 무섭게 와와 몰려들어 수레를 둘러쌌다.

"이놈들, 비켜라! 이것은 천자께로 가는 보물이다. 조심하지 않으면 목이 달아난다."

그런데 우 대인에 대한 소식도 서울로 실어 오는 보물과 함께 점점 늘어나고 있었다.

민가 처마 밑에서, 길가 나무 밑에서 사람들은 그 이야기로 꽃을 피웠다. 그 중에서도 사람들 입에 가장 많이 오르는 것은, 그가 밤이면 밤마다 누런 곰으로 변해서 입부리와 발톱으로 쉬지 않고 땅을 파 아홉 개의 강물을 통하게 했다든가, 하늘 군사며 하늘 장수의 응원을 얻어 바람을 일으키고 물결을 일으켜 요괴(妖怪) 무지기(無支祁)를 구산(龜山) 기슭에서 잡았다는 이야기 등이었다. 이미 사람들은 천자인 순임금 이야기는 꺼내지 않게 되었다.

다만 그가 아들인 단주(丹朱) 태자에게는 두 손 들었다는 이야기가 나오는 정도였다.

우가 서울로 돌아온다는 소문은 꽤 일찍부터 전해지고 있었다. 그의 행차가 나타날 만한 곳에는 날마다 구경차 모여드는 사람으로 붐볐다. 그러나 그는 나타나지 않았다. 정보는 갈수록 잦아지고 갈수록 확실해지는 듯했다. 마침내 반쯤 개고 반쯤 흐린 어느 날 오전, 수많은 백성들의 머리가 물결치는 사이를 뚫고 그는 황제가 사는 서울, 기주(冀州)에 발을 들여놓았다. 앞선 행차는 없고, 거지 같은 수행원 일행이 있을 뿐이었다. 맨 뒤에 손이 큰 거한이 있었다. 검은 얼굴, 붉은 수염, 다리가 약간 굽은 그는 두 손에 새까맣고 끝이 뾰족한 큰 돌, 즉 순임금이 준 '현규(玄圭)'를 받쳐 들고 "미안하오, 미안하오, 좀 지나가게 해 주시오" 연방 외치면서 사람들의 물결을 헤치고 대궐로 들어갔다.

백성들은 대궐 문 밖에 서서 환성을 지르며 떠들어 댔다.

그 소리는 절수(浙水 : 錢塘江, 물결이 높은 것)의 물결과도 같았다.

순임금은 옥좌에 오른 지 이미 여러 해여서 조금 지친 기색도 있었으나, 이때는 놀라움이 더한 것 같았다. 갑자기 우가 나타나자 정중히 일어서서 인사를 했다.

먼저 고요(皐陶)로부터 몇 마디 인사가 있은 뒤에 순임금이 말했다.

"무언가 좋은 말을 들려 주지 않겠는가?"

"제게 무슨 할 말이 있겠사옵니까. 그저 매일 부지런히 지내고 싶을 뿐입니다."

우는 짤막하게 대답했다.

"'부지런히'라니, 무엇을 두고 말이오?"

고요가 물었다.

"홍수는 천하에 넘쳐 있습니다."

우는 말했다.

순임금
고대의 전설적인 성군으로 오제의 한 사람.

"거대하게 산을 둘러싸고, 언덕에 올라 아랫 백성들은 물 속에 잠겼습니다. 저는 육로를 갈 때에는 수레를 타고, 물길을 갈 때엔 배를 타고, 진흙길을 갈 때에는 썰매를 타고, 산길을 갈 때에는 가마를 탔습니다. 산에 이르면 나무를 베어내고 익(益)과 둘이서 사람들로 하여금 밥과 고기를 먹을 수 있게끔 했습니다. 밭의 물을 강으로 빼고, 강의 물을 바다로 빼어, 직(稷)과 둘이서 사람들로 하여금 얻기 어려운 음식을 얻게끔 했습니다. 먹을 것이 부족할 때는 남는 곳에서 옮겨다가 부족을 채우고 집을 옮기게 했습니다. 이리하여 사람들은 평정을 얻게 되고, 각 지방의 혼란이 모두 가라앉게 되었습니다."

"그렇지 그래. 참으로 좋은 말씀이오."

고요는 칭찬했다.

"아닙니다."

우는 말했다.

"황제된 사람은 어디까지나 신중하고, 어디까지나 냉정해야 합니다. 하늘을 우러러 부끄러움이 없어야 하늘은 지금까지와 같은 축복을 내리시게 될 것입니다."

순임금은 "후우" 한숨을 내쉬었다. 그리고 그에게 나라의 큰일을 맡기고서 의견이 있으면 직접 말하고, 듣지 않는 데서 험담을 하지 말라고 일렀다.

우가 승낙하자 또 탄식하며 말했다.

"단주에게는 손을 들었다. 타이르는 말을 듣기는커녕 놀며 돌아다니는 것만 좋아하여 언덕에서 배를 저으려 하고, 집 안에서도 난폭하기 이를 데 없어 마음놓고 날을 보낼 수 없다. 정말 꼴도 보기 싫어졌다."

"저는 아내를 맞이한 지 나흘 만에 집을 나왔습니다."

우는 대답했다.

"아계(阿棨)를 낳기는 했으나 자식처럼 보살펴 주지도 못했습니다. 그러했기에 치수 사업을 완성하게 된 것입니다. 바다에 이르기까지 모두 열두 고을, 5천 리에 달하는 지역을 다섯 구역으로 나누었습니다. 그리고 저마다 다섯 사람의 두령을 세웠습니다. 다 훌륭합니다. 다만 유묘(有苗)만은 옳지 못하니 주의하시기 바랍니다."

"내 천하는 모두 그대의 공로로 바로잡혔구나."

순임금이 칭찬했다.

이리하여 고요도 순제를 따라 숙연히 머리숙여 예를 표했다. 그리고 조정에서 물러나온 뒤 곧바로 특별명령을 내려, 백성들은 누구나 우가 하는 일에 따라야 하며, 그렇지 못한 사람은 죄를 범한 것으로 간주한다고 포고했다.

이 명령으로 먼저 장사꾼들 사이에 큰 두려움이 일었다. 그러나 다행히, 우 대인은 서울로 돌아온 뒤로 태도가 다소 달라져 음식은 줄곧 아무것이고 상관을 않았지만, 제사 때나 행사가 있을 때는 잘 차리게끔 하였다. 옷도 관심을 두지 않았으나 조회에 들 때와 손님으로 찾아갈 때는 좋은 옷을 입었다. 그래서 상업계도 지금과 마찬가지로 크게 영향을 받지 않았다. 얼마 안 가서 장사꾼들은 참으로 우 대인이 하는 일은 배울 만하고 고 대인의 새 법령도 훌륭하다고 말하기 시작했다.

이리하여 마침내 천하는 태평해져서 온갖 짐승들이 뛰놀고 봉황도 떼지어 날아와 춤추는 세상이 되었다.

고사리를 꺾다

1

이즈음 반년 동안 웬일인지 양로원 안이 평온하지 않았다. 몇몇 노인들은 수군수군 귀엣말을 해댔고, 부산히 들락날락거리는 등 활기를 띠었다. 다만 백이(伯夷) 노인만은 필요치 않은 일에는 일절 신경을 쓰지 않았다. 더구나 가을이 되자 늙은 몸에 찬 기운이 싫어 온종일 돌계단 끝에 걸터 앉아 햇볕을 쬐며 소일하고 있었다. 요란스런 말발굽 소리가 들려왔으나 그는 결코 돌아보려고도 하지 않았다.

"형님!"

소리만 들어도 물론 숙제(叔齊)임을 알 수 있었다. 백이는 본디 예의범절이 까다로운 사람이어서 머리를 쳐들기 전에 먼저 몸을 일으키고 손을 펴 보였다. 동생에게 돌계단 끝에 앉으라는 뜻이다.

"형님, 시국이 별로 좋지 않은 것 같습니다."

숙제는 나란히 걸터앉으면서 숨가쁘게 말했다. 그의 목소리는 약간 떨리고 있었다.

"어떻게 되었기에?"

백이는 그제야 비로소 얼굴을 숙제 쪽으로 돌렸다. 본디 창백한 숙제의 얼굴이 한결 창백해진 것 같았다.

"형님은 상왕(商王 : 주왕(紂王)을 말함)에게서 도망쳐 나온 두 소경의 이야기를 들으셨겠지요?"

"응, 며칠 전에 산의생(散宜生)이 뭐라고 하더군. 주의해서 듣진 않았지만."

"저는 오늘 만나보고 왔습니다. 한 사람은 태사(太師 : 고대의 낙관 장(樂官長)) 자(疵)였고, 또 한 사람은 소사(少師 : 낙관(樂官)) 강(强)이었습니다. 악기를 많이 가지고 왔더군요. 앞서 전람회를 열었는데, 참관자들 사이에서 대단한 호평이 있었다고 합니다……. 그런데 이쪽에서는 당장에라도 출병(出兵)할 것 같은 태도입니다."

"악기 때문에 출병하는 것은 선왕(先王)의 도에 맞지 않는다."

백이는 입을 우물우물하며 말했다.

"악기 때문만은 아닙니다. 형님께서도 벌써 저 상왕의 무도(無道)함에 대해선 듣고 계셨겠지요. 아침 일찍 내를 건너도 차가운 물이 괴롭지 않다고 말한 사람의 다리뼈를 잘라 그 뼛속을 보았다느니, 비간(比干 : 주왕의 숙부. 주왕 에게 간언하다가 죽었다)의 염통을 도려내어 성인(聖人)의 표시라는 구멍 일곱 개가 과연 있는지 없는지를 보았다느니 하지 않습니까. 전에는 소문으로만 들었는데, 소경들이 도망쳐 나옴으로써 그것이 사실임을 알게 되었습니다. 더구나, 상왕이 옛 법을 멋대로 고친 것이 자세히 알려지게 되었습니다. 옛 법을 고치는 것은 당연히 응징할 만합니다. 하기는 아랫사람이 웃사람을 범하는 것도 역시 선왕의 도에 벗어난다는 생각이 들기는 합니다만……."

"요즘 구운 떡이 하루하루 작아지더구나. 이것만 보더라도 무언가 일이 일어날 것은 틀림없어."

백이는 잠시 생각하고 나서 말했다.

"하지만 너는 될 수 있으면 외출도 삼가고 입도 너무 놀리지 말거라. 지금까지처럼 날마다 태극권(太極拳 : 권법의 하나) 연습이나 부지런히 하는 게 좋을 게야."

"네에……."

숙제는 순종하는 성질이라 짤막하게 대답했다.

"생각해 보는 것이 좋아."

백이는, 동생이 마음 속으로는 받아들이지 않는 것을 알아차리고 계속해서 말했다.

"우리는 식객(食客)의 몸, 서백(西伯 : 주(周)의 문왕 (文王)을 말한다)에게 양로(養老)의 뜻이 있었기 때문에 여기 이러고 있는 거다. 구운 떡이 작아졌다고 해서 무슨 말이고 할 필요는 없다. 설령 일이 일어난다 해도 무슨 말이든 해서는 안 된다."

"그렇게 되면 우리는 양로를 위한 양로가 되고 말지 않습니까?"

"될 수 있는 한 말을 아끼는 것이 좋아. 또 그것을 들을 만한 기력도 내게는 없다."

백이는 기침을 했다. 숙제는 그 이상 말을 하지 않았다. 기침이 그치자 주위는 조용해졌다. 늦가을 저녁해가 두 사람의 흰 수염을 번쩍번쩍 비추고 있었다.

2

그러나 이 불안한 상태는 점점 도를 더해 갔다. 구운 떡은 작아지기만 한 게 아니고, 밀가루 재료까지 거칠어졌다. 양로원 사람들은 더욱 자주 귀엣말을 하기 시작했고, 밖에서는 수레와 말이 오가는 소리가 끊이지 않고 들려왔다. 숙제는 더욱 외출이 잦아졌다. 돌아와선 아무 말도 입 밖에 내지 않았지만, 그의 불안한 얼굴빛은 백이의 마음도 뒤숭숭하게 했다. 아마 마음 편히 밥을 먹을 수 있는 날도 이제 오래 계속되지 못하리라고 그는 생각했다.

동짓날 하순, 숙제는 언제나처럼 아침 일찍 일어나 태극권을 연습하러 갔다. 그러나 마당까지 나갔을 때 갑자기 이상한 소리가 들려 대문을 열고 밖으로 뛰어나갔다. 떡 열 개가 구워질 만한 시간이 지났을까? 그는 숨이 넘어갈 것처럼 달려 돌아왔다. 코는 얼어서 빨갛게 되고, 입에서는 후우후우 흰 김을 뿜어내고 있었다.

"형님, 일어나십시오. 출병입니다!"

그는 공손히 손을 내리고 백이의 침상 옆에 서서 큰 소리로 말했다. 목소리도 여느 때보다는 거칠었다.

백이는 추위를 몹시 타기 때문에 이렇게 일찍 일어나는 것이 싫었다. 그러나 그는 동생을 사랑했으므로 숙제가 허둥지둥하는 모습을 보자 일어날 수밖에 없었다. 이를 악물고 몸을 일으킨 그는 털가죽 웃옷을 입은 뒤 이불 속에서 꿈지럭거리며 바지를 입었다.

"제가 막 태극권 연습을 시작하려는데……."

숙제는 형이 일어나기를 기다리면서 말했다.

"밖에서 사람과 말소리가 시끄럽게 들려오기에 재빨리 나가 봤죠. 그랬더니…… 아니나다를까, 나타났던 것입니다. 맨 앞은 흰 비단을 두른 큰 가마였습니다. 여든한 명이 멜 만한 크기더군요. 안에 목패(木牌)가 들어 있는데, 거기에 '대주문왕지영위(大周文王之靈位)'라고 씌어 있습니다. 뒤에 계속되는 것은 모두 군대였습니다. 아마 주를 토벌하려는 군대가 틀림없을 겁니다. 주나라 왕(무왕(式王)을 말한다)은 상주이기 때문에 큰일을 하려니까 아버지 문왕을 앞에 내세운 것이 틀림없습니다. 저는 잠시 보고 있다가 서둘러 돌아왔습니다. 그랬더니 글쎄, 우리 양로원 담벼락에 고시가 나붙어 있는데…….”

백이는 옷을 다 입자 숙제와 함께 방을 나갔다. 찬 기운이 갑자기 스며드는 바람에 얼른 몸을 웅크렸다. 지금까지 백이는 별로 외출한 적이 없었다. 대문을 나서자 보이는 것이 모두 신선한 느낌이 들었다. 몇 걸음 채 걷지 않아 숙제가 손을 내밀어 담벼락을 가리켰다. 과연 큼직한 고시가 붙어 있었다.

“지금 은나라 왕 주(紂)는 여자의 말만 듣고, 스스로 하늘을 거역, 그 삼정(三正 : 천지인(天地人)의 정도(正道))을 파괴하고 그 부모 형제를 내쫓았다. 여자를 기쁘게 하기 위해 그 조상의 악(樂)을 버리고, 음탕한 소리를 만들고, 정음(正音)을 변란시켰다. 그러므로 지금 나 발(發 : 무왕의 이름)은 여기에 삼가 천벌을 행한다. 힘쓸지어다, 사람들이어. 두 번 하지 않을 것이며, 세 번 하지 않으리라는 것(미루지 않는다는 뜻)을 이에 고시하노라.”

두 사람은 그것을 다 읽고, 그리고 말없이 큰 거리 쪽으로 걸어나갔다. 이미 길가에는 사람들이 물샐틈없이 꽉 들어차 있었다. 둘은 잇따라 “실례하겠소” 하며 앞으로 나갔다. 사람들은 흰 수염의 두 노인이 황황히 군중 틈을 헤집는지라 문왕의 경로(敬老) 가르침도 있고 해서 재빨리 길을 피해 앞으로 보내 주었다. 그러나 이미 목패가 있는 맨 앞의 가마는 보이지 않았고, 지나가는 것은 모두 갑옷과 투구를 쓴 무사들의 대열이었다. 큰 떡 약 352개를 구워 낼 시간이 지나고 나서야 비로소 다른 군대가 지나갔다. 들고 있는 아홉 개의 운한기(雲罕旗)가 마치 오색 구름과도 같았다.

갑옷과 투구를 쓴 무사 깃발이 뒤를 이었고, 그 뒤는 목이 길고 키가 큰 말에 올라앉은 문관 무관의 대부대였다. 그 부대에 둘러싸여 검은 사탕빛 얼굴에 턱수염을 길게 드리운 왕이 왼손에 황부(黃斧), 오른손에 백우미(白牛尾)를 들고 위풍도 당당하게 지나갔다. 그가 바로 ‘삼가 천벌을 행한다’고 한 주나라 왕 발이었다.

큰 거리 양쪽으로 줄지어 선 사람들은 저마다 숙연히 경례를 하고 있었는데, 꼼짝도 않고 기침 소리 하나 내지 않아 주위는 죽은 듯 조용했다.

그때 느닷없이 숙제가 백이를 끌고 앞으로 뛰쳐나갔다. 몇 필의 말 앞을 빠져 나가자 그는 주나라 왕의 말고삐를 부여잡고 목소리를 높여 크게 소리 쳤다.

"죽은 아비의 장례도 모시기 전에 군사를 움직이는 것을 '효(孝)'라 할 수 있겠습니까. 신하로서 임금을 죽이려고 꾀하는 것을 '인(仁)'이라 할 수·있 겠습니까?"

맨 처음에는 길가의 사람들도, 행차를 모신 무장들도, 어안이 벙벙해 있었다. 그러나 숙제의 말이 채 끝나기도 전에 '쨍그랑' 하고 큰 칼 몇 자루가 두 사람의 머리 위로 떨어졌다.

"잠깐!"

그것이 강태공(姜太公)의 목소리인 것을 누구나가 알게 되었다. 그래서 두말 없이 재빨리 칼이 멈춰지고, 이 역시 머리도 수염도 새하얀, 그러나 살이 찐 둥글둥글한 그의 얼굴을 바라보고 있었다.

"의사(義士)다. 두 사람 다 용서해 줘라."

무장들은 곧 칼을 거두어 허리띠에 찔러 넣었다. 그러자 갑주를 착용한 네 명의 무사가 나타나 백이와 숙제를 향해 공손히 부동자세를 취하고 거수경 례를 한 다음, 둘이서 한 사람씩 껴안곤 보조를 맞추어 길 옆으로 데리고 갔다. 사람들은 황급히 길을 열어 그들을 자기들 뒤로 지나가게 해 주었다.

뒤로 가자 무사들은 또다시 공손히 부동자세를 취하고 손을 놓으며 힘껏 두 사람의 등을 떼밀었다. 두 사람은 무심결에 "헛" 소리를 지르며 휘청휘 청 주척(周尺 : 주례(周禮)에 규정된 자로, 한 자가 0.231미터이다)으로 1장(丈 : 한 자의 열 배)가량 비틀거리다가 그만 땅바닥에 푹 쓰러졌다. 숙제는 그래도 손을 쓸 수 있었기 때문에 얼굴을 진 흙투성이로 만드는 것만으로 무사했지만, 백이 쪽은 아무래도 나이가 많은 데다가 운수 사납게도 돌에 머리를 부딪쳤기 때문에 정신을 잃고 말았다.

3

대군이 지나가고 이제 아무것도 보이지 않게 되자, 사람들은 몸을 돌려 넘 어져 있는 백이와 앉아 있는 숙제의 주위를 둘러쌌다. 둘을 알고 있는 몇 사 람이 그 자리에서 사람들에게 알려 주었다. 이들은 본디 요서(遼西) 고죽군 (孤竹君)의 두 아들로서 임금의 자리를 서로 사양하던 끝에 드디어 둘이 함께 이리로 도망쳐 와선 선왕(先王)이 만든 양로원에 들어온 것이라고. 이 말을 들은 사람들은 연방 감탄을 하며, 개중에는 허리를 굽히고 얼굴을 들어 숙제의 얼굴을 바라보는 사람, 생강탕을 만들려고 집으로 가는 사람, 재빨리 문짝을 들고 맞으러 오도록 양로원에 알리러 가는 사람들이 있었다.

약 백서너 개의 큰 떡을 구워 낼 시간이 지나도 아무런 변화가 나타나지 않자 구경꾼들은 차차 흩어져 돌아갔다. 다시 얼마를 지나자 그제야 두 노인이 문짝을 들고 비틀거리며 나타났다. 널빤지 위에는 짚이 깔려 있었다. 이것도 문왕이 정한 옛날부터 내려오는 경로(敬老)의 격식인 것이다. 널빤지를 땅바닥에 집어던지자 "땅!" 소리가 났다. 그 소리에 백이는 갑자기 눈을 번쩍 떴다. 그가 깨어난 것이다. 숙제는 놀랍고 기쁜 나머지 함성을 질렀다. 그 두 사람과 힘을 합해 백이를 가만히 문짝 위로 올려 양로원으로 메고 가게 하고, 자신은 옆에 붙어서 문짝에 걸려 있는 삼 노끈을 잡고 달렸다.

육칠십 걸음쯤 갔을 때 멀리서 누군가 외치는 소리가 들려왔다.

"좀 기다리세요! 생강탕이에요!"

돌아보니 아직 젊은 아낙네 하나가 손에 질그릇 병을 들고 이쪽으로 달려오는 것이었다. 생강탕이 엎질러지지 않도록 조심을 하기 때문인지 달려오는 속도가 그리 빠르지 않았다.

하는 수 없이 사람들은 멈춰 서서 그녀가 오기를 기다렸다. 숙제는 여인의 호의에 감사했다. 여인은 벌써 백이가 자기 스스로 깨어난 것을 보고 몹시 실망하는 모양이었으나, 잠시 생각 끝에 역시 속을 덥게 하는 거니까 마시라고 권했다. 그러나 백이는 맵기 때문이라면서 끝내 마시려 하지 않았다.

"그럼 어떡하지요, 8년 동안이나 간직해 두었던 생강으로 만든 건데. 다른 집에서는 도저히 이런 걸 만들 수 없어요. 그리고 저희 집에서는 매운 걸 좋아하는 사람도 없고……."

어쩔 수 없이 숙제는 병을 받아 들고 백이를 달래어 억지로 한 모금 반쯤 마시게 했다. 그러고는 자기도 속이 좋지 않으면서 아직 많이 남아 있는 생강탕을 모두 마셔 버렸다. 눈언저리가 빨개진 숙제가 공손히 생강탕의 효험을 칭찬해 부인의 호의에 감사함으로써 비로소 이 대소동은 끝이 났다.

그들이 양로원에 돌아온 지 사흘 뒤에는 백이도 몸을 추슬러 일어났으나 이마는 여전히 크게 부풀어 있었다. 역시 속은 좋지 않았다.

관청이고 민간이고 그들을 초연하게 놓아 두지는 않았다. 줄곧 관의 통고 니 정보니 하는, 그들의 마음을 어지럽히는 소식들이 전해졌다. 섣달 그믐께 는 벌써 대군이 맹진(盟津)을 건너고, 제후들이 모조리 달려왔다는 이야기 였다. 뒤이어 무왕의 '태서(太誓)' 사본이 보내져 왔다.

이것은 일부러 양로원에 보여 주기 위해 베낀 것으로 노인들의 눈을 생각 해서 한 자 한 자가 호두알만큼 크게 씌어져 있었다. 하지만 백이는 역시 귀 찮아하며 읽으려 하지 않았으므로 숙제가 낭독을 했다. 그는 다른 곳은 아무 렇지도 않았지만, 다만 '그 조상의 제사를 버리고, 그 집과 나라를 버리고… …' 이 대목만은 자신과 결부시켜 해석하며 감상에 젖는 것 같았다.

소문도 가지각색이었다. 어떤 말에 따르면, 목야(牧野)로 간 주나라 군대 는 주왕(紂王)의 군대와 큰 싸움을 벌인 끝에 수많은 적을 죽임으로써 시체 가 들을 덮고, 피는 내가 되어 흐르며 몸뚱이들이 떠올라 흡사 물 위에 뜬 지푸라기처럼 보였다는 것이다. 그러나 다른 말에 따르면, 주왕의 군대는 70만이나 되었는데도 전의(戰意)를 잃은 나머지 강태공이 대군을 이끌어 밀 어닥치자 오히려 뒤돌아서서 거꾸로 무왕을 위해 앞장섰다는 것이다.

물론 이 두 소문은 조금씩 서로 어긋나 있었다. 그러나 승리를 거둔 것만 은 확실한 것 같았다. 그 뒤에는 또 녹대(鹿臺 : 주왕의 곡창(穀倉))의 쌀을 실어 왔다느 니 하는 소문이 잇따라 흘러와서 더욱 승리의 확실성이 증명되었다. 부상병 도 속속 돌아왔다. 역시 큰싸움이 벌어졌던 모양이다. 어떻게든 걸을 수 있 는 부상병들은 너나없이 찻집, 술집, 이발소, 또는 남의 집 처마밑이나 문간 같은 데 모여 앉은 사람들에게 전쟁 이야기를 들려 주었다. 어느 곳에서나 많은 사람들이 긴장된 표정으로 귀담아 듣고 있었다. 봄이 되었으므로 이제 바깥도 그리 춥지는 않았다. 그래선지 밤이 되었는데도 무르익은 이야기 판 도 있었다.

백이와 숙제는 둘 다 소화 불량으로 어느 식사 때고 배급한 구운 떡을 다 먹지 못했다. 잠은 지금까지와 마찬가지로 어두워지기만 하면 자리에 들게 되지만 좀처럼 잠이 오지 않았다. 백이는 몸만 뒤척거렸다. 그런 기척이 들 려 오면 숙제도 견딜 수 없는 심정이 되었다. 그런 때면 그는 언제나 다시 일어나 옷을 입고 마당을 돌아다닌다거나, 태극권 연습을 하는 것이었다.

별은 있어도 달이 없는 어느 날 밤이었다.

다른 사람들은 벌써 잠들었는데, 문간에서는 아직도 이야기 소리가 나고 있었다. 지금까지 남의 이야기를 엿들은 일이 없는 숙제이지만 이때만은 어찌 된 셈인지 발길을 멈추고 귀를 기울였던 것이다.

"주왕이란 자식, 지니까 녹대로 도망을 쳤겠지."

이야기하는 것은 돌아온 부상병이리라.

"그런데 말이다, 보물을 쌓아 둔 그 한가운데 자신이 앉아서 불을 지르지 않았겠어."

"원 저런, 어쩌면 그런 아까운 짓을."

이것은 분명히 문지기의 소리였다.

"글쎄 들어 보라구. 저만 타죽었을 뿐, 보물은 타지 않은 거야. 우리 대왕께선 제후들을 거느리고 상나라로 진주하셨는데, 상나라 백성들은 모두 교외까지 나와 맞았어. 대왕께선 측근을 시켜 그들에게 '수고한다'고 인사토록 하셨어. 그들은 모두 꿇어 엎드렸지. 그 길로 계속 들어간 거야. 가서 보니 문에 모두 '순민(順民)'이란 두 글자가 크게 씌어져 있었어. 대왕의 수레는 곧장 녹대로 들어가서 주왕이 자살한 곳을 발견하고는 화살 세 개를 쏘아 보내셨어……."

"어째서? 아직 죽지 않은 줄 알았기 때문인가?"

다시 한 사람이 물었다.

"그거야 모르지. 아무튼 화살 세 개를 쏘아 보낸 다음 칼을 뽑아 내리치고, 노란색 도끼로 콱 찍었어. 그러곤 목을 잘라 그것을 큰 백기 위에 매달았어."

숙제는 기가 막혔다.

"그 뒤 주왕의 두 첩을 찾으러 갔지. 흥, 벌써 모두 목을 매달았더군. 대왕은 또 화살 세 개를 쏘아 보내고 칼을 뽑아 내리친 다음 검은색 도끼로 목을 잘라 작은 백기 위에다 매달았어. 이렇게 되니까……."

"그 두 첩은 정말로 미인이었나?"

문지기가 이야기를 가로챘다.

"잘 몰라. 깃대는 높고 구경꾼이 많았어. 나는 아직 상처가 아팠기 때문에 너무 가까이 갈 수가 없었어."

"아무튼 그 중 하나인 달기(妲己)인가 하는 것은 여우 요괴로서 두 발만은 사람으로 변하지 못했기 때문에 헝겊으로 싸고 있다는 이야기를 들었는데, 그게 사실인가?"

"그런 건 몰라. 난들 그년의 발을 봤겠는가? 하지만 그 나라 여자들은 정말 발을 돼지발처럼 하고 있더군."

숙제는 근엄한 사람이다. 그들의 이야기가 황제의 머리에서 여자의 발로 넘어갔기 때문에 눈썹을 찡그리며 얼른 귀를 가린 채 방으로 뛰어들어갔다. 아직 잠들지 않고 있었던 백이가 가만히 물었다.

"너는 또 주먹 연습이냐?"

숙제는 그 말엔 대답하지 않고 천천히 걸어가서 백이의 침상 끝에 걸터앉았다. 그리고 몸을 숙여 방금 들은 이야기를 털어놓았다. 한참 동안 두 사람은 입을 열지 않았다. 마침내 숙제가 자못 괴로운 듯이 한숨을 쉬며 소리를 낮추어 말했다.

"뜻밖에도 문왕의 법을 근본부터 바꾸고 말았군요……. 글쎄 안 그렇습니까. 불효(不孝)만이 아닌 불인(不仁)까지 행하니……. 이렇게까지 되었으니 이제 여기 밥을 먹을 수는 없게 되었습니다."

"그럼 어떡하면 좋지?"

백이가 물었다.

"역시 달아나는 편이……."

그리하여 두 사람은 여러 모로 상의 끝에 결정을 내렸다. 내일 아침 일찍이 양로원을 나가 두 번 다시 주나라 왕실의 큰 떡을 입에 넣지 않으리라. 물건도 뭣 하나 가지고 가지 않으리라. 형제 둘이서 화산(華山)으로 들어가 풀열매와 나뭇잎을 먹고 여생을 보내리라. 더구나 '천도(天道)'는 친분에 관계 없이 언제나 착한 사람의 편을 든다 했다. 어쩌다가 창출(蒼朮 : 약초)이나 복령(茯苓 : 버섯의 한 종류) 따위를 만나게 될지도 모른다.

생각이 정해지자 마음이 아주 가벼워졌다. 숙제는 다시 옷을 벗고 누웠다. 이내 백이의 잠꼬대 소리가 들렸다. 자신도 마음이 뛰는 것만 같았다. 그리고 복령의 맑은 향기가 풍기는 것만 같았다. 복령의 그 맑은 향기 속에서 깊은 잠이 들었다.

4

다음 날 형제 두 사람은 어느 때보다도 일찍 잠에서 깨어났다. 옷을 다 입자 아무것도 가지지 않고—실은 가질 만한 것도 없었지만—다만 양털 장옷 하나만은 버릴 수가 없어 몸에 걸친 채 지팡이와 먹다 남은 구운 떡을 들고 산책 나간다는 핑계로 훌쩍 양로원 바깥문을 빠져 나왔다. 이것이 마지막 이별이라고 생각하니 역시 뒷덜미가 끌리는지 몇 번이고 뒤돌아보았다.

큰길에는 아직 지나다니는 사람이 드물었다. 우물가에서 잠이 덜 깬 채 물을 긷고 있는 여인과 마주치는 것이 고작이었다. 교외로 가까이 왔을 무렵에는 벌써 해도 높이 떠올랐고, 오가는 사람도 불어났다. 거의 모두가 고개를 쳐들고 의기양양해 있었는데, 두 사람을 보자 역시 전과 같이 길을 비켜 주었다. 나무도 많았다. 이름도 모르는 낙엽수에 벌써 새싹이 뻗어나와 흘깃 바라보면 흡사 회록색(灰綠色) 노을이 끼어 있는 것만 같았다. 그 사이에 소나무며 잣나무가 섞이어 흐릿한 가운데 보다 뚜렷이 푸르름을 돋보여 주고 있었다.

눈길이 닿는 넓고 넓은 곳은 자유롭고 아름다웠다. 백이와 숙제는 마치 다시 젊어지기라도 한 것처럼 발걸음이 가벼웠고 마음 또한 유쾌했다.

그날 오후 두 사람은 몇 가닥의 갈림길이 나 있는 곳에 이르렀다. 어느 길이 더 가까운지 그들로서는 결정하기 어려웠기 때문에 맞은 쪽에서 오는 노인을 붙들고 조용한 말투로 물었다.

"그거 애석하게도 되었소."

노인은 말했다.

"조금만 더 일렀던들 아까 지나간 그 말 떼를 따라갈 수 있었을 텐데. 이제는 하는 수 없지. 우선 이 길로 가시오. 앞으로도 갈림길이 많으니까 자꾸 묻는 게 좋을 거요."

숙제는 생각이 났다. 듣고 본즉 분명히 정오쯤 늙은 말, 여윈 말, 저는 말, 창병 들린 말의 큰 무리를 몰고 오는 부상 입은 병사 몇과 마주쳤던 것을. 등 뒤로 들이닥쳐 하마터면 밟힐 뻔했었다. 그래서 그는 내친 김에 그 말은 몰고 가서 무엇하는 거냐고 노인에게 물어 보았다.

"아직 모르시오? 우리 대왕께선 '삼가 천벌을 행하는' 일을 끝냈으므로, 이제 두 번 다시 군대가 필요 없게 된 거지요. 그래서 말을 화산 기슭에 놓아 준 겁니다. 이것이 바로 '말을 화산 남쪽으로 돌려 보낸다'는 거란 말이오. 아시겠소? 우리는 또 소를 도림(挑林) 들에 놓아 주었소. 에헴, 이제는 누구나가 다 태평하게 밥을 먹게 될 거요."

그러나 이것은 머리에 찬물을 뒤집어쓴 듯한 것이었다. 두 사람은 동시에 부르르 몸을 떨었다. 그러나 내색하지 않은 채 노인에게 인사를 드린 다음 가르쳐 준 길을 걸어갔다. 다만 안타까운 것은 '말을 화산 남쪽으로 돌려 보낸다'는 말이 그들이 꿈에 그리던 고장을 짓밟아 버리고 만 것이었다. 두 사람은 이때부터 마음이 뒤숭숭했다.

가슴은 두근댔지만 두 사람은 아무 말 않고 꾸준히 걸어 저녁녘엔 그리 높지 않은 황토 언덕에 이르렀다. 언덕 위에는 조그만 숲 사이로 흙집이 보였다. 두 사람이 서로 상의한 끝에 그곳에 찾아가 하룻밤을 쉬어가기로 했다.

언덕 기슭까지 10여 걸음쯤 남았을 때 숲 속에서 구름을 찌를 것 같은 큰 사나이 다섯이 뛰어 나왔다. 얼굴은 흰 수건으로 싸고, 몸에는 누더기를 입고 있었다. 두목은 큰 칼을 찼는데 다른 네 명은 몽둥이를 들고 있었다. 기슭으로 오자 한일자로 죽 늘어서서 길을 가로막으며 일제히 공손하게 절을 한 다음 큰 소리로 외쳤다.

"노선생, 어서 오십시오!"

두 사람은 흠칫 두세 걸음 뒤로 물러섰다. 백이는 떨기 시작했으나 숙제는 주저없이 과감하게 앞으로 나아가 어떤 사람이며, 무슨 볼일이냐고 물었다.

"나는 화산대왕(華山大王) 소궁기(小窮奇)라고 합니다. 형제들을 데리고 여기서 당신들이 오기를 기다리고 있었소. 약간의 통행세를 받을까 하구요."

칼을 든 사나이가 대답했다.

"우리에게 무슨 돈이 있겠소, 대왕님. 우리는 양로원에서 오는 사람들이오."

숙제는 정중히 말했다.

"이럴 수가."

소궁기는 깜짝 놀라 즉시 숙연한 태도로 경례를 하고는 말을 이었다.

"그럼 두 분께서는 필시 '천하의 대로(大老)'시겠군요. 저희는 선왕의 유교(遺敎)를 지켜 노인을 아주 공경하는 사람입니다. 겸하여 두 분으로부터 아무것이든 기념품을 받을까 하고……."

그는 대답이 없는 것을 보자 숙제에게 큰 칼을 휘두르며 소리 높여 말했다.

"만일 어르신이 이 이상 사양을 하신다면 저희는 삼가 천수(天搜)를 행하여 두 분의 몸을 배알하는 도리밖에 없습니다."

백이와 숙제는 곧 두 팔을 들었다. 몽둥이를 든 한 사람이 두 사람의 양털장옷과 솜저고리와 속옷을 풀어 샅샅이 뒤졌다.

"둘 다 빈털터리야. 정말 아무것도 없어."

그자는 얼굴에 온통 실망의 빛을 띠고 소궁기 쪽을 바라보며 말했다.

소궁기는 백이가 떨고 있는 것을 보자, 가까이 다가가서 공손하게 그의 어깨를 두드리며 말했다.

"노선생, 무서워 마십시오. 상해문사(上海文士 : 좀도둑)라면 '돼지 껍질을 벗길'지도 모르지만, 우리는 문명(文明)한 사람입니다. 그런 시시한 흉내는 내지 않습니다. 기념품이 아무것도 없으면 우리 자신의 불운이라고 단념할 뿐입니다. 자아, 마음대로 어디로든지 사라지십시오."

백이는 대답은 고사하고 옷자락도 제대로 여미지 못한 채 숙제와 함께 성큼 발을 내딛고 땅바닥을 들여다보며 앞으로 걸어나갔다. 이때 다섯 사람은 벌써 옆으로 서서 길을 터놓고 있었다. 그리고 두 사람이 앞을 지나갈 때 공손히 두 손을 내리고 입을 모아 외쳤다.

"가시겠습니까, 차라도 드시지 않겠습니까?"

"좋소. 좋소……."

백이와 숙제는 그렇게 말하면서 줄곧 고개를 끄덕이며 걸어갔다.

5

'말을 화산 남쪽으로 돌려 보낸다'는 말과 화산대왕 소궁기 때문에 두 의사(義士)는 화산이 무서워졌다. 그래서 다시 상의 끝에 방향을 북으로 돌려 연방 얻어먹어 가면서 새벽에는 걷고 밤이면 쉬어 마침내 수양산(首陽山)에 다다랐다.

그곳은 분명 좋은 산이었다. 높지도 깊지도 않은 데다 숲이 없었으므로 호랑이와 늑대가 나올 염려도 강도 걱정도 없다. 이상적인 은신처였다. 두 사람이 이 산기슭에 이르러 바라보니, 새 잎은 옅은 녹색, 흙이 황금빛, 들에

난 풀에는 붉고 흰 작은 꽃이 피어 있어서 정말 보기만 해도 마음이 상쾌했다. 더없이 기뻐진 그들은 지팡이로 산길을 짚어가며 한 걸음 한 걸음 올라갔다. 이윽고 바위가 위로 솟아나온, 동굴처럼 된 곳을 찾아 내자 그들은 그곳에 앉아 땀을 닦으면서 숨을 가쁘게 쉬었다.

때는 이미 해가 서쪽으로 기울기 시작하여 집을 찾아드는 새소리로 시끄러워 산에 오를 때처럼 고요하지는 않았지만 그들에겐 그것마저 싱그럽고 즐거운 것으로 생각되었다. 양털 장옷을 바닥에 깔고 잘 준비를 끝낸 다음 숙제는 큼직한 주먹밥을 두 개 꺼내어 백이와 함께 배불리 먹었다. 이것은 오는 동안 길에서 얻어먹고 남은 것이다. '주나라 곡식을 먹지 않는다' 마음 먹었지만 수양산에 들어간 뒤에야 할 수 있는 일이라고 두 사람은 이미 상의를 끝내고 있었던 것이다. 그래서 그날 저녁 남은 주먹밥을 먹고 나면 그 뒤로부터는 절대 음식을 얻지 않기로 합의했다.

아침 일찍 그들은 까마귀 울음소리에 잠을 깼다. 그러나 다시 잠이 들어, 일어났을 때는 벌써 낮이 가까운 무렵이었다. 백이는 다리와 허리가 아파 도저히 일어날 수 없다고 했으므로 숙제는 하는 수 없이 혼자서 무언가 먹을 것이 없을까 찾아 나서 보았다. 잠시 걸어 본 그는 높지도 깊지도 않은 이 산이 범과 늑대와 도적이 없다는 장점은 있지만 반면 그에 따른 결점도 있다는 것을 알아차렸다. 게다가 아래가 바로 수양촌(首陽村)이었던 까닭에 계속 나무를 하는 늙은이며 아낙네들이 드나들 뿐만 아니라, 어린애들까지 놀러 왔다. 먹을 만한 야생 나무열매 하나 눈에 띄지 않는 것은 아마도 그들이 다 따 버린 때문이리라.

물론 그는 복령도 생각했다. 그러나 산에 있는 솔은 고송이 아니어서 뿌리에 복령이 달렸을 것 같지 않았다. 설령 달려 있다 해도 자신은 삽을 갖지 않았으니 어찌 해볼 수 없는 것이다. 그러자 이번엔 창출을 생각해 보았다. 그러나 그는 창출의 뿌리를 본 일은 있으나 잎 모양 같은 건 전혀 알지 못했다. 그렇다고 산에 있는 풀을 모조리 뽑아 볼 수도 없고, 설령 창출이 눈 앞에 있다 한들 알아 볼 방법이 없는 것이다. 생각이 거기에 미치자 가슴이 콱 치받치며 얼굴이 화끈 달아올랐다. 그는 마구 머리를 쥐어뜯었다.

그러나 그는 곧 평정을 되찾고 뭔가 생각이 떠오른 듯 성큼성큼 소나무로 다가가 솔잎을 품에 가득 따 담았다. 그리고 시냇가에 가서 돌 두 개를 주워 들고 그것으로 솔잎 바깥 쪽 푸른 꺼풀을 짓찧어 냇물에 씻은 뒤 다시 또 곱게 찧어서 경단처럼 만들었다. 그러곤 아주 납작한 돌 또 하나를 주워 가지고 바위굴로 돌아왔다.

"숙제, 무언가 얻은 것이 있느냐? 나는 배가 고파 아까부터 꾸르륵 소리만 나고 있다."

백이는 그를 보자마자 물었다.

"형님, 아무것도 없습니다. 뭐 이런 거라도 잡숴 보시지요."

그는 근처에서 돌멩이를 두 개 주워 와서 납작한 돌을 받쳐 놓고 그 위에 솔잎 경단을 올려놓았다. 그리고 마른 나뭇가지를 집어다가 밑에 불을 지폈다. 참으로 오랜 시간이 걸려서 젖은 솔잎 경단이 겨우 찌익찌익 하는 소리를 내기 시작하더니 향긋한 냄새마저 풍겼다. 두 사람은 꿀꺽 침을 삼켰다. 숙제는 기뻐서 미소를 띠었다. 이것은 그가 강태공의 여든다섯 살 생일 잔치 때 축하차 갔다가 술자리에서 얻어 들은 방법인 것이다.

냄새를 풍긴 뒤에는 거품이 나오며 금방금방 말라들더니 이윽고 훌륭한 송편이 되었다. 숙제는 털가죽 장옷 소매로 손을 싸고 그 손으로 납작한 돌을 받쳐 들어 벙글벙글 웃으며 백이 앞으로 가지고 갔다. 백이는 푸우푸우 불면서 손으로 눌러 한쪽을 떼어 재빨리 입 안에 넣었다.

씹을수록 그는 점점 더 눈살을 찌푸렸다. 목을 내밀어 몇 번이고 삼키려다가 결국은 웩 뱉어 내고 원망스러운 듯이 숙제를 바라보며 말했다.

"쓰다…… 껄끄럽다……."

이때 깊은 못에라도 떨어진 것처럼 숙제의 희망은 완전히 달아나고 말았다. 조심조심 한쪽을 떼어 씹어 보았으나 정말 먹을 것이 못 되었다. 쓰고…… 껄끄럽고……

숙제는 갑자기 사기가 꺾였다. 힘없이 주저앉아 고개를 떨구었다. 그러나 그는 여전히 생각하고 있었다. 몸부림치듯이 생각하고 있었다. 깊은 못에서 기어오르는 것처럼 기고 또 기어서 줄곧 앞으로 나아갔다. 마침내 그는 자신이 어린아이로 변한 것 같은 생각이 들었다. 고죽군의 왕자였을 무렵으로. 그는 유모의 무릎 위에 앉아 있다. 유모는 시골 사람으로 그에게 옛날 이야기를 해주고 있다. 황제가 치우(蚩尤)를 무찌른 이야기, 대우(大禹)가 무지기(無支祁)를 잡은 이야기, 그리고 시골 사람은 고사리를 먹는다는 이야기,

그리고 자기가 고사리 모양을 물었던 일을 생각해 냈다. 그러자 조금 전에 그렇게 생긴 것을 본 기억이 되살아났다. 그는 갑자기 기운이 나는 것 같았다. 곧 일어나 풀섶을 밟아 헤치며, 고사리를 찾으러 나섰다.

생각한 대로 그것은 꽤 많았다. 1리를 못다 가서 품에 반쯤 차도록 따 담았다.

이번에도 시냇물에 씻어 가지고 돌아와 또 그 솔잎 경단을 익히던 납작한 돌로 고사리를 익혔다. 잎이 암록색으로 변하자 다 익었다. 그러나 이번은 형에게 먼저 권할 생각이 나지 않아 한 개를 집어 자기 입에 던져 넣고는 눈을 감고 씹어 보았다.

"어떠냐?"

백이는 초조하게 물었다.

"됐어요!"

그래서 두 사람은 벙글벙글하면서 익힌 고사리를 맛보았다. 백이는 두 번 더 집어먹었다. 그가 형이기 때문이다.

그들은 매일 고사리를 뜯었다. 처음은 숙제 혼자서 뜯으러 가고 백이가 익혔다. 그리고 백이가 몸을 추스른 뒤로는 같이 뜯으러 갔다. 조리법도 늘었다. 고사리 탕(薇湯), 고사리 찜(薇羹), 고사리 장(薇醬), 고사리 청돈(淸燉薇), 고사리싹탕(原湯燗薇芽), 풋고사리 말림(生曬嫩薇葉)……

그러자 가까운 곳의 고사리를 다 뜯어 없애고 말았는데도 남아 있는 뿌리에서는 금세 싹이 돋아나지 않았다. 몇 번인가 이사를 다니기도 했으나 결과는 매번 마찬가지였다. 뿐만 아니라 새로운 거처도 차차 구하기가 어려워졌다. 고사리가 많고 냇물이 가까운 곳이라야 되는데, 그런 편리한 곳이 수양산에는 실지로 그리 많지 않았기 때문이다. 숙제는 백이의 나이가 나이인 만큼 주의를 게을리해서 병이라도 나면 어쩌나 싶어 지금처럼 부엌일만 맡아 주고 고사리 뜯는 일은 자신에게만 맡겨 달라고 간청했다.

백이는 처음에는 받아들이지 않았으나 결국은 승낙했다. 그로부터는 신세 편한 노인이 되었다. 그런데 수양산에는 사람 왕래가 잦았고 그는 할 일이 없었다. 그래서 성질도 무뚝뚝했던 전과는 달리 수다쟁이로 바뀌어 갔다. 그 때문에 아이들을 놀리거나 나무꾼과 쓸데없는 말을 주고받는 일이 많았다. 한때의 심심풀이에서 나온 건지 아니면 사람들로부터 늙은 거지라고 욕을 얻어먹은 탓인지 한번은 그가 자기들의 신분에 대해 이야기하고 말았다. 본디 두 사람은 요서 고죽군의 아들로서 그가 맏아들이고 숙제는 셋째라는 것, 아버지가 살아 계실 때 그 자리를 셋째에게 물려줄 작정이었으나 아버지가 죽은 뒤 셋째가 한사코 형에게 미루며 듣지 않은 사실, 그럼에도 아버지의 유언을 지켜 귀찮은 것을 피해 도망쳐 나왔는데 뜻밖에 셋째도 도망쳐 나와 두 사람이 우연히 길에서 마주쳐 함께 서백(西伯) 무왕의 땅으로 가서 양로원에 들어가게 된 일, 그런데 뜻밖에도 주나라 왕이 '신하로서 임금을 죽이는' 행동으로 나왔기 때문에 주나라 곡식을 먹는 것을 그만 두고 수양산으로 도망쳐 와 들풀을 먹으며 목숨을 이어가는 부득이한 처지에 이르게 된 전말을 죄다 이야기했다. 숙제가 눈치채고 형의 수다를 원망했을 때는 벌써 소문이 퍼질 대로 퍼져 돌이킬 수 없이 되어 있었다. 그러나 새삼 형을 나무랄 생각은 없었다. 다만 속으로 아버지가 형에게 자리를 물려주려 하지 않은 것은 확실히 사람을 보는 눈이 있었기 때문이라고 깨달았을 뿐이다.

숙제의 예상은 과연 틀리지 않았다. 결과는 정말 나빴다. 그들의 이야기가 줄곧 마을에서 화제에 올랐을 뿐만 아니라, 일부러 그들을 구경하러 산으로 오는 자가 끊이지 않았다. 어떤 사람은 그들을 명사 취급했고, 또 다른 사람들은 괴물이나 골동품 취급을 했다. 심한 경우에는 뒤를 쫓아 고사리 꺾는 걸 보기도 하고, 둘러서서 먹는 모습을 구경하기도 했다. 손짓발짓으로 별의별 질문을 보내와서 머리가 멍해질 지경이었다. 혹시 무심결에 눈썹이라도 찡그리게 되면 '신경질쟁이'라는 말까지 듣는 판이었다.

드디어 소문은 수양산 제일가는 인물인 소병군(小丙君)까지 움직이게 되었다. 그는 본디 달기(妲己)의 숙부 양딸의 사위로서 제주(祭酒 : 대학총장(大學總長)에 해당한다)라는 벼슬을 하고 있었다. 그러다 천명이 은나라를 버린 것을 알고 수레 50대와 노비 8백 명을 거느리고 명주(明主 : 무왕(武王)을 말함)에게 항복했다. 애석하게도 이미 때가 맹진(盟津)에 집결하기 며칠 전이었으므로, 명주는 군무(軍務)에 바빠 미처 적당한 부서를 그에게 줄 겨를이 없었다. 그래서 그의 짐 40대 분과 노비 7백 50명만 거둬들인 채 따로 수양산 기슭의 기름진 밭 2경(頃)을 주어, 마을에서 팔괘학(八卦學 : 역학(易學)) 연구를 시키기로 하였다. 그러나 문학에 취미가 있던 그와는 달리 마을 사람들은 문맹이라 문학개론을 몰랐다. 오래 비육지탄(髀肉之嘆 : 뽐낼 기회가 없어 애석함)을 숨겨 오던 참이었으므로 부랴부랴 하인들에게 가마를 매게 하여, 특히 시와 노래에 대해 이야기할 심산에서 두 노인이 있는 곳을 찾아갔다. 이유인즉 그는 입을 열 때마다 으레 시인이라 했고 이미 한 권의 시집까지 낸 적이 있었기 때문이다.

그러나 이야기를 마친 뒤 가마에 오르는 순간 그는 고개를 옆으로 저었고, 집에 돌아왔을 때는 몹시 화를 내고 있었다. 그의 말인즉, 그들은 시와 노래를 말할 인물이 못 된다, 첫째 가난하여 생활에 여유가 없으니 어떻게 좋은 시를 쓸 수 있겠는가. 둘째로 '작위(作爲)가 있어' 시의 '돈후(敦候)'를 잃고 있다. 셋째로 의론이 많아서 시의 '온유(溫柔)'를 잃고 있다. 게다가 특히 문제가 되는 것은 그들의 품성으로, 모두가 모순덩어리다. 이리하여 그는 정의(正義)의 입장에서 단호히 비평을 내렸다.

"'보천지하 막비왕토(普天之下莫非王土)'다. 즉 그들이 먹고 있는 고사리 역시 우리 성상 폐하의 것이 아니라고 할 수 있겠는가."

그 무렵 백이와 숙제는 날로 수척해 갔다. 접대에 바빠 그런 것은 아니었다. 찾아오는 사람도 차차 줄어들었으니 말이다. 다만 곤란한 것은 고사리가 점점 줄어드는 일이었다. 매일 한 줌을 찾는 데도 대단한 노력이 들었고, 많은 길을 걸어야만 했던 것이다. 더구나 화(禍)는 혼자 오는 것이 아니다. 우물에 빠진 다음 큰 돌이 떨어지는 일마저 있지 않은가.

어느 날 그들 두 사람은 익힌 고사리를 먹고 있었다. 쉽사리 눈에 뜨이지 않았기 때문에 이날 점심은 오후가 되어서야 간신히 차려졌는데 돌연 스무 살 가량의 여자가 나타났다. 전에 본 일이 없는 여자였다. 차림새로 보아 부자집 하녀인 듯했다.

"식사하십니까?"

그녀는 물었다.

숙제가 얼굴을 들고 황급히 웃음을 지으며 끄덕였다.

"이건 뭐라는 거지요?"

그녀는 또 물었다.

"고사리요."

백이가 대답했다.

"어째서 이런 걸 자시지요?"

"우리는 주나라 곡식을 먹지 않기 때문에……."

백이가 말을 꺼내는 순간 숙제는 눈짓을 보냈다. 그러나 그녀는 몹시 영리한 듯 벌써 알아차리고 있었다. 그녀는 흐응 하고 냉소를 짓더니 정의의 입장에서 단호히 비평을 가했다.

"'보천지하 막비왕토'예요. 당신들이 먹고 있는 고사리도 우리 성상 폐하의 것이 아니라고 말할 수 있을까요?"

백이와 숙제는 똑똑히 그것을 들었다. 마지막 한 구절에 이르자 큰 천둥소리를 들은 것 같았다. 그들은 정신이 가물가물했다. 이윽고 눈을 떴을 때는 하녀의 모습은 이미 없었다. 고사리는 물론 먹지 않았다. 아니, 먹을 수 없었다. 바라보는 것도 부끄러웠다. 버리러 가려 해도 손이 쳐들리지 않았다. 무게가 몇백 근은 되는 것처럼 느껴지는 것이었다.

6

산 뒤의 바위굴에 백이와 숙제가 몸을 꼬부려붙이고 죽어 있는 것을 나뭇꾼이 우연히 발견한 것은 그로부터 약 20일 뒤의 일이었다. 썩지 않고 있는 것은 여윈 때문이기도 했지만, 죽은 지 아직 얼마 안 된 때문이기도 하리라. 낡은 양털 장옷도 깔려 있지 않았고, 간 곳도 알 수 없었다. 이 소식이 마을로 전해지자 또 구경꾼이 뒤를 이어 밀려드는 큰 소동이 일어났다. 결국 일 좋아하는 사람들이 그 자리에서 밤까지 그들을 묻어 주었다. 그리고 돌비를 세우고 비에는 글자를 새겨 후세에 고적으로 전해 주자고 상의했다. 그러나 마을에는 글자를 쓸 줄 아는 자가 한 사람도 없어서 소병군에게 부탁했지만 써 주지 않았다.

"내가 쓸 만한 상대가 못 된다."

그는 말했다.

"멍청할 따름이다. 양로원으로 도망친 것은 또 좋다 치더라도 초연하게 처신을 못 한 게 아닌가. 수양산으로 도망친 것도 좋으나 시를 지으려 했다. 시를 짓는 것도 좋으나 불평을 드러냈다. 자기 분수를 지키며 예술을 위한 예술에 힘쓰려 하지 않은 것이다. 글쎄 이 따위 시에 영구성이 있겠는가.

서산(西山)에 올라 고사리를 캐노라
강도로 바뀌고도 강도는 그것이 부정(不正)임을 모른다.

신농·우·하(神農·虞·夏 _{고대(古代)이상국(理想國)})가
홀연 없어지니 나는 어디로 갈 거나
아아 죽을 거나, 나의 불우한 운명이여

글쎄 이 무슨 말투인가. 온유하고 돈후한 것이 시인데 그들이 지은 것엔 '원망' 뿐인가, '비난'까지 담겨 있다. 꽃대신 가시도 불가(不可)한데 이따위 말투만으로 무슨 시가 되겠는가. 설사 문학을 떠나서 논한다 하더라도 그들이 조상의 업을 버린 것은 효자라 할 수 없고 여기에 와서까지 조정의 정치를 비난함은 더더구나 착한 백성이라 말할 수 없다……. 나는 쓰지 않겠다!"

문맹들은 그의 이론을 잘 알지 못했지만 태도가 거칠었으므로 반대하는 것인 줄 짐작하고 그만 물러갔다. 이리하여 백이와 숙제의 장례식은 그럭저럭 치러졌다.

그러나 여름날 저녁 바람을 쐬는 자리에서는 아직도 그들 이야기가 가끔 화제에 오르는 일이 있었다. 어떤 자는 늙어서, 어떤 자는 병들어서 죽었다 하고, 또 다른 자는 양털 장옷을 앗아간 강도에게 살해당했다고도 말했다. 그러나 뒤에 와서, 사실은 일부러 굶어 죽었으리라고 말하는 자가 있었다. 그 사나이는 소병군의 집 하녀 아금(阿金)으로부터 이런 이야기를 들었다. 한 10여 일 전 그녀가 산으로 올라가서 그들을 놀려 주었다. 바보는 화를 잘 낸다. 아마 까닭없이 화가 나서 먹는 걸 끊고 역정을 내보인 것이리라. 그러나 역정을 내 봤자 결국 자신을 망치게 되었을 뿐이라는 이야기였다.

이리하여 많은 사람들은 아금에게 감복하여 영리한 여자라고 칭찬이 자자했다. 그러나 일부에서는 지나치게 냉혹하다며 깎아내려 말하기도 했다.

아금의 말로는 백이와 숙제가 죽은 것은 그녀와는 상관없는 일이라고 했다. 물론 그녀가 산에 올라가서 그들에게 농담을 한 것만은 사실이다. 그러나 그것은 단순한 농담인 것이다. 그 두 바보가 화를 내고, 그래서 고사리를 먹지 않게 된 것도 사실이다. 그러나 그 때문에 죽은 것은 아니며, 오히려 커다란 행운이 열린 것이라고 했다.

"하느님은 인정이 많으시거든요."

그녀는 말했다.

"하느님은 두 사람이 역정을 내어 굶어 죽어 가는 걸 보시고 암사슴에게 그의 젖을 먹여 주도록 명했던 겁니다. 글쎄 얼마나 다행한 일입니까. 밭일도 필요가 없고, 땔나무도 할 것 없이 그저 앉아만 있으면 매일 사슴의 젖이 절로 입으로 들어오지 않겠어요. 그런데 미련한 놈은 남의 동정을 모르거든요. 그 동생이란 자의 이름의 뭐라더라, 그 자가 염치없게도 사슴의 젖만으론 부족했던 겁니다. 사슴의 젖을 먹으면서도 마음 속으로는 '이 사슴은 이렇게 살이 올랐으니 잡아먹으면 맛있을 것이 틀림없다' 생각하고 슬그머니 팔을 뻗쳐 돌을 집으려 했던 거죠. 사슴에게 신통력이 있음을 모르고요. 사슴은 사람이 생각하는 것을 알기 때문에 그만 정신 없이 달아났죠. 하느님도 놈들의 탐욕스러움이 싫어지셔서 이제는 가지 말라고 암사슴에게 말했습니다만…… 어때요, 이렇게 되니 굶어죽을 도리밖에 없잖아요. 내가 말한 때문이란 건 턱도 없는 이야기예요. 모두가 그들이 탐욕스레 먹고 싶어한 때문일 거예요……."

이 이야기를 다 듣고 난 사람들은 모두 휴우 하고 긴 한숨을 내쉬며, 왠지 자신들의 어깨마저 아주 가벼워진 듯한 느낌이 들었다. 비록 가끔 백이와 숙제를 생각해 내는 일이 있긴 했지만 그것은 마치 꿈의 한 장면 같은 것으로서, 그들이 바위 밑에 쭈그리고 앉아 흰 수염이 난 입을 크게 벌리며 지금막 열심히 사슴고기를 물어뜯으려고 하는 모습이었다.

벼린 검

1

미간척(眉間尺)은 어머니 곁에서 잠이 들 만하면 쥐가 나와 냄비 뚜껑을 갉아 대는 통에 귀찮아 견딜 수가 없었다. '쉿쉿' 하고 몇 번이나 작은 소리로 쫓아 보았다. 처음에는 다소 효과가 있었으나 나중에는 그를 무시해 버린 채 공공연히 빡빡 갉아 대기 시작했다. 낮 동안의 피로로 눕기만 하면 금방 잠이 들어 버리는 어머니를 깨워서는 안 되겠기에 그는 큰 소리를 내어 쫓을 수도 없었다.

얼마를 지나자 겨우 조용해졌으므로 그도 스르르 잠이 들려 했다. 그때 갑자기 '풍덩' 하는 소리가 나는 바람에 깜짝 놀라 잠이 깨고 말았다. 동시에 발톱으로 옹기 그릇 긁는 소리가 들렸다.

'옳지 잘 됐다.'

그는 기뻐서 살그머니 일어났다. 침상에서 내려와 달빛에 의지하여 문 뒤쪽으로 돌아가 부싯돌을 더듬어 찾았다. 간솔에 불을 붙여 물독 속을 비춰 보았더니, 과연 큰 쥐가 한 마리 빠져 있었다. 물이 조금밖에 없었기 때문에 그것은 기어 나오지 못한 채 물독 안쪽을 따라 발톱을 세워 가면서 빙글빙글 돌 뿐이었다.

"잘 됐다!"

그는 밤마다 가구를 갉아 대는 소리로 잠을 설치게 하는 것이 이놈이라고 생각하니 통쾌해서 견딜 수가 없었다. 관솔불을 흙벽 구멍에다 꽂아놓고 가만히 서서 구경했다. 보노라니 그 작고 동그란 눈이 미워졌다. 그는 땔감인 갈대 하나를 뽑아서 그것으로 쥐를 물 속으로 내리 눌렀다. 한참 뒤에 손을 늦추자 쥐는 또다시 떠올라 여전히 물독 안쪽을 긁어 대며 빙글빙글 돌았다. 그러나 아까와 같은 기운이 이제 없었다. 눈도 물 속에 잠겨 버리고, 뾰족한 빨간 코끝만이 물 위에 나와 있을 뿐 몹시 숨을 할딱였다.

요즘 그는 코가 빨간 사람이 어쩐지 마음에 들지 않았다. 그러나 지금 이 뾰족한 작은 빨간 코를 보니 갑자기 쥐가 불쌍한 생각이 들었다. 그래서 갈대 끝을 쥐의 배 밑으로 밀어 넣었다. 쥐는 그것을 붙들고 잠시 쉰 다음 갈대 줄기를 타고 기어올라 왔다. 이윽고 쥐의 온몸이 드러났다. 흠뻑 젖은 검은 털, 불룩한 배, 지렁이 같은 꼬리 등을 보노라니 그는 또다시 쥐가 밉고 징그러운 생각이 들어서 얼른 갈대를 흔들어 버렸다. 풍덩 소리가 나며 쥐는 또 물독 속으로 빠졌다. 그는 빨리 가라앉도록 하려고 쥐의 머리를 몇 번이고 갈대로 쿡쿡 찔렀다.

관솔불을 여러 번쯤 갈 무렵에는 쥐도 다시 움직이지 못한 채 겨우 물에 떴다 가라앉았다 하면서, 간간히 물 위로 뛰어오르려고 허우적거렸다. 미간척은 또 불쌍한 생각이 들었다. 그래서 재빨리 갈대를 반으로 꺾어 애를 쓰며 쥐를 집어 올려서 땅바닥에 놓아 주었다. 쥐는 처음에는 꼼짝도 하지 않았다. 그러다가 겨우 숨을 쉬기 시작했다. 또 한참 있다가 네 다리가 움직였다. 그러더니 후다닥 일어나 그냥 달아나려고 했다. 미간척은 깜짝 놀랐다. 저도 모르게 왼발로 꽉 밟았다. '찍' 하는 소리가 났다. 몸을 구부려 들여다 보니 입에서 붉은 피가 조금 나와 있었다. 아마 죽어 버린 모양이었다.

그는 또 불쌍한 생각이 들었다. 자기가 나쁜 짓을 한 것 같아 마음이 괴로웠다. 그는 쭈그리고 앉아서 우두커니 내려다볼 뿐 차마 일어설 수가 없었다.

"척아, 너 거기서 뭘 하고 있니?"

어머니가 잠이 깼는지 침상에서 불렀다.

"쥐가!"

그는 얼른 일어나 어머니 쪽을 돌아보았으나 이 한 마디밖에 대답을 못했다.

"그래, 쥐 때문에 그러는 건 안다. 한데, 뭘하고 있었느냐 말이다. 죽였니, 살려 주었니?"

그는 대답하지 않았다. 관솔불은 다 타 버렸다. 그는 말 없이 어둠 속에서 있었다. 이윽고 파리한 달빛이 눈에 비쳤다.

"아아!"

그의 어머니는 탄식하며 말했다.

"자시(子時)만 지나면 너는 열여섯 살이 되는데, 성질은 여전히 유약(柔弱)하고 변함없으니, 이래가지고 네 아버님 원수는 누가 갚는단 말이냐."

어슴푸레한 달그림자 속에 앉아 있는 그의 어머니는 쉴 새 없이 몸을 떨고 있는 것 같았다. 그 억누르는 듯한 목소리에 무한한 비애(悲哀)가 담겨 있어 그는 자기도 모르는 새에 온몸에 소름이 끼쳤다. 그러나 다음 순간에는 뜨거운 피가 온몸에 솟구치는 것을 느꼈다.

"아버님의 원수요? 아버님에게 원수가 있었나요?"

그는 깜짝 놀라 몇 발짝 앞으로 나서며 물었다.

"그래. 네가 그 원수를 갚아야만 한다. 진작부터 너에게 그 말을 하려고 했으나 네가 너무 어려서 못했다. 이제 너도 다 자랐는데 성질이 그렇게 유약하니 이 어미는 어떻게 해야 좋을지 모르겠구나. 너 같은 성질로 어떻게 큰일을 치르겠느냔 말이다."

"염려 마세요. 어머니, 말씀해 주세요. 꼭 나쁜 점을 고쳐서……."

"암 그래야지. 이제 나도 마음놓고 말할 수 있겠구나. 나쁜 점은 반드시 고치거라……. 자, 이리 가까이 오너라."

그는 가까이 다가갔다. 어머니는 침상 위에 단정히 앉아 침침한 달그림자 속에서 두 눈을 반짝반짝 빛내고 있었다.

"듣거라."

어머니는 엄숙하게 말했다.

"너의 아버지는 본디 검을 벼리는 명인으로 천하 제일가는 어른이셨다. 집이 가난해서 네 아버지의 연장들을 모두 팔아 버려 너에게 보여줄 만한 것이 아무것도 없다만, 아무튼 네 아버지는 세상에서 둘도 없는 검을 벼리는 명인이셨지. 지금부터 20년 전 왕비께서 쇳덩어리를 낳으셨는데, 쇠기둥을 안으셨다가 잉태를 하셨다더라. 푸르고 투명한 쇳덩어리였단다. 대왕께선 그것을 유례없는 보물로 아시고 그것으로 검을 벼러서 나라를 지키고 적을 무찔러 몸을 지키려 하셨단다. 그런데 불행하게도 네 아버지가 그 일을 할 사람으로 뽑히지 않았겠니. 그래서 쇠를 가지고 집으로 돌아오셔서는 밤낮으로 벼리고 또 벼리고 하여 꼬박 3년 동안 벼리신 끝에 마침내 검 두 자루를 만드셨다. 불 속에서 마지막으로 검을 꺼내던 날 정말 신기한 일이 벌어졌단다. 한 줄기 흰 김이 스르르 하늘로 오르고 땅도 흔들리는 것 같았지.

그 김은 하늘로 오르자 곧 흰 구름으로 변하여 이 부근을 온통 휩싸고 말았단다. 그리고 차차 붉은 빛을 띠더니 모든 것을 분홍빛으로 물들였는데, 우리 집의 시커먼 야로(冶爐) 속을 보았더니 새빨간 검 두 자루가 놓여 있지 않았겠니. 네 아버지는 거기다 정화수(井華水)를 떠서 천천히 뿌리셨다. 칼은 푸지직푸지직 소리를 내며 점차 푸른 빛으로 변해 갔지. 이렇게 해서 이레 낮 이레 밤을 지나자 검이 그만 눈에 보이지 않게 되었어. 자세히 보니 역시 야로 속에 있기는 있었는데 하도 푸르고 투명해서 꼭 두 개의 얼음방망이 같았단다. 네 아버지 눈에는 크나큰 기쁨의 빛이 어렸지. 그런데 칼을 집어 들고 닦고 또 닦고 하시는 네 아버지의 눈과 입매에는 슬픈 빛이 떠올랐어. 아버지께선 검 두 자루를 상자에다 따로따로 넣으시며 '요 며칠 동안에 일어난 신기한 일들로 미루어 누구나 다 검이 완성되었다는 사실을 알았을 거요' 하시더니 '내일은 어쩔 수 없이 대왕께 검을 바치러 가야겠소. 그러나 그날이 바로 내 명(命)이 다하는 날이기도 할 테니, 아마 이것으로 영영 이별이 될 거요' 하시지 않겠니. 나는 깜짝 놀라 무슨 영문인지 몰라서 할 말을 찾지 못하고 그냥 한 마디 '당신은 이렇게 큰 공을 세우셨는데……'라고만 했지. 그러자 '당신은 모르오' 하시면서 '대왕은 본디 의심이 많고 잔인한 분이라 이번에 세상에 둘도 없는 검을 바치고 나면 반드시 나를 죽이고 말거요. 내가 그 검과 맞먹는 혹은 그보다 더 나은 검을 다른 사람에게 만들어 주지 못하게끔 말이오'라고 하셨지. 나는 눈물을 흘리며 울었어. '슬퍼 마오. 이건 어쩔 수 없는 일이오. 운다고 눈물이 운명을 대신할 수는 없는 노릇. 나는 미리부터 준비를 해 두었소.' 네 아버지 눈이 별안간 번갯불같이 번쩍하더니 검 상자 하나를 내 무릎 위에 얹어 주시며 '이것이 웅검(雄劍)이오'라고 말씀하셨지. '잘 간직해 두구려. 내일 나는 자검(雌劍)을 대왕께 바치러 가겠소. 내가 그 길로 돌아오지 않을 때는 이미 이 세상에 없는 줄 아오. 하지만 임자는 잉태한 지 대여섯 달이 되었으니 슬퍼만 해서는 안 되오. 자식이 태어나거든 부디 소중하게 키워 주구려. 어른이 되거든 이 웅검을 주어 이것으로 대왕의 목을 쳐서 내 원수를 갚게 해 주오.'"

"그래, 아버지는 그날 돌아오셨나요?"

미간척은 다그쳐 물었다.

"안 돌아오셨다."

어머니는 침착하게 대답했다.

"여기저기 수소문해 보았지만 도무지 소식이 없으셨다. 나중에야 사람들한테서 들었는데, 너희 아버지가 벼리신 검에 맨 처음 피를 먹인 사람은 검을 만든 본인, 바로 너희 아버지셨다는구나. 게다가 재앙을 입을까 두려워서 머리와 몸을 따로따로 앞문과 후원(後苑)에다 나누어 묻었다고 하더구나."

미간척은 금방 온몸이 불에 타는 것 같고, 머리칼 하나하나에 불꽃이 튀는 듯한 느낌이 들었다. 두 주먹은 어둠 속에서 우두둑 소리가 날 만큼 불끈 쥐어져 있었다.

어머니는 일어나서 머리맡 벽에 붙은 널빤지를 뜯었다. 그러고는 침상에서 내려와 관솔에 불을 붙이고 문 뒤로 가서 괭이를 가져와 미간척에게 주며 말했다.

"여기를 보아라."

미간척의 가슴은 사뭇 뛰었다. 그러나 그는 침착하게 차근차근 파나갔다. 자꾸 파도 누런 흙뿐이더니 다섯 자 남짓 파고 나니 흙빛깔이 조금 변했다. 썩은 나무 부스러기 같았다.

"찬찬히 조심해서 보아라!"

어머니가 말했다.

미간척은 파놓은 구덩이 옆에 몸을 엎드리고 구덩이 속에 손을 넣었다. 신중하게 조심조심 썩은 나무 부스러기를 들어냈다. 마침내 손끝이 얼음에 닿았나 싶을 만큼 차갑게 느껴지더니 그 푸르고 투명한 검이 나타났다.

그는 한참 동안 들여다보고 있다가 자루를 쥐고 검을 꺼냈다.

창 밖의 별과 달도, 방 안의 관솔불도 별안간 빛을 잃은 듯 푸른 빛만이 주위에 가득찼다. 검은 그 푸른 빛 속에 녹아들어 얼른 보기에는 아무것도 없는 것 같았다. 미간척이 시선을 집중하여 찬찬히 바라보니 다섯 자 남짓한 검이 어슴푸레하게 보였는데 그다지 예리하지는 않고, 두툼한 칼날이 꼭 부추 잎 같았다.

"너는 지금부터 그 유약한 성질을 고쳐서 이 칼로 원수를 갚도록 해라."

어머니는 그에게 말했다.

"저는 이미 유약한 성질을 버렸습니다. 이 검으로 꼭 원수를 갚겠습니다."

"오냐 부디 그렇게 해다오. 너는 푸른 옷을 입고 이 검을 메도록 해라. 그

러면 옷과 검이 같은 빛깔이라 아무도 눈치채지 못할 거다. 옷은 여기 마련
해 놓았으니 내일 떠나도록 해라. 어미는 조금도 걱정 마라.”

침상 뒤에 있는 헌 궤짝을 가리키며 그녀는 말했다.

미간척은 새옷을 꺼내 입어 보았다. 몸에 꼭 맞았다. 벗어서 다시 개어 보
자기에 싼 검과 함께 머리맡에다 놓고 조용히 드러누웠다. 그는 자신의 유약
한 성질이 벌써 고쳐진 것 같은 기분이 들었다. 모든 근심 걱정을 깨끗이 잊
어버리고 푹 자고 나서 아침에 일어나 여유 만만하게 불구대천(不俱戴天)의
원수를 갚으러 가야겠다고 결심을 했다.

그러나 그는 잠을 이루지 못했다. 엎치락뒤치락 하다가, 차라리 일어나 버
릴까 하는 마음도 먹어 보았다. 그는 어머니가 실망의 한숨을 조그맣고 길게
쉬는 소리를 들었다. 그러다가 첫닭 우는 소리를 들었다. 벌써 자시(子時)
가 되었다. 열여섯 살이 된 것이다.

2

미간척은 뒤도 돌아보지 않고 집을 뛰쳐나갔다. 그의 눈두덩은 부석부석
했다. 푸른 옷에 푸른 검을 메고, 큼직한 발걸음으로 성내를 향해 줄달음쳤
다. 아직 동이 트지 않았고, 삼목(杉木) 숲의 잎새 하나하나에는 밤기운을
머금은 이슬이 맺혀 있었다. 그러나 삼목 숲을 벗어날 무렵에는 이슬방울이
색색으로 반짝거리며 차차 새벽빛으로 변해 갔다. 저 멀리 앞쪽을 바라보니
잿빛 성벽이 흐릿하게 보였다.

채소 광주리를 짊어진 사람들 틈에 섞여 그는 성내로 들어갔다. 거리는 벌
써 활기를 띠고 있었다. 남자들은 여기저기 모여서 우두커니 서 있고, 여자
들도 집 안에서 계속 밖을 내다보고 있었다. 여자들은 대부분 눈이 부석부석
했고 머리가 헝클어졌으며 화장할 틈이 없어 얼굴들은 푸르둥둥했다.

미간척은 바야흐로 큰 이변이 일어나려함을 예감했다. 그들은 모두 초조
해하면서도 끈기있게 이 이변을 기다리는 것이었다.

그는 계속해서 걸어갔다. 갑자기 어린아이 하나가 달려와 하마터면 등에
멘 검 끝에 부딪칠 뻔했다. 그는 너무 놀라 온몸이 땀에 흠뻑 젖었다. 다시
북쪽으로 길을 꺾어 왕궁 가까이 이르니 사람들이 잔뜩 모여 서서 하나같이
모두 목을 빼고 기다리고 있었다. 군중 속에서는 여자들과 어린아이들의 울

부짖는 소리도 들렸다. 눈에 보이지 않는 웅검(雄劍)으로 상처를 입혀서는 안 되겠기에 그는 사람들 속으로 비집고 들어가지 않았다. 그러나 군중은 뒤에서 마구 밀려왔다. 그는 하는 수 없이 거기에서 빠져 나와 뒤로 물러섰다. 그의 눈에는 사람들의 등과 길게 뺀 목밖에 보이지 않았다.

별안간 앞에 있던 사람들이 차례차례 무릎을 꿇었다. 저 멀리서 나란히 달려오는 말 두 필이 보였다. 그 뒤로 몽둥이와 창, 칼, 활, 깃발 등을 든 무인(武人)이 따랐다. 모래먼지가 자욱히 일어 길을 온통 메웠다. 다시 그 뒤엔 말 네 필이 끄는 마차가 따랐다. 마차에 탄 사람들은 징과 북을 울리고 혹은 무엇인지 이름도 모르는 악기를 입에 대고 불고 있다. 그 뒤에 또 마차가 따랐는데, 타고 있는 사람들은 모두 호화찬란한 옷을 입고 있었다. 늙은이 아니면 키가 작달만한 남자들이 모두 땀으로 얼굴이 번들거렸다. 그 뒤에는 칼과 창, 방패 등을 든 기마대(騎馬隊)가 따랐다. 무릎을 꿇고 있던 사람들은 모두 엎드렸다. 미간척은 이때 노란 덮개가 달린 큰 마차 한 대가 달려오는 것을 보았다. 한가운데 화려한 옷을 입은 뚱뚱한 사람이 타고 있었다. 희끗희끗한 수염, 조그만 머리, 그리고 허리에는 그의 등에 메고 있는 것과 똑같은 청검(青儉)을 차고 있는 것이 어렴풋이 보였다.

자기도 모르는 사이 그의 온몸에 오한(惡寒)이 스치더니 다음 순간에는 맹렬한 불길에 싸인 것처럼 뜨거워졌다. 손을 어깨 위로 돌려 검 자루를 움켜쥐자 그는 발을 들어 엎드려 있는 사람들의 틈을 비집고 나갔다.

그러나 겨우 대여섯 걸음도 못 가서 누군가가 그의 다리를 붙잡는 바람에 얼굴이 쪼글쪼글한 젊은이 위에 나둥그러지고 말았다. 그는 깜짝 놀라 혹시라도 검 끝에 상대가 찔려서는 큰일이다 싶어 얼른 일어났는데 그 순간 갈비뼈 밑을 호되게 얻어 맞았다. 그는 상대할 겨를도 없이 다시 길 쪽으로 눈을 돌렸으나 이미 노란 덮개가 달린 마차는 지나가 버린 뒤였고, 경호하는 기마부대조차 보이지 않았다. 길가의 군중은 모두 일어섰다. 그러나 얼굴이 쪼글쪼글한 젊은이는 미간척의 멱살을 잡고 놓지 않았다. 그로 인해 소중한 배꼽 밑이 짓눌렸으니, 만약 자기가 여든이 되기 전에 죽는 일이 생길 때는 틀림없이 보상을 하겠다는 보증을 해달라는 것이었다. 순식간에 구경꾼들이 두 사람을 둘러쌌으나 우두커니 서서 구경만 할 뿐 아무도 말을 거들어 주는 사람은 없었다. 이윽고 한 마디씩 야유를 던지는 자가 나타났으나 얼굴이 쪼글쪼글한 젊은이를 편드는 말뿐이었다. 미간척은 이런 엉뚱한 적을 만났으니 화를 낼래야 낼 수도 없고, 웃을 수도 없어 기가 찼으나 그렇다고 이 자리를 벗어날 도리도 없었다. 그렇게 밥 한 솥을 지을 만한 시간이 흘렀다. 미간척은 초조한 나머지 온몸에서 불이 뿜어 나오는 것 같았으나 구경꾼들은 몹시 재미가 있는지 자리를 떠나려 하지 않았다.

그런데 별안간 앞에 있던 사람들이 움직이더니 그들을 마구 헤치고 얼굴이 시커먼 사나이 하나가 나타났다. 검은 수염에 검은 눈, 말라서 쇠 같은 사나이였다. 사나이는 말 없이 미간척에게 히죽 웃어 보이고는 손을 들어 얼굴이 쪼글쪼글한 젊은이의 아래턱을 탁 퉁기더니 그의 눈을 똑바로 들여다보았다. 젊은이 역시 상대 얼굴을 한참 쳐다보더니 멱살 잡은 손을 슬그머니 놓고 총총히 가버렸다. 이어서 그 사나이도 어디론지 가버렸다. 구경꾼들도 재미없다는 듯이 하나 둘 흩어져 갔다. 그래도 그 중에는 여전히 미간척을 붙잡고 나이는 몇 살이고, 집은 어디 있으며, 집에 누이가 있느냐고 묻는 자가 있었으나 미간척은 상대하지 않았다.

그는 남쪽으로 걸어가면서 생각했다.

'성내는 사람이 너무 붐비니 까딱하다가는 사람을 해치겠다. 역시 남문(南門) 밖에서 돌아오는 길을 기다렸다가 아버지의 원수를 갚아야겠다. 거기라면 장소도 넓고 사람도 적을 테니 마음껏 검을 휘두를 수 있겠지.'

이때 성내는 가는 곳마다 국왕 이야기로 꽃이 피고 있었다. 국왕의 사냥에 대해, 의장(儀仗)에 대해, 위엄에 대해, 자기가 배알할 수 있었던 영광에 대해 나아가서는 엎드릴 때 어느 정도 머리를 숙이는 것이 백성된 도리이겠는가 등등에 대하여. 그 어수선한 광경은 흡사 꿀벌들의 열병식을 보는 것 같았다. 그러나 남문 가까이에 이르니 조용해졌다.

그는 성 밖으로 나갔다. 커다란 뽕나무 밑에 앉아서 만두 두 개를 꺼내 요기를 했다. 먹고 있는 동안 불현듯 어머니 생각이 떠올라 콧잔등이 시큰했다. 그러나 그것도 잠시뿐 곧 잊어버렸다. 주위는 한 발 한 발 걸어나갈수록 조용해져서 나중에는 제 숨소리까지 뚜렷하게 들렸다.

차차 어두워지자 자꾸 불안해졌다. 열심히 앞을 바라보곤 있었지만 국왕이 돌아오는 기척은 전혀 없었다. 성내로 야채 팔러 갔던 사람들이 하나 둘 빈 지게를 짊어지고 성 밖의 자기 집으로 돌아가기 시작했다.

인적이 끊기고 나서도 한참 뒤, 별안간 성내에서 아까의 그 시커먼 사나이가 바람처럼 달려나왔다.

"도망쳐라, 미간척! 국왕이 너를 잡으러 온다."

그가 말했다. 그 목소리는 마치 부엉이 소리 같았다.

미간척은 온몸이 와들와들 떨렸다. 마법에 걸린 사람처럼 곧 사나이 뒤를 쫓아갔다. 그는 어느새 전속력으로 달리고 있었다. 그러다가 발을 멈추고 한참 동안 숨을 헐떡이고 난 뒤에야 비로소 자기가 이미 삼목 숲 부근에 와 있다는 사실을 알았다. 등뒤로 멀리 은백색(銀白色) 줄무늬가 보였다. 달이 벌써 그 부근에 떠올랐던 것이다. 그리고 바로 앞에는 도깨비불 같은 두 눈의 시커먼 사나이가 있을 뿐이었다.

"어떻게 나를 아시나요……."

그는 공포로 벌벌 떨면서 물었다.

"하하하! 전부터 너를 알았지."

그 사나이는 말했다.

"네가 웅검을 메고 나와서 아버지의 원수를 갚으려 한다는 것을 알고 있다. 그 원수를 못 갚는다는 것도 알고 있고. 원수를 갚기는커녕 오늘 벌써 밀고한 자가 있어서 네 원수는 이미 동문(東門)을 지나 왕궁으로 돌아가 너를 체포하라는 명령을 내렸어."

미간척은 불안해졌다.

"아아, 어머니가 탄식을 하신 것도 무리가 아니었구나."

그는 중얼거렸다.

"너의 어머니는 반밖에 몰라. 내가 너를 위해 원수를 갚아 준다는 걸 모르고 있어."

"당신이 나를 위해 원수를 갚아 준다는 말씀입니까? 협객 나으리."

"그렇게 불러서는 못써. 그런 호칭은 나를 욕보이게 하는 말이다."

"그러면, 당신은 고아인 저와 과부인 제 어머니를 동정하셔서……."

"그런 욕된 말은 두 번 다시 입에 담지도 마라."

그는 엄숙하게 말했다.

"의협과 동정, 그런 말들이 예전에는 순수했을지 몰라도 이제는 모두가 고리대금업자의 밑천으로 변했다. 내 마음 속에는 네가 말하는 그런 것 따위 아무것도 없다. 나는 너를 위해 원수를 갚는 것뿐이다."

"잘 알겠습니다. 하지만 어떻게 원수를 갚아 주시렵니까?"

"단지 두 가지만 내놓으면 된다."

두 눈이 도깨비불 같은 시커먼 사람이 말했다.

"그 두 가지란, 하나는 검이고 하나는 네 목이다, 알겠느냐?"

미간척은 이상한 생각이 들어 금방 납득이 가지 않았으나 그렇다고 놀라지도 않았다. 그는 한참 동안 말을 못했다.

"내가 네 목과 네 보물을 강탈하려 한다고 의심해서는 안 된다."

어둠 속의 목소리가 또 엄숙하게 말했다.

"이것은 네 마음 먹기에 달린 거야. 나를 믿어 준다면 할 것이고 믿어 주지 않는다면 나도 하지 않겠다."

"그렇지만 당신께선 무엇 때문에 나를 위해 원수를 갚아 주시려는 겁니까? 당신께서 제 아버지를 아시나요?"

"나는 전부터 네 아버지를 알고 있다. 전부터 너를 알고 있듯이. 그러나 내가 원수를 갚는 것은 그 때문이 아니다. 영리한 아이야, 잘 들어 보아라! 너는 아직 모르는 모양이로구나. 내가 얼마나 원수 갚는 데 명인인가를. 네 원수가 바로 내 원수이고, 다른 사람의 원수도 내 원수다. 내 영혼에는 많은 상처가 있다. 남이 입힌 상처와 나 자신이 입힌 상처가. 나는 이미 나 자신을 미워하는 거다."

어둠 속에서 말소리가 멎은 순간, 미간척은 손을 돌려 어깨에서 푸른 검을 뽑아 곧장 자신의 뒷덜미를 내리쳤다. 그의 목은 땅 위의 푸른 이끼 위에 떨어져 버리고 칼은 어느새 시커먼 사나이의 손에 건너가 있었다.

"오오!"

사나이는 한 손에 칼을 받아들고 다른 한 손으로는 미간척의 머리털을 움켜잡고는 아직도 온기가 남은 입술에 두 번 입맞추었다. 그리고 싸늘하고도 높은 소리로 웃었다.

웃음소리는 곧 삼목 숲 속에 퍼졌다. 이어 삼목 숲 속에서 한 떼의 도깨비 같은 눈들이 번들거렸다. 그러더니 순식간에 가까워졌다. 씨근대는 굶주린 이리의 숨소리가 들리더니 첫입에 미간척의 푸른 옷이 찢겼다. 다음 두 입에 몸뚱이가 깡그리 보이지 않게 되었다. 핏자국도 눈깜짝할 사이에 깨끗하게 핥아 치웠다. 뼈를 깨무는 소리가 희미하게 들릴 뿐이었다.

그러자 앞장 섰던 가장 큰 이리가 시커먼 사나이에게 확 덤벼들었다. 그가 푸른 칼을 옆으로 후려치자 이리의 목은 땅의 푸른 이끼 위에 떨어졌다. 다른 이리들은 첫입에 동료의 껍질을 벗겨 버렸다.

두 입째에 몽둥이가 고스란히 보이지 않았다. 핏자국도 순식간에 핥아먹어 버렸다. 뼈를 깨무는 소리만 가냘프게 들렸다.

그는 땅에 떨어진 푸른 옷으로 미간척의 머리를 싸서 청검과 함께 등에 메고 몸을 돌려 어둠 속을 헤치고 왕성을 향해 유유히 걸어갔다.

이리들은 멈춰 서서 어깨를 으쓱거리고 혀를 날름대며, 시퍼런 눈을 번들거리고 으르렁대며 유유히 멀어져 가는 그의 뒷모습을 바라보았다.

그는 왕성을 향해 여유있게 어둠 속을 헤쳐 나갔다. 소리 높여 노래를 부르면서.

> 허어 사랑, 사랑, 사랑이여!
> 푸른 검을 사랑하는 원수, 이 몸이 갚으련다.
> 많기도 하구나, 폭군의 수는 헤아릴 길 없노라.
> 폭군은 푸른 검을 사랑하느니.
> 아아, 고독하지 않도다.
> 목(首)에는 목으로, 두 사람의 원수 이 몸이 갚으련다.
> 이제 폭군은 없노라.
> 사랑이여, 아아 사랑이여,
> 아아, 아아, 사랑이여!
> 허어, 아아, 아아, 아아, 아아!

3

사냥은 국왕을 조금도 즐겁게 해 주지 못했다. 뿐만 아니라 자객이 매복하고 있다는 비밀 보고가 들어왔기 때문에 더욱 흥이 깨져 버렸다. 그날 밤 국왕은 몹시 심기가 편치 않아 아홉째 비(妃)의 머리도 어제처럼 검고 아름답지 못하다고 트집잡았다. 다행히 그녀가 어리광을 부리며 그의 무릎에 올라앉아 정성을 다하여 70번 넘게 흔드는 바람에 겨우 미간의 주름살이 다소나마 퍼졌다. 국왕은 아침부터 기분이 좋지 않았는데 점심 식사 뒤부터는 노골적으로 노기를 띠게 되었다.

"아아, 심심하구나."

그는 입이 찢어지게 하품을 하고 나서 큰 소리로 말했다.

위로는 왕후에서 아래로는 광대에 이르기까지 이 모습을 보고 어쩔 줄 몰라 했다. 백발 수염을 늘어뜨린 늙은 신하가 쉽게 풀어하는 이야기도, 난쟁이의 재담도 왕은 이제 신물이 나도록 들었다. 요즘은 줄타기, 구슬던지기, 물구나무서기, 칼삼키기, 불꽃토하기 등등의 요술도 도무지 신통하게 느껴지지 않게 되어 버렸다. 그는 자주 성을 냈다. 그리고 화가 날 때마다, 푸른 검을 뽑아 들고는 사소한 실수를 이유로 수많은 사람의 목을 베었다.

이때 몰래 왕궁 밖으로 놀러 나갔던 두 내시가 막 돌아왔다. 그들은 왕궁 사람들이 모두 풀이 죽어 있는 것을 보자 흔히 있는 그 화가 닥치고 있음을 알았다. 한 사람은 겁에 질려 얼굴이 흙빛으로 변했다. 그러나 다른 한 사람은 자신있게 태연히 국왕 앞으로 나아가 엎드려 말했다.

"소신은 조금 전에 아주 희한한 사람을 만났사옵니다. 참으로 신기하기 짝이 없는 요술을 알았사온데 혹 대왕님을 위로해 드릴 수 있지 않을까 하여 이렇게 아뢰는 바이옵니다."

"뭐라?"

왕은 그의 버릇대로 짧게 물어 보았다.

"바짝 여위고 얼굴이 검은, 거지 같은 남자였는데 푸른 옷을 입고 동그란 푸른 보퉁이를 등에 졌사옵니다. 그리고 무슨 뜻인지 모를 노래를 부르고 있었사옵니다. 사람들이 물으니 대답하기를, 자기는 이제껏 누구도 본 적 없는 요술을 부리는데, 이를 보게 되면 근심 걱정이 사라지고 천하 태평이 된다고 하였사옵니다. 그래서 사람들이 한번 해 보라고 했으나 도무지 말을 듣지 않으며 그것을 하려면 꼭 있어야 할 것이 두 가지가 있다고 하옵더이다. 그 하나는 금룡(金龍)이옵고, 또 하나는 금으로 된 솥이라 하옵니다……."

"금룡? 내게 있지. 금솥? 그것도 내게 있어!"

"소신도 그렇게 생각하였사옵기에……."

"데리고 오너라!"

그 목소리가 완전히 끊기기도 전에 네 사람의 무관(武官)이 내시를 따라 황급히 나갔다. 위로는 왕후를 비롯해서 아래로는 광대에 이르기까지 저마다 얼굴에 화색이 돌았다. 이 요술로 근심 걱정을 날려 보내고 천하 태평이 되기를 그들은 한결같이 원했다. 아무튼 요술이 실패로 끝난다 할지라도 이번에 재난을 당할 자는 그 거지 같다는 시커먼 여윈 사나이일 테니, 그들은 단지 그자가 올 때까지 기다리기만 하면 되는 것이다.

오래지 않아 여섯 사람이 계단을 걸어오는 것이 보였다. 맨 앞에 내시가 서고 그 뒤에 무관 네 명이 따랐는데, 그 사이에 시커먼 사나이가 있었다. 가까이 다가왔을 때 보니 그 사나이의 옷은 푸르고 수염과 눈썹과 머리는 검었다. 바짝 말라 광대뼈, 눈두덩뼈, 눈썹뼈도 불쑥 튀어나와 있었다. 그가 공손히 엎드렸을 때 등에 동그랗고 조그만 보따리가 보였는데, 푸른 바탕에 검붉은 무늬가 있었다.

"말을 해라!"

왕은 성급하게 말했다. 가지고 온 연장이 적으니 대단한 요술쟁이는 아니리라고 생각했다.

"소신의 이름은 연지오자(宴之敖者)라 하옵고, 고향은 문문향(汶汶鄉)이옵니다. 젊은 시절 직업을 얻지 못하고 있던 중 뛰어난 스승을 만나 요술을 배웠는데, 어린아이 머리를 가지고 노는 것이었사옵니다. 이 요술은 혼자서는 절대로 할 수가 없사오며, 반드시 금룡 앞에 금솥을 놓고 맑은 물을 가득 부은 다음 수탄(獸炭) 불로 끓여야 하옵니다. 그리하여 물이 끓어오를 때 아이의 머리를 던져 넣으면 그 머리가 물결과 함께 떴다 가라앉았다 하며 희한한 춤을 추고 오묘한 음에 맞추어 환희의 노래를 부르게 되옵니다. 이 노래와 춤을 혼자서 보게 되면 근심 걱정이 없어지고, 뭇사람이 함께 보게 되면 천하태평이 되옵니다."

"시작해라!"

왕은 큰 소리로 명령했다.

금방 소를 삶는 커다란 금솥이 계단 밑에 놓였다. 거기에 물을 붓고 그 밑에 수탄을 쌓아 불을 붙였다. 시커먼 사나이는 그 옆에 서 있었는데, 수탄이 타는 것을 보자 등에 멘 보따리를 풀어 두 손에 아이의 머리를 받쳐들고 높이 쳐들었다.

눈이 아름답고 붉은 입술과 하얀 이에 얼굴은 웃음을 띠고 있었다. 머리털은 풀어헤쳐서 푸른 연기 같았다. 시커먼 사나이는 그것을 받쳐들고 한 바퀴 돌았다. 그러고는 팔을 솥 위에 뻗치고 중얼중얼하다가 그대로 손을 놓았다. 풍덩소리를 내며 머리는 물 속에 빠졌다. 물방울이 대여섯 자 이상이나 높이 튀더니 조용해졌다.

긴 시간이 지났으나 아무런 기척도 없었다. 국왕이 맨 먼저 화를 냈다. 이어서 왕후, 비, 대신, 내시들도 모두 짜증을 내기 시작했다. 난쟁이들은 이미 입가에 찬웃음을 머금고 있었다. 왕은 그들의 찬웃음을 보자 자기가 무시당한 듯한 생각이 들었다. 그래서 무관을 돌아보고 왕을 속인 이 발칙한 놈을 소 삶는 솥에 던져 넣어 당장 삶아 죽이라고 명령을 내리려 했다.

바로 그때, 물 끓는 소리가 들렸다. 활활 피어오른 수탄의 빛을 받아 시커먼 사나이의 얼굴은 검붉게 보였다. 쇠가 벌겋게 달아 오를 때와 같은 빛깔이었다. 왕이 다시 얼굴을 그에게로 돌렸을 때 그는 이미 두 손을 높이 쳐들고 허공을 응시하며 춤을 추고 있었는데, 갑자기 목청을 돋구어 노래를 부르기 시작했다.

> 허어, 사랑, 사랑이여!
> 사랑이여, 피여, 뉘인들 이것이 없으리요.
> 백성은 어둠 속에 갈 길을 잃고, 폭군의 웃음소리는 드높구나.
> 그에게는 백 개의 목, 천 개의 목, 만 개의 목,
> 나에게는 오직 한 개의 목,
> 그러니 뭇사람은 없도다.
> 한 개의 목을 사랑하노라, 피여, 아아! 피여,
> 아아!
> 허어, 아아, 아아!

노랫소리를 따라 물은 솥 안에서 솟구쳤다. 위가 뾰죽하고 밑이 펑퍼짐하여 마치 작은 동산 같은 그 물은 쉴새 없이 솥 안에서 아래위로 빙글빙글 돌았다. 그 물의 움직임에 따라 목도 떠올랐다 가라앉았다하며 빙글빙글 돌았다. 그 장난이 재미있어서 웃는 듯한 얼굴이 사람들 눈에도 어렴풋이 보이는 것 같았다. 그 머리는 한참 뒤 갑자기 물살을 거스르고 헤엄치더니 회전하면

서 좌우로 크게 흔들거렸다. 그 바람에 물이 출렁거려 여기저기 물방울이 튀어 온 뜰에 뜨거운 비를 퍼부었다. 난쟁이 하나가 갑자기 소리를 지르며 자기 코를 쥐었다. 딱하게도 뜨거운 물에 코를 데어 너무 아파서 저도 모르게 비명을 질렀던 것이다.

시커먼 사나이의 노랫소리가 멎자 그 머리는 물 한복판에 고정되고 옥좌(玉座)를 마주보며 엄숙한 표정을 지었다. 그것이 열 몇 번 숨을 쉴 동안 계속 되었다. 그러고는 다시 천천히 아래 위로 움직이더니 점차 속도가 빨라져 올라갔다 내려갔다 하며 헤엄을 쳤다. 그리 빠르지도 않은 여유 만만한 태도였다. 그 머리는 물의 가장자리를 따라 높고 낮게 세 바퀴를 돌고 나자 갑자기 눈을 크게 부릅떴다. 새까만 눈동자가 싱싱하게 빛났다. 동시에 입이 벌어지더니 노래를 부르기 시작했다.

왕의 은혜가 끝없이 흐르도다
원수를 이기고, 원수를 이기고.
혁혁하고 굳세게!
우주는 한이 있고 만수(萬壽)는 한이 없도다.
다행히 나는 왔도다, 그 푸른 빛을 안고!
그 푸른 빛, 영원히 잊지 않으리.
자리가 다르노라, 자리가 다르노라, 장엄 화려함이여!
장엄 화려함이여, 어이 어이
나는 가련다, 보상을 하리로다, 푸른 빛이여,

별안간 머리는 물 위로 올라와 멎더니 몇 번 곤두박질을 친 뒤에 또 아래 위로 올라왔다 내려갔다 하기 시작했다. 좌우로 보내는 눈길은 한없이 요염했고 입은 다시 노래를 부르기 시작했다.

허어, 아아, 아아, 아아!
사랑이여, 아아, 아아, 아아!
피 묻은 한 개의 목, 사랑이여, 아아.
나에게는 한 개의 목, 그러니 뭇사람은 없도다!

그에게는 백 개의 목, 천 개의 목······

여기까지 노래하고 머리는 가라앉았다. 머리가 가라앉은 채 떠오르지 않자 노랫소리도 들리지 않았다. 솟구치던 물도 노랫소리가 약해짐에 따라 차차 낮아져서 마침내 솥 아가리보다 밑으로 내려갔다. 이제 멀리서는 아무것도 보이지 않게 되었다.

"어떻게 된 거냐?"

잠시 뒤 왕은 짜증스럽게 물었다.

"대왕님!"

시커먼 사나이는 엉거주춤 무릎을 꿇고 말했다.

"지금 머리는 솥 밑바닥에서 빙글빙글 돌며 매우 신비한 춤을 추고 있사옵니다. 하오니 가까이 가시지 않고는 보실 수가 없사옵니다. 이 춤은 반드시 솥 밑바닥에서 추는 것인지라 신도 그를 불러 올릴 재주는 없사옵니다."

왕은 일어섰다. 계단을 내려가 뜨거운 열기를 무릅쓰고 솥 가에 서서 안을 들여다보았다. 물은 거울처럼 잔잔했다. 머리는 물 속에 반드시 누워 있고 두 눈으로 왕의 얼굴을 보고 있었다. 왕의 시선이 그의 얼굴에 닿았을 때 그는 싱긋이 웃었다. 그 웃는 얼굴을 보고 왕은 어디서 본 듯하다고 생각했으나 누군지 언뜻 생각이 나지 않았다. 왕이 깜짝 놀라며 의아해하고 있을 때 시커먼 사나이가 등에 멘 푸른 칼을 뽑고 번개처럼 휘둘러 뒤통수를 내리쳤다. 풍덩 소리를 내며 왕의 목은 솥 속으로 떨어졌다.

원수끼리 만나면 본디 신경이 날카로워지는 법인데, 외나무 다리에서 만났으니 오죽했으랴. 왕의 머리가 수면에 닿기가 무섭게 미간척의 머리는 이를 맞아 그 귀를 덥석 물었다. 순식간에 솥 안의 물은 요란하게 소리내어 솟구쳐 오르고 두 머리는 물 속에서 사투(死鬪)를 벌였다. 대충 스무 차례 싸우고 나자 왕의 머리는 다섯 군데, 미간척의 머리는 일곱 군데 상처를 입었다. 하지만 교활한 왕은 언제나 적의 뒤로만 돌아가려고 했다. 그리하여 미간척이 방심한 틈을 노려 뒤통수를 물어뜯어 꼼짝 못하게 만들었다. 왕의 머리는 상대를 붙잡고 놓지 않고 서서히 깊숙이 깨물어 들어갔다. 솥 바깥에까지 비명을 지르는 아이의 소리가 들린 것 같았다.

위로는 왕후에서 아래로는 광대에 이르기까지 너무나 놀란 나머지 얼어붙었던 표정들이 그 아이의 목소리를 듣자 비로소 움직였다. 태양을 잃은 암담한 슬픔을 느낀 것처럼 온몸에 소름이 끼쳤다. 그와 동시에 남모르는 환희도 은연중 느끼면서, 무엇인가를 기다리는 것처럼 지켜보고 있었다.

시커먼 사나이는 꽤 놀란 것 같았으나 그래도 얼굴색은 변하지 않았다. 그는 태연히, 눈에 보이지 않는 푸른 검을 쥔 팔을 고목 가지처럼 뻗치고 솥 속을 들여다보았다. 갑자기 그 팔이 구부러지는가 싶자 푸른 검이 등 뒤에서 움직였는데, 칼이 닿기가 무섭게 머리는 몸뚱이를 떠나 솥 속으로 떨어졌다. 풍덩 소리가 나며 물보라가 여기저기로 튀었다.

그의 머리는 물 속으로 들어가자마자 왕의 머리로 돌진하여 코를 물어뜯었다. 왕은 견디다 못해 비명을 질렀다. 그래서 입을 벌리는 바람에 미간척의 머리는 기회를 놓칠세라 얼른 빠져 나와 반대로 왕의 턱 밑을 물어뜯었다. 그들이 늦추지 않고 있는 힘을 다해 아래위에서 물고 뜯고 하는 바람에 왕의 머리는 이제 제대로 입도 다물 수가 없게 되었다. 그래서 그들은 마치 굶주린 닭이 모이를 쪼듯이 닥치는 대로 물어뜯었다. 눈은 찌그러지고 코는 떨어져 왕의 얼굴은 온통 상처투성이가 되었다. 왕의 머리는 처음에는 솥 안에서 날뛰고 있었으나 나중에는 쓰러져 끙끙 앓을 뿐 마지막에는 소리조차 지르지 못하였고, 내쉬는 숨은 있어도 빨아들이는 숨은 없어졌다. 시커먼 사나이와 미간척의 머리도 점차 입을 다물었다. 그들은 왕의 머리를 떠나 솥 안쪽을 따라 한 바퀴 헤엄치고는 왕의 머리가 죽은 시늉을 하고 있는 것인지 아니면 정말로 죽은 것인지를 살펴보았다. 확실히 죽은 것임을 알자 네 개의 눈은 서로 마주보며 싱긋 웃었다. 그리고 눈을 감고 위를 향한 채 반듯이 물 속으로 가라앉았다.

4

연기가 사라지자 불은 꺼지고 물도 잔잔해졌다. 이상한 정적이 깔리고 사람들은 그제야 제정신으로 돌아왔다. 그들 가운데 한 사람이 먼저 소리를 지르자 순식간에 너나할 것 없이 소리를 질렀다. 하나가 급히 금솥 곁으로 다가서니 너도 나도 밀려들었다. 미처 닿지 못한 사람은 사람들 사이를 비집고 가까스로 들여다보았다.

열기는 아직도 심해서 얼굴이 화끈거렸다. 그러나 솥 안의 물은 거울처럼 잔잔했다. 표면에 기름이 떠 있어서 숱한 사람들의 얼굴이 비쳤다. 왕후, 왕비, 무관, 늙은 신하, 난쟁이, 내시……

"아이고 이를 어째. 우리 대왕님의 머리가 아직도 이 속에 있어요, 아이고, 아이고……."

여섯째 비가 갑자기 미친 듯이 울부짖었다.

위로는 왕후에서 아래로는 광대에 이르기까지 모두 그제야 깨닫고 허둥지둥 뛰기 시작했으나 어째야 좋을지를 몰라 저마다 네댓 바퀴씩 빙글빙글 돌 뿐이었다. 다만 한 사람, 가장 지혜로운 늙은 신하만이 앞으로 나아가 솥 가장자리를 만져보았다. 만지는 순간 그는 온몸을 부르르 떨며 황급히 손을 움츠렸다. 그는 손가락 두 개를 입으로 가져가 언제까지나 후후 불고 있었다.

모두 마음을 가라앉히고 궁전 밖에 모여서 머리를 건져 올릴 방법을 의논했다. 대충 밥을 세 솥 지을 시간이 지난 뒤에야 겨우 하나의 결론에 도달했다. 그것은 주방에서 철사로 만든 국자를 가져와서 무관에게 일러 건져 올리도록 하자는 방법이었다.

도구는 곧 갖추어졌다. 철사 국자, 구멍 뚫린 국자, 금쟁반, 수건 등이 솥 옆에 놓였다. 무관들은 소매를 걷어붙이고 철사 국자와 구멍 뚫린 국자로 정중하게 건져올리려 애썼다. 국자들이 부딪히는 소리, 국자가 금솥을 휘젓는 소리 등이 나기 시작했고, 국자를 휘저음에 따라 물도 빙빙 돌았다. 잠시 뒤 무관 하나가 갑자기 엄숙한 얼굴이 되더니, 조심스레 두 손으로 천천히 국자를 들었다. 국자 구멍으로 물방울이 구슬처럼 떨어지고 나자 국자 속에 하얀 해골이 나타났다. 모두 깜짝 놀라 소리를 지를 때 무관은 그것을 금쟁반에 옮겼다.

"오오, 우리 대왕님!"

왕후, 왕비, 늙은 신하에서 내시에 이르기까지 모두 목을 놓고 울었다. 그러나 곧 울음들을 거두었다. 무관이 똑같은 해골을 건져 올렸기 때문이다.

그들은 눈물 어린 눈으로 주위를 두리번거렸다. 무관들은 얼굴에 땀을 뻘뻘 흘리며 아직도 건져올리기 작업을 계속하고 있었다. 다음에 건져진 것은 한데 엉킨 흰 머리칼과 검은 머리칼이었다. 그리고 매우 짧은 털이 몇 국자나 되었다. 흰 수염과 검은 수염인 듯했다. 그 뒤에 해골이 또 하나, 그리고 동곳(상투가 다시 풀어지지 않도록 꽂는 물건) 세 개를 건졌다.

솥 안에 맑은 물만 남게 되었을 때 비로소 일손을 멈추었다. 나온 것은 세 개의 금쟁반에 나누어 담았다. 하나에는 해골, 또 하나에는 수염과 머리칼, 다른 하나에는 동곳이었다.

"우리 대왕님의 머리는 하나뿐일 텐데, 어느 것이 우리 대왕님 거예요?"

아홉째 비가 초조한 듯이 물었다.

"글쎄올씨다……"

늙은 신하들은 서로 얼굴을 마주 보았다.

"만약 가죽과 살만 문드러지지 않고 붙어 있었더라도 금방 알아볼 수가 있었을 텐뎁쇼."

난쟁이 하나가 무릎을 꿇고 말했다.

그래서 사람들은 찬찬히 마음을 가라앉히고 자세히 두개골을 살펴보는 수밖에 도리가 없었다. 그러나 검고 희고 크고 작기가 모두 같아서 아이의 머리조차 분간할 수 없었다. 왕후가 왕은 어렸을 때 넘어져서 오른쪽 이마에 상처를 입었으니 뼈에도 흉터가 있을지 모른다고 말했다. 모두가 크게 기뻐하고 있는데, 다른 난쟁이가 약간 누르스름한 두개골의 오른쪽 이마에서 그와 비슷한 상처 자국을 발견해 냈다.

"좋은 방법이 있어요. 우리 대왕님께선 코가 무척 높으셨어요."

셋째 비가 우쭐대며 말했다.

곧 내시들이 코뼈를 조사하기 시작했다. 그러나 그 중 하나의 코가 다소 높기는 했으나 큰 차이는 없었으며 애석하게도 오른쪽 이마에 넘어져서 생긴 흉터가 없었다.

"대왕의 뒷골이 이렇게 튀어나왔던가?"

늙은 신하가 내시에게 물었다.

"소인들은 여태껏 대왕님의 뒷골을 눈여겨 뵙지 못했습니다……"

왕후와 비들도 저마다 생각을 더듬으며 어떤 사람은 튀어나왔다고 하고, 어떤 사람은 납작하다고 했다. 머리 깎는 내시를 불러서 물어 보았으나 한마디 말도 하지 않았다.

그날 밤, 어느 해골이 왕의 것이냐 하는 것을 결정하기 위한 왕공대신 회의(王公大臣會議)가 열렸다. 그러나 결과는 낮과 마찬가지였다. 뿐만 아니라 수염과 머리칼에 대해서도 문제가 생겼다. 흰 것은 물론 왕의 것이었다.

그러나 반백이었으므로 검은 것을 처리하기란 여간 어려운 일이 아니었다. 밤중까지 토론한 끝에 겨우 붉은 수염만을 골라 냈다. 그런데 아홉째 비가 항의를 했다. 자기는 분명히 왕에게 노란 수염이 있는 것을 보았으니 붉은 수염이 하나도 없었다고 어떻게 이 자리에서 단정할 수 있느냐는 것이었다. 그래서 골라 낸 것을 다시 본디 대로 해놓고 그대로 두는 수밖에 도리가 없었다.

밤이 이슥해져도 결론이 나지 않았다. 그래도 모두가 하품을 해가면서 토론을 계속한 끝에 닭이 두 번째 울 무렵이 되어서야 가장 신중하고 타당한 방법을 생각해 냈다. 그것은 세 두개골을 모두 왕의 몸통과 함께 금관(金棺)에다 입관하여 매장하는 수밖에 없다는 것이었다.

이레가 지나 장례를 지내게 되었는데, 성내는 온통 혼잡을 이루었다. 성내 사람, 지방 사람 할 것 없이 모두 국왕의 ‘대장(大葬)’을 구경하려고 몰려든 것이다. 새벽이 되자 한길은 남녀들의 무리로 메워졌다. 그 사이의 군데군데에 제단(祭壇)이 마련되어 있었다. 낮 가까이 되어서야 선두의 무관이 말을 타고 천천히 나타났다. 또 한참 있으니 깃발, 곤장, 창, 활, 큰 도끼를 든 의장대가 나타났다. 그 뒤에는 악대(樂隊)를 실은 수레 네 대가 나타났다. 다시 그 뒤를 따라 황색 덮개의 수레가 울퉁불퉁한 길을 따라 올라갔다 내려 갔다하면서 다가왔다. 마침내 영구차가 나타난 것이다. 수레에는 금관(金棺)이 실려 있고, 그 속에는 세 개의 목과 하나의 몸통이 입관되어 있었다.

백성들이 무릎을 꿇자, 제단이 군중 사이로 한 줄 한 줄 나타났다. 충성스러운 몇몇 백성은, 그 두 악역 무도(惡逆無道)한 역적의 혼이 지금 왕과 더불어 제례(祭禮)를 받고 있다고 생각하니 분통이 터져 눈물이 절로 나왔다. 그러나 어쩔 수 없었다.

그 뒤는 왕후와 많은 비들의 수레가 따랐다. 백성들은 그녀들을 보았고, 그녀들도 울면서 백성들을 보았다. 그 뒤는 대신, 내시, 난쟁이 등등이 따랐는데 모두 슬픈 표정을 짓고 있었다. 그러나 백성들은 이미 그들을 보려고 하지 않았다. 행렬도 뒤죽박죽 엉망이 되어 버렸다.

성 밖으로 나가다

노자(老子)는 꼼짝도 않고 앉아 있었다. 마치 마른나무처럼.

"선생님, 공구(孔丘 : ⁱ)가 또 왔습니다."

그의 제자 경상초(庚桑楚)가 자못 귀찮은 듯이 들어와 그렇게 말했다.

"들라고 해라."

"선생님, 안녕하셨습니까."

공자(孔子)는 아주 공손히 절을 하며 말했다.

"늘 그렇지. 자네는 어떤가. 여기 책은 다 읽었는가."

"다 읽었습니다. 그러나……"

공자는 뭔가 몹시 초조해하였다. 지금까지 없었던 일이다.

"저는 시·서·예·악·역·춘추(詩書禮樂易春秋) 육경(六經)을 연구했습니다. 상당히 오랫동안 연구해서 완전히 숙달되었다고 봅니다. 그런데 일흔두 사람의 임금을 만나 보았으나 아무도 채용해 주지 않습니다. 정말 사람이란 알 수 없는 것입니다. 아니면 '도(道)'가 알 수 없는 것인지요."

"자네는 아직 운이 좋은 것일세. 일할 수 있는 임금을 만나지 못한 게 말이야. 육경이니 하는 어린아이 속임수 같은 건 단순한 선왕(先王)의 발자국이거든. 그 발자국을 남긴 자는 어디 있는가. 자네가 말하고 있는 것은 이 발자국과 같은 거야. 발자국은 물론 신으로 밟아서 생긴 것이긴 하지만, 결코 그 발자국이 신 그 자체일 순 없지."

노자는 잠시 쉬었다가 말을 계속했다.

"거위들은 얼굴을 바라볼 뿐 눈동자 하나 움직이지 않지만 절로 새끼를 얻네. 벌레는 수놈이 바람 위에서 부르고, 암놈이 바람 아래에서 대답하는 것만으로 절로 새끼를 갖네. 유(類)는 한 몸에 자웅을 겸하고 있어 절로 새끼를 밴다네. 성품은 고칠 수가 없고, 명(命)도 바꿀 수가 없다. 시간은 멈출 수가 없고, 도(道)는 막을 수가 없는 것이야. 한번 도를 얻으면 무엇이고 행할 수 있지만, 만일 이것을 잃으면 무엇을 행할 수 있겠느냐."

공자는 몽둥이로 얻어 맞은 듯이 멍하니 앉아 있었다. 마치 마른나무처럼.

8분쯤 지나자 그는 긴 한숨을 내쉬었다. 그러고는 하직을 고하기 위해 일어나 늘 그렇듯이 노자의 가르침에 정중히 고마움의 인사를 했다.

노자는 결코 그를 붙들지 않았다. 일어나 지팡이를 끌면서 그를 서재 문밖까지 배웅했다. 공자가 수레에 오르려 할 때 비로소 축음기처럼 이렇게 말했다.

"돌아가려는가. 차도 마시지 않고서……."

공자는 "네" 대답하고 수레에 올랐다. 두 손은 똑바로 공손하게 가로대어 예를 해 보였다. 염유(冉有 : 공자의 제자)가 채찍을 휘두르며 "이랴" 소리치자 수레는 움직이기 시작했다. 수레가 문에서 10여 보 떠나가는 것을 보고서야 노자는 자기 방으로 돌아왔다.

"선생님, 오늘은 기분이 좋으신 것 같습니다."

노자가 자리에 앉기를 기다려 경상초는 그의 옆으로 다가서며 팔을 내려뜨리고 말했다.

"말씀이 꽤 길으시고……."

"네 말이 맞다."

노자는 가볍게 한숨지으며 조금 어이없는 표정으로 대답했다.

"정말 이야기가 너무 길었다."

그리고 나서 갑자기 생각난 듯이 말을 꺼냈다.

"그려그려, 공구가 준 거위고기는 소금에 절여서 말린 것이겠지. 네가 삶아 먹도록 해라. 나는 아무래도 이가 없어 먹지 못할 테니."

경상초는 밖으로 나갔다. 노자는 다시 침묵에 잠겨 눈을 감았다. 도서관 안은 조용했다. 다만 대막대기가 처마에 부딪히는 소리만 들렸을 뿐이다. 경상초가 걸어 두었던 거위고기를 내리는 소리였다.

어느 덧 석 달이 지났다. 노자는 여전히 꼼짝도 않고 앉아 있었다. 마치 마른나무처럼.

"선생님, 공구가 왔습니다."

그의 제자 경상초가 의아한 듯이 들어와 가만히 알렸다.

"꽤 오랫동안 오지 않았는데, 이번엔 또 무슨 생각으로……."

"들어오라고 해라."

노자는 언제나처럼 한 마디 했을 뿐이다.

"선생님, 안녕하셨습니까."

공자는 아주 공손히 절하고 그렇게 말했다.

"늘 이렇지. 한동안 못 보았는데, 필시 여관에 틀어박혀 공부를 하고 있었 겠지."

"웬걸요."

공자는 겸손하게 말했다.

"밖에 나가지 않고 생각하고 있었습니다. 얼마쯤 알게 되었습니다. 까마 귀는 교미를 합니다. 물고기는 침을 바릅니다. 나나니벌은 다른 벌레를 기릅 니다. 동생이 태어나면 형은 웁니다. 저는 오랫동안 자진해서 변화 속으로 몸을 던지지 못했습니다. 이래서야 남을 변화시킬 힘이 있겠습니까……."

"그렇지, 그래. 자네는 깨달았어."

두 사람은 한참 동안 침묵을 지키고 있었다. 마치 두 그루의 마른나무처 럼.

8분쯤 지나자 공자는 비로소 깊은 한숨을 내쉬었다. 그러고는 하직을 고 하고자 일어나 언제나처럼 정중히 노자의 가르침에 고마움의 인사를 했다.

노자는 결코 그를 붙들지 않았다. 일어나 지팡이를 끌면서 그를 서재 문 밖까지 배웅했다. 공자가 수레에 오르려 할 때 비로소 축음기처럼 이렇게 말 했다.

"돌아가려는가. 차도 마시지 않고서……."

공자는 "네" 대답하고 수레에 올랐다. 두 손은 똑바로 공손하게 가로대어 예를 해 보였다. 염유가 채찍을 휘두르며 "이랴" 소리치자 수레는 움직이기 시작했다. 수레가 문간에서 10여 보 떠나가는 것을 보고 나서 노자는 그제 야 자기 방으로 돌아왔다.

"선생님, 오늘은 기분이 가히 좋지 않으신 것 같습니다."

노자가 자리에 앉기를 기다려 경상초는 그 옆으로 서면서 팔을 드리우고 말했다.

"말씀이 대단히 짧으시고……."

"그렇다."

노자는 가볍게 한숨을 지으며 조금 어이없는 표정으로 대답했다.

"그러나 너는 알지 못한다. 나는 떠나야만 할 것 같다."

"어째서 그런 말씀을."

경상초는 깜짝 놀랐다. 마치 청천 벽력이라도 내린 듯이.

"공구는 내가 하는 말을 깨달은 거다. 그는 이 경위(經緯)를 알고 있는 사람은 나뿐이란 것을 알기 때문에 마음이 놓이지 않을 거야. 내가 떠나지 않으면 곤란한 일이 생긴다……."

"그거야말로 같은 도란 것이 아닙니까. 그런데 어째서 떠나려 하십니까."

"아니다."

노자는 손을 저어 보였다.

"우리는 역시 같은 도는 아니다. 가령 한 발의 같은 신이라 해도 내것은 사막을 밟는 것이고, 그의 것은 조정(朝廷)으로 오르는 것이다."

"그러나 그렇다 하더라도 선생님은 스승이 아니십니까?"

"너는 내게서 오랫동안 공부를 했는데도 아직 생각이 어둡구나."

노자는 웃으며 말했다.

"이것이 바로 성품은 고칠 수가 없고 명은 바꿀 수가 없다는 것이다. 알겠느냐, 공구는 너와 틀리다. 그는 다시 오지 않는다. 앞으로는 나를 스승이라 부르지 않고 영감이라 부를 것이다. 뒤돌아서서 무슨 공작을 할지 모른다."

"그런 일은 꿈에도 생각지 못했습니다. 그러나 선생님의 사람 보시는 눈이 틀리지 않을 것이니……."

"아니다, 처음부터 틀렸다."

"그렇다면."

이렇게 말을 꺼내다가 경상초는 잠시 생각했다.

"그럼 어디 그녀석을……."

노자는 또 웃으면서 경상초에게 입을 벌려 보이면서 물었다.

"보아라. 내 이가 아직도 남아 있느냐?"

"없습니다."

경상초는 대답했다.

"혀는 있느냐?"

"있습니다."

"알겠느냐?"

"선생님의 말씀하시는 뜻은, 단단한 것은 일찍 없어지지만 무른 것은 남는다는 것입니까?"

"그렇다. 너도 준비를 하고 집으로 돌아가 아내의 얼굴을 보는 것이 좋을 게다. 다만 그에 앞서 내 검정소에게 솔질을 하고 안장을 볕에 말려 다오. 난 내일 아침 일찍 타고 떠날 테니."

노자는 함곡관(函谷關)에 닿자 곧장 관문으로 통하는 큰길로 가지 않고, 검정소의 고삐를 당겨 옆길로 들어 성 밑을 천천히 돌아 나아갔다. 그는 성벽을 타고 넘으려 했다. 성벽은 그리 높지 않았다. 소 등에 서서 발돋움을 하면 어떻게 오를 수는 있었다. 그러나 그렇게 되면 검정소는 성 안에 남게 되어 성 밖으로 끌어 낼 도리가 없어졌다. 그것을 끌어 내리려면 기중기가 필요한데, 그때에는 아직 공수반(公輸般)이나 묵자(墨子)가 태어나지 않았으니 노자는 그런 장난감이 있다는 것은 상상조차 못했다. 그것을 위해 그의 모든 철학적인 두뇌를 짜 보았으나 결국 별수가 없었다.

그런데 또 하나 그가 생각지 못했던 것은, 옆길로 타고 들어갔을 때 벌써 보초에게 들켜 곧바로 수문장(守門長)에게 보고된 사실이다. 그 때문에 성벽을 미처 칠팔 장(丈 : 한 장은 약 3미터)도 돌기 전에 한 무리의 인마가 벌써 등 뒤를 쫓아왔다. 발견한 보초가 말을 달려 앞장을 선 데 이어 수문장 관윤희(關尹喜)와 그 밖에도 경관 넷과 검사관 둘이 따르고 있다.

"게 섰거라!"

몇 사람이 큰 소리를 질렀다.

노자는 얼른 검정소 고삐를 당겼다. 그러나 자신은 꼼짝도 하지 않았다. 마치 마른나무처럼.

"앗, 이분은!"

뒤쫓아온 수문장은 노자의 얼굴을 보자마자 놀란 소리를 내며 얼른 말에서 미끄러져 내려와 손을 마주잡고 인사를 드리며 말했다.

"누구신가 했더니 노담관장(老聃館長)이시군요. 정말 뜻밖의 일이어서."

노자도 서둘러 쇠등에서 내렸다. 그리고 눈을 가늘게 뜨고 상대를 흘끔 바라보고 나서 입을 오물오물하며 말했다.

"나는 기억력이 나빠서……."

"네, 그러시구말구요. 잊으셨을 겁니다. 저는 관윤희올시다. 전에 서재로 가서 《세수정의(稅收情義)》를 더듬어 본 일이 있기 때문에 선생님을 뵌 일이 있었습니다만……."

그때 검사관은 검정소 등에 얹힌 안장을 뒤집어 보고, 또 검사봉으로 구멍을 뚫어 그리로 손가락을 넣어 만져 보고는 아무 말 없이 입을 삐죽하며 가 버렸다.

"선생님께선 성 주위를 산책하는 중이십니까?"

관윤회가 물었다.

"아니, 나가 볼까 하고 있어. 맑은 공기도 쐴 겸……."

"그거 좋습지요. 참으로 좋습니다. 요즘은 누구나 건강에 대한 말을 하고 있습니다. 건강은 가장 소중합니다. 그러나 모처럼의 기회이오니 선생님, 저리로 가서서 잠시 머물러 주시지 않겠습니까. 선생님의 말씀을 듣고 싶어서 말입니다……."

노자가 대답도 하기 전에 경관 넷이 다가와서 그를 쇠등에 태워 주었다. 검사관이 검사봉으로 소의 꽁무니를 쿡 찌르자 소는 꼬리를 바싹 꼬부리고 성큼성큼 걷기 시작했다. 이리하여 모두 관문 쪽으로 갔다.

관문에 도착하자 곧 넓은 방을 열고 그를 맞아들였다. 그 방은 성루(城樓) 중의 한 방이었다. 창문에서 바라보면 바깥은 끝도 없는 황토 벌판인지라 멀어질수록 나직해 보였고, 푸르게 개어 있는 하늘은 참으로 공기가 맑았다. 이 웅장한 관문은 험한 비탈 위에 높이 솟아 있었는데, 문 밖은 좌우가 다 언덕이고 그 중간에 한 가닥 차도가 마치 벽에 끼인 듯이 뻗어 있었다. 이는 분명 한 덩어리 진흙을 가지고도 도로를 막을 수 있음을 보여주었다.

그들은 끓인 물을 마시고, 만두를 먹었다. 그리고 노자에게 잠시 휴식을 취하게 한 다음 관윤회는 그에게 강연을 부탁했다. 노자는 이런 일은 면하기 어려움을 앞서부터 알고 있었기에 한 번 사양하다가 곧 승낙했다. 그러자 잠시 자리가 소란하더니 방 안에는 청강하는 자들로 꽉 찼다. 함께 온 여덟 사람 외에도 경관이 넷, 검사관이 둘, 보초가 다섯, 서기가 하나, 거기에 회계와 숙수가 있었고, 그 중 몇 사람은 붓과 칼과 목간(木簡)을 가져와서 강의를 받아 쓸 준비까지 했다.

노자는 마른나무처럼 자리 한가운데에 앉아 있었다. 잠시 침묵이 흘렀다. 그리고 몇 사람의 잔기침 소리가 난 다음 그의 흰 수염 속 입술이 움직이기 시작했다. 사람들은 곧 숨을 죽이고 귀를 기울였다. 그러자 그는 느린 말투로 이렇게 말했다.

"도를 도라고 말할 수 있는 것은 떳떳한 이름이 아니다. 무명(無名)은 하늘과 땅의 근원이요, 유명(有名)은 만물의 어머니……."

사람들은 서로 얼굴을 마주 보았다. 아무도 받아 적지 않았다.

"그러므로 항상 욕심이 없는 것으로써 그 묘한 이치를 본다."

노자는 계속했다.

"항상 욕심이 있음으로써 그 격(竅)한 것을 본다. 이 둘은 같이 나왔으나 이름은 달리 한다. 같은 것을 현(玄)이라 하며, 현하고 또 현한 것이 중묘(衆妙)의 문(門)……."

사람들은 난처한 빛을 띠기 시작했다. 개중에는 손발 둘 곳을 몰라 하는 자도 있었다. 검사관 한 사람은 크게 하품을 했다. 서기 선생의 경우, 졸기 시작하더니 달그락 소리와 함께 칼과 붓과 나무조각을 손에서 떨어뜨리고 말았다.

노자는 조금도 눈치를 못 채는 것 같았지만 어찌보면 조금은 눈치 챈 것 같기도 했다. 왜냐하면 그는 이때부터 보다 자세한 설명을 시작했기 때문이다. 하지만 그는 이가 없었으므로 발음이 분명하지 않았으며, 섬서(陝西) 사투리에 호남(湖南) 발음이 섞여 있어 L과 N자의 구별이 잘 되지 않았고, 게다가 "니이" 하는 말꼬리를 자꾸 붙였기 때문에 사람들은 역시 알아듣기 힘들었다. 더욱이 시간을 오래 끌었기에 그의 강연을 듣고자 모인 사람들은 한결 고통스러워졌다.

체면상 견디고는 있었지만 그러나 나중에는 도저히 참을 수가 없어서 멋대로 자세를 흐뜨리고는 저마다 자기 일들을 생각하고 있었다. 강연이 '성인의 도는 행하되 다투지 아니한다' 하는 대목에 이르러 끝이 난 뒤에도 사람들은 아무도 일어서려 하지 않았다. 노자는 잠시 기다렸다가 다시 한 마디를 덧붙였다.

"니이, 끝났습니다."

그제야 겨우 사람들은 꿈에서 깨어난 것 같았다. 너무 오래 앉아 있었기 때문에 두 다리가 저려 금방 일어설 수 없었지만, 그래도 마음 속으로는 마치 사면이라도 받은 듯이 놀라기도 하고 기쁘기도 했다.

그러곤 노자는 또 다른 작은 방으로 안내되어 휴식을 취했는데, 그는 끓인 물을 몇 잔이나 마신 다음 꼼짝도 않고 앉아 있었다. 마치 마른나무처럼.

사람들은 바깥에서 또 시끄럽게 떠들어 댔다. 그러자 얼마 뒤에 네 명의 대표가 노자를 만나러 왔다. 그들의 말인즉, 그의 강연이 지나치게 빠른 데다 표준어가 너무 부정확하여 아무도 받아 적을 수가 없었다, 기록이 없는 것은 대단히 애석한 일이니 따로 써 주실 수 없느냐는 청이었다.

"선생님 말씀은 잘 알아들을 수가 없어서 말입니다."

회계가 말했다.

"역시 써 주시는 게 어떨는지요. 써 주시기만 하며 아무리 뭣하더라도 읽게 될 테니까요. 써 주시겠습니까?"

서기가 말했다.

노자도 그들의 말을 잘 알아들을 수 없었다. 그러나 다른 두 사람이 붓과 칼과 목간 등을 자기 앞에 늘어놓는 것을 보고, 이것은 아마 자기보고 써 달라는 것이리라 짐작하고 이 또한 면할 수 없을 것으로 보았기 때문에 한 번 사양하곤 곧 승낙했다. 다만 오늘은 이미 늦었으니까 다음 날부터 시작하기로 하였다.

대표들은 이 결과에 만족하고 물러갔다.

이튿날 아침은 하늘이 약간 흐렸다. 노자는 기분이 좋지 않았다. 그렇지만 강연 원고만은 정리해야 했다. 왜냐하면 하루 빨리 관문을 빠져 나가고 싶었기 때문이다. 그리고 관문을 나가려면 아무튼 원고를 건네 주어야 하기 때문에 그는 자기 앞에 산더미처럼 쌓인 목간을 바라보며 더욱더 울적한 기분이 되었다.

그럼에도 그는 얼굴빛 하나 변하지 않고 묵묵히 앉은 채 쓰기 시작했다. 어제 한 이야기를 되살려 내면서, 생각하고는 쓰고, 쓰고는 또 생각했다. 그 무렵은 아직 안경이 발명되지 않은 때라 그는 노안을 실오라기처럼 가늘게 뜨고 몹시 힘들어 하면서도 물을 마실 때와 만두를 먹을 때를 제외하곤 꼬박 하루 반을 줄곧 썼다. 그런데도 겨우 5천 자였다.

'관문을 나가는 데는 이것만으로도 어떻게 되겠지.'

그는 생각했다.

그리하여 노끈으로 목간을 엮었더니 두 엮음이 되었다. 그는 지팡이를 짚고 관윤회의 사무실을 찾아 원고를 건네고는 곧 떠나고 싶다는 뜻을 전하였다.

몹시 기뻤던 관윤회는 한편 감사하고 또 한편 안타까워하며 좀 더 머물러 주길 자꾸만 권하였다. 그러나 붙들 수 없음을 깨닫고는 슬픈 표정으로 그의 청을 받아들인 뒤 경관으로 하여금 검정소에 안장을 얹게 했다. 그리고 손수 선반에 둔 소금과 참깨 한 봉지와 만두 열다섯 개를 집어 내어 그것을 몰수품(沒收品)인 무명자루에 담아 길양식을 하라며 노자에게 주었다. 그러면서 그가 노작가(老作家)이기에 특별 대우하는 것이라고 생색까지 내 가면서, 만일 나이가 젊었더라면 만두는 열 개뿐이었으리라는 말까지 덧붙였다.

노자는 여러 번 인사말을 한 다음 자루를 받아들고 다른 사람들과 함께 성루에서 내려왔다. 관문까지 오자 검정소의 고삐를 잡고 걸어가려 했다. 그러나 관윤회가 자꾸만 타고 가길 권했기 때문에 군이 사양하지 못하고 결국 올라탄 채 떠나는 인사를 하였다. 그러곤 쇠머리를 돌려서 험한 언덕 비탈길로 천천히 멀어져 갔다.

소는 이내 걸음을 빨리 했다. 사람들은 관문에 서서 전송했다. 이 삼 장(丈) 떨어졌는데도 아직 흰 머리털과 누른 도포며, 검정소와 흰 자루를 알아볼 수 있었다. 그러나 뒤이어 일어난 먼지가 발밑에서 사람과 소를 둘러싸는 바람에 온통 잿빛으로 변했다. 다시 얼마를 지나자 자욱한 노란 먼지 외에는 아무것도 보이지 않았다.

사람들은 방 안으로 돌아왔다. 마치 무거운 짐을 내려놓은 듯이 허리를 펴기도 하고, 또 진기한 물건이라도 얻은 듯이 입맛을 다셔가며 우루루 관윤회를 따라 사무실로 들어갔다.

"이것이 원고인가."

회계가 한 엮음의 목간을 들고 뒤적거려 보며 말했다.

"글자만은 깨끗이 씌어져 있군. 시장에 가져가면 아마 살 자가 나설 거야."

서기도 다가와서 첫 조각을 보고 읽어 내려갔다.

"'도를 도라 할 수 있는 것은 떳떳한 도가 아니다'…… 흥, 여전히 똑같은 투로군. 정말 듣기만 해도 골치가 아프고 가슴이 답답해 와……."

"두통의 묘약은 앉아 조는 거야."

회계가 목간을 내려놓으며 말했다.

"하하하…… 정말 앉아 조는 수밖에 도리가 없잖은가. 솔직하게 말해서 난 그가 자기 연애담이라도 털어놓을 줄 알고 들으러 갔던 거야. 만일 처음부터 이런 엉터린 줄 알았다면 누가 그렇게 반나절씩이나 고생하러 갔겠나……."

"그건 그렇고, 사람을 잘못 본 자네쪽이 나빠."

관윤희는 웃으면서 말했다.

"연애담 같은 걸 할 리 없지. 전혀 연애 같은 건 한 일이 없으니까."

"어떻게 아시지요?"

서기가 이상한 듯이 말했다.

"그것도 역시 자네가 앉아 조느라고 '하는 것이 없이 하지 않는 것이 없다'는 이야기를 듣지 못했기 때문이야. 그 영감은 정말 '마음은 하늘보다도 높고, 목숨은 종이처럼 엷다'야. '하지 않는 것'이 '없다'는 것을 뜻한다면 '하는 것이 없다'여야만 돼. 만일 무엇인가를 사랑했다고 한다면 사랑하지 않는 것이 없다고는 할 수 없는 것이야. 그래 가지고 연애를 할 수 있겠는가. 연애할 기분이 나겠는가. 자네 자신을 생각해 보면 알 수 있지 않은가. 지금이야 과년한 처녀들을 보면 예쁘든 예쁘지 않든 그만 눈이 거슴츠레해 가지고 모두 제 여편네 같은 생각이 들지만 그러는 동안 아내를 얻어 보게, 틀림없이 우리 회계 선생처럼 마음이 가라앉을 테니까."

창 밖으로 한바탕 바람이 획 불고 지나가자 사람들은 찬기운을 느꼈다.

"그 영감은 도대체 어디로 뭣하러 가는 걸까요?"

서기는 교묘히 관윤희의 창끝을 피했다.

"사막으로 간다고 말했지만 갈 수 있겠어? 성 밖을 나서면 소금도 밀가루도 없거니와 물마저 얻을 수 없을 테니까, 배가 고프면 결국은 다시 이곳으로 되돌아오겠지."

관윤희는 차갑게 말했다.

"그러거든 다시 한 번 글을 쓰게 합시다."

회계가 명랑해졌다.

"단 만두가 너무 많이 없어져 걱정이지만, 그때가선 우리가 신진 작가를 발탁키로 취지를 바꿨다고 말해 줍시다. 두 엮음이 원고라면 만두 다섯 개만 주어도 충분하겠죠."

"그렇게는 안 될걸. 분명 화를 내며 막 덤벼들 테니까."

"배가 고프면 화도 낼 수 없을 겁니다."

"그건 그렇고, 이건 아무도 읽을 자가 없습니까?"

서기는 손을 내저으며 말했다.

"만두 다섯 개의 본전조차 뺄 수 없을 겁니다. 가령 말입니다. 가령 이 말이 옳다면, 우리 장관께선 수문장을 그만두시고, 그래 하는 일이 없게 되고, 그리고 나서야 비로소 하지 않는 일이 없어 굉장히 거룩한 인물이 된다……."

"아니 상관없어. 읽을 사람이야 많지. 쫓겨난 수문장과 아직 수문장이 안 된 은사들은 수두룩하니까……."

회계가 말했다.

창 밖으로 한바탕 바람이 휙 불고 지나가며 누런 티끌을 말아올려 해를 어둡게 가렸다. 그때 관윤희가 문 밖을 내다보니 많은 경관과 보초들이 아직도 그곳에 모여 멍하니 서서 그들의 잡담을 듣고 있었다.

"왜 그렇게 멍청히 서 있느냐?"

그는 호통을 쳤다.

"저녁이 되었다. 밀수꾼들이 성을 타넘고 탈출할 시각이다. 순찰을 돌아라."

문 밖의 사람들은 확 흩어졌다. 방 안 사람들도 이제 별로 할 이야기가 없었다. 회계와 서기는 나가 버렸다. 그래서 관윤회는 웃옷 소매로 책상의 먼지를 털고 두 엮음의 목간을 집어들어 몰수품인 소금, 참깨, 무명, 콩, 만두 등이 쌓여 있는 선반 위에 올려놓았다.

남을 공격 않는다

1

자하(子夏)의 제자 공손고(公孫高)는 묵자(墨子)를 몇 번이나 찾아갔으나 늘 집에 없어 만나지 못했다. 아마 네 번째 아니면 다섯 번째였으리라. 겨우 처음으로 운좋게 문간에서 마주쳤다. 공손고가 도착했을 때 마침 묵자도 집에 돌아왔기 때문이다. 그들은 같이 방으로 들어갔다.

잠시 수인사가 있은 다음, 공손고는 떨어진 방석에 눈을 준 채 조용히 물었다.

"선생님께선 싸우지 말 것을 주장하십니까?"

"물론이지."

묵자가 말했다.

"그럼 군자는 싸우지 않습니까?"

"그렇지."

"돼지와 개도 싸웁니다. 하물며 사람이⋯⋯"

"아아, 너희 선비[儒者]는 입으로는 요·순(堯舜)을 찬양하면서 행동은 개 돼지를 본뜰 작정인가. 정말 딱한 노릇이다."

그렇게 말한 묵자는 일어나 총총히 부엌 쪽으로 걸어가면서 말했다.

"너는 내 마음을 모른다⋯⋯"

그는 부엌을 지나 뒷문 밖에 있는 우물가로 가서 도로래로 두레박에 물을 반쯤 퍼올려 그것을 두 손에 안고 열 모금도 넘게 들이켰다. 그러곤 질그릇 두레박을 내려놓고 입을 닦자마자 마당 구석 쪽을 바라보며 큰 소리로 말했다.

"아렴(阿廉), 어째서 돌아온 거냐?"

아렴도 알아채고 있었기에 빠른 걸음으로 그의 앞에 와서 공손히 발길을 멈추고 팔을 내려 "선생님" 인사를 한 다음 다소 분개한 투로 뒤를 이었다.

"그만두기로 했습니다. 놈들은 말과 행동이 다릅니다. 놈들은 조(粟)를 1천 그릇 준다고 약속해 놓고선 5백 그릇밖에 주지 않는 겁니다. 그만둘 수밖에 없지 않습니까?"

"만일 1천 그릇 넘게 주어도 그만두겠는가?"

"아뇨."

아렴은 대답했다.

"그렇다면 놈들의 말과 행동이 달라서가 아니라 양이 부족한 때문이다."

그렇게 말하면서 묵자는 다시 부엌으로 들어가 외쳤다.

"경주자(耕柱子), 옥수수 가루를 좀 다오."

경주자는 막 큰방에서 나오는 참이었다. 원기왕성한 청년이었다.

"선생님, 길 떠날 열흘 분의 음식을 만드시려는 것이죠?"

"그렇다. 공손고는 돌아갔겠지?"

"돌아갔습니다."

경주자는 웃으며 말했다.

"대단히 화가 나 있었습니다. 우리들의 겸애(兼愛)는 애비가 없는 것으로 금수와 같다면서."

묵자도 한 번 웃었다.

"선생님은 초(楚)나라에 가시려는 것입니까?"

"그렇다, 알고 있었더냐?"

묵자는 경주자에게 물로 옥수수 가루 반죽을 하게 하고 자신은 부싯돌과 쑥으로 일으킨 불로 마른 나뭇가지를 태워 물을 끓였다. 그 불길을 바라보면서 조용하게 말했다.

"우리의 동향 사람인 공수반(空輪般)은 자기가 좀 영리하다는 것만 믿고, 덮어놓고 소란 피우기를 좋아하거든. 구거(鉤距 : 배를 끌어 당기는 갈고리)를 만들어 초나라 왕으로 하여금 월(越)나라와 전쟁을 하도록 만든 것만으론 부족했던지, 이번엔 구름사다리란 걸 만들어 초왕에게 송(宋)나라를 치게 하려는 거야. 송나라는 상대조차 되지 않을 만큼 작은 나라다. 내가 가서 못하게 하리라."

경주자가 옥수수 만두를 시루에 넣는 것을 보자, 그는 자기 방으로 들어가 벽장에서 소금에 절여 말린 명아주나물[藜菜] 한 줌과 구리로 만든 녹슨 칼한 자루를 꺼냈다. 그러곤 낡은 보자기를 찾아 내어 경주자가 쪄 온 옥수수

만두와 그 칼을 한 꾸러미로 쌌다. 옷 같은 것은 물론 얼굴 닦을 수건 하나 준비하지 않은 채 허리띠만을 다시 죄어 매고 마루를 내려섰다. 그는 짚신을 신고 보따리를 등에 짊어지자 뒤도 돌아보지 않은 채 집을 나왔다. 보따리 속에서는 아직도 모락모락 더운 김이 피어오르고 있었다.

"선생님은 언제쯤 돌아오십니까?"

경주자가 뒤에서 물었다.

"20일쯤 걸릴 거다."

묵자는 그렇게 대답하고 곧장 걸어갔다.

2

묵자가 송나라 국경에 들어섰을 때는 짚신 끈이 벌써 서너 번이나 끊어졌다. 발바닥이 몹시 화끈거리기에 그는 발길을 멈추고 들여다보았다. 짚신 바닥이 닳아 커다란 구멍이 나 있었고, 발은 군데군데 터지거나 물집이 잡혀 있었다. 그러나 그는 조금도 개의치 않고 계속 걸었다. 가면서 둘레둘레 형편을 살펴보니 인구가 꽤 많다. 그런데 곳곳에 남아 있는, 해마다 겪은 수재며 난리의 흔적이 백성들의 변화만큼 심하지는 않았다. 사흘을 걸어도 큰 집 한 채, 큰 나무 한 그루, 생기 있는 남자 한 명, 기름진 밭 한 뙈기 보지 못한 채 서울에 도착했다.

성벽도 황폐했으나 몇 군데엔 새 돌이 끼어 있었다. 성벽 주위 해자(垓子) 가엔 시궁창물이 괴어 있었다. 누군가 해자를 쳐낸 모양인데, 어쨌든 해자 가에는 한가하게 고기를 낚는 듯한 두세 명의 낚시꾼 모습만이 보일 뿐이었다.

"이들도 아마 소문을 들었겠지."

묵자는 생각했다. 그들 낚시꾼들을 눈여겨 보았지만 그 중에 자기 제자는 끼어 있지 않았다.

그는 성 안에 들어가기로 결심했다. 그래서 북문으로 다가가 한가운데 난 길을 따라 남쪽으로 걸어갔다. 성내는 쓸쓸하고 고즈넉했다. 상점에는 모두 싸게 판다는 광고가 나붙어 있었으나 손님의 발길이 거의 없고, 쓸 만한 물건도 별로 보이지 않았다. 길은 부드럽고 끈적끈적한 누런 흙먼지로 온통 덮여 있었다.

'이 지경이 되어 있는데 또 치겠다는 건……'

묵자는 생각했다.

그는 큰길로 나아갔다. 초라하게 보이는 것 외에는 아무것도 달라진 것은 없었다. 초나라가 쳐들어 온다는 소문은 벌써 들었을 테지만, 사람들은 침공에 익숙해진 탓인지 공격당하는 게 당연하다는 듯 조금도 별다른 생각은 하지 않는 것 같았다. 더구나 너나할 것 없이 목숨 하나만 겨우 남았을 뿐, 입을 것도 먹을 것도 없기 때문에 피난갈 생각조차 하는 자가 없었다.

남문 성루가 보이는 근처까지 오자 처음으로 거리 모퉁이에 10여 명이 모여 한 사람의 연설을 듣고 있는 것 같은 모습이 눈에 띄었다.

묵자가 가까이 가보니 그 사람은 손을 공중으로 쳐들어 큰 소리로 이렇게 외치고 있었다.

"놈들에게 우리 송나라 백성들의 기백을 보여 주자!"

그것이 그의 제자인 조공자(曺公子)의 목소리임을 묵자는 알 수 있었다.

그러나 그는 나아가 아는 체하지 않고 부지런히 남문을 빠져 나가 곧장 자기 갈 길만을 재촉했다. 다시 하루 낮과 밤을 계속 걷고 나서야 어느 농가의 처마밑에서 새벽녘까지 잠을 잤지만 일어나자 또 걸었다. 짚신은 너덜너덜 떨어져서 신을 수가 없었다. 보자기에는 아직 옥수수 만두가 들어 있었기에 그는 하는 수 없이 옷자락을 찢어 발을 싸매었다.

그러나 너무 얇았기 때문에 헝겊 조각이 울퉁불퉁한 시골길에 닿을 때마다 그의 발바닥은 발을 옮길 수 없을 만큼 아파 왔다. 그래서 오후가 되자 조그만 홰나무 밑에 앉아 점심도 먹을 겸 발도 쉴 겸하여 꾸러미를 풀었다. 그런데 그때 저 멀리서 한 덩치 큰 사나이가 무거운 일륜거(一輪車)를 밀며 오는 것이 보였다. 가까이 오자 그 사나이는 수레를 멈추고 묵자 앞으로 다가와 "선생님" 불렀다. 그리고 옷자락 끝으로 얼굴의 땀을 닦으며 숨을 헐떡였다.

"그건 모랜가?"

그 사람이 자기 제자인 관검오(管黔敖)임을 알아보고 묵자는 물었다.

"그렇습니다. 구름사다리를 막기 위해서입니다."

"그 밖의 준비는 어떤가?"

"삼(麻)과 재(灰)와 쇠를 모으고 있습니다. 그러나 대단히 힘듭니다. 가지고 있는 자는 내기를 꺼립니다. 내고자 하는 자는 갖고 있지를 않습니다. 역시 공론에만 몰두하는 사람이 많아서……."

"어제 성내에서 조공자가 연설하는 것을 들었다. 여전히 '기백'이 어떻고 '죽음'이 어떻고 하고 있었다. 네가 말을 해 주어라. 현허(玄虛)를 부리지 말라고 말이다. 죽는 것이 나쁘지는 않지만 어려운 것이기는 하다. 문제는 백성들에게 유익한 죽음을 하게 하는 거다."

"그와는 이야기하기가 어렵습니다."

관검오는 안타까운 듯이 대답했다.

"여기서 2년 동안 관리를 했기 때문에 우리와는 별로 이야기하고 싶어하지 않으므로……."

"금활리(禽滑釐)는?"

"그는 아직 뛰어다니고 있습니다. 연노(連努)의 시험을 막 마치고 난 참입니다. 아마 지금쯤 서문 밖에서 지형을 살피고 있을 겁니다. 그래서 선생님과 엇갈리게 된 겁니다. 선생님은 초나라로 가서 공수반을 만나시겠지요?"

"그렇다."

묵자는 대답했다.

"그러나 그가 내 말을 들을지 어떨지는 역시 예측할 수가 없다. 너희는 준비를 계속 하거라. 설득하기만을 기대하지 말고."

관검오는 머리를 숙여 보이고 묵자가 떠나는 것을 배웅했다. 잠시 바라보다가 그는 다시 일륜거를 밀며 삐그덕덜그덕 소리를 내면서 성 쪽으로 나아갔다.

3

초나라 영성(郢城)은 송나라와는 비교가 되지 않았다. 도로는 넓고, 집들은 정연하게 줄지어 서 있었으며, 큰 상점에는 온갖 고급품이 진열되어 있었다. 새하얀 삼베, 새빨간 고추, 얼룩덜룩한 사슴 가죽, 굵은 연뿌리. 길을 가는 사람들도, 키는 북쪽 사람들보다 약간 작았으나 모두 생기가 있고 날쌔 보였다. 옷도 말쑥했다. 이곳에 와 보니, 묵자는 자신의 누덕누덕 기운 옷이며 두 발을 헝겊으로 감싼 발의 행색이 꼭 진짜 거지로 여겨졌다.

다시 중앙으로 나아가니 많은 노점들이 즐비해 있는 큰 광장이 나타났는데 거기에는 사람들이 떼지어 서 있었다. 그곳은 시장이었고, 십자로의 교차점으로 되어 있었다. 묵자는 선비로 보이는 한 노인을 찾아 내어 공수반의 주소를 물었다. 하지만 애석하게도 그와 말이 통하지 않아 손바닥에 글자를 써 보이려는데 갑자기 "와!" 외치는 소리가 나면서 사람들이 일제히 노래를 부르기 시작했다. 그것은 유명한 새상령(賽湘靈)의 《하리파인(下里巴人 : 초사에 나오는 속요의 이름)》이란 노래로서 성내의 많은 사람이 일제히 함께 부르는 것이었고, 곧 그 늙은 선비마저 입 속으로 흥얼거리기 시작하였다. 묵자는 그가 이제는 결코 손바닥 글자를 보아 주지 않을 것을 알았기에 '공(公)'이란 글자를 반쯤 쓰다가 그만두고, 다시 걷기 시작하여 보다 먼 곳으로 가 보았다. 그런데 가는 곳마다 노래를 부르고 있어서 꽤 오래도록 기회를 얻을 수 없었다. 어느 쪽에선가 노래가 끝나자 겨우 좀 조용해졌다.

그는 목수의 집을 하나 발견하고, 거기서 공수반의 주소를 물어 보았다.

"산동 사람인, 구거를 만든 공수 선생 말입니까?"

가게 주인은 노란 얼굴에 검은 턱수염을 기른 뚱뚱한 사나이였다. 그는 잘 알고 있었다.

"바로 저기입니다. 되돌아가서 네거리를 지나 오른쪽 두 번째 좁은 길을 동쪽으로 가십시오. 거기서 남쪽으로 꺾어 다시 북쪽 모퉁이를 돌면 세 번째 집이 바로 그 집이니까요."

묵자는 잊어버리지 않기 위해 손바닥에 글자를 써서 다시 한번 확인해 본 다음 똑똑히 기억에 새겨 넣곤, 주인에게 감사하고 성큼성큼 걸어서 똑바로 가르쳐 준 대로 가 보았다. 과연 틀림이 없었다. 세 번째 집 바깥 대문에는 정교한 조각을 한 녹나무 문패가 걸려 있었고, 거기에는 대전체(大篆體)로 '노국공수반우(魯國公輸般寓)'라는 여섯 글자가 새겨져 있었다.

묵자는 짐승 모양을 한 붉은 구리의 문고리를 잡고 몇 번인가 탕탕 두들겼다. 그러자 문을 열고 나온 사람은 뜻밖에도 눈썹 꼬리가 위로 치오르고 눈이 동그란 문지기였다. 그는 그를 보자마자 큰소리로 호통쳤다.

"선생님께선 손을 만나지 않으신다. 너희 동향 사람들이 줄곧 돈을 뜯으러 오기 때문이다."

묵자가 한 번 흘겨보았을 때 그는 이미 문을 닫고 말았다. 다시 두들겨도 기척이 없다. 그러나 그가 한번 흘겨본 것이 문지기를 불안에 빠뜨렸다. 그는 아무래도 마음에 걸렸던지 안으로 들어가 주인에게 고하지 않고는 못배겼다. 마침 공수반은 곱자(나무나 쇠를 이용하여 90도 각도로 만든 'ㄱ'자 모양의 자)를 손에 들고 구름사다리의 모형을 재어 보고 있는 중이었다.

"선생님, 또 한 사람, 동향 사람이 돈을 뜯으러 왔습니다…… 참 그런데, 이 사람은 좀 다른 데가 있어서……."

문지기는 소곤소곤 말했다.

"이름이 뭔가?"

"그것은 아직 묻지 않았으므로……."

문지기는 우물쭈물했다.

"어떻게 생겼더냐?"

"거지 같습니다. 서른 살쯤 된 사람으로 키가 크고 얼굴은 새까맣고……."

"앗, 그건 틀림없는 묵적(墨翟 : 墨子)이다."

공수반은 깜짝 놀라 소리를 질렀다. 그는 구름사다리의 모형과 곱자를 내던지고 뜰을 뛰어내려갔다. 문지기도 깜짝 놀라 황급히 그의 앞을 달려가서 문을 열었다. 묵자와 공수반은 뜰 복판에서 얼굴이 마주쳤다.

"역시 당신이었군요!"

공수반은 유쾌한 듯이 말했다. 그러고는 그를 큰 방으로 안내했다.

"늘 무고하셨습니까. 바쁘시지요?"

"네에, 여전히 보시는 바와 같이……."

"그런데 무슨 일로 먼 길을 일부러 찾아오셨는지요?"

"북쪽에서 어떤 자가 나를 모욕했습니다."

묵자는 조용한 투로 말했다.

"당신에게 죽여 달라는 부탁을 할까 해서……."

공수반은 불쾌한 표정을 지었다.

"10원을 드리겠습니다."

묵자는 여전히 말을 계속했다.

그 한 마디가 공수반으로 하여금 분노를 참지 못하게 만들었다. 그는 얼굴을 돌려 외면하면서 냉정하게 말했다.

"나는 의리상 사람을 차마 죽이지는 못합니다."

"참으로 훌륭하십니다."

묵자도 아주 감동해서 벌떡 일어나 절을 두 번이나 거듭하고 나더니 다시 조용한 투로 말했다.

"그런데 좀 드릴 말씀이 있습니다. 나는 북녘에서 당신이 구름사다리를 만들어 송나라를 친다는 소문을 들었습니다. 송나라에 무슨 죄가 있습니까. 초나라에는 남아 도는 것이 땅이고, 부족한 것이 사람입니다. 부족한 것을 죽여 남는 것을 빼앗는 것을 지혜롭다고는 할 수 없습니다. 아무 죄가 없는 송나라를 치는 것은 인(仁)이라 할 수 없습니다. 그 임금의 잘못을 알고 있으면서 이를 간하지 않으면 충(忠)이라 할 수 없습니다. 의리상 사람을 차마 죽이지는 못하면서 보다 많은 사람을 죽이려 하는 것은 유추(類推)의 이치를 안다고 할 수 없습니다. 당신 생각은 어떻습니까……."

"그것은…… 참으로 옳은 말씀입니다."

"그렇다면 그만둘 수 없겠습니까?"

"그건 안 됩니다. 벌써 왕께 말씀드렸습니다."

공수반은 애석한 듯이 말했다.

"그러시다면 내가 왕을 만나도록 해 주십시오."

"좋습니다. 그러나 벌써 때가 늦었으니 식사부터 하신 뒤에."

그러나 묵자는 듣지 않았다. 몸을 숙여 보이며 당장 일어서려 했다. 그는 궁둥이를 붙이고 가만히 앉아 있지 못하는 성질이었다. 한번 하겠다면 꺾지 못하는 그의 성질을 아는 공수반은 곧 그를 왕에게 안내할 것을 승낙했다. 그래서 자기 방으로 돌아가 옷 한 벌과 신을 내와서는 정중하게 말했다.

"그러나 옷만은 제발 갈아 입어 주십시오. 이곳은 우리 고향과는 달라서 모든 것이 화려합니다. 역시 갈아 입는 편이 아무래도……."

"황송합니다."

묵자도 정중히 대답했다.

"실은 나도 좋아서 누더기를 입은 것이 아닙니다……. 다만 미처 갈아 입을 틈이 없을 뿐으로……."

초나라 왕은 일찍부터 묵적이 북쪽 땅의 성현임을 들어 알고 있었기에 공수반의 소개가 있자 지체하지 않고 즉시 그를 만나 주었다.

짤막한 옷을 입은 묵자는 왜가리 같은 모습으로 공수반을 따라 편전으로 들어갔다. 초왕에게 인사를 하고 나자 그는 여유있는 태도로 말을 꺼냈다.

"여기 한 사람이 있습니다. 좋은 마차를 가지고 있으면서 옆집 낡은 수레를 훔치러 합니다. 비단옷이 있는데도 옆집 무명 잠방이를 훔치려 합니다. 이는 어떤 사람이겠습니까?"

"그는 필시 도벽이 있는 자임이 틀림없구료."

초왕은 솔직하게 말했다.

"초나라 땅은"

묵자는 말했다.

"사방 5천 리나 됩니다. 송나라는 사방 5백 리밖에 안 됩니다. 이것은 좋은 마차와 낡은 수레 같은 것이 아닙니까. 초나라에는 운몽(雲夢) 벌판에 코뿔소와 사슴이 가득 차 있고 장강(長江)과 한수(漢水)에서는 고기와 조개가 다른 곳에 비교할 수 없을 만큼 많이 잡힙니다. 그런데 송나라는 이른바 토끼 한 마리, 붕어 한 마리 없는 형편입니다. 이것은 쌀밥 고기반찬과 비지밥의 차이와 같은 것이 아닙니까. 초나라에는 소나무와 녹나무들이 있는데, 송나라에는 큰나무라곤 없습니다. 이것은 비단옷과 무명 잠방이같은 것이 아닙니까. 그러므로 신이 생각건대 왕의 부하들이 송나라를 치는 것은 이와 같다고 보겠습니다."

"과연 옳은 말씀이오."

초왕은 끄덕이며 말했다.

"그러나 공수반이 나를 위해 구름사다리를 만들어 두었으니 그만둘 순 없지."

"그러나 승리는 어느 쪽이 될지 모르는 일입니다. 나뭇조각이 있다면 여기서 시험을 해 봐도 좋습니다."

묵자가 말했다.

초왕은 신기한 것을 좋아하는 성품이었다. 그는 몹시 기뻐하며 곧 신하들을 시켜 나뭇조각을 가져오게 했다. 묵자는 자기 가죽띠를 끌러 활 모양으로 굵게 해 두고, 수십 개의 나뭇조각을 두 몫으로 나눠 한 몫은 자기 앞에, 또 한 몫은 공수반에게 주어 공격과 수비의 도구를 삼았다.

그리고 그들 두 사람은 각각 나뭇조각을 손에 들고 장기 두듯 싸움을 시작했다. 공격 쪽의 나뭇조각이 날아오면 지키는 쪽의 나뭇조각은 이를 막고, 이쪽이 물러나면 상대쪽은 공격할 틈을 노린다. 초왕과 신하들은 보긴 했지만 무엇을 하는 건지 도무지 알 수 없었다.

이렇게 일진 일퇴하기를 모두 아홉 번. 공격과 수비가 다 같이 아홉 가지 수법을 다 쓴 것으로 보였다. 그것이 끝나자 공수반은 손을 멈추었다. 그러자 묵자는 가죽띠의 활 모양을 자기 쪽으로 돌렸다. 이번은 그가 공격할 차례인 것 같다. 마찬가지로 일진 일퇴, 실랑이를 했는데, 세 번째에 가서 묵자의 나뭇조각이 마침내 활 모양의 가죽띠 안쪽으로 쳐들어갔다.

초왕과 신하들은 뜻을 잘 모르면서도 공수반 쪽이 먼저 못마땅한 빛을 띠면서 나뭇조각을 내던지는 것을 보자, 그가 공격과 수비에서 완전히 실패한 것을 알 수 있었다.

초왕도 흥을 좀 잃은 것 같았다.

"나는 어떻게 하면 당신을 이길 수 있는지 알고 있소. 하지만 나는 말하지 않겠소."

잠시 뒤에 공수반이 쑥스러운 듯이 말했다.

"나도 어떻게 하면 당신이 나를 이길 수 있는지 알고 있소. 그러나 나도 말하지 않겠소."

묵자도 냉담하게 말했다.

"두 분은 무슨 말을 하고 있는 거요?"

초왕은 의아한 듯이 물었다.

"공수자의 생각인즉"

묵자는 몸을 돌려 대답했다.

"나를 죽이려는 것뿐입니다. 그러면 송나라에는 지킬 자가 없어지므로 공격할 수 있다고 생각하고 있습니다. 그러나 내 제자 금활리 등 3백 명은 벌써 내 방어용 기계로 송나라 성 위에서 초나라에서 올 적을 기다리고 있습니다. 설령 나를 죽인다 해도 공격해서 항복시킬 수는 없을 것입니다."

"참으로 묘책이다."

초왕은 못내 감탄하며 말했다.

"그렇다면 나도 송나라 칠 생각을 그만둘 수밖에."

5

송나라 공격을 단념시킨 다음 묵자는 곧장 노나라로 돌아갈 작정이었다. 그러나 공수반에게서 빌려 입은 옷을 돌려 주어야 했으므로 그의 집에 다시 들르는 도리밖에 없었다. 시각은 벌써 정오가 지나 주인과 손은 다같이 시장 기를 느꼈다. 애당초 주인은 그를 보고 벌써 저녁때가 가까웠지만 점심을 먹고 가도록, 가능하면 하룻밤 묵어 가라고 자꾸만 권했다.

"무슨 일이 있어도 오늘 떠나야만 됩니다. 내년에 또 오지요. 그땐 내가 쓴 책을 가지고 와서 초왕에게 보여 드리겠습니다."

묵자는 말했다.

"역시 의(義)를 행하라는 말이 씌어 있겠지요. 몸과 마음을 괴롭혀 가며 위급한 환자를 구하는 것은 천한 사람들이 할 일이지 높은 사람에게는 필요치 않습니다. 어쨌든 그는 임금이 아니오?"

공수반이 말했다.

"그렇게 말할 수는 없을 겁니다. 비단이니 삼이니 쌀이니 보리니 하는 것은 천한 사람들이 만든 것이지만 높은 사람에게도 필요하지 않습니까. 하물며 옳은 일을 행하는 데 있어서야 두말할 나위가 있겠습니까?"

"그도 그렇겠소."

공수반은 유쾌한 듯이 말했다.

"당신을 만나기 전에 나는 송나라를 차지하려 했소. 만나고 난 뒤론 설령 송나라를 거저 준다고 해도 그것이 옳지 못한 일이면 절대로 거절하고 싶소."

"그러시다면 나는 정말로 송나라를 바치리다."

묵자도 유쾌한 듯이 말했다.

"만일 당신이 어디까지고 옳은 일만 행한다면, 나는 천하까지도 바치리다."

주객이 웃고 말하는 사이에 점심상이 들어왔다. 생선도 있고, 고기와 술도 있었다. 묵자는 술과 생선은 손대지 않고, 고기만 조금 먹을 뿐이었다. 공수반은 혼자서 술을 마시고 있었다. 손님이 너무 칼과 수저를 들지 않는지라, 그것이 마음에 걸려 하는 수 없이 매운 것을 권했다.

"자아, 이것 좀."

그는 겨자 된장과 큰 떡(大餅)을 가리키며 공손히 말했다.

"자셔 보시오. 나쁘지 않습니다. 파가 우리네 고향 것처럼 연하지는 않지만……."

공수반은 잔을 거듭할수록 더욱 유쾌해졌다.

"나에게는 배를 타고 싸울 때 쓰는 구거(鉤距)란 게 있습니다. 당신의 의(義)에도 구거가 있습니까?"

그는 물었다.

"내 의의 구거는 당신이 배를 타고 싸울 때 쓰는 구거보다 훌륭합니다."

묵자는 분명히 대답했다.

"나는 사랑으로써 구(鉤)를, 공경으로써 거(距)를 삼습니다. 사랑으로 구하지 않으면 서로 친해지지 않고, 공경으로 거하지 않으면 서로 믿을 수 없습니다. 친해지지 않고 믿을 수 없으면 곧 떨어져 흩어지고 맙니다. 그러므로 서로 사랑하고 서로 공경하는 것은 곧 서로가 이롭게 되는 것입니다. 지금 당신이 구로써 사람을 구하려 하면, 사람들 또한 당신을 구로써 구할 것입니다. 당신이 거로써 사람을 거하려 하면, 사람들 또한 당신을 거로써 거할 겁니다. 서로가 구하고 서로가 거함은 곧 서로가 해하게 되는 것입니다. 그러므로 나의 의(義)의 구거는 당신이 배를 타고 싸울 때 쓰는 구거보다도 훌륭한 것입니다."

"하지만 내 고향 친구여, 당신이 의를 행하게 되면, 내 밥사발을 거의 다 부숴 버리게 될 겁니다."

공수반은 한 대 얻어맞고 나서 말투를 바꾸어 그렇게 말했다. 한 잔 먹은 기분에서 그랬는지 모른다. 그는 실은 미천한 출신이었다.

"그렇지만 송나라의 모든 밥사발을 부숴 버리는 것보다는 낫겠지요."

"그러면 나는 앞으로 장난감이라도 만드는 수밖에 도리가 없게 될 겁니다. 고향 친구여, 조금만 기다려 주시기를. 잠시 장난감을 보여 드릴 테니."

그렇게 말한 그는 벌떡 일어나서 뒷방 쪽으로 달려갔다. 상자를 뒤지는 듯싶더니 곧 다시 나타났을 때에는 나무와 대로 만든 까치 한 마리를 들고 있었다. 그것을 묵자에게 건네 주며 말했다.

"한번 날리면 사흘 동안이나 날 수 있습니다. 좀 교묘하다 할까요."

"그러나 목수가 수레바퀴를 만드는 것에는 따를 수 없습니다."

묵자는 흘끗 한번 바라볼 뿐 방바닥에 놓으면서 말했다.

"목수는 세 치 나무를 깎는 것만으로도 쉰 섬의 무게를 실을 수가 있습니다. 사람을 이롭게 하는 것이 교묘하고 훌륭한 것입니다. 사람을 이롭게 하지 않는 것은 곧 조잡하고 나쁜 것입니다."

"참 잊고 있었습니다."

공수반은 또다시 얻어맞은 뒤에야 비로소 생각이 났다.

"그것이 당신의 주의인 것을 그만 깜빡 잊고 있었습니다.

"그러기에 당신이 어디까지나 옳은 일을 행하게 된다면"

묵자는 그의 눈을 지켜보면서 정중하게 말했다.

"단순히 교묘하다는 것만이 아닙니다. 천하까지도 당신의 것이 됩니다. 너무 오래 폐를 끼쳤습니다. 내년에 또 뵙겠습니다."

그렇게 말한 묵자는 조그만 보자기를 집어들자 주인에게 하직 인사를 고했고, 붙들 수 없음을 아는 공수반도 그를 그대로 가게 했다. 바깥 대문 밖까지 배웅하고 방으로 돌아오자 그는 잠시 생각한 다음 구름사다리의 모형과 나무 까치를 뒷방 상자 속에 처넣고 말았다.

묵자는 돌아가는 길에 다소 천천히 걸었다. 첫째는 지쳐 있었고, 둘째는 발이 아팠고, 셋째는 가지고 온 양식이 떨어져 배가 고파서였고, 넷째는 일이 끝나 올 때처럼 마음이 급하지 않았기 때문이다. 그러나 갈 때보다 호된 꼴을 당했다. 까닭인즉 송나라 국경으로 돌아오자마자 두 번이나 조사를 당한 것이다. 도성 가까이 왔을 때는 위태로운 나라를 구하기 위한 연금 모집 대에게 붙들려 떨어진 보따리를 주었고, 남문 밖에 이르러선 큰 비를 만나 성문 밑에서 비를 피하려고 하자 무기를 든 두 사람의 순라병이 그를 쫓아냄으로써 온몸이 비에 흠뻑 젖고 말았다. 그 바람에 열흘이 넘도록 코가 꽉 메고 만 것이다.

죽은 사람을 살리다

넓은 황무지. 군데군데 언덕이 있으나 가장 높은 것이 고작해야 대여섯 자 높이이다. 나무는 없고 온통 잡초가 무성하다. 잡초 사이로 사람과 말굽에 밟혀 생긴 오솔길이 한 가닥 나 있다. 오솔길에서 별로 멀지 않은 곳에 웅덩이가 하나 있고 저 멀리 집이 보인다.

장자(莊子) (검게 여윈 얼굴에 턱을 온통 덮고 있는 희끗희끗한 수염, 도사(道士)의 관을 쓰고 무명 도포 차림으로 말 채찍을 들고 등장)

　　집을 나온 뒤 물을 못 먹었더니 목이 마르군. 목마른 건 웃을 일이 못 되는데. 차라리 나비로 둔갑하는 게 낫겠는걸. 하긴 여기엔 꽃이 없다만……. 오, 저기 높이 있구나. 살았다, 살았어. (웅덩이 쪽으로 달려가서 물풀을 헤치고 손으로 물을 떠서 여남은 모금 마신다) 어, 맛좋다. 슬슬 가 볼까? (걸으면서 주위를 두리번거린다) 아니, 이건 해골 아냐, 어째 이런 곳에? 너는 향락을 추구하여 죽음을 두려워하고 비인간적인 행동을 취하다가 이렇게 되었나? (톡, 톡) 아니면 주색(酒色)에 빠져 방탕한 끝에 부모 처자 대할 낯이 없어 이렇게 되었나? (톡, 톡) 너는 자살이 약자의 행위라는 것을 몰랐던 모양이구나. (톡, 톡, 톡) 아니면 너는 먹을 것도 없고 입을 것도 없어 이렇게 되었나? (톡, 톡) 아니면 늙어서 천수(天壽)를 다하고 이렇게 되었나? (톡, 톡) 아니면…….

　　아니, 내 정신 좀 보지, 이런 꼴이 있나. 꼭 연극 같네그려. 대답이 있을 리 만무하지. 다행히 초나라도 그리 멀지 않으니, 구태여 서두를 것도 없겠지. 우선 사명대신(司命大臣)에게 빌어 이 친구의 형태를 되살리고, 살(肉)을 주어 세상 이야기나 한 자리 하고 나서 집으로 돌려보내 가족들과 만나도록 해 주자.

채찍을 놓고 동쪽을 향해 깍지 긴 두 손을 높이 쳐들고 목청껏 외친다.

삼가 비나이다. 사명대천존(司命大川尊)이시여! (음산한 바람도 일고 수많은 망자(亡者)들이 나타난다. 머리를 산발한 자, 대머리, 여윈 자, 뚱뚱한 자, 남자, 여자, 늙은이, 젊은 망자들)

망자(亡者) 이 멍텅구리 같은 장주(莊周 : 蝶字)야! 수염이 백발이 되고도 아직도 모르느냐, 죽으면 계절도 없고 주인도 없는 법이다. 천지(天地)가 즉 춘추(春秋)인데, 황제인들 이런 태평을 누릴소냐. 쓸데없는 참견 말고 냉큼 초나라로 가서 네 할 일이나 해라······.

장자 너희야말로 멍텅구리다. 죽고도 못 깨닫다니. 알겠느냐, 삶이 즉 죽음이고, 죽음이 즉 삶이다. 노예가 즉 주인이란 말이다. 나는 생명의 근원에 도달해 있다. 네놈들 철부지 망자들의 지시는 안 받는다.

망자 두고보자, 톡톡히 망신을 시켜주고 말 테니······.

장자 초나라 왕의 뜻이 내 머리 위에 있다. 네놈들 철부지 망자들이 아무리 떠들어 봐야 겁날 것 없어. (또 깍지 낀 두 손을 하늘 높이 쳐들고 목청껏 외친다)

삼가 비나이다. 사명대천존이시여! 천지현황(天地玄黃), ······ 진숙열장(辰宿列張 : 이상《천자문》(千字文))

조전손리(趙錢孫李), 주오정왕(周吳鄭王), 풍진저위(馮秦褚衞), 강심한양(姜沈韓楊 : 이상《백가성》(百家姓))

태상노군 급급여율령(太上老君急急如律令)! 칙(勅)! 칙! 칙!

바람이 일자 사명대신이 나타난다. 도사의 관을 쓰고 무명 두루마기 차림에 검고 여윈 얼굴. 턱을 휩싸고 있는 희끗희끗한 수염, 손에는 채찍을 들고 동쪽의 몽롱함 속에서 나타난다. 망자들은 모두 사라진다.

사명(司命) 장주, 네가 나를 불러 낸 것은 또 장난이 하고 싶어 그러는구나. 물을 잔뜩 먹고 나니 엉뚱한 생각이 떠오른 모양이지?

장자 소생, 초나라 왕을 알현하고자 이곳을 지나다가 해골을 보았습니다. 아직 머리 모양만은 그대로 남아 있었습니다. 필경 부모 처자도 있을 텐데 여기서 죽다니, 참으로 슬프고 딱한 일입니다. 그래서 사명대천존께 빌어 그 형태를 찾고 살을 주어 그를 되살려서 집으로 보내 줌이 어떨까 생각했던 것입니다.

사명 핫핫핫! 그게 본심은 아니겠지. 속으로는 장난을 치고 싶어하면서…
…. 농담인지 진담인지 모르겠단 말이야. 네 갈 길이나 가도록 해, 나를
괴롭히지 말고. 알겠느냐, 생사(生死)에는 명(命)이 있는 법이다. 나 역
시 마음대로 할 수는 없어.

장자 그 말씀은 잘못인 줄 압니다. 사실 생사(生死) 같은 것이 어디 있겠
습니까. 이 장주는 전에 꿈속에서 나비로 변한 적이 있었습니다. 훨훨 나
는 나비 말씀입니다. 꿈을 깨고 보니 장주이더군요. 악착같이 일하는 장주
말씀입니다. 도대체 장주가 꿈 속에서 나비로 변했는지 나비가 꿈 속에서
장주로 변했는지 지금도 석연치 않습니다. 그러고 보면 이 해골이 지금 살
아 있는 것이 아니라고 어찌 단정할 수 있겠습니까. 그러니 되살아난 연후
에 정말 죽음이 있는 것이 아닐는지요. 사명대천존이시여, 부디 살려 주소
서. 사람이 융통무애(融通無碍 : 모든 일에 막힘이 없음)해야 한다면 신(神) 또한 완고해
선 아니될 줄 압니다.

사명 (웃으며) 너는 말뿐이지, 행동이 따르지 않는 모양이구나. 하기야 사
람이지, 신이 아니니 그럴 수밖에…… 어디 한번 해봐 줄까.

사명은 채찍으로 잡초 속을 가리킨다. 동시에 사라진다. 가리킨 장소에서 한 줄기 빛이
뻗어나며 한 남자가 벌떡 일어난다.

남자 (대충 서른 살 가량, 다부진 체격, 검붉은 얼굴, 시골 사람 같다. 벌거숭이로 몸에
아무것도 걸치지 않았다. 주먹으로 눈을 비비고 마음을 가라앉힌 뒤 장자를 보며) 여보
시오!

장자 여보시오? (웃으며 가까이 가 상대를 바라보며) 임자는 뉘시오?

남자 어, 잘 잤다. 당신은 뉘시오? (주위를 두리번거리며 소리친다) 아니, 내
보따리하고 우산이 어딜 갔지? (제 몸을 보고) 아니, 내 옷은 어떻게 된 거
야. (웅크리고 앉는다)

장자 허둥대지 말고 조용히 하슈. 임자는 지금 막 되살아난 거요. 임자의
물건은 모두 다 썩어 버렸든가, 아니면 누군가가 주워 갔겠지.

남자 아니, 뭐라고요?

장자 우선 한 마디 묻겠는데, 임자 이름과 주소가 어디지?

남자 나는 양가촌(楊家村)에 사는 양대(楊大)라는 사람이죠. 학명(學名)은 필공(必恭)이라고 합니다.

장자 그렇자면 임자는 이곳에 뭣하러 왔는가?

남자 친척 집에 가다가 여기서 그만 잠이 들어 버렸죠. (당황해서 일어난다) 그런데 내 옷은? 내 보따리와 우산은?

장자 허둥대지 말고 진정하게……. 한 마디 묻겠는데, 임자는 언제 시대 사람인가?

남자 (의아해하며) 뭐라고요? 언제 시대 사람이라니, 그게 무슨 소리요? …… 그런데 내 옷은?

장자 쯧쯧, 정말 죽지 않곤 못 고칠 바보로구나! 제 옷만 찾고 있으니 철저한 이기주의자다. 제 자신조차 제대로 모르는 주제에 옷만 찾고 있으니. 그래서 내가 묻고 있질 않은가. 언제 시대 사람이냐고! 허, 그래도 못 알아듣는군……. 그럼 (잠시 생각한다) 우선 묻겠는데, 임자가 전에 살아 있을 때 마을에 어떤 사건이 있었소?

남자 사건, 아, 있었죠. 어제 아이(阿二) 아주머니와 아칠(阿七) 할머니가 말다툼을 했었죠.

장자 좀더 큰 사건은 없었나?

남자 큰 사건? …… 그렇다면 양소삼(楊小三)이 효자(孝子) 표창을 받았습지요.

장자 효자 표창이라면, 하긴 큰 사건이지……. 하지만 조사하기가 귀찮겠는걸……. (생각한다) 뭐 좀 더 큰 사건. 그 때문에 모두가 야단 법석을 떤 사건은 없었는가?

남자 야단 법석……. (생각하다가) 아, 그렇지 그렇지, 그게 아마 서너 달 전 일이던가요. 어린아이의 넋을 뽑아서 토공대(土公臺)의 기초를 굳힌다는 바람에 모두가 허겁지겁 부적 주머니를 만들어 아이들에게 채우고…….

장자 (깜짝 놀라며) 토공대라니? 어느 때의 토공대 말인가?

남자 바로 서너달 전에 공사를 시작한 토공대 말입니다.

장자 그렇다면 임자는 주왕(紂王) 시대에 죽은 걸세. 이거 굉장한데. 임자는 죽은 지 5백 년이 넘은 사람이야.

남자 (약간 노기를 띤다) 선생, 내가 당신을 만나는 건 이게 처음인데, 그런 농담 마십시오. 나는 잠깐 한잠 잤을 뿐인데, 죽은 지가 5백 년을 넘다니, 당치도 않은 말씀. 나는 지금 볼일이 있어 친척 집에 가는 길이오. 옷과 보따리와 우산을 얼른 돌려 주시오. 당신하고 농담하고 있을 시간이 없으니까요.

장자 잠깐, 잠깐. 나에게 좀더 말해 주게. 임자는 왜 잠을 잤지?

남자 왜 잤느냐고요? (생각하다가) 아침에 여기를 지나가는데, 느닷없이 머리 위에서 딱 소리가 나는가 싶자 눈앞이 아찔하더이다. 그러고 잠이 들어 버린 것 같아요.

장자 아프던가?

남자 아픈 것 같진 않더군요.

장자 흐음! (생각한다) 오…… 이제 알았다. 임자는 상조(商朝) 주왕(紂王) 시대에 여기를 혼자 지나가다가 강도를 만나 뒤에서 몽둥이로 한 대 얻어맞고 죽는 바람에 몽땅 털리고 만 거야. 지금 우리가 사는 시대는 주조(周朝)인데, 벌써 5백 년이나 되었네. 그러니 옷이 없을 수밖에. 알아듣겠는가?

남자 (눈을 부릅뜨고 장자를 보며) 도무지 영문을 모르겠구려. 선생, 엉터리 같은 말은 그만두고 내 옷과 보따리와 우산이나 어서 돌려 주시오. 나는 볼일이 있어 친척 집에 가는 길이니 이렇게 농담할 시간이 없단 말이오.

장자 정말 말귀를 못 알아듣는 사람이로군…….

남자 누가 말귀를 못 알아듣는 거요? 물건을 잃어버린 내가 이 자리서 당신을 잡았는데, 당신한테 묻지 그럼 누구에게 묻겠소? (일어선다)

장자 (당황해서) 좌우간 내 말을 듣게. 임자는 본디 해골이었단 말일세. 내가 불쌍히 여기고 사명신(司命神)께 빌어 되살렸단 말일세. 생각 좀 해 보게. 몇백 년이나 죽어 있던 사람이 어떻게 옷이 있겠는가. 내가 임자에게 공치사를 들으려는 건 아닐세. 아무튼 앉게. 앉아서 주왕 시대 이야기나 들려 주시게…….

남자 바보 같은 소리! 그런 말은 세 살 난 어린 아이라도 곧이듣지 않겠소. 하물며 서른세 살이나 먹은 내가 (걸음을 옮겨 놓으며) 그런 말을……

장자 그러나 실제로 내게는 그만 한 능력이 있다네. 칠원(漆園)의 장주라 하면 임자도 알 것 아닌가.

남자 몰라요, 몰라. 설사 그런 능력이 있다 한들 그게 뭐란 말인가요? 나를 벌거숭이로 만들어 놓고 되살리기만 하면 다요? 이래가지고 어떻게 친척 집엘 갑니까? 보따리도 없이…… (울상이 된다. 달려와 장자의 소매를 잡는다) 당신의 엉터리 말을 누가 믿겠소. 여긴 당신밖에 없으니 당신을 책망하는 게 당연하지. 관가(官家)에 고발하겠소.

장자 가만가만! 내 옷은 낡아서 당기면 찢어지네. 아무튼 내 말을 듣게나. 옷 걱정만 하지 말고. 옷은 있으나마나 매한가질세. 옷이란 있는 것이 옳을지도 모르고 없는 것이 옳을지도 모르네. 새에게는 깃이 있고 짐승에겐 털이 있지. 그러나 오이나 가지는 벌거숭일세. 말하자면 저것에도 하나의 옳고 그름이 있고, 이것에도 옳고 그름이 있는 것일세(彼亦一是非, 此亦一是非). 물론 옷이 없는 것이 옳다고는 단언 못하나, 그렇다고 옷이 있는 것만이 옳다고도 단언 못하는 거네.

남자 (성을 내며) 듣기 싫소! 내 물건을 돌려주지 않으면 때려 죽이고 말겠소. (주먹 쥔 한 손을 쳐들며 한쪽 손으로는 장자를 움켜잡는다)

장자 (기가 차서 몸을 도사리며) 이러지 말고 손을 놓게. 그렇지 않으면 사명신께 빌어 도로 죽게 할 테다.

남자 (코웃음치며 물러선다) 좋소. 그렇다면 도로 죽게 해 주슈. 안 그러면 내 옷과 우산과 보따리를 돌려 주든가. 그 속에는 엽전 쉰두 닢과 설탕이 한 근 반하고, 대추가 두 근……

장자 (준엄하게) 후회는 않겠지?

남자 당신이나 후회 마슈.

장자 (단호하게) 좋다, 이런 멍텅구리라면 본디대로 해 줘야지. (얼굴을 동쪽으로 향하고 깍지 낀 두손을 높이 쳐들어 목청껏 외친다) 삼가 비나이다. 사명대천존이시여! 천지현황, 우주홍황, 일월영측, 진숙열장. 조전손리, 주오정왕, 풍진저위, 강심한양. 태상노군 급급여율령! 칙! 칙! 칙!
(아무런 일도 없이 한참이 지난다)
천지현황.
(아무런 일도 없이 한참이 지난다)

(장자, 주위를 두리번거리며 천천히 손을 내린다)

남자 죽었소?

장자 (실망을 하고) 어쩐 일일까, 효험이 없군.

남자 (대든다) 그러니 잔소리 말고 내 옷이나 내놔!

장자 (뒷걸음질치며) 왜 이러는 거야, 이 멍텅구리 같은 놈이!

남자 (그를 붙들고) 이 도둑놈! 강도놈 같으니라고. 이렇게 되면 네 놈의 도사복(道士服)을 벗기고 말을 뺏어 타는 수밖에…….

장자, 저항하면서 부리나케 도사복 소매에서 호각을 꺼내 재빨리 세 번 분다. 사나이는 깜짝 놀라 손을 늦춘다. 잠시 뒤 멀리서 포졸이 달려온다.

포졸 (달려오며 외친다) 잡아라! 놓치지 마라! (뛰어온다. 노국(魯國)의 거인이다. 다부진 체격. 제복 제모 차림에 손에는 곤장을 들고 있다. 얼굴이 붉고 수염은 없다) 잡아라! 그 발칙한 놈을…….

남자 (또다시 장자를 붙들고) 이놈을 잡으시오! 이놈을…….

포졸은 달려오자 장자의 멱살을 잡고 한 손으로 곤장을 쳐든다. 사나이는 손을 놓고, 몸을 약간 구부리며 손으로 앞을 가린다.

장자 (곤장을 손으로 눌러 고개를 돌리며) 이게 무슨 짓인가!

포졸 무슨 짓이라니! 흥! 제가 해 놓고 그것도 모르나?

장자 (버럭 성을 내며) 임자를 내가 불렀는데 부른 나를 잡는가?

포졸 아니, 뭐라고?

장자 내가 호각을 불어서…….

포졸 남의 옷을 뺏어 놓고 호각을 불어? 이 멍텅구리 같은 놈아!

장자 나는 여기를 지나가다 저자가 죽어 있기에 하도 불쌍해서 살려 줬다네. 그랬더니 오히려 나를 도둑놈 취급하지 않겠나. 보게, 내가 남의 것을 뺏을 사람으로 보이는가?

포졸 (곤장을 내리고) 열 길 물 속은 알아도 한 길 사람 속은 모르는 법. 내 알게 뭐야. 자, 관가로 가자.

장자 그것은 안 돼. 나는 급히 초왕(楚王)을 뵈러 가야 하니까.

포졸 (깜짝 놀라 손을 놓는다. 찬찬히 장자를 쳐다보며) 그렇다면 당신께선 칠(漆)
……

장자 (의기양양해진다) 그래, 내가 바로 그 칠원의 장주일세. 어떻게 그걸 알
았나?

포졸 네, 사또께서 요즘 매일같이 어르신네 말씀을 하시고 계십지요. 어르
신네께서는 초나라의 훌륭하신 분으로서 반드시 이곳을 지나가실 거라굽
쇼. 저희 사또께서도 은자(隱者)입죠. 부득이 관리 노릇을 하고는 계십니
다만, 어르신네의 글은 늘 애독하고 계십죠. 《제물론(齊物論)》을 읽어 보
면 '삶은 즉 죽음이고, 죽음은 즉 삶이니라. 가(可)함은 즉 불가(不可)이
고, 불가는 즉 가함이니라'고 되어 있던가요. 참으로 힘찬 문장입죠. 아주
훌륭합니다. 일등 가는 문장입죠. 아주 훌륭합니다. 아무튼 관가에 가서서
잠시 쉬었다 가십쇼.

사나이는 놀라서 풀숲으로 달아나 웅크리고 앉는다.

장자 오늘은 날도 저물었고 나는 바쁜 몸이니 그럴 틈이 없네. 돌아오는 길
에 사또를 뵙기로 하겠네.

장자는 이렇게 말하며 걸어나가 말을 탄다. 말에 채찍을 때리려 할 때 조금 전의 사나이
가 풀숲에서 달려나와 말의 재갈을 잡는다. 포졸도 뒤쫓아가 사나이의 팔을 잡는다.

장자 또 쫓아오느냐!

남자 당신이 가 버리면 나는 뭐가 됩니까. 어떻게 해 줄 거요. (포졸을 보며)
여보, 포졸 양반……

포졸 (귀 뒤를 긁으면서) 이거 야단났군……. 선생님…… 보아하니 (장자를 보
고) 아무래도 역시 어르신네께서 여유가 있으신 듯하니 옷 한 벌을 주어서
앞이라도 가리도록 해 주심이……

장자 옳은 말이네, 본디 옷이란 임자가 따로 있는 게 아니니 말일세. 하지
만 나는 지금 초왕을 뵈러 가는 길이니 윗옷을 입지 않을 수가 없네. 그렇

다고 바지를 벗고 윗옷바람으로 갈 수도 없고…….

포졸 옳으신 말씀, 벗고 가실 수야 없겠습죠. (사나이를 보며) 이거 놓아라!

남자 나는 친척 집에…….

포졸 듣기 싫다! 잔소리하면 끌고 갈 테다! (곤장을 쳐들며) 비키지 못할까!

(사나이 달아난다. 포졸 뒤쫓아 풀숲 쪽으로 간다)

장자 잘 있게.

포졸 안녕히 가십시오.

(장자는 말에 채찍을 때리고 떠난다. 포졸 뒷짐을 지고 전송한다. 장자가 차차 멀어져서 모래 먼지 속으로 사라지자, 천천히 돌아서서 가던 길로 되돌아간다)

사나이 갑자기 풀숲에서 달려나와 포졸의 옷자락을 움켜 잡는다.

포졸 이거 놓지 못할까!

남자 나는 어떡하란 말이오.

포졸 그걸 내가 어떻게 알아.

남자 나는 친척 집에…….

포졸 가면 되지 않느냐.

남자 옷도 없이.

포졸 옷이 없으면 친척 집에 못 가나?

남자 당신이 그놈을 놓쳤단 말이오. 그래 놓고 이제와선 당신까지 내뺄 작정이오? 이젠 아무도 없으니 당신한테 매달리는 수밖에. 보시오. 이 꼴로 어떻게 살 수가 있겠소?

포졸 충고해 두지만, 자살이란 약자의 행위일세.

남자 그렇다면 어떻게 좀 해 주시구료.

포졸 (옷자락을 뿌리치고) 난 못해.

남자 (포졸의 소매를 붙잡고) 그렇다면 관가로 데려가시오.

포졸 (소매를 뿌리치며) 무슨 소리, 벌거벗은 몸으로 어떻게 길을 걷나. 놓아라!

남자 그럼 바지라도 빌려 주시오.

포졸 난 바지가 한 벌뿐이야. 이걸 주고 나면 나는 어떻게 하고(힘껏 뿌리친다). 이거 놓지 못해! 놓아라!

남자 (포졸의 몸에 매달린다) 나는 당신을 따라가고야 말겠소.

포졸 (난처해서) 안 돼!

남자 그렇다면 못 놓겠소.

포졸 대관절 어떻게 하라는 거냐?

남자 나를 관가로 데리고 가 주시오.

포졸 나 원…… 너를 데리고 가서 뭘 어떡하라는 거야. 잔소리 말고 이거 놔! 놓지 않으면! (힘을 다하여 뿌리친다)

남자 (점점 더 세게 매달린다) 그렇지 않으면 난 친척 집엘 못 간단 말이오. 내 체면이 말이 아니오. 대추 두 근에 설탕이 한 근 반……. 당신이 그놈을 놓아 줬으니 이제는 목숨을 걸고서라도 당신한테…….

포졸 (뿌리치며) 이것 놓지 못할까! 놓아라! 그렇지 않으면……. (이렇게 말하면서 호각을 꺼내 불어댄다)

루쉰의 생애와 작품

루쉰의 생애와 작품

루쉰의 생애

루쉰은 청나라 끝무렵인 1881년 9월 25일 절강성(浙江省) 소흥(紹興)에서 태어났다. 그리고 1936년 10월 19일, 56세로 세상을 떠났다.

중국 역사가 심하게 요동하고 혼란을 되풀이하던 혁명의 시대, 그는 혁명가로서 그리고 과감한 전투 정신으로 충만한 문필가로서의 삶을 살았다.

루쉰의 아버지는 병약했으며, 할아버지는 청조에 벼슬하였으나 모종의 사건에 관련되어 투옥되고 말았으므로 그는 불우한 환경 속에서 소년기를 보내야 했다. 이때의 체험은 비애에 찬 독특한 필치로 그의 작품 여기저기에서 묻어난다.

어려서부터 재래의 구교육을 받아 오던

일본 유학 시절 루쉰(1904)

루쉰은 18세 되던 해 신학문에 눈을 떠, 난징의 강남수사학당(江南水師學堂)에 입학했고, 이듬해에는 육사학당의 부설 광무철로학당에 전학했다. 23살이 되던 1902년에는 학교를 졸업한 뒤 일본에 유학을 가 고오분(弘文) 학원을 거쳐 센다이(仙臺) 의학전문학교에 입학했으나 중도에 자퇴하고 말았다. 그 이유는 《후지노 선생》에서 밝히듯이 민족적 자존심에 상처를 입었기 때문이다.

그로부터 루쉰은 중국 민족 정신을 깨우기 위한 방법으로 문예 운동에 착안함으로써 일생을 문필에 전념하게 된다. 그 첫 번째 시도가 도쿄에서 계획한 잡지 〈신생(新生)〉의 발간이었으나 자금난으로 좌절되고 말았다. 이에 실의에 차 귀국한 루쉰은 교원 생활에 종사하다가 신해혁명의 성공과 더불어 교육부 관리가 되었고, 대학에도 출강해 중국 신문화의 여명기에 지도적인 이론가의 길을 걷게 되었다.

또한 1917년에는 신문학의 효시인 《광인일기》를 발표함으로써 창작 활동에 발을 딛게 되었다.

이후 그는 창작과 논설, 문예 잡지 발간, 대학 교육, 고미술, 외국 문학 작품 번역, 강연 및 사회 부조리 고발 등 여러 방면에서 활기 찬 족적을 남겼으며, 그 발자취는 어느 것이나 다 뚜렷했다.

《눌함(吶喊)》

《눌함》은 《아Q정전》을 비롯해 14편의 단편 소설과 머리글로 이루어져 있으며, 집필 연대는 1918년에서 1922년 사이다. 머리글은 첫 작품집을 내면서 자기의 정신 형성사(形成史)를 독자에게 호소하려고 한 반(半) 자전적 내용이다.

《광인일기》는 루쉰의 사실상(습작을 빼고) 첫 작품일 뿐 아니라, 근대 문학으로서의 중국 문학의 방향을 제시한 최초의 작품이다. 여기서 광인의 수기라는 전제(前提)가 설정되어 있는 까닭은, 그렇게 하지 않고는 내용적으로나 형식적으로 과감한 파괴를 밀어붙일 수 없었기 때문이다. 유교 윤리의 허위를 폭로하는 것만이 목적이었더라면 다른 동시대 사람들이 그러했듯이 일반적인 서사문으로도 충분했을 것이다. 하지만 그 허위가 자기를 좀먹으므로, 그 자신이 피해자일 뿐만 아니라 가해자임을 철저히 인식시키고, 나아가 그것을 행위로까지 나타내기 위해서는 아무래도 주인공을 미치광이로 만드는 수밖에 방법이 없었으리라. 또 한편 문어(文語)에 반대하기 위해 구어(口語)라면 뭐든지 좋다고 하던 그 무렵의 신시대 풍조에 비판을 비추기 위해서라도 이것은 광인의 문체라고 전제할 필요가 있었을 것이다.

파격적인 《광인일기》에 이어 루쉰은 다음 두 가지 작품으로 기울기 시작하였다. 《공을기》와 《약》으로 대표되는 작풍이 바로 그것이다. 이에 대해서는 루쉰 자신도 한편을 고골리적, 다른 한 편을 안드레예프적이라고 부른다. 제재는 둘 다 그가 신해혁명 전후에 체험한 구사회의 인간 압박의 실례(實例)

루쉰 전집으로 나온 《눌함》
《광인일기》《아Q정전》 등의 단편이 실려 있다.

《신청년》
《광인일기》《고향》《약》 등이 실렸다.

에서 취하고 있다.

이 두 가지 작품은 서로 뒤얽혀서 전개되는데, 나중에는 여기에 상징적 수법이 가해져서 작품 세계가 점차 복잡해진다. 《공을기》의 주인공은 《풍파(風波)》에서 군중으로 변화하는데, 그것이 《아Q정전》으로 발전하면 제도와 인간을 작품의 이면에서 반대 부조(浮彫)로 포착할 수 있게 된다. 그런 한편으로는 《작은 사건》이나 《집오리의 희극》 같은 소품이 생기고, 《고향》 같은 환경에 대한 증오가 서정과 상응하는 작품도 탄생하지만, 이는 다음 창작집 《방황》으로 비약하는 준비라 하겠다.

《고향》과 《약》에서의 루쉰사상

1921년 5월, 《신청년》에 발표된 《고향》은 티없는 낙원 시절의 동무와 20년 만에 재회하는 장면을 담았다. 그는 여기서 20년의 세월뿐만 아니라 서로가 알지 못하는 사이 몸에 배어 버린 계급 의식 때문에 다시 나눌 수 없는 우정을 깊은 비애로써 그리고 있다.

루쉰은 가족을 베이징으로 데리고 가기 위해 집을 처분하러 고향에 왔다

가 어릴 때 동무 윤토를 만난다. 그는 하인의 아들이지만 어릴 때에는 수박
밭 지키던 이야기를 해 주고, 예쁜 조개 껍데기를 선물하고, 눈 오는 날 광
주리로 새 잡는 방법을 가르쳐 주기도 하여, 어린 시절의 루쉰을 한없이 부
럽게 만들었다. 그랬던 윤토가 구릿빛이었던 얼굴은 흙빛으로 변하고, 선비
인 루쉰 앞에 굽실굽실 허리를 굽히는 농부로 변해 있었다. '아아! 윤토, 왔
구려……' 재회의 자리에서 말을 건 '나'에게 어릴 때 동무가 보이는 반응과
태도, 그 묘사에는 무한한 비애가 떠돈다.

그는 우두커니 서 있었다. 얼굴에는 기쁨과 처량한 기색이 나타나고, 입술은 움
직였으나 말소리는 없었다. 마침내 그는 공손한 태도로 분명히 불렀다. "나으리!"

루쉰에게는 러시아 혁명 전야의 많은 지식인들을 사로잡았던 것과 같은,
자기가 귀족의 자제이므로 농민을 착취함으로써 교양을 쌓았다는 죄의식이
나, 그 죄의식을 지탱해 주는 신(神)의 관념은 없다. 그의 사상은 무신론적
이었다. 평생토록 그랬음에도 오히려 그는 무신론자들의 십자가를 짊어지기
도 했다. 《광인일기》의 주인공이 아직 악에 물들지 않은 아이를 구해야 한다
는 생각에 도달하기까지의 논리는 아래와 같은 통속적인 진화론이다.

아마도 먼 옛날, 사람들이 미개했을 무렵에는 누구나가 사람을 잡아먹었겠지
요. 그게 뒤에는 저마다 생각이 달라졌기 때문에, 어떤 사람은 잡아먹지 않고 오
로지 착해지려고 노력해서 결국 인간답게 된 거죠. (중략) 벌레도 마찬가지죠.
어느 것은 물고기가 되고, 새가 되고, 원숭이가 되고, 마침내는 사람이 되었죠."

그러나 끌어다 쓴 논리나 설득의 무기, 그리고 가설 같은 것이 아니라, 하
나의 근원적인 심정, 자기를 무구하다고 생각하지 않는 그의 문학적 태도가
사람들로 하여금 깨닫지 못하는 진실에 눈뜨게 만든 것이다. 그리고 자신이
무구하다고 생각하지 않았던 그는 폭군보다도 난폭해질 수 있는 민중도 용
납하지 않았다.
1919년 〈신청년〉 6권 5호에 발표된 《약》은, 인혈 만두를 먹으면 폐병이
낫는다는 미신에 사로잡힌 찻집 주인이 자식을 위해 어느 날 새벽, 혁명가가

루쉰을 발기인으로 하여 펴낸 신문과 잡지들

처형된 장소로 가서 인혈 만두를 사 온다는 이야기로 시작된다. 루쉰의 필치는 그 미신만을 탄핵하고 있는 게 아니다. 루쉰은, 계몽으로 미신에서 벗어나는 지식을 쌓기만 하면 당연히 사람의 도덕이 고양된다고는 생각지 않았다. 인혈 만두를 사러 가는 민중의 모습은, 동포가 첩자로서 처형되는 것을 구경하는 민중의 모습과 이어져 있다. 처형된 혁명가의 어머니와, 인혈 만두도 헛되이 폐병으로 자식을 잃고 만 찻집 안주인이 공동 묘지에서 대면하는 결말은, 유가 사상이 모든 질서의 기초라고 간주한 육친애가 오히려 하나의 질곡이 되어 마침내 이런 기이한 인연까지도 만들어 냄을 한탄하는 것이리라. 이 소설은 서석린 사건에 연좌되어 소흥 성내의 헌정구에서 처형된 여류 혁명가 추근(秋瑾)을 애도하여 썼다. 루쉰은 여기서 지배자가 민중의 고기를 먹고 민중 역시 혁명가의 피를 먹을 수밖에 없는 비리를 폭로하고 있다.

《아Q정전》

루쉰의 대표작 《아Q정전》은 1921년 12월에서 다음 해 2월에 걸쳐 주간

〈신보부간(晨報副刊)〉에 파인(巴人)이라는 필명으로 발표되었다. 이 작품은 루쉰의 대표작일 뿐만 아니라 중국 근대 문학의 초기 걸작으로서 많은 언어로 외국에도 소개되었다.

여기에는 봉건적 예속에 허덕여야 했던 그 무렵 중국 민족의 원망과 한이 묘사되어 있다. 더구나 그것은 민족이 나아가야 할 길을 그가 예견하고, 희망이 있는 방향을 제시함으로써 그렇게 된 것은 결코 아니다. 오히려 궁지에 몰려 소외되고 낙오되고 짓눌린 자의 모습을 집요하게 그려냄으로써 그렇게 된 것이다. 예를 들면《공을기》는 변혁기 지식인의 가장 비참한 낙오자이고, 《축복》의 여주인공은 빠져 나갈 길 없는 운명에 짓눌려, 자신의 비참을 내세워 한때는 남의 동정도 얻지만 결국은 거지로 전락하여 죽어 가는 농촌의 아낙네이다. 어느 작품이고 한없이 어둡다. 주인공도 주인공을 바라보는 인간도 루쉰은 용납하지 않은 것이다. 루쉰 문학의 진실성은, 바로 그가 문학의 한계를 마음 속 깊이 앎으로써 쌓였다.

지금 가령, 여기 한 가난한 백성이 있다고 하자. 여분이 없는 자기 옷을 벗어 주는 것과, 온 인류의 비참을 구제하기 위해 대철학을 명상하는 것과 어느 쪽이 좋은가. 어떤 강연회에서 루쉰은 이 같은 질문을 던지고, 자기라면 "온 인류의 운명에 대해 명상할 것을 택하겠다. 편하니까" 이렇게 대답했다.

문학은 보편이란 이름으로 세상의 모순을 지적하고 그 구제에 대해서도 생각해 보려는 작업이다. 그러나 루쉰은 그런 형태로 문학의 영광을 구가하여 자기를 정당화하려고는 하지 않았다. 그는 문학이 문학이 아니게 되는 한껏의 경계를 걸었던 사람이다. 그럼으로써 반대로 그의 문학은 개인의 고통을 초월하여 민족의 고난을 표현했고, 또 지배자는 물론 피지배자 사이에도 있는 부정을 가차없이 규탄할 수 있었던 것이다.

이 작품의 주인공 아Q가 단순히 직업 없는 농민일 뿐만 아니라 그 무력한 거만함, '예전엔 훌륭했다' 자랑하고 남에게 얻어맞고도 자기 아들에게 맞았다 생각하며 스스로 위로하는 태도는, 자존심만 비대한 청왕조(淸王朝) 또는 한(漢)민족에 대한 통렬한 풍자였던 것이다. 물론 루쉰의 작품은 대부분 풍자적이다. 상징적 작품인《들풀》마저 그 구성 요소 하나하나에 창작을 독려한 현실적 동기가 있다. 그것을 아는 것도 작품의 이해에 도움이 될 것이다.

그러나 오히려 작품 그 자체의, 얼핏 왜소하게 보이는 인물과 사건의 기술에 루쉰의 보다 정확한 현실 인식과 인간 인식이 감추어져 있다는 사실을 깨닫는 방향에서부터 루쉰에게 접근하는 것이 바람직하다. 파란만장한 정치 투쟁이나 인간 갈등이 아니라, 한 떠돌이 농부의 헛소동이라는 정치적 변혁기에서의 말초적 상황을, 그리고 "혁명이다, 혁명이다" 떠드는 가짜 양놈이 절에 침입하여 현판을 떼고 불상을 부수는 식의 웃지 못할 인간 희극을 이해해야 하는 것이다. 말하자면 혁명이나 전쟁이라는 비일상적인, 역사적 시간을 일시 절단하는 대사건도 실은 그 시대를 살고 있는 사

고병금의 목판화 《아Q정전》
루쉰은 많은 소설·평론·시·번역·잡지 편집 외에 목판화 운동을 추진하고, 창작 목각화집 《목각기정》을 출판하는 등 우수한 청년 예술가를 육성했다.

람들에게는 그저 그런 일상사의 사소한 변화나 방대한 시간의 한 장면에 지나지 않으며, 사람은 하찮은 일상 다반사에서 희로애락을 느끼고 쓸데없는 인간 관계의 갈등이나 우연에 의해 죽기도 한다는 인식이 의도적인 풍자나 희화를 초월하여 이 작품에 포함되어 있는 것이다. 그것은 또한 인간의 슬픈 진실이기도 하다.

《방황》

제2 창작집 《방황》이 출판된 것은 이 무렵이다. 여기에는 1924년에서 25년에 이르는 기간에 씌어진 단편 11편이 실려 있다. 그 작품들을 편의상 소재에 따라 분류하면, 농촌 사회에서 취재한 《축복》《상야등》《이혼》, 한때는 높은 이상을 품었으나 사회에서 소외되어 몰락되어 가는 지식인의 모습을 그린 《술집에서》《고독자》《그녀의 죽음을 슬퍼하며》, 그리고 사회와 타협하고 사는 속물 지식인을 풍자한 《행복한 가정》《비누》《고 선생》, 그리고 구경을 좋아하는 민중들의 근성을 스케치식으로 그린 《조리돌림》의 네 가지로 나눌 수 있다.

농촌을 그린 대표작은 《축복》이다. 루쉰은 제1 창작집 《눌함》에 실린 《내일》이라는 작품에서 이미 농촌 과부의 비참한 생활을 그리고 있는데, 이 역시 절박한 생활을 극한적인 상황으로 표출해 낸 소설이다. 거지가 된 여주인공 상림(祥林)댁은 노진(魯鎭)의 섣달 그믐 축제 때 '나'의 앞에 나타난다. '나'는 그녀가 구걸을 할 줄 알았는데 그녀는 지식인인 '나'에게 "사람이 죽고 난 뒤 영혼이란 게 있을까요?" 묻는다. 무식하기는 하나 착실하고 부지런했던 여인이, 그 반생의 노고에 대해서는 아무런 보상도 받지 못한 채, 마지막 구원을 사후 세계에서 구하려 하고 있는 것이다. 그녀는 농촌의 가난한 농부들에게서 볼 수 있는 불교적 구제 이미지의 편린에 매달리고 있는 것이다. 여기서 이야기는 그녀 반생의 서술로 옮아간다. 그녀는 처음에 열 살이나 손아래인 남자와 결혼한다. 말하자면 시집의 노동력으로서 충당되어 가는 것이다. 스물여섯 살에 과부가 되자 노진으로 빠져 나와 식모가 된다. 워낙 부지런해 주인 집에서도 신용을 얻게 되고, 그녀의 마음도 차차 안정을 찾아간다. 그러자 시집에서 찾아와 그녀를 강제로 끌고 가 결혼을 시킨다. 그나마 남편이 부지런하고 아이도 생기고 해서 행복이 깃들 무렵 또 남편이 죽고 아이마저 승냥이한테 잡아먹히게 된다. 그녀는 다시 노진으로 되돌아간다. 이러한 그녀의 비참한 생애는 잠시 동정을 사나 사람들은 곧 두 남편을 섬겼다는 이유로 그녀를 멀리하기 시작한다. 급기야 그녀는 이 미움과 소외로 인해 미쳐 버리고 만다. 어느 시대에나 사회의 모순이나 그 모순과 연결된 편견 또는 미신의 압박은 저변층의, 특히 여자들의 머리 위에 가장 가혹하게 씌워진다. 실제의 모델이 되었는지는 모르겠으나 이 소설에서 루쉰은 불가항력으로 전락되어 가는 여인의 모습을, 위로의 말 한 마디도 해 줄 수 없는 지식인인 '나'와 대비시켜서 우울한 분위기로 그리고 있다. 더구나 마을에서는 '축복'의 폭죽 소리가 여인의 운명 같은 것은 아랑곳없이 화려하게 울려 퍼진다. 부단한 일상의 흐름, 그 일상의 흐름이 확대된 역사의 흐름에 묻혀 가는 숱한 비참을 루쉰은 스스로 "잊어 버리고 싶다, 잊어버리고 싶다" 하면서도 눈길을 돌리지 못하고 있다. 루쉰의 작품은 사회 모순의 폭로일 뿐만 아니라 그러한 이성의 교지, 역사의 망각에 대한 반항으로서의 문학이라는 성질까지 지니고 있다. 이러한 경향은, 사회 전체 전환기의 함정에 발이 빠져 몰락해 가는 지식인의 모습을 그릴 때도 마찬가지다. 그것은 반드

〈맹아월간〉을 창간할 무렵의 루쉰(1930·50세)　〈전초〉를 창간할 무렵의 루쉰(1931·51세)

시 혁명 운동에 탄압당하고 살육된 열사에의 애도와는 일치하지 않으나, 루쉰이 그의 문학 작품에 그린 인간들은 한결같이 몰락해 가는 자들이었다.

부정과는 끝까지 싸워 항상 적을 초조하게 만들었던 전투적 비평가 루쉰의 또 하나의 분신으로서 구세계의 산역군, 멸망하는 자에의 정신적 곡인으로서의 루쉰이 존재하고 있었던 것이다.

《술집에서》의 여위보(呂緯甫)는 청운의 꿈이 무참하게 좌절되자, 지난 날 유학 시절의 사회 혁명의 이상과는 동떨어지게 사서오경을 어린아이들에게 가르치고 있다. 《고독자》의 위연수(魏連殳)는 일자리를 잃고 삶에 지쳐 허덕이다가 한때 높은 지위에 오르나, 스스로 생명의 불을 태우고 말며, 《그녀의 죽음을 슬퍼하며》의 주인공은 새로운 사랑의 실천자이고자 하면서도 뜻대로 안 되는 경제력과 이기주의 때문에 스스로 파탄을 초래한다.

"나는 새로운 삶의 길에 첫걸음을 내디뎌야 한다. 진실을 마음의 상처 속에 깊이 깊이 간직하고 묵묵히 앞으로 나아가자! 망각과 거짓말을 나의 길잡이삼아……"

이것이 《그녀의 죽음을 슬퍼하며》의 맺음말이다. 그들 신지식인의 좌절과 패배는 삶의 고통과 새로운 세계를 위한 희생물인데, 그 새로운 세계는 망각과 허위 밖에는 쌓을 수 없는 것인가 루쉰은 묻고 있다.

그런데 유감스럽게도 이 속물 혐오의 계열에 속한 작품에는 문학적으로 높은 결정이 없다.

《들풀》과 《새로 엮은 옛이야기》

이해에 산문 시집인 《들풀》이 출간됐다. 《들풀》은 1924년에서 26년에 걸쳐 〈어사〉에 연재됐던 23편의 시초(詩抄), 그리고 서문 대신에 실은 제사(題辭) 1편 등 모두 24편으로 되어 있다. 내용은 이 책 발간 전후 2년간에 걸친 추억물과 이어 상징적인 것, 그리고 관념적인 것들이 나란히 실려 있다. 뒤에 루쉰 자신이 《들풀》영역본 서문에서 밝힌 바에 따르면, 여기에 실린 작품들은 저마다 그것을 쓰게 된 구체적 동기들이 있었다. "이를테면 당시 유행한 실연시를 풍자하기 위해 《나의 실연》을 썼고, 세상에 방관자가 많은 것이 미워서 《복수》 제1편을 썼다. 그리고 청년들의 의기소침에 놀라 《희망》을 썼다"는 식으로. 발상의 동기가 이러하니 그 시의 상징을 시가 잉태된 배경의 현실에다 설명적으로 해체시키는 것이 작품을 이해하는 지름길이 아닐까?

그런데 루쉰은 그때그때 스스로를 운명짓고, 운명지어진 자기를 다시 매질하여 보다 더 가혹하게 운명지어갔다. 바꾸어 말하면 시대의 제약을 당하면서도 그 제약에 끊임없이 결별사를 던짐으로써 루쉰 자신도 분명히 말한 '고유(固有)의 허무'를 만났다고 할 수 있다.

루쉰은 《들풀》을 펴내던 해, 반공 쿠데타에 따른 학생 급진 분자 탄압으로 인해 체포된 학생들의 석방 운동을 도모했으나 뜻을 이루지 못했다. 이에 분격한 나머지 중산 대학을 사임, 상해로 가서 허광평과 동거했다.

상해 문단에는, 한편에는 좌익 문학 집단인 〈창조사(創造社)〉, 장광자(蔣光慈)·전행촌(錢杏村) 등의 〈태양사〉가 있었고, 한편에는 호적(胡適) 등의 살롱 문학 〈신월사(新月社)〉가 있었다. 여기서 루쉰은 이론에 치우친 정치 우선의 좌익 문학과 은둔 문학, 나아가서는 살롱 취미 문학에 협공을 당하여 거의 추잡한 형태의 논전을 벌인다. 이 과정에서 마르크스주의를 배우게 되어 이윽고 문단의 통일 전선인 '좌익 작가 연맹'에 참가하기에 이른다.

1931년에는 유조구(柳條溝)사건(유조구 부근의 만주 철도를 일본인들이 폭파)이, 다음 해엔
(한 뒤, 이것을 중국인에게 뒤집어씌운 사건)이, 다음 해엔
상해사변(중일전쟁 때인 1937년 일본군이 상해에)이 벌어졌다. 루쉰은 내산서점에 피난했다가
(진격하여 도시 전체를 점령한 사건)이 벌어졌다. 루쉰은 내산서점에 피난했다가
다시 영국 조계(租界 : 19세기 후반에 미국·영국·일본 등 8개국이 중국을 침)의 지점에 피난하여 국제
(략하는 근거지로 삼았던, 개항 도시의 외국인 거주지)의 지점에 피난하여 국제
적 국내적 파시즘에 대항하는 통일 전선 결성에 심혈을 기울이고 그 방법에
대해 논쟁을 벌였다. 그러나 이로 인해 건강을 해쳐 《새로 엮은 옛이야기》를
출판한 1936년에는 상태가 빠르게 악화된다. 마침내 그해 10월 19일 새벽 5
시 25분 피를 토하며 사망했다.

자기의 죽음을 예감했던 시기의 수필 《죽음》에는, "유럽인은 죽을 때 남에
게 용서를 빌고, 자기도 남을 용서하는 의식을 행하지만, 나는 원수에게 마음
대로 원망하도록 내버려 두고 그 대신 나도 아무도 용서하지 않겠다"는 불관
용의 정신을 피력하고 있다. 또한 그는 "자식이 자라서 만약 재능이 없으면,
무슨 조그만 일자리라도 찾아 살아가라고 하라. 행여 이름만 그럴듯하고 실
속 없는 학자나 예술가로는 만들지 말라"고 아내 허광평에게 당부했다 한다.
일찍이 혜강(嵇康)이 자신의 오만한 태도와는 전혀 다른 가르침을 자식에게
남겼듯이, 생애를 절망과 희미한 희망 속에서 살며, 문학에 매진하고 모든 적
과 투쟁했던 루쉰도 자기 자식에게만은 같은 길을 걷게 하고 싶지 않았던 모
양이다.

《새로 엮은 옛이야기》에는 단편소설(그중 1편은 희곡 형식) 8편과 서문이
수록돼 있다. 그 내용은 모두 신화나 전
설, 또는 고대사에서 취한 것이다. 집필
은 1922년에서 1935년까지 오랜 시간이
걸렸으며 중간에 긴 쉼이 있었다.

이것들을 한 권으로 묶을 의도가 루쉰
에게 처음부터 있었는지의 여부는 확인할
수 없다. 다만 그럴 의도가 중간에 생긴
것만은 확실한데, 뒤에 여러 차례 정정되
었을 것으로 추측된다. 아무튼 이 《새로
엮은 옛이야기》는 루쉰의 작품집 중에서
는 물론이요, 다른 작가에서도 그 유례를
찾아볼 수조차 없는 적인 것이다.

루쉰과 아내 허광평·아들 해영 (1933)

색적이라함은, 그것이 단순한 역사 소설이 아니며, 또 우화 소설이나 풍자 소설도 아니면서 그것들의 요소를 다분히 포함하는, 기묘하게 혼합된 작품이라는 뜻이다. 그 요소들의 배분 비율도 각 편마다 조금씩 다르다. 《물을 다스리다》는 전형적인 풍자 소설이다. 《벼린 검》은 풍자의 요소가 적고 《고독자》와 비슷한 내면 세계를 다루려 했던 것 같다. 《성 밖으로 나가다》《남을 공격 않는다》중에 전자는 공자와 노자와 관윤희의 관계를, 후자는 묵자를 주인공으로 하여 공수반과의 대면을 주제로 한 것인데, 문헌적 재료를 충실하게 쓰는 점은 같으나 작풍은 매우 다르다. 《하늘을 깁다》는 프로이트설을 바탕으로 천지개벽 신화를 묘사한 것이라고 작자는 설명하고 있으나, 그럼에도 불구하고 작품의 모티브는 잘 이해되지 않는다. 매우 많은 문헌적 지식을 구사하고 있는 것만은 사실이다. 하지만 그것과 작자의 정신 사상과의 관련이 모호하므로 독자는 차라리 그 기호에 따라 마음대로 해석을 내리는 수밖에 도리가 없는 작품이다.

그 밖의 작품에 대하여

루쉰의 저작은 대충 나누어서 일곱 가지 분야로 이루어져 있다. 즉 창작·평론·번역·고전 연구·고미술·편지·일기 등이다.

루쉰은 1912년 5월 5일 교육 부원이 되어 베이징으로 옮겨 살게 된 날부터 시작하여 1936년 10월 17일, 즉 죽기 전날까지 거의 매일 일기를 썼다. 해마다 한 권, 모두 스물다섯 권인 셈인데, 그 중 1922년분 한 권은 전쟁 때 일본 헌병대 손에 넘어갔다가 잃어버렸다. 나머지 스물네 권은 1951년에 영인본으로 출판되었다. 일기는 간단한 메모 비슷하게 되어 있어 날씨·주고받은 편지·손님 접대·책구입·금전 출납 등에 대한 것이 대부분으로 감상을 적은 대목은 적다. 모두 붓으로 썼으며, 서체(書體)가 처음부터 끝까지 변함이 없다.

루쉰은 매우 많은 편지를 썼는데, 그 대부분이 답신(答信)이다. 물으면 반드시 공손하게 답하는 습관이 그에게는 있었다. 그간의 중국 정세(情勢)로 미루어 보아 보존하기 힘들었을 것이 분명한데도 용케 오늘날까지 1천 통에 가까운 것이 모아져서 몇 권의 서간집(書簡集)으로 출판되어 있다. 《양지서(兩地書)》같은 것은 본디 문답 서간집이지만, 문학 작품에 넣어야 할 만큼 내용이 진지하다.

루쉰이 어려서부터 그림을 좋아했다는 것은 《아침 꽃을 저녁에 줍다》 같은 데서 엿볼 수가 있다. 작가로서 발을 내딛기 전 학문에 힘쓸 때에는 옛 그림을 수집하기도 했다. 몸이 바빠지고 나서부터는 이 일을 포기했지만, 그렇다고 미술에 대한 관심이 사라진 것은 아니어서 그의 번역물 가운데는 미술론이 여럿 포함되어 있다. 오히려 만년의 몇 년간은 문학을 압도할 만큼 미술쪽에 힘을 기울였다. 그는 판화, 특히 목판화를 장려하여 젊은 작가의 양성에 힘을 쏟았다. 자

상해에서 요양할 무렵의 루쉰(1936·55세)

비로 강습회와 전람회를 열어 작품집(作品集)을 내고, 외국의 뛰어난 작품을 여러 번 번각(飜刻) 출판했다. 동시에 중국의 전통적 목판 기술의 보존에 힘을 써 《북평 전보(北平箋譜)》《십죽재 전보(十竹齋箋譜)》 등을 복제하여 자비 출판하기도 했다. 국민적 경향을 띤 중국의 새로운 판화 운동은 그야말로 루쉰의 제창에서 시작되었다 해도 과언이 아니다.

이상의 세 부분에 대한 저작은 전집에 수록되어 있지 않다. 전집에 수록된 저작을 고찰해 보면 분량적으로는 그 반수가 번역이다. 나머지 반 중 그 반이 평론이다. 또 그 나머지 반, 즉 전체의 4분의 1이 창작과 고전 연구로 되어 있는데, 그 분량은 고전 연구 쪽이 많다.

고전 연구란 학자로서의 루쉰의 일면을 총괄한 것이다. 그 내용은 문학사·향토사·민속 연구·불전 연구 등에 이르는 광범위한 것이었는데, 아직 초고(草稿) 그대로 있는 것도 많다. 루쉰이 가장 힘을 쏟은 것은 옛 소설의 교정 및 복원작업과, 그것을 바탕으로 한 역사적 체계화의 시도였다. 전자의 대표적 저작이 《고소설 구침(古小說鉤沈)》이고 후자의 그것이 《중국 소설 사략(中國小說史略)》 및 《한문 학사 강요(漢文學史綱要)》이다. 그러나 그의 연구방법은 전통적 학문의 영향을 다분히 받아서 그만큼 개성적이긴 하지만 이른바 과학성이 부족한 부분이 있다. 이것은 역사 소설 같은 데서 쉽게 볼

수 있는 그의 특이한 사관(史觀)과도 중요한 관련이 있다고 하겠다.

자기의 사명을 계몽 활동에 둔 루쉰은 번역 또한 매우 중시했다. 온 생애를 통해 번역에 종사했을 뿐아니라 젊은 번역가의 양성에도 마음을 기울였다. 루쉰은 주로 일본어와 독일어를 번역했다. 유학 시절 베르느의 공상 과학 소설 번역을 시작으로, 만년에 병상에서 번역하다 끝내 완성하지 못한 고골리의 《죽은 혼(魂)》에 이르기까지 그가 남긴 번역서는 실로 숱하다. 그는 자기 나라 문학에 유익하다고 생각되는 것은 국내의 평가를 고려하지 않고 무엇이든 소개했다. 이 점이 그의 번역상의 특징이라면 특징이다. 그는 독일어를 알면서도 니체를 빼고는 독일 문학을 번역하지 않았고, 동유럽과 북유럽 문학은 독일어로 번역된 것만을 중역(重譯)했다. 그러나 라틴계 문학에는 별 관심이 없었던 것 같다.

루쉰 문학의 특성

루쉰의 작품은 어둡다. 한없이 어둡다. 《아Q정전》같이 전형적인 풍자적 해학 소설도, 《고향》처럼 회고적 감상을 수반하는 서정적 필치의 사건이나 인물이 부조될 때도, 그 기조에는 항상 치유될 수 없는 비애와 적막이 흐른다. 극도로 상징화된 산문시 《들풀》에서도, 그리고 역사상의 인물이나 사건을 바탕으로 하여 그것을 희화하거나 현대화한 《새로 엮은 옛이야기》에서도 역시 그 기조의 어두움은 변함이 없다.

과연 루쉰은 인간에게서 무엇을 보고, 자기 내부에서 무엇을 찾아낸 것일까. 그에게 있어 그가 산 시대란 무엇이며 그가 속한 중국 민족—사람이 문화의 존재인 한 언어·문화·전통에 따라 섞일 수밖에 없는 민족—은 어떤 운명에 놓인 존재로 비쳤던 것일까.

그의 생애는, 말하자면 그 기성 민족(旣成民族)의 여러 속성과의 쉴새없는 투쟁이었으며, 동시에 이미 기성 민족의 한 구성원인 그 자신과의 투쟁의 연속이기도 했다. 그런데 그가 투쟁하여 개혁하려 한 기성 성질이란 무엇이었을까. 그리고 그가, 그 시대의 선각적(先覺的)인 청년들의 투쟁 무기가 대부분 정치적 행동이었고 계몽이었던 속에서, 보기에 아무 쓸모 없는 것으로 보이는 문학을 투쟁 수단으로 택한 것은 무엇 때문이었을까. 루쉰에게 문학이란, 미(美)란, 감동이란 과연 무엇이었을까.

1936년 10월 19일 새벽 민국빈의곤에서 영원히 잠들다.

　사람은 대개 자신의 꿈을 통해 격려받고 성장하며 또 그 꿈을 통해 실패하고 절망한다. 루쉰은 대체 무엇을 꿈꾸고 무엇에 절망했을까.

　"나도 젊었을 때는 꿈이 많았다. 나중에는 대개 잊고 말았지만 별로 애석하게 생각되진 않는다. 추억이란 사람을 즐겁게 하면서도 때론 쓸쓸하게 하는 것. 지나가 버린 쓸쓸한 때를 생각의 실로 매어 둔들 무슨 소용이 있겠는가. 오히려 그것을 완전히 잊지 못하는 게 괴롭다."

　그리고 그 잊지 못하는 안타까움의 일부분이 제1 창작집 《눌함》이 된 것이라고 루쉰은 말하고 있다.
　청년기에 품었던 꿈은, 가혹한 현실에 짓눌리거나 혹은 그 자신의 깊어진 경험이나 인식의 진전으로 수정되어 가면서도 대부분은 평생토록 그 사람을 지배한다. 그래서 사람이란 슬퍼하고 분노하는 것이다. 또 이 비애(悲哀)나 분노가 없어서는 결국 아무것도 할 수가 없는 것이다.
　그의 꿈이 형성되어 가는 과정, 그리고 그것이 어떤 꿈이고 어떻게 짓눌렸으며 어떻게 분열(分裂)되고 어떻게 재생했는지를 밝히기 위해서는 그의 행적을 적은 기록이나 루쉰 자신의 회상을 바탕으로 더듬어 가야 할 것이다.

이 책에서는 《눌함》《방황》《들풀》《새로 엮은 옛이야기》의 전편 및 《아침 꽃을 저녁에 줍다》에서 2편을 실었다.

연보

1881년	9월 25일(음력 8월 3일), 절강성 소흥부 성내 동창방구(東昌坊口)에서 선비 집안 대가족의 맏아들로 태어나다. 성씨는 주(周), 이름은 수인(樹人), 자(字)는 예재(豫才), 어릴 때 이름은 장수(樟壽)이다. 뒷날 자(字)를 예산(豫山)으로 고치다.
1892년(11세)	2월, 삼미 서옥(三昧書屋)에 들어가 수경오(壽鏡吾) 선생에게 배우다. 이 무렵에 《맹자(孟子)》를 읽다.
1893년(12세)	2월, 증조할머니가 사망하자 3월 할아버지 개부(介孚)가 베이징에서 돌아왔으나 가을에 투옥(投獄)되고, 아버지 백의(伯宜)는 중병에 걸린다. 집안은 갑자기 몰락하기 시작, 루쉰은 전당포와 약방 출입이 잦아지다.
1896년(15세)	아버지 37세로 사망하다. 이 무렵부터 1902년까지 일기 쓰다.
1898년(17세)	5월, 난징으로 건너가 기관과(機關科) 장학생으로 강남수사학당(江南水師學堂)에 들어가다. 12월, 집안 사람들의 권유로 단 한 번 향리에서 현시(縣試)에 응시하다. 같은 달, 넷째 아우 급성 폐렴으로 죽다. 《알검생 잡기(戛劍生雜記)》《시화잡지(蒔花雜志)》등을 쓰다.
1899년(18세)	1월, 강남육사학당 부설 광무철로학당에 전학하다.
1900년(19세)	《별제제(別諸弟)》《연봉인(蓮蓬人)》등의 구체시(舊體詩)를 쓰다.
1902년(21세)	1월, 광무철로학당을 졸업. 3월에 강남독련공소(督練公所)에서 파견되어 일본으로 유학, 4월에 도쿄 우시고메(牛込)의 고오분(廣文 : 뒤에 弘文으로 개칭) 학원 속성과에 입학한다.

1903년(22세) 여름 휴가로 일시 귀국, 가을에 베르느의 《월세계 여행》을 번역 간행하다. 동향 유학생 잡지 〈절강조(浙江潮)〉 창간호에 《스파르타의 혼》《라듐 론(論)》 발표하다. 변발을 자르다.

1904년(23세) 4월, 고오분 학원 속성과 졸업. 할아버지 68세로 사망하다. 9월, 센다이(仙臺) 의학전문학교에 무시험 입학, 수업료 면제받다.

1905년(24세) 휴가 때마다 도쿄로 나가 주순수(朱舜水)의 유적을 찾아 돌아보다.

1906년(25세) 환등(幻燈) 사건으로 자퇴계 제출, 수리되자 도쿄로 나오다. 7월, 귀국하여 어머니의 명으로 주안(朱安)과 결혼하다. 며칠 뒤 동생 작인(作人)과 함께 다시 도피, 의학을 그만두고 문학 연구에 전념하다.

1907년(26세) 동생 작인, 친구 허수상(許壽裳) 등과 문예지 〈신생〉 발행을 꾀했으나 무산되다. 《문화편지론(文化偏至論)》《마라시 역설(摩羅詩力說)》 등을 써서 유학생지 〈하남(河南)〉에 기고하다.

1908년(27세) 허수상·작인·주희조(朱希祖)·전현동(錢玄同) 등과 민보사(民報社)에 다니며 장병린(章炳麟)에게서 《설문(說文)》을 배우다.

1909년(28세) 3월, 《역외 소설집》 제1권, 7월엔 제2권 간행하다. 8월 귀국, 절강(浙江)의 양급(고급과 초급) 사범학당의 생리학 및 화학선생이 되다.

1911년(30세) 여름, 소흥 중학당을 사직하다. 항주광복(抗州光復 : 청조 지배 전복) 의 소식이 소흥에 전해져 성내에서 대회가 열리자 루쉰은 그 주석에 추대되다. 〈월탁일보(越鐸日報)〉 발기인의 한 사람으로서 하이네의 번역시 등을 발표하다. 12월, 처녀작 《회구(懷舊)》를 쓰다.

1912년(31세) 1월, 난징에 수립된 임시정부의 교육총장이 된 채원배(蔡元培)의 초청으로 교육부 부원이 되다. 2월, 《고소설 구침(古

小說鉤沈)》완성, 그 서문을 쓰다. 5월, 정부의 이전에 동반, 바닷길로 베이징에 가 선무문(宣武門) 밖의 소흥회관(원명 山會邑館)의 등화관(藤花館)에 살며 교육부 사회교육사(司) 제1과 과장이 되다. 이해 5월 5일부터 죽기 이틀 전까지 일기 쓰기를 계속하다.

1913년(32세) 2월, 교육부 독음통일회(讀音統一會) 회원에 추대되다. 10월, 틈틈이 《혜강집(嵇康集)》을 교정 보다.

1918년(37세) 4월, 전형동의 권유로 《광인일기》를 써 5월에 루쉰이란 이름으로 〈신청년〉 4권 5호에 게재하다. 이 작품으로 문학혁명 사상혁명의 맨 앞에 나서다. 동지에 신시(新詩)도 발표하기 시작하다.

1919년(38세) 1월, 애정에 관한 의견을 《수상록 40》이란 제목으로 〈신청년〉에 발표. 4월 《공을기》를 〈신청년〉에 발표. 4월에 《약》을 써 5월 〈신청년〉에 발표. 8월, 고우재(苦雨齋) 사들이다.

1921년(40세) 1월, 《고향》 쓰다. 10월, 《근대 체코 문학개관》《소(小)러시아 문학 약설》 그리고 핀란드와 불가리아의 작품을 번역하다. 12월, 《아Q정전》을 파인(巴人)이란 이름으로 〈신보부간(晨報副刊)〉에 연재하기 시작하다. 2~3월에 다시 《혜강집》교정 보다.

1923년(42세) 7월, 동생 작인과 불화 일어나다. 8월, 첫 번째 소설집 《눌함》 간행되다. 12월, 《중국소설사략(史略)》 상권 간행되다. 가을부터 베이징 대학, 베이징 사범대학, 베이징 여자고등 사범학교, 세계어 전문학교의 강사 겸임하다. 12월, 베이징 여자고등 사범학교 문예회에서 〈노라는 집을 나와서 어떻게 했는가〉를 강연하다.

1924년(43세) 1~2월, 단편 《축복》《술집에서》《방황》 등을 이듬해에 걸쳐 쓰다. 6월, 《중국소설사략》 하권 간행. 오랜 세월 교정보아 오던 《혜강집》 완성하다. 11월, 주간지 〈어사(語絲)〉를 발간하다.

1925년(44세) 2월, 《청년 필독서》를 〈경보부간(京報副刊)〉에 실어 논쟁의 발단을 일으키다. 3월, 세계어 전문학교 사직. 허광평(許廣平)과 편지를 주고받기 시작하다. 4월, 〈무원(莽原)〉을 편집, 같은 달 발간. 〈국민신보 부간(副刊)〉 편집하다. 5월, 《한가한 이야기가 아니다》란 글을 써 현대평론파와 논쟁을 벌이다. 8월, 허광평이 재학중인 베이징 여자 사범대학 교육 총장 장사교(章士釗)가 동교를 위법 해산하자 반항하다가 면직당하자 평정원(平政院)에 제소하여 승소하다. 10월, 《고독자》《그녀의 죽음을 슬퍼하며》 등을 쓰다. 11월, 잡감(雜感) 제1집 《열풍(熱風)》 간행하다.

1926년(45세) 《아침 꽃을 저녁에 줍다》의 각편을 《구사중제(舊事重提)》란 제목으로 〈무원〉에 게재하다. 2월, 《꽃이 없는 장미》 쓰다. 3월, 3·18 사건 일어나 허수상 등과 외국인 병원으로 피신하였다가 6월에 귀가한 뒤 중국 대학 강사직 사임하다. 6월, 《화개집(華蓋集)》 간행하다. 7월, 《작은 요하네》 번역. 8월 말 베이징을 빠져 나와 하문(廈門)으로 건너가다. 이곳에서 임어당(林語堂)의 도움으로 9월부터 하문 대학 문과 국학계 교수가 되다(중국문학사와 중국소설사 강의). 상해(上海)까지 허광평과 동행, 이후 광저우(廣州)로 부임한 그녀와 편지를 주고받다. 9월, 제2소설집 《방황》 간행. 10월, 〈무원〉 정간, 《미간척(眉間尺 : '벼린 검'으로 제목을 바꿈)》 쓰다. 《고소설 구침》을 정리. 《화개집 속편》 편성. 하문 대학에서 〈중국책은 되도록 읽지 말 것〉이란 연제로 강연하다. 《달로 달아나다》 쓰다.

1927년(46세) 1월, 광저우(廣州 : 廣東)로 건너가 2월엔 중산(中山) 대학 문학계 주임 겸 교무주임이 되어 허수상을 불러들이다. 1월 《화개집 속편》을 모아 5월에 간행하다. 2월, 홍콩에 건너가 기독청년회(YMCA)에서 〈소리없는 중국〉 및 〈고가(古歌) 일기는 끝나다〉(허광평 통역) 등에 대해 강연하다. 3월, 잡문집 《분(墳)》 간행하다. 4월, 《들풀》 편성, 7월 간행하다. 5월, 《아침 꽃을 저녁에 줍다》를 편성, 《소인(小引)》을 쓰다.

8월, 《당송 전기집(唐宋傳奇集)》편찬에 착수. 10월, 상하이 경운리(景雲里)에서 허광평과 동거 시작, 이후 죽을 때까지 상하이에 머무르다.

1929년(48세) 1월, 유석(留石)·왕방인(王方仁)·최진오(崔眞吾) 등과 공동 출자하여 조화사(朝花社)를 창설, 예문서 및 목판화 복간하여 《예원조화(藝苑朝花)》를 내다.

1930년(49세) 1월, 풍설봉(馮雪峰)·욱달부와 공편으로 월간지 〈맹아(萌芽)〉 창간(5호로 발행금지)하다.

1931년(50세) 4월, 풍설봉과 〈전초(前哨)〉발간. 5월, 〈미명사〉탈퇴하다.

1932년(51세) 1월, 상하이사변의 발발로 가족과 함께 내산서점(內山書店)에 피난하다. 2월, 영국 조계(租界)의 내산 지점에 옮겨 한동안 지낸다. 4월, 1927~1929까지의 단편을 모은 《삼한집(三閒集)》과 1930~1931년까지의 잡문을 모은 《이심집(二心集)》을 편집하여 각각 서문을 쓰다. 전자는 9월, 후자는 10월에 간행하다.

1933년(52세) 1월, 《수금(竪琴)》간행. 이달부터 익명으로 〈신보(申報)〉의 자유담(自由談) 난에 계속 짧은 비평을 발표하다. 2월, 《망각(忘却)을 위한 기념》을 쓰다. 같은 달에 송경령(宋慶齡) 댁에서 채원배(蔡元培)·임어당 등과 함께 중국을 방문한 버나드 쇼를 만나다. 3월, 《상하이에서의 버나드 쇼》편집하다. 같은 달에 《하루의 일》《루쉰 자선집》간행하다. 4월, 《양지서(兩地書)》간행하다.

1935년(54세) 1월, 《중국 신문학 대계 소설 2집》의 편집에 착수, 6월에 간행하다. 4월, 《십죽재전보(十竹齋箋譜)》제1권 완성하여 간행하다. 11월, 《새로 엮은 옛이야기》집필 다시 착수, 12월에 전편을 완성하고 그 서문을 쓰다.

1936년(55세) 1월, 어깨와 가슴에 통증 격심. 같은 달에 《화변문학(花邊文學)》을 편성, 6월에 간행하다. 또한 《새로 엮은 옛이야기》간행하다. 이 밖에도 반(半) 월간지 〈해연(海連)〉(2호로 발행금지)을 편집 발간하다. 2월 2일, 돌연 천식을 일으키다. 4월, 《러시아 판화집》 선별하여 7월에 간행. 《심야에 쓰다》와 《해상술림》의 서문을 쓰다. 5월 병 재발, 위병 진단이 내려지다. 9월, 늑막의 물을 빼고 토혈하다. 일본 전지 요양을 꾀했으나 중지. 9월 《죽음》과 《여조(呂弔)》 등을 쓰다. 10월, 체중 40킬로까지 떨어지다. 이 달에 《해상술림》 상권 간행하다. 이 달 18일 새벽, 지병이 재발, 천식이 그치지 않다가 이튿날 오전 5시 25분 사망하다.

옮긴이 이가원(李家源)

명륜 전문연구과·성균관대국문과에서 국문학과 한문학을 전공하다. 성균관대 조교수 중국
문학과장·연세대 교수를 지내다. 1966년 성균관대에서 문학박사 학위취득. 1969년 중화민국
학술원에서 哲士 학위를 취득. 한문학·중국문학·동양철학 등의 분야와 한서고전의 역주·
문학적 평석으로 국학분야의 괄목할 노작이 많다. 《금오신화 역주》《중국문학사조사》《한국
한문학사》《연암소설연구》《한국 호랑이 이야기》 등이 있고, 일연 《삼국유사》《아Q정전》 등
의 번역이 있다.

세계문학전집039

魯迅

阿Q正傳/朝花夕拾

아Q정전/아침 꽃을 저녁에 줍다

루쉰/이가원 옮김

동서문화사창업60주년특별출판

1판 1쇄 발행/2016. 9. 9

발행인 고정일

발행처 동서문화사

창업 1956. 12. 12. 등록 16-3799

서울 중구 다산로 12길 6(신당동 4층)

☎ 546-0331~6 Fax. 545-0331

www.dongsuhbook.com

＊

사업자등록번호 211-87-75330

ISBN 978-89-497-1498-1 04800

ISBN 978-89-497-1459-2 (세트)